『산해경山海經』학술사 연구

본 도서는 동서대학교 공자아카데미·대한중국학회 〈중국 인문·사회과학 학술저서 번역·출판 지원 사업〉의 지원금으로 번역·출간되었습니다.

동서대학교 공자아카데미·대한중국학회
〈중국 인문·사회과학 학술저서 번역·출판 지원사업〉

산해경 山海經
학술사 연구

천롄산 陳連山 지음
이정하 李定河 옮김

學古房

역자 서문

지리서, 박물지, 소설 등 다양하게 수식되어 온『산해경(山海經)』은 오늘날 중국의 대표적인 신화서로 평가받고 있다. 이토록 다양한 정의가 있었던 데에는 책의 독특한 형식과 내용에 그 이유가 있다. 모두 18권으로 이루어진 『산해경』에는 「산경(山經)」 5권, 「해경(海經)」 8권과 「황경(荒經)」 4권과 「해내경(海內經)」 1권이 있다. 「산경」은 특정 지역의 산과 강, 바다를 중심으로 그곳에 서식하는 기이한 동식물과 그들의 효능을 간결하게 서술한다. 「해경」 그 이하의 편에서는 신비로운 나라와 신들에 관한 내용이 이어진다. 서적이라면 국가 통치에 도움이 되어야 한다고 여긴 전통 시기의 학자들은『산해경』을 높이 사지 않았으나, 근대 시기 서양의 신화학이 도입되며 이 책은 중국 신화의 원형을 담은 중요한 문헌으로 부상했다. 마오둔(茅盾), 루쉰(魯迅)과 같은 학자들은『산해경』을 중국 신화와 소설 연구의 출발점으로 삼았으며, 이후 신화학, 인류학, 역사학 등 다양한 학문 분야에서 활발히 연구되었다. 오늘날 『산해경』은 단순한 고대 기록을 넘어 중국의 문화와 상상력을 이해하는 핵심 자료로 자리하고 있다. 더욱이 문화 콘텐츠 제작에 필요한 문화 원형이 주목받는 시대에『산해경』은 그 보고(寶庫)로 각광받고 있다.

『산해경』에 관한 관심은 국내에서도 찾아볼 수 있다. 정재서 교수가 『산해경』을 국역한 지 올해로 40년이 되었고, 그간 국내 학계에서도 중국 신화와『산해경』에 관심을 두고 연구를 진행해 온 학자가 적지 않았다. 그러나 아쉽게도 양질의 관련 연구 논문이 쏟아져 나오는 동안, 전문적인 『산해경』 연구서는 찾아보기 어려웠다. 그런 아쉬움을 느끼고 있던 찰나에 동서대학교 공자아카데미와 대한중국학회에서 공모한 중국 인문·사회과학 학술 저서 번역 출판 지원 사업에 운 좋게 선정되어『산해경 학술사 연구』번역 작업을 진행할 수 있게 되었다.

이 책의 저자인 천롄산(陳連山) 베이징대학교 중문과 교수는 중국 신화, 전설, 민요, 민속놀이 등을 연구하며, 중국 내 『산해경』 연구의 권위자로 손꼽힌다. 『산해경 학술사 연구』는 천롄산 교수의 박사학위 논문을 바탕으로 2012년에 출판되었으며, 이듬해인 2013년에는 제11회 중국 민간 문예 산화장(中國民間文藝山花獎) 학술 저술상을 수상했다.

이 책은 『산해경』이 2천 년 동안 연구된 역사를 총체적으로 정리하고 있다. 한대(漢代) 유흠(劉歆)부터 시작하여, 동진(東晉)의 곽박(郭璞), 북위(北魏)의 역도원(酈道元), 송대(宋代)의 주희(朱熹), 명대(明代)의 왕숭경(王崇慶), 양신(楊慎)과 호응린(胡應麟), 청대(淸代)의 오임신(吳任臣), 왕불(王紱), 필원(畢沅), 학의행(郝懿行), 진봉형(陳逢衡), 유월(俞樾) 그리고 마오둔, 루쉰과 웬커(袁珂) 등 근현대 중국 신화학자까지 장구한 세월 축적된 『산해경』 연구를 총망라하였다. 이 책은 시대별로 『산해경』 주석서가 등장하게 된 당시의 사회, 문화, 정치적 상황을 소개하며, 『산해경』에 관한 역대 학자들의 평가를 중심으로 논의가 진행된다. 그렇기에 『산해경』 학술사 연구가 곧 중국 사회 문화 변화의 축소판이라는 저자의 말대로 이 책을 통해 중국의 역사, 문화사, 정치사, 그리고 사회사까지 폭넓게 이해할 수 있다. 또한 이 책은 단순한 『산해경』 해설서가 아니라는 점에서 더욱 특별하다. 역대 주석가들이 『산해경』을 둘러싸고 제기한 다양한 질문과 그에 대한 답변을 따라가다 보면, 자연스럽게 『산해경』에 관한 더 깊은 통찰에 다다르게 된다. 이처럼 학술사와 텍스트 분석을 동시에 아우른다는 점이 이 책의 큰 장점이다.

이처럼 좋은 책을 국내에 소개할 수 있게 되어 더없이 기뻤지만, 막상 번역을 시작해 보니 주어진 시간 안에 완성도 높은 결과물을 내놓기에는 역자의 능력이 턱없이 부족하다는 것을 깨닫게 되었다. 더 정확하고 매끄러운 고전 원문 해석을 위해 풍부하게 문헌 자료를 검토하여 용례를 확인하고, 선배 교수님들께도 자문했다면 좋았겠다는 아쉬움이 크게 남는다. 아직 연륜이 부족하고 견식도 얕은 신진 연구자에 불과한 역자의 이번 작업에는 틀린 부분도, 부족한 번역도 분명 있을 것이다. 많은 분들의 질책과 의견을 감사히 새기고, 이를 더욱 깊이 있고 탄탄한 학자로 성장해 나가는 발판으로 삼고자 한다.

이 번역이 나오기까지 많은 분의 도움이 있었다. 먼저 책을 번역할 수 있도록 지원해 주신 동서대학교 공자아카데미와 대한중국학회에 깊이 감사드린다. 박사생과 지도교수로 인연을 시작한 이래 언제나 따뜻한 관심과 응원으로 부족한 제자를 이끌어 주신 천롄산 교수님께도 더없이 깊은 애정과 감사를 보내고 싶다. 지난한 학문 여정을 옆에서 지켜봐 주는 가족들은 이 책이 나올 수 있었던 큰 원동력이었다. 그리고 한자 병기와 오탈자 감수 등 번거로운 작업을 도와준 고경나 동학과 심지희 동학에게도 고마움을 전하고자 한다. 끝으로 멋진 책을 만들어주신 학고방 출판사 편집부의 최인석 선생님을 비롯한 관계자 여러분들께도 감사의 인사 드린다.

이정하

해제

1.『산해경』에 대한 천렌산 교수의 기본 입장

천렌산 교수는『산해경』을 신화서나 무서(巫書)로 보지 않고, 서주 중후반에 국가가 주도하여 편찬한 지리지(地理志)로 이해한다. 방향에 따른 서술 순서, 산과 강을 기준으로 제시되는 지리 정보 등 구조와 내용 대부분을 차지하는 지리 관련 서술 등이 지리지로서『산해경』의 성격을 보여준다. 또『산해경』에 체계적으로 정리된 산신 숭배와 종교 제사 활동은 모두 상고 시대 지리학에는 반드시 등장하는 내용이다. 그렇다면 주대에 편찬되었다면, 왜 전국시대에서야 겨우『산해경』을 언급하기 시작하는가? 이에 대해 저자는『산해경』이 함부로 접근할 수 없는 국가의 통제를 받는 고급 정보였음을 논증한다. 산과 바다의 자원 사용을 국가가 제한하던 '산해 금령'에 따라 구리와 철처럼 산에서 나는 광물과 바다의 소금은 통제 대상이었다.「산경」에는 광물 관련 내용이 대거 실려 있을 뿐만 아니라 이를 가장 먼저 서술한다. 이 같은 특징은 광물 정보가 곧 이 책의 핵심임을 드러내며, 이를 토대로 저자는『산해경』이 유통이 금지된 궁중 소장 도서였을 것으로 추정한다. 또 지도 역시 국가만이 소장할 수 있는 고급 기밀이었는데, 해외 이민족의 지리 정보까지 다루는『산해경』은 더더욱 일반인은 접근할 수 없었다.

천렌산 교수는『산해경』에 담긴 풍부한 신화 또한 부정하지 않았다. 저자는『산해경』의「산경」에는 상서와 재이의 징조인 동식물과 산신이 많고,「해경」과「황경」에는 특이한 생김새를 지닌 신들과 이민족이 주를 이루는 것으로 파악한다. 그리고『산해경』에 지금의 기준으로 완전한 신화 서사라고 부를만한 신화로는 과보가 해를 쫓는 이야기, 정위가 바다를 메

운 이야기 등을 꼽는다. 다만 저자는 『산해경』이 형성된 시대를 살았던
사람들 입장에서 이들 신화가 실재였음을 강조한다. 과학이 발달하지 않
은 상고시대 사람들의 사고방식에 종교와 미신이 절대적인 위치를 차지
하고 있었고, 오늘날 보기에 신기한 존재도 그들에게는 자연스러운 대상
이었다는 것이다. 저자는 전근대 시기 만들어진 지리지는 국가와 지역을
불문하고 신화적 존재가 대거 기록되어 있음을 들어 이를 증명한다.

천롄산 교수의 이 같은 분석은 그간 그 지리지로서의 성격만 강조하거
나, 신화에만 주목해 온 연구 관행에서 벗어나 『산해경』의 복잡하고 다면
적인 성격을 보다 총체적으로 이해할 수 있도록 돕는다.

2. 중국 전통 시기의 신화 인식

한편 『산해경』은 정치·철학과 무관한 지리, 박물, 신화 등의 광범위한
주제를 다루고 있어, 유교의 '불어괴력난신(不語怪力亂神)'의 원칙에 위배되
었다. 이 때문에 역대 학자들은 그 간극을 극복하는 데 주력해야만 했다.
천롄산 교수는 이러한 연구의 역사를 체계적으로 정리하며, 『산해경』과
중국의 시대별 사회, 문화 간의 상관관계를 조망하였다. 그렇기에 『산해
경 학술사 연구』 독해에는 중국 전통 시기의 신화 인식에 대한 이해가 전
제되어야 역대 학자들이 『산해경』을 해석하는 방식을 따라갈 수 있다.

1) 정치적 유용성: 신화의 진실성과 허구성을 판가름하는 기준

근대 시기 서양으로부터 'myth'라는 개념을 수입 해오기 전까지 중국
을 비롯한 동아시아 국가에는 신화라는 개념과 어휘 모두 존재하지 않았
다. 과거에 지금의 신화는 실재와 허구라는 기준에 따라 실제 발생한 사

건으로서의 역사로 존숭되거나, 또는 정치에 무용하며 백성들이나 향유하는 소도(小道)로 치부되었다. 심판대에 오른 신화 서사는 정치에 유용한가라는 질문에 따라 실재 또는 허구로 판정받았다. 오늘날 보기에는 틀림없는 신화임에도 정치에 유용하다고 판단이 된다면 그것은 먼 과거에 발생했던 역사가 되기도 했고, 그렇지 않다면 '황당무계한 이야기'로 치부되었다. 이 기준은 전통 시기의 도서 분류 체계에도 작동했는데, 예컨대 '소설가류'는 성인의 도를 전하기에는 부족하지만, 군주가 선정을 펼칠 수 있도록 도움을 줄 수 있는 특정 계층의 입장과 주장을 반영하는 서적을 가리켰다. 그렇기에 청대 사고전서 편찬관들이 『산해경』을 지리지에서 소설가류로 분야를 변경했을 때 저자 천롄산 교수가 이를 '강등되었다'고 표현했던 것이다. 이는 『산해경』이 객관적이고 과학적인 사실을 전달하는 도서에서 허무맹랑한 이야기나 하는 책으로 규정되었음을 의미했다. 『산해경』을 연구한 역대 연구자들이 우임금과 백익이 백성 교화를 목적으로 이를 썼다고 주장하거나, 『산해경』에 나타난 기이한 존재들을 어떻게든 합리적으로 해석하려 한 까닭 또한 여기에 있었다.

2) 종교적 인간: 초자연적 현상을 실재로 수용 가능하게 했던 전근대적 특성

전통 시기 중국인은 정치적 유용성을 기준으로 신화를 실재와 허구로 재단했으나, 이들은 현대인보다 훨씬 종교적인 인간이었다. 그렇기에 이들이 말하는 '실재'의 폭은 지금보다 훨씬 넓었다. 전통 시기 중국인의 삶 속에는 천인감응론과 재이설처럼 자연, 천상 그리고 인간의 행위가 얽혀 있다는 신념이 깊이 뿌리내려 있었으며, 이러한 믿음은 황당무계해 보이는 서사일지라도 도덕적 교훈이나 정치적 질서를 상징적으로 담고 있다는 점에서 더욱 의미를 갖게 했다. 또 위진 시대를 풍미했던 현학이나, 명대의 세속화된 경학 역시 초자연적인 현상을 실재로 인식하는 데 일조했다. 『산해경』에는 우임금의 아버지 곤(鯀)이 우연(羽淵)에서 누런 곰으로 변했다는 설과 선저(嬋渚)에서 변했다는 설 두 가지가 있는데, 이를 두고 위진 시대를 살았던 곽박은 어떻게 사람이 곰이 될 수 있는지에 대해 비난하지 않는다. 그가 주목했던 것은 왜 한 사람이 두 장소에서 변했는가 하는 문제였다. 실상 이는 두 가지 『산해경』 판본이 하나로 합쳐지며 일어난 문제이지만, 그는 한 번 변해 본 곤은 신령스러운 존재이기 때문에 다른 곳에서도 얼마든지 변할 수 있다고 설명했다. 비록 전통 시기 중국인은 실제 일어난 사건인가를 기준으로 신화를 재단했지만, 그들은 초자연적인 현상을 실재로 수용할 수 있는 종교적인 인간이었다. 그들의 문화적 심성은 우리보다 훨씬 종교와 신화에 가까웠다는 천롄산 교수의 코멘트에는 이러한 맥락이 있다.

이처럼 두 가지 상반되는 것처럼 보이는 특성을 파악하면, 『산해경』이 오랫동안 외면받고, 학자들 간에 끊임없는 논쟁을 불러일으켰던 이유를 이해할 수 있다.

3. 전통 시기 주류 연구 방법으로서의 교감학과 고증학

이 책을 처음 접하는 독자라면 복잡한 편목 고증이나 '칠(柒)은 칠(漆)이다'와 같이 한자의 음을 제시하거나, 뜻을 풀이하는 내용이 많아 당황스러울 수 있을 것이다. 이는 과거 문자, 음운, 훈고를 주로 연구하는 고증학과 여러 서적을 비교, 대조하는 교감학이 학문 연구 방법의 중심이었기 때문이다. 서한(西漢) 말, 진시황의 분서갱유와 전란으로 흩어진 도서들을 수집하고 교정하는 과정에서 교감학이 등장했고, 이는 문헌의 본문을 정확하게 비교하고 바로잡아 선본(善本)을 만드는 것을 목표로 했다.

다만 전문적인 학문 분야로 성장하지 못하다 청대에서야 독립적인 학문으로 거듭났다. 한편, 고증학 역시 명말청초(明末淸初)에 발전한 학문으로, 문헌학과 언어학을 중심으로 객관적이고 실증적인 연구 태도를 추구했다. 학문으로서 유학은 송, 명을 거치면서 이학을 논하는 주자학과 양명학으로 발전했는데, 특히 말년에 가서는 정부가 인재를 등용하는 과거 시험에서 팔고문을 채택해 그 폐단이 심해졌다. 이에 고염무와 황종희와 같은 학자들이 경서 연구를 기본으로 하는 학풍을 조성해 명나라 유학을 청산해 나갔고, 고증학은 청대 300년 동안 경학을 주도하는 학파로 자리 잡았다. 이 과정에서 현재와는 다른 과거에 존재했던 사물의 명칭과 훈고에 치중하는 학문 경향이 생겨났으며, 그 일부로 훈고학과 교감학이 빠르게 발전할 수 있었다.

교감학과 고증학은 완전한 체계를 잡기 이전부터 『산해경』 연구에 활용되었다. 천롄산 교수의 주장대로 「산경」, 「해경」과 「황경」 이하 5편이 대략 서주 중기에 형성되었다면, 최초의 『산해경』 연구자 유흠이 살았던 약 기원전 53년에서 23년과는 거의 천 년 가까이 차이가 난다. 그 형성 연대가 더 많은 학자가 주장하는 바와 같이 전국시대라 할지라도, 유흠의 시대와는 150년 넘게 차이가 난다. 게다가 한자의 서체가 세월에 따라 변천을 거듭했다는 것은 잘 알려진 사실이며, 서적 또한 죽간에 글을 새겨 끈으로 묶어 보관하던 시대를 지나 비단이나 종이에 글을 쓰는 시대가 되며 도서 편찬 시스템이 변화한다. 또 수없이 많은 전란에 도서는 불에 타 없어지거나 일부만 남기도 했다. 이러한 배경을 고려하면 고증학과 교감학을 중심으로 문헌 연구가 발달하게 된 까닭을 쉽게 이해할 수 있다. 역대 학자들과 『산해경』을 간행했던 이름 모를 많은 사람들이 거듭 『산해경』을 18편 형태로 재편집했던 것은 그들이 최초의 교감본이었던 유흠의 18편을 선본으로 생각했기 때문이었다. 또한 수없이 이어지는 문자 훈고와 고증은 『산해경』에 대한 박한 평가의 주된 원인이었던 그 기이함을 이해하려는 노력의 결과물이었다. 천롄산 교수 역시 이 같은 학문적 전통에 따라 역대 학자들의 고증과 교감 결과를 치밀하게 분석하여 옳고 그름을 파악하여, 복잡한 고증학적 논술에서 독자들이 길을 잃지 않도록 안내한다.

『산해경 학술사 연구』는 『산해경』에 대한 학문적 이해를 넘어, 중국 전통 사회를 이해하는 새로운 시각을 제공하고 있다. 이는 신화를 진실과 허구의 기준으로 판단하고 판별해 온 전통 시기 중국의 사회 문화적 특성과 중국인의 세계관을 이해하는 데 큰 도움을 준다. 이를 통해 유교 경전, 역사서, 문학 작품 중심의 중국학을 넘어, 신화와 민속을 포함한 보다 폭넓은 중국학과 조우할 수 있을 것이다.

일러두기

1. 인명은 신해혁명을 기준으로 그 전은 한자 독음으로, 그 이후는 현대 중국어 발음에 따라 표기하였다. 현대 중국어 발음은 〈중국어 외래어표기법〉에 따랐다.

2. 지명 역시 원칙적으로는 현대 중국어 발음으로 표기해야 하지만, 본서의 연구 범위가 서주부터 청대가 주를 이루기에 독해의 편의를 위해 한자 독음으로 표기하였다.

3. 한자는 처음 등장할 때 병기하고, 그 이후에는 생략하였다. 다만 훈고학적 필요에 따라 중복 표기하는 경우도 있음을 밝힌다.

차례

서론

『산해경』 연구에서
『산해경』 학술사 연구까지

  오늘날 세상에 전하는 여러 『산해경』 판본은 모두 18권으로, 「산경(山經)」, 「해경(海經)」과 「황경(荒經)」세 부분을 포함한다. 그중 「산경」은 「남산경(南山經)」, 「서산경(西山經)」, 「북산경(北山經)」, 「동산경(東山經)」과 「중산경(中山經)」 5권이다. 「산경」 말미의 "우가 천하의 이름난 산으로 5,370곳을 다녀 보았는데 64,065리가 그것들이 차지한 땅이었다. 동, 서, 남, 북, 중 다섯 방향의 산악에 대해 서술하였다.1 그 나머지 작은 산들도 대단히

---

1 학의행은 "장(藏)의 옛날 글자는 장(臧)이며, 재(才)와 랑(浪)의 반절이다. 『한서』에서 '산과 바다는 하늘과 땅의 저장고이다'라고 했다. 그렇기에 이 경전을 오장(五藏)으로 부른다"고 하였다. 학의행이 전문을 다 인용하지 않았던 탓에 과거 필자를 포함한 일부 학자들은 '오장'을 '하늘과 땅의 오장(天地之五臟)'으로 오해했다. 학의행이 인용한 『한서』 문장은 『식화지(食貨志)』에서 보이는데, 곧 『사기·평준서』에서 소금 제조와 철 제련 담당 관리인 공진(孔僅)과 동곽함양(東郭咸陽)이 올린 주서에 나온다. "천지의 저장고(天地之藏)입니다. 마땅히 소부에 속하게 해야지 폐하께서 사사로이 하지 마시고, 대농에게 귀속함으로 부세를 도우십시오." 여기서 '산과 바다'는 실상 산의 광산과 바다의 소금을 뜻한다. 그렇기에 '천지의 저장고'는 곧 천지의 보물 저장고를 말하며, '오장'은 곧 다섯 방향의 보물 저장고를 뜻한다. '오장산경'의 뜻은 천지의 보물이 묻힌 다섯 방향의 산맥에 관한 경서가 된다. 물론 이것은 한나라 사람들의 관념이다.

많긴 하지만, 대개 기록할 만한 것들은 못 된다"라는 말 때문에 이를 합쳐 「오장산경(五藏山經)」이라고 부른다. (또는 오장산경(五藏山經)으로 쓰기도 함) 「해경」은 「해외사경(海外四經)」(「해외남경(海外南經)」, 「해외서경(海外西經)」, 「해외북경(海外北經)」, 「해외동경(海外東經)」)과 「해내사경(海內四經)」(「해내남경(海內南經)」, 「해내서경(海內西經)」, 「해내북경(海內北經)」, 「해내동경(海內東經)」) 각 4권을 포함하여 총 8권을 이룬다. 「황경」 이하는 「대황사경(大荒四經)」(「대황동경(大荒東經)」, 「대황남경(大荒南經)」, 「대황서경(大荒西經)」, 「대황북경(大荒北經)」) 4권과 「해내경(海內經)」 1권으로 이루어져 총 5권이다. 「산경」, 「해경」, 「황경」 세 부분의 성격은 각기 다르지만, 전해지는 과정에서 지속적으로 합쳐져 오늘날 보는 것 같은 완전한 형태의 『산해경』이 탄생했다.

　20세기 이후 중국인의 문화생활 방식과 사유 방식이 크게 변화하면서, 전통 시기의 저작에 대한 사람들의 이해와 평가 역시 큰 변화를 겪었다. 일부 저작의 사회적 지위는 날로 높아졌고, 사회적 영향력 또한 점차 커졌다. 전통 희곡이나 전통 소설이 바로 그랬다. 도교, 불교 등 종교 경전 등 일부 저작의 사회적 지위는 오히려 낮아지기도 했다. 또 어떤 저작들은 사회적 지위가 오르락내리락하는 큰 변화를 겪었는데, 바로 유가 경전이 그렇다. 그러나 『산해경』만큼은 예외였다. 20세기 이래 그 문화적 가치는 눈 깜짝할 새에 치솟았고, 사회적 지위 역시 '벼락출세'라 할 만큼 급격히 상승했다. 『산해경』에 대한 현대 학계의 평가는 전통 시기와 비교하여 하늘과 땅이 뒤바뀐 것만큼 크게 변했다. 이러한 변화는 『산해경』 그 자체보다는 중국 사회 제도에 발생한 변화가 『산해경』의 사회적 기능에 변화를 야기했고, 학계의 관념과 가치관 또한 그에 따라 변한 결과였다.

　그러나 현대 역사의 진척 속도가 너무 빠르다보니, 『산해경』을 둘러싼 연구는 점점 산만해졌다. 각자의 입장과 전공에 따라 『산해경』을 달리 이해하며, 또 상호 간에 소통의 여지는 적어 각자 제 할 말만 하는 모습을 보였다. 학술사 전체를 갈무리하는 작업이 선행되지 않는 한, 각자의 입장만을 내세우는 기존의 연구 결과를 올바르게 평가하기 어려울 뿐만 아니라, 그 활용은 더더욱 쉽지 않게 된다. 이 같은 이유로 『산해경』을 연구하고자 한다면, 먼저 반드시 『산해경』에 관한 선행 연구를 정리해야 한다. 『산해경』의 기존 학술 연구 결과를 정리하자면, 또 반드시 이들을 각자 사회사상의 변화 과정과 학술사 발전이라는 맥락에 놓고 고찰해야만 그 전체 모습을 파악할 수 있을 것이다. 이것이 바로 연구 대상을 『산해경』에서 '『산해경』 학술사'로 옮긴 핵심적인 원인이다.

『산해경』 연구에는 어떤 문제들이 존재하는가? 학계의 핵심 쟁점은 무엇인가?

『산해경』은 작가 미상이다. 선진 시기 책 중에 그 이름을 언급한 것이 없고, 그 저자에 대한 것은 더더욱 없다. 또 책 내용에도 저자의 그림자조차 없어, 저자가 누구인가에 관한 '내적 증거'를 찾을 수가 없다. 유흠(劉歆)이 『산해경』을 교정하여 진상한 이후로 지금까지 근 2천 년 동안 전통적으로 저자는 '우(禹) 임금과 백익(伯益)'이라는 설이 유행했지만, 현대 학계의 비판을 거치며 거의 고사 전설로 전락하고 말았다. 현대 학계는 이 문제에 관해 여러 가설을 제시해 왔다. 유사배(劉師培)의 추연설(鄒衍說), 웨이쥐셴(衛聚賢)의 수소자설(隨巢子說), 구제강(顧頡剛)이 주장한 주나라와 진나라 때 황하와 한수(漢水) 사이의 사람이라는 설, 마오둔(茅盾)의 동주(東周) 낙양인설(洛陽人說), 웬커(袁珂)의 초인설(楚人說), 멍원퉁(蒙文通)의 촉인설(蜀人說), 동방 초기 방사설(方士說) 등이 있다. 그러나 모두 충분한 증거는 없다. 유사배가 제안하고 허관저우(何觀洲)가 체계적으로 논증한 '추연설'[2], 웨이쥐셴이 주장한 '인도인 수소자설'[3] 모두 도태되고 말았다. 다

---

2 何觀洲, 「山海經在科學上之批判及作者之時代考」, 『燕京學報』1930年 第7期.
3 衛聚賢, 「山海經的研究」, 『古史研究』第二集, 商務印書館, 1934.

른 여러 가설도 모두 모호한 '창작 집단'일 뿐이기에, 저자 문제의 일부만을 해결했을 뿐이다. 설사 가설이 성립한다고 하더라도, 구체적인 저자 정보를 제공해 주지는 못한다. 그렇기에 현대 학계는 일반적으로 『산해경』이 한 사람의 손에서 탄생하지 않았다는 점에 동의할 뿐이다.

저자 미상일 뿐만 아니라, 『산해경』의 형성 연대에 대해서도 역시 많은 논란이 있다. 루칸루(陸侃如)의 「산해경의 형성 연대를 논하다(論山海經的著作年代)」는 『산해경』의 「오장산경」은 전국시대에 형성된 것이며, 「해경」의 8편은 서한(西漢), 「대황경」과 「해내경」은 모두 동한(東漢)~위진(魏晉) 시대 사이라고 보았다. 멍원통은 『산해경』 각 편의 시대 순서에 대해 루칸루와 정반대로 생각했다. 그는 「산해경의 형성 시대 및 그 형성 지역 약론(略論山海經的寫作時代及産生地域)」에서 「대황경」과 「해내경」은 서주(西周) 전기에, 「해내사경」은 서주 중기에, 「오장산경」과 「해외사경」은 춘추(春秋) 전국(戰國)시대 사이라고 보았다.[4] 웬커는 신화학적 연구에서 출발하여 「대황경」, 「해내경」은 전국 초기 또는 중기, 「오장산경」과 「해외사경」은 전국시대 중기 이후, 「해내사경」은 한대 초기 작품이라고 하였다.[5] 구제강은 「오장산경」은 『우공(禹貢)』보다 빠른 춘추시대 말, 전국시대 초라고 보았다. 그러나 그 제자인 탄치샹(譚其驤)은 「오장산경의 지리적 범위 개요(五藏山經的地域範圍提要)」에서 『우공』은 「오장산경」보다 이르며, 「오장산경」은 진나라가 육국을 통일한 후, 남월(南越)을 정복하기 전으로 보았다.[6] 웬싱페이(袁行霈) 교수는 『산해경 기초 탐색(山海經初探)』에서 「오장산경」은 대략 전국 초기 또는 중기에 쓰였을 것이며, 진한(秦漢) 교체기에 「해내사경」, 「해외사경」이 추가되었을 것으로 보았다. 전체적으로 보았을 때, 대부분

---

4 『中華文史論叢』第1輯 참조.

5 袁珂, 「山海經寫作的時地及篇目考」, 『中華文史論叢』第7輯, 1978, pp. 147-148.

6 中國山海經學術研討會, 『山海經新探』, 四川省社會科學出版社, 1986, p.14.

은 학자는『산해경』의 창작 연대가 대체로 전국시대부터 진한 교체기 사이라는 점에 동의한다. 뤼스몐(呂思勉)만이『산해경』은 진대(晉代) 사람이 한대(漢代) 이후의 사지(史志)에 근거해 위조한 것이라 주장했다.[7]

작가 미상, 창작 연대 미상인 탓에『산해경』의 저술 목적 역시 단정하기 어렵고, 최초의 사용 범위(사회적 기능)도 정확하지 않아, 그 성격 또한 파악하기 어렵다. 책 전체의 구조 형태와 기본적인 내용으로 보았을 때,『산해경』은 오늘날의 자연·인문 지리지에 가깝다. 역대 많은 학자가 그 지리지로서의 성격에 동의했다. 전통 시기 편찬된 대다수 정부 발행 공식 서적과 개인 서적 목록에서『산해경』은 줄곧 지리지류로 분류되었다. 그러나『산해경』에 기록된 지리와 실제 지리에는 차이가 있고, 서로 어긋나기도 하며, 어떤 때는 전혀 맞지 않기도 한다. 동시에『산해경』은 방대한 초자연적이고 신기하고 괴이한 내용을 다루며, 종교 제사 의례 또한 많다. 책의 구조와 실제 내용 간에 존재하는 이 같은 모순 때문에, 역대 학자들은『산해경』의 성격을 이해하는 데 각기 다른 양상을 보였고, 일부 사람들은 그 지리학적 가치를 인정하지 않기도 했다. 동진(東晉) 시대 곽박(郭璞)은『주산해경·서(注山海經·敍)』에서『산해경』을 읽는 세상 사람이면 누구든지 그 책이 황당무계하며 기괴하고 유별난 말이 많아서 의혹을 품지 않는 이가 없다고 하였다.[8] 청나라『사고전서·총목제요(四庫全書·總目提要)』에서도『산해경』이 '백 가지 중 하나도 진실한 것이 없다'고 하며, 이를 지리서에서 '소설류'의 삼대 분류 중 하나인 '이문지속(異聞之屬)'으로 강등해 버렸다. 이때『산해경』의 학문적 지위는 크게 실추되었다. 역사적으로『산해경』의 이름은 비록 '경'이었지만, 실제 지위는 결코 높지 않았다.『산해경』에 대한 학술 연구는 전통 시기 동안 유가 경전이나『우공』,

---

7 呂思勉,『中國民族史』, 中國大百科全書出版社, 1987, p.8의 주석 참조.
8 尤袤刻本『山海經傳』, 中華書局, 1984年 影印本 참조.

『수경주(水經注)』와 같은 지리 고전 연구와는 비교조차 될 수 없을 정도로 미미했다. 전통 학계에서 『산해경』은 냉대를 받는 텍스트였다.

　그러나 '산 첩첩 물 겹겹 길이 없으려니 했는데, 짙은 버들 환한 꽃, 마을이 새로 펼쳐지네'라 하였던가, 20세기 이래 『산해경』 연구는 빠르게 발전하기 시작했다. 필자의 통계에 따르면 2010년까지 『산해경』 연구 전문서는 41권에 달하며, 발표된 논문(논문집에 수록된 것을 포함)은 500편이 넘는다. 한편 허쉐쥔(賀學君)과 사쿠라이 타쓰히코(櫻井龙彦)의 『중일 학자 중국 신화 연구 저서 종합 목록(中日學者中國神話研究論著目錄總匯)』에 따르면 일본어로 발표된 『산해경』 관련 논문은 1998년까지 63편이다. 백 년간의 논의를 거쳐, 『산해경』은 이미 사학, 지리학, 문학, 민족학 등 분야에서 점차 더 높은 평가를 받아 오고 있다.

　구체적으로 말하자면, 사학과 지리학 분야에서 일본 학자 오가와 타구지(小川琢治)는 1911년 『우공』과 『산해경』을 비교한 끝에 다음과 같이 결론 내린 바 있다. "중국 상고시대의 지리지로서 『우공』은 오히려 의심스러운 지점이 있다. 그러나 줄곧 중국 학자들의 불신을 받아왔던 『산해경』은 되려 채택할 만한 것이 상당히 많다. 동아시아 지리 및 역사를 연구하는 데 있어 절대 이를 소홀히 해서는 안 된다."[9] 쉬쉬성(徐旭生)은 『중국 고사의 전설 시대(中國古史的傳說時代)』에서 "『산해경』의 「산경」은 우리나라에서 가장 오래된 지리서 중 하나이다. 청대 『사고전서』를 편찬했던 여러 관료가 이를 소설가(小說家)의 말이라고 깎아내렸던 것과는 전혀 다르며, 이는 의심할 바가 없다. 그 「해내」, 「해외」, 「대황」은 고대 전설을 많이 보존하고 있다. 그 진정한 가치는 『우공』의 여러 편에 못하지 않다"라고 하였다.[10] 가장 널리 알려진 역사 지리학자인 탄치샹은 『산해경』의 「오장산

---

9 小川琢治, 『山海經考』, 江俠庵 編譯 『先秦經籍考』下冊, 商務印書館, 1933, p.90 참조. 원문은 1911년 일본 잡지 『藝文』 第2卷 第5, 8, 10期에 수록.

10 徐旭生, 『中國古史的傳說時代·讀山海經札記』, 廣西師範大學出版社, 2003, p.351.

경』은 기본적으로 당시 실제 지식을 반영한 지리서이지만[11], 그 형성 연대는『우공』이후로 보았다. 리우치위(劉起釪)의『고사속변(古史續辯)』은 그 스승인 구제강의 견해를 이어받아『산해경』과『우공』은 각각 중국 고대 지리학의 환상과 실증 두 학파를 시작했다고 보았다.[12]

문학 분야에서『산해경』의 학술적 지위는 날로 높아지고 있다. 랴오핑 (廖平)은『산해경』이『시경』의 주석일 것이라고 보았다.[13] 마오둔은『산해경』을 가장 원시적이고 가장 많은 신화를 보존한 고전으로 여겼다. 웬커는 "우리나라 고전에서 가장 기이하고도 아름다운 것은『산해경』만 한 것이 없다. 특정 시대와 지리의 시초가 아니라 신화의 뿌리다"라고 하였다.[14] 일찍이 문학의 뿌리로 신화를 꼽았기 때문에『산해경』은 중국 문학의 원류 중 하나가 되었다. 오늘날 중국 문학사 저작에서『산해경』을 원시 신화를 가장 많이 보존한 중국 고전이라는 높은 자리에 올려놓지 않는 것은 없다. 어떤 학자는 심지어 이를 중국 '신화의 뿌리'라고까지 보며[15], 『산해경』을 중국 소설의 비조(鼻祖)로 여기지 않는 소설사 연구자는 없다.

과거와 비교했을 때, 필자는『산해경』이라는 이 서적이 역사적으로 얻은 평가의 폭이 너무도 큰 것에 놀라움을 느낀다.『산해경』은 과연 '백 가지 중 진실한 것이 하나도 없는' 책일까, 아니면 '기본적으로 당시 실제 지식을 반영하는 지리서'인 것일까? '양반의 반열'에 오르지 못한 소설의 조상인 것일까, 아니면 숭고하고도 신성한 신화의 뿌리인 것일까? 역대

---

11 譚其驤,「五藏山經的地域範圍提要」,『山海經新探』, 四川省社會科學出版社, 1986, p.13 에 수록.

12 劉起釪,『古史續辯·禹貢的寫成時期及其作者』, 中國社會科學出版社, 1991, p.602.

13 廖平,「山海經為詩經舊傳考」,『地學雜誌』第14卷, 3, 4期, 1923.

14 袁珂,『山海經校註·序』, 巴蜀書社, 1993, p.1.

15 高有鵬, 孟芳,『神話之源－山海經與中國文化』, 河南大學出版社, 2001; 李豐楙,『神話的 故鄉－山海經』, 時報出版公司, 1981.

학자들 각자의 근거는 무엇일까? 중국 지식계는『산해경』을 이해하는 데 어떠한 여정을 거쳐온 것일까? 이러한 문제들이『산해경』자체 연구에서 『산해경』학술사 연구로 필자를 이끌었다.

『산해경』학술사 연구가 마주한 문제

　『산해경』의 문화적 지위는 여러 학자의 각기 다른 견해와 평가 때문에 급격한 변화를 겪었다. 하나의 책에 대해 어떻게 이렇게나 다른 해석과 평가를 할 수 있었을까? 오늘날 우리는 이 같은 학술사 현상을 어떻게 평가해야 할까?

　『산해경』에 관한 역대 학자의 평가는 우선『산해경』그 자체와 관련이 깊다. 긴 역사, 부족한 사료, 저자 미상, 형성 연대 미상, 그렇기에 저술 목적 및 당시의 실제 기능을 알 수 없다는 점, 그리고 전승 과정에서 발생한 변화까지 더해서『산해경』은 그 자체로 하나의 커다란 의문으로 남았다.[16] 그렇기에『산해경』연구에서는 확실하고 의심할 여지 없는 결론을

---

16 예컨대「오장산경」말미에 "우측의「오장산경」다섯 편은 대개 15,503자이다"라고 되어 있는데, 이는 반고『예문지』에 수록된 13편본에 추가된 것일 가능성이 크다. 유흠본(劉歆本)「산경」은 10편으로 추정되기 때문이다(상세한 내용은 아래를 볼 것). 그러나 청대 학의행은 주를 달기를 "지금은 21,265자이다"라고 하였다. 학의행이 사용한 것은 명나라 도장본으로 한대부터 명대까지『산해경』은 조금씩 5,762자가 늘었고, 이는 원작의 1/3에 달한다.『산해경』이 과거부터 지금까지 큰 변화를 겪어 왔음을 알 수 있다. 오차에는 죽간의 글자가 없어지거나, 죽간 순서가 뒤바뀌는 등의 문제로

내기 어렵다(이는 역사적으로 뛰어난 대가들이『산해경』을 연구하지 않으려 했던 이유 중 하나일 수도 있다). 그러나 수많은 학자가『산해경』의 거대한 매력에 홀려 상술한 문제들의 답을 찾아 헤맸다. 그래서『산해경』저자 문제만 해도 전통적인 '우임금설', '우임금과 그의 신하 익(益)이라는 설'과 그 반대로 우와 익이 아니라는 설부터, 현대에 들어 제기된 '추연설', '수조자설', '진나라 사람설', '중원 낙양 사람설', '북방 사람설', '초나라 사람설', '촉나라 사람설', '동쪽 초기 방사설' 등 거의 동서남북 모든 지역에 걸쳐있다.[17] 저마다 한마디씩 하지만, 그 무엇도 정답이라고 확신할 수 없다.『산해경』의 성격과 사회적 기능에 대해서는 '지리지설', '소설의 시조설'[18], '고사(古史)설'[19], '지리지 겸 여행 책자설'[20], '씨족 사회지설'[21], '월산(月山) 신화설'[22], '무서설'[23]과 '신화(또는 전설) 지리설', '신화 정치 지리설'[24] 등이 있다. 학설마다 각자의 근거가 있지만, 어떤 것도 주도적인 위치를 점하지는 못했다. 이는『산해경』의 기본 정보가 밝혀지지 않은 탓에 그에 대한 해석의 자유 역시 크기 때문에 벌어진 일이며, 그 덕에 서로 다

빚어진 오류도 포함된다.

17 張步天,「20世紀山海經作者和成書經過的討論」,『益陽師專學報』2001年 第1期, 2001.

18 胡應麟,『小室山房筆叢·正集』第16卷,『影印文淵閣四庫全書』, 臺灣商務印書館, 第886冊, 1986, p.332.

19 張之洞,『書目答問』, 三聯書店, 1998, p.92.

20『山海經的評價』는 프랑스인 슐레겔의 "중국 서적『산해경』은 세계에서 가장 오래된 여행안내 책자이다"라는 말을 인용한 바 있다. 凌純聲 등이 편찬한『山海經新論』, 臺灣東文文化供應社 影印本, 1970, p.3 참조; 江紹原,『中國古代旅行之研究』, 商務印書館, 1937, p.14.

21 徐顯之,「山海經是一部最古的氏族社會志」, 王善才 編『山海經與中華文化』, 湖北人民出版社, 1999, pp. 36-42 참조.

22 杜而未,『山海經的神話世界』, 臺灣學生書局, 1997年 再版.

23 루쉰, 웬커, 웬싱페이 모두 이 학설에 동의한다.

24 葉舒憲, 蕭兵, 鄭在書,『山海經的文化尋踪』, 湖北人民出版社, 2004, p.52.

를 뿐만 아니라 심지어 대립적이기까지 한 해석들이 당당하게 하나의 학설로 자리 잡을 수 있었다. 『산해경』은 거대하고 상당히 자유로운 '해석의 장'을 사람들에게 제공했다. 경학자, 사학자, 지리학자, 문학가, 자연과학자 그리고 여러 아마추어 애호가까지 『산해경』 연구 분야에서 각자의 견해를 밝혀왔다.

　『산해경』 해석에 이처럼 다양한 의견이 존재할 수 있었던 두 번째 이유는 학술 사상의 변화와 관련이 있다. 『산해경』이 형성되었던 시대와 사회 문화는 이미 과거가 되어버렸고, 『산해경』은 최소 2천여 년의 시간을 거쳐 우리 손에 당도했다. 이 2천여 년의 시간 속에서 중국의 사회 문화는 급격한 변화를 수차례 겪었고, 사회 문화의 정점에 자리한 학문적 관념은 당연히 이 같은 변화를 반영하기 마련이다. 『산해경』은 무속의 힘이 여전히 강한 시대에 탄생했기 때문에 상서롭거나 요사스러운 존재들, 신화와 전설, 산신 숭배의 제례 의식이 수없이 등장한다. '기이한 것에 대해 말하지 않는다(不言怪)'를 주장했던 정통 유학자들은 자연스레 『산해경』에 등을 돌렸고, 이를 괴이한 이야기라고 힐난했다. 반면 『산해경』을 신화서이자 '문학의 뿌리'로 추종하는 현대 신학자들은 물론 이 책을 힘껏 찬양해왔으나, 그들 역시 『산해경』의 모든 것을 진정으로 이해하는 것은 아니었다. 그렇기에 『산해경』에 대한 평가가 과거와 지금 극명하게 갈리는 것은 오히려 정상적이라고 할 수 있다. 따라서 『산해경』 학술사는 중국 문화사, 사상사의 중요한 구성 요소이며, 중국문화와 사상의 변화를 확인할 수 있는 단면이다. 그렇기에 필자는 『산해경』 연구 그 자체를 하나의 문화 현상으로 고찰하고자 하며, 이를 통해 『산해경』 학술사에 등장한 수많은 학설과 쟁점을 더 깊이 이해할 수 있기를 바란다. 이를 통해 『산해경』과 관련 학문 연구 그 자체에 대한 이해를 촉진해 나가고자 한다.

　현재 『산해경』 연구에 종사하는 인원과 발표된 논저 수량으로 보건대, '산해경학(山海經學)'은 상당히 발전했다. 이는 물론 『산해경』 이해를 돕지만, 또 한편으로는 방해 요소가 될 수도 있다. 학설이 너무 많으면 그 옳고 그름을 일일이 따지기 어려워 오히려 쉽게 길을 잃기 마련이다. 가령 『산해경』이 묘사하는 지리적 범위에 대해 국내외 학자는 이견을 보여왔다. 전통적으로 학자들은 『산해경』이 기술하는 일부 지명과 실제 지명이 일치하기 때문에 일반적으로 『산해경』이 중국과 그 주변 지역을 묘사하는 것으로 보았다. 그러나 일부 학자들은 『산해경』이 묘사하는 지역의 특징과 지역명이 비슷하다는 등의 '증거'를 토대로 그 범위가 아시아, 아메리카, 아프리카까지라고 여기기도 한다.[25] 이 같은 특이한 학설들은 모두 증거가 부족하다는 문제점을 안고 있어, 전통적인 관점과 겨루기에는 부족하다. 그러나 또 다른 일부 학자들은 직접적으로 전통적인 주장의 핵심적인 증거에 도전한다. 그들은 『산해경』이 화하(華夏) 일대 사람들이 펼친 상상의 산물이며, 지역명 역시 이들이 자유롭게 상상한 결과라고 여긴다. 이들에 따르면 『산해경』이 기술하는 일부 지역명과 실제 지역명이 일치하는 것은 『산해경』의 진실성을 증명하는 증거가 될 수 없는데, 이는 화하의 지리적 범위가 확장됨에 따라 후대 사람들이 『산해경』의 지역명을 가져다 새로운 지역을 명명하는 데 사용했기 때문이다. 이로써 『산해경』이 묘사하는 지역은 점차 커졌다는 것이다.[26] 이 같은 견해는 전통적인 해석과 완전히 대립한다. 만약 이 학설이 성립한다면, 이는 『산해경』의 지리지로서의 성격을 근본적으로 부정하는 셈이 된다. 물론 이 학설의 증

---

25 우청즈(吳承志)는 「산경」이 조선, 일본, 러시아, 몽골과 아프가니스탄까지 다룬다고 보았고, 에드워드 비닝(Edward Vining)은 「산경」이 중부 아메리카와 북아메리카까지 포함한다고 주장했다. 한편 헨리에트 메르츠(Henriette Mertz)의 『빛바랜 잉크: 아메리카를 탐험한 중국인에 관한 두 개의 고대 문헌(Pale ink: Two ancient records of Chinese exploration in America)』(1993)과 궁위하이(宮玉海)의 『산해경과 세계 문화 미스터리(山海經與世界文化之謎)』(1995)는 여전히 이와 비슷한 주장을 유지한다. 탄치샹은 앞의 두 학설을 모두 반박한 바 있다.

26 劉宗迪,「崑崙原型考」,『民族藝術』2003年 第3期.

거는 아직 부족하다. 이 같은 쟁점을 해결하기 위해서는 지금보다 더 많은 자료가 필요하다. 그러나 자료는 영원히 충분하지 않을 것이다. 기존 자료를 전제로 이 논쟁을 마주해야 하며, 학계는 무엇이 합리적인 해석이며, 무엇은 과도한 해석인지 판단할 수 있는 하나의 기준을 마련해야 한다. 이를 통해 성립되기 어려운 가설을 일부 소거하여 불필요한 논쟁을 줄일 수 있을지도 모른다.

『산해경』에 대한 평가는 학자들마다 전문 분야와 관심사가 달랐기 때문에 각기 다른 해석과 주장으로 이어졌고, 이로 인해 서로 의견이 충돌하는 상황에 이르렀다. 특히 실증을 중시하는 지리학자와 상상을 강조하는 문학자들은 『산해경』을 해석하는 데 큰 갈등을 겪었다. 전통 시기 필원(畢沅)은 『산해경』의 지리적 진실성을 고증한 역도원(酈道元)을 가장 높이 평가했고, 『산해경』의 지괴(志怪) 부분을 강조한 유수(劉秀, 또는 유흠)와 곽박은 '모두 『산해경』을 안다고 말할 수 없다'고 통렬하게 비판했다. 현대에 들어 신화학이 발전하면서 웬커의 『산해경교주(山海經校注)』는 전문적으로 신화 관점에서 『산해경』을 해석했다. 그는 비록 '『산해경』은 특정 시대와 지리의 시초가 아니라 신화의 뿌리다'라고 선언했으나, 실제 주석하는 과정에서는 '산과 강의 고증에 있어 신화와 관련이 있는 것이 아니라면 모두 생략한다. 이는 나의 일천함을 감추기 위함일 뿐만 아니라, 책을 쓰는 본래의 뜻과도 맞지 않기 때문이다'라고 하였다.[27] 이는 저자가 지리보다는 신화를 더욱 중시한다는 점을 잘 드러낸다. 다만 웬커의 『산해경』 연구는 최근 여러 분야에서 비판받기도 했다.[28]

『산해경』의 편목(篇目) 문제는 유흠과 곽박의 서술, 『한서·예문지』, 『수

---

27 袁珂, 『山海經校注·序文』, 巴蜀書社, 1993, p.2.

28 胡遠鵬, 竹野鐘生, 「試論山海經的歷史性」, 王善才 編 『山海經與中華文化』, 湖北人民出版社, 1999, pp. 79-90; 宮玉海, 胡遠鵬, 「關於山海經的注釋及上古語言問題 – 兼評袁珂先生山海經校注的神話學導向」, 위의 책, pp. 116-130.

서·경적지(隋書·經籍志)』, 『구당서(舊唐書)·경적지』의 기록과 관련이 깊다. 『산해경』이 본래 18편이었는지 아니면 13편이었는지, 또는 18권(卷)인지, 23권인지가 바로 그 문제다. 여기에는 앞뒤가 맞지 않는 부분이 많아 하나를 건드리면 전체가 다 따라오게 된다. 일부 학자들은 학술사 전체를 파악하지 않고 일부 자료에서 출발해 결함이 있는 결론을 제시하기도 한다.

학술사에 깊이 침잠하지 않고 섣불리 상술한 문제에 손을 대서는 『산해경』 연구에 혼란을 가져오게 된다. 그렇기에 바로 지금 '산해경학'이 발전해 온 역사를 되짚어 보고, 여러 학설 간의 차이점을 변별하고 원류를 따지는 작업이 필요하다. 학술사를 되돌아보고, 『산해경』을 이해하는 역대 각 학파의 근거를 고찰하고, 동정적인 시선으로 각각의 학설에 대한 이해를 시도하여 『산해경』 해석에 대한 여러 가능성을 발견하는 것이 이 책의 목적이다. 필자는 특히 역대 『산해경』 연구자들이 제시한 각자의 증거, 그리고 그들의 연구와 당시 사회 문화 변화 간의 상호 작용에 무게를 두었다. 역사를 회고하여 미래의 『산해경』 연구에 방향성을 제시할 수 있길 바란다.

3

『산해경』 학술사 연구의 현황과
본 연구서의 연구 계획

『산해경』 학술사 연구의 시작은 과거로 거슬러 올라간다. 송대 왕응린 (王應麟, 1223~1296)은 체계적으로 『산해경』 연구사 자료를 정리한 최초의 인물이다.[29] 그의 저서 『옥해(玉海)』 15권은 선진(先秦) 시기부터 당송(唐宋) 까지의 『산해경』 관련 연구를 모은 중요한 사료다. 청대 오임신(吳任臣)의 『산해경광주·산해경잡술(山海經廣注·山海經雜述)』은 학자들이 인용한 글이 나 『산해경』을 평가한 내용 100여 개를 모아 상세하게 나열하였는데, 일 종의 학술사 연구 자료집에 해당한다고 할 수 있다.[30] 일본 학자 오가와 타구지가 1911년부터 발표해 온 『산해경고(山海經考)』는 명(明), 청(淸) 두 시대에 출판된 각종 판본의 『산해경』에 관해 나름의 평가를 하였는데, 가 장 이른 현대적인 『산해경』 연구사 저작으로 볼 수 있다. 1930년 중징원 (鐘敬文)이 발표한 논문 「산해경은 어떠한 책인가?(山海經是一部什麼書)」는

---

29 張步天, 『山海經槪論』, 天馬圖書有限公司, 2003, p.268.

30 吳任臣, 『山海經廣注』, 乾隆五十一年金閶書業堂刻本.

역대 『산해경』 연구를 일부 소개했다.[31] 1933년 롱자오주(容肇祖)가 주간
지 『민속』에 발표한 「산해경 연구의 진전(山海經研究的進展)」은 비교적 체계
적으로 과거부터 현재까지 유명 학자의 『산해경』에 대한 의견을 평가하
였다. 그 후 일정 동안 『산해경』 학술사 연구는 거의 나오지 않았다.

1990년대에 이르러서야, 중국 현대 학계에 변화의 바람이 불며 학술사
연구 열풍이 일어났고, 『산해경』 학술사 연구가 다시금 사람들의 이목을
끌기 시작했다. 그중 사학자 뤄즈톈(羅志田)은 『산해경』 학술사 연구에 가
장 적극적으로 뛰어든 사람이었다. 그는 「산해경과 중국 근대 사학(山海經
與中國近代史學)」이라는 글에서 근대 사학 분야에서 이루어진 『산해경』 연
구를 회고하고, 다음과 같이 결론을 냈다.

> 역대 학자 눈에 비친 『산해경』의 이미지가 변화해 온 긴 역사를 재구성하고,
> 이 책을 시대마다, 학자마다 『산해경』의 내용을 믿을 수 있는지, 또는 얼마만
> 큼 신뢰할 수 있는지 판단하는 태도의 변화를 비추는 거울로 삼는다면, 중국
> 학술사, 심지어는 사상사에 적지 않은 시사점을 줄 수 있을 것이다.[32]

그러나 '근대'라는 제한적인 제목처럼 뤄즈톈의 연구는 『산해경』의 사
료적 가치를 두고 벌어져 온 오랜 논쟁에 대해 청말부터 민국시기의 학
계가 제시한 주장과 그 근거를 중점적으로 살펴보는 데 그쳤다. 저자에
따르면 『산해경』의 사료적 가치는 적어도 청나라 중기와 말기에는 일부
전통적인 사학자들로부터 긍정적인 평가를 받은 것으로 밝혀졌다. 그러
나 이러한 다원적인 관점이 대다수의 의견이었던 것은 아니었다. 민국시
기에 신문화 운동이 전개되면서 새로운 사학 전통이 형성되었고, 그제야

---

31 鐘敬文, 「山海經是一部什麼書」, 浙江大學文理學院學生自治會會刊, 1930. 『鐘敬文民間
   文學論集』(下), 上海文藝出版社, 1985, pp. 329-341에 수록.
32 羅志剛, 「山海經與中國近代史學」, 『中國社會科學』 2001年 第1期.

『산해경』의 사료적 가치를 인정하는 분위기가 점차 주류가 되었다. 그러나 새로운 사학 전통은 옛 사학 전통과 단절됐고, 옛 사학에 잠재되어 있던 다원적인 가능성을 소홀히 하고 말았다.

또 다른 예로는 장부톈(張步天)의 「산해경 연구사 초론(山海經研究史初論)」과 「20세기 산해경 연구 회고(20世紀山海經研究回顧)」, 진롱췐(金榮權)의 「산해경 연구 2천 년 평가(山海經研究兩千年述評)」, 저우밍(周明)의 「산해경 연구의 짧은 역사(山海經研究小史)」는 모두 『산해경』 학술사를 대략 돌아보았다.[33] 그중 장부톈의 「산해경 연구사 초론」은 『산해경』 학술사를 다섯 단계로 크게 구분하였다. 유흠이 소를 올리기 이전의 맹아기, 초석을 다진 한대~진대 시기, 자료 조사와 수집을 중심으로 한 남북조(南北朝) 시대부터 송원(宋元) 시기, 고증학을 중심으로 진행된 명청 시기, 20세기 이후 다각도로 연구가 진행된 현대 시기가 그것이다. 이는 저자가 수많은 사료를 연구하여 내린 결론으로 어느 정도 참고할 가치가 있다. 하지만 관련 논문이 대체로 학술사 사료를 늘어놓는 것에 그치고, 이에 대한 이론 분석은 부족한 점이 아쉽다. 또한 사료 역시 종합적이지 못하다. 예컨대 명대 주전(朱銓)의 『산해경유사(山海經腴詞)』, 청대 진봉형(陳逢衡)의 『산해경회설(山海經匯說)』, 여조양(呂調陽)의 『오장산경전(五藏山經傳)』, 유월(俞樾) 『독산해경(讀山海經)』 등은 그 누구도 언급하지 않았다. 동시에 좀 더 깊게 분석할 필요 또한 있다. 그렇기에 『산해경』 학술사 연구는 다시금 진행되어야 한다.

앞서 이미 언급한 바와 같이, 『산해경』에 대한 역사적 평가는 변화가 매우 크며 학설은 천차만별이다. 하나의 책이 어떻게 이토록 다른 해석을 끌어냈을까? 이는 매우 흥미로운 질문이다. 그렇기에 『산해경』 학술사는

---

33 張步天, 「山海經研究史初論」, 『益陽師專學報』 1998年 第2期; 「20世紀山海經研究回顧」, 『青海師專學報』 1998年 第3期; 金榮權, 「山海經研究二千年述評」, 『信陽師範學院學報』 2000年 第4期; 周明, 「山海經研究小史」, 『歷史知識』 1984年 第5期.

해석이라는 행위가 고전의 '삶'에 작용하는 방식을 이해하는 실험장이 될 것이다. 이 문제를 고찰하기 위해 당시의 여러 주장에 대한 내재적 증명 과정을 기술적으로 분석해야 하며, 또 학술 연구사 그 자체, 다시 말해 하나의 해석이 탄생할 수 있었던 사회 문화적 배경, 양자 간의 상관관계, 한 해석이 광범위하게 퍼질 수 있었던 외부 요인 등에 대한 사색 또한 이루어질 것이다.

텍스트 해석이란 텍스트 독해 이후 이어지는 이에 대한 이성적인 분석이다. 하나의 해석이 성공적인지는 내적 요인과 외적 요인 두 가지에 달려 있다. 내적 요인은 곧 해당 해석이 새로운지, 증거는 탄탄한지, 논증 과정이 치밀한지, 그 표현이 간결하고 명료한지 등으로, 이 모든 것이 그 해석의 생명력에 영향을 미친다. 외부 요인에 대해 말하자면, 텍스트에 대한 하나의 해석이 널리 퍼지려면 사회적 사조, 문화적 환경과 모종의 '동일한 구조'(예컨대 사회적 사조의 산물이거나 또는 사회적 사조를 이끌어가거나)를 갖추고, 또 일치해야만 가능하다. 역사를 돌아보면, 지금 보기에 가장 믿음직스러운 해석이 학술사의 발전을 이끌거나 사회적 취향에 부합했던 것은 아니었다.

이에 『산해경』 학술 연구사를 회고함으로써 두 가지 목적을 달성하고자 한다. 첫째, 이 기이한 책을 사람들이 이해해 온 과정을 총체적으로 파악하고자 한다. 둘째, 『산해경』에 대한 학술적 해석과 이를 둘러싼 사회적 배경 간의 관계를 밝히고, 학술적 해석이 탄생할 수 있었던 기제를 고찰하고자 한다.

캐나다 문학 평론가 프라이는 『비평의 해부』에서 "과거의 문화는 인류의 기억일 뿐만 아니라, 우리가 이미 묻어버린 삶이다. 이에 관한 연구는 일종의 인정과 발견으로 이어질 것이며, 이를 통해 우리는 과거의 삶을 되돌아볼 수 있을 뿐만 아니라 우리 지금의 삶 전체를 확인할 수 있을 것이다"라고 말한 바 있다.[34] 필자는 『산해경』 연구의 역사를 돌아보며 『산해경』 학술사 그 자체가 우리의 전통문화 생활과 현대 문화생활의 일부로서 지닌 의미를 밝히고자 한다.

필자는 본래 역사 평론을 중심으로 『산해경』 학술사를 연구하고자 했다. 구체적으로는 첫째, 학술사에 등장한 각 학설이 『산해경』 그 자체의 실제와 일치하는지, 또는 얼마큼 일치하는지 연구하고자 했다. 둘째, 학설과 사회 사조 간의 상호 작용 관계를 연구하고자 했다. 자료 인용은 주로 문제를 토의하기 위한 것이며, 문제의식에 비중을 두되 그 시간적 흐름에 완전히 의존하지 않으려 하였다. 그러나 연구를 진행하면서 『산해경』 학술사에서 여러 사실이 모호하여, 이론 문제를 고찰하기 전에 먼저 대대적인 고증을 진행하지 않을 수 없었다. 탈고할 때쯤에야 고증 부분과 이론 부분이 균형을 이루었다. 실제 상황에 따라 이름을 짓지 않을 수 없었기에 필자는 본 연구서의 이름을 『산해경 학술사 연구』로 정하게 되었다.

『산해경』이 다루는 범위가 넓다 보니 그 학술사 역시 지리학, 동물학, 식물학, 사학, 문학, 종교학, 민속학, 의학, 약학 등등을 포괄한다. 필자가 과문하여 고증과 연구에 분명 수많은 실수와 잘못이 있을진대, 여러 전문가의 지적과 가르침을 기다린다.

---

34 諾斯羅普·弗萊, 陳慧, 袁憲軍, 吳偉仁 譯, 『批評的剖析』, 百花文藝出版社, 1997, p.454.

제1장

『산해경』형성 연대와 성격

- 『산해경』학술사의 선사 시대

『산해경』연구에는 아직 해결되지 못한 세 가지 문제가 있다. 첫째는 『산해경』의 성격, 둘째는 작가 또는 형성 연대 그리고 마지막은 책의 편목이다. 원활한 논의를 위해 먼저 이 세 문제에 관한 필자 의견을 제시하고자 한다.

사실적인 내용도 있고 환상적인 내용도 있기에 『산해경』의 성격은 판단하기 어려운 문제다. 『산해경』은 역사적으로 지리, 역사, 정치, 종교, 문화와 예술 여러 방면에서 기능해 온 바, 후대 학자들은 그 성격에 대해 '형법가서(形法家書)', '지리서', '방물서(方物書)', '소설가서(小說家書)', '무서(巫書)', '신화서', '종합 지리지' 등 여러 이견을 내놓았다. 필자는 『산해경』을 상고시대 지리지(자연 지리, 인문 지리 모두 포함)로 본다. 그 내용은 당시 사회적 수요에 부응한 결과물이며, 객관적인 지리 정보와 기이한 내용을 두루 포함한 당시의 지리 지식 형태를 바탕으로 형성되었다. 그렇기에 현대 지리지와는 차이가 있다.

오늘날 보기에 『산해경』은 그 내용이 형성된 시대와 하나의 서적으로 묶인 시대 사이에는 차이가 있다. 우임금이나 그 신하인 백익(伯益)이 『산해경』을 썼다고 믿는 현대 학자는 매우 드물며, 대체로 전국시대 중후반에 형성되었을 것으로 추측한다.『산해경』의 특정 부분이 진한 사이에 형성되었다고 주장하는 학자도 있긴 하지만, 대부분이 선진시대에 속한다는 데 동의한다. 필자가 보기에『산해경』의 형성 연대를 전국시대로 보는 것은 너무 늦지만, 그럼에도 학계의 주류 견해로 자리 잡은 이유는 현대 고고학 발굴 결과 전국시대 이전의 철기 유물이 매우 적어 그보다 이른 시기로 추정할 근거가 부족했기 때문이다(제2절에서 상세히 다룰 예정이다).『산해경』최초의 저본(底本), 즉「산경」,「해경」과「황경」이하 5편의 형성 연대는 대략 서주 중기일 것이다.

고본(古本)『산해경』은 총 32편이었는데, 유흠이 이를 18편으로 교감, 정리하였다. 그러나 이 18편짜리『산해경』의 분권(分卷) 방식은 지금과 판이했다. 송대『산해경』분권 방법을 기준으로 미루어봤을 때, 유흠본에는「산경」이 10편,「해외경(海外經)」이 4편,「해내경」이 4편이다. 여기에는 지금 판본의「황경」5편은 포함되지 않았는데, 이들은 '밖에서 떠도는 (逸在外)' 상태였다.『한서·예문지』에 기록된 소위 13편본『산해경』은 유흠본「산경」10편을 5편으로 합친 판본일 것이다. 동진 곽박은 유흠의 18편본『산해경』에 단독으로 전승되고 있던「황경」5편을 합쳐 총 23권의『산해경전(山海經傳)』을 만들었다. 당대(唐代)에 이르러 누군가 곽박의『산해경전』을 다시 합쳐 18권으로 만들었다. 편목 고증은 상당히 까다로운 문제로 이 책의 제2장 제3절 유흠의『산해경』교감 부분과 제3장 제2절 곽박의『산해경』정리 부분에서 상세하게 다룰 예정이다.

상술한 세 가지 기본 문제에 관한 필자의 견해는 다음 제1절부터 이어진다.

『산해경』의 기본 성격

1.『산해경』의 기본 성격

『산해경』이 상고시대 지리지라는 것을 증명하는 데에 세 가지 장애물이 존재한다.

첫째,『산해경』의 대다수 지명은 한대와 위진 시기 이후의 기록에 없어 구체적인 위치를 특정하기 어렵다. 이는 시간이 흐르며 지명이 변했기 때문일 수도 있고,『산해경』의 저자가 항간에 떠도는 불확실한 이름을 사용하여 실제 지명과 차이가 나는 것일 수도 있다.

둘째,『산해경』의 지리 관련 서술 부분에는 종종 큰 오차가 발견되어 『산해경』을 지리지로 확신하기 어렵게 만든다. 탄치샹은 그의 저서『오장산경의 지역 범위를 논하다(論五藏山經的地域範圍)』에서 「산경」의 산맥 방향과 거리의 정확도를 연구하였는데, 그 결론은 다음과 같다.

1. 각 산 사이의 방향이 완전히 맞거나, 완전히 틀린 경우는 드물고, 대다수는 약간의 편차가 있는 정도다.

2. 하나의 경(經) 또는 편(篇) 전체(예컨대「남산경」)를 두고 봤을 때, 서술된 방향은 보통 정확하거나, 약간의 편차가 있으며, 완전히 틀린 경우는 예외적이다.

3. 산 사이의 거리는 보통 정확하지 않다. 경의 말미에 실린 총 거리는 보통 실제보다 크며, 어떤 경우 7, 8배에서 10여 배까지 차이 나기도 한다. 실제 거리보다 적은 경우는 예외적이다.

4. 진남(晉南), 섬중(陝中), 예서(豫西) 지역 묘사가 가장 상세하고 정확하며,『산해경』에 기록된 거리와 실제 간의 차이는 보통 2배에 못 미친다. 이 지역에서 멀어질수록 부정확하다. [1]

셋째,『산해경』의 지리 부분에는 닭 머리, 거북이 몸통에 뱀 꼬리를 한 선귀(旋龜), 꼬리가 아홉 개 달린 여우, 머리 셋에 몸통이 하나인 사람, 몸 셋에 머리가 하나인 사람 등 신화와 불가사의한 내용이 많이 섞여 있다. 또 여러 초자연적인 신령이 존재하는데, 예컨대 새 몸에 용머리를 한 산신, 노란 자루의 모습을 한 제강(帝江) 등이 있다.「해경」에 기이한 이야기가 가장 많은데,「산경」이 지리지라고 강력하게 주장한 탄치샹마저도「해경」 연구는 회피하고 말았다. 오늘날 보기에 허구이자 상상의 산물인 것 같은 내용은『산해경』을 지리지로 파악하는 데 어려움을 야기한다.

이 같은 문제 때문에 청대『사고전서·총목제요』는『산해경』을 두고 "이 책은 산수를 논하는 데 있어 신기하고 괴이한 내용을 많이 섞였다. ……(필자가) 듣고 보는 것을 근거로 판단하기에 백 가지 중에 단 하나도 진실한 것이 없다"고 평가하였다. 그렇기에 이들은『산해경』의 지리지 성격을

---

1 譚其驤,『論五藏山經的地域範圍』, 李國豪, 張孟聞, 曹天欽 編『中國科技史探索』, 上海古籍出版社, 1982에 수록. 여기에는 상세한 논증 과정이 제시되어 있다. 이 글의 개요, 즉『五藏山經的地域範圍提要』는『山海經新探』, 四川省社會科學院出版社, 1986, p.13에 수록.

부정하고 이를 '가장 오래된 소설(小說之最古者)'로 판단하였다. '듣고 본 것을 근거로 한다'는 『사고전서』 편찬관의 결론은 의심의 여지가 없어 보이지만, 실상 여기에는 큰 문제가 존재한다. 지리학이 실천적인 과학 지식인 것은 맞지만, 지리라는 것은 반드시 변한다. 그렇기에 단순하게 눈과 귀가 닿는 것만으로는 고대 지리 상황을 확인할 수 없다. 『산해경』이 묘사하는 상고 시대의 지리 상황은 오늘날과 달라 실제 보고 듣는 것은 검증의 잣대가 되기 어렵다. 예컨대 『산해경·중차삼경(中次三經)』에서 "동쪽으로 다시 이십 리를 가면 화산이라 불리는 곳인데, 그 위에 초목은 없으나 옥과 푸른 옥이 많다. 이곳이 황하의 아홉 개의 지류가 숨어드는 곳이다. 이 산은 다섯 굽이로 아홉 개의 강이 거기서 나와 합쳐져 북으로 향해 황하로 흘러들며, 그 안에는 푸른 옥이 많다"고 하였는데, 역도원은 『수경주』 제5권 '하수(河水)'에서 위의 문장을 인용하며(문장은 약간 다름) "오늘날 수양(首陽)의 동산(東山)에는 여기에 맞는 강이 없다"고 했다. 그렇다면 『산해경』 기록을 부정해도 되는 것일까? 역도원은 다음과 같이 결론을 내린다. "아마도 지금과 옛날의 세월이 상당히 멀어져 강의 영역이 그 모습을 바꾼 탓일 것이다."[2] 역도원의 태도와 비교하여 『사고전서』 편찬관의 결론은 성급하다. 하물며 청대 전기에는 역사 지리학이 크게 발달하지 못했던 터라 『산해경』에서 묘사하는 지리 상황이 사실인지 판단하기 쉽지 않았다. 편찬관이 『산해경』을 "길과 마을, 산과 강(에 관한 내용)이 거칠어 고증하기 어렵다"고 비판한 것을 두고 위쟈시(余嘉錫)가 『사고제요변증(四庫提要辨證)』에서 제시한 답은 다음과 같다. "이 또한 그 당시 이를 다루는 사람들이 정통하지 못한 탓이다. 훗날 필원, 학의행 두 사람은 그 길과 마을, 산과 강에 관해 대부분 확실하게 고증하여 이야기 해냈고, 근거 없

---

2 陳橋驛, 『水經注校釋』, 杭州大學出版社, 1999, pp. 73-74.

이 지어낸 것이 전혀 아니었다."[3]

지금의 눈으로 보면『산해경』은 분명 현대 지리지의 범위에서 한참 벗어났으며, 특히 수많은 초자연적인 요소들은 그 과학성을 크게 반감시킨다. 생물학자 궈푸(郭郛)의『산해경주증(山海經注證)』은『산해경』동식물 관련 기록의 과학적 성격을 복원하겠다는 목적에 따라 신화 부분을 대량으로 삭제할 수밖에 없었다. 어떤 학자는『산해경』이 지리지라는 주장에 의심의 눈길을 보내기도 한다. 이들은 각자 연구의 필요에 따라, 특히 자기 전공에서 벗어나지 않은 제한된 시각으로『산해경』을 '무서', '신화서', 심지어는 '백과사전'으로까지 규정한다. 그러나 필자는 여전히『산해경』이 지리지라는 견해에 동의한다. 여기에는 크게 세 가지의 근거가 있다.

첫째,『산해경』의 주요 내용과 구조가 지리지의 성격을 띤다. 책 전체에 걸쳐 지리 방위에 따라 산, 강, 물산, 기이한 존재 및 해내외에 분포한 다양한 인간군상을 차례로 소개하는 것은 전형적인 지리지 구조이다. 한편, 오늘날 실제 지리와의 오차에는 다양한 원인이 존재한다. 예컨대 당시 기술의 한계로 거리 계산에 오류가 있었을 수도 있으며, 현재 지명이 과거와 달라졌을 수도 있으며, 자연적인 변화가 생겼을 수도 있다. 이러한 문제들은 모두『산해경』의 지리지 성격을 부정하기에 충분하지 않다.

둘째,『산해경』의 일부 괴이한 내용은 상고시대 지리지에서 공통으로 보이는 시대적 특징이다. 상고 시대의 정신적 삶에는 종교와 미신이 절대적인 위치를 차지했으며 과학이 발달하지 않았기 때문에, 당시 사람들에게 괴이한 존재들은 실재였다. 이들에게 신기한 현상은 무척 자연스러운 일이었기에 기록으로 남겼을 뿐 고의로 허구를 지어낸 것은 아니었다. 이러한 상황은『산해경』뿐만 아니라, 유럽의 고대 지리서에도 마찬가지로 발견된다. 청나라 초 선교사 남회인(南懷仁, Ferdinand Verbiest) 등이 만든

---

3 余嘉錫,『四庫提要辨證』, 中華書局, 1980, p.1122.

『곤여전도(坤輿全圖)』에도 적지 않은 괴물이 등장한다. 그렇기에 『산해경』에 괴이한 내용이 있다고 하여 그 지리지적 성격을 부정하기 어렵다. 그뿐만 아니라 비록 후대의 일반 독자들의 큰 관심을 끌긴 했으나, 이물(異物) 이야기는 『산해경』의 편찬 목적도 아니었으며, 그 핵심 내용 또한 아니다. 『산해경』에 이물 이야기가 유독 많게 느껴지는 것은 「오장산경」에 대거 등장하는 산, 강, 거리 및 광·식물 관련 정보처럼 이목을 끌지 못하는 객관적인 지리 지식은 등한시해 왔기 때문이다.

셋째, 『산해경』에 체계적으로 정리된 산신 숭배와 종교 제사 활동은 상고시대 지리학에 반드시 수반되는 내용 중 하나다. 주나라 사람들은 자연 자원을 하늘이 주신 보물로 간주했고, 그 전부를 장악하기 위해 지리와 관련된 자료를 책임지는 관료들은 신과 교신해야 할 필요가 있었다. 이는 당시 유행했던 자연 숭배의 일부였다. 산신에게 지내는 제사 의례는 광물 자원을 손에 넣으려는 목적에 따른 종교적 조치였다. 『관자·목민(管子·牧民)』에 따르면 "백성을 따르게 만드는 도리는 귀신을 숭상하고, 산천에 제사 지내는 것이다. …… 귀신을 숭상하지 않으면, 비천한 백성들은 깨우치지 못하고, 산천에 제사 지내지 않으면, 위광과 명령은 알려지지 않는다"고 하였다. 이처럼 『관자』의 저자는 귀신 숭배를 통해 민중을 교화하고자 했고, 산과 강에 제사함으로써 정치 제도의 전파와 집행을 도모했다. 이 같은 사상에 따라, 광산 자원을 장악하기 위해 『관자·지수』에서는 또 다음과 같이 이야기한다. "만약 산에 이르러 빛나는 것(인용자 주: 노두를 뜻함)을 보시거든, 임금께서는 엄히 사람의 출입을 금하시고 제사를 지내십시오. 십 리마다 제단을 쌓아 만들고, 탈것을 탄 자는 내려 걷도록 하시고, 걷는 자는 빨리 걷도록 하십시오. 만약 규칙을 위반하는 자는, 그 죄로 죽음을 면치 못할 것입니다."[4] 이는 산천 제사의 실용적인 목적

---

4 周瀚光, 朱幼文, 戴洪才, 『管子直解』, 復旦大學出版社, 2000, p.506.

을 잘 드러낸다. 따라서『산해경』은 종교적인 내용을 포함하고는 있으나, 여전히 실용적인 지리지이지 전문적인 무서가 아니다. 또한 이 같은 순수한 종교적 내용은 일부에 지나지 않으며 책 전체의 주요 내용은 지리지이다. 그렇기에『산해경』에서 기이한 내용을 다룬다고 하여 그 지리지적 특성을 부정하는 것은 잘못되었으며, 이는 상고 시대 지리지의 특징을 간과하여 벌어진 일이다.

이론적으로『산해경』은 매우 오래된 지식 체계에 속하며, 객관적인 지식과 주관적인 지식이 한 데 섞여 허구와 진실을 가리기 어렵다는 특징을 지닌다.『한서·예문지(漢書·藝文志)』에 이르러서도 그 도서 분류 체계에 따라 현대인이 보기에 과학적인 저작(천문학, 지리학, 의학 등)과 무속 신앙적인 저작(점복, 감여(堪與), 신선)이 전부 '수술략(數術略)'으로 분류됐다.『산해경』역시 소위 '수술략·형법가'로 분류됐다.『산해경』의 성격을 판단하는 올바른 방법은 원시 문화 체계에서 그 구체적인 위치와 실제 기능을 파악하는 것이며, 후대 사람들의 관념 체계에 따라 정해서는 안 된다. 후대에 생성된 여러 지식 체계에서 객관적인 지식(천문학, 지리학, 수학)은 점차 신비주의에서 독립해 나가며,『산해경』이 몸담고 있던 원시적인 문화 환경과는 달라졌다. 그렇기에 훗날 학자마다 각자의 시대적 관념에 따라 판단하는 바람에『산해경』의 성격은 여러 갈래로 나뉘게 됐다.『수서·경적지』는『산해경』을 지리류(地理類)의 첫 번째로 분류했지만, 송대 도장(道藏)에『산해경』이 수록된 것은 이를 종교 저작물로 간주했음을 보여준다.『송사·예문지(宋史·藝文志)』는 이를 오행류(五行類)로 분류했는데, 이는 곧『산해경』을 감여 무속 관련 저작물로 보았다는 뜻이다.『사고전서·총목제요』에서는 소설가로 분류되었고, 현대에 이르러서 그 분류는 더욱 잡다해졌다. 이 일련의 모순은 후대 학자가 각자의 지식 체계를 바탕으로 이 오래된 서적을 규정한 탓에 일어났다.『산해경』의 사실적인 요소와 허구적인 요소는 시대마다, 학자마다 다르게 받아들여졌고,『산해경』이 학술사에서 상이한 성격으로 파악된 근본적인 원인은 바로 여기에 있다. 그렇기에 『산해경』 분류 문제에 관한 후대의 다양한 주장은 『산해경』이 시대마다 달리 발휘한 기능을 나타내며, 또 시대마다 사회 문화와 지식 체계가 발전한 양상을 보여준다.

　『산해경』은 중국문화 사상사를 반추하는 거울이며, 역대 학자들의 눈에 비친 그 모습은 각기 다른 시대의 문화와 사상을 표상한다. 『산해경』 학술사 연구의 매력은 바로 여기에 있다.

2. 『산해경』 제목의 의미

　보통 사람들은 『산해경』이란 이름을 '산과 바다에 관한 경전'으로 이해한다. 틀렸다고 할 수는 없지만, 그것이 본래 의미는 아니다.

　『설문·계부(說文·繫部)』에서 "경(經)은 날줄을 짠다는 것이다. 계(系)를 따르고, 경(巠)소리가 난다"고 하였다.[5] '경'의 본래 의미는 천을 짤 때의 날줄을 뜻한다. 경전으로서의 '경'은 훗날 파생된 의미이다. 유가 '육경(六經)'인 『시경(詩經)』, 『서경(書經)』, 『예경(禮經)』, 『역경(歷經)』, 『춘추경(春秋經)』 그리고 『악경(樂經)』은 본래 모두 '경'으로 불리지 않았다. 도가의 『도덕경(道德經)』, 『남화경(南華經)』 역시 처음에는 '경'으로 이름 붙이지 않았다. 한대에 유가와 도가를 존숭하기 시작하면서 '경'이라는 호칭이 붙게 되었다. 『묵자(墨子)』에는 『경』, 『경언(經言)』 두 편이 있는데, 손이양(孫詒讓)의 『묵자간고(墨子間詁)』는 이를 전국시대 묵가들이 추가한 것으로 본다. 또한 『묵자』 전체가 '경'으로 불리는 일은 줄곧 없었다. 이 같은 상황에서 한대에 『산해경』은 스승이 전수한 저작도 아니었고, 아직 유가 경전

---

5 段玉裁, 『說文解字注』, 上海古籍出版社, 1988年, 第2版, p.644.

을 '경'으로 부르지 않았던 『사기(史記)』에서 사마천(司馬遷)이 썩 좋아하지 않았던 『산해경』(또는 「산경」)만을 유독 '경'으로 불렀던 것은 '경'이 경전을 뜻하는 게 아니었음을 보여준다.

웬커는 『산해경』의 '경'은 경전이 아니라 '경험'을 의미하는 것으로 보았다. 이 설명에 따르면 「산경」은 거쳐 온 다섯 방향의 산맥을 서술한 것이고, 「해경」, 「황경」은 지나온 해내, 해외와 사황(四荒)을 서술한 것이 된다.[6] 창정(常征)은 이 견해를 지지했다.[7] 그러나 예수셴 등은 『산해경의 문화 발자취를 찾아서』에서 이 같은 설명은 설득력이 부족하며 '경험'은 '경' 자의 본래 의미가 아니라고 하였다. 이들은 청대 장학성(章學誠)의 『문사통의(文史通義)』의 관점을 따른다.

> 땅의 경계를 '경(經)'이라고 하며, 경기(經紀)라는 뜻을 취한 것이다. 예부터 지리서는 '경'으로 이름을 많이 지었다. 『한지(漢志)』에는 『산해경』이 있고 『수지(隋志)』에는 곧 『수경(水經)』이 있다. 훗날 주와 군의 지리는 도경이라 많이 불렀고, 그 뜻은 모두 경계에 뿌리를 두고 있다. 이러한 서적은 또한 지역의 장고(掌故)를 보존하여, 일반적인 저술과 같은 범주에 속하지 않고, 육예(六藝)의 글과도 자연히 모순되지 않는다.[8]

예수셴 등은 장학성의 견해를 바탕으로 '경기'와 '산천'을 이어 붙이면 『산해경』의 본래 의미가 대략 '경기산해(經紀山海)' 또는 '산해의 경기(山海之經紀)'라는 것을 확인할 수 있다고 추론한다. '산해의 경기'라는 것은 곧

---

6 袁珂, 『山海經校註』, 巴蜀書社, 1993, pp. 222-224. 본래 판본은 上海古籍出版社의 1980년 인쇄본이다.

7 常征, 『山海經管窺』, 河北大學出版社, 1991, p.5.

8 葉舒憲, 蕭兵, 鄭在書, 『山海經的文化尋踪』, 湖北人民出版社, 2004, p.121. 원문은 葉瑛, 『文史通義校注』, 中華書局, 1994, pp. 102-103 참조.

'산과 바다'의 순서, 질서를 의미한다.[9] 그러나 여기에 '순서, 질서'는 적절하지 않아 보인다. '경기'는 본래 경계를 긋는다는 뜻이다. 「해외남경」은 "지상의 모든 공간, 온 세계는 해와 달로 빛을 삼고 별자리로 위치를 정하며, 사계절로 한 해를 정한다(地之所載, 六合之間, 四海之內, 照之以日月, 經之以星辰, 紀之以四時)"고 전한다. 별자리와 사계절로 대지를 '경기'한다는 것은 땅에 공간과 시간의 경계를 정한다는 뜻이다. '경기 산천'은 곧 산천에 경계를 그린다는 의미이고, 오늘날의 말로 풀이하자면 산과 강을 지리적으로 구획한다는 뜻이다.

한편, 『산해경』의 「해경」에서 말하는 '해'는 옛사람들이 대지 밖에 존재한다고 믿었던 사대양, 즉 남해, 서해, 북해, 동해를 의미하는 것이 아니라, 주대 사람들이 거주하던 중심 지역을 벗어난 사방의 편벽한 지역을 뜻한다. 이는 『산해경』의 「해경」에 기록된 지역 모두 머나먼 땅인 것에서 뚜렷이 드러나기에 깊게 논의할 필요는 없을 것이다. 그렇기에 『산해경』이라는 제목의 본래 의미는 바로 산천과 먼 지역의 지리적 구획을 뜻한다.

한대 유흠 이후로 사람들은 대체로 『산해경』을 '산과 바다에 관한 경전'으로 받아들였다. 『산해경』이 송대 도장에 수록된 것은 당시 사람들이 이를 도가 경전으로 이해했던 양상을 더욱 직접적으로 보여준다.

---

9 위의 책, pp. 121-122.

『산해경』의 형성 연대와 저자 문제

1. 『산해경』의 형성 연대

전국시대 『장자(莊子)』, 『초사(楚辭)』, 『여씨춘추(呂氏春秋)』 등 책은 모두 『산해경』의 일부를 인용했다.[10] 예컨대 굴원(屈原)의 『원유(遠遊)』의 '우인이 사는 단구로 가 죽지 않는 옛 고향에 머물고자 하네'라는 구절에 왕일(王逸)은 "『산해경』에 우인국와 불사민이 있다고 했다. 또 사람이 도를 얻으면 자연히 깃털이 생긴다고도 했다"라고 해석한다. 왕일은 굴원이 「해외남경」에 나오는 우민국과 불사국을 인용했다고 본 것이 틀림없다. 『여씨춘추·본미(本味)』도 『산해경』의 여러 내용을 인용했다. 예컨대 새알을 먹는 옥민(沃民)이나 중용국(中容國) 등 나라와 민족 이름이나, 소요산(招搖山), 곤륜산(昆侖山), 불주산(不周山) 등 신화 지명도 사용한다. 또한 환환(玃玃) 등 상상의 동물 이름이나 수목(壽木), 적목(赤木), 현목(玄木) 등 사람을

---

10 여자방(呂子方)의 『독산해경잡기(讀山海經雜記)』에 상세하게 논증되어 있어 여기서는 생략함. 『中國科學技術史論文集』, 四川人民出版社, 1984 참조.

죽지 않게 해준다는 나무들도 등장한다. 그렇기에 『산해경』이라는 책이 전국시대에 이미 존재했음은 의심할 여지가 없다. 다만, 그 당시에 이 이름이 없었을 수는 있다.

『산해경』의 형성 연대를 서주까지 앞당길 수 있을까? 극소수의 학자만이 이 같은 견해에 동의한다. 오가와 타구지가 1894년 출판된 라쿠페리(Terrien de Lacouperie, 1844~1894)의 『중국 문명 서양 기원론』에서 『산해경』이 언급된 부분을 인용해 내린 결론은 다음과 같다. 「오장산경」은 상대(商代) 산악에 관한 기사(紀事)이며, 「해외」와 「해내」 두 편은 주대의 엉터리 지도를 근거로 한 것인데 유향이 이를 「산경」 뒤에 첨부했고, 유흠은 책을 교감하면서 「대황경」과 「해내경」을 추가했다.[11] 멍원통은 「산해경의 형성 시대 및 그 형성 지역 약론」에서 「대황경」, 「해내경」은 서주 전기, 「해내사경」은 서주 중기, 「오장산경」과 「해외사경」은 춘추전국 교차기에 형성되었다고 주장했다. 한편 장부톈은 「오장산경」의 저본은 주대 관방 서적이었다고 주장했다.

필자는 『산해경』이 춘추시대 이전 서주 중, 후기에 형성되었다는 데 동의하는 바이다. 다만 당시 「산경」, 「해경」과 「황경」은 합본 상태가 아니라 따로 유통되었을 것으로 본다. 「산경」의 저본이 주대에 형성되었다는 장부톈의 주장은 일리 있다. 증거를 하나 더 추가하여 「황경」 역시 주대에 형성되었음을 설명하고자 한다. 상대 사람들의 일상생활에 필요한 지식에서 유래한 네 명의 바람의 신 이름은 각각 동쪽의 석(析), 남쪽의 인(因 혹은 지(遲)), 서쪽의 이(彝), 북쪽의 환(丸)이다. 이 같은 관념은 서주 초기에 형성된 『상서·요전(尙書·堯典)』에도 남아 있는데, 동쪽은 석, 남쪽은 인, 서쪽은 이(夷), 북쪽은 오(隩)이다. 훗날 주대 사람들은 사방풍(四方風) 또는 사방풍신(四方風神) 관념을 완전히 폐기해 버렸고, 춘추전국 시대의 저작

---

11 小川琢治, 『山海經考』, 江俠庵 編譯 『先秦經籍考』 下卷, 商務印書館, 1933, p.9 참조.

에는 이와 관련된 기록이 전혀 남아 있지 않다. 이 때문에 한나라 유학자들은 『요전』에 보이는 관련 개념을 억지로 해석할 수밖에 없었다. 그러나 「황경」에는 사방풍 이름과 바람의 신 이름이 남아 있어 이로써 「황경」과 『요전』은 쓰인 시대가 크게 차이 나지 않음을 알 수 있다.[12] 한편 제준(帝俊)은 상대 사람들이 숭배하던 천신(天神)인데 주나라가 상나라를 밀어내고 수립되며 자연스레 상대의 상제 관념은 폐기되었다. 그렇기에 춘추시대 이후 서적 중에 제준을 언급하는 것은 전혀 없다. 그러나 『산해경』에는 제준 신화가 대거 남아 있다. 이는 곧 『산해경』이 주나라 사람들이 사방풍, 사방풍신 관념 그리고 제준 신화를 폐기하기 이전, 즉 춘추전국 시대 이전에 형성된 서적임을 뜻한다. 『산해경』에 보이는 후대 요소들은 전승 과정에서 섞여 들어간 것일 것이다. 안지추(顏之推)가 『산해경』에 어째서 한대 군(郡) 이름이 등장하는지 묻는 친구에게 "모두 후대 사람들이 섞은 것일 뿐 본래의 글이 아니라네"라고 대답했던 것처럼 말이다.[13]

뒤섞인 후대의 내용이 너무 많아 '후대 사람들이 섞은 것'이라는 한 마디로는 전부 설명할 수 없다고 여기는 학자들도 있다. 그러나 이 문제는 『사고제요변증』에서 충분히 설명되었다.

나는 진, 한 이전의 사람들은 순박하여 관제와 지리에 있어 당시 사용하던 이름을 많이 사용하여 실용적인 목적을 달성하려 한 것이라 여겼다. …… 안씨(顏氏)는 '후대 사람들이 섞은 것'이라 말했는데 나는 그것이 고의로 섞은 것이라 생각하지 않는다. 단지 옛사람들이 책을 읽을 때 표시한 것이 있었던 것뿐이며, 마치 요즘 사람들이 책 가장자리 여백에 글을 써놓는 것과도 같다. 전사하는 사람은 그것이 밝히는 바가 있다고 여겨 곧 베껴 넣고 누구의 글인지는

---

12 복사(卜辭), 『요전』과 「대황경」에 나타난 사방풍과 사방풍신에 관한 분석은 胡厚宣의 「釋殷代求年於四方和四方風的郊祀」, 『復旦學報』1956年 第1期에서 재인용.

13 『顏氏家訓·書證篇』, 『四部備要』本.

따지지 않았다. ······ 옛 책에 후대 사람들이 덧붙여 섞은 바가 있는 것은 역사 지리서가 많고, 논설문에는 흔하지 않으니, 실용적인 글과 공론 간의 차이일 따름이다.[14]

『산해경』은 옛 지리서이기 때문에 전승 과정에서 후대인들이 추가한 내용이 상당량 발견되는 것은 정상적이다. 다만 『산해경』이 서주 중, 후기에 이미 형성되었다고 말하기에는 이를 증명해 줄 동시대 자료가 부족하다는 최대 난제에 부딪히게 된다. 고사변파(古史辨派)의 기준에 따라 아무도 언급하지 않았다면 이는 존재하지 않았음을 의미하기 때문이다. 그러나 소위 '암묵적인 증거(默証)'로 역사적 사실을 판단하는 이 이론이 지닌 위험성은 이미 오래전에 지적받았으며, 현대 학자들 모두 『산해경』의 주요 내용이 전국시대에 이미 존재했다는 데 동의한다. 그러나 전국시대 이전 문헌에 『산해경』 또는 「산경」, 「해경」, 「황경」을 언급하는 경우가 없다는 것 역시 자명하다. 이는 역대 학자들이 『산해경』의 창작 연대가 전국시대보다 이를 수 없다고 주장하는 근거의 핵심이었다. 그 옳고 그름을 판단하기 위해서는 왜 그 당시 이 책을 언급한 사람이 아무도 없었는지 그 원인을 먼저 파악해야 한다. 왜 서주 시대에 『산해경』을 언급한 자가 아무도 없는가? 당시 이 책이 없었기 때문인가, 아니면 이 책을 아는 사람이 너무나도 적은 나머지 기록되지 못했는가? 『산해경』을 전국시대 이전 문인들이 놓치고 잊어 버렸다는 점은 연구할 만한 문제이다.

필자는 『산해경』이 머나먼 옛날에는 지극히 중요한 국가 자료였을 것으로 추정한다. 지리서로서 『산해경』은 그 당시 대작이었을 것이다. 청대 학의행(郝懿行)이 집계한 바로 『산해경』은 총 30,825자이며 「산경」은

---

14 余嘉錫, 『四庫提要辨證』, 中華書局, 1980, p.1121.

21,265자, 「해경」은 9,560자이다.[15] 고작 1,200자인 『우공』과 비교할 수 없을 만큼 길며, 내용 역시 훨씬 풍부하여 대작으로 봐도 무방하다. 전국 시대 이전에 『산해경』과 같은 지리서 대작 편찬 작업은 대규모 사업이었을 것이며, 개인이 완성할 수 있는 일이 아니었다. 예수셴은 선진시대 개인 저술이 『산해경』과 같이 방대하고 정밀할 수는 없다고 보며 "모종의 의미에서 이러한 저작물을 감히 시도하고 만들어 낼 수 있었던 것은 사회 권력의 대리인뿐이었을 것이다. …… 이 책(『산해경』)의 탄생에는 반드시 관방의 힘이 작용했을 것이다"라고 추론한다.[16]

1957년 쑨원칭(孫文青)은 처음으로 『산해경』이 중국 최초의 전국 지리 측량 조사 자료집이라는 의견을 제시했다.[17] 창정은 「중산경」의 193개 13조 산 중에서 11조가 주왕(周王) 도성 근처에 있다는 점을 들어 「중산경」이 주대 사람들이 지닌 자신들이 '천하의 중앙'에 있다는 인식에 들어맞는다고 주장했다. 그렇기에 『산해경』은 '주나라 관청이 소장한 지리 관련 공문서'라는 것이다.[18] 이에 대해 장부톈 역시 「오장산경」의 저본은 주나라 왕실 관방 자료라고 주장했다.[19] 그가 보기에 「오장산경」의 초기 저본은 서주 시대 전국을 조사한 기록인데 후대에 끊임없이 수정되었다는 것이다.

평왕(平王)이 도읍을 동쪽으로 옮긴 후 왕실은 쇠락해져 갔지만, 춘추 시대 초기만 하더라도 주나라 천자는 여전히 어느 정도 권위를 유지하

---

15 오임신의 『산해경광주』의 통계는 39,019자이지만, 아마도 학의행이 참고한 판본과 다르거나 집계 방법이 달랐기 때문으로 추정된다.

16 葉舒憲, 蕭兵, 鄭在書, 『山海經的文化尋踪』, 湖北人民出版社, 2004, p.46.

17 孫文青, 「山海經時代的社會性質初探」, 『光明日報』1968年 8月 15日. 그러나 그는 '지리 측량 조사'의 시기를 4000년 이전의 원시 사회로 주장하여 극소수 사람의 지지만을 얻었다.

18 常征, 『山海經觀窺』, 河北大學出版社, 1991, p.31.

19 張步天, 「山海經研究史初論」, 『益陽師專學報』1998年 第2期.

고 있는 상황이었다. 그렇기에 이 같은 조사 기록이 이어질 수 있었을 것으로 보이며, 「중산경」의 낙읍(洛邑) 근처 기록이 그토록 상세할 수 있었던 까닭도 여기에 있다. 이 저본은 대략 춘추, 전국시대 교차기에 형성되어 훗날의 『산해경』이 되었을 것이다. 「오장산경」은 '중국 상고시대 산악과 산맥을 줄기로 삼은 지리 민속 박물지'이고, 「해경」은 '당시 변두리 지역에 관한 견문록'으로 아마도 개인이 작성한 것일 테다. 이 학설은 『산해경』이 실제 상황을 기록했다는 점에 무게를 둔다. 필자는 서주 시대에 전국적인 실제 지리 조사가 진행된 바를 증명하기에는 충분한 증거가 없다고 본다. 그러나 『주관(周官)』의 관련 기록에 따르면 당시 정부는 전국의 지리 상황을 파악하고 있었다. 그렇다면 전국적으로 지리 관련 자료(실제 측량, 문헌 자료와 구전되는 전설 등을 포함한 여러 자료)를 수집하고 정리하는 작업은 진행됐다는 뜻이다. 『산해경』은 이 같은 정리 작업의 결과물일 것이다.

　『산해경』이 국가의 지리 관련 문서이자 '전국 조사 기록'이라면, 그 중요성은 두말할 것도 없다. 그런데도 그 누구도 언급한 자가 없는 것은 왜일까? 필자는 여기에는 두 가지 원인이 있다고 본다.

　첫째, 지리 자원은 국가의 중요 기밀로 외부에 누출돼서는 안 됐다. 고대 국가는 지리 자원을 매우 중요하게 여겼는데, 이는 「오장산경」의 말미에 우임금의 목소리를 빌어 제시한 책 전체의 가치에서도 드러난다.

　천하 명산 중 5,370곳을 다녔고, 64,056리로 그것들이 차지한 땅이었다. ……
　천지의 동쪽과 서쪽은 28,000리이고, 남쪽과 북쪽까지는 26,000리이며, 강이
　흘러나오는 산은 8,000리이고, 물이 지나는 곳이 8,000리이며, 구리가 나는 산
　은 467개이고, 철이 나는 산은 3,690개이다. 이 책은 천하를 나무와 곡식을 섬

는 곳, 주살과 창이 드러나는 곳, 칼과 겸(鐱)[20]이 일어나는 곳을 나누어 기록한 것으로, 이 책을 잘 활용할 수 있는 사람은 넉넉할 것이고, 서툰 사람은 궁핍할 것이다. 태산(太山)과 양보(梁父)에 봉선을 행했던 임금은 모두 72명인데, 그들이 흥하고 망했던 이치가 모두 이 안에 있고, 가히 나라를 위해 쓰이기 위함이라 할 수 있다.[21]

이 단락은 「오장산경」의 정치적 의미를 알려준다. 지리 공간과 물류 자원은 건국의 기초이자 백성들이 생활하는 바탕이었다. 또한 전쟁이 발생하는 근본적인 원인이기도 했고, 화폐 주조의 원료였다. 능력 있는 자가 지닌 자원은 남아돌았고, 무능력한 자는 언제나 자원 부족에 시달렸다. 국가의 흥망성쇠는 얼마큼의 지리 자원을 확보했느냐에 달려 있었다. 이처럼 『산해경』의 저자가 책을 쓴 목적은 너무나도 명확했다. 곧 국가가 이 모두를 파악하고, 장악할 수 있도록 하기 위함이다.

실제로 고대 국가가 지리 자원을 통제했던 사실은 상술한 내용과 완전히 일치한다. 고대에 산과 강, 해양 자원은 오랫동안 국가가 독점적으로 장악했는데, 이를 '산해 금령(山海之禁)'으로 불렀다. 주로 산에서 나는 광물, 구리나 철 따위와 바닷물을 끓여 얻는 소금이 통제 대상이었다. 전자는 무기와 화폐 주조 원료였고, 후자는 세금 징수의 주요 원천으로 모두 국가의 흥망에 직접적으로 관련되었다. 『일주서(逸周書)』는 "옛날 제후의 땅은 백 리를 넘지 않았고, 산과 바다는 분봉하지 않았다"고 하였다. 제후

---

20 웬커는 살(鐱)을 '폐(幣)'로 써야 한다고 주장했다. 『山海經校註』, 巴蜀書社, 1993, p.221 참조.

21 天下名山, 經五仟三百七十山, 六萬四仟五十六裏, 居地也. …… 天地之東西二萬八千裏, 南北二萬六千裏, 出水之山者八千裏, 受水者八千裏, 出銅之山四百六十七, 出鐵之山三千六百九十, 此天地之所分壤谷也, 弋矛之所發也, 刀鐱之所起也. 能者有餘, 拙者不足. 封於太山, 禪於梁父, 七十二家. 得失之數皆在此內, 是謂國用.

국의 규모는 100리 이하로 관리됐고, 그 안의 산과 바다는 제후에게 주지 않았다. 이는 제후가 산과 바다에서 나는 자원을 손에 넣어 반기를 들 마음을 품지 않게 하기 위함이었다. 「오장산경」에 기록된 광산 자원은 매우 많다. 금속에 속하는 것만 하더라도 금, 황금, 적금, 백금, 구리, 금동, 적동, 은, 적은, 적주석, 금주석, 철 등이 있고, '철이 많다'는 곳이 약 37곳[22], '구리가 많은' 곳은 약 25곳, '금(대다수는 구리)이 많다'는 곳은 약 140군데이고[23], '옥이 많은' 곳은 약 214곳이다. 이는 모두 「산경」의 저자 또는 편집자가 광산 자원을 매우 중시했음을 보여준다. 산에서 나는 자원을 기록하는 「오장산경」의 순서 역시 주목할 만하다. 보통 산을 소개할 때 먼저 금, 옥, 구리, 철, 주석 등 광산 자원을 소개한 뒤에야 초목과 동물 등을 나열한다. 이러한 광산 자원은 당시 보통 사람에게는 특별한 의미가 없었지만, 국가에는 중요했다. 먼저 광산을 나열하고 그 후 초목과 동물이 이어지는 것은 국가에 중요한 순서에 따라 배열한 결과일 것이다. 동시에 「오장산경」은 전국의 산맥 분포와 강의 방향을 기록하는데, 이는 각 지역의 교통(정확도는 별개의 문제이며, 옛사람들은 현대인처럼 정밀한 기록을 요구하

---

22 「산경」의 형성 연대를 전국시대 이전으로 보지 않는 핵심적인 증거는 바로 철이 나는 산이 너무 많다는 것이다. 현재 고고학 연구에 따르면 철기는 춘추시대 이전에 많이 나타나지 않고, 전국시대 중기 이후에 보편적으로 사용되었다. 袁珂, 「山海經寫作時地及篇目考」, 『中華文史論叢』 第7輯, 1978, pp. 163-165 참조. 그러나 여기에는 오류가 있다. 첫째, 당시의 광산 탐사 기술은 정확하지 않았기 때문에 「산경」의 숫자가 실제 광산과 일치하지 않을 수도 있다. 둘째, 광산이 발견된 이후 채굴, 제련, 주조 등의 기술 과정을 거쳐야 사용할 수 있기에 광산의 존재에 대한 기록은 보편적으로 사용된 것보다 이르다. 셋째, 고고학 발견 그 자체만으로도 한계가 있다. 고고학에서 적게 발견됐다는 것이 곧 적게 사용되었다는 의미가 아니며, 발견되지 않았다는 것이 곧 존재하지 않는다는 것도 아니다. 그렇기에 「산경」에 광산 기록이 많다는 이유로 전국시대 이전에 형성되지 않았을 것으로 판단할 수는 없다.

23 이토 세이지(伊藤淸司) 역시 적금을 포함한 금은 보통 구리로 봐야 한다고 했다. 『中國古代文化與日本』, 張正軍 譯, 雲南大學出版社, 1997, p.425. 곽박은 적금은 구리이고, 백금은 은이라고 했다.

지 않았다)과 관련되며, 또한 군사적인 의미를 지닌다. 『주례·하관(周禮·夏官)』은 전문적인 관리인 사험(司險)이 구주의 판도를 파악하여 그 산림천택의 험하고 막힌 것을 두루 알아 길을 통하게 했다고 전한다.[24] 한편 「오장산경」이 전하는 이물은 종종 전쟁이나 풍년, 흉년의 징조와 관련이 있다. 『주례』의 '산사(山師)', '천사(川師)'는 이 같은 정보를 파악하고 장악하여 권력을 견제했다. 이처럼 국가에 중요한 자연과 인문 자원을 기록했기 때문에 「오장산경」은 국가의 중요 기록물, 더 나아가 기밀에 가까웠을 것이다. 그렇기에 보통 사람들은 쉽게 알 수 없었고, 개인 저술에서 이를 인용하는 것은 더욱 불가능했다.

『산해경』 내용의 중요성은 『주관』의 정치 제도에서도 어느 정도 확인할 수 있다. 『주관』 역시 편찬 시기에 논란이 있는데, 첸무(錢穆)의 고증에 따르면 이는 전국 말기 책이며 주대 사회 일부를 반영한다.[25] 『주관』에는 자원을 이용하기 편하도록 지리 정보를 관리하는 각종 관리 직책이 나온다. 예컨대 다음과 같다.

『천관(天官)』에 따르면 사서는 나라의 육전 …… 나라의 지적도와 땅의 지도를 관리한다.[26]

『지관(地官)』에 따르면 대사도(大司徒)의 직무는 나라 토지의 지도, 그리고 그 사람의 숫자를 관리하여 왕을 보좌하여 나라를 안정케 하는 것이다. 천하 토지의 지도로 구주 땅의 면적을 두루 알고 산림, 천택, 구릉, 분연(墳衍), 원습(原隰)

---

24 『十三經注疏』本, 中華書局, 1980, p.844.

25 錢穆, 『兩漢經今古文平議·周官著作時代考』, 商務印書館, 2001, p.462.

26 天官云, 司书掌邦之六典 …… 邦中之版, 土地之图. 『十三經注疏本』, 中華書局, 1980, p.682.

의 이름을 판별하고, 나라의 수도와 시골의 수를 파악해야 한다.[27]

『지관』에 따르면 또 수인(遂人)은 나라의 들을 관리하여, 토지 지도로 밭과 들을 구획하고, 현읍과 시골을 세우고, 지형과 구역에 관한 법을 제정해야 한다. 토훈(土訓)은 지도를 관장하여, 지역마다의 일을 왕에게 아뢰며, 지역마다의 사특한 자에 관해 설명하고, 지역마다의 사물을 판별한다.[28]

『하관』에 따르면 사험(司險)은 구주의 판도를 파악하여 그 산림천택의 막힘을 두루 알아 길을 통하게 한다고 하였다.[29]

『하관』에서 또 직방씨(職方氏)는 천하의 판도를 파악하고, 천하의 땅을 장악하여 나라의 수도와 시골을 판별한다. 사이(四夷), 팔만(八蠻), 칠민(七閩), 구맥(九貉), 오융(五戎), 육적(六狄)의 사람들과 그 자원, 구곡과 육축의 수를 분별하여 그 좋고 나쁨을 두루 안다고 하였다.[30]

위의 내용은 여러 정부 직책과 부서에서 지도와 거기에 명시된 여러 자원에 관한 정보를 잘 관리했어야 하며, 또 『주관』의 저자 또한 지리 지식을 매우 중시했었음을 보여준다. 이와 같은 자료는 등급에 따라 관리되던 것으로 보인다. 사서는 '국가 지도'만 관리하고, 사험만이 '구주 지도'를

---

27 地官云, 大司徒之職, 掌建邦之土地之圖, 與其人民之數, 以佐王安擾邦國. 以天下土地之圖, 周知九州之地域廣輪之數, 辨其山林, 川澤, 丘陵, 墳衍, 原隰之名物, 而辨其邦國都鄙之數. 위의 책, p.702.

28 地官又云, 遂人掌邦之野, 以土地之圖經田野, 造縣鄙 形體之法. 위의 책, p.740; 土訓掌道地圖, 以詔地事, 道地慝, 以辨地物. 위의 책, p.747.

29 夏官云, 司險掌九州之圖, 以周知其山林 川澤之阻, 而達其道路. 위의 책, p.844.

30 夏官又云, 職方氏掌天下之圖, 以掌天下之地, 辨其邦國都鄙, 四夷八蠻七閩九貉五戎六狄之人民與其財用, 九穀 六畜之數要, 周知其利害. 위의 책, p.861.

관리할 수 있었고, 대사도와 직방씨 정도 되어야 가장 완전한 정보를 다룬 '천하 지도'를 관리할 수 있었다. 이 같은 등급 제도는 실상 기밀에 접근할 수 있는 권한을 차등으로 두었음을 의미한다. 고급 관리만이 더욱 완전한 지도에 접근할 수 있었다. 그렇기에 보통 사람은 이 같은 지리 자료에 접근하지 못하도록 했을 것이고, 특히 대사도와 직방씨가 관리하는 '천하'를 다룬 1급 지리 자료는 더더욱 접근 불가했을 것이다. 직방씨가 관리하는 자료는 사실『산해경』에서 다룬 내용과 거의 일치한다. 국내 자료뿐만 아니라 해외 정보도 포함하며, 자연 지식은 물론 인문 지식 또한 망라되어 있다. 이는『산해경』과 같은 종류의 도서가 중요했음을 시사한다.

두 번째, 「오장산경」에 나타난 체계적인 산신 숭배와 산신 제사 의례 역시 국가 종교 권력의 일부로 보통 사람은 발 들일 수 없는 영역이었다. 고대에 전국적인 산천 제사는 천자만이 할 수 있었다.『예기·제법(禮記·祭法)』에서 "산림, 천곡, 구릉은 구름을 낼 수 있고, 바람과 비를 만들며, 괴이한 존재를 볼 수 있는데, 모두 신(神)이라 부른다. 천하를 다스리는 자는 백신(百神)에게 제를 지낼 수 있고, 제후는 그 땅에서 제를 지낼 수 있고, 그 땅을 잃으면 제사 지내지 않는다"고 하였다.[31]『예기·왕제(王制)』에서 또 "천자는 천하의 명산대천에 제사를 지내고 오악은 삼공(三公)을 연향 할 때의 등급에 견주고, 사독(四瀆)은 제후를 연향 할 때의 등급에 견준다. 제후가 명산대천에 제사를 드리는 것은 그 땅에 있는 것이다"라고 하였다.[32] 산천 신에 드리는 제사는 예부터 국가 사전(祀典)의 중요 부분이었고, 천자는 전국 모든 산천에 제사 지내고, 제후는 자기 관할 지역의 산천에만 제사 지낼 수 있었다.

『산해경』의 동, 서, 남, 북, 중 다섯 지역 산신의 외형은 상당히 체계적

---

31 위의 책, p.1588.

32 위의 책, p.1336.

이다. 「남산경」 산신은 각각 '새 몸에 용 머리', '용 몸에 새 머리' 그리고 '용 몸에 사람 얼굴'로 모두 용의 신체 일부를 지닌 초현실적 형태로 모두 상당히 유사하다. 「서산경」 산신은 '사람 얼굴에 말 몸', '사람 얼굴에 소 몸', '양 몸에 사람 얼굴'로 모두 사람과 집에서 기르는 가축의 신체 일부가 결합한 형태로, 역시 유사성이 보인다. 「북산경」 산신의 상황은 약간 복잡한데, '사람 얼굴에 뱀의 몸', '뱀의 몸에 사람 얼굴'인 경우가 있고 '말 몸에 사람 얼굴', '돼지 몸에 옥을 달고', '돼지 몸에 발이 여덟 개에 뱀의 꼬리'인 경우도 있어, 기본적으로 동물의 몸에 사람 얼굴을 한 형태다. 「동산경」의 산신은 '사람 몸에 용 얼굴', '동물 몸에 사람 얼굴을 하고 뿔이 있는', '사람 몸에 양 뿔'로 대다수 사람의 몸에 동물 얼굴을 취해 「북산경」과 반대이다. 「중산경」 산신은 '사람 얼굴에 새 몸', '사람 얼굴에 동물 몸', '사람 형상에 머리가 두 개', '사람 얼굴에 머리가 세 개' 등등이다. 이처럼 「오장산경」에 기록된 산신의 모습은 기본적으로 사람, 새, 동물, 용 네 존재를 조합한 결과다. 같은 지역의 산신이 비슷한 모습으로 묘사된 데는 이들이 하나의 종교 체계에 속한 존재로, 서로 다른 지역 종교나 민간 종교의 신령에서 유래한 것이 아님을 뜻한다. 그리고 이는 앞서 언급한 전국 산천에 제사하는 천자의 권력과 일치한다. 이들 산신에 대한 제사 방식 역시 일치하여 국가가 주도하는 체계적인 제사 의례임이 분명하다.

당시 사람들은 산과 강의 신령이 광산 자원 같은 것을 하사해 준다고 생각했고, 그렇기에 경건하게 이들에게 제를 올려야만 광산 자원을 얻을 수 있다고 여겼다.[33] 국가가 종교 제사권을 통제했다는 점을 미루어 보아 머나먼 옛날 보통 사람들은 『산해경』에 접근할 수 없었을 것이다. 이 같은 상황에서, 정부 관료라 할지라도 『산해경』과 같이 전국, 더 나아가 천

---

33 伊藤清司, 『中國古代文化與日本』, 張正軍 譯, 雲南大學出版社, 1997, p.423.

하의 지리와 종교를 파악할 수 있는 자료를 확보하기 어려웠을 것이며, 외부인은 더더욱 불가능했다. 그렇기에 전국시대 이전에 『산해경』은 다른 책에 나타날 수 없었다.

춘추 전국 시대에 주나라 천자는 그 권위를 철저하게 상실했고, 중국은 전쟁에 휩싸여 여러 갈래로 찢겨 나갔는데, 이 같은 상황은 근 500년이나 지속되었다. 주나라 왕실이 보유하던 학문과 지식은 흩어져 사라졌고, 『산해경』역시 이때 어느 제후국에 흘러 들어갔을 것으로 보인다. 여러 제후국은 모두 국내외의 각종 자원 정보를 파악 및 장악하고자 했는데, 여기에는 당연히 자국 정보와 해외 지리 지식을 포함했다. 산천과 들, 도로 교통, 물류 정보와 인문 지식 등이 모두 수집 대상이었다. 이는 전국시대 『초사』,『여씨춘추』등 책의 신분 높은 저자들이『산해경』에 접근하고 이를 인용할 기회였다.『사기·굴원가생열전(屈原賈生列傳)』에 따르면 굴원은 과거 좌도(左徒) 직책을 맡은 적이 있었다. 추빈지에(褚斌杰)의 고증에 따르면 좌도는 전국시대 때 내정, 외교를 두루 겸하는 중요한 관직이었다.[34] 그렇기에 굴원은『이소(離騷)』,『천문(天問)』,『원유』를 창작할 때『산해경』을 인용할 수 있었다. 기원전 256년 진나라 상국(相國)이었던 여불위(呂不韋)는 전쟁을 일으켜 동주를 멸망시키고 자연스럽게 주나라 천자가 소장하고 있던 모든 '도서' 자료, 즉 지도와 관련 서적을 확보할 수 있었다. 여기에는『산해경』도 포함되어 있었을 것이다. 그렇기에 여불위는 자연스럽게『여씨춘추』에『산해경』을 대량으로 인용할 수 있었다.

그러나 보통 사람은 여전히『산해경』을 볼 수가 없었다. 지리 자료는 각국의 고급 기밀이었기 때문에 외부인은 절대 손을 댈 수 없었고, 특히 적국은 더더욱 접근해서는 안 됐다.『관자·지수(地數)』에서 하늘과 땅의 자원에 관한 환공(桓公)의 질문에 관자가 대답하는 부분이 있다.

---

34 褚斌杰,『楚辭要論』, 北京大學出版社, 2003, p.14.

산 위에 황토가 있다면 그 밑에는 철이 있는 것이고, 위에 연이 있다면 밑에는 은이 있는 것입니다. 혹자는 '위에 연이 있으면 밑에 주은(鉒銀)이 있고, 위에 단사가 있다면 아래 주금이 있는 것이고, 위에 자석(慈石)이 있으면 그 아래 구리가 있다'고 했습니다. 이것이 산이 묻혀 있는 자원을 드러내 보이는 것입니다. 만약 산에 이르러 빛나는 것을 보시거든, 엄히 사람의 출입을 금하시고 제사를 지내십시오. 금한 산을 다니는 자가 있다면 죽을죄를 면치 못할 것입니다. …… 이것은 하늘의 재물과 땅의 이로움이 있는 곳입니다.[35]

백고(伯高)가 황제(黃帝)에게 '천하를 아울러 일가를 이루고자 하는' 방법을 일러 줄 때 산을 봉쇄하여 입산을 금지하는 정치적 수단뿐만 아니라, 종교적 수단도 제시한다.

산 위에 단사가 있는 것은 밑에 황금이 있는 것이고, 산 위에 자석이 있는 곳은 구리가 있는 것입니다. 산 위에 화강암이 있는 것은 땅속에 납, 주석, 붉은 구리가 있는 것이고, 산 위에 붉은 흙이 있는 곳은 그 아래 철이 있는 것입니다. 이것이 산이 묻혀 있는 자원을 드러내 보이는 것입니다. 만약 산에 이르러 빛나는 것을 보시거든, 군주께서는 엄히 사람의 출입을 금하시고, 금한 산의 십 리마다 제단을 하나 만들어 수레와 말을 타는 사람은 내려서 지나고, 걸어서 다니는 사람을 빨리 지나가라고 하십시오. 만약 명령을 어기는 자가 있다면 죽을죄를 면치 못할 것입니다.[36]

---

35 山上有赭者其下有鐵, 上有鉛者其下有銀. 一曰, 上有鉛者其下有鉒銀, 上有丹砂者其下有鉒金, 上有慈石者其下有銅金. 此山之見榮者也. 苟山之見榮者, 謹封而為禁. 有動封山者, 罪死而不赦. …… 此天財地利之所在也. 周瀚光, 朱幼文, 戴洪才, 『管子直解』, 復旦大學出版社, 2000, p.511.

36 上有丹砂者下有黃金, 上有慈石者下有銅金, 上有陵石者下有鉛, 錫, 赤銅, 上有赭石者下有鐵, 此山之見榮者也. 苟山之見其榮者, 君謹封而祭之. 距封十里而為一壇, 是則使乘者下行, 行者趨. 若犯令者, 罪死不赦. 위의 책, p.506.

이 아래에는 치우(蚩尤)가 갈로산(葛盧山)과 옹호산(雍狐山)의 '금(구리)'을 얻은 후에 일으킨 전란을 예로 들어 군주가 반드시 광산- 실상 전쟁 물자를 독점해야 하는 필요성을 설명한다. 위의 단락은 산에 드리는 제사의 정치적 목적은 제단을 설치함으로써 다른 사람들이 산에 드나들며 광산 자원을 확보하여 전쟁을 일으키는 것을 막고자 함을 보여준다. 이는 『관자』의 저자가 지리 지식과 그 대표적인 국가 자원을 매우 중시했다는 것을 뜻한다.

각 나라는 현실적인 이유로 적국의 상황을 열심히 염탐했다. 형가(荊軻)가 진나라 왕을 죽이려 한 사건 역시 독항(督亢) 땅의 지도를 미끼로 벌어진 일이었다. 그렇기에 이 당시 산을 봉쇄하고 제사를 지내는 행위는 광산을 통제하겠다는 이성적인 사고의 결과였다. 본래 종교적이었던 산천제사는 이 당시에 이미 현실적인 정치 활동이 되어 있었다. 그렇기에 전국시대와 같은 정치적 상황에서 전국적인 지리 정보를 다룬 자료라면 반드시 관리의 대상이 되었다. 이렇게 『산해경』의 유통은 정치적 목적을 위해 자연스럽게 통제되었다. 구제강은 『우공(전문 주석)』에서 『우공』이 저술되던 시대가 바로 『산해경』이 유행하던 시기였다고 주장했는데, 즉 전국 후기를 말한다. 그러나 그는 『산해경』이 한때 유행했다'는 가설에 대해 증거를 제시하지 않았다. 그렇기에 왕청주(王成祖)는 주관적인 가설이 틀림없다며 비판했다.[37] 필자는 춘추시대 이전 『산해경』이 주나라 천자 손에 완전히 은폐되어 있을 때와 비교해 전국시대의 『산해경』은 여러 제후국에 흩어져 있었다고 본다. 그렇기에 『산해경』이 전파된 범위가 확대되었다고 말할 수는 있을 테지만, 유행했다고 할 만큼은 아니었다. 제후국의 집정자들 역시 그들 손에서 『산해경』이 흘러나가기를 원하지 않았다. 이처럼 선진시대에 누구도 『산해경』을 언급하지 않은 주요 원인은

---

37 王成祖, 『中國地理學史-先秦至明代』, 商務印書館, 1988, p.17.

그 유통을 정부가 통제했기 때문이지 책이 저술되지 않았기 때문은 아니었다.

진나라는 기원전 256년 동주를 멸망시키고, 훗날 전국을 통일하여 바라던 대로 '천하 지도'와 관련 자료를 모두 확보할 수 있었다. 유방(劉邦)이 함양(咸陽)까지 진격해 들어왔을 때 이 자료는 자연히 한나라 군인 수중에 떨어지게 되었다. 『한서·소하전(漢書·蕭何傳)』은 "패공(유방)이 함양에 이르렀다. …… 소하는 홀로 먼저 진나라 승상(丞相)과 어사(禦史)의 율령과 도서를 챙기고 간직하였다. 이 때문에 패공이 천하의 견고한 요새와 호구의 많고 적음과 강하고 약함과 백성들이 싫어하고 괴로워하는 것을 두루 알게 되었는데, 이는 소하가 진나라의 도서를 얻은 덕이었다"고 전한다. 여기서 말하는 '도서'가 바로 지도 관련 서적이다. 『수서·경적지』는 소하가 "진나라의 도서를 얻자, 천하의 지세를 다 알게 되었다. 훗날 또 『산해경』을 얻었다"고 이 이야기를 좀 더 보태어 전한다. 그렇다면 이때의 『산해경』은 여전히 정치적 수요를 만족할 수 있는 중요한 저술이었고, 일반인은 얻을 수 없는 궁중에 보관된 비밀도서 '중비서(中秘書)'였을 것이다. 서한 정부는 각종 (『산해경』을 포함한) '중비서'를 엄격하게 관리했다. 『한서·서전(漢書·敍傳)』은 "한성제 때 유(斿, 반유(班斿)를 가리킴)와 유향이 비서를 교감하였다. 그는 황제의 부름을 받아 황제 앞에서 여러 책을 읽을 수 있었다. 황제는 그의 재능을 높이 여겨 비서의 부본(副本)을 그에게 하사했다. 당시 책은 세상에 나와서는 안 되는 것으로 동평사왕(東平思王)이 숙부의 명의로 태사공(太史公)과 제자서를 달라고 하였지만 대장군은 안 된다고 하였다"라고 전한다. 안사고의 주석에 따르면 당시 비서는 외부로 반출이 아예 금지되었고, 심지어 동평왕이 책을 보게 해달라는 부탁조차 거절하였다. 그렇다면 반유가 비서의 부본을 얻은 것은 대단히 영광스러운 일이었을 것이다. 『한서·백관공경표(漢書·百官公卿表)』에는 포후(蒲侯) 소창(蘇昌)이 태상으로 임명받았는데, 확산(霍山)의 서적을 베끼고 비서를 누설하여 면직당했다는 이야기가 있어, '중비서'를 누설하는 것은 심지어 범죄에 해당했음을 알 수 있다.

상술한 바를 종합하자면, 지리학 지식이 지닌 전략적 가치 때문에 전국은 물론 천하 지리 상황을 묘사한『산해경』은 한대 이전에는 줄곧 중앙 정부가 독점했다가, 한대에 이르러 점차 그 제한을 풀었던 것으로 추정된다. 이 때문에『산해경』은 당시 이미 존재했으나 일반 사람들에게 알려지지 않았고, 개인 저술에 인용되는 것은 더더욱 어려웠다. 그렇기에 그 누구도『산해경』이라는 이름을 언급하지 않았지만, 그렇다고 해서 춘추 전국 시대 이전인 서주 시대에 이미 존재했음을 부정할 수는 없다.

2. 저자 문제

『산해경』은 저자가 불명확하다. 옛 학자들은『산해경』의 저자 문제에 관해 여러 학설을 제시하였다. 예컨대 왕충(王充)의 우임금설, 유흠이 주장한 백익설, 진봉형의 이견(夷堅)설 등이 있다. 이는 모두 전설에 해당하며,『산해경』의 창작 목적을 우임금이 홍수를 다스린 이야기에서 찾는다. 물론 아니 땐 굴뚝에 연기가 나겠냐는 말도 있으나, 역사적 사실로는 모두 근거가 없다. 당대 육순(陸淳)은『춘추담조집전찬례·삼전득실의제이(春秋啖趙集傳纂例·三傳得失議第二)』에서 스승이었던 담조(啖助)의 말을 인용하여 다음과 같이 말했다. "담자(啖子)께서 말씀하시기를 옛날의 해설은 모두 구전되었다. 한대 이후부터 곧 문장이 되었다. 예컨대『본초(本草)』는 모두 동한 시대 군국에서 신농(神農)의 이름으로 지은 것이다.『산해경』은 널리 은나라 때의 일을 전하지만, 하나라 때 우임금이 지었다고 말한다. 그 밖의 서적도 이런 경우가 매우 많다.『춘추』삼전(三傳)의 뜻 역시 본래 모두 구전된 것이다. 훗날 학자들이 죽간과 비단에 글을 지어 창시자의 이름으로 제목을 지었다."[38]

『한서·예문지』는『산해경』을 수술략의 형법가로 분류하였으나 저자가
누구인지는 언급하지 않았다. 다만 수술략 소서(小序)에서 "수술이란 명당
(明堂), 희화(義和), 사복(史卜)의 직무를 뜻한다. 사관의 직책은 폐지가 오
래되어 그 책은 온전히 보존되지 못했다. 설령 책이 있다 하더라도, (이를
이해할) 사람은 없다"고 하였다. 고실(顧實)은 "이는 수술의 학문이 고대의
사관에서 나온 것임을 밝혔다. 즉 오늘날 민간에 퍼진 의사(醫士), 점술(卜
者), 성명(星命), 관상술(相術) 따위가 모두 이것의 후손이다. 그러나 그 전
수 방식은 고대 역사가 대대손손 이어져 온 것과 비교하여 또 크게 다르
다"고 설명했다.[39] 반고의 설명에 따르면『산해경』과 같은 지식은 대체로
사복관(史卜官)에서 나왔다. 현대 학자들도 여러 추측을 제시하였는데, 앞
에서 언급한 바 있으니 여기서는 간략하게 줄이도록 한다.

필자는 앞에서 인용한『주례』를 근거로「산경」,「해경」과「황경」의 작
가는 주 왕실의 사서, 대사도, 수인, 사험, 토훈과 직방씨 등 자연 자원, 인
구, 교통, 해외 국가와 민족 관련 정보 관리를 책임졌던 관리라고 본다.
그중에서도 '천하의 판도를 파악하고, 천하의 땅을 장악하여 나라의 수도
와 시골을 판별한다. 사이, 팔만, 칠민, 구맥, 오융, 융적의 사람들과 그 자
원, 구곡과 육축의 수를 분별하여 그 좋고 나쁨을 두루 알아야' 하는 직방
씨가 동시에「산경」,「해경」과「황경」을 관리했을 것이다.

『산해경』의 저자가 불분명한 데에는 두 가지 원인이 있을 수 있다. 먼
저 위쟈시의『고서통례(古書通例)』제1권에 따르면 주대와 진대의 옛 서적
은 모두 저술한 자를 명시하지 않고, 민간에 떠도는 판본에 명시된 것은
모두 후대 사람들이 함부로 추가한 것이다. 이것이 원인 중 하나이다.『주

---

38 陸淳,『春秋啖趙集傳纂例』,『叢書集成初編』本, 中華書局, 1985, P.3.

39 顧實,『漢書藝文志講疏』, 商務印書館, 1949, p.244.

역』,『상서』,『시경』,『주례』,『의례(儀禮)』 등 중국의 유명한 고전은 모두 확실한 저자가 없다.『산해경』의 특수한 성격을 고려했을 때, 이는 개인이 쓴 저작일 수가 없으며, 그렇기에 더더욱 직접적으로 저자의 성명을 남기기 어려웠을 것이다. 그 외에 또 다른 원인으로는 시간이 너무 지났고, 자료가 소실되어 후대 사람들이 역사적인 관련 인물 중에서 구체적인 한 사람을 뽑아낼 수 없었기 때문일 수도 있다.

저자의 부재는『산해경』을 다양하게 해석할 가능성을 제공했다. 과거 여러 학자는 자신이 몸담은 시대의 사회적 사조와 학문 원칙에 따라『산해경』의 저자 문제에 관해 각기 다른 견해를 제시했다. 이는 오늘날 우리가 학술사를 논하는 데 필요한 자양분이 되었다.

제2장

한대漢代 사회와
경학經學 관점에서
바라본『산해경』

지리학 지식에 대한 대일통大一統 제국의 전례 없던 수요와『산해경』

1. 한대 초『산해경』전파 범위의 확대

유방이 진나라를 멸망시킨 후 소하는 진나라 궁궐에 보존되어 있던 '천하의 도서'를 얻었고 이를 통해 전국의 각종 자원에 관한 기본 정보를 파악할 수 있었다. 이로써 소하는 한 제국이 안정적으로 발전하기 위한 첫 번째 공적을 세울 수 있었다.『수서·경적지』의 설에 따르면 소하는『산해경』도 확보했던 것으로 보인다. 이로써 오래전에 사람들에게 잊힌 듯했던 『산해경』이라는 책은 다시금 한나라 사람들의 주목을 받게 되었다.

한나라는 초기에 전쟁에 시달린 백성들의 삶을 안정시키고 나라를 복구하기 위해 '산해의 금령', 즉 왕실이 산과 바다의 산물을 독점하던 것을 완화했다. 각 지역의 제후와 대부호는 산에 들어가 돈을 주조하기 시작했다.『사기·평준수(平准書)』는 "오씨(吳氏)는 제후인데 산에 나아가 돈을 주조하여 천자보다도 부유하였고, 훗날 끝내 반역을 일으켜 죽었다. 등통(鄧通)은 대부인데 돈을 주조하여 재산이 왕을 넘었다. 그렇기에 오씨와 등씨의 돈이 천하를 뒤덮어 화폐 주조 금지가 생겼다"고 전한다. 이 새로운 '화폐 주조 금지'가 시행되기 이전 개방되었던 시절에 『산해경』과 같은 지리 지식을 다룬 서적 수요가 급증했고, 중앙 정부 역시 그 전처럼 엄격하게 이 같은 종류의 서적을 관리하지 않았던 것으로 보인다. 이는 『산해경』이 지방 제후에게까지 전파되는 기회가 되었다. 회남왕(淮南王) 유안(劉安)을 중심으로 한 문인 집단이 창작한 『회남자(淮南子)』는 『산해경』을 대폭 인용했는데, 「지형훈(地形訓)」, 「본경훈(本經訓)」, 「제속훈(齊俗訓)」, 「범론훈(泛論訓)」, 「인간훈(人間訓)」, 「수무훈(修務訓)」, 「시즉훈(時則訓)」 등은 모두 그 내용 일부가 『산해경』과 일치한다. 예컨대 「지형훈」은 대지 형태를 전체적으로 서술하며, 이에 대한 종합적 묘사부터 구체적으로는 곤륜산과 황하까지 언급하는데, 모두 「산경」과 매우 흡사하다. 또한 여기서 소개하는 해외 36국 거주민의 신기하고 기이한 특징은 모두 직접적으로 「해외사경」에서 유래했다.[1] 이처럼 『회남자』의 창작 집단은 『산해경』에 매우 익숙했으며, 회남왕 왕부(王府)에는 「산경」과 「해경」이 반드시 있었을 것이다. 또는 당시 「산경」과 「해경」은 이미 합본으로 된 편집본이었을 수도 있지만, 자료 부족으로 단언할 수는 없다. 동한 시대 왕충은 『논형·설일편(論衡·說日篇)』에서 "회남은 『산해경』을 읽고 진인(真人)이 열 개의 태양으로 불을 밝혔다고 꾸며 말하며, 요임금 때 열 개의 태양이 함께 떠올랐다고 기록했다"라며 회남왕 유안이 『산해경』을 읽었을 것으로 보았다.[2] 다만 유안은 '천하의 요충지'를 파악하거나, 실제 생활에 응용하려고 『산해경』을 탐독한 것은 아니었고, 이를 통해 그들의 세계관 체계를 세우고 『회남자』를 창작하기 위해서였다. 이렇게 『산해경』의 지리학적 결함은 축

---

1 쉬쉬성은 "『회남자·지형훈』이 기록하는 '해외 36국'은 분명 「해외경」에 근거한다. 그 서쪽에는 「해외서경」보다 옥민이 하나 더 많은데, 이는 경전을 새긴 죽간이 떨어져 나갔기 때문일 것이다'라고 하였다. 필원은 『회남자』가 한대 『산해경도』를 인용 및 서술한 것으로 보았다. 자세한 내용은 추후 고증하도록 하겠다.

2 『論衡』, 上海人民出版社, 1974, p.177.

소되고 기본적인 세계관 측면에서의 가치를 발휘하여 『회남자』에 불멸의 흔적을 남겼다.

2. 실증 조사로 입증된 『산해경』의 허구적 내용

나라가 강성해짐에 따라 서한은 점차 중국 역사상 보기 드물게 적극적으로 영토를 확장하고, 사이(四夷)를 넘보는 대일통의 왕조가 되어 갔다. 정치, 경제의 발전에 따라 국가 통치와 국경선 관리를 위해 한나라인은 실용적인 자연지리와 인문 지리 지식을 점차 더욱 필요로 하게 되었다. 왕충은 『논형·별통편(別通篇)』에서 "은, 주의 땅 중에 먼 곳은 오 천리까지 있는데, 겨우 다스릴 수 있을 뿐이었다. 한나라는 영토를 넓혀 만 리 밖까지 다스리는데 머나먼 지역까지도 소매가 큰 옷과 폭이 넓은 띠를 맨다. 무릇 덕으로 관용을 베풀지 않는 자는 먼 곳의 사람까지 어루만질 수 없고, 재주가 많지 않은 자는 넓은 지식을 지닐 수 없다"고 하였다.[3] 한나라의 영토가 매우 넓어지자, 과거로부터 축적해 온 먼 지역에 관한 지리 지식은 부족하게 되었다.

서역을 개척하기 위해선 그 지역의 상황, 산천 지리와 인문적인 풍습을 파악해야만 했는데, 그 당시 사람들이 국토 밖의 지리 지식을 얻기 위해 기댈 수 있는 것은 『산해경』이나 『우본기(禹本紀)』 정도였다. 그러나 『산해경』의 지리 기록은 후대 지리학을 통해 파악한 실제 상황과는 차이가 너무도 컸고, 해외 관련 부분은 더더욱 허무맹랑했다. 당연히 『산해경』에 의지해 보려는 사람들은 결국 다 실망하고 말았다. 장건(張騫)이 서역을 '뚫는' 과정에서 『산해경』을 참조했는지 역사적으로 기록된 바는 없다. 그러

---

3 『論衡·別通編』, 上海人民出版社, 1974, p.208.

나 사마천의 『사기·대완열전(大宛列傳)』의 기록에 따르면 당시 한나라 사신들은 황하의 수원지를 찾으려 했었고, 또 『우본기』나 『산해경』 등 책에 황하의 수원지라고 명시된 '곤륜'을 찾으려 했었다. 결국 그들이 황하의 수원지라고 확정 지은 곳은 신성한 곤륜이 아니라 우전(於闐, 지금의 허티엔(和田))에 위치한 남산이었다. "한나라 사절은 황하의 원류를 탐구하였는데, 황하는 우천에서 나왔고, 그 산에는 옥석이 많았다. 이를 캐오자 천자(한무제 漢武帝)는 옛 도서를 고찰하여 황하가 시작하는 산을 곤륜이라 이름 지었다."[4] 한무제가 곤륜이란 이름을 붙여준 곳은 물론 『우본기』, 『산해경』에서 말한 그 곤륜이 아니었다. 그렇기에 사마천은 "장건이 대하(大夏)에 사신으로 간 후 황하의 근원을 찾아보았지만, 어디에서 곤륜이란 것을 볼 수 있단 말인가?"하고 질문했다. 장건을 대표로 한 한나라 사절이 진행한 현장 조사는 『산해경』에 허구가 섞여 있다는 사실을 증명해 냈다. 물론 오늘날 보기에는 그들이 탐사 끝에 내린 결론 또한 정확한 것은 아니지만, 당시 사람들은 그저 자기의 기존 지식에 따라 판단할 수 있을 뿐이었다. 어찌 되었든 한나라인은 『산해경』의 지리 기록을 더 이상 무조건 믿지 않게 되었다.

3. 처음으로 『산해경』을 언급한 『사기』

한나라 사절의 발견은 중대한 결과를 낳았다. 사마천은 "구주의 산천을 말하자면 『상서』가 가깝다. 『우본기』, 『산해경』에 나오는 기이한 존재들에 대해 나는 감히 말하지 않겠다"고 하였다.[5] 이는 처음으로 『산해경』의

---

4 『史記·大宛列傳』, 中華書局, 1982, p.3173.

5 『대완전(大宛傳)』을 후대 사람이 보충한 것으로 보는 학자도 있다. 마쉬룬(馬敘倫)의 『열자위서고증(列子僞書考)』에서 "사마정(司馬貞)은 『대완전』을 저소손(褚少孫)이 보충했

이름을 언급한 사료이다.

그러나 루칸루는 『한서·장건전찬(張騫傳贊)』, 『후한서·서남국론(後漢書·西南國論)』, 『논형·담천편(談天篇)』, 『사통석(史同釋)』에 인용된 『사기』의 이 구절이 모두 '산해경'이 아닌 '산경'으로 표기된 것을 근거로 여기에 의문을 던진다. 그는 『사기』 원문에는 '해(海)' 자가 없었고, 곧 후대 사람이 멋대로 추가한 것이라고 결론을 냈다.[6] 이것이 사실이라면 우리는 당연히 『산해경』을 처음 언급한 것이 『사기』라는 설을 부정해도 괜찮다. 그러나 필자는 루칸루가 사용한 자료를 검토하며 의심스러운 부분을 발견했다.

첫째, 반고의 『한서·장건전』에 인용된 문장은 다음과 같다. "고로 구주의 산천을 말하자면 『상서』가 이에 가깝다. 『우본기』, 『산경』에 있는 것은 부족하다." 이는 『사기』 원문과 거의 비슷하지만 차이가 있어 원문을 그대로 옮겨 온 것이 아니라 줄여 쓴 것임을 확인할 수 있다. 그렇기에 반고가 원문을 인용하면서 원래의 '산해경' 세 글자를 '산경' 두 글자로 줄여 쓴 것은 아닌지 단언할 수 없다. 이는 의심할 여지가 없는 증거는 아니라는 뜻이다.

둘째, 루칸루가 인용한 『후한서』는 다음과 같다. "(한나라는) 사방의 영토를 개척하고, 풍속이 다른 종족들의 귀부를 받을 수 있었다. ……『산경』 『수지(水志)』와 같은 저작에는 소략하나마 (변방 지역 관련 내용이) 포함되었다." 이 인용문은 실상 『사기』 문장과는 전혀 관계가 없고, 후대의 여러 책처럼 『산경』을 따로 언급했을 따름이다.[7] 그렇기에 『사기』 원문에

다고 하였다. 최근의 사람인 추이스(崔適)는 후대 사람이 『한서·장건이광이전(漢書·張騫李廣利傳)』을 직접 따와서 적은 것이라고 하였다. 그렇다면 『산해경』 운운하는 것 역시 사마천의 글이 아니다"라고 했다. 『百年學術-北京大學中文系名家文存』, 北京大學出版社, 2008, p.77. 이 책에서는 학계의 보편적인 의견에 따랐다.

6 陸侃如, 「山海經考證」, 『中國文學季刊』 1929年 第1卷 第1期, p.16. 그는 「論山海經的寫作時代」에서 이에 관해 간략한 설명을 한 바 있다. 『新月』 1928年 第1卷 第5號, p.3 참조.
7 이 방면의 증거는 루칸루가 다량 인용했으나, 이들은 「산경」이 「해경」과 분리되어 따로 존재했음을 증명해도 『사기』에 '산해경'이 없었음을 증명하지는 못한다.

'산해경'이 있는가 하는 문제와는 무관하다.

셋째, 왕충의『논형·담천편』에는『산경』또는『해경』이 총 4번 등장하는데, 루칸루가 인용한 것은 그중 하나다.『논형』의 원문은 다음과 같다.

1. 우임금의「산경」, 회남의「지형」을 근거로 추자(鄒子)의 책을 고찰하니 모두 근거 없는 헛된 말이었다.

2. 태사공이, …… 고로 구주의 산천에 대해 말한 것으로는『상서』가 이에 가깝다.『우본기』,『산경』에 있는 기이한 존재에 대해 나는 감히 말하지 않겠다.

3. 태사공의 말에 따르면『산경』,『우기』는 헛된 말이다.

4. 무릇 그렇다면, 추연의 말은 지적할 것이 없게 되지만,『우기』,『산해』[8], 회남의「지형」은 믿을 것이 못 된다.[9]

여기서 첫 번째 자료 역시 단독으로「산경」을 언급한 것으로『사기』에 '산해경' 세 글자가 있는지와는 관련이 없으니 논의에서 제외한다. 두 번째 자료가 바로 루칸루가 인용한 것인데, 언뜻 봐서는『사기』원문과 '之'

---

8 황후이런(黃暉認)은『산경』의 '해'가 '경(經)'의 와자라고 보았다. 그러나 양바오중(楊寶忠)은『논형·별통』에서『산해』는 조작된 것이 아니다(山海不造)"라고 언급한 것을 근거로『산경』,「산해」모두『산해경』을 의미한다고 보았다. '해' 자는 틀리지 않았을 수도 있다. 자세한 사항은『論衡校箋』, 河北教育出版社, 1999, p.356.

9 案禹治山經, 淮南之地形, 以查鄒子之書, 虛妄之言也. 太史公曰, …… 故言九州之山, 尚書進之矣. 至禹本紀, 山經所有怪物, 余不敢言也. 案太史公言, 山經, 禹紀, 虛妄之言. 夫如是, 鄒衍之言未可非, 禹紀, 山海, 淮南地形未可信也. 楊寶忠,『論衡校箋』, 河北教育出版社, 1999, p.351.

자 한 글자만 달라 가장 믿을만하고, 『사기』 원문이 '산경'이었는지 아니면 '산해경'이었는지 파악할 수 있을 것처럼 보인다. 그러나 이 역시 증거가 되기에는 부족하다. 개인 저술로서 『논형』은 『사기』만큼 신빙성이 높지 않기 때문이다. 왕충은 『논형·자서(自序)』에서 "집이 가난하여 책이 없어 곧 낙양 저잣거리를 돌아다니며 판매하는 책을 읽었는데, 한 번 보면 기억할 수 있어 곧 백가의 학설에 통달하게 되었다"고 하였다. 그렇다면 그가 『논형』을 저술하며 『사기』를 인용한 것 또한 기억에 의존했던 것일 수 있기에 그 신뢰도가 떨어진다. 또 다른 반증은 『논형』은 좋은 저본이 없고 판본마다 약간씩 차이가 난다는 것이다. 『사고전서』에 실린 『논형』만 하더라도 이 단락은 '산해경'으로 써 있다. 반면 『사기』는 그 어떤 판본이라도 모두 '산해경'으로 나타난다. 이는 『논형』의 인용문이 『사기』를 부정하기에 부족하다는 것을 잘 보여준다. 세 번째 자료는 완전한 인용문이 아니기에 두 번째 자료보다도 못하다. 네 번째 자료는 각각 『우기』, 『산해』와 『회남·지형』을 언급했다. 여기의 '우기' 두 글자의 위치는 두 번째 자료의 『우본기』에 해당하고, '산해' 두 글자는 두 번째 자료의 『산경』, 다시 말해 『사기』 원문의 『산해경』에 해당한다. 이 자료는 두 번째 자료를 부정하는 직접 증거로 오히려 『사기』 원문에 '산해경'이 쓰였음을 증명하는 근거로 사용될 수 있다. 이처럼 『논형』의 네 가지 자료 중 어떤 것은 『사기』와 무관하고, 또 어떤 것은 모순되기도 하여 『사기』에 '산해경' 세 글자가 있었는지를 증명할 수 없다. 루칸루가 사용한 『논형』의 저본은 『한위총서(漢魏叢書)』본과 비슷할 것으로 생각되는데, 다른 판본과 달리 위에서 인용한 네 부분을 모두 '산경'으로 표기하기 때문이다.

넷째, 오임신은 『산해경광주』에서 곽연년(郭延年)의 『사통석』을 인용하며 "『산경』은 태사공이 이미 감히 언급하지 않겠다고 했다. 우무(尤袤)는 이를 진대 책이라 규정했는데, 의심하는 자가 반이었다"고 하였다. 이 문장의 앞부분은 그저 사마천의 뜻을 전달할 뿐 완전히 정확한 것은 아닐 수 있지만, 후반부 우무와 관련된 말은 완전히 틀렸다. 우무가『산해경전』을 간행할 때 쓴 제발(題跋)을 확인한 결과, 원문은 다음과 같다. "『산해경』은 18편으로 …… 선진시대의 책임이 틀림없다."[10] 우무가 단정 지은 시대는 선진이지 진대가 아니다. 곽연년을 인용한 부분 역시 신뢰도가 떨어지고 증거로 삼기 부족하다. 루칸루는 우무의 문장을 확인하지 않았고 인용했을 뿐이라고 밝힌 바 있다. 그러나 그는 앞의 글에서 "『한지』, 『산해경』 13편에 대해 우무는 선진시대의 책이지 우임금이나 백예(伯翳)의 저작이 아니라고 밝혔다"고 적은 오임신의『산해경광주』일부를 인용했다. 이는 곽연년의 글과 상충하는데 루칸루가 반대 증거는 생략한 것은 아닐까 생각된다.

상술한 바를 종합하자면, 루칸루가 사용한 문헌은『사기』와 관련이 없거나, 증거로서 부족하기도 하고, 또 그가 자신의 주장에 상치되는 증거는 생략했을 가능성이 있다. 그렇기에 그의 주장은 신뢰하기 어렵다. '다른 책이 인용한 문장'으로 본래의 책을 고증하려는 것 자체가 실상 신뢰하기 어려운 방법이다. 무죄추정의 현대 법학 원칙에 따라 우리는 사마천의『사기』에서 언급한 책이『산해경』이라는 관점을 유지할 필요가 있다.[11] 루칸루의 논의를 기초로 사마천 시대의「산경」과「해경」이 아직 합본이 아니라고 주장한 사람이 있었는데, 이는 더더욱 지나친 추측이다.

4. 한대 사회에서 지속된『산해경』활용

사마천이 처음으로『산해경』의 이름을 언급하긴 했지만, 이에 대한 그

---

10 中華書局 影印 宋本『山海經傳』참조.

11 장옌(張巌)의『고문상서안건심의(審核古文尙書案)』는 이 원칙을 적용하여 고전의 진위를 판별하는 법에 관해 상세하게 설명했다. 中華書局, 2006, p.286-298 참조.

의 평가는 부정적이었다. 중국 사학계에서 사마천이 차지하는 위상 때문에 그의 부정적 평가는 후대 『산해경』 비판에 반드시 등장하는 관용구처럼 쓰일 지경이었다. 그러나 사마천은 『산해경』을 완전히 부정하지는 않았다. 그저 허구적인 '기이한 존재'들을 경외하되 멀리했을 뿐이며, 『산해경』의 지리적 내용이 『상서』의 관련 내용에 비해 신빙성이 부족하다는 점을 비판했을 따름이다. 그가 '기이한 존재들' 외의 내용은 부정하지 않았다는 점을 우리는 주목할 필요가 있다.

한대 사람들이 『산해경』을 이용하여 광산을 탐색하고 채광했다는 자료는 아직 발견하지 못했다. 그러나 『산해경』에 담긴 광산과 관련된 내용을 봤을 때 그 자체로는 당시 사람들을 만족시키기 어려웠을 것으로 보인다. 『산해경』은 국가 내부의 산천을 비교적 정확하게 기록했기 때문에 어느 정도 실용적이긴 했다. 한나라인은 황하를 정비하면서 『우공』에 나온 관련 지식을 많이 활용했는데, 『산해경』도 많이 참고했다. 『후한서·왕경전(王景傳)』에 따르면 동한 영평(永平) 12년(69)에 명제(明帝)는 변거(汴渠)를 수리할 준비를 하며 특별히 왕경(王景)을 불러 만났다. "치수에 편리한 지리적 조건을 물었다. 왕경은 치수의 좋고 나쁨을 설명하였는데, 그 답변이 영민하고 빨라 황제는 그를 매우 마음에 들어 했다. 또 그가 과거 준의(浚儀)를 수리하여 공을 세운 적이 있으므로 『산해경』, 『하거서(河渠書)』, 『우공도』와 돈, 비단과 옷을 하사하였다."[12] 한명제가 이때 왕경에게 지리적 특성을 띤 서적과 그림을 하사한 것은 당연히 그가 치수하는 데 참고할 수 있도록 하기 위함이었다. 그다음 해 여름 왕경은 형양(滎陽)에서 천승(千乘)의 해구(海口)까지의 물길을 터서 성공적으로 치수를 완성했다. 이 이야기는 한나라인의 눈에 『산해경』이 실용적인 가치가 있는 서적이었다는 점을 보여준다. 이는 훗날 『산해경』의 지리적 가치를 지지하는 학자에

12 『後漢書』, 中華書局, 1965, p.2465.

게 비교적 큰 영향을 끼쳤다. 그러나 사료에서 직접적으로 왕경이 『산해경』을 참고하여 치수했다는 기록이 없어 일부는 조정에서 왕경에 하사한 『산해경』이 실제로 도움이 되었는지는 미지수라는 견해를 내놓기도 했다. 현대 역사 지리학 성과를 통해 이를 설명할 수 있는데, 현대 역사 지리학자 탄치샹은 뛰어난 역사 지리학 논문 「산경의 강 하류 및 그 지류에 관한 연구(山經河水下游及其支流考)」를 발표한 바 있다.[13] 「산경」은 황하 하류 강줄기를 직접적으로 묘사하는 대신 황하 하류와 이어진 일련의 지류를 묘사했다. 탄치샹은 「산경」에 기록된 황하 하류 지류의 시작점 전부를 선으로 이어본 결과 원고시대 황하 하류의 물줄기를 고증해냈다. 이로써 『산해경』에 기록된 물줄기의 진실성이 증명되었는데, 이는 분명 강을 치수하는 데 어느 정도 실용적 가치가 있었을 것이다. 그렇기에 한명제가 왕경에게 하사한 『산해경』 역시 어느 정도 실용적이었을 것이다.

이번 절에서의 논의를 종합하자면, 한대 사회는 지리적 지식을 필요로 했고, 이는 『산해경』의 유통을 어느 정도 촉진했다. 그러나 『산해경』을 현장 조사에 사용하자 오히려 『산해경』이 과학적이지도, 정확하지도 않다는 문제점이 드러나게 되었다. 이 때문에 『산해경』의 지리적 속성은 점차 희미해져 갔는데, 이는 대단히 중요한 변화였다.

한대의 주류 학문은 유가 경학이었고, 『산해경』에 대한 한나라인의 시선은 대체로 경학의 영향을 받았다. 사마천은 경학적 시각이 아닌 주로 역사학적 시각에서 부정적인 평가를 내렸지만, 그의 결론과 유가에서 주장하는 '괴력난신에 대해 말하지 않는다(子不語怪力亂神)'는 경학의 입장과 맞아 떨어졌다.[14] 그렇기에 그의 결론은 정통 유가 경학자들이 『산해경』을 반대하는 데 큰 역할을 했다.

---

13 『中華文史論叢』第7輯, 中華書局, 1978.
14 『論語』, 『十三經注疏』本, 中華書局, 1980, p.2486.

한대 경학과 『산해경』에 관한 유흠劉歆의 교감과 연구

정치적으로 대일통을 이룬 제국에 맞춰 한무제는 '파출백가, 독존유술(罷黜百家, 獨尊儒術)'의 정책을 펼쳤고, 유가 경학은 점차 사회, 정치, 문화, 학술 연구를 주도하는 힘으로 변모해갔다.

중국 선진 전적은 진화(秦火)를 겪으며 크나큰 손실을 입었다. 『사기·태사공자서(太史公自序)』는 "진나라는 고문을 뽑아 버리고, 『시』와 『서』를 불태웠다. 이에 명당(明堂), 석실(石室), 금귀(金匱)에서 보관하던 옥판(玉版), 그림과 서적은 모두 흩어지고 말았다"고 전한다. 한나라는 수립 이후 널리 세상의 서적을 수집하였고, 고전을 지속적으로 다시 출판하였다. 『한서·예문지』는 "한나라는 일어난 직후 진나라의 폐단을 고쳐 각종 서적을 대량으로 수집하였고, 책을 기증하는 여러 길을 열었다. 한무제 때 서적이 상하고 떨어져 나가고, 죽간이 낡고 닳자 예악 제도 또한 느슨해지고 엄하지 못했다. 황제가 탄식하며 '짐은 너무나도 통탄스럽구나' 하고 말했다. 그리하여 장서를 위해 책부를 건립하고, 책을 전사하는 기관을 설치하였다. 아래로는 제자백가의 글과 저술까지 모두 궁중에 책을 보관하는 곳에 소장하였다"고 전한다. 서한 말에 이르러 이 서적들은 또 한 번

망실되었고, 정부는 다시 대규모로 각종 서적을 수집하여 체계적인 정리를 시작했다. 『한서·성제기(成帝紀)』는 하평(河平) 3년(BC 26) 가을 8월에 광록대부(光祿大夫) 유향(劉向)을 시켜 중비서를 교감하도록 하고 알자(謁者) 진농(陳農)을 시켜 천하에 남은 서적을 구하도록 했다고 전한다. 이때 유향의 작은 아들 유흠 또한 조령을 받아 "아비와 함께 비서를 교감하였는데, 육예, 전기(傳記), 제자(諸子), 시부(詩賦), 수술, 방기까지 탐구하지 않는 것이 없었다"고 한다(『한서·유향전』). 유향과 유흠 부자는 한고조(漢高祖)와 같은 아버지를 둔 동생 초원왕(楚元王) 유교(劉交)의 후손으로 한실 종친이었다. 두 사람 모두 경학의 대가였고, 유향은 주로 『곡량전(穀梁傳)』을 다루었고 훗날 『홍범오행전론(洪範五行傳論)』을 편찬하여 황제에게 바쳤다. 유흠은 오경을 연구하여 고문 경학을 제창하여 시대에 한 획을 그었다.

사상 최대 규모로 진행된 서적 교감 작업의 주요 목적은 정치 교화에 있었지만, 도서 정리와 분류, 그리고 학술 학파에 관한 논의 등을 통해 유가 경학 가치관을 핵심으로 하는 완전한 문화 지식 체계와 학술 체계를 수립했다. 그리고 해당 도서 정리 작업은 『산해경』 학술사의 서막을 열었다.

1. 『산해경』 교감 과정

유흠(약 BC 53~23)은 자는 자준(子駿)이며, 한애제(漢哀帝) 건평(建平) 원년(BC 6년)에 애제의 이름인 유흠(劉欣)을 피휘하느라 유수(劉秀)로 이름을 바꾸고, 자를 영숙(穎叔)으로 고쳤다. 그는 처음에는 아버지 유향을 따라 궁중 비서를 교감했다. 유향이 세상을 떠난 후 유흠은 오경의 학문을 다시 공부하며, 돌아가신 아버지의 유업을 이어 홀로 서적 교감 작업을 책임지고 아버지가 완수하지 못한 사업을 마쳤다. 유씨 부자가 이끈 서적 교감 프로젝트는 규모가 크고 시간이 오래 걸렸으며 매우 많은 학자가 참여했다. 『한서·예문지』에 따르면 한성제가 광록대부 유향을 불러 경전, 제자, 시부를 교수하게 하고, 보병교위(步兵校尉) 임굉(任宏)은 병서를 교수하게 하였다. 또 태사령(太史令) 윤함(尹咸)으로 하여금 수술을 교수하게 하고, 태의감(太醫監) 이주국(李柱國)이 방기를 교수하게 하였다고 전한다. 이 사람들 밑에 또 다른 사람들이 함께 일했는데, 현재 알 수 있는 것은 유흠, 도참(杜參), 반유, 망(望) 등이다.[15]

『산해경』 교감에 직접적으로 참여한 사람은 현재 두 종류의 문헌 자료를 통해 알 수 있다. 첫 번째는 유수(유흠)가 쓴 『상산해경표(上山海經表)』이다. 구체적으로는 다음과 같다. "시중(侍中) 봉거도위(奉車都尉) 광록대부 신하 수는 명을 받들어 궁중 비서를 교감하고 아룁니다. 비서 교감자이자 태상(太常) 속관인 신하 망이 교감한 『산해경』은 32편이었는데, 오늘 이를 18편으로 정리하였습니다." 두 번째는 다행히도 오늘날까지 전해져오는 당시 교감자가 남긴 글이다. 지금 판본의 『산해경』 제9권과 제13권 끝에 남아 있는 "건평 원년 4월 병술에 대조(待詔), 태상의 속관 신하 망이 교정하고, 시중광록훈인 신하 공(龔)과 시중 봉거도위, 광록대부, 신하 수가 책임 교열하였음"에서 교감에 참여한 사람들이 '신하 수(臣秀)', '신하 공(臣龔)'과 '신하 망(臣望)'이라는 것을 확인할 수 있다. '신하 수'는 바로 유수다. 유수가 유씨 성을 가진 황제에게 글을 올릴 때 자신을 신하 수라고 부르는 관례에 따라 추측하건대 '신하 공'은 유공(劉龔)이고, '신하 망'은 유망(劉望)이다. 한편 유망은 『산해경』을 직접 교감한 사람이다. 어떤 이는 신하 공을 왕공(王龔)으로, 신하 망을 정망(丁望)으로 보기도 하는데, 그건 아닌 것으로 보인다.[16] 위의 두 문헌 기록은 모두 유흠과 유망을 언급하

---

15 錢穆, 『兩漢經學今古文評議』, 商務印書館, 2001, pp. 43-44. 『수서·경적지』는 태의감 이주국이 방기를 교감했다고 전하기도 한다.

16 남송의 우무는 『산해경전』의 발문에서 위의 문장을 근거로 다음과 같이 추측했다.

고 있다. 그러나 뒤의 기록에서는 또 유공이 추가되어 두 기록 간에는 약간 차이가 있다. 유공 역시 참여하여 교감 원고에 서명한 것은 맞으나, 그의 분량이 많지는 않아 유흠이 마지막에『상산해경표』를 쓸 때는 뺀 것으로 보인다.

『산해경』교감을 완료한 시점은 이 서적 교감 프로젝트 자체를 놓고 봤을 때 비교적 늦은 편이었다.『산해경』이 유가 경전이 아니었고, 또 한 가득 묘사된 기이한 존재들은 공자가 말한 '불어괴력난신'의 사상과 위배 되었기에 경학자들에게『산해경』은 중요하지 않았다. 회남왕을 비롯한 그의 문객과 같은 잡가(雜家)를 제외한 보통의 학자들은 이를 중시하지 않았다. 유흠은『상산해경표』에서 동방삭(東方朔)과 유향이『산해경』덕분에 기이한 새와 동굴에서 뒤로 손이 묶여 형틀에 매인 사람이 누구인지 그 답을 알 수 있었다며, "조정의 선비들이 이로 말미암아『산해경』을 기이하게 여기는 자가 많아졌으며, 유학의 대가들도 모두 이를 읽고 공부하였습니다. 기이한 것으로써 상서로운 징조와 변괴의 증상을 파악하고, 먼 나라의 기이한 사람들의 풍속을 볼 수 있었습니다"고 말한다.[17] 이처럼 유향 이전의 유학자들은『산해경』을 전혀 중요하게 생각하지 않았다. 그렇기에 교감 작업 역시 비교적 늦게 이루어졌다. 유향은 하평 3년(BC 26

"건평은 한애재의 연호이다. 그해 유흠은 도참에 따르고자 이름을 수로 고쳤다. 공은 곧 왕공이다. 애재 때 이름이 망인 관리는 두 명이었는데, 한 명은 정망이고, 다른 하나는 교망(餃望)이다. 여기서는 정망을 칭하는 것이 아닌가 한다." 그러나 이는 틀린 추측이다. 첫째, 유흠이 개명한 까닭은 한애재 유흠의 이름을 피휘하기 위해서였지 도참 때문이 아니었다. 둘째, 신하 공과 신하 망의 이름을 추측한 방법에 허점이 있다. 애제 때 활동한 관리의 이름은 오직 역사서의 기록에서만 확인할 수 있지만, 역사서는 관리 명단을 전부 기록하는 법이 없다. 그저 큰 사건과 관련된 관리의 명단만을 기록할 뿐이다. 그렇기에 '공'이라 불린 사람 한 명과 '망'이라 불린 두 명의 사람만을 찾은 우무의 계산은 정확하지 않다. 그렇기에 우무의 견해를 인용한 장춘성 (張春生)의『산해경 연구』역시 틀렸다.

17 袁珂,『山海經校註』, 巴蜀書社, 1996, p.540.

년) 교감을 시작하여 수화(綏和) 2년(BC 7년)에 세상을 떠났다.[18] 살아생전에 서적 교감에 20년을 바쳤으나, 『산해경』은 교감하지 않았거나 미처 완성하지 못했을 것이다.[19] 『산해경』 교감은 한애제 건평 원년(BC 6년)에 이르러서야 끝났다. 이때는 이미 유향을 대신하여 궁중 비서 교감을 이어받은 유흠(이름을 막 유수로 고쳤을 때였다)이 아버지가 생전에 책을 교감하던 관례에 따라 『산해경』과 관련된 '서지'를 작성하여 교감 작업을 마친 『산해경』과 함께 황제에게 바쳤다.[20] 이것이 바로 '유수'라고 서명된 『상산해경표』이다. 이 도서 교감 작업을 통해서야 『산해경』은 처음으로 학술 연구 영역으로 진입하여 연구의 대상이 될 수 있었다.

남송(南宋)의 설계선(薛季宣)은 『산해경』이 왕망(王莽) 때 교감되었다고 주장했다. 그는 『낭어집(浪語集)』 30권 「서산해경(敍山海經)」에서 "소위 '신하 수'라는 것은 곧 유흠을 말한다. 유흠은 새로운 왕조 때문에 이름을 바꾸었는데, 광무(光武) 때의 예언에 따른 것이었다. 교감의 시대는 반드시 왕씨의 시대일 것이다"라고 주장했다.[21] 그러나 유흠이 이름을 바꾼 것은 애제 유흠의 이름을 피휘하기 위해서였지, 광무제(光武帝) 유수(劉秀)와는 무관하다. 또 유흠은 23년에 살해당했는데, 광무제 유수가 2년 뒤에 등극

---

18 유향이 수화 원년(BC 8) 또는 건평 원년(BC 6)에 세상을 떠났다는 설 두 가지가 있다.

19 필원의 『산해경신교정·산해경고금본편목고』는 유향이 「산경」과 「해경」 총 13편, 즉 반고의 『한서·예문지』에서 말한 13편본을 교감했을 것으로 봤다. 이는 『예문지』의 편수에서 추린 결론이지만 정확하지 않다. 상세한 논의는 뒤에 이어진다.

20 『수서·경적지』는 "그 요지를 논의하고, 틀린 것을 변별하고, 정리하여 올렸다"며 유향이 교정을 마칠 때마다 서지를 작성했다고 전한다. 유향이 쓴 서지는 대부분 소실되었는데, 청대 요진종(姚振宗)의 『사석산방총서(師石山房叢書)』에 『전국책서록(戰國策書錄)』, 『관자서록(管子書錄)』, 『안자서록(晏子書錄)』, 『열자서록(列子書錄)』, 『등석자서록(鄧析子書錄)』, 『손경서서록(孫卿書書錄)』, 『한비자서록(韓非子書錄)』, 『설원서록(說苑書錄)』, 『산해경서록(山海經書錄)』 9편이 실려 있다. 다만 『산해경서록』은 유흠이 쓴 『상산해경표』와 똑같기에 실제로는 8편이다. 『상산해경표』 원문은 본서의 부록으로 실었다.

21 『四庫全書』本, 『薛季宣集』, 上海社會科學院出版社, 2003, p.427.

하리라고 예측한다는 것은 불가능하다. 그렇기에 설계선의 설은 근거가 없다.

『상산해경표』에 따르면 교감 작업의 구체적인 과정은 다음과 같다. "시중 봉거도위 광록대부 신하 수는 명을 받들어 궁중 비서를 교감하고 아룁니다. 비서 교감자이자 태상 속관인 신하 망이 교감한 『산해경』은 32편이었는데, 오늘 이를 18편으로 정리하였습니다." 이들은 수집한 32편의 원문을 18편으로 정리했는데, 이 18편의 내용을 포함한 『산해경』이 바로 오늘날 유통되고 있는 『산해경』의 선조다. 유가 경전 이외에 여러 전기와 기타 도서를 정리한 유향이 작성한 서지의 관례에 따르면 이 32편은 아마도 각종 판본 편수의 종합이고, 중복된 것을 삭제하여 18편으로 정리한 것으로 보인다.[22] 지금의 『산해경』 판본에는 자주 '일설에 따르면(一曰)'이라는 표현이 나타나는데, 이는 유흠이 교감할 때 다른 판본을 참고하여 추가한 말임이 틀림없다.

2. 유흠 교감본 편목에 대한 고찰

1) 고본 32편에 관한 문제

유흠 등 교감 책임자들이 『산해경』 각 편의 이름을 정했지만, 『상산해경표』에는 교감 후 판본의 각 편의 이름 목록과 내용에 관한 상세한 설명이 없다. 그렇기에 유흠이 말한 '32편'과 '18편'이 정확히 무엇인지 확인할 수 없다. 또 후대 사지(史志)에 수록된 『산해경』 편목은 종종 이와 어긋났기 때문에 역대 학자들 사이에서 줄곧 논란이 되었고, 후대 연구의

---

22 余嘉錫, 『古書通例』 第3卷 『叙劉向之校雠編次』 참조.

중요하고도 해결하기 어려운 문제로 남았다. 일본 학자 오가와 타구지는『산해경고』에서 "지금의『산해경』으로 당, 진 시대의 고문을 고찰하고자 하는 건 너무도 어렵다. 하물며 양한 때의 간책(簡冊)을 미루어 연구하려는 것은 어려운 일 중에서도 가장 어려운 것 아니겠는가?"하고 한탄했다.[23]

필원의『산해경신교정·산해경고금편목고(山海經新校正·山海經古今本篇目考)』에서는「산경」에 수록된 산경을 각각 1편으로 간주해 총 26편으로 보고, 여기에「해외사경」과「해내사경」을 더해 총 34편이라는 숫자를 얻었다.[24] 그는『상산해경표』에 언급된 32라는 숫자는 34를 잘못 쓴 것이라고 생각했다. 많은 학자가 그의 추측에 반대했고, 필원의 편목 고증이 '가장 뛰어나다'고 칭찬했던 오가와 타구지조차도 대담한 억측이라고 평가했다. 그러나 웬커는 필원의 학설에 동의하는데, 그는 "주문(籀文) '사(四)'는 '이(二)' 두 개를 위아래로 겹쳐 쓰기 때문에 유흠도 표문에 '사(四)'를 역시 그렇게 썼을 것이다. 그렇기에 그중 하나가 희미해져 '이(二)' 하나만 남았을 수 있다"라고 덧붙였다. 그러나 이는 억측에 불과하다. 유흠의『산해경』교감 작업에는 예정(隸定), 즉 옛 서체를 현재 통용되는 서체로 교체하는 과정도 있었기에 그가 표문을 주문으로 썼을 리가 없다.

오가와 타구지는「오장산경」의 각 편이 너무 길어 죽간을 사용하던 시대에는 편하게 유통할 수 있도록 그중 26편을 13편으로 합쳤을 것으로 보았다(차(次)로 명명된 산경이 각 1편이다. 예컨대「남차일경(南次一經)」이 곧 1편이다). 또 그림이 있는「해외사경」과「해내사경」은 각각 두 개로 나누어 총 16편으로 만들고, 여기에「해내동경」끝에 잘못 들어간『수경』3편까지 더 하면 총 32편이 된다고 했다. 오가와 타구지는 "이『산해경』이야 말

---

23 小川琢治,『山海經考』, 江俠庵 編譯『先秦經籍考』下冊, 商務印書館, 1933, p.4.

24 필원이『산해경신교정·서문』에서 말한 '오장산경 34편'은 글을 잘못 쓴 것이며, 그가 편을 나눈 방법에 따르면「오장산경」은 26편 밖에 없다.

로 유흠이 말한 32편의 상세 목록이며, 이에 대한 가장 간단한 설명이다"라며 확신했다.[25] 그러나 오가와의 견해에도 오류는 있다. 각 편을 나눴든, 합쳤든 모두 이를 뒷받침할 수 있는 판본 증거가 없다. 『수경』이 섞여 들어간 것 역시 『수서·경적지』 이후에 발생한 일이기에 유흠이 책을 교감했을 때 사용한 고본 『산해경』의 편목을 고증하기 위한 증거가 될 수 없다. 그렇기에 현대 학자들은 보통 유흠이 말한 『산해경』은 모두 32편이다'는 곧 여러 판본의 편 수를 더한 총합이라고 본다. 장부톈은 「유흠의 산해경 편목에 관한 소견(劉歆山海經篇目之我見)」에서 글에 대량으로 나타나는 '한 설에 따르면(一曰)', '한 설이 (一云)', '혹은 (或曰)' 등 다른 글을 언급하는 표현이 바로 유흠이 32편의 고본을 두루 참고해서 교감한 결과라고 주장하며 편마다 언급된 다른 글을 하나씩 찾아낸다.[26] 장부톈의 견해는 믿을 만하지만, 그의 추론 과정에도 약간의 의심적은 부분이 있다. 예컨대 그가 제시한 32편 세부 항목에는 「황경」 5편이 포함됐는데, 이는 잘못됐다.

2) 지금의 18권(卷) 『산해경』과 유흠 18편의 관계

오늘날 유통되는 『산해경』은 여러 판본이 있는데, 문자에 약간 차이가 있는 것 외에 편목 상으로는 크게 다르지 않고 모두 18권이다. 이처럼 판본마다 편목 수가 같아지게 된 데에는 남송 시대 우무가 간행한 『산해경 전』과 큰 관련이 있다.

우무(1127~1194)는 『산해경전』 발문에서 유흠 교감본 18편을 얻었다고 공표하였는데, 이는 지금의 18권과 똑같다. 왕응린은 『소학감주(小學紺

---

25 小川琢治, 『山海經考』, 江俠庵 編譯 『先秦經籍考』 下冊, 商務印書館, 1933, p.18.
26 『益陽師專學報』 1999年 第2期에 실려 있음.

珠)』제4권에서 이를 바탕으로 유흠본을 추정한다.

『산해경』18편은 남, 서, 북, 동, 중산경 총 5편, 해내, 해외, 대황 삼경이 남, 서, 북, 동으로 각 1편, 해내경 1편으로 이루어져 있다.
주: 총 18편이다. 하나라 우임금이 지었다고 전해진다. 『한지』의 『산해경』은 13편이다. 유흠이 32편을 교감하여 18편으로 정리했다.[27]

적지 않은 현대 학자들이 여기에 동의한다. 그러나 우무와 왕응린이 보았다는 18편은 실상 송나라 사람이 다시 엮은 것으로, 자세한 이야기는 제3장에서 하도록 하겠다. 그렇기에 지금 판본의 18권은 유흠 교감본 18편을 추론하기에 적당한 근거가 아니고, 『한서·예문지』에 『산해경』 13편 이야기가 왜 나오는지에 대해서도 합리적으로 해석할 수가 없다.[28]

3) 『한서·예문지』의 13편과 유흠 18편 사이의 모순

반고의 『한서·예문지』는 유흠의 『칠략(七略)』을 이어받은 것으로 두 책에 나온 『산해경』 편목은 같아야 맞다. 그렇지만 『한서·예문지·수술략』이 기록한 『산해경』은 13편으로 유흠이 『상산해경표』에서 교감한 결과라고 제시한 '18편'과 다르다. 두 책은 이처럼 서로 일치하지 않는다.

사료가 부족한 탓에 이를 둘러싸고 학계는 여러 추측을 내놓았다. 사

---

27 山海經十八篇, 南西北東中山經為五篇. 海內海外大荒三經南西北東各一篇, 海內經一篇. 注云, 總十八篇. 相傳以為夏禹所記. 漢志山海經十三篇. 劉歆所校凡三十二篇, 定為十八篇. 『影印文淵閣四庫全書』第948冊, 臺灣商務印書館, 1986, p.475. 왕응린도 『한지·예문지 고증』제10권에서 유사한 주장을 했다. 여기서는 생략하도록 한다.

28 오가와 타구지는 『산해경고』에서 "지금 전해지는 판본을 떠나서 고찰하는 것이 고본의 편목을 연구하는 방법일 것이다. 고서의 편수는 반드시 내용과 관계가 있기에, 현행 판본의 편목으로 고본을 추론 할 수 없다"고 말했다. 『先秦經籍考』, pp. 18-19.

고전서 편찬관은 유흠의『상산해경표』가 위작이라고 의심했지만, 왕충의
『논형』과 곽박의『주산해경』 모두 여러 차례 유흠의 표문을 언급했기 때
문에 이는 성립할 수가 없다.[29] 한편 필원은 13편과 18편의 교감자가 각
각 유향과 유흠이라고 생각했다. 현대 들어서는 심지어『한서·예문지』가
기록한 13편『산해경』과 지금의『산해경』이 이름만 같은 다른 책이라고
주장하는 사람도 있었다. 뤼스멘은『한서·예문지』의『산해경』은 '건축을
다룬 책'이고, 지금의『산해경』은 '방사의 기록'인데 공교롭게 이름이 같
은 것이라고 보았다.[30] 이는 뤼스멘이 형법가의 의미를 잘못 이해해서 나
온 결론이다. 선하이버(沈海波)는『산해경고』에서『한서·예문지』에 기록된
것은「해경」13편이고, 소위 '상서로운 징조 따지기'와 무관한「산경」5편
은 포함하지 않는다고 주장했다. 그러나「산경」에도 징조와 관련된 무수
히 많은 이물이 있기에 그의 주장도 맞지 않는다.

　최초로 체계적으로『산해경』의 편목 문제를 다룬 필원의 견해로 돌아
가 보도록 하자. 필원은『예문지』의 13편을 유향이 만든 합본으로 보았는
데, 이는 지금의「산경」5편에「해외사경」과「해내사경」8편을 더한 것에
해당한다. 반고(班固)는『예문지』를 지을 때『칠략』에서 취하였는데, 여기
에는「대황경」5편이 없었다. 필원은 유수가「대황경」5편을 추가하여 총
18편으로 만든 것으로 추측했다. 그는 명대 도장본(道藏本)『산해경목록(山
海經目錄)』의「해내경」에 있는 "이「해내경」과「대황경」은 본래 모두 밖에
있던 것을 들여왔다(進在外)"라는 주석을 근거로 삼았다.[31] 이는 유수가 교

---

29 沈海波,『山海經考』, 文匯出版社, 2004, p.7.

30 呂思勉,『史學四種·歷史研究法』, 上海人民出版社, 1981, p.65.

31 필원은 이를 곽박의 주석으로 봤지만 그렇지 않다. 필자의 고증에 따르면 이는 우무
　또는 우무가 근거로 삼은 '정본(正本)'에서 추가한 것이다. 그 목적은 반고가『예문
　지』를 저술할 때「황경」다섯 편을 잃어버려 총 13편이 되었음을 증명하기 위함이었
　다. 아래에 이어질 곽박 주석본 고증에서 확인할 수 있다.

감할 때 추가했다는 의미이며, 그의 아버지 유향이 교감한 『산해경』 13편에는 포함되지 않았다는 것이다.[32] 만약 실제로 그렇다면, 이 학설은 『예문지』와 『상산해경표』가 일치하지 않는 문제를 해결할 수 있다. 그러나 '進在外' 세 글자의 의미가 자연스럽지 않고 어색하다. 필자가 국가도서관에서 확인한 남송 순희(淳熙) 7년(1180) 지양군재(池陽郡齋)의 우무 각본 『산해경』에는 '皆逸在外'으로 표기되어 있어, '進'이 곧 '逸'의 오자임을 확인할 수 있었다. 또한 유향이 『산해경』을 직접 교감했다는 증거 또한 없고, 반고가 유흠의 새 교감본을 제쳐두고 유향의 옛 교감본을 선택한 이유도 명확히 설명할 수가 없다.

　오가와 타구지는 유수가 「대황경」과 「해내경」을 함께 교감한 게 아니라고 보았다. 그는 일본판 『산해경』(명판복각본(明版覆刻本))은 '皆逸在外'로 썼다는 점을 들어 이 주석을 통해 유수 교감본에 「대황경」과 「해내경」이 없었음을 증명할 수 있다고 확신했다. 이 점은 오늘날 많은 학자가 동의한다. 그러나 오가와 타구지는 고본에 「산경」 13편만 있었고(그 이유는 위의 글에서 확인), 「해외」와 「해내」가 훗날 추가된 까닭은 옛날 편목의 가치를 드러내고자 함이었다고 주장했다. 그렇기에 반고가 책을 쓸 때는 여전히 13편의 옛 목록을 사용했다는 것이다. 그러나 그의 주장은 설득력이 부족하다. 한편 그는 또 『산해경고본편목표(山海經古本篇目表)』에서 우무의 발문(『산해경 후서(山海經後序)』)에 언급된 송대 도장본 「산경」 10권에 「해외사경」, 「해내사경」까지 추가하면 총 18권이 된다며, 이것이 곧 유흠 교감본 편목이라고 추측했다.[33] 웬싱페이와 웬커 두 교수 모두 상당히 설득력 있는 이 학설을 받아들였다. 일본 학자 고마 미요시(高馬三良)는 반고의 13편이 「해외사경」부터 시작하는 13편이고, 「오장산경」은 『산해경』에 추가

---

32 郭璞 注, 畢元 校, 『山海經』, 上海古籍出版社, 1989年 影印本, p.7.

33 小川琢治, 『山海經考』, 江俠庵 編譯 『先秦經籍考』 下冊, 商務印書館, 1933, p.462.

된 분책(分冊)으로 보았다.[34] 그렇지만 이는 지금의 18권 판본을 기준으로 짐작한 것이기에 타당성이 부족하다.

웬싱페이 교수는 오가와 타구지의 견해에 착안하여 장진우(張金吾)가 『애일장려장서속지(愛日精廬藏書續志)』에서 인용한 우무의 발문을 근거로 송대 도장본이 유수의 교감본에서 나온 것이라고 추측했다.[35] 송대 도장본 「산경」 10권에 「해외사경」과 「해내사경」을 추가하면 딱 마침 18권이 된다. 웬커 역시 우무의 『산해경 후서』에 기록된 송대 도장본 10권짜리 「산경」을 근거로 유흠 교감본 18편이 곧 「산경」 10편, 「해외사경」과 「해내사경」 각 4편이라고 본다. 『예문지』에서 언급한 13편본 『산해경』은 아마도 성제(成帝) 때 윤함(尹咸)이 교감하면서 그중 「산경」을 5편으로 합쳐 만든 13편 판본으로 추측했다.[36] 웬싱페이와 웬커 두 교수의 가설은 『한서·예문지』의 '13편'과 『상산해경표』의 '18편' 간의 불일치 문제를 거의 해결한 것처럼 보인다.

그러나 『예문지』의 13편 문제를 해결하기 위해선 아직 작은 문제가 하나 남았다. 즉, 『예문지』는 유흠의 『칠략』을 근거로 쓰였는데, 어째서 유흠의 『상산해경표』와 같지 않을까? 이에 웬싱페이 교수는 유향의 부하인 윤함에게 또 다른 13편짜리의 교감본이 있었을 것으로 추측한다. 그러나 윤함이 수술략 서적 교감에 참여한 것은 사실이지만, 유향이 살아생전에 수술략 교감 작업을 전부 완성했다는 보장은 없다. 그렇기에 윤함이 13편본 『산해경』을 완성했다는 근거는 부족하다. 게다가 윤함이 교감을 완성했다면, 궁중 서적 교감 작업을 이어받은 유흠이 새롭게 교감을 한 까닭은 무엇이었을까? 웬커는 「산경」은 편마다 편폭 차이가 커서 책으로 엮

---

34 伊藤清司, 『中國古代文化與日本』, 張正軍 譯, 雲南大學出版社, p.462.

35 袁行霈, 『山海經初探』, 『中華文史論叢』 第3輯, 上海古籍出版社, p.13; 『當代學者自選文庫·袁行霈卷』, 安徽教育出版社, 1999, p.9.

36 袁珂, 「山海經寫作時地及篇目考」, 『中華文史論叢』 第7輯, 1978, pp. 169-171.

거나 감수하기에 어려웠기에 새로운 편목 분류법(즉 유흠의 「산경」 10권 분류법)이 생겼다고 주장했다. 그러나 이렇게 작은 문제를 해결하려고 애써 힘들게 다시 교감을 한다는 것은 전혀 타당성이 없다. 기원전 7년 유향이 세상을 떠난 지 얼마 않은 때에 아버지의 작업을 이어받은 유흠이 아버지가 이끌고 완성한 『산해경』 교감본을 폐기하고 다시 교감을 했다는 것은 도리에도 어긋난다. 한편 반고는 유흠의 『칠략』에 따라 『예문지』를 썼는데, 유흠이 아닌 윤함의 교감본을 사용했을까? 웬커는 유흠은 유향이 남긴 『산해경』 옛 편목 숫자를 감히 고치지 못했기 때문이라고 했으나, 이 역시 근거가 없다. 만약 유흠이 아버지가 남긴 교감본에 손댈 엄두가 안 났다면, 편목을 감히 고쳤을 이유는 어디에 있는가? 이 같은 질문들의 답을 찾기는 매우 어렵고, 그렇기에 웬커의 견해 역시 따르기 어렵다.

위의 여러 학설을 종합하자면 『한서·예문지』와 『상산해경표』의 편목 숫자가 다른 문제에는 다음과 같은 세 가지 해답이 있을 수 있다. 첫 번째는 하나를 부정하는 것이다. 사고전서 관리는 『상산해경표』를 의심했고, 현대인들은 『한서·예문지』에 나온 『산해경』이 이름만 같은 다른 책이라고 추정하는데, 이는 모두 그중 하나를 부정하는 전략이다. 두 번째 방법은 13편본과 18편본을 각기 다른 사람이 교감한 결과로 보는 것이다. 각각 유향과 유흠이 했거나, 또는 윤함과 유흠이 했다는 주장이다. 그러나 앞의 두 방법으로는 문제를 적절히 해결하기 어렵다. 세 번째는 쌍방이 모두 맞지만, 왕망 말년에 시작된 전쟁으로 유흠의 18편이 산일되어 13편만 남았고, 이를 반고가 기록했다고 보는 것이다.[37] 이것은 합리적으로 보이지만, 그렇다면 잃어버린 부분은 또 어디인가? 어째서 아무런 흔적도 남기지 않았는가? 또한 이 같은 추측은 유흠 교감본에 「대황사경」과 「해내경」이 포함되어 있었다는 전제가 성립되어야 하기에 역시 설득력을

---

37 張步天, 「劉欣山海經篇目之我見」, 『益陽師專學報』1999年 第2期.

잃는다.

학문의 진리를 찾기 위해서는 그 주장이 합리적이면서도 증거가 뒷받침되어야 한다. 이는 반드시 겸비해야 하는 조건이며, 하나라도 부족할 때는 무의미한 논쟁만을 야기하며 학문의 발전에 아무런 도움이 되지 않는다.

4) 유흠 18편본의 실제 양상

필자는 유흠 교감본 18편에 관한 오가와 타구지, 웬싱페이 교수와 웬커의 견해에 새로운 증거를 추가하고자 한다. 남송 도장본『산해경』의 분권 상황을 기록한 설계선은 자신의 저서『낭어집』제30권의「서산해경」에서 다음과 같이 말한다.

> 옛『산해경』은 유흠이 올린 글에 따르면 13편이다. 안으로는 다섯 산으로 나뉘고, 밖으로는 여덟 바다를 기록했다. 곽박이 주를 달고 모아 정리한 것이 18권이다. 그 10권은「오산경」이고 8권 중 여섯은「해외」, 둘은「해내」,「대황경」이다.「오산」과「해외경」은 끝에 조례가 있다.「해내」,「대황경」은 탐탁지 않고 통하지 않는 부분이 있다. 이 책은 전하는 것이 매우 적어 오늘날 오로지『도장』에만 있다.[38]

설계선에 따르면 송대 도장본은 18권짜리 곽박 주해본『산해경』이다. 여기에는「오산경」10권,「해외경」6권,「해내경」과「대황경」각 1권이 포

---

38 古山海經, 劉歆所上書, 十三篇. 內別五山, 外紀八海. 郭璞注集厘十八卷. 其十卷, 五山經. 八卷, 六, 海外. 二, 海內, 大荒經也. 五山, 海外經, 端有條緒. 海內, 大荒經, 汗漫有不可通者. 是書流傳旣少, 今獨道藏有之. 장량췐(張良權)이 표점, 교감한 판본은 이름을 『설계선집(薛季宣集)』으로 바꾸었다. 上海社會科學院出版社, 2003, p.426.

함됐다. 그는 이를 통해 『한서·예문지』에 언급된 유흠 13편이 '안으로는 다섯 산으로 나뉘고, 밖으로는 여덟 바다를 기록'한 「산경」 5편과 「해경」 8편이라고 추측했다. 이는 맞는 이야기이지만, 곽박이 주해본을 18권으로 고쳤다는 이야기는 틀렸다.[39]

설계선과 우무에 따르면 송대에 존재했던 두 종류의 도장본 「산경」은 모두 10권이지만, 「해경」 편의 구성이 다르다. 지금 남아 있는 우무의 『산해경전』 발문에는 송대에 '수십 종'의 판본이 전해졌다고 한다. 우무는 "30년간 본 것만 하더라도 헤아릴 필요도 없이 수십 본은 된다. 그 장단점을 참고해 교감하여 차츰 틀린 글자나 말을 없애 나가 옮겨 쓸 수 있게 되었다"고 했다. 그중에서 세 종류 판본이 중요한데, 다음과 같다.

먼저 내가 경도 옛 인쇄본 세 권을 얻었는데, 상당히 성기고 간략했다. 뒤이어 도장본을 얻었다. 「남산」, 「동산경」은 각 한 권이었다. 「서산」, 「북산」은 각각 상, 하 두 권으로 나뉘었다. 「중산」은 상, 중, 하, 세 권이었고, 별도로 「중산 동, 북」이 한 권이었다. 「해외남」, 「해외동, 북」, 「해내서, 남」, 「해내동, 북」, 「대황동, 남」, 「대황서」, 「대황북」, 「해내경」까지 총 18권이다. 각 편의 이름은 동일하지만, 편목은 혼란스럽고 일정하지 않았다. 뒤늦게 유흠 교감서를 얻었다. 여기에는 남, 서, 북, 동 및 중산을 「오산경」이라 이름 짓고, 다섯 편이었다. 이

---

39 설계선이 본 송대 도장본 『산해경』은 「해외경」 이후의 분권 방식이 매우 독특하다. 「해외경」은 보통 4권인 것과 달리 6권으로 나뉜 것이 첫 번째 특징이다. 「해내사경」이 없는 것이 두 번째 특징이다. 「대황사경」을 1권으로 합친 것이 세 번째 특징이다. 이 세 가지 특징의 원인을 알아야만, 이 판본의 분권 방법을 제대로 이해할 수 있다. 설계선은 유흠 『상산해경표』의 18편 문제나 『수지』와 『당지(唐志)』의 곽박 주해본이 원래 23편이었던 문제를 연구하지 않았다. 그래서 그는 곽박의 주석이 유흠의 교정본 13편을 18권으로 바꿨다고 오인했다. 필자는 곽박 주해본은 원래 23권이었고, 소위 '곽박 주해본 18권'은 후대 사람들이 유흠 『상산해경표』의 18편에 맞추려고 이를 편집한 거라고 본다. 더욱 자세한 내용은 곽박에 대해 논의할 때 상세하게 전개하도록 하겠다.

것이 가장 글이 많았다. 「해내」, 「해외」, 「대황」 삼경과 남, 서, 북, 동 각 한 편씩에 「해내경」 한 편까지 하여 역시 총 18편이었다. 많은 경우는 10개 남짓의 죽간이고, 적은 것은 3, 2개 죽간이었다. 비록 책의 권과 질이 고르지는 않았지만, 편차는 전체적으로 가장 오래되었다. 곧 이로써 정본으로 삼았다. [40]

설계선의 도장본과 우무의 도장본은 아마도 3부였던 송대 도장 중 두 개에서 각각 유래한 것으로 보이며, 이 둘은 편목 분류 방식에서 어느 정도 관련성이 있었을 것이다. 우무 도장본은 「해외경」과 「해내경」이 각 2권이고, 설계선이 본 도장본은 「해외경」이 6권으로 둘이 다르다. 설계선의 도장본은 「해외경」을 6권으로 나누고, 「해내사경」을 「해내경」에 합쳐 총 1권으로 만들었다(그렇기에 설계선의 글에서는 「해내사경」을 언급하지 않는다). 그리고 다시 「대황사경」을 1권으로 합쳤다. 두 종류의 도장본은 어찌 되었든 간에 모두 18권으로 만들어졌다. 설계선 도장본은 우무 도장본의 「해외경」 2권과 「해내경」 2권을 각각 3권으로 나눈 후 다시 「해외경」 6권으로 합친 것으로 생각된다. 우무 도장본의 「해외동, 북」과 「해내서, 남」를 나누는 건 쉽기 때문이다. 그리고 다시 「대황사경」을 1권으로 합치고, 「해내경」 1권을 합쳐 총 18권을 만들었다. 우무는 도장본의 편목이 혼란스럽고 일정치 못하다고 비판했는데, 이는 곽박의 23권 주해본이 출현한 이후 사람들이 유흠의 18편 고본을 복원하려고 곽박 판본을 함부로 쪼갠

---

40 始, 余得京都舊印本三卷, 頗疏略. 繼得道藏本. 南山, 東山經各為一卷. 西山, 北山, 各分為上下兩卷. 中山為上中下三卷, 別以中山東北為一卷. 海外南, 海外東, 北, 海內西, 南, 海內東, 北, 大荒東, 南, 大荒西, 大荒北, 海內經總為十八卷. 雖編簡號為均一, 而篇目錯亂不齊. 晚得劉歆所定書. 其南西北東及中山, 號五藏經, 為五篇. 其文最多, 海內, 海外, 大荒三經, 南西北東各一篇, 并海內經一篇, 亦總為十八篇. 多者十余簡, 少者三二簡. 雖若卷帙不均, 而篇次整比最古, 遂為定本. 『山海經傳』, 尤袤 池陽郡齋淳熙 七年(1180)刻本, 中華書局, 1984年 影印. 이하 尤袤刻本 『山海經傳』으로 통일.

당시 상황을 반영한다.[41]

우무가 봤다는 세 번째 판본 '유흠 교감본' 18편도 실은 유흠본 원본은 아닐 것이다. 이는 왕응린(1223~1296)의 『예문지고증(藝文志考證)』과 『소학 감주』에서도 언급된 적이 있다. 이 책은 그저 송나라인이 도장본 「산경」 10권을 5권으로 합치고, 곽박이 한 데 편집한 「대황사경」과 「해내경」을 추가해서 교묘하게 18권을 만들어 놓은 것이다. 이들은 '권'을 '편'으로 고쳐 놓고 유흠 원본을 확보했다고 떠벌렸다. 실상 곽박 주석이 『산해경』을 권 단위로 바꿔 놓은 후로, 그의 주석과 원문은 함께 기록되어 편 단위로 나뉜 판본이 전혀 아니었고, 18권은 더더욱 아니었다. 그렇기에 우무가 정본으로 새긴 『산해경전』(즉 곽박 주해본)의 저본은 유흠본일 수가 없었고, 송대의 재편집본이었다. 우무는 자세히 살피지 않고 여기에 속아 넘어갔다. 그러나 우무가 본 이 소위 '유흠 교감본'은 마침 18권이었을 뿐만 아니라, 정갈하고도 합리적으로 편목을 분류한 덕에 오랫동안 유흠 교감본을 복원하고자 했던 사람들의 숙원을 '실현시켜주었다.' 그래서 이 판본은 나타나자마자 우무가 가세하여 열렬히 옹호하고 간각까지 한 덕에(우무 판각본은 18권에 3책(册)으로 다시 나뉘고, 한 책마다 40여 쪽이다. 분량이 일정하고 또 소위 '경도 옛 인쇄본 3권'도 참작해 만들어졌다. 이는 송대 조판 인쇄 기술이 발전한 이후의 산물이다), 점차 새로운 '정본'이 되어 오늘날까지 전해지게 되었다.

앞의 이야기들이 거짓이 아니라면, 우리는 다음과 같은 결론을 얻을 수 있다. 유흠 교감본 18편은 「산경」 10편에 「해외사경」과 「해내사경」 8편을 추가한 18편이다. 반고가 유향 또는 윤함의 '교감본'을 따랐을 가능성은 없고(윤함이 교감한 『산해경』일 것이라는 추측은 증거가 부족하고, 또 그런 가설을 세울 명확한 이유도 없다), 유흠 교감본을 선택했을 것이다. 이 전에 누군

---

41 이유는 아래 곽박에 관한 논의에서 상세하게 다룰 예정이다.

가가 10편의「산경」을 다섯 방향의 산에 따라 자연스럽게 5편으로 합쳐 놓았고, 총 편목 수도 이에 따라 13편이 된 것을 반고가 기록했을 것이다. 유흠이 교감한 18편 정본과 반고『예문지』의 13편본은 분류 형식에 차이가 있을 뿐, 사실 그 내용은 같다. 이들은 모두「대황경」5편을 포함하지 않았다. 만약 그렇다면, 우리를 오랫동안 괴롭혀 왔던『한서·예문지』와 『상산해경표』의 편목이 다른 문제는 해결된다.

  5) 유흠 교감본 18편에는「황경」5편이 포함되지 않는다.『회남자·지형훈』에 기술된 해외 36개국 민족 이름과 대조해본 결과 그 수는「해외사경」의 37 개국 민족과 거의 일치하고, 이름 자체도 비슷하며 모두 환상적인 색채로 가득하다.「대황경」에는 나라가 58개, 민족이 하나 있으며,「해내경」은 15 개국, 민족은 8개로 모두『회남자』가 인용한 숫자 및 이름과 차이가 비교적 크다. 그렇기에『회남자』가 서술하는 36개국은 다른 편이 아니라,「해외사경」에서 인용한 것이 확실하다. 이는 당시『산해경』에「대황사경」과 「해내경」이 아직 없었을 가능성이 크다는 것을 시사한다. 왕충은 유흠이 『산해경』을 교감 정리한 이후에 쓴 그의『논형·담천편』에서 우임금이 치수한 이야기에 대해 "사해의 땅을 구별하고, 네 개의 산의 너머를 다니고, 35개 나라의 땅을 다녔으며, 새, 동물, 초목, 금속과 돌, 물, 흙까지 기록하지 않은 것이 없었다 ……"고만 하고 다른 것은 언급하지 않았다. 그렇기에 이때의『산해경』에는 여전히「대황경」과「해내경」이 없었을 가능성이 크다.
  한편「해외사경」과「해내사경」의 끝에는 모두 '건평 4년' 신하 망과 유수의 서명이 있다. 이는 유흠 교감본에 두 편이 이미 있었다는 뜻이다. 그러나「황경」과「해내경」뒤에는 이 같은 말이 없다. 필원은 이를 근거로 「황경」과「해내경」을 '모두 밖에서 들여왔다'고 주장했지만, 타당하지 않다.[42] 이 증거는 「황경」과 「해내경」은 당시 신하 망과 유흠이 교감하지 않았고, 『산해경』에 없었음을 증명할 수 있을 뿐이다. 그렇기에 유흠이 교감한 18편 정본 『산해경』에는 「산경」, 「해외사경」과 「해내사경」만 있고, 「황경」 이하의 5편은 없었을 것이다. 물론 이것이 당시 「대황경」과 「해내경」이 존재하지 않았다는 것을 의미하지 않는다. 그저 이들은 따로 존재했으며, 아직 『산해경』으로 편입되지 않았다는 것이다.

유흠 교감본 편목에 관한 학계의 논란을 정리하자면, 많은 학자가 유향, 유흠과 반고 세 사람의 범위 안에서만 사고했고, 아무리 넓게 고려했다 해도 곽박 '18권본' 정도였다. 그렇기에 그간의 논의는 18편, 13편과 「황경」 이하의 5편과 18권 사이에서만 맴돌 뿐이었다. 그렇지만 여기에는 곽박 주해본이 실상 23권이란 사실이 빠져 있다. 반면 웬커 교수는 곽박의 23권이라는 또 다른 참조 항목을 생각해 냈고, 여기에 송대 판본까지 참조하여 월등히 뛰어난 결론을 낼 수 있었다. 그 근거(필자가 보충한 2가지 포함하여 총 3개)역시 비교적 충분했다. 다만 그는 필원의 견해에 따라 유향이 교감한 판본이 따로 있었고, 곽박이 『산해경목록총18권(山海經目錄總十八卷)』을 썼다고 믿는 오류를 범하긴 했다. 편목 논쟁은 종합적으로 고려해야만 올바른 결론을 얻을 수 있다.

3. 경학 울타리 안에서의 유흠 『상산해경표』

유흠이 비교적 긍정적인 태도로 『산해경』을 교감할 수 있었던 것은 경

---

42 쉬쉬성의 『중국 고사의 전설 시대·독산해경찰기』는 이를 근거로 "한 사람이 혼자 『산해경』을 쓴 게 아니며, 여러 차례 추가되어 만들어졌을 것이다. 권 수가 『한서·예문지』와 다를 뿐 아니라, '해외경'과 '해내경' 뒤에는 교감자의 서명이 있기 때문이다"라고만 설명했다. 廣西師範大學出版社, 2003, p.342.

학이 발전 과정에서 마주한 문제, 그리고 고문경학(古文經學)의 출현과 어느 정도 관계가 있다.

동중서(董仲舒)를 대표로 한 한대 경학은 정치적 목적에서 출발하여 음양오행 관념을 바탕으로 '천인감응(天人感應)'이라는 신비주의 사상으로 발전해 나갔다. 상서롭거나 기이한 징후는 모두 하늘이 감응한 결과라고 선양하고, 하늘이 인간 군주에게 자기의 도덕적 의지를 드러내 보이는 것이라고 했다. 『춘추번로·천지음양(春秋繁露·天地陰陽)』에서는 "세상이 다스려지면 백성들이 평화롭게 살게 되고, 뜻이 공평해지면 기가 바르게 되어, 곧 하늘과 땅의 조화가 정밀해지며 만물의 아름다움이 일어나게 된다. 세상이 어지러워지면 백성들이 삐뚤어지게 되고, 뜻은 괴벽하고 기는 불순하게 되고, 하늘과 땅의 조화가 손상을 입어 기가 재해를 일으키게 된다"고 전한다. 이 이론은 황제의 절대 권력에 제동을 거는 것으로 당시에는 긍정적인 효과가 있었다.[43] 그러나 그 신비주의적 경향은 객관적인 천지 만물을 유가의 신학적 목적론으로 왜곡하는 결과를 낳아, 모든 기이한 존재를 하늘의 뜻이라고 해석했다. 왕충이 『논형』에서 "동중서가 중상조(重常鳥)를 알아보고[44], 유자정이 이부(貳負)의 시체를 알아본 것은 모두 『산해경』을 보았기 때문이고, 그렇기에 이 두 가지 일을 말할 수 있었다"고 말한 것을 보아, 동중서도 『산해경』의 기이한 존재들에 주목했던 것으로 보인다.[45] 다만 현재로선 동중서가 『산해경』을 어떻게 이해했는지 확인할 자료는 없다.

유향과 유흠 모두 경학의 대가로 신비주의적 경향의 영향을 크게 받았다. 유향은 청년 시절 무속에 탐닉하여 목숨을 잃을 뻔하기도 했다. 그의

---

43 徐複觀, 『兩漢思想史』第2卷, 華東大學出版社, 2001, pp. 182-264.

44 지금 판본의 『산해경』에는 중상조가 없다. 『습유기』에 나온 눈 하나에 눈동자가 두 개인 '중명조(重明鳥)'인 것 같다.

45 『論衡·別通篇』, 上海人民出版社, 1974, p.209.

『열선전』역시 신선 이야기를 한껏 다루고 있다. 경학 연구에서도 유향은 재이(災異)에 관한 이야기를 좋아했는데, 그가 쓴 『홍범오행전론』이 바로 그 대표적인 예이다. 『한서·유향전』은 다음과 같이 기록한다. "(유)향은 『상서·홍범(尚書·洪範)』에서 기자(箕子)가 무왕(武王)에게 음양오행과 길흉의 감응에 관해 말한 것을 보았다. 곧 상고시대 이래 춘추, 육국을 거쳐 진한 시대에 이르기까지 부서재이(符瑞災異)의 기록을 모두 모아, 흔적과 현상을 미루어 쫓고, 화와 복을 연결해 전하고, 그 점복의 영험함에 대해 말했다. 비교하여 그 갈래를 나누어 각자의 조목을 만들었다. 모두 11편이고, 홍범오행전론이라 이름붙여 그것을 주상하였다." 유흠 또한 음양재이를 선전하고 다녔다. 왕망은 하늘이 제왕에게 내려주는 상서로운 징조인 부명(符命)을 믿었고, 참위술을 대대적으로 제창하고 다녔는데, 유흠도 여기에 열렬히 참여했다. 『산해경』에는 기이한 존재들이 수없이 이어지는데, 길흉화복을 예견하는 징조인 것들이 많다. 예컨대 「서산경」의 교(狡)는 "그 울음소리는 개와 같은데, 이를 보면 나라가 풍년이 든다"고 한다. 「중산경」의 발이 하나뿐인 기이한 새 기종과 마주치면 그 나라에 큰역병이 돈다고 한다. 이들은 경학에서 재이의 측면을 강조하던 유씨 부자의 수요를 정확히 만족시켰는데, 이들이 『산해경』에 관심을 보인 데에는 이런 이유가 있었다.

　그러나 『산해경』의 기이한 내용은 한대 경학자들이 주장한 재이설과는 목적이 다르며, 길흉화복의 징조와도 무관하다. 길흉화복을 예견하는 종류의 존재들마저도 객관적으로 이를 드러내는 것일 뿐, 특정한 도덕적 목적은 없었고, 하늘의 뜻과는 더욱 무관했다. 그러나 한대 유학자들은 이 같은 목적론에서 이물을 가지고 하늘의 뜻을 억측했다. 예컨대 『산해경·해내북경』에는 추오(騶吾, 또는 추아(騶牙), 추우(騶虞))가 있는데, "임씨국(林氏國)에는 진기한 동물이 있는데, 호랑이처럼 크고, 다섯 빛깔의 무늬가 있고, 꼬리는 몸통보다 길고 이름은 추오라고 한다. 이를 타면 하루에

천 리를 갈 수 있다"고 한다. 이는 완전히 객관적으로 그 존재를 서술했을 뿐 아무런 상징 의미가 없다. 그러나 복생(伏生)은 『상서대전(尚書大傳)』에서 이를 '인수(仁獸)'로 보았고, 사마상여(司馬相如)가 남긴 『봉선문(封禪文)』에는 천자의 "원림에는 추오라는 상서로운 동물이 있네"라고 기록되어 있다.[46] 그 『송(頌)』은 "얼룩무늬 동물(추오를 가리킴)은 우리 임금님의 정원을 좋아하네. 하얀 피부에 검은 무늬, 그 풍채는 참으로 아름답구나. 온화하고 공손한 모습은 군자의 태도로다. 과거 그 명성을 듣기만 했지만, 오늘 이처럼 그 오심을 보는구나. 그 길에는 아무런 자취가 없으니, 이는 하늘에서 내려준 상서로운 징조로다. 이 동물은 과거 순임금 때도 나타난 바 있는데, 순임금이 흥한 것은 바로 이 때문이다"라고 전한다.[47] 여기서 추오는 이미 '하늘이 내려준 상서로움의 징조'이다. 모공(毛公)은 심지어 추오가 자연 사망한 동물의 고기만 먹고 살아있는 동물은 먹지 않으며, 가장 믿을 만한 자의 덕이 있는 곳에 감응하여 나타난다고도 하였다. 이처럼 추오라는 평범한 동물이 한대 유학자들 사이에서는 신성한 상징이 되었다. 송대 오인걸(吳仁傑)은 한대 유학자들이 추오를 서술하는 방식이 『산해경』과 다름을 지적하며, "아마도 모공은 '추오와 같이 인자함'을 전하고자 했기 때문에 그러한 것이다"이라고 평했다.[48] 복생, 사마상여, 모공 등 대가와 다르게 당시 일반 유생들은 『산해경』이 경학적 측면에서 지닌 가치를 몰랐고 그저 기이한 이야기나 하는 책이라고 생각했다. 그렇기에 『산해경』의 가치는 유향, 유흠 부자의 해석과 홍보를 필요로 했다.

---

46 『史記·司馬相如列傳』, 中華書局 點校本, p.3065.

47 위의 책, p.3071.

48 吳仁傑, 『兩漢刊誤補遺』 第7卷 「鄒虞(一, 二, 三)」, 『叢書集成新』 第113冊, 臺灣新文豐出版公司, 1985, p.83. 학의행의 『산해경전소』도 같은 문제를 포착하여 "『모시전(毛詩傳)』에서 '추오는 하얀 호랑이인데 검은 무늬가 있고 살아있는 동물은 먹지 않는다'고 했다. 이(『산해경』)와는 다르다"고 말했다.

서한 말 경학은 점차 번잡하고 부패해져 갔다. 젊었던 유흠은 이에 불만을 품고 개선하려고 했다. 유흠은 궁중 도서를 교감한 후에 고문『춘추좌씨전(春秋左氏傳)』을 접하게 되었고 이를 대단히 좋아하게 됐다. 유향을 따라 수술류 저작을 교감하던 유흠은『좌전(左傳)』을 연구할 줄 알았기에, 유흠 또한 그를 발탁하여 함께 경전을 교감하게 되었다. 유흠은 전문을 인용하고 경전을 해석하여, 원래 있던 장구(章句)의 훈고(訓詁)를 기초로 하여 '이로 말미암아 장구의 함의와 뜻을 갖추는' 새로운 이론을 도출해 냈다(『한서·유흠전』). 이때부터 고문 저작에 대한 유흠의 관심은 점차 깊어졌다. 그는『모시(毛詩)』,『일예(逸禮)』,『고문상서(古文尚書)』 등에 관심을 보였다.『산해경』 역시 당시에는 고문이었는데[49], 즉 예서(隸書)가 아닌 고문으로 쓴 것이었다.『상산해경표』에서『산해경』을 "이 모두가 성현들의 유업이며, 옛글에서 명확하게 밝힌 기록입니다"라고 평가한다. 유흠과 망이 정리한『산해경』 32편 원문은 모두 고문이었는데, 교감 후 18편으로 '정리하여 확정되었다'는 이야기는 '예서체로 정했다'는 의미로 소위 '금문(今文, 예서)' 저술이 되었음을 말한다. 고문경을 바탕으로 경학 이론의 기초를 완성한 후에 유흠은 건평 원년(BC 6년, 마침『산해경』 교감을 끝낸 때와 같다)에 고문경(『좌씨춘추』,『모시』,『일예』,『고문상서』를 포함)을 학관(學官)에 추가하자고 주장했다. 그 목적은 금문 경학의 폐단을 바로잡아 경학의 발전을 이끌기 위함이었다. 이처럼『산해경』의 교감 작업과 고문 경학을 세우고자 하는 유흠의 노력 간에는 일정한 관계가 있었다.

『산해경』 학술사상 첫 번째 전문적인 글인 유흠의『상산해경표』는 간략하면서도『산해경』 연구에 반드시 다루어져야 할 여러 문제를 종합적으로 제시했다. 여기에는 시대적 배경, 저자, 편명, 가치와 기능 등을 두

---

49 오임신의『산해경광주·독산해경어』에는 20개의 옛글자가 나열되어 있다. 이는 아마도 유흠이 예서로 정리하는 작업을 미처 마치지 못했던 것으로 보인다. 乾隆五十一年金閶書業堂刻本 참조.

루 포함했다. 이 경학의 대가는 경학이라는 범위 안에서 『산해경』의 내적 가치를 찾으려 했기 때문에 그가 제시한 답변은 모두 경학의 영향이 짙었다.

『산해경』의 시대적 배경과 저자 문제에 있어 유흠은 유가 경전의 우임금 전설을 빌려 논증했다. 우임금은 유명한 고대 신화의 전설적 인물인데, 유가 경전에서 그는 지극히 현명한 원고시대의 군주로 그려지며, 그 지위는 요임금과 순임금과 나란히 한다. 『상서·여형(呂刑)』은 "우는 물과 땅을 평정하고, 산과 강의 이름을 지었다"고 기록하며, 『상서·우공』은 "우가 땅을 구획했고, 산의 형세에 따라 나무를 베어 길을 냈고, 높은 산과 큰 강의 이름을 정했다"고 전한다. 또 우는 산과 강에 길을 내고, 구주(九州)를 구획하고, 물산을 공물로 바치고 과세하는 등의 정치 제도를 정한 업적을 세웠다고 한다. 대체로 『여형』은 서주 목왕(穆王) 시대에 탄생했고, 『우공』은 전국시대에 형성되었다고 보는데, 여기에는 춘추시대의 내용도 섞여 있다. [50] 『상서』에서 말하는 '주명산천(主名山川)'과 '존고산대천(奠高山大川)'의 뜻은 모두 우가 천하의 산과 강에 이름을 붙였다는 것을 뜻한다. 이는 『산해경』이 산천에 이름붙이는 것과 일치한다. 한편 『우공』에서 확정한 공물과 과세의 대상이 되는 물질 자원 역시 『산해경』의 기록과 일치한다. 가장 중요한 것은 『산해경·중산경』의 말미에는 직접적으로 우가 천하에 대해 종합적으로 서술하는 부분이 나온다는 점이다. 그렇기에 『산해경』의 저자 역시 우의 목소리를 빌려 책을 쓴 것이 틀림없다. 유흠이 『상산해경표』에서 『산해경』과 『상서』의 우임금 전설을 한 데 연결 지었던 데에는 이런 이유가 있었다.

유흠은 『산해경』의 창작 배경을 우임금의 치수로 본다. "『산해경』은 요순(堯舜)의 시대에 출현하였습니다. 과거 홍수가 일어나 중국 전역에 넘쳐

---

50 劉起釪, 『古史續辨』, 中國社會科學出版社, 1991, pp. 603-604.

흘렀습니다. …… 곤(鯀)이 성공하지 못하자, 요임금은 우가 그 일을 잇도록 하였습니다. 우는 네 마리의 말을 타고 산을 따라 나무를 베고 높은 산과 큰 강을 정비하였습니다." 또 "우는 구주를 나누고, 땅에 따라 공물을 정하였습니다." 이 같은 배경에 관한 서술은 『여형』과 『우공』에 나타난 우의 행적과 완전히 일치한다. 유흠은 또 『산해경』의 저자를 우를 도운 익이나 백예 등 사람으로 판단한다.

> 익과 백예는 산과 강에 이름을 붙이고, 초목을 분류하고, 강과 육지를 구분하는 일을 주관하였습니다. 사방의 제후가 그를 보좌하여 사방을 두루 다녔습니다. 인적이 드문 곳에 다다랐고, 배와 수레가 드물게 다니는 곳에 도달하였습니다. 안으로는 다섯 방향의 산을 구분하고, 밖으로는 여덟 방향의 바다를 나누어 그 진귀한 보물과 기이한 물건, 특이한 곳에서 자라는 생물들을 기록하였으며, 강과 육지, 풀과 나무, 금수와 곤충, 기린과 봉황의 서식지, 정상(禎祥)이 감춰진 곳, 그리고 사해(四海) 밖의 멀리 떨어진 나라와 특이한 사람들을 기록하였습니다. 우는 구주를 나누고, 땅에 따라 공물을 정하였습니다. 익 등은 생물의 좋고 나쁨을 분류하여 『산해경』을 지었습니다.[51]

유흠은 『산해경』 내용이 우와 그의 신하들의 행적 간에 구조적 대응 관계를 이룬다는 것을 발견했다. 머나먼 역사 전설에서 우임금과 그의 신하들만이 사해 안팎을 전부 돌아다닌다. 그렇기에 『산해경』을 우, 익과 같은 성현들과 연결 짓는 것은 고대에 『우공』을 우임금의 저작으로 간주하는 것과 마찬가지로 경학의 시대에 이 책의 가치를 높이 끌어올리기 위함이

---

51 益與伯翳主驅禽獸, 命山川, 類草木, 別水土. 四岳佐之, 以周四方. 逮人跡之所希至, 及舟輿之所罕到. 內別五方之山, 外分八方之海, 紀其珍寶奇物, 異方之所生, 水土草木禽獸昆蟲麟鳳之所止, 禎祥之所隱, 及四海之外, 絕域之國, 殊類之人. 禹別九州, 任土作貢. 而益等類物善惡, 著山海經.

었다. 그렇기에 유흠은 그 끝에 『산해경』에 대해 "이 모두가 성현께서 남긴 일이며, 옛글에서 명확하게 밝힌 바입니다. 그 성격은 분명하여 믿을 만합니다"라는 결론을 얻는다. 그는 『산해경』이 자연과 인문을 두루 다루는 지리지이며, 진실하고도 신성하다고 설명한다. 이렇게 그는 『산해경』의 진실성에 대한 일반 유생들의 의심을 잠재울 수 있었다. 유흠이 『산해경』을 『상서·우공』과 연결 지은 것은 경학을 중심으로 한 시대적 필요에 따른 것이기도 하고, 기본적으로 사실에 부합하기 때문이기도 했다. 오늘날에 이르러서도 이 두 저작은 여전히 중국 고대 지리학의 양대 산맥으로 간주된다.

『산해경』의 저자가 우임금과 그의 신하라고 본 유흠의 주장은 전통 시기에 보편적으로 받아들여졌다. 왕충은 『논형』에서 "우는 주로 치수를 담당하고, 익은 기이한 존재를 주로 기록했다. 바다 밖과 산 너머까지, 그 어떤 먼 곳도 가지 않은 곳이 없었다. 듣고 본 것으로 『산해경』을 지었다"고 말했다. 조엽(趙曄)은 『오월춘추·월왕무여외전(吳越春秋·越王無余外傳)』에서 "(우)는 곧 네 개의 바다를 순행하고, 익, 기(夔)와 함께 도모했다. 명산대천까지 행차하여, 그 신을 불러 인사를 드렸다. 산과 강의 맥과 결, 금과 옥이 있는 곳, 새와 동물, 벌레 부류 및 팔방의 민속, 다른 나라와 민족의 땅의 크기를 모두 익으로 하여금 기록하게 하였는데, 이를 『산해경』이라 이름 지었다"고 말한다.[52] 조엽은 유흠의 견해를 완전히 수용하긴 했으나 우임금 치수 이야기의 다른 판본에 따라 익의 동료인 백예를 기로 바꾸었다. 북조(北朝) 시대의 안지추, 송대의 조공무(晁公武), 청대의 필원과 학의행 모두 이 설을 따랐다.

그러나 우임금의 시대는 너무나도 먼 반면에 책에는 후대 사람들이 섞어 놓은 요소가 상당히 많았기 때문에 『산해경』의 작가가 우임금이 아니

---

52 周春生, 『吳越春秋輯校匯考』, 上海古籍出版社, 1997, p.105.

라고 의심하는 학자는 대대로 있었다. 예컨대 당나라 사람 육순은 『춘추집전찬열(春秋集傳纂例)』에서 "담자께서는 …… 『산해경』이 은나라 때 일을 많이 이야기하고 있는데 또 하나라 우임금이 썼다고 말하셨다. 기타 비슷한 서적은 매우 많다. 삼전(三傳)의 내용은 본래 모두 구두로 전해졌음을 알 수 있다. 후대의 학자들이 비로소 죽간과 비단에 써두고 사조의 이름으로 제목을 지었다"라고 했다.[53] 두우(杜佑)는 『통전(通典)』 제174권에서 "『우본기』, 『산해경』은 어느 시대의 책인지 알 수 없다. 그 기이하고 올바르지 못함을 따져보면 공자께서 시와 서를 삭제하고 남은 기이한 부분으로 쓴 것이 아닌가 한다. 혹은 먼저 그 책이 있었는데, 터무니없는 내용은 후대 사람들이 추가한 것임이 틀림없다"고 말한다.[54] 남송의 우무와 주희(朱熹), 명대의 왕숭경(王崇慶) 모두 우임금과 신하들이 썼다는 이야기를 부정했다. 그렇기에 『산해경』 작가 문제는 학술사상 중요한 논쟁거리가 되어 갔다.

그러나 『산해경』에 대량으로 나오는 기록한 신이하고 괴이한 내용은 정통 유학이 주장해 온 '자불어괴력난신'의 원칙과 정면으로 충돌했다. 한 시대의 대유학자로서 유흠은 반드시 책에 기록된 이물이 지닌 의미를 해석해 정통 유학과의 충돌을 최대한으로 줄여야만 했다. 그는 주로 두 가지 방법을 사용했다. 그중 하나는 이물이 존재하는 공간을 아주 먼 곳으로 상정하는 것이다. 유흠은 익과 백예가 머나먼 곳의 이물과 기이한 사람들을 기록했고, 이는 '사물을 비교하여 좋고 나쁨을 따지기' 위함이라고 했다. 이 존재들의 진실성을 연구하여 그들이 선량한지 아니면 해가 되는지를 판단한다는 것이다. 이 설에 따라 이물과 기인(奇人)은 사람이 거의 살지 않는 머나먼 곳이나 산과 바다 어딘가에 살며, 타고난 바가

---

53 陸淳, 『春秋啖趙集傳纂例』, 『叢書集成初編』本, 中華書局, 1985, p.3.
54 『影印文淵閣四庫全書』 第60冊, 臺灣商務印書館, 1986, p.413.

달랐다. 그렇기에 중원에서 사는 사람들의 눈에는 매우 이상하게 보일지라도 실상은 실제로 존재했다. 익과 백예가 기이한 것들을 기록한 목적은 바로 사물의 선과 악, 다시 말해 인류에게 도움이 되는지 해가 되는지를 판단하기 위함이었다. 이로써 익과 백예와 같은 성인이 기이한 것을 논했다는 사실은 성현의 도에 부합할 수 있었다. 유흠의 이러한 논증은 『산해경』을 옹호하는 것이면서, 또 한대 경학이 주장한 재이설을 변호하는 것이기도 했다. 또 다른 방법은 유가에서 중시한 박학(博學)의 원칙을 이용하는 것이었다. 시대적으로 멀지 않은 박학다식한 사람들에 관한 이야기를 통해 『산해경』의 진실성을 증명하고자 했다. 『논어』에는 '불어괴력난신'의 원칙 외에도 널리, 두루 배우라는 '박학'을 강조하는 원칙이 있었다. 공자와 그의 제자들은 누차 "군자는 널리 학문을 배우고, 예로 삼간다"고 강조했다.[55] 자산(子産)처럼 두루 공부하는 군자는 공자 역시 찬양하는 대상이었다. 그렇기에 박학이라는 원칙은 '불어괴력난신'의 원칙에 대항하는 용도로 사용할 수 있었다. 실상 공자의 이 두 원칙은 모순적이었다. 유흠에 따르면 한무제 때 어떤 사람이 기이한 새를 바쳤는데 아무것도 먹지 않았다고 한다.[56] 동방삭은 『산해경』을 근거로 그 이름을 맞추었을 뿐만 아니라, 그 새가 먹어야 하는 음식을 정확하게 말했다. 그리고 과연 그의

---

55 『論語』, 『十三經注疏』本, 中華書局, 1980年 影印, pp. 2479; p.2504.

56 곽박의 『산해경서』에 따르면 동방삭이 필방의 이름을 알았다고 한다. 그렇기에 유흠이 말한 이 '기이한 새'는 『산해경』에 나오는 필방새일 것이다. 「서차삼경」에서 필방은 학처럼 생겼지만, 발이 하나고 화재 발생을 예견한다고 했다. 금본 『산해경』에는 필방새의 먹이 습성 이야기가 없지만, 한나라 때 사람들은 새의 습성을 언급하고 있어 전해지는 과정에서 실전된 것으로 보인다. 『회남자·사논훈(氾論訓)』에 따르면 나무에서 필방이 난다고 한다. 고유는 필방이 오곡을 먹지 않는다고 주를 달았다. 이를 통해 유흠이 말한 오곡을 먹지 않는 '기이한 새'가 바로 필방임을 알 수 있다. 당대 이척(李綽)은 『상서고실(尙書故實)』에서 동방삭이 외다리의 학이 『산해경』의 필방새인 걸 알아보았다고 전한다.

말대로 사건은 정리되었다.[57] 유흠이 예시로 든 다른 사례는 한선제(漢宣帝) 때 상군(上郡) 종암동(從岩洞)에서 두 손이 뒤로 묶여 형틀에 매인 시체를 발견했는데 그것이 누구인지 아무도 몰랐다. 유향이 『산해경』을 근거로 이것은 알유(猰貐)를 죽여 천제의 벌을 받아 뒤로 두 손이 묶여 소속산(疏屬山)에 갇힌 이부의 신하라고 설명했다.[58] 유흠은 이 두 기이한 존재를 통해 『산해경』에 적힌 이물들이 모두 실재이고, 그렇기에 경학과 박물학적 가치가 있다고 주장했다. "…… 문학과 대유학자도 모두 이 책을 읽고 공부하였습니다. 기이함을 통해 길조와 변괴를 헤아리고, 먼 나라의 다른 사람의 풍속을 알게 되었습니다. 그렇기에 『주역』에 '천하의 지극히 깊은 이치를 말하는 것이지만 혼란스럽지 않다'고 하였습니다. 폭넓게 사물을 탐구하는 군자는 이에 미혹되지 않을 것입니다." 유흠은 위의 두 가지 방법을 통해 『산해경』의 각종 이야기가 모두 진실하고 믿을만하다고 주장했고, 이 같은 방법은 당시 매우 효과적이었다.

정통 유학에도 비록 신비주의적 요소가 있긴 했지만, 주류 학설은 '자불어괴력난신'의 사상적 원칙을 고수했다. 그러나 그럼에도 한대 경학은 때때로 이와 상치되는 모습을 보이기도 했다. 정통파의 요구에 부응하고자 한대 유학자들은 반드시 그들이 말하는 재이가 모두 진실하고 믿을만

---

57 당대 이척의 『상서고실』은 이 사건을 상세하게 소개한다. "한무제 때, 이역에서 발이 하나인 학을 바쳤다. 사람들은 모두 이를 몰라 괴이하게 여겼다. 동방삭이 아뢰기를 '이는 『산해경』에서 말한 필방조입니다'하였다. 이를 실험해 보니 과연 그러했다. 이에 모든 대신에게 『산해경』을 공부하도록 했다." 『叢書集成新編』第83冊, 臺灣新文豊出版公司, 1985, p.292.

58 유향의 설명은 어딘가 부자연스럽다. 팔이 뒤로 묶여 형틀에 매인 시체는 「해내경」에 나오는데 "북해의 안에 두 손이 뒤로 묶이고 형틀에 매여 창을 든 사람이 있으니, 상배(常倍)를 모시던 부하로 이름은 상고시(上顧尸)라고 한다"고 전한다. 여기서 말한 북해와 상군은 모두 북쪽에 있는데, 이부의 신하 이야기는 「해내서경」의 '해내 서남쪽 귀퉁이에서 북쪽'의 첫머리에 등장하니 거리가 상당히 멀다.

하다는 점을 증명해야 했다. 유향이 '손이 뒤로 묶여 형틀에 매인 시체'를 발견한 이야기와 『산해경』에 나온 이부의 신하 전설은 비슷한 양상을 띠었고, 그렇기에 전자가 곧 후자라고 추론할 수 있었다. 이는 실상 '지금의 일'을 가지고 『산해경』의 기이한 내용이 진실함을 증명하는 것이었다. 이같은 '증명'을 통해 『산해경』의 기이함은 사실이 되었고, 이는 그 기이함이 더 이상 '괴력난신'이 아닐 수 있게 해주었다. 그리고 궁극적으로 이는 정통 유학에 저촉되지도 않았다. 이 덕분에 조정 관리들도 『산해경』에 관심갖게 되었고, 대유학자들도 거리낌 없이 『산해경』을 읽게 되었다. 그들은 『산해경』의 '기이함'을 두고 '길조와 변괴를 헤아리고, 먼 나라의 다른 사람의 풍속을 알게' 한다며 긍정적으로 평가했다. 사실 『산해경』의 '길조와 변괴'와 '먼 나라의 다른 사람의 풍속'은 모두 허구에 해당한다. 그나마 '먼 나라의 다른 사람의 풍속은' 해외 풍속지로서의 기능이 있었다 하여도, '상서와 변괴의 상징'은 재이설을 좋아하던 한대 경학자들의 입맛을 맞춘 것뿐이었다.

유흠은 『산해경』의 괴이한 내용을 시간적으로 그리고 공간적으로 먼 곳의 존재로 귀결 지었는데, '천하는 크고도 크기에 그 어떤 기이한 것도 없지 않다'는 관념을 이용해 『산해경』의 이물에 대한 사람들의 의심을 잠재웠다. 동시에 박학의 원칙을 통해 『산해경』이 '괴력난신'에 대해 말한다는 사학과 경학의 비난을 피할 수 있었다. 이 같은 전략은 어느 정도 성공했고 또 훗날 『산해경』을 옹호하고 좋아한 학자들이 널리 선택한 방법이 되었다.

이처럼 한바탕 논증 끝에 유흠은 『산해경』의 지리적 요소와 괴이한 요소를 모두 긍정했다. 다만 이 같은 논증은 상당히 수동적이었고 또 정통 유학의 비난을 완전히 면치 못했다. 그렇기에 유향과 유흠 부자는 비록 『산해경』이 유학 대가들의 주목을 받게 하는 데는 성공했으나, 교감본은 탄생 이후 한나라에 직접적이고 큰 영향을 미치지는 못했고, 그 누구도 이를 주해하려 하지 않았다. 그렇기에 곽박이 『주산해경서』에서 "이 책은 일곱 세대를 거쳐 삼천 년을 지나오면서 한때 한나라 때에 나타났다가 곧 사라졌다"고 했던 것이다.

사회가 발전하면서 유가와 도가는 번갈아 중국 사회의 주류 사상적 위치를 차지했다. 『산해경』에 나타난 초자연적 현상과 '괴력난신'에 관해 각 학파는 끊임없이 논쟁했다. 그렇기에 '괴력난신'을 평가하는 방식과 박학을 평가하는 방식은 『산해경』 연구에 있어 줄곧 가장 중요한 문제였고, 이는 학술사 전체를 관통한다.

3

형법가 形法家에서 본
한대 지식 체계 중『산해경』의 위치

　한대 지식 체계에서 『산해경』이 어떤 위치에 있었는가 하는 문제는 유
흠의 『칠략』(『한서·예문지』에서 확인할 수 있음)에서 『산해경』을 분류한 방식
을 통해 논의할 수 있다.

　유흠의 『칠략』은 중국 최초 전국을 대상으로 한 종합적인 도서 분류 체
계였다. 유흠은 선진시대부터 서한까지의 학술 문화를 총체적으로 고찰
하고, 한대의 지식 체계를 세웠다. 동시에 이는 서한 유가 사상을 핵심으
로 하는 학술 사상을 잘 보여준다. 오늘날 『칠략』은 전해지지 않는다. 반
고의 『한서·예문지』에 따르면 『칠략』은 「집략(輯略)」, 「육예략(六藝略)」,
「제자략(諸子略)」, 「시부략(詩賦略)」, 「병서략(兵書略)」, 「수술략」과 「방기략
(方技略)」으로 이루어져 있다. 그중 「집략」은 총론에 해당하며, 그 뒤의 여
섯 분야만이 실제로 도서를 분류하는 기준이다. 경학 이데올로기에 맞춰
가장 먼저 오는 것은 「육예략」이며, 여기에는 유가의 육경과 『논어』, 『효
경』 및 소학 저술이 포함된다. 「제자략」은 총 10개의 분야를 포함하는데,
역시 유가를 가장 먼저 꼽는다. 「시부략」은 문학 작품을 다루고, 「병서략」
은 군사학 관련 저술을 다룬다. 「수술략」은 천문(天文), 역보(曆譜), 오행(五

行), 시귀(蓍龜), 잡점(雜占), 형법(形法) 여섯 종류를 아우른다. 「방기략」은 의학과 양생술 관련 저작을 수록했다. 유흠의 『칠략』은 유가 경학을 기준으로 총체적으로 고대 학술 문화를 아우른 한대 가장 완전한 지식 체계라 할 수 있다.

『산해경』은 이 같은 지식 체계에서 어떤 위치를 차지했는가? 유흠의 『칠략』을 좇은 『한서·예문지』에 따르면 『산해경』은 수술략 형법가에 속했다. 수술략은 총 190가(家) 25,280권에 달하며, "수술가란 모두 명당, 희화, 복서의 직책이다." 이는 천문, 역보, 오행, 시귀, 잡점, 형법 여섯 분야를 포함하며, 대우주를 탐구한다. 즉, 소위 '하늘의 도' 또는 '하늘과 땅의 도'와 관련된 학문을 뜻한다.[59] 여기에는 대자연에 대한 관찰과 인식을 포함할 뿐만 아니라, 점술, 망기(望氣), 감여(堪輿), 풍수, 택일 등 무속 신앙도 있었다. 천문학과 점성술은 밀접하게 연계되어 있었고, 지리학과 풍수설, 망기술 또한 끈끈하게 얽혀 있었다. 수술략의 상황과 비슷하게 인류 생명을 연구하는 학문은 모두 방기략으로 분류되었다. 방기략은 의학, 방중술과 신선 양생술을 동시에 다루었다. 이는 당시 과학과 무속이 한 데 섞여 있었기 때문이며, 이 같은 지식 형태는 자연에 관한 선진시대 중국인의 인식 수준을 보여준다.

형법가는 주로 상술(相術)을 의미했다. 여기에는 『산해경』, 『국조(國朝)』, 『궁택지형(宮宅地形)』, 『상인(相人)』, 『상육축(相六畜)』, 『상보검도(相寶劍刀)』 등 육부서(六部書)가 포함됐다. 리링(李零)은 이를 두 종류로 나누었다. 첫째는 상지형(相地形), 상택묘(相宅墓, 훗날 풍수지리와 비슷함)이다.[60] 형법 소서(小序)에서 말하는 소위 "크게 구주의 형세에 따라 성곽과 집을 세운다"

---

59 李零, 『中國方術考』, 人民中國出版社, 1993, pp. 18-21.

60 확실하지 않다. 『예문지』는 『감여금궤(堪輿金匱)』 제14권을 수술략 오행가로 분류했다. 이는 형법가로 분류된 『궁택지형』과는 분명 다르다. 관련 도서가 이미 실전되어 이름만으로 그 내용을 추측할 수밖에 없어 두 도서의 차이를 상세하게 파악할 수 없다.

를 뜻한다. 두 번째는 관상을 보는 상인, 가축의 좋고 나쁨을 구별하는 상육축, 도검의 길흉을 보는 상도검이다. 형법 소서에서 말하는 '사람과 육축의 골격 구조의 비율과 도량과 기물의 형상과 외관'이다. 필자가 보기에 이 같은 분류는 형법가의 내재적 통일성을 깨트렸다. 비록 서적마다 내용은 다르지만『예문지』가 이들을 '형법가' 안으로 모두 불러들인 것은 근거가 있기 때문이다. 바로 모두 외형과 내재적 기질인 본성 사이의 관계를 통해 자연 만물을 탐구한다는 것이다. 소서의 말미에서 "마치 율에 장단이 있어 각기 그 소리를 나타내는 것과도 같다. 귀와 신이 있는 것이 아니라 저절로 수가 그러한 것이다. 다만 형(形)과 기(氣)는 서로 머리와 꼬리처럼 이어지며, 또 그 형이 있어도 기는 없고, 기는 있는데 형이 없기도 한다. 이것은 정미하고 독특한 차이이다"라고 하였다. 만약 우리가 억지로 형법가를 다시 두 부류로 나눈다면『산해경』은 어디로 분류해야 할지 갈피를 잃게 된다.『산해경』의「산경」부분은 산세와 물의 형세를 서술하고 동물과 사물에 관해 이야기하지만,「해경」부분은 더 큰 폭을 머나먼 다른 민족에게 할애한다. 그렇기에『산해경』이라는 책은 풍수의 특징도 있고, 관상술, 상축, 상물 요소도 포함한다. 마치「해외남경」서두에서 "지상의 모든 공간, 온 세계는 해와 달로 빛을 삼고 별자리로 위치를 정하며 사계절로 한 해를 삼고 태세로 때를 바로 잡는다. 신령이 낳은 바 모든 사물은 저마다 모습을 달리하며 어떤 것은 요절하기도 하고 어떤 것은 장수하기도 하는데, 오로지 성인만이 이 방면의 원리에 통달할 수 있다"라고 한 것처럼 말이다. 이는 천지 만물을 두루 아우르며, 이 전체를 파악한다는 것은 마치 '그 길을 통할 수 있는' 것과 같고, 만물의 기질과 본성을 이해한다는 의미이다.『예문지』형법가 소서 말미의 말은 이와 함께 서로의 의미를 더욱 깊게 이해할 수 있게 하는데, 저자는 분명 형법가의 저술에 드러난 '도', 다시 말해 '귀와 신이 있는 것이 아니라, 자연스럽게 드러난 수'에 통달한 사람이다.『산해경』은 바로 산과 바다의 만물(인간 포함)

의 상을 파악하는 저술이고, 그 목적은 만물의 도에 통하는 데 있다.

옛사람들은 형법가의 내재적 통일성을 이미 인식하고 있었다. 원대 오징(吳澄)은『오문정집(吳文正集)』제30권「곽용수에게 드리는 서문(贈郭榮壽序)」에서 다음과 같이 말했다.

> 누군가 풍수와 관상은 하나의 재주인지 물었습니다. 대답하기를 하나의 재주이외다 하였습니다. 제가 이를 어떻게 알게 되었을까요?『예문지』에는『궁택지형서』20권,『상인서』24권이 모두 형법가에 속합니다. 그 서문에서 간략히 '구주의 형세를 크게 살펴 성곽과 집을 세운다'하였습니다. 또 '사람의 형태와 뼈의 법칙에 따른 수치로 그 음성과 기운과 귀함과 천함과 길흉을 본다'고 하였습니다. 그런즉 두 개의 재주가 하나의 뿌리를 두는 것입니다. 후대 사람들은 이 둘을 아우르지 못하고 각자 하나에만 몰두하여 이를 두 개의 재주로 쪼갰습니다. 노능(廬陵)의 곽영수(郭榮壽)는 관상 보기를 좋아하고 풍수지리를 이야기하길 좋아했는데, 거의 두 개의 재주를 하나로 갖춘 것이 아니겠습니까? 두 개의 재주를 모두 형법이라 부르는데 그것은 왜입니까? 무릇 땅에는 형태가 있고 사람에게도 형태가 있습니다. 그렇기에 각자의 형태로 각자의 법도를 볼 수 있는 것입니다. [61]

이 글에 따르면 오징은 형법가에서 다루는 여러 지식의 내재적 통일성을 이해하고 있었던 것으로 보인다.

---

61 或問, 相地, 相人一術乎. 曰, 一術也. 吾何以知之. 從藝文志有宮宅地形書二十卷, 相人書二十四卷, 並屬形法家. 其敘略曰, 大擧九州之勢以立城郭室舍. 又曰, 形人骨法之度數, 以求其聲氣貴賤吉凶. 然則二術實同出一原也. 後之人不能兼該, 遂各專其一, 而析為二術爾. 廬陵郭榮壽善風鑒, 又喜談地理, 庶乎二術而一之者夫. 二術俱謂之形法, 何哉. 盖地有形, 人亦有形, 是於各於其形而觀其法焉.『影印文淵閣四庫全書』第1197冊, 臺灣商務印書館, 1986, p.324.

형법가가 만물을 '상'하는 것은 후대에 관상을 보는 것과는 달랐다. 이는 사물에 대한 관찰을 통해 사물을 이해하고자 하는 것이었다. 당시 사회는 무속 신앙이 보편적이었고 과학 수준은 낮아 관찰의 결론은 종종 미신에 가까웠지만, 전체적으로 보자면 형법가의 지식은 객관적인 지식 범주에 속했다.[62] '귀와 신이 있는 것이 아니라 자연적으로 드러난 수' 역시 형법가가 다루는 지식의 객관성을 잘 보여준다. 『산해경』은 땅, 사람, 사물을 관찰하는 서적이었으며, 지리 기록을 '상'과 관련짓고 있어 지리 결정론의 초기 형태를 암시했다. 『산해경』은 당시 사람들이 생각한 자연 지리학과 인문 지리학에 꼭 들어맞았다. 다만 당시 지식 형태가 특수했고, 지리학 수준이 높지 않았기 때문에(어느 학문으로부터 독립하지도 못했고, 관련 저술도 적었다), '형법가'라는 칭호를 선택할 수밖에 없었다. 이와 비슷하게 『상서·우공』 역시 오늘날 보기에는 지리서이다. 그러나 독립된 지리학이 없는 상황에서 이 역시 육예략으로 분류되었다.

상술한 바와 같이 『예문지』는 『산해경』의 성격을 형법가로 규정지었고, 유흠의 『상산해경표』와 더불어 이것이 우임금이 보고 들은 바의 기록이라고 여겼다. 다시 말해 자연과 인문지리지는 맞닿아 있었다. 이는 왕경이 『산해경』을 가지고 실제로 황하를 치수했던 것과 맞닿아 있다. 『산해경』을 수술략 형법가로 분류한 건 한나라인들이 이를 대자연에 관한 실용적인 지식으로 간주했기 때문이다. 이러한 과학은 당시 인류 지식수준의 범위 안으로 제한되어 있었고, 기록은 정확하지 않았을 뿐 아니라 심지어 무속적인 색채도 상당히 짙었다.

후대 학자들은 종종 형법가의 의미를 이해하지 못하고 『산해경』 13편을 형법가로 분류한 『예문지』의 체계를 오류라고 여겼다. 예컨대 명대 초

---

62 리링의 『중국 방술고』에 실린 마왕퇴(馬王堆) 백서(帛書) 『상마경(相馬經)』, 은작산(銀雀山) 지역의 『상구방(相狗方)』, 거연(居延) 지역에서 새롭게 출토된 한대 죽간 『상보검도』에 관한 해설을 참조. 人民中國出版社, 1993, pp. 78-80.

횡(焦竑)은 『산해경』을 형법가로 넣어서는 안 되고 지리로 바꾸어야 한다고 말했다.[63] 필원은 『산해경고금편목고』에서 『산해경』에 그림이 있기에 형법가로 넣어야 한다고 했는데, 이는 억측에 지나지 않는다.[64] 장학성은 『문사통의』에서 기본적으로 『한지』 형법가가 '후세의 지리 전문 서적'에 해당한다고 보았고, "지리는 즉 형가(形家)의 말로 전문적인 학설을 세웠는데, 소위 도(道)라는 것이다. 『한지』에 수록된 『산해경』의 부류는 조목 별로 편찬하였고, 이른바 기(器)라는 것이다", " …… 지리와 형법가의 말은 서로 경위(經緯)를 이룬다"라고 분석했다.[65] 그러나 또 한편으로 "형법가는 오행, 잡점 두 분야에서 벗어나지 않는다. 오로지 『산해경』만이 지리서로 전문적으로 나와야 하지만, 그 분류가 없으니 고로 억지로 형법에 적용한 것이다"라고 보기도 했다.[66] 이는 장학성이 형법가의 속성이 정확히 무엇인지 판단하지 못했다는 것을 보여준다. 현대 학자 중에는 『예문지』에서 『산해경』이 형법가로 분류된 것이 '적절하지 않다'고 비판하는 사람도 있고[67], 형법가(『산해경』을 포함하여)를 무속 관련 도서로 간주하기도 한다.[68] 이는 모두 '형법가'의 실제 의미를 오해했기 때문이다. 이들은 모두 당시의 지식 형태 안에서 과학과 무속이 매우 근접한 관계였다는 것을 간과했다. 그렇기에 이들은 '형법가'를 무속 신앙의 미신으로 오해한다.

선하이버는 형법가 서적이 모두 '점복서(占卜書)'인 반면에 「산경」은 지리 자원을 중심으로 서술되기에 '좋은 징조 따지기'와는 무관하다고 보았

63 『欽定續通志』第164卷, 『影印文淵閣四庫全書』第394冊, 臺灣商務印書館, 1986, p.588.

64 왕쥔(汪俊)은 「산해경에는 '옛 그림'이 없다(山海經無古圖說)」라는 글에서 이를 상세하게 반박하였다. 『徐州師範大學學報』2002年 第3期, 2002, p.84.

65 『文史通義校注』, 中華書局, 1985, pp. 995-996; p.1014.

66 위의 책, p. 1080.

67 張步天, 「山海經研究史初論」, 『益陽師專學報』1998年 第2期.

68 汪俊, 「山海經無古圖說」, 『徐州師範大學學報』2002年 第3期, 2002, p.84.

다. 그렇기에 『예문지』 형법가에 수록된 것은 「해경」 13편이지, 「산경」 5편은 포함하지 않는다고 하였다.[69] 그는 「산경」을 충분히 이해하지 못하고, 여기에 나타나는 여러 상서로운 징조들을 간과했다. 예컨대 「서산경」의 풍년을 예고하는 교나 「중산경」의 온역을 경고하는 기종(跂踵)이 그렇다. 더욱이 그의 주장은 「산경」과 「해경」의 통일성을 해친다.

마오둔은 『한서』에서 '구주의 형세에 따라 성곽과 건물을 짓는다'는 형법가와 『수서』 사부(史部) 지리류의 의미가 같다는 것을 제대로 이해했다. 그렇기에 "『한지』에서 『수지』까지 중간에는 500년이 있었으나 『산해경』에 대한 관념은 변하지 않았다"는 판단이 가능했다.[70] 다만 마오둔은 형법가가 속한 지식 체계와 사부 지리류가 속한 지식 체계 간의 차이까지는 미처 몰랐다. 실상 유흠과 반고만이 『산해경』의 사실적인 부분을 긍정적으로 평가한 것은 아니었다. 그 후의 왕충, 조엽 모두 기본적으로 이를 인정했다. 한대의 많은 학자가 『산해경』을 지리학 저작물로 보았는데, 그 진실성에 관한 평가는 달랐다. 당시 독립적인 순수 지리학이 없었기 때문에 반고는 이를 다른 책과 함께 '형법가'로 분류할 수밖에 없었다.[71] 지식 형태와 학문 방법이 변하면서 본래 한 덩어리였던 지식은 여러 갈래로 나뉘게 되었다. 완전히 객관적인 지리학은 위진 이후 독립되어 나왔고, 지우(摯虞)의 『기복(畿服)』, 역도원의 『수경주』 등 지리학 저술이 대거 등장하여 제시육(齊時陸)이 160가(家)의 지리 저작을 '지리서'로 한데 모을 수 있었다. 이로써 지리학 저술이 지식 체계에서 독립적인 일가를 이루게 되었다. 그리하여 『수서·경적지』가 편찬된 시대에 이르면 사람들은 자연스럽게 『산해경』을 '사부 지리류'로 분류했다. 과거 점술과 관련된 서적들은

---

69 沈海波, 『山海經考』, 文匯出版社, 2004, pp. 22-23.

70 茅盾, 『中國神話研究ABC』, 馬昌儀 編 『茅盾說神話』, 上海古籍出版社, 1999, p.4.

71 『사기』에 이르러서야 『하거서』가 탄생했고, 『한서』에야 겨우 『지리지』가 만들어졌다.

각각 '오행', '감여' 등 무속 관련 지식 분야로 분류되었다. 이는 중국 고대 지식 형태의 커다란 변화이자 발전이었다.

물론 역사상 『산해경』을 지리류로 보는 데 반대하는 학자도 있었다. 『송사·예문지』는 이를 '오행류'로 분류했지만, 이는 옳지 않다. 그 후 호응린과 사고관 관리는 『산해경』을 '소설가'로 분류했지만, 이 역시 비판에 직면했다. 다만 유흠의 『상산해경표』와 반고의 『한서·예문지』는 『산해경』이 지리지로서 정치, 국방 분야에 지닌 실용적인 가치를 직접적으로 평가한 바가 없다. 선진시대와 한대 초기 사람들은 『산해경』이 전국의 중요 자원과 교통 요지, 다시 말해 '천하의 요해(要害)'를 기록했다고 믿었다. 그러나 한대에 영토를 확장하면서 사람들은 점차 『산해경』의 지리가 실제와 차이가 있다는 것을 알게 되었다. 책에서 서술하는 광산 자원 역시 옛사람들이 당시의 광산 탐사 기술을 바탕으로 추측한 것일 따름이었다. 일본 학자 이토 세이지는 『중국 고대 문화와 일본·산해경 연구』에서 "『(관자)지수편』과 「산경」의 광산 탐사 기술은 주술과 금기로 가득 찬 신비한 무언가에 가깝다"고 말한다.[72] 또 "…… 우리는 「산경」이 기록한 광산 자원 전부가 실제 캐내 쓸 수 있는 데 필요한 조건(매장량, 광물의 품질, 지리적 위치, 금기 여부)을 갖추었다고 생각해서는 안 되며, 국가의 재산과 공, 사기업의 개발 대상이었을 것으로 봐서도 안 된다"고 말한다.[73] 『산해경』의 광물 매장 기록은 신빙성이 부족하다. 그렇기에 유흠이 책을 교감하던 때에는 사람들이 이미 『산해경』의 실용적인 가치를 크게 믿지 않았다. 유흠이 『산해경』의 정치적 실효성을 긍정적으로 평가하지 않은 까닭은 바로 여기에 있다.

---

72 伊藤清司, 張正軍 譯, 『中國古代文化與日本』, 雲南大學出版社, 1997, p.422.

73 위의 책, p.423.

경학의 쇠락과 왕충 王充 의 『산해경』 연구

1. 전파 범위의 재확대가 『산해경』의 사회적 기능에 미친 영향

『산해경』 지리 기록의 신빙성이 점차 의심받기 시작하면서 동한 왕실은 더는 『산해경』을 '보물지도'로 보지 않았고, 독점하지도 않게 되었다. 덕분에 『산해경』은 한층 더 널리 유통되었다. 유흠의 『상산해경표』에 따르면 서한 말 유향이 살던 시대에는 이름난 대유학자 모두가 『산해경』을 볼 수 있었고, 동한 시대에 이르면 평범한 지식인도 『산해경』에 접근해 연구할 수 있게 되었다. 왕충(27~약 97)은 자가 충임(仲任)으로, 태학(太學)에 입학해 반표(班彪) 밑에서 공부를 시작했다.[74] 일생을 지방의 작은 관직을 맡았을 뿐 주로 개인 저술 활동에 종사하며 보냈다. 『논형·자기편(自紀篇)』에서 말한 것처럼 "나는 관직을 맡아도 매번 품은 뜻을 펼칠 수 없었고, 그저 저술을 통해 자신의 사상을 밝힐 수밖에 없었다." 오늘날까지 전해지는 그의 유일한 작품인 『논형』은 여러 방면에서 『산해경』을 연구

---

74 100년에 세상을 떠났다는 설도 있다.

했다. 조엽은 자가 장군(長君)으로 동한 초 사람이며, 건위(犍為) 자중(資中)의 현리를 지냈다. 한평생 학술 연구와 글쓰기에 매진한 하층 사인(士人)에 속했다. 그의『오월춘추』는 우임금이 치수 과정에서 어떻게 익을 보내 보고 들은 것을 기록하게 하여『산해경』을 저술하였는지를 상세하게 서술했다. 허신(許慎, 30~124)은『설문』제13권 하에서 다음과 같이 말한다. "협(劦)은 역(力)과 같으며, 역 세 개를 따른다.『산해경』에서 '유호산(惟號山)의 바람은 급한 바람과 같다'고 하였다." 지금 판본의『산해경』에는 "계호산(雞號山)의 바람은 마치 빠른 바람과 같다"고 전한다.『설문』은 또 "이(夷)는 대(大)와 궁(弓)을 따른다"고 하였는데, 단옥재는 "동이는 대(大)를 따른다. 대는 사람(人)이다. 이는 풍속이 어질고, 어진 자는 장수한다. 군자, 불사국이 있다"고 주를 달았다.[75] 허신은 이(夷) 자를 풀이할 때『산해경』속 이인(夷人)에 대한 묘사의 영향을 받은 것으로 보인다. 응소(應劭)는 동한 말년 사람인데,『풍속통(風俗通)』에서 "산해경에서 귀신에게 지내는 제사는 모두 수탉으로 한다"고 말했다. 응소 역시『산해경』을 읽은 것이 틀림없다. 왕일이『초사장구(楚辭章句)』에서 누차『산해경』을 인용하여 『초사』를 풀이한 것은 널리 알려진 바이다.

　점차 널리 퍼지면서 왕실에서만 소장해 오던『산해경』은 세상 사람들이 두루 읽는 대상이 되었다. 이렇게『산해경』은 국유 자원을 기록한 지리지(이 방면에서의 사회적 기능은 점차 줄어들었다)에서 점차 개인 기호에 부응하는 읽을거리가 되어 갔다. 평범한 선비에게는 자연 자원을 장악하겠다는 야심도, 그럴 수 있는 조건도 없었고, 개인적인 필요에 따라『산해경』을 읽었다. 전문적인 지리학자 외에 보통의 선비들은 대체로『산해경』의 허구적인 기이한 내용에 주목했다. 유향 시대의 조정 관리들과 대유학자들 모두 그 기이함에 주목했는데, 당시 경학 재이설에 필요했기 때문

---

75 웬커는 군자국 부분에 주석을 달 때 단옥재의 주석을『설문』의 원문으로 오인했다.

이었다. 훗날 왕충은『산해경』의 기이한 내용은 모두 허구라고 비판했는데, 당시 사람들이 허구를 진실로 간주하는 '허황된' 태도를 겨냥한 것이었다. 사람들은『산해경』의 지리적 진실에 더 이상 관심을 두지 않았고, 그 신기하고 기이한 내용의 진실성을 따지기 시작했다.『산해경』의 지리적 기능이 축소되면서 본래 자연스럽게 그 일부에 포함되어 있었고 또 사마천이 특별히 콕 집어 언급한 '기이한' 내용이 점차 부각되었다. 이로써『산해경』은 새로운 사회적 수요를 만족하기 위해 또 다른 사회적 기능을 발휘하기 시작했다. 사회적 기능의 변화는『산해경』에 관한 사람들의 이해에도 영향을 미쳤고, 이는『산해경』학술사에서도 두드러진 변화였다.

2. 쇠락하는 경학과 경학을 초월한 왕충

서한 말기 이후 이익 관계에 따라 유학 내부에서 '금문 경학'과 '고문 경학' 간의 갈등은 점차 격화되어 갔다. 유흠은 건평 원년(BC 6)에 학관에 고문경을 추가하려다 실패했지만, 훗날 왕망의 힘을 빌려 성공했다. 그러나 왕망은 얼마 못 가 패망하고 말았고, 광무제가 뒤를 이어 즉위하자 금문 경학이 다시 주류 학파가 되었다. 그 후 금문 경학과 고문 경학의 갈등은 끊이지 않았고, 한장제(漢章帝) 건초(建初) 4년(79)에 열린 백호관 회의(白虎觀會議)에서 황제가 나서서 시시비비를 판단해 줄 때까지 양측의 논쟁은 이어졌다. 한편 경학은 점차 참위설로 기울어 갔는데, 이 또한 정통 경학자들의 불만을 샀다. 동한 초 대유학자 환담(桓譚), 범성(範升), 진원(陳元), 정흥(鄭興), 두림(杜林), 위굉(衛宏), 유곤(劉昆), 환영(桓榮), 윤민(尹敏)은 모두 참위학에 반대하거나 냉담한 태도를 보였다. 왕충은 "무릇 하늘은 무위한 것으로 재난과 변이에 대해 말하지 않는다. 때가 이르면 기가 저절로 그리하는 것이다"라며 더욱 날카롭게 신학 목적론을 비판했다.[76] 장형(張衡)은 심지어 상소를 올려 참위 사상을 금지해 줄 것을 청하기도 했다. 이 같은 사상적 갈등 때문에 한장제 이후 경학은 점차 쇠락의 길을 걷게 되었다. 반면 한무제가 독존유술을 제창한 이래 사장되었던 황로(黃老) 사상이 점차 다시 발전하기 시작했다. 예컨대『안씨가훈·권학(勸學)』은 "학문이 흥하고 쇠락하는 것은 세상이 이를 가볍게 여기는지, 중요하게 여기는지에 따른 것이다. 한나라 때의 어질고 뛰어난 문인들은 모두 하나의 경술로 성인의 도를 펼치고, 위로는 천문에 통달하고, 아래로는 사람의 일을 알았다. 이로써 재상의 자리를 얻은 자가 많았다. 왕조 말의 풍속은 이를 더 이상 되풀이하지 않고, 문장과 글귀만을 헛되이 지키고 그저 선생의 말을 암기만 할 뿐 실제 업무를 펼치는 데에는 아무런 쓰임이 없었다. 그러니 사대부 자제들은 모두 책을 넓게 섭렵하는 것을 귀하게 여기고, 유학에 몰두하려 하지 않았다"고 전한다.

왕충의 가계는 의협 전통이 있는 집안으로, 그는 태학 출신임에도 유학의 문장과 글귀에 집착하지 않고 "옛글을 두루 읽었고, 기이한 이야기 듣기를 좋아했다."[77] 왕충은 다양한 책을 탐독하는 것을 매우 중요하게 여겼고, "사람이 두루 읽지 않는다면, 고금에 통달하지 않고, 각종 사물을 판별할 줄 모르고, 일의 시비를 모르며, 마치 눈이 멀고, 귀가 막히고, 코에 악창이 난 사람과도 같다"고 말했다.[78] 그렇기에 남다른 기억력과 독특한 독서 방식으로 그는 평범한 유학자의 좁은 시야에서 벗어나 '백가의 사상에 두루 통달'한 경지에 이를 수 있었다.[79] 그는 황로 자연 사상을 특히 추

76 『論衡·自然篇』, 上海人民出版社, 1974, p.282.

77 위의 책, p.448.

78 『論衡·別通篇』, 上海人民出版社, 1974, p.206.

79 『後漢書·王充王符仲長統傳』, 中華書局, 1965, p.1629.

종하여, 유가 경학의 속박에서 벗어났다.⁸⁰ 그러나 왕충은 황로 사상에서도 신선 방술은 비판했다. 『논형·도허편(道虛篇)』은 전문적으로 방사의 승선설(升仙說)을 비판했다. 왕충은 자기만의 독특한 사상 체계를 전개했고, 그렇기에 비교적 객관적인 입장에서 『산해경』을 다시 고찰하여 『산해경』학의 발전을 이끌 수 있었다.

실제 경험을 비교적 중시했던 한대 사상가로서 왕충은 경직되고 신비화된 경학을 날카롭게 비판했다. 그는 유가 오경의 절대적인 위치를 부정하고, 모든 시시비비를 오경에 따라 정하는 것이 아니라 사실과 이성을 바탕으로 검토해야 한다고 주장했다. 『논형·어증편(語增篇)』에서 그는 "천하의 일은 더하거나 줄여서는 안 되고 그 전후를 살피면 진실은 자연히 드러나게 된다. 자연히 드러나면 옳고 그름의 진상을 판단할 수 있게 된다"고 말했다. 그렇기에 왕충은 유가 경학의 울타리에서 벗어나 『산해경』을 객관적이고 이성적으로 연구하고, 그 결론을 이치를 펼치는 데 운용할 수 있었다. 이어서 왕충의 사상과 학설에서 『산해경』과 관련된 내용을 벼려내 고찰해 보고자 한다.

3. 『산해경』의 허와 실에 관한 왕충의 분석

왕충은 두루 읽는 것을 중시했을 뿐 아니라, 실제 경험 또한 중요하게 여겼다. 그는 실천을 통해 얻은 지식을 매우 긍정적으로 생각했다. 왕충은 『산해경』이 우임금과 익의 치수 활동에서 비롯된 것으로 보았다. "우와 익이 함께 홍수를 다스리는데, 우는 주로 홍수를 다스렸고, 익은 주로

---

80 위잉쓰(余英時)는 『사와 중국문화(士與中國文化)』에서 왕충의 사상이 황로의 뜻에 맞는다고 보았고, 슝티에지(熊鐵基)는 『진한신도가(秦漢新道家)』에서 왕충은 동한 시대의 새로운 도가 사상가였다고 봤다.

이물을 기록했다. 바다 밖, 산 너머, 그 어떤 먼 곳도 가지 않은 곳이 없었고, 듣고 본 것으로 『산해경』을 지었다. 우와 익이 아니면 그토록 멀리 가지 못하기에 『산해』는 지을 수 없었을 것이다. 그러니 『산해경』을 지었다는 것은 곧 그들이 본 세상이 넓었다는 것이다."[81]

그는 직접 발로 전국을 뛰어 넓은 세상을 두루 본 우와 익만이 『산해경』을 완성할 수 있다고 여겼다. 이 같은 저술의 지리적 성격에 관해 왕충은 매우 호의적이었다. "우가 홍수를 다스리는데 익을 보좌로 삼았다. 우는 치수를 책임지고, 익은 만물을 기록했다. 하늘의 넓음에 닿고, 땅의 길이를 탐구했다. 사해의 밖을 변별하고, 사방의 산줄기 너머에 도달했다. 서른다섯 나라의 땅, 새와 동물과 초목, 금속과 돌과 물, 흙, 어느 하나 기록하지 않은 것이 없었다." 그렇기에 『산해경』을 읽으면 지식을 얻고, 의심을 해소할 수 있다. "동중서가 중상조를 알아보고, 유자정이 이부의 시체를 알아본 것은 모두 『산해경』을 보았기 때문이고, 그렇기에 이 두 가지 일을 말할 수 있었다. 동중서와 유자정이 『산해경』을 읽지 않았더라면, 두 가지 의심을 확정할 수 없었을 것이다."[82] 이 같은 왕충의 결론은 유흠이 제시한 범위에서 벗어난 것 같지는 않다. 그저 동중서의 이야기로 동방삭의 이야기를 대체했을 뿐이다. 동방삭은 조정의 농신(弄臣)에 지나지 않았지만, 동중서는 한나라 유학 일인자였다. 동방삭을 동중서로 바꾼 것에는 의미가 있었다. 왕충은 이를 빌어 이와 같은 서적을 두루 읽는 것은 광대놀음이나 소도(小道)가 아니라, 사람들이 필요로 하는 것을 이루어 주는 것이라고 강조하고자 했다. 그는 "무제 때부터 오늘날까지 수 차례 현량(賢良)을 뽑았는데 …… 동중서, 당자고(唐子高), 곡자운(谷子雲), 정백옥(丁伯玉)과 같은 사람들은 그 책략이 현실에 부합하고, 글과 말이 아름답

---

81 『論衡·別通篇』, 上海人民出版社, 1974, p.209.

82 위의 책, p.209.

고 선하였는데, 이는 모두 이들이 여러 서적을 두루 읽어 두터운 지식을 쌓은 데서 비롯된 것이다. 만약 이 네 사람이 경전을 읽을 때 문장만을 따서 적고, 경전만을 쓸 수 있고, 고금의 책을 읽지 않았다면, 어떻게 성왕의 조정에서 아름답고 좋은 업적을 세울 수 있었겠는가?"하고 질문한다.[83] 또 명제 시대에 조정 관리들이 『소무전(蘇武傳)』에 나오는 관리 이름 '체다감(移多監)'을 몰랐던 것을 비웃으며, 당시 유생들이 경학에만 몰두하여 지식이 부족한 폐단의 정곡을 찔렀다. 이처럼 왕충은 책을 두루 읽으면 사람들에게 도움이 된다는 견해를 바탕으로 『산해경』의 지리 박물 측면에서의 가치를 높이 평가했다.

왕충 사상의 가장 큰 특징은 '거짓을 질책한다(疾虛妄)'로 설명할 수 있다. 그는 황로학의 자연 관념을 바탕으로 실천을 통해 객관적인 지식을 얻어야 한다고 강조했다. 허구, 유가 경학의 목적론, 도교 신선술을 부정했으며, 동한 사회에 유행하던 각종 허구적인 관념들을 철저하게 비판했다. 『논형』의 「서허(書虛)」, 「변허(變虛)」, 「이허(異虛)」, 「감허(感虛)」, 「복허(福虛)」, 「화허(禍虛)」, 「용허(龍虛)」, 「뇌허(雷虛)」 각 편은 각종 허황하고 환상적인 사물과 관념을 하나씩 드러내 해부한다. 왕충은 우임금과 익이 『산해경』을 썼으며, 그 기본 내용은 진실하다고 생각했지만, 『산해경』에 섞인 초자연적인 요소(허구적인 요소)들에 대해서도 깊게 분석했다. 구체적인 문제마다 경험과 사실, 그리고 이성을 바탕으로 상세하게 분석하고, 논증했다.

『논형』은 『산해경』의 경험적 사실과 어긋나는 내용을 비판했다. 『산해경』의 「대황경」과 「해외경」에 따르면 희화(羲和)는 열 개의 태양을 낳았고, 이들은 매일 동쪽의 탕곡(湯谷)에서 목욕한다. 탕곡에는 부상(扶桑) 나무가 있어 아홉 태양은 아래쪽 가지에서 쉬고, 하나는 위쪽 가지에 있다.

---

83 위의 책, p.210.

매일 태양 하나가 양오(陽烏)의 등에 업혀 하늘을 순회한다. 이 같은 이야기는 먼 옛날부터 전해져 온 신화이자, 대자연을 환상적인 방식으로 풀이한 원시인의 해석이다. 그러나 한대 사람들은 이를 진실로 생각했다. "세상 사람들은 또 갑을(甲乙)을 가지고 태양이라 부른다. 갑(甲)에서 계(癸)까지 무릇 열흘인데, 태양이 열 개가 있는 것은 마치 별이 다섯 개 있는 것과 같다. 학문에 통달한 사람과 입담이 좋은 사람도 알기 어려운 문제로 이를 매듭 지어 버리고 정확하게 판별하려 들지 않는다." 그렇기에 왕충은 헛된 것을 추구하는 사회적 분위기를 일소하고자 분석을 진행한다. 그는 양수(陽燧)로 불을 얻는 것을 예로 태양이 곧 불이라는 것을 증명한다. "…… 일(日)은 불이다. 탕곡은 물이다. 물과 불은 서로 상극인데, 열 개의 태양이 탕곡에서 목욕하면 불이 꺼지게 된다. 불은 나무를 태우는데, 부상은 나무이며, 열 개의 태양이 그 위에 있으면 태워버리게 된다. 오늘날 탕곡에서 목욕해도 빛이 꺼지지 않고, 부상에 올라도 나무가 타지도 죽지도 않으니, 오늘날 해가 나오는 것과 같지만 오행의 원리에는 맞지 않아 열 개의 태양은 진짜 태양이 아님을 알 수 있다."[84] 왕충은 주로 경험한 사실을 바탕으로 검증하고, 동시에 당시 오행 사상을 통해 이론적으로 해석해 보려 했다. 실천과 이론을 결합한 이 같은 시도는 상당히 높은 수준이었다. 왕충은 『산해경』을 객관적으로 비판했지, 정통 유가 경학이 지향하던 '괴력난신에 대해 말하지 않는다'라는 가치와는 관계가 없다. 그러나 '열 개의 태양은 진짜가 아니다'라는 이 결론은 사람들이 『산해경』을 만든' 자가 우임금과 익이 아니라고 의심하고, 더 나아가 『산해경』에 대한 왕충의 긍정적인 평가를 불신할 여지를 주었다. 왕충은 이 같은 위험을 인지하고, 한발 더 나아가 우임금과 익이 열 개의 태양에 관해 기록을 남긴 이유를 설명했다. "그렇다면 소위 열 개의 태양이란 아마도 다른

---

84 『論衡·說日篇』, 上海人民出版社, 1974, p.177.

무언가 있어 그 빛의 질감이 태양과 너무도 비슷하고, 탕곡에서 생활하며 때때로 부상 나무에 올라 머무르는 것을 우와 익이 보게 되어 열 개의 태양이라고 기록한 것이다. …… 고개를 들어 태양 하나를 보면 눈이 어지러운 데 하물며 열 개는 어떻겠는가? 우와 익이 이를 보았을 때 마치 광주리(甹筐)의 모습과도 같아서 태양이라고 이름 지은 것이다"[85] 이렇게 왕충은 열 개의 태양 신화를 착시와 기록에 대한 오해로 해석하고, 우임금과 익이 고의로 거짓을 쓴 것이 아니라고 풀이한다. 이로써『산해경』의 사실적인 면모도 지킬 수 있었다. 허구적인 신화를 합리적으로 풀이한 왕충의 방법은 중국 신화학 역사상 아주 오래전부터 나타났다. 위로는 공자가 '황제사면(黃帝四面)'을 곡해한 것부터 밑으로는 청나라 필원이『산해경신교정』에서 '사람을 닮은 것이다(似人而已)'로 '인면조신(人面鳥身)'을 풀이한 것까지 이어진다. 신화학적 입장에서 열 개의 태양 신화가 형성된 원인을 특수한 천문학적 현상으로 풀이한 왕충의 해석은 중국 신화 사상사에서 처음 있는 일로 그 의미가 크다. 그렇기에 청나라 사람 진봉형은『산해경회설』에서 "왕충의『논형·일허편』의 '열 개의 태양은 해 같지만, 실제 해가 아니다'라는 해석은 실로 탁견이다"라며 왕충의 이 같은 발명을 크게 칭찬했다.[86] 현대 중국 신화학 연구에서도 비슷한 합리주의적 해석이 종종 보이는데, 예컨대 왕홍치(王紅旗) 같은 학자가 그러하다. 이는 어느 정도 중국문화의 이성적 특징이 상당히 오랫동안 이어져 온 전통이었음을 보여준다.

왕충이 보인 지극히 이성적인 태도는 기이한 내용을 부정할 때 나타날 뿐만 아니라, 미지의 영역을 탐구하는 과정에서도 엿볼 수 있다. 왕충은 경험과 이성을 바탕으로 허구와 실재를 검증했다. 그러나 그가 "세상 모

---

85 위의 책, pp. 176-177.

86 陳逢衡,『山海經匯説』第2卷, 道光二十五年(1845) 刻本.

든 일은 식별하기 어렵고, 시비는 판단하기 어렵다"고 말한 것처럼 이 같은 방법으로 그 당시 인류의 인식 수준을 넘어서는 문제를 해결한다는 것은 쉽지 않은 일이었다. 원양 항해 활동이 없었던 시대에 당시 중국인은 동해 밖의 세계에 관해 아무런 경험이 없었다. 그렇기에 추연이 말한 '대구주(大九州)' 이론의 진실성을 판단하기 어려웠다. 개인적으로도 경험이 없었기에 왕충은 그저 인류가 이미 확보한 가장 넓은 지식의 기록인 『산해경』과 『회남자·지형훈』으로 이를 이해할 수밖에 없었다. "추연이 알고 있었던 것은 우를 넘지 않았을 것으로 보인다. …… 우의 「산경」, 회남의 「지형」으로 추연의 책을 고찰하니 허황된 이야기임을 알 수 있다."[87] 그러나 『사기』에 적힌 장건의 여정에 따르면 『산해경』의 곤륜산은 진짜가 아니었다. 동해 밖, 유사(流沙) 서쪽은 우임금이 발을 들이지 않은 영역이었고, 우주의 중심인 천극(天極)은 구주의 서북쪽에 있으니, 구주 밖에는 다른 땅이 더 있어야 했다. 그렇기에 왕충은 "만약 그러하다면 추연의 말은 거짓이 아닐 수 있고, 우의 『산해경』과 회남의 「지형」은 믿기 어렵다"고 말한다.[88] 표면적으로 왕충은 그 어떤 결론에도 도달하지 못한 셈이지만, 실제 경험이 아직 문제를 철저하게 해결할 수 있는 수준이 아닐 때 문제를 미래로 보류하는 것이었다. 사실 있는 그대로를 추구하는 이 같은 태도는 현대 과학적 이념에도 부합하며 매우 중요하다.

　『산해경』에 대한 왕충의 해석이 전부 맞는 것은 아니다. 『논형·용허편(龍虛篇)』의 예를 들자면, 용은 『산해경』에 자주 나타나는 신비한 동물로 하늘과 땅을 오갈 수 있으며 신과 사람의 탈것으로 등장한다. 욕수(蓐收), 구망(句芒), 하후계(夏後啓), 축융(祝融), 빙이(冰夷) 모두 '용 두 마리를 탄다.' 왕충은 "『산해경』의 사해 밖에는 용과 뱀을 타고 다니는 사람이 있다. 세

---

87 『論衡·談天篇』, 上海人民出版社, 1974, p.167.

88 위의 책, p.167.

속에서 그린 용의 모습은 말의 머리에 뱀 꼬리를 하고 있다. 이로써 말하자면 말이나 뱀과 같은 종류가 아닐까 한다"고 말한다. 당시 인식의 한계 때문에 왕충은 용이 실제로 존재하는 동물이라고 생각했다. 『논형·별통편』에서는 "얕은 물을 걸으면 새우가 보이고, 좀 깊은 곳에서는 물고기와 자라를 볼 수 있고, 아주 깊은 곳에서는 교룡을 본다"고 말한다. 그는 『산해경』의 용을 타고 다니는 사람과 세상 사람들이 그린 용 그림을 가지고 용이 말이나 뱀의 한 종류로 하늘을 오갈 수 없다고 추측했다. "『산해경』의 말과 …… 속세의 그림으로 검증하자면 …… 용은 신령스러울 수 없고, 하늘로 오를 수 없다는 것을 알 수 있다. 하늘 역시 천둥과 번개로 용을 취할 수 없다는 것은 명백하다. 세상 사람들이 용이 신성한 동물이며 하늘로 오를 수 있다고 하는 말은 모두 헛된 것이다"[89] 왕충의 『산해경』 인용은 사실 『산해경』에 나타난 용을 타는 이야기와 다르다. 『산해경』에서 축융은 '동물 몸에 사람 얼굴을 하고 용을 두 마리 탄다'고 하며, 구망은 '새 몸에 사람 얼굴을 하고 용 두 마리를 탄다'고 되어 있으며, 빙이는 사람 얼굴에 깊은 물 속에서 거주한다고 하여, 이들은 모두 신에 속하며 하늘에 오늘 수 있다. 하후계(개, 開)만이 사람이다. 그러나 『산해경』은 이 하후계(개)가 "하늘에 세 차례 올라 천제의 손님이 되어 『구변(九辯)』과 『구가(九歌)』를 얻어왔다"고 전한다. 하후계(개)는 분명 용을 타고 하늘을 오갈 수 있는 존재이다. 그렇기에 『산해경』에서 용이 날 수 있다고 명시하지는 않았지만, 이는 자명한 일이다. 왕충이 『산해경』의 용이 날지 못한다고 본 것은 용에 관한 서술을 잘못 이해하고, 용 그 자체가 상상의 산물인 것을 인식하지 못했기 때문이다.

　왕충은 유가 경학 관념을 넘어 비교적 객관적으로 『산해경』의 진실성과 허구성을 평가할 수 있었다. 이는 당시의 사회적 조건을 고려했을 때

---

89 『論衡·龍虛篇』, 上海人民出版社, 1974, pp. 94-95.

중요한 의미를 지닌다. 위진 시대 현학이 경학의 자리를 대신하게 되는 데에 왕충의 역할이 컸고, 『산해경』에 관한 그의 인식은 후대 『산해경』 연구에 큰 도움이 되었다.

한대의 『산해경』에 대한 처우를 종합하자면, 이들은 『산해경』의 지리지로서의 속성을 인정했다. 사마천 역시 지리지의 조건에 따라 이를 평가했다. 그러나 지리에 관한 서술에는 정확하지 않은 정보와 기이한 내용이 많아 사람들은 그 지리학적 가치를 높게 평가하지 않았다. 경학의 필요에 따라 유흠이 이를 긍정했던 것이나, 경학을 반대하던 왕충이 이를 반박했던 것이든 한대 사람들이 가장 많이 주목한 것은 『산해경』의 신기한 내용이었다. 이는 후대 사회에서 『산해경』의 영향력은 주로 신기하고 기이한 내용에서 발휘되리라는 미래를 예견했다.

제3장　　　　위진魏晉 사회 사상의 흐름과
　　　　　　　신선학神仙學에서의『산해경』

위진 사회 사상의 흐름과
『산해경』문제에 관한 장화張華의 해답

1. 위진 시대의 사회적 사조와 『산해경』의 영향

동한 후기부터 위진시대까지 이어진 격렬한 권력 투쟁 때문에 사대부는 정치에서 멀어질 수밖에 없었고, 자연히 정치와 뗄 수 없는 관계였던 경학에서도 점차 멀어져 갔다. 이들은 아래로는 개인의 생명을 강조했고, 위로는 우주의 궁극적인 본질을 추구하며 더 이상 그 중간에 위치한 사회 정치에는 관심을 두지 않았다. 왕필(王弼)은 장로 철학에서 발전해 나온 현학 이론을 당시 학술 사상의 핵심으로 삼았다. 이 같은 사회적 분위기 아래 사람들은 세상과 삶을 새롭게 인식하기 시작했다. 본래 유가 경학의 멸시를 받던 일부 문화 현상도 이때에는 사람들의 재평가를 받게 되었다. 사람들은 새로운 가치관을 바탕으로 다시 사회를 바라보았고, 또 과거부터 당시까지 이어진 문화 전통 또한 되돌아보았다. 예컨대 왕필은 『노자』 제5장의 "천지가 인자하지 않아 만물을 짚으로 엮은 개로 대한다"는 구절에 대해 "하늘과 땅은 자연에 맡기고, 인위적으로 하는 것도 없고 만드는 것도 없으며, 만물이 스스로 서로 다스리는 것이니, 그러므로 인자하지 않다"고 해석한다. 이는 한대 유학 자연관이 지닌 신학 목적론은 완전히 부정하고, 대자연을 목적 없는 객관적인 존재로 간주한다. 이 같은 사상적 변화 아래 위진 시대 사람들은 목적론의 속박에서 벗어나 단순하게 기이한 것들을 논하고, 그 어떤 목적성이나 도덕적 의의도 추구할 필요가 없었다.

위잉스(余英時)는 『사와 중국문화(士與中國文化)』에서 한대와 진대 교차기에 사대부의 사상이 변한 직접적인 원인을 '사대부 집단의 자각, 특히 중요한 것은 개체에 관한 자각'이라고 하였다.[1] 사람을 평가하는 동한 시대의 선거 제도 때문에 개인의 명성이 매우 중요해졌다. 이름을 떨치기 위해서는 반드시 전력을 다해야만 했다. 한대 말기 유명한 품평가 곽임종(郭林宗)은 오로지 재주로만 사람을 선택했고, 도덕은 중요한 검증 대상이 아니었다. 재주는 대체로 그 사람의 문장이나 그 독특한 행위에서 드러났기에 왕충의 『논형』처럼 유생에 반대하고, 황로 사상을 존숭하는 '혁명적' 저작물은 채옹(蔡邕)이나 왕랑(王郎) 등 사람들의 사랑을 받아 보물로 대접받고 대화의 중요한 주제가 되었다. 덕분에 이 책은 널리 전파되기 이르렀다. 조일(趙壹)은 뛰어난 재주를 믿고 거만하게 굴었고, 어디를 가든 남과 다른 견해를 드러냈는데, 덕분에 도성에서 명성을 떨칠 수 있었다. 위진시대로 발전해 가면서 점차 원리원칙을 따지고, 자기만의 주장이 없는 유생은 세상 사람들의 비웃음을 샀고, 독특하고 남다른 새로운 유형의 인물이 뭇사람들의 인정을 받았다. 죽림칠현으로 대표되는 한 무리의 사람들이 바로 이 시대의 총아였다. 청담을 논하고, 현묘한 것을 잘 알았던 왕필은 『주역주(周易注)』, 『노자주(老子注)』로 현학의 대가가 되었다. 학문 풍조 자체가 경학의 시대에서 추구했던 통경치용(通經致用), 즉 경전으로 정치를 도모하던 것에서, 점차 현학 시대의 현묘한 이치와 정신적 해탈로

---

1 余英時, 『士與中國文化』, 上海人民出版社, 1987, p.310.

넘어갔다. 그렇기에 기이한 것을 좋아하고, 박학을 추구하는 것은 시대적 유행이 되었다. 신기하고 현묘한 『산해경』은 마침 이 같은 시대적 필요에 절묘하게 들어맞았다.

한편, 자아 각성 차원에서 동한 후기의 선비들은 개인의 생명에 큰 관심을 갖기 시작했다. 유가에는 '목숨을 바쳐 의를 구한다'는 관념이 있었다. 그러나 『후한서·마융전(馬融傳)』는 이와 정반대되는 이야기가 실려 있다. 마융은 과거 대장군 등즐(鄧騭)의 초대를 거절한 적 있었다. 훗날 전쟁으로 먹고살기조차 어려워지자 마융은 매우 후회하며 "옛사람들이 왼손에는 천하의 지도를 쥐고, 오른손으로는 그 목을 베어야 한다고 했지만, 미련한 자조차 그렇게 하지 않는다. 그러한 이유는 천하보다 목숨이 더 귀하기 때문이다. 지금 세상의 왜곡된 풍속과 얕은 이익을 위해 자신의 귀중한 몸을 파멸하는 것은, 노자와 장자가 말한 바가 아니다"라고 말했다고 한다. 이처럼 목숨은 그 무엇보다 중요하게 여겨졌다. 유가는 나라와 백성을 위해 고뇌할 것을 강조하지만, 『고시십구수(古詩十九首)』의 작가들은 "인간의 삶은 백 세도 채우지 못하면서, 종종 천세의 고뇌를 품는다"는 탄식을 내질렀고, 이는 과거 삶의 궤적에 대한 부정이기도 했다. 위진시대 이후로 사대부는 점점 더 개인의 생명을 중시했다. 이에 따라 양생이나 도 닦기, 더 나아가 신선술은 사대부가 가장 주목하는 학문이 되었다. 신선술은 본래 일종의 오래된 무속이었다. 진시황과 한무제 모두 매우 신선술에 탐닉했었다. 그러나 유가 경학은 이를 거부하며 도를 구하는 올바른 길이라고 여기지 않았다. 사대부의 자아의식과 노장 사상이 발전하면서 신선술은 현실을 초월하게 해주고, 자연스러운 생명을 유지하게 해준다며 점차 긍정적으로 평가됐다. 조조(曹操)는 장생불로술(長生不老術)을 좋아하여 적지 않은 방사를 불러 만나 보았다(조식(曹植)의 『변도론(辯道論)』에 나온다). 감시(甘始), 좌자(左慈), 동곽연연(東郭延年) 등 유명한 방사들은 '모두 조조를 위해 기록하며, 그 술수를 물어 이를 행했다'고 한다(『후한서·방사열전(方士列傳)』에 나온다). 위진 시대의 선비는 자주 오석산(五石散)을 복용하여 오래 살아보려 했다. 이렇게 본래 강호를 떠도는 방사들을 위한 것이었던 신선술은 위진 사대부의 사랑을 받는 정통 학문으로 자리 잡았다.『산해경』에는 원시적인 신선 불사(不死) 관념이 일부 포함되어 위진 사대부의 새로운 수요에 잘 맞았다.

이러한 상황은 기이한 이야기로 유명했던『산해경』이 널리 퍼지기에 적합한 환경을 제공했다.『산해경』은 우주 만물을 다루며, 위로는 하늘, 아래로는 땅까지 이야기하지 않는 것이 없어, 책을 두루 읽는 사람이라면 반드시 거쳐야 하는 책이었다. 이와 동시에 책에는 여러 기이한 존재들, 특히 먹으면 죽지 않게 해주는 약에 관한 이야기가 있었는데, 이 역시 위진 선비들이 바라 마지않는 것이었다. 그리하여『산해경』의 영향 아래 기이한 이야기를 담은 저작들이 속속 출현하기 시작하였다.

동방삭의 이름을 빌린『신이경(神異經)』은『사고전서·총목제요』에 육조 시대 문인의 영향 아래 창작된 것으로 보인다고 기록되었다. 이 책은 「동황경」, 「서황경」, 「남황경」, 「북황경」, 「중황경」, 「동남황경」, 「서남황경」, 「동북황경」과 「서북황경」 등 9편으로 나뉘어『산해경』을 모방한 저작임이 확실하다. 그러나『신이경』은 지리 부분은 축소하고, 기이한 내용에 더욱 집중했다.『산해경』의 곤륜산, 옥초산(沃焦山)[2], 서왕모, 모인(毛人), 소인(小人), 묘민(苗民) 등 내용을 전부 인용했을 뿐만 아니라 글을 보태어 더 풍부하게 만들었다.『사고제요』가 이를 "기록된 모든 것이 머나먼 나라의 일이며 괴이하고 불경하다"고 비난한 것도 무리는 아니다.

역시 동방삭의 이름을 빌린『십주기(十洲記)』는『해내십주기(海內十洲記)』라고도 불리는데, 허우중이(候忠義)는『중국문언소설사고(中國文言小說

---

2 오임신의『산해경광주』에는 "옥초(沃焦)는 벽해(碧海)의 동쪽에 있고, 돌이 있는 넓이가 사만 리에 이르는 백 갈래의 강 아래 있다. 그래서 또 미려(尾閭)라고도 부른다"는『산해경』의 없어진 부분이 실려 있다.

史稿)』에서 대략 동한 또는 육조 시대 문인이 동방삭의 이름을 빌려 쓴 것으로 보았다. 『십주기』는 동방삭의 목소리로 한무제의 질문에 답을 해주는데, 세상 여덟 방향의 거대한 바다에 있는 조주(祖洲), 영주(瀛洲), 현주(玄洲), 염주(炎洲), 장주(長洲), 원주(元洲), 유주(流洲), 생주(生洲), 봉린주(鳳麟洲), 취굴주(聚窟洲) 등 소위 '십주'에 대한 이야기이다. 또 곤륜산, 봉래산(蓬萊山), 창해도(滄海島) 등 신선들의 세계에 관해서도 이야기한다. 이 책은 상술한 선경의 진인과 신들의 궁전, 기이한 풀과 나무, 진귀한 짐승과 새 등에 대해 묘사하며, 그 내용은 대체로 『산해경』을 모방했다. 그중 장생불사 약이 특히 많이 등장하는데, 원주의 오지간수(五芝澗水), 영주의 옥예천(玉醴泉), 조주의 불사초, 취굴주의 반생향(反生香) 등등이 있고, 뒤의 두 개는 죽은 사람을 살릴 수도 있다. 이 같은 내용은 『산해경』에 나오는 불사약 관련 부분과 거의 일치한다.

곽씨(郭氏)라고 서명된 『동명기(洞冥記)』는 위쟈시의 『사고제요변증』에 따르면 양원제(梁元帝)가 썼고, 허우중이의 『중국문언소설사고』에서는 동한 또는 육조 시대 사람의 작품으로 봤다. 이 책은 신선술을 대대적으로 선전하는데, 소위 '동명'은 바로 신선술을 닦아 고요하고도 머나먼 진리를 통찰할 수 있다는 뜻이다. 『동명기』는 책 전체를 머나먼 이국에 있다는 기이한 보물을 묘사하는 데 할애하는데, 예컨대 저국(柢國)에는 귀매(鬼魅)를 비출 수 있는 금 거울이 있고, 조애국(鳥哀國)에서는 한 알만 먹어도 천세까지 배고프지 않은 풀 해(薤)와 고약이 있고, 또 잠을 쫓아주는 '거수초(卻睡草)', 허공에 뜨게 하는 '섭공초(躡空草)' 등도 있다.

기이한 것을 좋아하고, 박학과 장생을 추구하는 사회적 수요를 가장 잘 만족시킨 것은 서진 사람 장화의 『박물지(博物志)』이며, 『산해경』과 더욱 가깝다. 장화(232~300)는 자가 무생(茂生)이며, 어릴 때부터 학업이 뛰어났고, 도참, 위서, 방기 관련 책까지 두루 읽지 않은 책이 없었다. 비록 태상박사(太常博士), 태자소박(太子小博), 사공(司空)의 자리까지 올라 장무군

공(壯武郡公)에까지 봉해졌지만, 방술을 좋아했다. 신선학과 박물학에 관한 관심으로 저자는『산해경』에 매우 익숙했다. 곤륜, 부주, 사독, 팔류(八流) 등 지리 관련 이야기는 모두『산해경』을 인용했다. 30여 개의 해외 나라와 민족에 관한 이야기도 주로『산해경』에서 왔다.[3] 각 지역의 진기한 보물, 삼주수(三珠樹), 불사수(不死樹), 적천(赤泉), 비익조(比翼鳥), 맹(虻) 등과 같은 새, 짐승, 물고기, 벌레에 관한 이야기도 모두『산해경』을 근거로 삼았다. 신선 궁궐과 선인들에 대해 묘사할 때는『산해경』의 중요한 신화, 예컨대 여와가 하늘을 메운 이야기 여와보천(女媧補天), 거인 과부가 해를 쫓은 이야기 과부축일(夸父逐日), 정위 새가 바다를 메운 이야기 정위전해(精衛塡海) 등을 모두 수록했다. 장화는 대유학자에 높은 관직에 있었지만, 이처럼 신선 방술을 좋아하고『산해경』의 허구적인 부분에 열광했던 것은 모두 시대적 풍조가 그랬기 때문이었다.

『현중기(玄中記)』는『곽씨현중기(郭氏玄中記)』라고도 한다. 남송 나평(羅苹)이 먼저 곽씨가 곧 곽박이라는 주장을 했다.『현중기』는 여러 지역의 기이한 이야기, 산과 강과 자연 자원, 신비한 존재들의 변화를 서술하면서 종종『산해경』일부를 사용한다. 예컨대 복희(伏羲), 여와, 형천(刑天), 구봉씨(狗封氏), 장부민(丈夫民), 기굉씨(奇肱氏) 등이 그렇다. 그중 「구봉씨」의 내용은『산해경·해내북경』의 견봉국(犬封國)과 완전히 같고, 동시대의『수신기(搜神記)』나『수경주』와는 조금 달라 나평은 이를 근거로 그 작가가 곽박이라고 생각했다. 이 밖의 신이(神異) 소설로는 왕부(王浮)의『신이기(神異記)』, 갈홍(葛洪)의『신선전(神仙傳)』, 왕가(王嘉)의『습유기(拾遺記)』등이 있다.

도연명(陶淵明, 365~427)의 「독산해경·십삼수(讀山海經十三首)」는 곽박의

---

3 용백국(龍伯國), 몽쌍민(蒙雙民), 자이국(子利國) 등 몇몇 나라는 지금 판본의『산해경』에는 보이지 않는다.

『산해경주(山海經注)』, 『도찬(圖讚)』과 『산해경』을 읽은 후 느낀 감상을 쓴
것이다.[4] 시의 핵심은 장생불사 추구에 있다. 서왕모를 읊으며 "천지와 삶
을 같이 하니 그 몇 년이나 되었는고" 하며 부러워한다. 삼청조(三靑鳥)에
대해서는 "나는 이 새를 빌려 서왕모에게 나의 말을 전하고 싶구나. 이 세
상에는 필요한 것이 없으나, 오로지 술과 장수를 바랄 뿐이다"라고 읊었
다. 제8수에서는 "적천은 내게 마실 물을 주고, 원구산은 나의 식량을 넉
넉하게 한다네. 달과 해와 별과 함께 노니는데, 오랜 삶에 어찌 갑자기 끝
이 있겠는가"라고 하였고, 제9수에서도 정위와 형천에 대해 "헛되이 지난
일에 마음을 쓰니, 어찌 좋은 시절을 바랄 수 있겠는가"고 읊었다. 그 뜻
은 죽을 수밖에 없는 결말인데, 부활을 어찌 꿈꿀 수 있냐는 말이다.[5] 이
일련의 작품은 주로 승선(昇仙)이라는 테마와 관련하여 『산해경』에 대한
당시 사람들의 선호를 반영한다. 이 시는 『산해경』이 대대적으로 유행했
던 결과이지만, 시의 유명세 덕에 도리어 『산해경』이 더욱 널리 퍼져나가
게 되었다. 도연명의 시에 호응한 작품으로는 소식(蘇軾)의 「독산해경·십
삼수에 화답하여(和讀山海經十三首)」, 원대 유인(劉因)의 「정수집·독산해경·
십삼수에 화답하여(靜修集·和讀山海經十三首)」, 원대 학경(郝經)의 『능천집·독
산해경·십삼수(陵川集·讀山海經十三首)』, 명대 이현(李賢)의 『고양집·독산해
경·십삼수(古穰集·讀山海經十三首)』, 명대 황순요(黃淳耀)의 「도암전집·독산해
경·십삼수에 화답하여(陶菴全集·和讀山海經十三首)」 등이 있다. 이 일련의 시
들은 『산해경』이 문학사에 끼친 깊은 영향을 생생하게 증명해 준다.
　　위의 작품들은 사람들이 기이한 것, 박학, 장생불사를 좋아했던 덕분에
『산해경』이 당대에 큰 사랑을 받을 수 있었던 시대적 풍조를 잘 보여준다.

---

4 逯欽立 校注, 『陶淵明集』, 中華書局, 1979, pp. 133-140. 자세한 설명은 곽박의 『산해
　경도찬』 분석 부분에서 제시될 예정이다.
5 린겅(林庚) 교수는 이를 굳센 의지는 있지만 언제 이를 실현할 수 있을지 모른다는 뜻
　으로 해석했다.

2. 『산해경』 문제에 관한 장화 『박물지』의 해답

위진시대의 사대부들은 『산해경』을 단순히 읽는 것에서 끝내지 않고 깊이 연구했다. 장화는 『박물지』 제1권에서 그 저술 목적을 다음과 같이 밝힌다.

> 내가 『산해경』, 『우공』, 『이아』, 『설문』과 지리지 도서를 살펴보니 비록 상세하고 두루 갖추었다고 말하였으나, 각자 싣지 않은 것이 있어 이 글을 지어 간략하게 말하고자 했다. 보이지 않는 바를 나타내고, 먼 곳에 관해 대략적으로 말하였다. …… 박학다식한 사람들이 읽고 참고할 수 있기를 바란다. [6]

실제로 『박물지』는 『산해경』에서 상세하게 다루지 않은 존재에 대해 보충 설명했다. 예컨대, 「해외남경」에는 삼주수(三株樹 또는 三珠樹)와 "불사민은 …… 그 사람은 피부가 검고, 장수하여 죽지 않는다"는 이야기가 등장하는데, 왜 그리고 어떻게 죽지 않는지에 대한 설명이 없다. 장화는 『박물지』 제1권의 「물산(物産)」에서 삼주수에 관해 간략하게 설명한 후, "원구에는 불사수가 있다. 이를 먹으면 장수할 수 있다. 적천이 있어 마시면 늙지 않을 수 있다"고 덧붙여 불사민이 죽지 않는 이유를 한층 더 상세하게 밝혔다. 훗날 곽박도 「해외남경」의 불사민에 대해 주석할 때 장화의 말을 그대로 옮겨 왔다. "원구산(圓丘山)이 있다. 그 위에는 불사수가 있어 먹으면 장수 할 수 있다. 적천도 있어서 이를 마시면 늙지 않는다." 그리고 이는 도연명의 「독산해경·십삼수」에서도 "적천은 내게 마실 물을 주고, 원구산이 나의 식량을 넉넉하게 한다네"로 이어진다. 또 가령 「해외남

---

6 余視山海經及禹貢, 爾雅, 說文, 地志雖曰悉備, 各有所不載者, 作略說. 出所不見, 粗言遠方 …… 博物之士, 覽而鑑焉. 『四庫』本 影印 『穆天子傳·神異經·十洲記·博物志』, 上海古籍出版社, 1990 참조.

경」은 "주유국(周饒國) 사람들은 키가 작고, 모자와 허리띠를 착용한다"고 하는데, 작다는 것은 얼마큼 작은 것을 의미하는가? 『박물지』 제2권 「이인이물(異人異物)」에서는 "동해 밖, 대황 안에 대(소)인국 초요씨가 사는데, 길이가 삼장(척)이다.[7] 『시함신무(詩含神霧)』에서 동북극 사람은 키가 구장(촌)이라 했다"고 전한다. 곽박은 "그 사람은 키가 3척이고, 동굴에 살며, 손재주가 좋으며, 오곡을 기른다", "『외전』에서 초요민(焦僥民)은 키가 3척인데, 매우 작다고 한다"며 장화의 말을 그대로 따라 주석했다. 장화는 「해외남경」의 삼묘국(三苗國), 「해외북경」의 무계국(無綮國), 「해외동경」의 군자국(君子國) 등에 대해서도 모두 비교적 상세하게 설명했지만, 여기서는 이만 줄인다.

장화의 『박물지』가 『산해경』을 대대적으로 인용한 까닭은 재미를 위해서라기보다는, 그 결론에 필요했기 때문이다. 예컨대 『산해경』은 중국 대륙을 둘러싼 네 개의 바다에 대해 언급하는데, 이는 고대 신화에 근거를 둔 당시 사람들의 상상이었을 것이다. 구제강은 『우공』이 쓰인 시대에 이미 중국의 서쪽과 북쪽에는 바다가 없다는 사실이 알려졌을 것으로 봤다. 그러나 장화는 한대 확거병(霍去病)이 선우(單于)를 치러 북쪽 정벌을 떠났다 한해(瀚海, 실제로는 후룬 호수(呼伦湖), 베이얼 호수(贝尔湖))까지 갔다가 돌아온 사실을 들어 북해가 존재한다고 생각했다. 그는 또 장건이 서해(아마도 흑해일 것)를 건너간 일을 근거로 서해의 존재를 의심하지 않았다. 장화의 전체 지리적 상황에 대한 간략한 결론은 위진 시대의 천문 지리학 지식수준에 기반한 것이었다. 비록 정확하지는 않지만, 그 시대의 실제 과학 지식수준을 잘 드러내고 있다.

『산해경』 등 책에 기록된 여러 자원에 대한 장화의 종합 분석 역시 주

---

7 『사고전서』에 수록된 『박물지』에는 오탈자가 많다. 그 앞에 이미 대인국이 있었으니, 여기는 소인국이어야 한다. 대(大)는 소(小)로, 장(丈)은 척(尺)이 맞다. 그 아래 시함신무(詩含神霧)도 시함신무(時含神霧)로 잘못 썼고 구장(九丈)도 구촌(九寸)인 것 같다.

목할 만하다. 그는 『박물지』 제1권 「물산」에서 다음과 같이 말했다. "물, 흙, 산, 샘을 품은 지형은 땅의 기운을 끌어낼 수 있다. 모래가 있는 산에는 금이 나고, 곡물이 나는 산에는 옥이 난다. 이름난 산에는 영지와 불사초가 자란다 …… 흙산에는 구름이 많고, 철산에는 돌이 많다", "명산대천과 산의 동굴은 서로 이어져 있어 화기가 그곳으로부터 나오며, 그렇기에 석지(石脂)와 옥고(玉膏)가 나는데, 이를 먹으면 죽지 않는다." 여기서 언급하는 불사초, 석지, 옥고는 모두 『산해경』에 나온다.

「해경」은 주로 형체가 특이한 해외 민족들에 관해 서술하며, 대체로는 소문을 모은 것이어서 언제나 의심의 대상이 되어왔다. 『산해경』의 저자 혹은 편집자는 아마도 의심받을 것을 예견했던 것 같다. 그렇기에 「해외남경」은 "지상의 모든 공간, 온 세계는 해와 달로 빛을 삼고 별자리로 위치를 정하며 사계절로 한 해를 삼고 태세로 때를 바로 잡는다. 신령이 낳은 바 모든 사물은 저마다 모습을 달리하며 어떤 것은 요절하기도 하고 어떤 것은 장수하기도 하는데, 오로지 성인만이 이 방면의 원리에 통달할 수 있다"고 말한다. 다만 『산해경』은 보통 해외민족의 외형만을 간단히 묘사할 뿐 그 특징이 발생한 원인은 상세하게 설명하지 않는다.

『회남자·지형훈』은 지리 결정론과 음양오행론을 바탕으로 이에 대해 해석을 시도했다.

> 동쪽은 강과 골짜기가 흘러드는 곳이자, 해와 달이 뜨는 곳이다. 그곳의 사람들은 날카로운 모양새의 작은 머리를 지니고, 코가 넓고 입이 크며, 어깨가 솟아오르고 걸음걸이가 빠르고 급하다. 눈은 총명하고, 근맥과 혈기가 모두 왕성하다. 창백한 피부는 주로 간장과 관련이 있다. 키가 크고 일찍 지혜로워지지만, 장수하지 못한다. 그 땅은 보리를 심기에 적합하며, 호랑이와 표범이 많다. 남쪽은 양기가 쌓이는 곳이며, 덥고 습기가 많다. 그 사람들은 호리호리하고 행동이 민첩하며 입이 크고 넓다. 청각이 예민하고 혈맥이 왕성하며 피부가

붉은 것은 심장과 관련이 있다. 일찍 튼튼해지지만, 빨리 죽는다. 그 땅은 벼를 심기에 적합하며, 외뿔소와 코끼리가 많다. 서쪽은 땅이 높고, 강과 골짜기가 흘러나오고, 해와 달이 드나드는 곳이다. 그 사람들은 얼굴 윤곽이 튀어나오고 목이 길며 길을 걸을 때 고개를 들고 다닌다. 그들은 코가 예민하며, 하얀 피부는 폐와 관련이 있다. 그 사람들은 용맹하지만 어질지 못하다. 그 땅은 기장을 심기에 적합하고, 모우와 외뿔소가 많다. 북쪽은 어둡고 해가 없어, 하늘의 문이 닫히는 곳이며, 차가운 물이 쌓이는 곳이고, 동면하는 벌레들이 숨어드는 곳이다. 그 사람들은 키가 작고 목이 짧고, 어깨가 크며 엉덩이가 아래로 처졌다. 그 사람들은 음부가 예민하며 골격이 단단하다. 어두운 피부는 콩팥과 연관이 있다. 짐승처럼 아둔하지만 장수한다. 그 땅은 콩을 심기 적합하며 개와 말이 많다. 중앙은 모든 방향으로 뻗어 있으며, 바람이 통하는 곳이자, 비와 이슬이 만나는 곳이다. 그 사람들은 얼굴이 크고, 턱이 좁고, 아름다운 수염을 기르며 뚱뚱한 것을 싫어한다. 그들은 입의 감각이 발달하였고, 노르스름한 피부는 위와 관련된다. 지혜롭고 세상을 잘 다스린다. 그 땅은 벼를 심기에 적합하고, 소, 양과 말, 돼지, 닭과 개가 많다. [8]

『회남자』에 제시된 다섯 방향의 순서는 「대황경」과 같은데, 이는 선진 시대에서부터 전해져 오는 전통이다. 『회남자』는 다섯 방향에 따라 인종의 외형, 수명과 성격 특징을 묘사하는데, 사실과 다른 건 여전하지만,

---

8 東方, 川谷之所注, 日月之所出. 其人兌(銳)形小头, 隆鼻大口, 鸢肩企行. 窍通于目, 筋气属焉, 苍色主肝. 长大早知而不寿. 其地宜麦, 多虎, 豹. 南方, 阳气之所积, 暑湿居之. 其人修行兌(銳)上, 大口决眦(眦). 窍通于耳, 血脉属焉, 赤色主心. 早壮而夭. 其地宜稻, 多兕, 象. 西方高土, 川谷出焉, 日月入焉. 其人面末偻, 修颈卬行. 窍通于鼻, 皮革属焉, 白色主肺. 勇敢不仁. 其地宜黍, 多旄, 犀. 北方幽晦不明, 天之所闭也, 寒水之所积也, 蛰虫之所伏也. 其人翕形短颈, 大肩下尻. 窍通于阴, 骨干属焉, 黑色主肾. 其人蠢愚禽兽而寿. 其地宜菽, 多犬马. 中央四达, 风气之所通, 雨露之所会也. 其人大面短颐, 美须恶肥. 窍通于口, 肤肉属焉, 黄色主胃. 慧圣而好治. 其地宜禾, 多牛羊及六畜.

『산해경』에서 묘사하는 해외 민족의 기이한 외형적 특징에 비하면 훨씬 사실적이다. 아마도 저자가 한대에 새롭게 입수된 인종 지식을 참고했기 때문일 것이다. 이와 비교하여 『박물지』 제1권 「오방인씨(五方人氏)」에 나온 지역별 인종 묘사는 간략하지만, 훨씬 정확하다.

> 동쪽은 소양으로, 해와 달이 뜨는 곳이며, 산과 골짜기가 맑다. 그 사람들은 아름답고 훌륭하다.
>
> 서쪽은 소음으로, 해와 달이 지는 곳이며, 그 땅은 어둡고 깊다. 그 사람들은 코가 높고, 눈이 깊으며, 얼굴에 털이 많다.
>
> 남쪽은 태양으로, 땅이 낮고 물이 얕다. 그 사람들은 입이 크고, 오만한 성격이 많다.
>
> 북쪽은 태음으로, 땅이 평평하고 넓고 깊다. 그 사람들은 얼굴이 넓고, 목이 짧다.
>
> 중앙은 사방으로 트였고, 바람과 비가 만나는 곳이고, 산과 골짜기가 험준하다. 그 사람들은 단정하고 바르다. [9]

여기의 방위 순서는 동, 서, 남, 북, 중으로 한자 십(十)을 쓰는 순서와 같다. 『산해경』의 시계 진행 방향 순서(남, 서, 북, 동, 중 또는 동, 남, 서, 북)와는 명확하게 다르다. 상당히 정확하게 세상의 여러 민족의 기본적인 외형적 특징을 반영한다. 동쪽은 곧 중국 동부 연안 지역으로, 조선과 일본까지 포함했을 수도 있다. 동쪽 사람의 생김새가 좋다는 것은 동쪽 사람과 중원 지역의 한족이 매우 가깝고, 그 외형이 중원 사람들의 외형적 기준에 잘 부합한다는 뜻이다. 서쪽은 아마도 오늘날의 신장(新疆)과 그 너

---

9 東方少陽, 日月所出, 山谷淸朗. 其人佼好. 西方少陰, 日月所入, 其土窈冥. 其人高鼻, 深目, 多毛. 南方太陽 土下水淺, 其人大口, 多傲. 北方太陰, 土平廣深. 其人廣面, 縮頸. 中央四析, 風雨交, 山谷峻. 其人端正.

머 서쪽 지역을 말하는 것으로 보인다. 그곳의 사람들이 '코가 높고, 눈이 깊고, 털이 많다'는 것은 해당 지역에 사는 백인종의 외형적 특징에 해당한다. 남쪽이란 것은 오령(五嶺) 이남 지역으로, '입이 크고 오만한 사람이 많다'는 것은 그들의 입이 비교적 크고, 성질이 급하고 난폭하다는 뜻이다. 이는 남쪽 인종의 특징에 대체로 부합한다. 북쪽은 몽골 및 그 너머의 북쪽 지역을 말한다. 그곳의 사람들은 얼굴이 넓고 크며, 목은 짧고 굵어 마치 목을 움츠리고 있는 것처럼 보인다. 이는 현대 몽골 인종의 전형적인 특징이다. 중앙 지역은 곧 중원 지역을 의미한다. 이곳 사람들의 생김새가 단정하고 바르다는 것은 실상 자기 자신을 보는 중원 사람들의 시선이다. 그러니 그들이 정상인 것은 당연하다. 전체적으로 볼 때, 각 지역 인종에 대한 장화의 묘사는 거의 정확하다. 다만 동쪽과 중부 지역 사람들의 외형적 특징만을 '단정하고', '준수하다'고 한 장화의 묘사는 '문화적 자아 중심주의'라는 혐의를 벗기 어렵다.

장화는 지역별 인종 차이를 묘사했을 뿐만 아니라, 음양론과 지리적 특징을 통해 차이의 원인도 해석했다. 그의 설명에 따르면, 동쪽은 소양에 속하는데, 이곳은 양기가 갓 생겨나기 시작하는 곳으로 해와 달이 여기서 떠오르고 동시에 이 땅의 산과 강은 맑기에, 사람들이 아름다울 수 있는 것이다. 서쪽은 소음에 속하는데, 이곳은 음기가 갓 생기는 곳으로 해와 달이 여기서 진다. 또 그 땅은 넓고 조용하고 어둡다. 장화는 이 때문에 이곳 사람들의 눈이 깊다고 생각한 듯하다. 남쪽은 태양에 속하는데, 양기가 남아도는 지역이다. 그렇기에 남쪽 사람들은 성격이 급하고 난폭하고, 입이 크다. 북쪽은 태음에 속하는데, 음기가 지나치게 많다. 그렇기에 한랭한 날씨에 사람들이 모두 움츠리고 다녀 목이 짧아졌다. 장화는 매우 평탄하고 넓은 땅(이는 몽골 고원의 특징이다)에서 살아서 이곳 사람들의 얼굴이 넓다고 생각했다. 중원 지역은 음양이 균형을 이루고, 사계절이 분명하며, 바람과 비가 만나고, 산은 높고 골짜기는 깊어, 사람들의 생김새도 단정한 것이다. 장화의 해석이 과학적인 것은 아니지만, 그는 당시 제한적인 사상적 조건 아래 대단한 발명을 해낸 셈이다.

다섯 인종에 대한 장화의 이 같은 종합적인 연구는 『산해경·해외남경』 서두에서 제시한 문제, 즉 "신령이 낳은 바 모든 사물은 저마다 모습을 달리하며 어떤 것은 요절하기도 하고 어떤 것은 장수하기도 하는데, 오로지 성인만이 이 방면의 원리에 통달할 수 있다"는 것에 대한 답변이라 할 수 있다. 그는 '이 방면(해외 민족)의 원리에 통달할 수 있는' '성인'이라 불릴 만하다. 그렇기에 곽박은 『산해경』을 주해할 때 장화의 의견을 적극적으로 인용하였다.

이로써 기이한 것을 좋아하고, 박학을 선호하고, 장생을 추구하였던 풍조 덕분에 『산해경』 읽기와 연구가 발전했음을 확인할 수 있었다. 장화의 종합적 결론, 그리고 훗날 곽박이 『산해경』을 정리하고, 주해한 것은 모두 당시 사회적 수요에 따라 이루어진 학문 연구 활동이었다.

곽박郭璞의『산해경』정리

1. 곽박

곽박(276~324)은 자가 경순(景純), 하동(河東) 문희(聞喜, 지금의 산시성(山西省) 문희현(聞喜縣)) 사람이다. 빈한한 관료 집안에서 태어났다.『진서·곽박전(晉書·郭璞傳)』은 "곽박은 경술을 좋아하였고, 박학하여 재능이 뛰어났고, 사와 부, 고문과 기이한 글자를 좋아했고, 음양 산술에 능했다"고 전한다.[10] 그는 점술에 정통한 곽공(郭公)을 따라다녔는데,『청낭중서(靑囊中書)』9권을 얻어 오행, 천문, 점복을 꿰뚫게 되었고, "재앙을 물리치고 화를 돌리며, 방법에 구애 없이 효과를 발휘하였다. 경방(京房)과 관로(管輅)라 하더라도 이를 능가할 수 없었다."[11] 곽박은 일생동안 주로 길흉을 점치거나, 주술을 행하였는데, 그가 중용되었던 것 역시 이 덕분이었다. 고관대작이나 황제까지도 큰일을 앞두고 그를 불러 점을 치곤 했다. 그는

---

10 『晉書』, 中華書局, 1974, p.1899.

11 위와 같음.

60여 개의 점궤를 모아『동림(洞林)』이라는 책을 냈다. 경방, 비직(費直) 등 사람들이 쓴 점복 저작물을 베껴『신림(新林)』10편,『복운(卜韻)』1편을 냈다. 또 그는「유선시(遊仙詩)」로 명성을 떨쳤다. 세상 사람들은 대체로 그를 도가 계통의 인물로 보지만, 그의 주류 사상은 여전히 유가였다.[12] 점복술은 초기 유학의 한 부분이었다. 곽박은 한나라 유학자 경방과 비직의 역학 전통을 계승했다. 그는 청년 시기에 경학의 세례를 받았을 뿐만 아니라 이민족의 침입이라는 현실 때문에 정치에 대단한 열정을 보였고, 적극적으로 세상일에 참여하는 유가적 면모를 보였다. 그는 '위로는 나라 정치를 걱정하고, 아래로는 자신이 보잘 것 없음을 슬퍼하는' 사람이었고, 동진 왕조가 국력을 쌓아 잃어버린 땅을 되찾기를 바랐다. 그렇기에 온교(溫嶠), 유량(庾亮)이 반란을 일으키려는 왕돈(王敦)을 토벌하고자 할 때 곽박이 내놓은 점궤는 '크게 길하다'였다. 반면에, 왕돈이 반란을 일으키려 곽박에게 점을 쳐 달라 의뢰하자 그 결과는 '이루는 바가 없다'였고, 곽박은 결국 왕돈의 손에 죽고 말았다.

곽박은 뛰어난 재능으로 시와 부를 모두 잘 썼다. 언어문자학, 사학, 지리학 여러 방면에 중요한 성과를 냈다.『진서·곽박전』에 따르면 곽박은 『이아(爾雅)』를 주해하고, 별도로『음의(音義)』와『도보(圖譜)』를 썼다. 또 『삼창(三蒼)』[13],『방언(方言)』,『목천자전(穆天子傳)』,『산해경』과『초사』,『자허(子虛)』,『상림부(上林賦)』를 주해하여 수십만 자를 세상에 남겼다.[14] 그는 또『모시습유(毛詩拾遺)』,『하소정주(夏小正注)』 등 유학 저작도 남겼다. 그렇기에『산해경찬』을 수록한 송나라 오혹의『운보(韻補)』에서 "진나라의 문자학은 곽박이 가장 깊다"고 칭송했다.『수서·경적지』와『구당서·경

---

12 連鎭標,『郭璞研究』, 上海三聯書店, 2002, pp. 95-117.

13 삼창(三倉)으로 쓰기도 한다. 한대 사람들은 당시 전해지던 자서(字書)『창힐편(蒼頡篇)』,『원력편(爰歷篇)』,『박학편(博學篇)』을 하나로 합쳐『삼창』이라고 불렀다.

14 『晉書』, 中華書局, 1974, p.1910.

적지』에 따르면 곽박은 『수경』 3권(또는 2권)을 주해하거나 쓴 적도 있는데, 곽박의 지리학적 소양을 잘 보여준다. 유명한 문학자로서 곽박은 『산해경』을 주해했을 뿐만 아니라, 『신당서·예문지(新唐書·藝文志)』에 따르면 그는 『산해경도찬』 2권, 『산해경음(山海經音)』 2권을 쓰기도 했다.[15]

이처럼 박학다식한 대가가 『산해경』을 주해했다는 것은 학술사상의 크나큰 행운이다. 그의 『산해경』 주해는 뛰어날 뿐만 아니라, 당시 사회적 풍조와 학술 수준을 잘 보여준다.

2. 「대황경」, 「해내경」과 『산해경』의 합본

1) 「대황사경」, 「해내경」을 『산해경』으로 합본한 곽박

「대황사경」과 「해내경」의 출처에 관해 대체로 옛날부터 이미 있었던 두 종류의 서적으로 보고 있으며, 아무리 늦어도 서한 초에는 완성된 것으로 보인다.

위진 시기의 시대적 풍조 덕에 『산해경』은 뜨거운 화제가 되었다. 필자는 곽박보다 조금 더 이른 장화의 『박물지』에 인용된 『산해경』의 25개의 해외 국가와 이민족은 주로 「해외경」이 그 출처이고, 「해내남경」, 「황경」과 「해내경」에서 일부 유래한 것으로 본다. 장화는 『산해경』의 18편과 「황경」 5편을 읽었던 것이 틀림없다. 이 당시 「황경」이 『산해경』으로 편입될 만한 조건이 이미 무르익은 상황이었고, 이 같은 사회적 풍조 속에서 곽박은 이 오래된 서적을 다시금 정리하게 되었다. 곽박은 「대황사경」

---

15 여러 지(志)에서 곽박이 『산해경』을 주석하고 『산해경도찬』을 썼다는 내용 밑에 『산해경음』을 병기했다. 작가가 누구인지는 밝히지 않았지만, 앞뒤 맥락에 따라 곽박이라는 것을 알 수 있다. 이 책이 실전되어 아쉬울 따름이다.

과 「해내경」을 『산해경』 18편에 합본하고, 편을 권으로 수정하여 23권으로 정리하였다.

필원은 「오장산경」은 우의 작품이고, 「해외경」 4편, 「해내경」 4편은 주나라와 진나라에 관한 서술이라고 보았다. "유수(흠)이 그 글을 해석하고 추가한 것은 「대황경」 다섯 편이다"고 주장했다. 필원은 유향이 정리한 『산해경』은 13편으로 『한서』에 수록되었다고 생각했다.[16] 여기에 유흠이 「대황경」 5편을 추가하여 18편이 되었다고 주장한 것인데, 필원의 근거는 명 도장본 『총목록·해내경제십팔(總目錄·海內徑第十八)』의 "이 「해내경」과 「대황경」은 모두 밖에서 들어왔다"는 문구였다. 이에 대해 필원은 "이는 곽(박)이 달은 주석인가?"라고 남겼다. 이를 곽박의 주석이라고 추측한 근거는 단 하나였는데, 바로 이 목록이 곽박의 『주산해경·서』 뒤에 붙어 있기 때문이다. 이는 타당하지 못한 근거이다.[17] 곽박이 합본했다는 설에 필원이 동의하지 못했던 것은 고금의 『산해경』 편목 수가 달랐기 때문으로 보인다.

현대 학자 장종상(張宗祥)은 필원의 견해에 반대한다.

이 책은 모두 남, 서, 북, 동을 순서로 삼지만, 「황경」만큼은 예외이다. 혹자는 다섯 편이 경전에 포함되지 않은 별도의 고본으로 존재했고, 곽박이 전기를 썼을 때 이를 합쳤다고 한다. 그러나 네 개의 산경과 중산경이 함께 있는 것처럼 「해내경」 또한 「해내사경」 편에 포함되었을 것으로 생각된다. 「해외사경」은 응당 「해내경」 뒤에 배치되어 「황경」과 이어졌을 것이다. 「대황사경」 역시 응당 남, 서, 북, 동을 순서로 삼아야 한다. 그렇다면 18편이 가지런하게 순서를 갖

---

16 이는 틀린 가설이다. 앞에서 이미 유향은 『산해경』 정리하지 않았다는 것을 분석한 바 있다.

17 자세한 논증은 뒤에서 이어진다.

출 수 있게 된다. 이(지금의 판본)는 후대 사람들이 뒤섞은 것이다.[18]

장종상은 「중산경」이 네 개의 「산경」 뒤에 이어지는 것처럼 「해내경」도 「해내사경」 뒤에 있어야 한다고 보았지만, 타당한 견해는 아니다. 중산은 중간에 위치하는 것이 맞으나, 해내에는 중간이 존재할 수가 없다.『산해경』에서 말하는 사해는 사방의 이민족을 뜻하는 것이기 때문에 중해란 존재할 수 없다.[19] 장종상은 또 「대황경」에 수록된 다섯 편의 순서를 억측하는데, 이는 잘못되었다.

웬싱페이 교수는 필원과 학의행이 「대황경」 다섯 편은 유흠 또는 후대 사람들이 「해외사경」과 「해내사경」을 주석한 결과라고 한 학설을 제대로 평가했다. 그러나 그는 「대황사경」이 본래의 「해외경」의 일부고, 「해내경」은 「해내사경」의 일부라고 보았다. 유흠이 그 문자가 중복되고 오류가 많은 것을 마뜩치않아 했거나, 신화적인 색채가 너무 짙어 삭제했거나, 신비하고 괴이한 내용을 곧이곧대로 믿지 않으려는 유가의 원칙을 지켜 '확실한 것만 믿고자' 했기 때문일 수도 있다.[20] 이 설명은 상당히 설득력이 있다. 「대황사경」, 「해내경」, 「해외사경」, 「해내사경」은 방위 순서가 완전히 다르다. 앞의 두 개는 동, 남, 서, 북이고, 뒤의 두 개는 남, 서, 북, 동으로 각기 다른 두 계통의 산물이다. 신화적 색채의 농도는 두 계통 모두 큰 차이가 없다. 동일한 나라와 민족에 관한 두 계통의 묘사에 있어, 「해외사경」과 「해내사경」의 내용은 오히려 더 황당무계하다. 예컨대 「대황동경」의 군자국 "사람들은 옷을 입고 모자를 쓰고 칼을 찼다"고 하여 간략

---

18 張宗祥,『足本山海經圖贊』, 古典文學出版社, 1958, p.56.

19 고염무(顧炎武)가 『일지록(日知錄)』 제22권에서 명확하게 밝힌 사해의 의미를 참조해도 좋을 것이다.

20 袁行霈,『山海經初探』,『中華文史論叢』1979年 第3輯, 上海古籍出版社, 1979, p.12; 『當代學者自選文庫·袁行霈卷』, 安徽教育出版社, 1999, pp. 6-7.

하고 소박하게 묘사되는 반면 「해외동경」의 군자국은 이 밖에 또 "동물을 먹고, 두 마리의 호랑이를 곁에 두고 부린다. 그 사람들은 양보를 좋아하고 다투지 않는다. 훈화초(薰華草)가 있는데 아침에 피고 저녁에 진다"라고 기록한다. 그렇기에 「대황사경」, 「해내경」은 「해외사경」, 「해내사경」에서 발췌한 결과물이 아니다.

필자는 『수서·경적지』와 『신당서·예문지』에 근거하여 곽박 주석본은 본래 23권으로 유흠 18편본보다 편목 수가 더 많다고 본다. 이는 아마도 곽박이 「대황사경」과 「해내경」을 추가했기 때문으로 생각된다. 필원 이후의 많은 학자가 명 도장본의 "이 「해내경」과 「대황경」은 모두 밖에서 들어왔다"는 문구나 남송 순희 7년(1180) 지양군재 우무각본 『산해경목총십팔권·해내경제십팔(山海經目總十八卷·海內經第十八)』의 "이 「해내경」과 「대황경」본은 모두 밖에서 떠돌고 있었다"는 문구를 근거로 곽박이 주석을 달았다고 판단하여 여기서 편목을 미루어 짐작했다. 그러나 이 편목은 우무나 다른 사람이 추가한 것으로, 이 같은 판단을 틀렸다.[21]

「대황사경」, 「해내경」은 모두 먼 지역의 나라와 민족이나 신비하고 기이한 것에 관한 이야기로 「산경」보다 더 오묘하고 신비롭다. 또한 「해외사경」, 「해내사경」과 모순되거나 중복되는 내용도 있다. 만약 위진시대가 박물학이나 기이한 것에 호의적인 시기가 아니었다면, 곽박이 이들을 『산해경』에 편입할 생각을 하지 못했을 것이다.

2) 곽박 주석본 편목에 관한 쟁점과 고증

곽박이 살던 시대는 이미 죽간을 사용하던 유흠의 시대에서 벗어나 종이 두루마리를 사용하던 때였다. 그렇기에 곽박 주석본은 '편'으로 부르

---

21 자세한 논증은 뒤에서 이어진다.

지 않고, '권'으로 그 이름을 바꾸게 된다. 유흠의 18편(「산경」10편, 「해외사경」, 「해내사경」 각 4편)에 「황경」 다섯 편을 추가하여 23권으로 확대했다. 지금의 『산해경』은 이때 그 내용이 기본적으로 정해졌던 것인데, 단지 지금과 같은 분권 방법과 권수가 아직은 유동적이었다.

곽박이 합치고 주해한 『산해경』 편목에 관한 첫 번째 논란은 23권이냐, 아니면 18권이냐 하는 것이다. 『수서·경적지』와 『신당서·예문지』에 기록된 곽박의 『산해경』은 모두 23권이다. 그러나 완전한 23권 판본은 이미 전해지지 않고, 편목 또한 남아 있지 않다. 반면 『구당서·경적지』에서는 이를 18권으로 기록하며, 남송 우무각본 『산해경전』에 수록된 곽박의 『주산해경서』 부록의 총 편목 역시 18권으로 지금과 다르다.

일본 급고서원(汲古書院)에서 편찬한 『일본서목대성(日本書目大成)』에 수록된 후지와라 노스케요(藤原佐世)의 『일본국견재서목록(日本國見在書目錄)』 (당 정관 연간에 만들어져, 일본 메이지 연간에 발행된 초본 영인본) 제21류 '토지가(土地家)' 항목 아래 다음과 같은 기록이 있다. "『산해경』21(3[22]) 권. 곽박 주는 18권을 보라. 『산해경(도)찬』2권, 곽박 주. 『산해경초(山海經抄)』1권. 『산해경략(山海經略)』1권." 그렇다면 당나라 때 일본으로 흘러 들어간 곽박 주 『산해경』에는 21권본과 18본(이하 일본 고본)이 동시에 존재했다는 것을 뜻한다. 그렇다면 곽박 주석본의 최초 모습은 23권일까 아니면 18권이었을까? 이는 하나의 문제이다. 23권과 18권의 문제에 관해 『사고전서·총목제요』는 "곽박이 이 책을 주해한 것은 『진서』본에서 전한다. 수

---

[22] 메이지 시대 필사본 일(一) 옆에 필사자가 썼을 것으로 추정되는 삼(三)이 추가되어 있다. 오가와 타구지는 21권이 맞다고 보며, 「산경」 13편에 「해외경」 8편을 더한 결과라고 했다. 그러나 이는 근거가 없다. 그 아래 '『산해경찬』'에 '도(圖)'자 역시 필사자가 추가한 것이다. 오가와 타구지는 『일본국견재서목록』에 "별도로 『찬』 2권과 『도』 1권을 게재했다"고 하는데, 근거가 무엇인지 알 수 없다. 메이지 필사본에는 '『도』 1권'이라는 글자가 없다.

지와 당지 두 곳에서 모두 23권이라 하였는데, 지금 판본은 5권이 부족하다. 실전된 것이 아니라, 후대 사람들이 이를 합쳐 유흠이 말한 18편이라는 숫자를 맞추려 한 것이 아닌가 생각된다"고 설명한다. 웬커는 유흠이 교정한 『산해경』 18편에 곽박이 「대황사경」, 「해내경」을 추가하여 이 23권이 완성했다고 본다. 즉 『수서·경적지』와 『신당서·예문지』에 나온 편목 수라는 것이다. 그러나 『구당서·경적지』에 수록된 곽박의 18권본 『산해경』, 즉 지금 전해지는 18권본 『산해경』은 '유수(유흠)의 18편이라는 숫자를 맞추기 위해 따로 편집한 이후의 모습'이라고 본다.[23] 이 견해는 상당히 설득력이 있으나, 숫자만으로 추리한 것이라 물증이 부족하다. 게다가 이 학설에 따르면 지금 전해지는 곽박 『주산해경서』 부록의 18권 세목 역시 후대 사람들이 고친 것이 되는데, 이는 아직 확언하기 어렵다. 다만 필자는 이를 송나라 사람들이 만든 것으로 보며, 웬커의 추리를 완전히 부정하기 어렵다고 생각한다. 상세한 내용은 다음을 보자.

필자가 보기에 곽박의 주석본은 「황경」 다섯 편을 추가해서 23편이 되었다. 당시 서적 형식의 변화에 따라 죽간에서 두루마리로 변했고, 편을 권으로 고쳐 부르며 23권이라 하였을 것이다.[24] 그러나 옛것을 좋아하는 사람들은 유흠의 소위 18편이라는 숫자와 맞지 않는 것에 불만을 가졌을 뿐만 아니라 곽박이 5편을 추가했다는 것을 알지 못한 채 편목을 합쳐 18이라는 숫자를 만들고자 했을 것이다. 하나로 합치는 작업은 당대부터 이미 시작되었다. 『일본국견재서목록』에 함께 수록된 23권과 18권은 모두 곽박의 주석본이다. 그 후 오대 후진의 유구(劉煦)의 『구당서』 또한 곽박 주석의 18권짜리 『산해경』을 수록했다. 송대 『숭문총목(崇文總目)』(1041)

---

23 袁珂, 「山海經寫作時地及篇目考」, 『中華文史論叢』 第7輯, 1978, pp. 169-170.
24 리우종디는 곽박의 주석본에는 새롭게 편목이 추가되지 않았고, 오로지 권마다의 편폭을 조절하기 위해 23권으로 고쳤다고 봤다. 상세한 내용은 「山海經古本篇目古」, 臺灣輔仁大學 『先秦兩漢學術』 2007年 第8期, 2007, p.67.

에 수록된 판본은 '곽박 주 18권'이다. 북송 구양수(歐陽修)가 편찬한 『신당서』에서는 여전히 23권본을 수록했다.[25] 그러나 송대 때 도장을 세 차례 수정했을 때 적어도 두 번은 모두 『산해경』 18권을 수록했는데, 분권 방법이 조금 달랐을 뿐이다. 그렇기에 도장본의 영향으로 18권은 점차 23권본을 대체하기 시작했다.

실상 송 도장본 『산해경』과 지금의 18권본은 권수는 같지만, 구체적인 분권 방법은 전혀 다르다. 송대에는 곽박 주해본 『산해경』 18권이 두 종류가 있었다. 그중 하나는 설계선의 『낭어집』에 따르면 「오산경」 5권, 「해외경」 6권, 「해내경」, 「대황경」 각각 1권씩이었다. 다른 하나는 우무의 발문에 따르면 「남산」, 「동산경」 각 1권이고, 「서산」, 「북산」 각 상하 2권으로 나뉜 상태였다. 「중산」은 상, 중, 하 3권으로 나뉘어 각각 「중산, 동, 북」이 1권을 이루었다. 「해외남」, 「해외동, 북」, 「해내서, 남」, 「해내동, 북」, 「대황동, 남」, 「대황서」, 「대황북」, 「해내경」까지 총 18권을 이루었다. 모두 지금의 곽박 주해본 18권과 분권 방식이 다르다. 이는 곽박주 『산해경』의 본래 편목을 연구할 때 맞닥뜨리는 두 번째 의문점이다. 그러나 관련 자료가 부족한 탓에 이에 관한 논의는 적은 편이다.

송대 두 종류의 도장본은 「오산경」을 10권으로 나누어서 유흠이 교정했던 18편본의 「산경」의 숫자(별도로 「해외사경」, 「해내사경」 등 8편이 있었음)에 부합했던 것으로 보인다. 그러나 이들의 「해경」, 「황경」 부분의 분권 방식은 혼란스러웠고, 권마다 그 분량이 들쭉날쭉하여 합리적이지가 않았다. 이는 익명의 편집자들이 유흠의 『상산해경표』에서 말한 18편이라는 숫자에 맞춰서 편목을 편집하고 배열했음을 뜻한다.[26]

그중 우무가 본 도장본은 실상 23권본의 흔적이 남아 있었는데, 다시

---

25 그러나 구양수가 편찬에 참여한 『숭문총목』에 수록된 것은 곽박이 주해한 18권본이다. 당시에 두 가지 판본이 동시에 존재했다는 뜻이다.
26 유흠 판본의 편목을 고증한 앞의 내용을 참고.

말해 그 책은 편목을 23권본과 같은 방법으로 나누었다. 즉「남산」,「동산경」각 1권,「서산」,「북산」각 상하 2권,「중산」상, 중, 하 3권,「중산동」,「중산북」각 1권(구체적으로 무엇이었는지는 명확하지 않다),「해외남」,「해외동」,「해외북」,「해내서」,「해내남」,「해내동」,「해내북」,「대황동」,「대황남」,「대황서」,「대황북」그리고「해내경」이었다.

남송『중흥서목(中興書目)』(1178년 완성)은 국가 소장 도서를 수록하였는데, 제3권 '지리류'에는 다음과 같은 기록이 있다. "『산해경』18권. 진나라 곽박이 쓴 것은 23편이고 권마다 찬이 있었다."[27] 이 국가 비밀 소장본은 겉으로 보기에 18권이었으나, 실상은 23편인 판본이었고, 일본 고본과 우무가 본 도장본과 매우 흡사하다. 우무의『수초당서목(遂初堂書目)』에 수록된 두 판본 중 국가 비밀 소장본이 바로 이것인 것 같으며, 지주본『산해경』은 우무 그 자신이 판각했던 것으로 보인다.

곽박의 주해본이 원래 23권이라는『사고제요』와 웬커의 학설을 고려하건대, 이처럼 겉으로는 18권이지만 실상 내부는 23편인 판본은 23권본에서 점차 18권으로 바뀌어 가던 실제 유통 상황을 반영하는 것이다. 남송 초 곽박의 23권 주해본과 익명의 18권본은 여전히 함께 전해지고 있었다. 정초(鄭樵, 1104~1162)의『통지·예문략(通志·藝文略)』의 '방물류(方物類)'에는 "『산해경』23권, 곽박 지음.『산해경』18권.『산해경도찬』2권, 곽박 주해"라는 기록이 있다.

송 도장본의 편집 배열이 합리적이지 못한 탓에 후대 사람 중에 또「산경」10권을 5권으로 합쳐 지금의 18권의 형태로 만든 자가 있었다. 이것이 바로 우무의『산해경전』발문과 왕응린의『예문지고증』과『소학감주』제4권에서 언급된 소위 '유흠이 교정한 18편'이다. 이러한 '18편'의 편목 방법은 지금의 18권본과 완전히 같고, 유흠의 18편본과는 전혀 다른 형

---

27 『宋元明淸書目題跋叢』第1冊, 中華書局, 2006, p.410.

태였다. 이 같은 방식은 과거에 없었고, 아마도 북송 중기 이후에 나타난 것으로 보인다. 이때는 이미 사람들이 곽박 주해본 23권을 18권으로 편집하려는 시도를 몇 번 한 후였다. 가장 늦게 나타난 것은 남송 우무가 간행한『산해경』이었다. 이는 추측건대 우무가 근거로 삼은 '유흠이 교정한 판본'의 저자이거나 우무 그 자신이 편집한 것으로 보인다. 이렇게 지금 판본의 곽박『주산해경서』뒤에 붙은 18권의 목록에 관한 오래된 의문이 해결되었다. 이는 곽박이 쓴 것이 아니었고, 곽박 주해본의 원작이 18권이라는 증거가 되지도 못한다.

오늘날 고궁박물원에는 원대 조선(曹善) 초본『산해경』4책(冊) 18권이 남아 있는데, 송대본을 베낀 것으로 보인다. 청 건륭 연간에 편찬한『석거보급(石渠寶笈)』제10권에 기록이 있다. 저우스치(周士琦)는 그 제1책(「남산경」,「서산경」과 「북산경」) 영인본을 학의행본과 비교하여 이 필사본이 명, 청대에 발행된 여러 판본보다 월등함을 증명하는 5가지 증거를 발견했다. 또 송대 각본과 명대 판본 간의 차이가 매우 적다는 점을 들어 "조선의 이 필사본은 분명 송대 각본에서 나온 것이 아니며, 그 저본은 훨씬 이전 시대의 사본이다"라고 판단했다.[28] 필자는『고궁주간(故宮週刊)』에 실린 조선 필사본 3권까지의 사진을 보았을 뿐, 책 전제를 보지 못했다. 장중상의『족본산해경도찬(足本山海經圖讚)』에서 인용한 순서 목록을 고려했을 때, 이 필사본 18권의 분권 방식은 지금과 같고, 그 저본은 분명 우무가 읽었다는 유흠 교정본과 비슷할 것이며, 양자의 형성 시기 또한 근접할 것이다. 그 글이 우무본보다 월등하다는 말은 아마도 우무 각본의 인쇄 상태가 정밀하지 못하기 때문일 것이다. 그 안에『산해경목록총18권』이 수록되었는지는 조사 해 봐야 한다.

---

28 周士琦,「論元代曹善手抄本山海經」,『中國歷史文獻研究集刊』第1輯, 湖南人民出版社, 1980.

명, 청 시대 여러『산해경』판본에 언급된『산해경목록총18권』은 실상 우무 각본에서 처음 보이는데, 그 표제는 본래『산해경목총18권』이었다. 우무 각본, 명 도장본, 명 성화 경인 각본, 청대 필원본, 학의행본에는 권마다 본문 및 주석의 글자 수 통계가 상세하게 실려 있다. 예컨대『산해경목총18권』의 밑에는 "본문 30,919자, 주석 20,350자, 총 51,269자이다"라고 되어 있다.[29] 권마다 본문과 주석에 쓰인 글자 수를 기록했는데, 가령「남산경」제1 밑에는 "본문 3,547자, 주석 2,170자"라고 쓰여 있으며, 「해내경」제18 밑에는 "본문 1,111자, 주석 2,107자다. 이「해내경」과「대황경」은 모두 밖에서 떠돌았다"고 되어 있다. 필원은 '총 18권'이라는 말 밑에 "『옥해』에 있다"는 주석을 발견했다. 학의행은 이 총목록 밑에 "이는『옥해』로 교감한 것이다"라고 주를 달았는데, 모두 틀렸다. 우무는 남송 초 사람이고, 왕응린은 남송 말기 태어나 원대까지 살았다. 이 총목록 전체는 우무 또는 우무가 저본으로 삼았다는 유흠 교정본의 저자가 만든 것이며, 왕응린의『옥해』는 그저 우무 각본을 인용한 것이다.[30] 이 상세한 통계 수치는 주석과 본문 글자 수를 포함하는데, 물론 곽박이 스스로 추가했을 리 없다. 우무 등 사람들이 반고의『예문지』에 수록된「중산경」말미의 "오른쪽「오장산경」다섯 편은 무릇 15,503자다"라고 한 예시를 따라 추가한 것으로[31], 그 목적은 사람들의 신임을 얻기 위함일 따름이었다.

---

29 도장본을 따랐다. 우무각본에는 "주석은 20,310자이다"라고 하는데 총 글자 수와 맞지 않아 틀렸다.

30 『옥해』제15권에서 제18권에 대해 설명하면서 제시한 우무각본의 글자 수와 주석 글자 수 통계가 증거로 활용될 수 있다.

31 「중산경」끝부분의 이 말에 대해 오가와 타구지는 한대 이전의 고본에서부터 있었던 것으로 봤다.『先秦經籍考』, p.8; 웬커는 고본에 있었거나 유흠이 추가한 것으로 봤다.『中華文史論叢』第7輯, p.163; 필자는「산경」이 다섯 편이라는 점에서 10편짜리 유흠본「산경」과는 맞지 않는다고 생각된다. 따라서 이는 아마도 반고가 추가한 것으로 보인다.

「총목(總目)」을 추가한 덕분에 후대 사람들은 문장의 유실 정도를 쉽게 파악할 수 있었다.[32] 한편 이들은 "이「해내경」과「대황경」은 모두 밖에서 떠돌았다(逸在外)"는 문장도 추가했는데, 이는 유흠의「상산해경표」의 18편과『예문지』의 13편 간의 숫자 차이를 해결하기 위함이었다. 여기서 말하는 '밖에서 떠돌았다'는 뜻은 유흠이 그 다섯 편을 '밖으로 뺐다'는 것이 아니라, 반고가 13편본『산해경』을 수록할 때 이들을 '밖으로 뺐다'는 뜻이다. 이로써 곽박 주석의 뜻을 유향이「황경」이하 5편을 수록하지 않았고, 유흠이 다시 교정할 때 '밖에서 들여왔다'로 이해한 필원의 생각은 틀렸음을 알 수 있다. 이 같은 오류에는 두 가지 원인이 있었다. 첫째, 이를 곽박의 주해로 보았기 때문이고, 둘째는 그 뜻이 유향을 가리킨다고 생각했기 때문이다. 그러나 현대 학자들이 곽박 주석을 유흠이「황경」다섯 편을 수록하지 않고 '밖으로 뺐다'고 말하는 것으로 이해하는 것 또한 맞지않다. 첫 번째 오류는 이를 곽박 주석으로 본 것이고, 두 번째 오류는 이것이 유흠을 가리킨다고 봤기 때문이다. 후대의 일부 판본 중 청대 오임신의『산해경광주』나 왕불(汪紱)의『산해경존(山海經存)』등「총목」을 신지 않은 것들도 있다, 이는 일부 전문가들은「총목」을 곽박의 저작이라고 생각하지 않았음을 뜻한다.

---

32 필자는 우무본과 학의행본의 글자 수 차이를 비교한 결과 학의행본「산경」의 앞쪽 4부분이 우무본보다 4,975자 적었다.「남산경」은 1,686자 적었지만,「중산경」은 3,698자 많았다. 학의행본의「중차팔경」의 경산(景山), 형산(荊山) 등은 대체로 호북(湖北)에 있고,「중차구경」의 민산(岷山) 등은 모두 사천(四川)에 있으며,「중차십이경」의 동정산(洞庭山)은 모두 호남(湖南)과 강서(江西)에 있어, '중산'이라는 이름과는 안 맞는다. 학의행본의 이 세 부분이 모두 우무본의「남산경」에서 온 것은 아닐까 생각된다. 웬커는 고본「중산경」뒷부분의 글자가 학의행본보다 1,000자 많아 아마도 곽박의 시대 이후 증가한 것으로 본다. 특히 유난히 상세한「중산경」의 낙양 기록은 동한 이후 낙양이 수도였던 왕조 때 활동한 학자들이 추가한 결과라고 본다. 자세한 사항은『中華文史論叢』第7輯, pp. 163-164 참조. 더 상세한 분석은 별도로 진행하도록 하겠다.

이 18권 판본은 곽박 주석본의 원래 모습과 다르고, 과거 여러 종류의 18권 곽박 주석본과도 다르지만, 오랫동안 사람들을 괴롭혀 온 유흠 18 편본과 숫자가 다른 문제를 해결했고, 분권 방법 역시 더 간결하고 명확 해졌다. 또 본문과 주석 글자의 상세한 통계 덕에 사람들이 더 쉽게 받아 들였다.[33] 새로운 '정본'이 되겠다는 우무와 같은 사람들의 목표가 이루 어진 셈이었다. 훗날 조공무의 『군재독서지(郡齋讀書志)』, 진진손(陳振孫)의 『직재서록해제(直齋書錄解題)』는 모두 18권본을 수록했다.

한편 왕응린은 『옥해』 제15권에서 『중흥서목』에 수록된 국가 소장본 "『산해경』 18권, 진대 곽박 주해, 무릇 23편이다"라는 글귀를 인용해 놓 고, 우무 각본에 실린 새로운 18권의 글자 통계 수치를 인용했다. 이는 그 가 두 종류의 18권본을 헷갈렸기 때문에 저지른 큰 실수였다. 그러나 『예 문지 고증』과 『소학감주』 등 왕응린의 다른 저작에서는 이 18권 23편 본 을 언급하지 않았고, 우무 각본이 근거로 삼은 소위 '유흠 교정본 18편'을 인용했다. 23권 본에서 지금의 18권본으로 넘어가는 과정을 잘 보여준다. 이후 우무가 간행한 18권본이 으뜸으로 꼽혀 지금까지 이어졌다.

『구당서·경적지』와 지금 판본의 『산해경』에 실린 곽박 『주산해경』 말 미의 총 편목을 믿는 학자들은 곽박 주해 『산해경』이 본래 18권이라고 생 각하지만, 당대 이후 나타나는 곽박 주해가 23권이라는 여러 기록을 해명 하지는 못한다. 청대 주중부(周中孚)는 『정당독서기·산해경(鄭堂讀書記·山海

---

33 이처럼 통계 숫자를 추가하는 방법은 훗날 널리 사용됐다. 학의행은 별도로 통계를 냈다. 필원은 『산해경신교정』에서 이 「총목록」을 해석할 때 "이 목록 아래에는 주석 이 있었는데 지금 판본에는 없다. 총 18권의 주석에 사용된 글자는 『옥해』에서 볼 수 있다. 그 이하의 주석에 사용된 글자는 명대 도장경본에 있다"고 밝혔다. 학의행 의 『산해경전소』, 웬커의 『산해경교주』 모두 이 「총목록」을 실었다. 명대 도장본은 우무본 「해외남경」의 '삼(三)'을 '이(二)'로 잘못 인용해 "주석은 모두 622자다"라고 했는데, 필원은 이 오류를 그대로 썼다. 필원은 도장본 「대황북경」의 '백(百)'을 '십 (十)'으로 잘못 써서 "본래 1,506자다"라고 썼고, 학의행은 이것을 그대로 사용했다.

經)』에서『수지』와『당지』에 실린『도찬』2권,『음(音)』2권에 곽박『주』를 더해 22권을 만들고, 필원의 경우처럼 '23'이 '22'를 잘못 쓴 것은 아닌지 의문을 제기한다.[34] 그러나 이 역시 틀린 결론이다.

결국 곽박은 유흠이『상산해경표』에서 각 편의 편명을 쓰지 않아 후대에 큰 혼란을 야기한 실수에서 아무런 교훈을 얻지 못했던 것으로 보인다. 그의 주해본의 편목 순서는 끊임없이 수정되었고, 심지어 지금의『산해경·해내동경』의 '민삼강(岷三江) 첫머리' 뒤에『수경』의 내용을 추가한 경우까지도 있었다. 필원의『산해경신교정』은「해내동경」말미에서 다음과 같이 말한다. "'민삼강 첫머리' 뒤로는『수경』인 것 같다.『수서·경적지』에서『수경』2권, 곽박이 주해했다'고 하였다.『구당서·경적지』에서는 '『수경』2권, 곽박이 편찬했다'고 하였다. 이『수경』은『수지』와『당지』에서 모두『산해경』뒤에 오고, 또 곽박이 주해했다고 하니 아마도 이것으로 보인다."[35]

유통 과정에서 책이 겪게 될 운명을 작가는 통제할 수 없다. 곽박 주해본의 원래 편목에 관한 학계의 논쟁을 돌이켜보면, 과거 사람들은『수지』와『당지』그리고『산해경목록 총18권』(지금 18권의 뿌리) 사이에서 선택하곤 했을 뿐, 당, 송 이후 곽박 주해본 편목이 발전해 온 역사적 과정 전체에 대한 고민이 부족했다. 이 같은 방식은 오류로 이어질 수 밖에 없었다.

---

34 侯忠義,『中國文言小說參考資料』, 北京大學出版社, 1985, pp. 56-57.

35 郭璞 注, 畢沅 校,『山海經』, 上海古籍出版社, 1989年 影印, p.103.

곽박의 『산해경주山海經注』,
『산해경도찬山海經圖讚』과
『산해경도山海經圖』 연구

1.『산해경주』와『산해경도찬』연구

『산해경』의 사회적 위치가 높지 않았기 때문에 유흠이 교정한 후로 그
누구도 『산해경』을 주해하지 않았다. 그러나 학의행은 『산해경전소』에서
곽박 이전에 『산해경』을 주해한 사람이 있었다고 보았다. "곽박은 「남산
경」을 주석할 때 두 번 '찬왈(璨曰)'이라고 인용하였고, 「남황경(南荒經)」의
'곤오지사(昆吾之師)'를 주해할 때는 또 『음의』 운운하며 인용했다. 이는 반
드시 곽박 이전에 음을 훈고하고, 주해한 사람이 있었다는 것이다. 그 이
름, 관직, 생몰연대가 모두 사라져 아쉽다." 필자는 학의행이 말한 이 세
곳의 인용문을 모두 확인해 보았다. 첫 번째 '찬왈'은 「남산경」 초요산의
"풀이 있는데 그 형상은 부추와 같다"는 부분에 나온다. 곽박은 다음과 같
이 주석을 달았다. "찬에서 말하길, 구(韭)는 그 음이 구(九)이다. 『이아』는
확산에도 그것이 많다고 하였다." 두 번째 '찬왈'은 「남산경」 초요산의 미
곡이 "그 형상이 닥나무 같고 검은 무늬가 있다"는 부분을 해석할 때 나
온다. 곽박은 "찬에서 말하길 곡(穀)은 또 구(構)라고도 한다. 이름을 곡이

라고 하는 것은 그 열매가 닥나무를 닮았기 때문이다"라고 했다. 이 두 부분의 '찬왈'은 전문적인 학자가 아닌 친구의 말을 인용한 것일 수도 있다. 곽박은 또 「대황남경」의 곤오지사를 주해하며 다음과 같이 말했다. "곤오, 옛 왕의 호이다. 『음의』에 따르면 '곤오, 산 이름이다. 계곡에서 좋은 금이 난다.'" 여기서 『음의』는 일종의 사전류 저작일 수 있다. 『진서』 본에 따르면 곽박은 "『이아』를 주해하고, 별도로 『음의』와 『도찬』을 지었다"고 하기에 곽박이 주석에서 인용한 『음의』는 자기의 저작일 수도 있다. 학의행이 "『음의』가 누구의 책 이름인지 찾지 못했다. 아마도 이 경전을 다룬 경학자의 옛 학설인 것 같다"고 한 것은 근거가 부족하다.

장화의 『박물지』는 『산해경』의 여러 사물에 관해 개별적으로 설명을 하기도 했고, 곽박도 자기의 주석에서 장화의 글을 인용하기도 한다. 그렇지만 장화는 자기 작품을 쓴 것이고, 그 목적은 『산해경』을 주해하는 데 있지 않았다.

곽박의 시대에 이르러 강산이 변하고, 땅 이름도 바뀌어 많은 것을 이해할 수 없게 되었다. 곽박은 다음과 같이 말한다. "이 책은 일곱 세대를 걸치고, 3천 년에 걸쳐 기록되었으나, 한나라 때 잠시 빛을 보았으나 다시 묻혀 사라졌도다. 그 산천의 이름과 지명은 많은 오류가 있어 오늘날과 다르다. 스승의 가르침도 전하지 못하여 마침내 잊히고 말았다. 그 이치가 남아 있건만, 세상이 이를 잃었으니 슬프지 아니한가! 내 이에 두려움을 느껴, 이 책을 새롭게 전하고자 그 막혀 있던 부분을 트고, 무성한 잡초를 걷어내며, 그 깊고 현묘한 뜻을 이끌어내고, 통달한 경지를 드러냈다."[36] 글에서 그는 명확하게 자신이 창작하여 전한다고 설명했는데, 『산해경』을 역사상 처음으로 주해한 사람이 곽박이라는 점을 잘 보여준다. 곽박의 겸손함을 믿는다면, 그가 주석에서 인용한 타인의 견해들은 『산해

---

36 郭璞, 『注山海經叙』, 尤袤刻本, 中華書局, 1984年 影印.

경』에 관한 전문적인 해석이 아니라는 것 또한 알 수 있다.

『산해경주』는 곽박 말년의 저작이며, 탈고 시점이 321년보다 더 빠르지는 않을 것이다.[37] 현존하는 가장 최초의 판본은 남송 순희 7년(1180)의 우무 지양군재 각본 『산해경전』이다. 1984년 중화서국에서 영인본으로 출판하여 쉽게 구할 수 있다.

주석에 곽박은 또 일련의 찬시를 지었는데, 바로 오늘날 전해지는 300편의 『산해경도찬』이다. 찬은 일종의 문체로 어떤 대상을 찬미하는 내용을 주로 썼지만, 비평도 포함하는 평론적 성격의 글이다. 도찬은 화찬(畫贊), 도보라고도 불리는데, 그림에 대한 찬을 말한다. 가령 고개지(顧愷之)의 『위진승류화찬(魏晉勝流畫贊)』은 당시 인물화에 관한 평론이었다. 곽박은 『이아』를 가지고 『도찬』을 편찬한 바 있었다. 『수서·경적지』의 『논어(論語)』류에 '『이아도』10권, 곽박 편찬'이라는 기록이 있다. 이처럼 도찬, 화찬, 도보와 그림 간의 관계는 명확하다. 곽박의 『산해경도찬』에서 읊는 그림은 곽박 혹은 친구의 그림일 것으로 보이는데, 아래에 상세하게 논증하도록 하겠다. 『산해경도찬』(이하 『도찬』)은 찬사의 대상에 대한 묘사도 있고, 평론도 있어 곽박이 『산해경』을 읽고 여기서 유래한 여러 사물을 연구하며 느낀 감상을 담은 것으로 볼 수 있겠다.

당, 송 시대에 곽박 주해본 『산해경』과 『도찬』은 함께 유행했다. 『수서·경적지』, 『구당서·경적지』, 『신당서·예문지』는 『산해경』 곽박 주 외에도 『산해경도찬』 2권을 수록했다. 이로 미루어 보아 당시 『도찬』은 별도

---

37 롄전뱌오(連鎮標)는 『곽박 연구(郭璞研究)』에서 곽박 주석에 나타난 진 태강(太康) 7년 (286)에서 태흥(太興) 4년(321) 사이의 일곱 자료를 통해 곽박이 『산해경』을 연구하고 주석하기 시작한 시간이 286년보다 늦지 않으며, 『산해경주』 탈고 시점은 321년보다 빠르지 않을 것으로 추측했다. 하지만 진 태강 7년에 곽박은 불과 11세였기에 주석 작업에 착수하지는 않았을 것이다. 해당 자료는 곽박이 훗날 주석 작업을 하면서 옛 기억을 떠올린 것으로 연구 및 주석 작업을 시작한 시점은 아닐 것이다.

로 유통되던 책이었을 것이다. 그러나 후대 일부 판본에서『도찬』은 각 편 끝에 첨부된 형태로 나타나기도 했다. 가령『중흥서목』에서는 궁중 소장본에 대해 "『산해경』18권은 진나라 곽박이 편찬하였고 모두 23편이다. 권마다 찬이 있다"고 전한다.[38] 권마다 찬이 있었다면, 본래 독립된 형태였던『도찬』이 해체되어 권 말미에 붙은 것으로 이해할 수 있다. 고궁 소장 원나라 지정(至正) 을사년(1365) 조선(仲良 중량) 필사본『산해경』에는 권마다『도찬』이 붙어 총 303편이 있다. 그 대상은『산해경』18권 전체를 아우른다. 조선 필사본의 내용은 송각본과 차이가 상당히 큰데, 송대 우무 각본 외의 다른 판본을 베낀 것으로 보인다.[39] 조선은 서예가였고, 이 필사본은 서예 작품으로 개인 소장되다가 청대에 관부에서 입수하여『흠정석거보급(欽定石渠寶笈)』에 수록되었기 때문에 널리 유통되지 않았다. 그렇기에 많은『산해경』연구자들이 이를 보지 못했지만, 왕세정(王世貞)만이 이를 읽고 발문을 쓰기도 했다.

곽박『산해경도찬』은 훗날 많이 망실되었다. 명대 심사용(沈士龍), 호진형(胡震亨) 교본『산해경도찬』에는 261편[40],『보유(補遺)』14편으로 총 275편이 실려 있다. 여기에는「대황사경」과「해내경」부분의 도찬이 빠져 있다. 명대 장박(張溥)의『곽홍농집(郭弘農集)』제2권「찬」과「보유」는 총 279편을 수록하며, 역시「대황사경」과「해내경」부분의 도찬이 부족하다. 엄가균(嚴可均)의『전상고삼대진한삼국육조문(全上古三代秦漢三國六朝文)』은 각종 유서(類書), 운서(韻書)에서 67편을 그러모았고, 추가로 명 도장본『산해

---

38 『宋元明清書目題跋叢』第1冊, 中華書局, 2006, p.410.

39 저우스치는「원대 조선 필사본 산해경을 논하다」에서 이 판본은 절대 송대 각본일 수 없고, 그 저본은 분명 더 이른 시기에 만들어진 판본이라고 주장했다.『中國歷史文獻研究集刊』第1集 참조; 장종상의『족본산해경도찬』은 조선 필사본은 송대 판본을 기반으로 했거나 송대에 형성되어 원나라에 흘러 들어갔다고 봤지만, 이는 틀렸다.

40 『총서집성』은『비책회함(祕冊匯函)』본을 따라 영인했다.

경』에 수록된 것까지 하여 총 266편이다. 여기에는 「대황남경」 부분 도찬만이 빠져 있다. 이에 대해 렌전뱌오마저도 『곽박 연구』에서 「대황남경」 부분 도찬이 아마도 망실되었을 것으로 추측한다. 현대 학자 장종상의 『족본산해경도찬』에는 303편이 수록되어 있는데, 이는 아마도 지금 볼 수 있는 가장 완전한 판본일 것이다.

2. 『산해경』옛 그림과 곽박 『산해경도찬』의 대상 그림 연구

『산해경』과 그림 간의 관계는 학계의 커다란 문제 중 하나였다. 『산해경』이 옛 그림을 해설하는 책인지, 이 소위 '옛 그림'이라는 것이 실제로 존재했는지, 그랬다면 어떤 종류였는지, 책 전체가 그림에 대한 해설이었을지 아니면 일부만 그랬는지, 그리고 후대에 생산된 여러 『산해경』 판본의 삽화와 옛 그림 간의 관계는 무엇인지 등의 문제를 포함한다.

1) 『산해경』의 옛 그림에 관한 연구

『사기·대완열전』에서 "천자가 옛 그림책을 고찰하기를, 황하가 시작하는 산을 곤륜이라 불렀다"고 했다. 편 말미의 찬어에 따르면 이 '옛 그림책'은 『우본기』와 『산해경』이다. 만약 이것이 사실이라면 한무제 때 이미 『산해경도』가 있었던 셈이다. 그러나 이는 『산해경』과 동시에 존재했기 때문에 『산해경』에서 해설하는 그림 그 자체였는지 아니면 부록으로 첨부된 그림이었는지 알 수 없다.[41] 너무나 옛날 일이기 때문에 확인할 방

---

41 원싱페이 교수는 아마도 『산해경』이 만들어진 이후의 그림일 것으로 봤다. 다시 말해 부록으로 추가된 그림이라는 것인데, 고려할 만한 학설이다.

도 또한 없다.

유흠은 『산해경도』와 관련하여 아무런 언급도 하지 않았다. 구양수의 시 『독산해경도(讀山海經圖)』는 "하나라의 정은 구주의 상과 같고, 「산경」에는 남겨진 문장이 있다"고 읊어 자신도 모르게 처음으로 『산해경』을 우정(禹鼎), 즉 우임금이 만든 세 발 솥에 그려진 그림과 연결 지어 후대에 일련의 논쟁을 일으켰다.

주희는 처음으로 『산해경』 일부가 분명 그림을 해설하고 있다는 사실을 발견했다(관련 논의는 제5장을 볼 것). 이때부터 많은 학자가 『산해경』이 어떤 옛 그림을 근거로 작성된 것인지 토론하기 시작했고, 여러 가설을 내놓았다. 주희는 이를 '한나라 그림'으로 보았고, 양신(楊愼)은 우정이라고 주장했다. 이밖에 『외수도(畏獸圖)』설, 진봉형의 '이견 도해설(夷堅述圖)' 등이 있다. 그러나 모두 증거가 부족하여 믿을만하지 않다. 게다가 『산해경』의 많은 부분은 그림과 관련이 없다. '그 소리가 아기와 같다.', '그 이름을 부르며 운다', '그 소리는 노래와 같다'라고 동물의 소리를 설명하는 부분은 그림에서 유래했을 리가 없다.

곽박이 주석에서 언급한 『외수화(畏獸畵)』는 『산해경도』가 아니며, 『산해경』에서 해설하는 옛 그림은 더더욱 아니다. 곽박은 「서산경」의 '소(囂)', 「북산경」의 '맹시(孟槐)', 「대황북경」의 '강량(强良)'을 설명할 때 '모두 『외수화』에 있다'고 이야기했다. 마창이는 이것이 바로 『산해경도』라고 생각하지만[42], 송대 요관(姚寬)은 『서계총어(西溪叢語)』에서 "「대황북경」에 …… 강량이 있다. 역시 『외수화』에 있다. 이 책은 이제 찾아볼 수 없다"라고 하며 『외수화』가 별도의 책이라고 본다. 요종이(饒宗頤)는 요관의 관점에 동의하며 "옛사람들이 두려운 동물을 그렸던 것은 바로 이로써 사

---

42 馬昌儀, 「山海經圖:尋找山海經的另一半」, 『文學遺産』 2000年 第6期.

악한 기운을 쫓아내기 위함이었다"고 말한다.[43] 곽박의 『도찬·강량(圖贊·强梁)』은 "날래디 날랜 강량은 호랑이 머리에 네 발굽이 달렸다. 괴이한 현상을 방지하고, 귀신과 도깨비를 막는다. 함사는 분연히 용맹을 떨치고, 위수의 놀라움이라"고 전하는데, 이는 요종이의 견해에 또 하나의 증거를 제공한다. 소위 『위수화』는 『산해경』의 신비한 내용과 겹치는 부분이 있긴 하지만, 전부를 다 포괄하는 것은 아니라서 『산해경도』 그 자체는 아니며, 『산해경』이 이 그림을 바탕으로 만들어진 것은 더욱 아닐 것이다.

필원은 「해외경」과 『회남자·지형훈』의 36개국에 대한 묘사는 그림에 대한 설명이라고 보았다. 그의 『산해경신교정』의 「해외서경」 첫 마디 아래에는 다음과 같은 주석이 있다. "『회남자·지형훈』에서 '서북에서 서남까지'라고 하였는데, 수고민(修股民)과 숙신민(肅愼民)에서부터 시작한다. 이 글과 정확히 반대된다. 이 경전이 그림에 대한 설명이라는 것을 알 수 있다. 혹은 오른쪽에서 진행하는데, 즉 서남에서 서북으로 삼신국(三身國)에서부터 시작한다. 혹은 왼쪽에서부터 시작하는데, 서북에서 서남으로 진행하여 수고민에서부터 시작한다. 이는 한나라 때 『산해경도』가 있었던 것과 같다. 각자 본 그림이 달랐기 때문에 글 또한 다른 것이다." 필원이 가리킨 그림은 한대에 아직 유통되던 해외 민족 그림이다. 다시 말해 「해외서경」이 옛 그림을 풀이한 저작이고, 오른쪽으로 도는 순서에 따랐다. 『회남자』의 저자 역시 옛 그림을 보았고, 곧 「지형훈」을 써서 이를 풀이하였는데, 왼쪽으로 도는 순서를 채택했다는 것이다. 그러나 이 같은 학설에는 증거가 부족하다. 「해외경」의 다른 세 편은 모두 왼쪽으로 도는 순서이다. 만약 그림을 읽어나간 흔적이라면, 어째서 하나의 방향으로 통일하여 서술하지 않았을까? 필자는 『회남자』가 「해외서경」을 인용하면서 그 방향 순서를 흐트려 놓은 것으로 본다.

---

43 饒宗頤, 『澄心論萃』, 上海文藝出版社, 1996, pp. 265-266.

2001년 베이징 사범대학 리우종디의 박사학위논문 『해외경 및 대황경과 상고시대 역법 월령 제도의 관계(論海外經與大荒經與上古曆法月令制度的關係)』에 따르면 「해외경」과 「대황경」은 상고시대 역법 율령도인데, 이는 검토할 만한 학설이다. 『산해경』의 여러 장절(즉 「해경」 그 뒤의 여러 편)에서 서술하는 옛 그림에 관해서는 좀 더 깊은 연구가 필요하다.

2) 『산해경』 부록 그림 연구

후대의 『산해경도』는 모두 책이 만들어진 후에 덧붙여진 것이었다. 「남산경」 초요산에는 "동물이 살고 있는데, 그 모습은 긴꼬리원숭이(禺)와 같고 하얀 귀를 지녔다. …… 그 이름은 성성이다"라는 구절이 있다. 곽박은 이에 대해 "긴꼬리원숭이는 원숭이(獼猴) 같은데 크다. 빨간 눈에 긴 꼬리를 가졌다. …… 어떤 이들은 이 동물을 알지 못해 우(禺)를 소(牛)라고 부르기도 한다. 그림 역시 소의 모습이나 원숭이의 모습을 그리기도 한다. 모두 오늘날 잃어버렸다"고 주를 달았다. 많은 학자가 이 문장을 근거로 곽박 이전에 『산해경도』가 있었다고 판단하지만, 틀렸다. 지금 판본의 『산해경』에는 '우(禺)'라는 동물이 없다. 소위 우(禺), 소(牛), 원숭이와 닮았다는 그림은 모두 『산해경도』가 아니고, 우(禺)를 묘사한 다른 저작의 그림이다.

곽박이 쓴 『도찬』은 모두 303편인데, 한 대상에 대해 여러 편 쓰기도 하고, 한 편에 여러 대상을 묘사하기도 해서 시에서 읊은 대상은 약 400종에 달한다. 이 도찬에서 읊은 것이야 말로 당시 존재하던 『산해경도』일 것이다. 『도찬』의 내용으로 봤을 때, 이 그림은 여러 신비한 사물과 생물을 각각 그렸던 것으로 보이는데, 이는 『산해경』이 상고시대에 지녔던 정치, 경제적 기능과 부합하지 않는다. 그렇기에 이 그림들은 상고시대 때부터 전해오던 것이 아니다. 게다가 상고시대부터 있었던 것이라면, 유흠 역시 이들을 언급했어야 맞다. 이 도찬의 내용들을 전체적으로 살펴본 결과, 이들은 매우 체계적이고, 책 전체의 각 권의 내용을 두루 포괄했다. 남송의『중흥서목』에 수록된 궁중 도서 판본과 고궁에 소장된 원대 조선 필사본에서 "권마다 찬이 있다"고 언급한 것과 부합한다. 그런데 책 전체는 곽박이 완성한 최종 편집본이었기에,『도찬』에서 읊은『산해경도』는 곽박이『산해경』을 새롭게 편집한 이후에 탄생한 작품이다. 그렇기에 곽박 혹은 다른 저자가『이수도(異獸圖)』의 영향 아래 창작한 것일테고[44], 그가『이아』주해를 끝낸 후에『이아도보(爾雅圖譜)』를 만든 것과 같은 이치다.

신비한 동물들로 가득한『산해경도』화첩의 탄생은 위진시대 사람들이『산해경』의 초자연적인 내용에 열광했던 것을 다시 한번 증명한다.『산해경』의 글만으로는 당시 사람들의 열띤 수요를 맞출 수 없었기에, 더욱 직관적인 그림으로 그 독서 효과를 강화했다. 그림은 책이 더욱 널리 보급되는 데 일조했다.『산해경』수용의 역사에서 봤을 때『산해경도』의 출현은 사람들이 이미 보편적으로『산해경』을 받아들였고, 또 그 신이한 내용을 강조하는 방식으로 수용되었음을 뜻한다.『산해경』은 사회에 받아들여질수록 그 신이한 성질을 강조하는 방향으로 기울었고, 그에 따라 자연과 인문지리지로서의 성격은 점차 옅어졌다. 그렇기에 곽박의『산해경』연구는 그 신비한 내용과 현실 간의 간극에 더욱 주목하지 않을 수 없었다.

---

44 왕쿤은 「산해경에는 '옛 그림'이 없다」에서 곽박이『산해경』에 그림을 처음으로 그렸다고 보았으나, 그 증거가 부족한 것이 아쉽다.『徐州師範大學學報』2002年 第3期, 2002, p.84 참조.

3) 곽박의『산해경주』,『도찬』과『산해경도』합본

당시 곽박의『산해경주』,『도찬』과『산해경도』는 하나로 합쳐 유통되고 있었다. 도연명이 이 세 가지가 합쳐진 판본을 읽고 매우 좋아했다고 전해진다. "주나라 임금의 이야기를 두루 읽어보며, 산해경의 그림을 쭉 훑어본다. 아래위로 주억이는 사이 우주를 다 보니, 즐거워하지 않고 또 어떻게 하겠는가?"라는 그의『독산해경·십삼수』에서 그가『산해경도』를 읽은 것을 알 수 있다. 도연명의 시를 더욱 자세히 분석해 보면 일부 내용이『산해경』에는 없고, 곽박의 도찬에서 유래했다는 것을 알 수 있다. 가령『독산해경·제4수』에는 "단목(丹木)은 어디에서 자라나? 밀산(密山 혹은 崒山) 남쪽에 있다네. 노란 꽃에 붉은 열매 맺으며, 그것을 먹으면 장수를 한다네"라는 구절이 있는데,『산해경』에서 단목은 총 4번 언급되는데 모두「서산경」에서이다. 그중 세 번째 구절이 밀산인데, 원문은 다음과 같다. "밀산 그 위에는 단목이 많은데, 둥근 잎사귀에 줄기가 붉다. 노란 꽃에 붉은 열매가 난다. 그 맛은 마치 엿과 같고, 먹으면 배가 고프지 않다." 또 "옥고가 여기서 흘러 나와 단목을 적신다. 단목은 5년이 되면 다섯 색깔의 꿀을 내고, 다섯 가지 맛을 내는 향을 내뿜는다. 이를 먹으면 황달이 낫고, 화재를 막을 수 있다." 네 번째 구절은 엄자산(崦嵫山)인데, 원문은 다음과 같다. "그 위에는 단목이 많은데, 잎사귀는 닥나무 같고, 그 과일은 오이만큼이나 크고, 붉은 꽃받침에 검은 무늬가 있다." 원문에서는 단목에 장수하게 해주는 기능이 없고, 곽박 역시 이 같은 주석을 달지 않았다. 도연명 시에서 말한 '먹으면 장수한다'는 것은 곽박의「단목옥고도찬」에 나온다.『찬』에서 "단목은 빨갛게 빛나고, 옥고는 용솟음친다.[45] 황

45 원문은 "丹木煒燁, 沸葉(沸)玉膏"이다. 선스롱(沈土龍)과 후전헝(胡震亨) 교감본『산해경도찬』은 '비엽(沸葉)'을 '비비(沸沸)'로 표기했는데, 이것이 맞다.

제 헌원이 옷을 만들어 입고 곧 용호에 올랐다. 표연히 떠올라 멀어지니, 아래 있던 사람들은 울부짖었다"고 하였다.[46] 곽박은 황제가 신선이 되어 하늘로 오른 덕을 단목과 옥고에게로 돌렸다. 도연명은 곽박의『찬』에 근거하여『산해경』의 단목에 장수를 돕는 기능이 있다고 여긴 것이다. 이는 도연명이 분명 곽박의『도찬』을 읽었음을 증명해준다.

도연명은 곽박의『산해경주』또한 읽었다. 예컨대 도연명은『독산해경·십삼수』의 제8수에서 "적천은 내게 마실 물을 주고, 원구산은 나의 식량을 넉넉하게 한다네. 달과 해와 별과 함께 노니는데, 오랜 삶에 어찌 갑자기 끝이 있겠는가"고 읊는다. 「해외남경」에는 "불사민 …… 그 사람들은 피부가 까맣고, 장수하여 죽지 않는다"고 되어 있는데, 원문에는 적천과 원구가 없다. 곽박이 주를 달아 "원구산이 있다. 그 위에는 불사수가 있어 먹으면 장수한다. 또한 적천이 있어, 이를 마시면 늙지 않는다"고 하였다. 곽박은 장화『박물지』제1권 「물산」의 "원구산 위에는 불사수가 있다. 이를 먹으면 장수한다. 적천이 있어, 이를 마시면 늙지 않는다"는 부분을 인용했다. 이처럼 도연명은 곽박의 주석을 사용하였다. 도연명의 시 제2수에서는 서왕모에 대해 "신령스러운 조화는 무궁한데, 사는 곳은 하나의 산이 아니라네"라고 읊는다.『산해경』에서 서왕모는 「서차삼경(西次三經)」, 「해내북경」과 「대황서경」 등 수 차례 등장하며, 사는 곳은 각각 옥산(玉山), 곤륜허(昆侖虛)와 곤륜의 북쪽이다. 한번도 그가 사는 궁궐 전각은 등장하지 않고, 옥산에서는 오히려 '혈거(穴處)', 즉 산의 동굴에 산다고 나온다. 곽박의 「서왕모도찬(西王母圖贊)」은 그가 어디 사는지 말하지 않지만, 「대황서경」의 서왕모에 주석을 달 때 그 거주 공간에 관해 총정리한다. "서왕모는 곤륜의 궁궐에서 살지만, 또 자기의 이궁과 별도의 동굴

---

46 張宗祥,『足本山海經圖贊』, 古典文學出版社, 1958, p.56.

이 있다. 하나의 산에서만 사는 것이 아니다."[47] 도연명의 시가 곽박의 주와 비슷한 것을 보아 도연명이 곽박의 주석을 읽고 평한 것을 알 수 있다. 이 두 가지 증거는 도연명이 읽은 『산해경』이 곽박 주해본이었음을 나타낸다. 이상의 고증을 통해 도연명이 읽은 『산해경』은 곽박의 『산해경주』, 『도찬』과 『산해경도』 세 가지가 합쳐진 판본이었음을 알 수 있다.[48]

이로써 곽박이 『산해경』을 정리하고, 해석하고, 그림을 추가하고, 찬을 쓴 전체 상황을 파악할 수 있었다. 『산해경』의 유통에 곽박이 세운 공은 헤아릴 수가 없다. 필원은 곽박이 지리에 관해서는 적게 언급하고, 기이한 내용에 대해서는 많이 이야기했다는 점 때문에 곽도원의 공로보다 적다고 비평했지만, 이는 편견에 따른 것일 뿐이다.

이 『산해경도』는 북방 지역까지 흘러 들어가 『초학기·마부(初學記·馬部)』에는 동진 장준(張駿)의 『산해경도찬』을 인용했다는 구절이 있다. 장준과 곽박은 동시대 사람으로 곽박의 그림을 바탕으로 만든 책으로 보인다. 오늘날 장준의 『찬』은 거의 다 소실되었고, 남은 몇몇 편은 곽박의 『찬』과 종종 혼동되기도 한다.[49]

---

47 郭璞, 『山海經傳』, 尤袤刻本, 中華書局, 1984년 影印本.

48 송대 요관의 『서계총어』 하권에서 "도잠이 『독산해경·십삼수』에서 다룬 이야기는 지금 판본과 많이 다르다. …… 제1편에서 말한 …… '『산해도』를 훑어보니'라는 구절은 곽박이 주석을 단 『산해경』 18권이다'라고 했다. 요관은 도연명이 곽박의 주석을 읽었다는 점을 정확히 파악했으나, 『산해도』를 『산해경』의 오기로 본 것은 적절하지 않다.

49 張宗祥, 『足本山海經圖贊』, 古典文學出版社, 1958, pp. 55-56.

『산해경』에 관한
곽박의 종합적 이해

한창 활발히 활동하던 나이의 곽박은 훌륭한 문학적 소양과 고전에 관한 지식을 갖추고 있었다. 곽박은 고전에 익숙했을 뿐만 아니라, 새로운 출토 문헌을 활용할 줄도 알았다. 진문제 태강 2년(281)에, 급총(汲冢)에서 대량의 죽간 문서가 출토된다. 곽박은 이 중『죽서기년(竹書紀年)』과 『목천자전』의 곤륜산과 서왕모의 존재를 가지고 사마천의『산해경』에 대한 의심을 반박한다. "만약『죽서』가 천 년의 세월에 묻혀 있지 않고 오늘날 증거로써 사용되지 않았다면,『산해경』의 이야기는 거의 사라졌을 것이다."(『주산해경서』) 그는 또『죽서기년』을 활용하여 원문을 주해했다. 가령「해내남경」의 창오산(蒼梧山)의 "임금 단주(丹朱)가 북쪽에 묻혀있다"는 구절에 대해 곽박은 "지금의 단양에도 단주의 무덤이 있다.『죽서』에서도 '후직(后稷)은 주 임금을 단수(丹水)에 유배 보냈다'고 했는데, 이것과 뜻이 같다"고 말한다. 곽박은 또 동시대인의 저작인 장화의『박물지』등도 활용한다.「해외남경」에는 '염화국(厭火國)'이 있는데,『박물지』에서 "염광(염화가 맞을 것)국 사람은 빛(불)이 그 입에서 나온다. 그 형상은 대개 원숭이 같고 까만색이다"라고 했는데, 곽박이 달은 '염화국'의 주석은 "불을 토할 줄 안다는 말이다. 그림(화(畵)가 아니라, 모두(盡)일 것)은 원숭이 같은데 검은색이다"라며 장화의 말을 인용하였다. 박학다식하고 진중한 태도로 학문에 임했기 때문에 곽박은『산해경』을 주해하며 커다란 성취를 이룰 수 있었다.

1. 판본 교정과 문자 해석

『산해경』은 유흠 등 여러 사람이 정리하고 교정을 봤지만, 여전히 고문의 기이한 글자들이 남아 있었다. 또 여러 사물의 명칭이 시간이 지남에 따라 변했고, 전해지는 과정에서 발생한 여러 오류 때문에 위진시대 사람들이 읽기에는 어려움이 있었다. 그렇기에 곽박은 판본 교정과 문자를 다듬는 데에서『산해경』주해 작업을 시작해야 했다.

곽박은 여러『산해경』판본을 참고하여 주석에서 '한 저작에서는', '어떤 저작에서는' 등의 말로 주석을 달았고, 유흠이 본문에 바로 주석을 표시했던 것과는 다르다. 예컨대「남산경」의 당정산(堂庭山) 부분에서, 당(堂)자 아래 곽박은 "한 저작에서는 상(常)으로 썼다"고 주석을 달았다. 같은 곳에서도 "적유(赤鱬) …… 옴을 치료할 수 있다"에서 옴을 뜻하는 적(疥)자 밑에 곽박은 "한 저작에서는 질(疾)로 썼다"고 주석을 달았다.「서산경」의 '색수(薔水)'의 색(薔)에 대해 곽박은 "색으로 발음한다. 어떤 저작에서는 괴(蕡)로 쓰고, 또 어떤 저작에서는 부(蔷)라고 쓴다"고 주해한다. 여기서 곽박은 최소 세 가지 판본을 사용했다.「해내북경」의 "요임금의 누대는 …… 곤륜의 동북쪽에 있다"는 부분에서 곽박은 "한 판본에서는 '죽임을 당한 상류(相柳)는 땅을 비리게 만들어 오곡을 심을 수 없게 하여, 이로써 뭇 임금의 누대를 만들었다'고 하였다"고 주를 달았다.「대황동경」의 '정인(靖人)'에 대해 곽박은 "어떤 저작에서는 정(竫)이라고 하는데, 음이 같다"고 했다. 「대황남경」의 '우괵(禹虢)'에 대해 곽박은 "괵, 한 판본에서는 호(號)로 쓴다"고 주석을 달았다. 이와 같은 교감은 아주 많기에 여기서 더는 예를 들지 않겠다.

교감을 한 후에 곽박은 글자의 뜻과 음에 대해 비교적 전면적인 주석을 시도했다. 『산해경』에는 옛 글자가 많아서 정통적인 자서(字書)에 수록되지 않은 경우가 있었고, 보통 사람들은 아예 이해할 수 없었다. 가령 「남산경」에 등장하는 꼬리가 아홉, 귀가 네 개인 괴물 '박이(鱄訑)'에 대해 곽박은 "박이(博施) 두 음이다. 이(訑)는 어떤 저작에서 타(陀)로 쓰기도 한다"고 적었다. 필원의 고증에 따르면 『설문』에는 이 글자가 없고, 『옥편(玉篇)』에는 박타(鱄鉈)가 있는데, "즉 곽박의 판본에서는 이(訑)이며, 어떤 저작에서는 타(陀)인데, 모두 옛 글자이다"라고 밝혔다. 또 「남산경」이 괴수 '활이(猾褢)'에 대해 곽박은 "활회(滑懷) 두 음이다"라고 주를 달았다. 『산해경』에는 또 속자가 많은데, 가령 「남산경」의 기이한 새 동거(𪇱渠)에 대해 곽박은 "동(𪇱)의 음은 동궁(彤弓)의 동과 같다"고 주해했다. 필원의 고증에 따르면 『이아』, 『설문』에서 모두 옹거(䲰渠)로 되어 있어 그는 "동(𪇱)은 옛 글자가 아니라 옹(䲰)일 것"이라고 판단한다. 아마도 이는 속자인 것으로 보인다. 『산해경』에서는 이 새가 박(癙)을 고친다고 되어 있는데, 곽박의 주석에 따르면 "피부가 트고 일어나는 것을 말한다. 음은 파(叵)와 박(駁)의 반절이다." 이처럼 곽박의 주석 없이는 『산해경』을 제대로 읽을 수 없다. 지극히 평범한 글자도 간혹 쉽게 왜곡하기도 한다. 『산해경』에는 금이 나는 산이 약 140군데 있다. 이토 세이지는 대다수가 구리일 것으로 보았는데, 사실 곽박의 주석에는 더 정확한 설명이 있다. 「남산경」의 "유양산의 남쪽에 적금이 많다"는 구절에 대해 곽박은 "구리이다"라고 주해했다. 이 산의 "북쪽에는 백금이 많다"는 구절에 대해서는 "은이다. 『이아』에 나온다"고 했다.

『산해경』에는 일상생활의 습관, 민간요법과 위생관리법, 미신이나 무속 등 민속에 관한 내용도 대거 등장한다. 오랫동안 점사 활동에 종사한 곽박은 이 분야에도 상당히 해박했다. 가령 「중산경」의 황극(黃棘) 열매를 "먹으면 (아이를) 낳지 않는다(服之不字)"는 부분에서 곽박은 "자(字)는 낳는 다는 것이다.『역』에서 '여자는 수절하여, 임신하지 않았다(女子貞, 不字)'고 하였다"고 주를 달았다. 당시 사람들이 이를 아이를 갖지 않게 할 수 있는 약초로 보았음을 알 수 있다. 「서산경」의 관수(灌水)는 "그 속에 흘러다니는 붉은 흙이 있는데, 이를 소나 말에 바르면 병을 앓지 않는다"고 한다. 곽박은 "오늘날 사람 또한 이 붉은 흙을 소의 뿔에 발라 악한 기운을 피하려고 한다"고 전한다. 「남산경」의 구미호는 "이를 먹는 사람은 요사스러운 기운에 빠지지 않는다"고 하는데, 곽박은 "이 고기를 먹으면 요사스러운 기운을 만나지 않게 된다"고 주석을 달았다.

곽박은『산해경』의 지리 부분에 대해서도 고증한 바 있다. 「북차삼경(北次三經)」에는 염판택(鹽販澤)이 있는데, 곽박은 이에 대해 "즉 염지(鹽池)이다. 지금의 하동 의씨현(猗氏縣)이다. 어떤 판본에는 판(販)자가 없다"고 했다. 염지는 옛날에 해지(解池)라고 했는데, 지금 산서 운성(運城)에 있다. 이곳이 치우가 살해된 곳으로 그 물이 붉다는 신화가 전해진다. 실상 물에 호염성 세균이 살기 때문에 붉은색을 띠는 것이다. 곽박의 주석에 대해 역도원의『수경주』, 학의행의『산해경전소』, 웬커의『산해경교주』모두 찬성한다. 「중차육경(中次六經)」의 과보산(夸父山) 북쪽에는 복숭아 숲이 있는데, 곽박은 "복숭아 숲은 바로 지금의 홍농호현(弘農湖縣) 괄(아마도 문(閿)일 것이다)향(闕鄕) 남곡(南谷)이다"라고 주를 달았다.[50] 이 주석은 후대 주석가들의 인정을 받았다. 곤륜산은 신화에 나오는 산인데, 중국의 여러 문헌에 등장하지만, 그 지리적 위치는 모두 달랐다.『산해경』에서 곤륜 두 글자는 21군데서 나오며 각각 「서산경」, 「해내서경」, 「해내동경」, 「대황서

---

50 郭璞,『山海經傳』, 尤袤刻本, 中華書局, 1984年 影印本.

경」 등이다. 이 산은 중국 신화의 제1산이라 할 수 있지만, 『산해경』에서 동시다발적으로 나오다 보니 큰 혼란이 빚어졌다. 곽박은 『산해경』의 저자는 이들 곤륜산이 하나의 산이 아님을 이미 알고 있었을 것이라 보았다. 「해내서경」에 나오는 '해내의 곤륜허'에 대해 곽박은 "해내라 함은 분명 해외에도 또 곤륜산이 있다는 것이다"라고 주를 달았다. 학의행은 『산해경전소』에서 곽박의 주석에 찬사를 보내며 다음과 같이 말한다.

> 해내 곤륜은 즉 「서차삼경」의 곤륜구이다. 『우공』의 곤륜 역시 이를 가리키는 것일 터이다. 「해내동경」에서 "곤륜산은 서호(西胡)의 서쪽에 있다"고 하였는데, 무릇 다른 곤륜산일 것이다. 또 『수경·하수』에서 이 글의 곽박 주석을 인용하여 "이는 각기 다른 작은 곤륜이 있는 것이다"라고 하였다. 오늘날 판본에는 이 문장이 빠진 것 같다. 또 중원 밖의 산도 곤륜으로 이름 지은 것이 많다. 그렇기에 『수경』과 『우본기』모두 곤륜이 숭고(嵩高)까지 5만이라고 하였다. 『수경주』에서는 또 진나라에서 곤륜까지 7만이라고 하였다. 또 『십주기』의 "곤륜산은 서해 술지(戌地)와 북해의 해지(亥地)에 있고, 뭍까지는 13만리를 간다"를 인용하였다. 각기 다른 산을 가리키는 것 같다. 그런즉 곽박이 해외에 또 다른 곤륜이 있다고 한 것은 어찌 믿지 않을 수 있겠는가![51]

곤륜산은 신화적 신성한 산이었기 때문에 여러 지역의 사람들이 자기 지역에 있다고 억지로 끌어오거나, 또는 후대 학자들이 이민족의 신성한

---

51 海內昆侖, 即西次三經昆侖之丘也. 禹貢昆侖亦當指此. 海內東經云, 昆侖山在西胡西. 蓋別一昆侖也. 又水經·河水注引此經郭璞注云, 此自有別小昆侖. 疑今本脫此句. 又荒外之山, 以昆侖名者蓋多焉. 故水經, 禹本紀並言昆侖去嵩高五萬里. 水經注又言晉去昆侖七萬里. 又引十洲記, 昆倉山在西海之成地, 北海之亥地, 去岸十三萬里. 似皆別指一山. 然則郭云海外復有昆侖, 豈不信哉.

산을 곤륜으로 여기는 것 또한 자연스러운 현상이었다.[52] 오늘날 모든 곤륜산을 한 데 섞어 이야기한다면, 거대한 지리학적 곤경에 빠지게 될 것이다. 곽박의 주석과 학의행의 전소는 오늘날 곤륜산의 위치와 성질을 이해하는 데 크나큰 도움이 된다. 또 가령 『산해경』에는 곤이 변한 장소가 우연(羽淵)과 선저(敒渚) 두 가지 버전이 있다. 후자는 「중차삼경」에 나오는데, 곽박이 주를 달기를 "곤은 우연에서 누런 곰으로 변했다. 오늘날 여기서 다시 한번 말한다. 그런즉 이미 한 번 변화하는 괴이한 성질을 지닌 자는 어디를 가든지 변화할 수 있다"고 하였다.[53] 곽박은 곤이 이미 변화했기 때문에 마음대로 변할 수 있다고 보았고, 이로써 신화적인 내용을 해석하고자 했던 것은 그에게 신화적 사유가 있었기 때문이다. 이 같은 설명은 단순히 지리학으로 신화를 해석하려 할 때 겪는 곤경을 피할 수 있게 해주기도 했다. 물론 이는 신화학 이론에 부합하는 것은 아니었지만, 그에게 과도한 요구를 해서는 안 될 것이다.

곽박은 매우 진지하고 엄정한 태도로 주해에 임했다. 아는 것은 아는 것으로, 모르는 것은 모르는 대로 솔직하게 밝혔다. 책 전체에서 "무슨 존재인지 모른다", "정확하지 않다"고 밝히는 곳이 다수 눈에 띈다. 가령 「서산경」에는 사람을 먹는 기이한 새 라라(羅羅)가 있는데, 곽박은 "라라새가 무엇인지 잘 모르겠다"고 주석을 달았다. 같은 곳에 "조위산(鳥危山) …… 여기에는 여상(女床)이 많다"고 하는데, 곽박은 "자세치 않다"고 주를 달았다. 해결되지 못한 미스테리가 이렇게 많다는 것은 아쉬운 일이기는 하다. 그러나 해결하지 못한 부분을 이렇게 표시함으로써 오히려 주석을 한

---

52 『수경주』는 『서역기』를 인용하여 "아누달태산(阿耨達太山)이 있다, 그 위에는 대연수 (大淵水)가 있는데, 궁궐과 누각이 매우 거대했다. 산은 곧 곤륜산이다"고 한다. 석씨는 아누달태산을 끌어다가 곤륜산이라고 했던 것이다. 이 같은 예는 강남(康南)의 『부남전(扶南傳)』도 있으나, 생략한다.

53 郭璞, 『山海經傳』, 尤袤刻本, 中華書局, 1984년 影印本.

부분은 믿을 만하다는 점이 더욱 부각될 수 있었다. 적어도 그는 자신이 보기에 합리적인 해석만을 써둔 것이었고 '으레 그렇겠지'하는 추측은 결코 아니었다.

지리지의 체제 특성상『산해경』의 서술이 너무 단출하여, 곽박은 일부 사물의 배경지식을 깊이 소개해야만 했다.「해외서경」의 장부국(丈夫國)은 유조(維鳥)의 북에 있으며, 이 사람들은 의관을 갖추고 검을 찼다고 하는데, 곽박은 다음과 같이 주석을 달았다. "은나라 황제 태무(太戊)가 왕맹(王孟)을 보내 약초를 캐오게 하였는데, 서왕모를 따라 여기까지 왔다. 식량이 떨어지자, 돌아갈 수 없었다. 나무 열매를 먹고 나무껍질로 옷을 만들어 입었고, 한평생 아내가 없었다. 그러나 두 아들을 낳았는데, 그의 형체에서 나왔으며, 그 아비는 곧 죽었다. 이것이 바로 장부국이다." 그는 신화 전설을 통해 장부국의 유래를 설명하고자 했고, 우리에게 장부국이라는 민족 기원 신화를 남겨주었다.『태평어람(太平御覽)』제36권 인용된 「현중기」와 제790권에 인용된『괄지지(括地志)』모두 이 해석을 받아들였다.[54] 이를 읽은 독자는 바로 어째서 오로지 남성들로만 이루어진 머나먼 세계의 사람들이 중국과 비슷하게 '의관을 정제하고 칼을 찬'지 이해할 수 있었을 것이다. 이처럼 양자 간에는 모종의 혈연관계가 있었기 때문이다.

물론 곽박이 원문 범위를 넘어 해석하는 것을 반대하는 학자도 있었다. 가령 진봉형의『산해경회설』제3권「장부국」에서는 "'의관을 정제하고 칼을 찼다'는 묘사만으로 이미 장부국의 형태를 다 설명하였는데, 구태여 덧붙일 필요가 있겠는가"라고 하였고, 또 "곽박이 첨가한 것은 또 다른 문제를 낳았는데, 곧 기이함을 만들어냈다"고도 하였다. 진봉형은 곽박이 괴이한 것을 이야기하려고 일부러 그 뜻을 확대했다고 비판한다. 사실 진

---

54 袁珂,『山海經校註』, 巴蜀書社, 1993, p.262.

봉형의 해석은 실제 원문과는 다르다. 그는 원문에는 초자연적인 내용은 없으며, 모두 진실만을 담았다고 생각했다. 장부국에 관한 『산해경』 원문에 초자연적인 묘사가 없는 것은 맞지만, 『산해경』은 지리지일 뿐 서사를 전개하기 위한 책이 아니기에, 일부 세세한 묘사를 생략한 것은 자연스럽다. 그러나 원문의 '장부국' 세 글자는 이미 이곳이 단일한 성별로 이루어진 '국가'이며, '여인국'과 호응함을 보여준다. 그렇기에 원문 내용이 전혀 기이하지 않다고 말하긴 어렵고, 어느 정도 상세한 정보를 생략한 것으로 볼 수 있다. 진봉형이 자기 견해를 앞세워 해당 원문을 순수한 사실로 간주하고, 곽박의 확장한 해석을 반대하는 처사는 옳지 않다.

「해외북경」에는 10개의 태양이 양곡에서 목욕하고, 부상 나무에서 쉰다는 신화가 나온다. 곽박은 여러 문헌을 인용하여 해당 부분을 설명하며, 『초사』, 『장자』, 『회남자』, 『귀장』 등 책에 등장하는 예가 해를 쏜 이야기를 가지고 보충 설명한다. "여기서 '아홉 태양은 윗 가지에서 기거하고, 한 태양은 아래 가지에서 산다'고 하였고, 「대황경」에서 또 '해 하나가 막 도착하면, 해 하나가 막 떠난다'고 한다. 이는 분명 천지에 10개의 태양이 있지만, 순서대로 하나씩 운행한다는 것을 말한다. 그러나 오늘날 다 같이 나타나 천하에 재앙을 일으켰다. 고로 예는 요임금의 명을 받아 그 영험함과 정성을 다해 하늘을 향해 활을 쏘았고, 아홉 개의 태양은 숨고 물러났다." 지금 판본의 『산해경』에는 예가 해를 쏜 이야기는 없지만, 당대 성현영(成玄英)의 『장자주(莊子注)』에서 인용한 『산해경』에는 있다. 곽박 또한 지금의 『산해경』보다 더 완전한 판본의 고본을 읽었을 것이다. 실상 그는 모든 문서를 동원하여 신화에서 10개 태양의 정상적인 질서, 그리고 균형 상태가 깨진 이후 일어난 해 쏘기 결말 간의 관계를 서술했다. 그 앞뒤 맥락은 합리적이며, 그가 『산해경』과 다른 고전을 능숙하게 파악하지 못했다면, 이 같은 수준에 절대 이를 수 없었을 것이다. 곽박의 주석은 후대의 『산해경』 연구에 초석을 다져주었고, 여기서부터 연구를 시작하지 않는 학자가 없었다.

2. 『산해경』의 진실성에 대한 확고한 확신과 그 의미에 대한 해석

곽박은 옛 설에 따라 여전히 우임금이 그 저자라고 생각했다. 그는 『산해경』이 3천 년 전에 이미 '7대를 거친' '성황(聖皇)'의 작품이라 여겼고[55], 그 내용은 '하후(夏后)의 흔적'이라고 보았다.[56] 여기서 말하는 '성황'과 '하후'는 모두 우임금을 뜻한다.

원고시대에 『산해경』의 사실적인 내용과 환상적인 내용은 뒤섞여 하나를 이루었다. 당시 사람들은 지식의 한계로 사실과 환상의 모순을 도드라지게 받아들이지 않았다. 지식 형태가 변화함에 따라 한대 학자들은 점차 그 모순을 인식하기 시작했다. 사마천은 그 환상적인 부분을 강조했고, 유흠은 그 사실적인 부분에 강점을 두었다. 사실 어느 한쪽만을 긍정하고 나머지는 부인하는 방식으로는 인식의 편차를 불러올 뿐이다. 그러나 학술이란 순수한 인지 활동이 아니다. 사회의 일부로서 학자는 시대적 환경에서 벗어날 수 없고, 그 연구 결과 또한 시대적 색채를 띠지 않을 수 없으며, 그 시대의 사상의 대표로서 존재할 수밖에 없다. 곽박은 유학이 스러져 갔지만 죽지 않았고, 현학이 막 태어났지만 끝나지 않은 위진시대에 살았다. 그의 『산해경』 연구는 그 시대의 특징을 띠지 않을 수 없었다. 그의 사상에는 유학적 가치관과 천인감응론도 있는 동시에 도가 현학 사상의 특징도 있으며, 도교 신선술도 섞여 있었다. 그 핵심은 『산해경』의 모든 초자연적인 존재와 그 가치를 인정했다는 데에 있었다.

---

55 하나라부터 진나라까지의 7대 왕조를 말한다.
56 郭璞의 『注山海經敘』 참조.

1) 고적을 끌어와 『산해경』의 역사적 진실성을 긍정하다.

『산해경』의 수많은 괴물과 기이한 모습의 민족은 사람들의 의심과 비판을 불러왔다. 곽박의 『주산해경서』에서 "세상 사람들이 『산해경』을 읽을 때, 대부분 그 내용이 허황되고 과장되며, 기괴한 이야기들로 가득 차 있다고 여기며 의심을 품는다"고 한 것처럼 말이다. 『산해경』의 문화적 지위를 확보하기 위해서는 반드시 그 역사적 진실성 문제를 해결해야만 했다.

곽박은 그 당시 새롭게 출토된 문헌 『목천자전』과 『사기』, 『좌전』에 나온 주목왕에 관한 기술을 함께 검토하여 『산해경』에서 말한 서왕모, 명산대천, 진귀한 보물이 『목천자전』의 내용과 상응함을 확인하였고, 모두 진실한 사료임을 증명했다. 초주(譙周)와 사마천 등의 사람들이 제기한 의심에 대해 "이를 통탄하지 않을 수 없다"라며, "만약 『죽서』가 천 년 동안 숨어 있다가 오늘날 발견되지 않았다면, 『산해경』의 말들은 거의 폐기되었을 것이다"라고 비판했다.[57] 또 동방삭이 필방새(畢方鳥)를 알아본 이야기와, 유향이 도계시(盜械尸)를 식별한 이야기 등의 전고를 끌어다가 『산해경』의 가치를 더욱 긍정한다. 이처럼 두 가지 증거를 통해 증명해 나가는 방식은 매우 설득력이 있다. 다만 책에는 여전히 『목천자전』으로 증명할 수 없는 내용이 있었다. 그렇기에 곽박은 주석에서 다른 고전 문헌을 인용하여 신비로운 존재들을 증명해 나갔다. 가령 「대황동경」의 "사유국(司幽國)이 있다. …… 사유는 사사(思士)를 낳았는데, 아내를 얻지 않았다. 사녀(思女)는 남편을 얻지 않았다"는 구절에 관해 곽박은 "그 사람은 느낌만으로 기운이 통하여 짝을 짓지 않고서도 자식을 낳았다. 이는 장자가 말한 흰 고니가 서로 바라보고, 눈동자를 움직이지 않아도 감응하는 종류

---

57 郭璞의 『注山海經敍』 참조.

에 가깝다"라고 주를 달았다.[58] 「해외남경」의 관흉국(貫胸國)에 대해 곽박은 "『시자(尸子)』에서 '사이의 백성 중에는 심장에 구멍이 난 자, 눈이 깊은 자, 종아리가 긴 자가 있었는데 황제의 덕이 이들에게까지 미쳤다'고 하였다. 『이물지(異物志)』에서 '천흉국(穿胸國)은 그 의복을 제거하면 자연스러운 자가 없었다'고 하였다. 아마도 이 관흉국 사람들을 본뜬 것이다"고 하였다.[59]

2) 도가 현학 사상을 바탕으로 기이한 존재의 진실성을 긍정하다.

단순히 예시를 들어 『산해경』이 진실하다고 설명하는 방법은 문제 일부만을 해결할 수 있었다. 허구라는 힐난에서 철저하게 벗어나기 위해서는 『산해경』에 온갖 기이한 존재들이 나타나는 이유를 이론적으로 설명할 수 있어야 했다. 이 같은 상황에서 곽박은 장자의 "사람이 아는 것은 그가 알지 못하는 것에 미치지 못한다"는 지식 유한론을 통해 변호하고자 했다.

> 우주의 광대함과 무수한 생명들의 엉킴, 음양의 상호작용, 만물의 구분된 다양함이 있었다. 정기와 기운이 혼합되어 서로 엉켜 있는 가운데, 영혼과 귀신들이 형상을 만나 구성되고, 그 형상이 산천에 흐르고, 나무와 돌에 나타나니, 이를 어찌 모두 말할 수 있겠는가? 그렇다면 이러한 혼란을 하나의 소리로 모아 내고, 이러한 변화를 하나의 형상으로 나타낸다면, 세상의 이른바 기이한 것들은 그 기이함의 이유를 알지 못하고, 세상의 이른바 기이하지 않은 것들은 그 기이하지 않음의 이유를 알지 못하게 될 것이다. 어째서인가? 사물은 스스

---

58 郭璞, 『山海經傳』, 尤袤刻本, 中華書局, 1984年 影印本.
59 위의 책과 같음.

로 기이하지 않고, 나를 통해서만 기이하게 되는 것이기 때문이다. 그러므로 기이함은 나에게 달린 것이지, 사물이 기이한 것이 아니다. 그렇기에 호인(胡人)은 면포를 보고는 모직인가 의심하고, 월인(越人)은 융단을 보고 털가죽이라고 놀란다. 습관적으로 보아 온 것에 익숙하고 드물게 듣는 것에 놀라는 것은 사람의 마음이 일반적으로 갖는 오류이다.[60]

이 이론에 따르면 인간의 지식은 매우 유한하며, 세계를 전체적으로 인식할 수 없다. 그렇기에 사람들이 이상하다고 보는 사물도 인류 지식의 상대성에 따라 결정된 것이다. 모든 '이상함'은 세상 사람들의 주관적인 지식의 결함으로 귀결되며, 이는 사람들이 경험 지식을 통해 진위 여부를 판별할 권리를 뿌리채 뽑아 버린다.

『산해경』에는 그 자체로 모순적인 내용들이 있다. 예컨대 「대황북경」의 과보는 해를 쫓다가 길에서 목이 말라 죽는데, 그 밑에는 또 응룡(應龍)이 과보를 죽였다고도 한다. 이는 본래 신화가 전해지는 과정에서 자연스레 나타나는 변이이다. 『산해경』에 기록된 여러 신화 판본이 서로 상치되는 것은 정상적인 현상이다. 곽박은 신화의 진실성을 믿었기 때문에 각기 다른 신화 판본의 문제를 현학 이론으로 해석할 수밖에 없었다. "위에서 과보가 자기 힘을 모르고 해와 경주하다 죽었다고 했다. 여기서는 또 응룡에게 죽임을 당했다고 하니, 그 죽음의 원인이 명확하지 않다. 한 가지 일을 만나 이로써 대신하니, 그 변화무쌍함을 명확히 알고자 해도 함부로

---

60 夫以宇宙之寥廓, 群生之紛紜, 陰陽之煦蒸, 萬殊之區分. 精氣渾淆, 自相濆薄. 遊魂靈怪, 觸象而構. 流形於山川, 麗狀於木石者, 惡可勝言乎. 然則總其所以乖, 鼓之於一響. 成其所以變, 混之於一象. 世之所謂異, 未知其所以異. 世之所謂不異, 未知其所以不異. 何者. 物不自異, 待我而後異, 異果在我, 非物異也. 故胡人見布而疑黂, 越人見罽而駭毳. 夫玩所習見而奇所希聞, 此人情之常蔽也. 郭璞, 『注山海經敍』 참조.

추측할 수가 없다."[61] 또 예컨대 「중차삼경」에 "남쪽으로 바라다 보이는 선저는 우임금의 아버지가 변화했던 곳이다"라고 하는데, 곽박은 이에 대해 "곤은 우연에서 누런 곰으로 변했다. 오늘날 여기서 다시 한번 말한다. 그런즉 이미 한 번 변화하는 괴이한 성질을 지닌 자는 어디를 가든지 변화할 수 있다"라고 풀이한다.[62] 이 두 가지 예시는 곽박이 서로 다른 신화 판본의 문제를 신령의 초자연적인 변화 능력을 통해 해석하려 했던 것을 보여준다. 이는 물론 현대적 훈고학자는 납득할 수 없는 해석이지만, 곽박의 주석에서 나타나는 신화적 사유를 통해 우리는 옛사람들이 신화적 변이를 대하는 태도를 엿볼 수 있다. 곽박의 문화적 정체성과 심성은 우리보다 훨씬 종교와 신화에 가까웠다.

주석이라는 문체의 관례가 지닌 한계 때문에, 곽박은 『산해경주』에서 문자를 통한 설명이나 비슷한 사물을 끌어다 증명하는 방식만을 사용하며, 이론적으로 한 생명체가 존재하는 이유를 서술하지는 않는다. 그러나 『도찬』에서 곽박은 여러 기이한 존재에 대해 종종 비교적 심도있고 체계적인 해석을 시도했다. 그는 타고난 품기가 다르다는 것을 강조함으로써 괴물과 기인에 대해 설명했다. 「해외남경」에는 주요국, 혹은 '초요(焦僥)'가 있는데, 이 사람들은 키가 작아 3척밖에 안 되는 전형적인 소인국이고, 「해외동경」에는 대인국이 있다. 곽박은 「초요도찬(焦僥圖贊)」에서 "세상의 모든 소리가 뒤섞여 울리고, 기운에는 만 가지 다름이 있다. 대인의 키는 삼장에 이르고, 초요의 키는 1척 여 남짓하구나. 혼란스러움에서 하나로 모이니, 이 역시 우연히 그리 된 것이다"라고 했다.[63] 두 부류의 사람이 타고난 자연스러운 기질이 다르기에 차이가 큰 것이고, 자연적인 도에서 보

---

61 郭璞, 『山海經傳』, 尤袤刻本, 中華書局, 1984年 影印本.

62 위의 책과 같음.

63 張宗祥, 『足本山海經圖贊』, 古典文學出版社, 1958, p.31.

자면 이들은 같다는 것이다. 「중산경」은 청경조(靑耕鳥)가 "온역(瘟疫)을 막을 수 있고, 그 이름을 부르며 운다"고 전하며, 기종조(跂踵鳥)는 "생김새가 올빼미 같고 외다리에 돼지 꼬리가 있다. 그 이름은 기종인데, 나타나면 그 나라에 큰 돌림병이 생긴다"고 한다. 이 완전히 상반된 능력을 지닌 두 마리의 기이한 새에 대해 곽박은 「기종도찬(跂踵圖贊)」에서 다음과 같이 읊었다. "청경은 온역을 막고, 기종은 재앙을 내린다. 두 존재가 상반되는 것은 각자의 기운에 따른 것이다."[64] 「남산경」에는 환(䍺)이라는 이름의 기이한 양이 있는데, "그 모습은 양과 같은데 입이 없고 죽일 수 없다." 입이 없어도 살 수 있고 또 죽일 수 없는 괴이한 양은 현실에서는 있을 수 없다. 그러나 곽박은 "타고난 기운이 그러하다"고 했다. 다시 말해 환은 자연의 기운을 타고 살아가며, 보통의 음식에 의지하지 않으니 당연히 죽일 수 없다는 것이다. 『산해경』에는 그 생김새가 특이한 신령스러운 존재들이 많다. 곽박은 이들이 존재하는 원인 역시 자연의 기운으로 설명한다. 「해외삼경」에는 삼신국, 일비국(一臂國)이 있는데, 곽박의 「삼신국·일비국도찬(三身國·一臂國圖贊)」은 다음과 같이 말한다. "만물이 형체를 갖추고 움직이기 시작하며, 이로써 혼돈을 흩어버린다. 더한다 해도 많지 않으며, 줄인다 하여 상하는 것이 아니다. 그 변화는 원래의 모습을 찾기 어려우니, 그 뿌리를 찾고자 함이다."[65] 이처럼 현학적인 풀이를 통해 곽박은 이론적으로 당시 사람들이 『산해경』의 괴력난신에 대해 지닌 의심을 해소하고자 했다.

성황(우임금)이 왜 이처럼 신비한 존재들을 기록했는가 하는 이유에 대해 곽박이 내놓은 답은 이렇다. "성황께서는 조화의 원리를 탐구하여, 온갖 변화를 이룩함에 있어 사물을 본떠 괴이함에 대응하고 비추어 심오한

---

64 嚴可均, 『全上古三代秦漢三國六朝文』 第3冊, 中華書局, 1958, p.2166. 장종상 판본에는 빠진 글자가 있다.

65 張宗祥, 『足本山海經圖贊』, 古典文學出版社, 1958, p.33.

이치에 막힘이 없도록 하고 속 깊은 정리를 자세히 다하셨다." 즉 우임금이 자연의 도를 바탕으로 여러 변화의 원인에 통달했고, 만물의 심오한 이치를 능숙하게 파악했다는 것이다. 곽박은 옛사람들 마음속에 자리잡은 우임금의 박학다식한 이미지와 신성한 지위에 기대어『산해경』을 완전히 긍정했다. 다만 곽박 필치 아래에서의 우임금은 위진시대의 박물지사와 매우 흡사하여,『좌전』에서 왕손만(王孫滿)이 말한 정을 만들어 기이한 존재의 모습을 새긴 목적과는 분명 다르다. 곽박은 시대적 수요에 따라 새로운 우임금을 창조했다.

3) 도교 사상을 통한『산해경』논증

『산해경』에는 무당, 불사약 등 원시 종교와 관련된 내용이 풍부하다. 한대 이후의 도교에서 이 내용을 종종 차용하곤 했다. 종교로서 도교는 초자연 현상을 인정했다. 그렇기에 곽박 역시 도교 신선 사상을 통해『산해경』의 진실성을 논증했다.

「대황서경」에서 "영산(靈山)이 있다. 무함(巫咸), 무즉(巫卽), 무반(巫盼 혹은 肦, 朌), 무팽(巫彭), 무고(巫姑), 무진(巫眞), 무례(巫禮), 무저(巫抵), 무사(巫謝), 무라(巫羅) 열 명의 무당이 여기서 오르내리며, 온갖 약이 이곳에 있다"고 했다.[66] 곽박이 주를 달기를 "무당의 무리가 이 산을 오르내리며 약초를 캔다"고 했다. 그 다음에는 또 "서쪽에 왕모산, 학산(壑山), 해산(海山)이 있다"고 하자, 곽박은 "모두 다 대단히 영험한 산이다"라고 했다. 위의 네 개의 산 모두 곽박은 뛰어난 무당들이 활동하는 장소라고 보았다. 웬커는 '약을 캔다'는 말은 실상 무당의 여가 활동이라고 했다. '오르내리다'를 산을 오르내리는 것으로 보는 것을 틀렸고, 하늘에 올랐다 내려오는

---

66 郭璞,『山海經傳』, 尤袤刻本, 中華書局, 1984年 影印本.

것으로 신의 뜻을 발표하고, 민심을 전달한다는 뜻이라 했다.[67] 곽박은 위진 시대의 풍습에 얽매여 무당 본연의 업무를 홀시하고 약을 캐는 부업을 강조했을지도 모른다. 이로써 당시 사람들을 설득하기 위함이었을 것이다.

「대황서경」에는 수마국(壽麻國)이 있는데, 그 사람들은 "똑바로 서면 그림자가 없고, 크게 외쳐도 메아리가 없다"고 한다. 곽박은 "그 타고난 생김새와 기운이 남들과 다르다는 것을 말한다. 『열선전』에서 '현속(玄俗)은 그림자가 없다'고 했다"고 주를 달았다. 현속은 한대 하간(河間) 사람인데, 유향의 『열선전』에서 그가 대낮에 걸어 다니는데 그림자가 없다고 했다. 이는 이미 도교의 범주에 들어간 것이다.

「서산경」에는 "밀산 …… 단수가 여기서 나와 서쪽으로 흘러 직택(稷澤)으로 들어간다. 그 안에는 백옥이 많으며, 옥고가 산출되는데 그 샘에서 펑펑 솟아 나오며 황제가 이것을 먹고 마셨다"고 전한다. 곽박은 "『하도옥판(河圖玉版)』에서 소실산(少室山) 그 위에 백옥고(白玉膏)가 있는데 한 번 복용하면 즉시 신선이 된다고 하였는데, 역시 이 같은 종류이다"라고 주를 달았다. 곽박은 백옥고를 먹은 덕분에 황제 정호(鼎湖)에서 용을 탈 수 있었던 것으로 여겼다. 이는 『열선전』에서 나온 황제가 세 발 솥을 만든 후 승천한 이야기를 보충하고 발전시킨 것이며, 원시 종교가 훗날 신선술로 발전해 나간 하나의 증거이기도 하다. 하백(河伯) 풍이(馮夷)는 강의 신인데, 「해내북경」에서는 '빙이'로 쓴다. 곽박은 "빙이는 곧 풍이를 말한다. 『회남자』에서 풍이는 도를 깨쳐 대천에 숨어들었다고 했는데, 바로 하백이다"라고 주해했다. 곽박은 『회남자』를 인용하여 풍이가 도를 얻어 신이 되었다고 생각했는데, 이 역시 신선학적인 해석이다.

해외의 여러 나라는 사람들이 의아해하는 핵심 대상 중 하나이다. 「대

---

67 袁珂, 『山海經校註』, 巴蜀書社, 1993, p.454.

황동경」에는 흑치국(黑齒國)이 있는데, "제준이 흑치를 낳았고, 성은 강이며, 기장을 먹으며 네 마리의 새를 부린다"고 한다. 곽박은 "성인의 변화는 끝이 없어, 후세에까지 이어지며, 다른 종류와 생김새의 사람이 많다. 여럿이 말하는 낳는다는 것은 대체로 여러 대를 걸친 먼 후손을 말하는 것으로, 반드시 직접 낳았다는 것은 아닐 수 있다"고 했다.[68] 제준은 본래 상나라 사람들의 상제였는데, 훗날 고대의 제왕, 성인으로 거듭났다. 곽박은 제준의 기이한 변화 능력으로 그 후손이 네 마리의 새를 부릴 수 있는 흑치라는 나라와 민족이 될 수 있었던 까닭을 설명한다. 실질적으로 곽박은 제준을 신선으로 이해했다.

위의 주해를 통해 곽박이 『산해경』에 나타난 원시 종교 활동을 모두 위진 시대의 도교 신선술로 이해했고, 도교의 설을 통해 『산해경』의 진실성을 설명하려 했음을 확인할 수 있었다.

4) 유가 천인감응설을 통한 원문 해석 및 이를 통한 『산해경』의 가치 증명

동중서의 천인감응론은 영향이 매우 컸고 믿는 사람도 많았다. 곽박 역시 여기에 몹시 경도되었다. 『산해경』에는 구미호가 여러 차례 등장하는데 어떤 때는 상서로운 상징이고, 어떤 때는 사람을 잡아먹는 괴수다. 「대황동경」 청구국(靑丘國)의 구미호는 상서나 재앙과 관련되어 나타나지 않지만, 곽박은 한대의 일반적인 관점에 따라 다음과 같이 말한다. "태평성대이면 나타나고 상서로운 징조이다."[69] 이처럼 그는 상서지설을 굳게 믿었던 것으로 보인다. 「해외서경」 숙신국에는 "웅상(雄常)이라는 이름의 나무가 있다. 성인이 대를 이어 즉위하게 되자 이것으로 옷을 만들어 입었

---

68 郭璞, 『山海經傳』, 尤袤刻本, 中華書局, 1984年 影印本.

69 한대 화상석의 수많은 구미호 그림에 대해 웬커는 "분명 상서로움의 상징이다"라고 했다. 『中國神話傳説』, 中國民間文藝出版社, 1984, p.350.

다"고 전한다.[70] 원문의 "先入代帝, 以此取之"는 "先人代帝, 以此取之"이어야 할 것으로 보이는데, 그 뜻은 아마도 숙신국에 있었던 특별한 즉위 의례를 말하는 것으로 보인다. 곽박은 "그 풍속은 의복이 없었는데 중국에서 성군이 대를 이어 즉위하게 되면 이 나무에서 가죽이 나와 옷을 해 입을 수 있었다"고 풀이한다. 그는 천인감응 사상을 통해 숙신국의 나무를 중국 성군에 억지로 이어 붙였다. 「동산경」에는 감서(堪㺸)라는 신기한 물고기가 있다.[71] 곽박은 "자세하지 않다. 음은 서와 같다"라고 주를 달았다. 또 다른 기이한 동물인 령령(軨軨)은 홍수를 예고하는 징조다. 「감서어·령령도찬(堪㺸魚·軨軨圖贊)」은 다음과 같이 읊는다. "감서와 령령은 다른 기운이지만 같은 점괘이다. 이들이 나타나면 홍수가 일어나고, 천하가 어둠에 잠긴다. 어찌 이들이 망령되게 세상에 내려오는가? 역시 첩첩(牒籤)에 응하여 그러한 것이다."[72] 지금 판본의 『산해경』에서 령령은 홍수를 예고하는데, 이는 고대 무속 사상을 드러내는 것으로 하늘의 뜻과는 무관하다. 그렇지만 곽박의 『도찬』이 강조하는 것은 "어찌 이들이 망령되기 세상에 내려오는가? 역시 첩첩에 응하여 그러한 것이다" 부분이다. 첩첩은 한대 사람들이 천인감응론으로서 발전시켜 온 정치적 예언을 말한다. 이 같은 논리에 따라 『산해경』의 괴이한 존재들은 정치의 좋고 나쁨을 판단하는 표식으로 기능했다. 이는 유흠이 『상산해경표』에서 "기이함을 통해 길조와 변괴를 헤아리고, 먼 나라의 다른 사람의 풍속을 알게 되었습니다"라고 말한 뜻과 기본적으로 일치한다.

---

70 郭璞, 『山海經傳』, 尤袤刻本, 中華書局, 1984年 影印本. 이 판본에는 "先入代帝, 以此取之"로 나온다.

71 필원은 자(㺸)로 봤다. 『옥편』에서 확인할 수 있다.

72 嚴可均, 『全上古三代秦漢三國六朝文』 第3冊, 中華書局, 1958, p.2163. 장종상 판본에는 틀린 글자가 있다.

5) 유가 정치 이론을 바탕으로 한 해석

왕필의 현학은 유가의 여러 학파를 반대하는 것이 아니라, 모든 학파가 본래 자연에서 나온 것임으로 자연과 각 학파는 하나라는 점을 주장했다. 예컨대 그의 『노자주』 제38장에서 "자연스러운 친애가 효이고, 사물에까지 애를 넓히는 것인 인이다"라고 하였다. 곽박의 사상 역시 현학과 유학이 교차한 산물이었고, '예양(禮讓)', '효경(孝敬)', '충정(忠貞)', '인정(仁政)' 등 유가의 일부 기본적인 이념을 그의 『산해경』 연구에서도 찾아볼 수 있다.

「해외동경」과 「대황동경」에는 모두 군자국이 나온다. 한 곳에서는 "의관을 갖추고 칼을 찼다. 동물을 먹으며, 두 마리의 호랑이를 옆에서 부린다. 이 사람들은 양보를 좋아하며 다투지 않는다. 훈화초가 있어 아침에 피고 저녁에 진다"고 전하며, 다른 한 곳에서는 "그 사람들은 의관을 갖추고 칼을 찼다"고 한다. 곽박은 후자에 주를 달기를 "또한 호랑이와 표범을 부리며, 겸양하기를 좋아한다"고 하였다. 이는 「해외동경」의 원문을 인용하여 해석한 것이다. 그 「군자국도찬」에서는 "동방의 기운이 어질어, 나라에 군자가 있다. 훈화초를 먹고, 호랑이를 부린다. 바른 것을 좋아하고 양보할 줄 알며, 이치를 따지는 데에 예를 맡긴다"고 하였다.[73] 곽박은 군자국 사람들의 고상한 도덕을 높이 평가했다. 「중산경」 부분의 「내산도찬(崍山圖贊)」에서는 "공래산(邛崍山) 험준하도다, 그 비탈 아홉 굽이에 이르는구나. 왕양(王陽)은 멈칫멈칫 뒤로 물러나고, 왕존(王尊)은 자기의 기개를 보였도다. 은에는 세 명의 어진 이가 있었고, 한나라에는 두 명의 슬기로운 자가 있었구나"라고 노래했다.[74] 이는 곽박이 내산에 있다는 아홉 굽이의

73 張宗祥, 『足本山海經圖贊』, 古典文學出版社, 1958, pp. 37-38.

74 위의 책, p.28.

비탈에서 벌어진 두 가지 이야기를 가지고 시를 쓴 것이다. 왕양은 신체발부, 수지부모라 상해서는 안 되기 때문에 민심을 살피기 위해 떠난 순시에서 아홉 고개를 만나자 위험을 감지하고 뒤로 물러났고, 세상 사람들은 그를 효자라 불렀다. 왕존은 고생과 위험을 두려워하지 않고, 어려움을 알고도 앞으로 나아갔고, 세상 사람들은 그를 충신으로 여겼다. 곽박은 이 두 사람을 '두 명의 슬기로운 사람'으로 칭송했는데, 이는 유가 가치관에 근거한 판단이었다.

곽박은 「해외남경」 적산의 요임금, 제곡, 문왕의 묫자리를 해석할 때 다음과 같이 말했다.

> 오늘날 문왕의 묘는 장안(長安) 호취사(鄗聚社)에 있다. 생각건대, 제왕의 무덤은 모두 정해진 자리가 있다. 그러나 『산해경』에는 종종 중복되어 보이기도 한다. 이는 아마도 성인이 오랫동안 그 자리를 지키면서 덕이 멀리까지 퍼지고 은혜가 새와 짐승에게까지 미쳤기 때문일 것이다. 죽음을 맞이하자, 사해는 마치 아비와 어미를 잃은 것처럼 사모하지 않고 애달파 하지 않는 자가 없었다. 그렇기에 외떨어진 지역과 풍속이 다른 곳의 사람들이 천자가 붕어하였다는 소식을 듣고, 각자 자리를 세워 제사를 지내고 곡을 하였으며, 흙을 쌓아 올려 봉분을 만들었다. 이것이 바로 지금 있는 무덤들이다. 마치 한나라 때 여러 멀리 있는 군국에 모두 천자의 묘가 있었던 것처럼 이 역시 남겨진 현상이다.[75]

이 묫자리들이 멀리 떨어진 중원 밖의 지역에서도 종종 중복되어 나타

---

75 今文王墓在長安鄗聚社中. 案, 帝王冢墓皆有定處, 而山海經往往復見之者, 蓋以聖人久於其位, 仁化廣及, 恩治島獸. 至於殂亡, 四海若現考妣, 無思不哀. 故絕域殊俗之人聞天子崩, 各自立坐而祭醊哭泣, 起土為冢, 是以所有在焉. 亦然 一作猶 漢氏諸遠郡國皆有天子廟, 此其遺象也. 郭璞, 『山海經傳』, 尤袤刻本, 中華書局, 1984年 影印本.

나니, 이것 역시 쉽게 이해하기 어려운 일이었다. 곽박의 주석은 성인의 은덕이 멀리까지 미쳤기 때문이라고 해석하였는데, 이는 경전 원문의 뜻에도 맞고, 문화적으로 세상의 중심을 자기 자신에 두는 전통 사회의 보편적인 관념에도 부합한다.[76] 그것이 사실인지는 실제 현지 조사를 하지 않고서는 명확하게 밝힐 수 없다. 유사한 상황은 또 있다. 가령 「해내북경」에서 "요임금의 누대, 제곡의 누대, 단주의 누대, 순임금의 누대, 각 두 개씩 있다. 누대는 네모지고 곤륜의 동북에 있다"고 전한다. 곽박은 이에 대해 "이는 천자가 순수할 때 지나가자 이적(夷狄)들이 성인의 은덕을 사모하여 번번이 함께 누대를 만들어 이를 바라보았기 때문이다. 이로써 그 남은 흔적을 표시하는 것이다"라고 하였다.[77] 또 「기종국도찬」에서도 "덕에 감화되어 모이고, 이민족이 의로움에 귀순한다"고 하였다.[78] 이 역시 다른 나라와 민족이 화하를 사모한다는 것을 강조하고 있다. 이러한 예시는 매우 많아서, 이만 줄이도록 한다.

6)『산해경』 원문 뜻에 대한 일반적인 해석

『산해경』은 어떤 존재에 대해 서술할 때 종종 아무런 평가도 안 하기도 한다. 가령 형천에 대해 그저 머리가 잘린 후 그가 간척(干戚)을 들고 춤을 추었다고 했을 뿐, 그 목적이 무엇인지는 말하지 않았다. 그러나 곽박은 「형천도찬」에서 "여전히 간척을 휘두르며, 변했을지라도 굴복하지 않았다"고 읊었다. 형천이 간척을 들고 춤을 춘 진짜 이유는 절대로 굴복하지 않겠다는 마음에 있다는 것을 덧붙인 것이다. 후대 사람들은 모두 곽

---

76 웬커는 이를 두고 "정통적인 역사 관념으로 신화를 바라본 억측이다"라고 평가했지만, 지나치게 엄격한 면이 있다. 『山海經校註』, 巴蜀書社, 1993, p.365.

77 郭璞, 『山海經傳』, 尤袤刻本, 中華書局, 1984年 影印本.

78 張宗祥, 『足本山海經圖贊』, 古典文學出版社, 1958, p.36.

박의 견해에 따랐다. 과보에 관한 『산해경』의 묘사는 서로 엇갈린다. 한쪽에서는 그가 태양을 따라잡았다고 하지만, 또 다른 한쪽에서는 그가 자기 '힘을 헤아리지 않았다(「대황북경」)'고 한다. 「해외북경」은 과보가 태양과 경주한 일에 대해 아무런 논평을 하지 않았다. 이에 대한 곽박의 주는 다음과 같다. "과보는 신의 이름일 것이다. 그의 능력은 해의 그림자를 쫓고 황하와 위수(渭水)를 다 마셔버리는 데까지 미쳤다. 어찌 단지 달리기와 마시기만을 말하는 것이겠는가? 달리기와 마시기를 위탁하여 전하고자 하는 바가 있다. 급하지 않았지만 빨리 앞으로 나아갔고, 가지 않았지만 당도하였다. 그는 하나의 신체를 만 가지 모습으로 바꾸어 살고 죽고 또다시 살아갈 수 있다. 등림(鄧林)에 의지하여 그 형체를 둔갑하니, 어찌 그 신이한 변화를 파악할 수 있겠는가!"[79] 또 「과보도찬」에서도 그를 칭송한다. "신령한 과보여, 이치로써는 파악하기 어렵도다. 황하를 마시고 해를 쫓아, 등림에서 형체를 둔갑하였네. 무엇을 만나든 그것으로 변화하니, 응당 상심(常心)이 없을 것이다."[80] 상심이란 보통 사람들의 마음을 말한다. 곽박은 「대황북경」에서 과보가 자기 힘도 헤아리지 못했다고 묘사한 것을 비판하고, 그의 단단한 의지와 뛰어난 신성한 능력을 높이 샀다. 도연명의 『독산해경·십삼수』에서 "과보는 넓은 뜻을 품고서" 운운하는 것 역시 곽박의 영향임을 알 수 있다. 오늘날의 사람들은 곽박의 평가를 더욱 널리 받아들였다.

『산해경』에 대한 곽박의 평가를 종합적으로 고찰한 결과, 그는 『산해경』의 허구적인 내용에 특히 주목했음을 알 수 있었다. 허구적인 내용 전체를 긍정하는 그의 태도는 당시 신선술을 추구하고 기이한 이야기를 좋아하던 사회적 풍조와 관련이 깊다. 그렇기에 그의 논증은 『산해경』에 더

---

79 郭璞, 『山海經傳』, 尤袤刻本, 中華書局, 1984年 影印本.

80 張宗祥, 『足本山海經圖贊』, 古典文學出版社, 1958, p.36.

높은 문화적 지위를 부여하기 위함이기도 했고, 그 당시『산해경』을 좋아하는 사람들에게 이론적 근거를 제공하고 이들을 변호하기 위해서이기도 했다.

곽박의 주해와 연구는『산해경』을 신선과 요괴와 결부 지어 이해하던 당시의 사회적 풍조를 심화하고, 이를 체계적이고 이론적으로 거듭나게 했다. 곽박 그 자신의 위치 덕분에 이 같은 체계적이고 이론화한 이해는 『산해경』의 대중적 수용사는 물론 학술사에서도 큰 영향을 미쳤다. 그에 대한 찬사와 비판 모두 끊이지 않았다. 청나라 사람 주중부의『정당독서기·산해경』은 다음과 같이 말한다. "이 경전은 앞서 자준(유흠)이 표장하였고, 후에 경순(곽박)이 주해한 이후로 세상에 크게 떨치기 시작했고, 그 공과 한계가 모두 있다."[81] 필원은『산해경』이 "진대에 밝아졌다. 이를 아는 자는 위나라의 역도원이다"라고 하였다. 여기서 말한 '진대에 밝아졌다'는 것은『산해경』이 곽박의 주해를 통해 진나라 사람들에게 완전히 이해되고 받아들여진 것을 뜻한다. 그러나 그는 곽박이 과도하게『산해경』의 신이한 내용을 강조하는 바람에 진나라 사람들이『산해경』을 오해하게 만들었고, 진정으로『산해경』을 이해한 사람은 역도원뿐이라고 비판했다. 진봉형의『산해경회설』의 도광(道光) 20년 서문에서는『산해경』이 사회 주류로부터 외면받게 된 책임을 곽박에게 물었다. "책(『산해경』)이 방치되어 이야기되지 않은 하나의 원인은 곽씨 경순의 주석 때문이다. 신기하고 예측하기 어려운 이야기에 힘썼을 뿐만 아니라, 원문에는 없는 망령된 것들을 추가하였다. 또 다른 잘못은 후대의 독자들이다. 깊이 이해하려 하지 않고, 잘못된 것으로 잘못된 것을 전했다. 그리하여 이 책은 점차 폐기되었던 것이다."[82]

---

81 侯忠義,『中國文言小說參考資料』, 北京大學出版社, 1985, p.57에서 재인용.

82 陳逢衡,『山海經匯說』, 道光二十五年(1845)刻本.

『산해경』의 문자를 해독하고 그 의미를 해석한 곽박의 공은 사람들이 『산해경』의 신비한 내용을 체계적이고 이론적으로 이해할 수 있게 했다는 점이다. 이로써 중국 문화사상 『산해경』의 실제 기능과 실제 영향에 관한 이론적 독해가 가능해졌다. 그러나 중국문화의 주류 의식 형태가 '불어괴력난신'이라는 원칙의 제한을 받았기 때문에, 『산해경』의 상술한 지위 역시 높지 않았다. 곽박의 공과 과는 사실 모두 여기에 있다. 학자들 모두 저마다의 입장에서 출발하였고, 이는 곽박의 공과에 대한 엇갈린 평가를 낳았다.

5

『산해경』에 관한 역도원酈道元
『수경주水經注』의 지리학적 연구

역도원(?~527)은 순수 지리학에 근거하여 『수경』 주해 작업을 진행했다. 그렇기에 『산해경』에 대한 그의 이해는 객관적일 때가 많다. 처음으로 주로 지리학적 각도에서 『산해경』을 연구한 학자로서 역도원은 『산해경』의 지리학적 가치를 확정 짓는 데 커다란 공을 세웠다.

1. 『산해경』 지리 연구에 있어 역도원의 공헌

후대 사람들은 『산해경』의 지리 서술을 의심하는 경우가 많았다. 지리학자로서 역도원이 자신의 명작 『수경주』에서 『산해경』의 산과 강을 일일이 확인한 것은 대단히 뜻깊은 작업이었다.

먼저 역도원은 『산해경』의 지리 관련 기록이 정확하지 않은 이유를 설명했다.

『목천자전』, 『죽서기년』과 『산해경』 모두 땅속에 묻힌 지 오래고, 이들을 묶은

끈 역시 닳아 거의 없어졌으며, 서책은 순서를 잃어 하나로 모아 깁기 어려워졌다. 후대 사람들이 하나로 모아 보려 하였으나 옛사람들의 본래 뜻과 차이가 벌어졌다. 땅을 찾아가고 강을 파악하려 해도 『경』(『수경』을 뜻함)과 맞지 않아, 그 길을 검증하고 도로를 바로잡는 여정은 본래 이루기 어려운 것이다.[83]

역도원은 지금 판본『산해경』의 오류는 전해지는 과정에서 책이 흩어지고 소실되어 발생했다고 봤는데, 이는 일리 있는 분석이다. 지금 판본의『산해경』은 확실히 눈에 띄게 간소화된 부분과 일부 사라진 부분이 있다. 역도원의 해석은『산해경』의 잘못된 지리 방위에 대한 세상 사람들의 지적을 일부 해소할 수 있다. 후대 학자 중에서도 이 구절을 인용하여『산해경』을 변호하려 했던 이들이 상당히 많았다.

역도원이『수경주』에서 직접적으로『산해경』을 인용한 횟수는 110번 이상에 달한다. 일반적으로『산해경』에서 말한 산과 강의 지리 정보를 사실로 받아들이며, 실제 지리 상황에 대입한다. 가령 안읍(安邑, 지금의 산서 운성)의 염지(鹽池)를 설명할 때, 역도원은 여러 책을 인용한다. "지금의 염수(鹽水)는 동서로 70리이고, 남북으로는 17리이다. 물이 보랏빛을 띠며 맑고, 물이 매우 깊어 흐르지 않는다. 물에서 석염이 나는데 자연 생성된 것이다. 아침에 소금을 채취해도 저녁에는 다시 맺혀 조금도 줄어들지 않는다. …… 『산해경』에서 이를 염판택이라고 했다."[84] 그는 충분한 사실을 바탕으로 곽박이 당시 쓴 염판택에 관한 주석을 긍정했다. 『산해경』에는 세 갈래의 낙수(洛水)가 있는데, 하나는 장강(長江)으로 흘러들고 사천(四川)에 있다. 다른 하나는 위수로 흘러들며, 소위 북낙수라고 불리며, 섬서(陝西)에 있다. 다른 하나는 황하에 흘러들며 하남 낙양에 있다.

---

83 穆天子, 竹書及山海經, 皆興埋蘊既久, 編韋稀絕, 書冊落次, 難以輯綴. 後人假合, 多差遠意. 至欲訪地脈川, 不與經符, 驗程準途, 故自無會.

84 陳橋驛, 『水經注校釋』, 杭州大學出版社, 1999, p.108.

「중차구경」의 낙수는 여기산에서 발원하여 장강으로 흘러든다.『수경』에서는 "낙수는 삼위산(三危山)에서 시작하여 …… 동남으로 여기(장강)에 흘러든다"고 했고, 역도원은 "『산해경』에서는 낙수가 통하는 곳에 대해 말하지 않았고,『수경』에서는 삼위산에서 나온다고 했는데, 자세하지 않다"고 했다.[85] 그러나 이는 아마도 역도원이 「중차구경」의 설명을 놓쳤기 때문에 발생한 오류인 것 같다. 「서차사경」은 "백어산(白於山)이 있다. …… 낙수는 그 남쪽에서 나와 동쪽으로 흘러 위수로 들어간다"고 했다.『수경주』의 "위수는 동쪽으로 향해 화음현(華陰縣)의 북쪽을 지난다"는 구절 밑에 역도원은 "낙수가 흘러든다"고 주석을 달았는데, 이것이 바로 북낙수이다. 지금 판본의『수경주』에는 「북낙수」부분이 소실되긴 했지만, 역도원은『산해경』을 인용했을 것이다.[86] 「중차사경」에는 "환거산(讙擧山)이 있고, 낙수가 여기서 흘러나온다"고 전하고, 「해내동경」은 "낙수는 낙산(洛山)에서 나오고, 동북쪽으로 흘러 황하로 들어간다"고 한다.『수경주』는 이들 모두 낙양의 낙수로 보았는데, 이는 정확하다.[87] 물론 역도원이『산해경』의 지리에 관한 주석에서 이룬 성취는『수경』그 자체가『산해경』과 일치하는 것과도 관계가 있다.

곤륜산에 관한 주석은 역도원의 성과와 한계를 가장 잘 보여주는 부분이다. 남북조 시대는 불학이 이미 전국에 퍼져 있었다. 당시 사람들의 지리적 시야는 이미 남아시아 준대륙까지 확대되었다. 인도의 우주산을 곤륜산으로 바꾸거나, 곤륜산을 항수(恒水, 즉 겐지스)의 발원지로 묘사하는 몇몇 저작이 출현한 상황이었다. 불교 저작인『서역기』는 "아누달태산(阿耨達太山)이 있다. 그 위에는 대연수(大淵水)가 있는데, 궁궐과 누각이 매우

---

85 위의 책, p.581.

86 위의 책, p.351. 자오이칭(趙一淸)의『수경주석』제16권에는 여러 고전에서 모은 (북)낙수에 관한『수경주』구절을 확인할 수 있다.

87 위의 책, pp. 266-267.

거대했다. 산은 곧 곤륜산이다. 『목천자전』에서 '천자가 곤륜에 올라 황제의 궁궐을 둘러보고, 풍융(封隆)의 무덤에 흙을 쌓아 올렸다'고 했다. …… 황제의 궁궐이란 아누달 궁궐이다"라고 전한다.[88] 불교도들은 인도의 아누달태산을 곤륜산으로 억지로 바꾸었다. 강태(康泰)의 『부남전(扶南傳)』에서도 곤륜산을 아누달산이라고 여기며 다음과 같이 말한다. "항수의 발원지는 서북에까지 달하는데, 곤륜산에서 나온다. 다섯 개의 주요 수원지가 있고, 강마다 지류가 흐르는데 모두 이 다섯 발원지에서 나오는 것이다."[89] 강태는 인도의 신성한 강 겐지스의 발원지를 곤륜산으로 둔갑시킨다. 이러한 말들에 대해 역도원은 옛 경전들에서 서술하는 방위를 통해 반박한다. "내가 불교도들의 말들을 고찰해 보니 더 이상 그들의 원대한 이치에 근거하지 않고, 세부적인 취지만을 늘어놓아 그 잘못을 가려내려 하였는데, 이는 잘못되었다."[90] 그 뒤로 『산해경』과 『회남자』에 나온 곤륜산과 여러 물줄기에 관한 묘사를 인용한 후에 다음과 같이 결론을 냈다. "아누달에는 강이 여섯 줄기가 있는데 그중 두 개(곤륜에서 나오는 물줄기와 아누달에서 나오는 물줄기)는 총령과 우전에 가로막혔다. 이는 경전과 사서 등 여러 책에서 말하는 것과는 완전히 그 모습이 다르다."[91] 즉 곤륜과 아누달은 서로 관련이 없다는 점을 명확하게 밝힌 것이다. 이는 곤륜산을 아누달태산과 동일시하던 당시 학자들을 일깨워 줬을지도 모른다.

역도원의 노력으로 우리는 『산해경』에서 말하는 지리 상황을 좀 더 분명하게 이해할 수 있게 되었다. 적어도 어디서부터 지리 방위를 파악해야 할지 몰라 이를 완전한 허구로 치부하지 않게 되었다. 『산해경』의 진실성을 확인하는 데 커다란 도움을 제공한 셈이다. 오임신, 필원, 오승지(吳承

---

88 위의 책, p.3.

89 위의 책, p.4.

90 위의 책, p.10

91 위와 같음.

志) 등『산해경』의 지리를 연구하는 후대 학자 중에 역도원의『수경주』를 기반으로 하지 않는 자는 없었다. 역도원이『산해경』지리학 연구 분야에서 세운 업적에 대해 필원은 다음과 같이 칭송하였다.

> 『산해경』은 우와 백익의 저작으로, 주에서 진대 사이에 쓰였다. 그 학문은 한대에 시작하여, 진대에 밝아졌으나, 이를 진정으로 아는 자는 위대의 역도원이다.
>
> 역도원은『수경주』를 편찬하여 경전의 기록, 토지의 옛 명칭으로서 이 경전(『산해경』을 뜻함)의 산과 강의 이름을 겸증하였다. 그가 거쳐 간 경로의 수에 따르면 열 곳 중 여섯 곳은 맞다. 처음으로 경전의 동서의 길을 알게 되었으니, 믿을 만하고 취할 만하다. 비록 지금과 옛날의 세상은 달라지긴 하였지만, 매우 동떨어진 것은 아니다. 훗날 지리에 관해 서술한 자들은 이를 따른 이가 많았다. 역도원의 공은 곽박보다 백 배는 크다고 할 것이다.[92]

2.『산해경』지리학 연구의 곤경

역도원이『산해경』의 지리학적 가치를 증명하기 위해 대단히 노력한 것은 맞지만,『산해경』은 완전히 정확한 지리 시찰 기록물이 아니고 그중 일부는 상상 혹은 전설이긴 했다. 역도원은『산해경』에 나오는 지명을 모두 일일이 확인하려 했지만, 크나큰 곤경에 맞닥뜨렸다.『수경주』는 다음과 같이 말한다.

---

92 山海經作於禹益, 述於周秦. 其學行於漢, 明於晉魏, 而知之者, 魏酈道元也. 酈道元作水經注, 乃以經傳所紀, 方土舊稱, 考驗此經山川名號. 按其涂(途)數, 十得者六. 始知經云東西道里, 信而有徵. 雖今古世殊, 未嘗大異. 後之撰述地理者多從之. 沉是以謂其功百倍於(郭)璞也. 郭璞 注, 畢沅 校, 『山海經』, 上海古籍出版社, 1989年 影印, pp. 1-2.

(염)수는 동남쪽의 박산(薄山)에서 나와 서북쪽으로 흘러 무함산(巫咸山)의 북쪽을 거친다. 『지리지(地理志)』에서 산이 안읍현(지금의 산서 운성) 남쪽에 있다고 했다. 「해외서경」에서 "무함국은 여축(女丑)의 북쪽에 있다. 오른손에는 푸른 뱀을 들고, 왼손에는 붉은 뱀을 들고 등보산(登葆山)에 있다. 무당의 무리가 여기서 오르내린다"고 하였다. 「대황서경」에서 "영산이 있다. 무함, 무즉, 무판, 무팽, 무고, 무진, 무예, 무저, 무사, 무라 열 명의 무당이 여기서 오르내리고, 백 가지 약초가 여기서 자란다"고 했다. 곽박이 주를 달아 "무당의 무리가 이 산을 오르내리며 약초를 캔다"고 하였다. 신과 무당이 노니는 곳이기 때문에 이 산이 그러한 이름을 얻은 것으로 보인다. 골짜기의 입구 산 꼭대기에 무함사(巫咸祠)가 있다.[93]

신화인 「해외서경」의 무함국(巫咸國) 등보산과 「대황서경」의 영산을 모두 실제 산서 운성의 무함산으로 파악하고 있다. 그 근거는 세 산이 모두 서쪽에 있고, 그 산과 사당의 이름이 모두 무함이기 때문이다. 그러나 세 지역의 이름은 차이가 매우 크고, 그 연혁에 관한 설명이 없다. 무함국은 신화 속 나라이기에 어느 특정 지역이 정해져 있지 않다. 『태평어람』 제790권에서 『외국도(外國圖)』를 인용하여 "과거 은나라 제왕 대무(大戊)가 무함을 보내 산과 강에서 기도를 드리도록 했다. 무함은 여기서 살았다. 이것이 바로 무함민(巫咸民)이고, 남해에서 1만 1천리 떨어져 있다"고 했다. 이 신화가 『산해경』의 무함국과 가장 가깝지만, 그마저도 방위에서 큰 차이가 난다. 역도원은 이들을 운성 일대 실제 지리 공간으로 파악하고

---

93 (鹽)水東南出薄山, 西北流徑巫咸山北. 地理志云, 山在安邑縣南. 海外西經云, 巫咸國在女丑北, 右手操青蛇, 左手操赤蛇, 在登葆山, 群巫所從上下也. 大荒西經云, 有靈山. 有巫咸, 巫即, 巫盼(或作眅, 朌), 巫彭, 巫姑, 巫真, 巫禮, 巫抵, 巫謝, 巫羅十巫從此升降, 百藥爰在. 郭注云, 群巫上下此采山之也. 蓋神巫所遊, 故山得其名矣. 谷口嶺上, 有巫咸祠. 陳橋驛, 『水經注校釋』, 杭州大學出版社, 1999, p.108.

싫어 했으나, 이는 우리에게 자그마한 가능성을 제시해 줄 수 있을 뿐이다. 실상 고대에 무함에 관한 이야기는 무수히 많았다. 신농, 황제, 요, 은나라 대무, 은나라 중종(中宗) 때 모두 무함이 있었다고 전해진다.[94] 무함산은 누구의 이름을 땄을까? 『산해경』의 무함은 또 그중 누구일까? 신화학적 입장에서 무함은 신화 인물이기에 어느 시대에나 있을 수 있다. 만약 이를 실제 한 사람, 한 지역으로 특정하고자 한다면 어쩔 수 없이 곤경에 빠지게 된다. 다만 역도원이 이 점을 인식했을 가능성 또한 있다. 그는 『이수주(伊水注)』에서 다음과 같이 말했다.

> (선저) 강의 상류는 육혼현(陸渾縣) 동쪽의 선저(禪渚)와 이어지고, 이곳은 늪지대로 높은 곳에 있다. 반경 십 리에 불과하며 물고기와 갈대가 많이 자란다. 『산해경』에서는 "남쪽으로 선저를 바라보면, 우임금의 아버지가 변화한 곳이 있다"고 하였다. 곽경순의 주해에서 "선(禪)은 훤(暖)이라고 읽는다. 곤이 변화한 우연이 여기 또 나타난다. 그런즉 이미 한 번 변화하는 괴이한 성질을 지닌 자는 어디를 가든지 변화할 수 있다"고 하였다. 세상은 이 늪을 신망파(愼望陂)라고 부르는데, 늪의 물은 남쪽으로 흘러 연수(涓水)로 흘러든다.[95]

여기서 인용한 곽박의 주석을 통해 곤이 선저에서 변했다는 이야기와 우연에서 변했다는 두 가지 신화 판본이 어느 정도 해석되었다. 다만 이는 곤은 신령한 힘이 있기에 여러 종류의 결말을 맞이할 수 있다는 신화

---

94 袁珂, 『山海經校注』, pp. 263-264 참조. 고염무는 『일지록』 제25권에서 무함에 관련된 여러 이야기를 다룬 후 "옛날 현인 이름 중에는 후대 사람이 빌려 탁명하는 것이 많다"고 결론 내린다. 『日知錄集釋』, 岳麓書社, 1994, pp. 873-874.

95 (禪渚)水上承陸渾縣東禪渚, 渚在原上, 陂方十里, 佳饒魚葦, 即山海經所謂南望禪(尤袤本作 墠)渚, 禹父之所化. 郭景純注云, 禪, 一音暖. 鯀化羽淵而復在此. 然已變怪, 亦無往而不化矣. 世謂此澤為愼望陂, 陂水南流注於涓水. 陳橋驛, 『水經注校釋』, 杭州大學出版社, 1999, p.276.

학적 해석이다.

곤륜산에 관한 여러 고적의 기록이 서로 다른 점에 대해 역도원 역시 조정하기 어렵다고 느꼈다. 가령 『십주기』에서 곤륜이 서해의 융지, 북해의 해지에 있으며, 뭍까지 13만리 떨어져 있다고 했는데 『수경』에서는 "곤륜허는 서북쪽에 있으며, 숭고산까지 5만리 걸린다"고 했다. 『신이경』에서는 또 곤륜에 구리 기둥이 있다는 소위 '하늘 기둥(天柱)' 이야기가 나오기도 한다. 역도원은 "고요한 정취는 매우 현묘하여 인정으로는 짐작하기 어렵다. 우주의 여러 현상은 심원하여 알기 어렵고, 사람의 사유로는 그 끝을 짐작하기 어렵다. 만약 스스로 구름 사이를 노니는 두 마리의 용에 타지 않고, 팔준마를 타고 머나먼 길을 내달리지 않고, 헌훤씨와 함께 백신을 만나고, 우임금처럼 회계(會計)에서 제후를 만나지 않는다면, 유가와 묵가의 각 학설로 어찌 분별할 수 있으리오?"라고 토로하였다. 역도원은 이처럼 지리학자로서 노력하였지만 신화에 등장하는 산을 현실에서의 자리를 찾는 과정에서 어쩔 수 없는 어려움을 겪었다.

시대적 한계와 개인적인 부주의함으로 역도원은 『산해경』 지리를 주해할 때 실수하기도 했다. 이는 그가 지역의 이름만을 중시하고 다른 요소는 소홀히해서 벌어진 일이기도 했다. 또 그가 『수경』 주해 작업을 주로 진행하여 『산해경』에 전면적이고 체계적인 검토를 하지 않은 것도 문제였다. 본서의 제7장 필원의 『산해경신교정』의 평론에서 이 부분을 확인할 수 있다. 옥의 티가 옥의 광채를 가릴 수 없는 것과 마찬가지로 『수경주』와 같은 위대한 저서에서 약간의 오류가 있는 것은 이해할 만하다.

방법론적으로 역도원의 『산해경』 연구를 회고하고 얻은 결론은 단순한 지리학 연구에 신화학 연구가 반드시 수반되어야 『산해경』을 총체적이고 정확하게 이해할 수 있다는 것이다. 지리학 연구와 신화학 연구는 『산해경』학의 양대 산맥으로 어느 하나 빠질 수 없다. 신화학에서 벗어나 단순히 지리학 연구만 한다면 역도원이 겪었던 것과 같은 지리학적 곤경에 빠지게 된다. 그러나 지리학을 떠나 신화학 연구에만 치우친다면 서로 모순되는 현상을 해결할 수 없게 되고, 정더쿤(鄭德坤)처럼 『산해경』의 지리지로서의 성질을 완전히 부정하는 오류를 범하게 된다. 현대 학자 중에는 웬커처럼 지리적 요소는 생략하고 신화학 측면에만 힘을 쏟기도 하지만, 이 역시 쉽게 오류를 범할 수 있다. 철저하게 분과가 나뉜 현대 학문 체계에서 지리학과 신화학은 자연과학과 인문과학으로 분류되어 학자들의 지식 범주 역시 한 측면만으로 치우지게 되었다. 그렇기에 더더욱 이 같은 역사적 경험의 교훈을 잊지 말아야 한다.

위진남북조 시대의 『산해경』학을 돌아보면, 역도원의 『수경주』가 『산해경』의 지리학적 가치에 주목하기는 했지만, 시대 전체의 조류를 보았을 때 당시 사람들이 대체로 관심 가지는 것은 『산해경』의 신비한 내용이었다. 이는 송대 도장에 『산해경』이 수록된 것과 『송사·예문지』에서 『산해경』을 오행류로 분류한 것에 어느 정도 영향을 미쳤을 것이다.

곽박 이후 당대 정관(貞觀) 연간까지 또 어떤 이가 『산해경초』 1권, 『산해경략』 1권을 만들었지만[96], 그 내용은 파악하기 어렵다. 책의 이름으로 짐작하건대 아마도 필사본이나 주해본의 종류일 것이다. 이에 관한 후속 연구가 필요하다.

필자가 수집한 당대 『산해경』 연구 문헌은 매우 희귀하다. 두우의 『통전』에 우임금이 『산해경』을 지었다는 설에 의문을 제기한 글이 있고, 육순의 『춘추집전찬례』에서 그 스승인 담조가 『산해경』을 언급한 것이 있지만, 앞에서 이미 다루었기에 여기서는 생략한다. 또 이백(李白), 한유(韓愈), 백거이(白居易) 등 시인이 시에 『산해경』을 인용하기도 하였다. 그렇기에 본서에서는 당나라인의 『산해경』 인식은 더 상세히 다루지 않기로 하고, 아래에서는 바로 송대의 『산해경』학을 논하기로 한다.

---

96 정관 연간 일본인 후지와라 노스케요의 『일본국견재서목록』 기록에 따랐다.

제4장

송대宋代 사회·도교·유학儒學과 『산해경』

송대 사상과 학문의 종합적인 발전

송대는 사회 경제와 문화 분야가 총체적으로 발전하던 시대였다. 천인커(陳寅恪)는 조씨(趙氏) 송대는 중국 문화가 가장 휘황찬란하게 빛나던 시대였다고 평가한 바 있다.

북송 시대의 사회사상은 비교적 느슨한 편이었다. 송진종(宋真宗), 송휘종(宋徽宗) 모두 도교 사상에 심취해 있었다. 송진종 대중상부(大中祥符) 5년(1012) 장군방(張君房)에 명령하여 『도장』을 편찬하게 하니, 총 4,565권이었다. 천희(天禧) 3년(1019) 정서(淨書)하여 『대송천궁보장(大宋天宮寶藏)』을 완성하였다. 송휘종 숭녕(崇寧) 연간(1102~1106)에 다시 교정하고 보충하여 5,387권으로 늘어났고, 이름을 『숭녕중교도장(崇寧重校道藏)』이라 하였다. 정화(政和) 연간(1111~1118)에 다시 수교(修校)하여 5,481권으로 늘어났고, 『정화만수도장(政和萬壽道藏)』으로 불렀다. 세 번의 도장 개정 작업은 도가 사상이 당시 엄청난 영향력을 발휘했음을 보여준다. 『산해경』역시 도장에 편입해 들어갔다. 명대 도장의 태원부(太元部) 경자호(竟字號)에 『산해경』이 수록된 것 역시 송대 도장의 전통을 이어받았기 때문이었다. 휘종은 심지어 궁정화가를 파견하여 『산해경도』를 제작하게 했다. 이는『산해경』의 사회적 지위를 높이는 데 크게 일조했고, 과거『산해경』에 대한 정통 유학의 견제를 일소했다. 지배계층이 장려함에 따라 대중의 종교 신앙 역시 정상적으로 발전해 나갈 수 있었다. 신과 괴이한 것들에 관한 이야기는 흔해졌고, 다량의 지괴소설이 탄생하게 되었다. 서현(徐鉉, 916~991)의『계신록(稽神錄)』, 오숙(吳淑, 947~1002)의『강회이인록(江淮異人錄)』, 장사정(張師正, 1016~?)의『괄이지(括異志)』, 곽단(郭彖)의『규차지(睽車志)』, 이석(李石)의『속박물지(續博物志)』, 홍만(洪邁, 1133~1202)의『이견지(夷堅志)』, 무명씨의『해능삼선전(海陵三仙傳)』등이 유명하다. 이 작품들은 주로 귀신, 괴물, 신령한 존재들이나 삶과 죽음의 변화, 인과응보 등을 주제로 다루었고, 불교와 도교의 영향이 두드러졌다. 이러한 사회적 분위기 속에서 송대 지식인 중에는『산해경』을 좋아하는 자가 많았다. 예컨대 구양수, 증공(曾鞏)은 모두 관련 시가 작품을 창작했고,『태평광기(太平廣記)』에는『산해경』의 내용을 소재로 삼은 소설이 많다. 당시『산해경』을 둘러싼 사회적 환경은 느슨했고 우호적이었다.

시간이 흐름에 따라 힘겹게 지켜낸 중국문화 원전으로서『산해경』의 위치는 점차 확고해졌다.『산해경』이 역사적으로 발휘하는 영향력이 커짐에 따라『산해경』을 불신하는 사람조차도 관련 문제를 논하기 위해 이를 인용하지 않을 수 없게 되었다. 그렇게『산해경』은 학자들이 인용하는 역사적 증거에 자주 소환되었다. 조여시(趙與時)의『빈퇴록(賓退錄)』제7권에서는『산해경』에서 산신에게 제를 올릴 때 사용하는 젯메쌀(糈)을 도가 초제에 사용하는 젯메쌀의 기원으로 보는데, 다음과 같이 말한다. "비록『산해경』을 우임금과 익의 저작으로 믿기는 어려우나, 굴원의『초사』나『여씨춘추』모두 그 내용을 취하였고, 한대에도 이를 인용한 자가 특히 많으니, 이 책은 분명 장릉(張陵) 이후에 나온 것은 아니다. 그렇다면 젯메쌀의 사용은 더욱이 그러할 것이다."[1] 홍흥조(洪興祖)의『초사보주(楚辭補注)』역시『산해경』을 대거 인용하여『초사』를 주해한 작품이다.

평화로운 발전의 시대가 오랫동안 이어졌고, 대중의 문화적 수요 역시 높았을 뿐만 아니라 도서 간행업이 발달하면서 여러 종류의『산해경』과 『산해경도』가 동시에 유통되었다. 우무는 30년간 '열 몇 종류'의『산해경』 판본을 보았다고 했다. 도서 출판업의 발전은 학술 연구 영역의 종합적인 발전을 이끌었다. 자연과학(지리학 포함), 역사학, 언어와 문학을 포함한 여러 연구 분야가 비약적으로 발전했다. 이는『산해경』연구에 곽박의 한계를 돌파할 새로운 국면을 마련해주었다. 예컨대 판본학의 경우, 송대의 각종 공적, 사적 도서 목록은『산해경』판본의 변화와 발전을 연구하는 데 필요한 정보를 제공하며, 이 같은 변화에 대한 당시 학자들의 이해를 보여준다. 송나라 사람들의 판본 기록, 연구, 간각본(刊刻本)이 없다면 우리는 『산해경』의 원시적 판본 형태를 알 수 없었을 것이다. 앞서 유흠의 교정본과 곽박 주해본의 편목을 다룰 때 참고한 자료는 대부분 송대 판본 자료였으니, 여기서는 더 논하지 않겠다. 우무는 여러 종류의 판본을 상호 대조하여 비교적 양호한 교정본을 확보한 후 이를『산해경전』으로 새겨 간행했는데, 이것이 바로 오늘날 전해지는 18권의『산해경』표준 판본이다.

훈고학 분야에서도 송대 사람들은 곽박 주석에서 한층 더 발전해 나갔다.『산해경·해내북경』의 임씨국에는 추오라는 동물이 있는데, 곽박은 이에 대해 "『주서』에서 이르기를 '사림(史林)(금본『주서·왕회편(周書·王會篇)』에서는 앙림(央林)), 존이(尊耳)(송대본 곽박 주는 유이(甾耳))이다'라고 하였다. 존이는 호랑이와 같고 꼬리가 길며, 호랑이와 표범을 먹는다.『대전(大傳)』에서는 인자한 동물이라 하였다. 오(吾)는 우(虞)라고 쓰는 것이 맞다"라고 주해하였다. 곽박은 상고음을 미처 알지 못해 '오'가 틀렸다고 생각했다.

---

1 『影印文淵閣四庫全書』第853冊, 台灣商務印書館, 1986, p.732.

그러나 송대 훈고학이 발전함에 따라 송나라 사람 오인걸이 『양한간오보유(兩漢刊誤補遺)』에서 이 문제를 바로 잡았다. 그는 "건장궁(建章宮)의 동물을 장경(사마상여를 말함)이 『대전(大傳)』을 따라 추우라 하였다. 만천(동방삭)은 『산해경』을 따라 추아(혹은 오)라 불렀다. 내가 생각건대, 『산해경』은 본래 선진시대의 옛 책이고 『대전』은 경제 때 복생의 것이다. 우(虞)는 오가 전변(轉變)된 것이고, 오에는 아 음이 있다. 그러나 글자는 응당 『산해경』을 따라야 하고, 음은 만천의 것을 따르는 것이 맞다"고 하였다.[2] 오인걸의 이 같은 결론은 현대 고음 운음학적 결론과도 완전히 들어맞는다. 당작번(唐作藩)의 『상고음수첩(上古音手冊)』을 살피면, 우, 오, 아는 모두 어부(魚部) 의모자(疑母字)에 평성이라서 음이 같아 서로 통용됐다. 그렇기에 추우, 추오, 추아는 호환하여 쓸 수 있는 단어였다. 오를 우로 써야 한다고 했던 곽박의 주석에는 확실히 오류가 있었다. 설계선의 『낭어집』에서도 "여기(『산해경』을 말함)에 나온 산과 강의 이름은 시대가 바뀌며 변했고, 풀, 나무, 새, 짐승 모두 오랫동안 사는 존재가 아니며, 신기하고 황당한 이야기들은 보통 사람들의 귀와 눈이 닿는 곳 밖에 있으며, 곽박의 주석이 전부 그 실제와 맞는 것은 아니다"라고 비판했다.[3]

다만 송나라인의 고증이 틀릴 때도 있었는데 예컨대 송나라 주필대(周必大)는 『이노당시화·도연명산해경시(二老堂詩話·陶淵明山海經詩)』에서 다음과 같이 말한다.

강주 『도정절집(陶靖節集)』 말미에 실린 것인데, 선화(宣和) 6년(1125) 임계(臨溪) 증굉(曾紘)이 이르기를 "정절의 『독산해경시(讀山海經詩)』 제1편에서 '요절하여 천수를 누리지 못했으나, 굳게 먹은 뜻은 언제나 남아 있다네(形夭無千歲, 猛志固

---

2 吳仁傑, 『兩漢刊誤補遺』 第7卷, 臺灣新文豊出版公司, 1985, p.83.

3 蕁季宣, 『浪語集』 第30卷. 교감·표점본은 이름을 『설계선집(蕁季宣集)』을 바꿨다. 上海社會科學院出版社, 2003, p.426.

常在)'라 하였는데, 위아래의 뜻이 일관되지 않는 것 같다. 곧 『산해경』을 살피니, '형천, 동물의 이름이다. 입에 간척을 물고 춤을 추었다'고 되어 있다. 이 글로써 '형천이 간척을 들고 춤을 춘다(刑天舞干戚)'임을 알았고, 필획이 비슷하여 일어난 일인 것 같다. 다섯 글자 모두 잘못되었다"라 하였다.[4]

이는 당시 학계에서 대단히 유명했던 사건이었다. 주희의 『주자어류(朱子語類)』 제138권, 홍만의 『용재수필·사필(容齋隨筆·四筆)』 제2권, 소박(邵博)의 『문견후록(聞見後錄)』 제17권, 주자지(周紫芝)의 『죽파시화(竹坡詩話)』 제1권 등 여러 저작에서 이 일을 인용하고 긍정하였다. 오늘날 학자 중에서도 증굉의 말을 근거로 이 시가 정위와 형천의 투쟁 정신을 동시에 칭송했다고 보는 사람이 많다. 그러나 주필대는 증굉의 의견에 반대했다.

증굉의 말은 실로 좋다고 할 수 있으나, 정절의 13편의 시를 보면, 대개는 한 편에 한 가지 일만을 이야기한다. 앞 편에서 시종일관 과부의 이야기만 한다면, 이번 편 역시 정위에 대해서만 말하는 것으로 보인다. 나무를 물어 바다를 메우고, 천수를 누리지 못했지만, 굳게 먹은 뜻은 언제나 있어, 변하여도 후회하지 않는다는 것이다. 만약 형천을 함께 가리킨다면, 서로 이어지지 않는 것 같다. 또 마지막 구절은 '헛되이 지난 일에 마음을 쓰니, 좋은 시절을 어찌 기대할 수 있을까'라 하였는데, 어찌 간척의 용맹함을 예측할 수 있는가? 훗날 주자지의 『죽파시화』 제1권을 보았는데, 증굉의 뜻을 되풀이하여 자기의 말처럼 하고 있으니, 모두 틀렸다.[5]

---

4 江州陶靖節集未載, 宣和六年(1125)臨溪曾紘謂, 靖節讀山海經詩其一篇云, 形天無千歲, 猛志固常在, 疑上下文義不貫. 遂按山海經有云, 刑天, 獸名. 口銜干戚而舞. 以此句爲刑天舞干戚, 因筆畫相近, 五字皆訛. 『影印文淵閣四庫全書』第1480冊, 台灣商務印書館, 1986, p.710.

5 予謂紘說固善, 然靖節此題十三篇, 大槪篇指一事. 如前篇終始記誇父, 則此篇恐專說精衛.

원나라 사람 방회(方回)의 『동강속집(桐江續集)』제12권 「변연명시(辨淵明詩)」에서는 증굉이 글자를 바꾼 후 "말의 뜻이 서로 조화롭지 못하다. 대개 근세의 책을 읽고 교감하는 자들은 과하게 기이한 것을 좋아하는 것 같다. 나는 '요절하여 천수를 누리지 못했다'가 맞는 것 같으며, 함부로 고쳐서는 안 될 것이다"라고 하였다.[6] 필자 역시 주필대과 방회의 말이 맞는다고 본다. 문자 고증학은 청대에 이르러서야 완전히 성숙해졌다.

그러나 북송의 멸망 이후 도교의 사회적 영향력은 급격하게 줄어들었다. 도교는 격렬하고도 잔혹한 민족 충돌에 전혀 대응하지 못했고, 이는 유가 경학의 부흥에 기회를 제공했다. 위진 시대 이래 현학, 불학, 도교가 번갈아 가며 득세하면서 위축되었던 유학이 남송 시대에 다시금 생기를 되찾고 점차 주류 이데올로기가 되어 갔다. 이와 함께 '자불어괴력난신'의 교조 역시 부활했다. 설계선의 『낭어집』 제30권에서 『산해경』이 실전될 뻔한 이유에 대해 다음과 같이 분석했다. "여기(『산해경』을 말함)에 나온 산과 강의 이름은 시대가 바뀌며 변했고, 풀, 나무, 새, 짐승 모두 오랫동안 사는 존재가 아니며, 신기하고 황당한 이야기들은 보통 사람들의 귀와 눈이 닿는 곳 밖에 있으며, 곽박의 주석이 전부 그 실제와 맞는 것은 아니다. 상고시대의 옛 사실 중에 글쓰기에 사용될 수 있는 것은 앞의 사람들이 이미 수집 정리하였고, 인용하고 진술한 것도 거의 극치에 달했다. 그렇기에 이 책이 거의 사라져 가는 것은 자연스러운 일이여, 마땅히 그래야 한다"[7] 그는 또 『서』에서 곽박의 "도를 담은 책을 세상이 잃어버린다"는 한탄에 대해서도 "과하게 칭송함이 없지 않아 있다"고 비판했다. 주희

銜 木填海, 無千歲之壽, 而猛志常在, 化去不悔. 若並指刑天, 似不相續. 又況末句云, 徒設在昔心, 良晨詎可待. 何預不戚之猛邪. 後見周紫芝竹坡詩話第一卷, 復襲紘意以爲已說. 皆誤矣. 위와 같음.

6 위의 책, 第1193冊, pp. 366-367.

7 『孽季宣集』, 上海社會科學院出版社, 2003, p.426.

는 엄한 어조로『산해경』의 황당무계한 내용과 이를 좋아하는 사람들을 비판했다. 심지어는 이 때문에『산해경』의 저자를 부정하는 학자까지도 있었다. 남송의 왕관국(王觀國)의『학림(學林)』이 바로 그 예이다. 이 책의 제6권에서 "『산해경』은 누가 썼는지 알 수 없다. 그 이야기는 모두 구주 밖의 것이고, 귀와 눈이 닿지 못하는 내용으로 심히 괴이하여 믿을 수가 없다. 옛 성인이 쓴 육경과 같은 책은 천하의 신임을 얻고, 후대 사람들에게도 일반적으로 받아들여졌다. 경전의 법도에서 예컨대 귀와 눈이 닿지 못하는 이야기들은 성인이 생략하여 논하지 않았다. 그러니『산해경』을 성인이 쓰지 않았음을 알 수 있다"고 하였다.[8] 이처럼 남송 시대에도 유가 경학 이념은 여전히 긴고주처럼『산해경』의 머리를 옥죄었다. 그리고 남송 경학은 한대 경학처럼 천인감응론에 근거한 상서와 변괴에 탐닉한 것도 아니었기에, 이들은『산해경』을 한대 유학자들보다도 더 심하게 비판했고, 주희는『산해경』을 호사가가『초사·천문』을 모방해 지어낸 것으로 생각하기까지 했다.

---

8 『影印文淵閣四庫全書』第851冊, 台灣商務印書館, 1986, p.154.

송대 도장道藏과『산해경』

도교는 중국 고유의 원시 종교에서 차츰 발전해 형성되었다. 황제, 서왕모처럼『산해경』에서 이야기하는 많은 신들이 도교 신의 일부를 이루었다. 그렇기에『산해경』이 송대 도장에 수록된 것은 매우 자연스러운 일이었다.

앞에서 유흠 교정본『산해경』편목과 곽박 주해본『산해경』편목을 고증할 때 설계선의『낭어집』, 우무의『산해경전』발문을 인용하였고, 이를 통해 송대의 두 도장에 모두『산해경』이 수록된 바를 확인하였다. 또 설계선의『낭어집』에서 언급한 도장본에는『도』10권도 포함되어 있다고 했지만, 두 사람 모두 어느 도장인지는 구체적으로 말하지 않았다. 송대 도장이 모두 소실되었기 때문에 당시『도장』이『산해경』을 수록한 이유,『산해경』이 수록된 위치 등의 문제는 간접적으로 파악할 수밖에 없다.

『대송천궁보장』의 책임자 장군방의『운급칠첨(雲笈七籤)』은 도장 편찬 임무를 완성하고 황제에 진상한 이후에 "다시 그 정수를 모았는데, 총 1만여 조였으며 이를 책으로 만들었습니다. 이름하여『운급칠첨』이라 하였는데, 대개는 도가의 말입니다"라고 했다.[9] 이는 실상 도교류 서적이었으며, 제2권 '혼원(混元)'에서 『산해경』에 대한 인식이 나타난다.

> 고금에 하늘을 논한 자는 열여덟 학파가 있었다. 그 옳고 그름을 상고해보면, 각자 얻고 잃음이 있다. 대체로 혼천의(渾天儀)에 대한 서술은 그 말은 있어도 그 법을 잃은 경우가 있었다. 장자의 『소요』편, 왕충의 『논형』의 언설, 『산해경』에서 이치와 크기를 따진 것, 『열어구』 책이 그 맑고 흐림을 따진 것처럼 말이다. …… 그 뜻과 취지가 다르며, 스승과 제자 간에도 각기 다른 해석이 있었다.[10]

소위 '이치와 크기를 따지다'는 『산해경』에서 하늘의 이치와 크기를 따진 것을 말한다. 「산경」 말미에 "우임금이 이르기를 '…… 천하의 동서는 28,000리, 남북으로 26,000리이다. 강물이 흘러나오는 산은 8,000리, 강물이 지나가는 땅이 8,000리이며, 구리를 산출하는 산이 467곳, 철을 산출하는 산이 3,690곳이다. 이 책은 천하의 땅을 지역별로 나누어 농사짓는 곳을 기록한다'"는 부분을 뜻한다. 『산해경』에 나오는 해와 달이 드나드는 산, 열 개의 태양, 과부가 해를 쫓아간 이야기, 중려(重黎)가 하늘과 땅 사이의 통로를 끊은 이야기 등 우주 창조 시대에 관한 신화는 모두 "혼원이란 혼돈 이전, 원기(元氣)가 시작하던 때의 일을 기록하는 것이다"라는 장군방의 '혼원'에 관한 인식과 들어맞는다. 그렇기에 장군방에게 『산해경』은 우주 개벽, 천지의 이치를 내포한 저작이었다. 이것이 도장에 『산해경』이 수록된 까닭 중 하나이다.

---

9 『四庫全書·總目提要』 참조.

10 古今言天者, 一十八家. 爰考否臧, 互有得失. 則蓋渾天儀之述, 有其言而亡其法矣. 至如蒙莊逍遙之篇, 王仲任論衡之說, 山海經考其理, 舍, 列御寇書其清濁. …… 義趣不同, 師資各異. 『影印文淵閣四庫全書』第1060冊, 臺灣商務印書館, 1986, p.11.

『산해경』은 장군방이 처음으로 도장에 넣었을 것으로 보인다. 그 후 또 다른 도장 역시 관례에 따라『산해경』을 수록했다. 추측건대, 세 번째 도장에도 수록되었을 것이다. 도장에 수록되었다는 것은『산해경』이 처음 정식으로 신성한 경전의 위치를 획득했음을 뜻한다.『산해경』의 '경'자는 이때부터 진정으로 신성한 경전이라는 의미를 내포하게 됐다. 이는 북송 시대에 도교가 고도로 발전함에 따른 결과였다. 송대 도장본에는 양무제 (梁武帝) 때 화가 장승요(张僧繇)가 그린『산해경도』도 첨부되어 있었는데, 관련 논의는 아래에 이어진다.

3

당송 唐宋 시기 유행한
여러『산해경도 山海經圖』연구

　　곽박 이후『산해경도』를 그린 사람은 매우 많았다. 당대 장언원(張彥遠)
의『역대명화기(歷代名畫記)』제3권「술고지비화진도(述古之秘畫珍圖)」에는
다음과 같은 말이 있다. "옛날의 희귀하고 진귀한 그림은 많이 흩어지고
사라져 세상에서 보지 못하게 되었다. 그 으뜸을 대략 열거하자면『산해
경도』여섯, 또『초도(鈔圖)』하나. ……『대황경도』스물여섯 ……『백국
인도(百國人圖)』하나가 있다."[11] 장언원이 말한『산해경도』의 작가가 누구
인지는 알 수 없다.『대황경도』와『백국인도』또한『산해경』과 관련이 있
는 그림일 테지만, 명확하지 않아 더 깊은 연구가 필요하다.

　　남송 효종(孝宗) 순희 5년(1178)에 완성된『중흥관각서목(中興館閣書目)』
(이하『중흥서목』)에서는 총 3종류의『산해경도』를 언급했으며, 모두 10권
이라 했다. 첫 번째 종류는 양무제 때 장승요가 그린『산해경도』10권이
며, "권마다 먼저 그림의 이름에 따라 분류했으며, 247종이 있다. 지금 경
문을 전부 볼 수 있지는 않다"고 했다. 이 책을 모방한 후대의 책(즉 서아

---

11 『影印文淵閣四庫全書』第812冊, 台灣商務印書館, 1986, pp. 312-313.

(舒雅)의『산해경도』)이 신기하고 기이한 그림인 것으로 미루어 보아 장승요가 그린 것 역시 비슷한 종류로 추측된다. 장승요는 뛰어난 화가로 당시 유명했는데, 서아의『산해경도』첫머리에 주앙(朱昂)의『진승요화도표(進僧繇畫圖表)』를 싣고 있어 장승요의『산해경도』가 일찍부터 궁중에 반입됐으며, 그 수준이 매우 높았을 것을 알 수 있다. 그러나 당시 장승요 그림의 경문을 전부 볼 수 있지는 않다는 말은 그림에 대한 설명 문자 부분이 없어졌다는 뜻이다. 그리고 남송의 궁중에도 이미 그 그림은 없었다.

『중흥서목』은 북송 교리 서아가 함평 2년(999)에 황실 도서관에 보존된 장승요의 그림(이미 훼손된 상태)을 보고 다시 그린『산해경도』10권도 수록했는데, 주앙의『진승요화도표』를 첫머리에 실었다. 서아의 그림은『숭문총목(崇文總目)』,『통지』,『군재독서지』,『직재서록해제』,『문헌통고(文獻通考)』에 모두 수록되어 있었을 만큼 매우 유명했다. 왕응린의『옥해』제14권에서 "함평『산해경도』: 뒤를 볼 것"이라 전하는데, 바로 서아의『산해경도』이다. 왕응린은 이를 유서인『옥해』에 수록했으나, 지금 판본의『옥해』에는 없다.

『중흥서목』은 또 한 무명씨의 작품을 싣고, "『산해경도』10권, 곽박의 서문을 첫머리에 싣고, 경문은 생략하여 실었으나 그 그림의 사물은 마치 장승요의 것과 비슷하다. 성씨는 기록하지 않았다"고 설명한다. 이 그림은 원대까지 전해졌으며,『송사』제206권은『산해경도』10권에는 곽박의 서문이 있었으며, 성명은 적지 않았다고 기록한다.

송휘종 시대의 저명한 학자 황백사(黃伯思)는『산해경도』를 본 적이 있었다. 그는『동관여론(東觀余論)』하권의「발등자제소장맥도후(跋滕子濟所藏貘圖候)」에서 다음과 같은 글을 남겼다.

『산해경도』를 고찰하건대, '남쪽 산골짜기에 맥(貘)이라는 동물이 있다. 코끼리 코, 코뿔소의 눈, 소꼬리, 호랑이의 발을 가졌다. 사람이 그 가죽을 덮고 자면 온역을 피할 수 있고, 그 형상을 그린 그림은 사악한 기운을 물리친다. 구리와 철을 먹는 것을 좋아하며, 다른 음식은 먹지 않는다'고 한다. 옛날에 백낙천이 작은 병풍[12]을 만들어 머리맡에 둘렀는데, 이 그림을 가지고 찬을 써 그의 문집에 실었다. 지금 이 그림을 보며 그 형상을 고찰해 보니, 『산해경』과 『낙천집(樂天集)』에 실린 것과 똑같았다. 이는 백거이의 병풍에서 남은 그림이 아닌가?[13]

지금의 『산해경』과 『도찬』에는 모두 맥과 관련된 내용이 없다. 그러나 백거이가 본 『산해경』에는 아직 있었고, 그가 쓴 『맥병찬』 서문에는 『산해경』이 직접 인용되어 있다. "남쪽 산골짜기에 맥이라는 동물이 있다. 코끼리 코, 코뿔소의 눈, 소꼬리, 호랑이의 발을 가졌다. 사람이 그 가죽을 덮고 자면 온역을 피할 수 있다. 그 형상을 그린 그림은 사악한 기운을 물리친다." 황백사 또한 이를 인용한 것을 보면 그 당시는 분명 이 부분이 있었다가 훗날 사라진 것으로 보인다. 곽박의 『이아·석수(釋獸)』의 '맥, 백표(白豹)'에 대한 주석은 다음과 같다. "맥은 곰과 같고, 작은 머리에 짧은 발, 검고 하얀 무늬가 있다. 구리와 철, 대나무 줄기를 먹을 수 있다. 뼈가 튼튼하고 곧고, 그 안에 연수가 적다. 어떤 이는 표범 중에 하얀 종류를 맥이라고 부른다고도 한다." 이는 백거이가 읽은 『산해경』이나 황백사가 본 『산해경도』의 글과는 차이가 있다. 황백사가 인용한 『산해경도』에는

---

12 이는 백거이의 『맥병찬(貘屛贊)』을 말한다. 『백거이집·맥병찬』의 서문에는 두풍병(頭風病)에 걸려 머리맡에 작은 병풍을 놓아 바람을 막았는데, 『산해경』에서 맥에 관한 이야기를 읽고 화가를 불러 이를 병풍에 그리게 하고 맥병(貘屛)이라 이름 붙였다는 이야기가 실려 있다.

13 按山海經圖, 南方山谷中有獸曰貘. 象鼻, 犀目, 牛尾, 虎足. 人寢其皮辟溫(當為瘟), 圖其形辟邪邪. 嗜銅鐵, 弗食他物. 昔白樂天嘗作小屛衛首, 據此像圖而讚之, 載於集中. 今觀此畫, 夷考其形. 與山海圖, 樂天集所載同. 豈非白屛畫跡之遺範乎. 『影印文淵閣四庫全書』 第850冊, 台灣商務印書館, 1986, p.375.

글과 그림이 있었지만, 그 글은 곽박의 『도찬』에서 쓰인 그런 운문이 아니었고, 『산해경』에 원래 있던 형태의 산문이었다. 다시 말해, 이 그림은 도연명이 본 곽박의 그림과 이미 다른 종류였다는 뜻이고, 장승요가 그린 그림의 계열일 수 있다.

남송 설계선은 두 종류의 『산해경도』를 보았는데, 『낭어집』 제30권 「서산해경」에서 도장본 『산해경』의 부록 그림에 대해 논했다.

> 또 『도』 10권이 있는데, 글에 빠지고 생략된 부분이 많다. 세상에는 장승요가 그린 『산해경도』의 모본(模板)이 전해지는데, 이는 도장본보다 상세하다. 그러나 도장에 실린 그림은 13편에서 벗어나지 않는다. 원본 그림에는 글에서는 본 적 없는 것들이 있다. 고찰하건대, 「오산경」의 많은 산이 사라졌다. 추측하건대 장승요가 그림을 그릴 당시에는 본문이 아직 온전했을 가능성이 있다. 그렇지 않다면 후대 사람이 탁명하여 그림을 전승했을 수도 있으나, 그 진위를 알 수 없다. 그렇기에 모본에만 따를 수 없어 우선 『도장』의 글과 그림을 참고하여 교감하고 정리하여 소장하였다. '누가', '한 사람이', '혹은 쓰기를' 등의 말은 아마도 곽박이 주해한 흔적일 것이다. '누가 쓰기를', '그림이 이르기를' 등의 말은 지금의 판본에도 남아 있다.[14]

도장본의 10권에 빠지고 생략된 부분이 많다는 그림과 『중흥총목』에 수록된 장승요본이 같다고 하니, 이 도장본에 첨부된 『산해경도』가 진정한 장승요의 그림일 수 있다. 장승요 그림의 모본은 『중흥서목』에 수록된

---

14 又圖十卷, 文字多闕略. 世有模板張僧繇畫山海經圖, 詳於道藏本. 然, 道藏所畫, 不出十三篇中. 模本畫圖有經未嘗見者. 按, 五山經, 山多亡軼. 意僧繇畫時, 其文尚完. 不然, 後人傳托名之, 不可知也. 不敢按據模本, 姑以道藏經圖, 參校繕寫, 藏之於所. 傳疑有日, 一日, 或作之類, 皆郭注之舊. 云一作, 圖作者, 今所存也. 『薛季宣集』, 上海社會科學院出版社, 2003, p.426.

무명씨의『산해경도』일 것이다. 설계선은 원본의 제작 시대가 더 늦은데
도 그림이 더 많고, 경문의 범위를 넘어서기도 한다는 것을 의심했다. 그
는 세상 사람들이 본 도장본 그림은 그 내용이 모두『산해경』에도 있기
에, 장승요의 이름을 빌려 일부러 경문에 없는 것들을 더 많이 그려 옛것
인 척 속였을 것으로 추측했다. 그렇기에 그는 조심스레 도장본의 경문과
삽화를 보전하기로 선택했다.

　한편 저명한 화가 곽희(郭熙)의 아들 곽사(郭思)도『산해경도』를 그린
바 있었다. 원나라 하문언(夏文彦)의『도회보감(圖繪寶鑑)』에 따르면 "곽사
는 희(熙, 곽희(郭熙))의 아들인데 역시 잡다한 그림을 잘 그렸다. 숭관(崇
觀, 송휘종의 연호 숭녕, 대관(大觀)) 때 명을 받아『산해경도』를 그렸다. 그중
말 그림은 조한(曹漢)의 화법과 많이 비슷하다"고 하였다.[15] 그러나 이 그
림은 수록되지는 못했다. 송휘종은 도가 사상에 심취해 자기 스스로를 도
군(道君) 황제라고 부르기도 했다. 유학 사상에 속박되지 않았던 그였기에
궁정화가를 시켜『산해경도』를 그리게 했을 법도 하다.

　상술한『산해경도』는 모두 신과 괴물을 그린 것이었다. 그러나 고대에
소장된『산해경도』가 모두 괴물을 그린 것은 아니고, 자연환경과 지리에
관한 것도 있었다. 송대 정초의『통지』제66권 예문략의 방물류에 서아의
『산해경도』10권이 수록되었고, 또 제72권의 지리도류에도『산해경도』를
수록했지만, 저자는 적혀 있지 않다. 그 분류로 보아 이『산해경도』는 분
명 괴물이 아니라 지리 상황을 그린 그림이었을 것이다.『송사』제206권
「예문지」에는 곽박의『산해경』18권, 곽박의『장서(葬書)』1권, 저자 미상
의『산해경도』10권이 있었다고 기록이 남아 있는데, 이것이 아마도 서아
의『산해경도』일 것이다. 이 시대 이후 이들 오래된『산해경도』는 모두 실
전되고 말았다. 오늘날 보는 옛 그림은 모두 명, 청 시대 이후 그린 그림

15 『影印文淵閣四庫全書』第814冊, 台灣商務印書館, 1986, p.592.

이다. 명대 장응호(蔣應鎬)의 『산해경도』, 왕숭경의 『산해경석의』 삽화, 호문환(胡文煥)의 『산해경도』, 청대 오임신의 『증보회상산해경광주(增補繪像山海經廣注)』 삽화, 왕불의 『산해경』 삽화 등은 모두 『도찬』을 따로 추가하지 않았다.[16] 청대 필원의 『산해경』 학고산방도(學庫山房圖) 주해본, 학의행의 『산해경전소』 삽화에는 『도찬』을 일부 실었고, 민국 8년(1919) 상해금장도서국(上海錦章圖書局)에서 발행한 『산해경도설(山海經圖說)』에는 그림마다 찬을 추가했다. 여기서는 따로 논하지 않겠다.

역사적으로 존재했던 여러 『산해경도』, 그리고 『산해경』의 일부에서 나타나는 여러 존재의 정적인 모습에 대한 묘사는 송대에 들어 『산해경』과 그림 간의 관계에 관한 토론을 유발했다. 이는 『산해경』 자체를 더욱 깊이 이해하도록 했을 뿐만 아니라 『산해경』 학술사의 중요한 일부를 이루었다.

---

16 馬昌儀, 『古本山海經圖說』, 山東畫報出版社, 2001을 참고하였다.

『산해경』과 우정도 禹鼎圖의 관계 및
저자에 관한 송대 학자들의 견해

구양수의 시『독산해경도』는『산해경』을 우정, 즉 우임금의 세 발 솥과
연결한 최초의 작품이었다.

하(夏)나라의 세 발 솥은 구주를 그리고, 산경에는 그 기록이 남아 있다네.

텅 빈 아득한 대황 사이, 흐릿한 아지랑이 속 산들이 모여 있네.

뜨거운 바다엔 증기가 가득하고, 빛과 어둠이 교차하네.

내달리는 동물은 각기 다른 모습으로, 순식간에 만 가지 형태로 나타나네.

모든 생물은 각기 다른 본성을 지니고, 만물의 이치는 결코 하나로 통일될 수 없네.

놀란 자들은 스스로 경악했다고 말하지만, 삶이란 누가 이상한지 알 수 있으랴.

조화의 이치를 아직 깨닫지 못하고, 다만 큰 지도를 펼쳐 보일 뿐이네.

만물이 서로 다르지 않다면, 어찌 지구의 광대함을 알 수 있을까?[17]

---

17 夏鼎象九州, 山經有遺載. 空濛大荒中, 杳靄群山會. 炎海積歊蒸, 陰幽異明晦. 奔趨各異
種, 倏忽俄萬態. 群倫固殊稟, 至理寧一槪. 駭者自云驚, 生兮孰知怪. 未能識造化, 但大披
圖繪. 不有萬物殊, 豈知方輿大. 『歐陽修全集·居士外集』, 中國書店, 1986, p.363.

시 전체는 그림에 나타난 각종 신비한 존재들이 타고난 기질이 다름을 말하고 있다. 그 핵심은 형상은 비록 이상할지라도 이치는 같기에 이 세상이 크다는 것을 설명하기에 족하다는 것이다. 구양수가 본 『산해경도』에 그려진 것은 기이한 동물들이었을 것이다. 장주핑(張祝平)은 『송대인이 논한 산해경도에 관한 변증(宋人所論山海經圖辨證)』에서 구양수의 시를 자연환경에 관한 묘사로 오인하며 이 『산해경도』를 '지리 지형 전경도'라고 생각했다.[18] 구양수가 본 그림이 기이한 동물 그림이 아니라는 이 같은 견해에 관해서는 좀 더 논의가 필요하다.

시에서 말한 하나라의 세 발 솥은 『좌전·선공삼년(左傳·宣公三年)』 왕손만이 초자(楚子)에게 한 "과거 하나라에 막 덕치가 시행되던 때에, 먼 곳에서는 각종 기이한 존재들을 그림으로 묘사하였고, 구주에서는 구리를 공물로 바쳤습니다. 이로써 아홉 개의 세 발 솥으로 만들어 그 그림을 솥에 새기고 솥에 각종 사물을 갖추어 백성들로 하여금 무엇이 신이고 무엇이 악한 존재인지 알게 하였습니다. 그리하여 백성들은 강과 호수, 깊은 산과 숲에 들어가도 길들일 수 없는 악한 존재는 마주치지 않았고, 귀신과 요괴 따위는 만나지 않을 수 있었습니다"라는 이야기에서 나온다. 여기에 진대 두예(杜預)는 "우의 시대에 산과 강의 기이한 존재들을 그려 바쳤다. 구주에서 공물로 바친 구리로 그려진 존재들을 솥에 새기게 하였다. 도깨비와 귀신을 비롯한 만물의 모습을 그려 백성들이 대비할 수 있게 하였다"고 주를 달았다. 이 전설은 우임금이 홍수를 다스린 이야기에 기반을 두고 있다. 이는 유흠 이후로 퍼졌던 우임금과 백익이 홍수를 막은 후 『산해경』을 지었다는 학설과 일치한다. 구양수도 이 점에 착안하여 「산경」에 하나라 솥의 일부 흔적이 남았다고 시를 읊은 것인데, 이는 『산해경』이 하나라 세 발 솥에 그려졌다는 그림에 대한 묘사였을 가능성을 암시한 것이기도 하다.

---

18 『中國歷史地理論叢』2001年 第4輯.

남송의 설계선 역시 이에 동의한다. 그는『낭어집』제30권「서산해경」에서『좌전』에 나온 솥을 지은 이야기를 인용하며 "「산경」에서 말한 것이 이것이 아닌가?"라고 한다. 다만 설계선은『산해경』이 선진시대 때 존재했던 하나라 서적이 절대 아니라고 생각했다. 그는 유흠이 "직접적으로 백익이 기록했다고 말하면서도 또 백익과 백예를 두 사람으로 나누니, 모두 정확하지 않다"고 비판하며, 또『태사공기』를 살펴보면 한대 서경 시대의 책으로 후대의 작품이 아닌 것 같다.『산해경』이 고대부터 있었던 책이라면, 진한 때 추가된 내용이 더해진 책인 것 같다"고 판단했다.[19]

명대에 이르러 양신의『주산해경·서』는『산해경』과 우정 도상 간에 관계가 있다고 확신하고 하나의 완전한 '우정 도상설'을 제기했다. 청대 필원, 학의행, 현대 학자 위쟈시와 웬커 모두 어느 정도 이 학설에 동의한다.

송나라 사람들은『산해경』의 저자에 대해 다르게 생각했다. 조공무는『군재독서지』제8권에『산해경』을 지리류 맨 앞에 두고, 우임금이 제작했다고 보았다.[20] 우무는 발문에서 "『산해경』은 18편으로 세상 사람들은 하나라 우임금이 이를 썼다고 하지만 아니다. 여기에는 계(啟)와 유궁(有窮) 후예(後羿)의 일을 끌어오기도 하기 때문이다. 한나라 유학자들은 예(羿)가 썼다고 하지만, 이 역시 아니다. 굴원의『이소경』에 이 책을 인용한 것이 많기에, 선진시대의 책이라는 것은 의심할 여지가 없다"고 이에 대한 의심을 제기했다.[21] 그러나 주희는 '선진시대의 책'이라는 설조차 부정했다. 그는 한나라 사람이『천문』을 해석하기 위해『산해경』을 썼다고 추정했는데, 이 생각은 진진손 등 사람들의 지지를 얻었다.

---

19 『影印文淵閣四庫全書』本을 따랐다. 교감·표점본『설계선집』의 426쪽의 '한서경서(漢西京書)' 앞에는 '즉(則)'이 없다.

20 『中國歷代書目叢刊』, 現代出版社, 1998 참조.

21 『山海經傳』, 中華書局, 1984年 影印. 장심징(張心澂)의『위서통고(僞書通考)』에서 인용한 이 단락은 글자가 좀 다르다. 商務印書館, 1954年 第2版, pp. 573-574.

주희朱熹의『산해경』연구

1.『산해경』에 대한 전반적인 평가

주희는 남송 제1유학자로 꼽히는 인물로서 물론 경학 입장에 치우친 점이 없지 않지만,『산해경』에 대한 그의 인식은 비교적 종합적이었다. 그는『산해경』에 기이한 존재에 관한 서술이 있다는 점에도 주의를 기울이는 한편 지리지 부분도 소홀히 하지 않았다.

연구 끝에 주희는『산해경』의「산경」만큼은 기본적으로 긍정했다.『주자어류』제138권에서 그의 제자가『산해경』에 관해 질문하자, 주희는 다음과 같이 대답한다. "산천에 관해 이야기하는 제1권은 좋다. 동물의 형상을 묘사하는 것은 대체로 한나라 왕궁의 그림을 기록한 것이다. '남쪽을 향해', '북쪽을 향해'라고 하는 것들에서 그것이 그림이라는 것을 알 수 있다."[22] 이는『산해경』의 지리 부분을 긍정적으로 평가하는 한편 동물 형상에 관한 기록은 사실이 아니라고 비판한 것이다. 당시 학자들은 아직

---

22 『影印文淵閣四庫全書』第702冊, 台灣商務印書館, 1986, p.702; p.769.

「해내동경」의 말미 부분이 후대 사람이 섞어 넣은『수경』의 일부인 것을 몰랐기에 주희는 그 일부에 대해서도 긍정적인 태도를 보였다.『주자전서』제50권에는 다음과 같은 내용이 있다.

> 절강에서는 세 명의 천자의 도읍이 나왔는데, 모두 그 동쪽에 있다. …… 오른쪽의 문장은『산해경』제13권에 나온다. 고찰하건대『산해경』은 오로지 이 몇 권에서 기록하는 것만이 고금 산천 지형의 실상에 부합하고, 황당무계한 언사가 없다. …… 이 말을 통해 오늘날 강소와 절강 지역의 실제 형세를 얻을 수 있다. 다만 경문 중 절(浙) 자를『한지』의 주석에서는 제(淛)로 썼으니, 글자가 틀린 것으로 보인다. 석림(石林)이 이미 이를 변별한 바 있다.[23]

그러나 유가 경학자로서 주희는『산해경』의 황당무계한 내용을 몹시 못마땅하게 여겼고, 세상 사람들이 지리 부분은 무시하고 기이한 내용만을 좋아하는 세태를 전면적으로 비판했다. 예컨대『주자전서』제50권에서는 "그러나 여러 경학자조차도 이를 고증하지 않았고, 반면에 다른 문헌의 황당한 이야기는 자주 암송되어 전해졌다. 도공(도연명)이라 할지라도 이를 피해 가지 못했다." 여기서 평소 흠모하던 도연명까지 비판의 대상이 되었던 것은 그의 태도가 상당히 강경했음을 보여준다. 홍흥조가 곤이 식양을 훔쳐 축융에 죽임을 당한『산해경』이야기를 인용하여『천문』을 주해하자, 주희는 더욱 분노했다. "축융은 전욱 임금의 후손으로 죽어 신이 되었다. 상제가 그를 시켜 곤을 주살하도록 하였다고 한다. 그러나 요임금 때에 이 사람은 없어진 지 오래다. 이는『산해경』의 허황된 이야

---

23 浙江出三天子都, 在其東. …… 右出山海經第十三卷. 按, 山海經唯此數卷所記頗得古今
山川形勢之實, 而無荒誕譎怪之詞. …… 此數語者, 又為得今江浙形勢之實. 但經中浙字,
漢志注重作淛, 蓋字之誤, 石林已嘗辨之.『影印文淵閣四庫全書』第721冊, 台灣商務印書
館, 1986, p.406.

기이다."[24] 이처럼 주희는 축융 신화가 여러 고전 문헌에서 다르게 나타나는 것은 고려하지 않은 채 한 문헌을 가지고 다른 것을 부정해 버렸는데, 이는 세심하지 못한 판단이다. 이러한 태도는 그가 학술 연구에 있어 줄곧 주장해 온 냉정한 태도와는 맞지 않는다. 아마도 경학자라는 입장이 여기서 작동하여 그의 반감을 자극했던 것일 수도 있다.

2. 『산해경』은 『천문』을 모방한 '한대 궁정 회화를 설명한 작품'

주희는 일찍부터 『산해경』과 그림 간의 관계에 주목한 학자 중의 하나이다. 그는 『산해경』의 일부 문장이 분명 그림에 대한 설명인 것을 간파했다. 『기산해경(記山海經)』에서 그는 "(『산해경』은) 여러 신기한 존재가 날거나 걷는 것을 묘사할 때 '동쪽을 향해'라거나 '동쪽으로 머리를 향해'라고 자주 말하는데, 모두 정해져 변하지 않는 형상임을 알 수 있다"고 하며 『산해경』이 "본디 그림에 따라 만들어진 것이지, 실제 이곳에 이 동물이 있음을 기록한 것이 아니다"라고 추측한다.[25] 『주자어류』제138권에서 그의 제자가 『산해경』에 관해 질문하자, 주희는 다음과 같이 대답한다. "(『산해경』에서) 동물 형상을 묘사하는 것은 대체로 한나라 왕궁의 그림을 기록한 것이다. '남쪽을 향해', '북쪽을 향해'라고 하는 것들에서 그것이 그림이라는 것을 알 수 있다." 동물 형상에 대한 묘사는 『산해경』 전체에 걸쳐 등장하지만, '동쪽을 향해', '동쪽으로 머리를 하고', '남쪽을 향해', '북쪽을 향해' 같은 묘사는 「해경」과 「황경」에 많다. 예컨대 「해외서경」은 "개명(開明)은 동물의 몸에 호랑이만큼 크고 머리가 아홉 개이다. 모두 사

---

24 朱熹, 『楚辭集注・楚辭辨證』下卷, 『影印文淵閣四庫全書』第1062冊, 台灣商務印書館, 1986, p.392.
25 『朱文公文集』第71卷.

람 얼굴을 하고 동쪽을 향해 곤륜 위에 서 있다"고 전한다. 또 「해외북경」
에서 공공의 누대는 "네모졌으며 귀퉁이마다 한 마리의 뱀이 있는데, 호
랑이 무늬에 머리는 남쪽을 향하고 있다"고 한다. 주희가 말한 '고정되어
변하지 않는 형상'은 경전 원문에 나타난 그림을 설명하는 것 같은 정적
인 묘사를 뜻한다. 이 발견은 경전 원문을 이해하는 데 중요한 역할을 한
다. 『산해경』과 그림의 관계에 관해 연구하는 후대 학자들은 모두 주희의
이 발견을 토대로 삼아 논의를 전개해 나갔다. 왕응린은 『왕회보전(王會補
傳)』에서 주희가 '그 실제를 확보했다'며 칭송했고, 명대 호응린 역시 『소
실산방필·정집(少室山房筆叢·正集)』 제16권에서 역시 "대단하다. 자양(紫陽)
은 실로 책 읽기에 뛰어난 사람이었다. 이 문장의 의미 사이에서 고금의
박학다식한 사람들 누구도 발견하지 못한 것을 홀로만 찾아냈다. 더구나
그는 평생 정력을 경전과 이를 전수하는 데에 쏟았으니, 어찌 이를 얕게
엿볼 수 있었겠는가?"며 주희의 발견을 높이 샀다.[26]

주희는 『산해경』에 묘사된 동물 형상은 '대체로 한나라 왕실 그림을 기
록한 것'이라고 보았는데, 이는 분명 『초사』를 주해하며 왕일의 주석에
서 영감을 받았기 때문이다. 왕일의 『초사장구』에 따르면 "초나라에는 선
왕의 묘와 공경 사대부의 사당이 있었는데, 거기에는 천지, 산천과 신령
의 그림이 있었는데 화려하고 신비로웠으며, 또 고대 현인, 성인과 기이
한 존재와 옛이야기가 있었다." 왕일은 굴원이 "그래서 이를 벽에 기록하
고 그 내용에 대해 의문을 제기했다"며 『천문』이 굴원이 이들 그림을 보
고 쓴 시라고 생각했다. 『주자어류』 제138권은 "옛사람들에게는 그림에
관한 학문이 있었는데, 『구가』나 『천문』이 바로 그러한 예이다"라고 했다.
한대에는 확실히 벽에 그림을 그리는 풍습이 있었다. 무량사(武梁祠)나 묘
혈에 그려진 화상 등이 바로 그것이다. 그렇기에 주희가 『산해경』을 그림

---

26 『影印文淵閣四庫全書』第886冊, 台灣商務印書館, 1986, p.333.

에 관한 기록이라고 한 것도 억측은 아니지만, 그는 시대를 헷갈렸다. 절대다수의 학자들이 대체로 『산해경』을 선진시대의 책으로 추측하고 있는데, 그렇다면 여기에서 다룬 그림 역시 선진시대의 것일 테다.

『산해경』이 『초사』보다 이르다는 통념에 반대하며 주희는 한나라 사람들이 『초사』를 토대로 『산해경』을 썼다고 생각했다. 그의 『초사집주·산해경유사』 하권에서 다음과 같이 말한다.

> 대체로 고금에서 『천문』에 대해 말하는 자는 모두 여기 이 두 책(『산해경』과 『회남자』를 말함)을 근본으로 삼았다. 오늘날 문장과 뜻을 살펴보니, 이 두 책 모두 『천문』에 연유하여 이를 해석하기 위해 쓴 것이 아닌가 한다. 이 『천문』의 글은 특히 전국 시대의 속된 풍속을 전하는 말들인데, 오늘날 세속에서 말하는 승려가 무지기(無支祁)를 항복시켰거나, 허손(許遜)이 교룡을 베었다는 따위의 이야기로 본래 근거가 없는 것이다. 그러나 호사가들이 이를 꾸며내어 마치 사실인 것처럼 만들어 냈다.[27]

주희는 또 구체적으로 이 가설에 대해 추론해 나간다.

> (『천문』의) '계극빈상(啓棘賓商)' 네 글자는 원래 '계몽빈천(啓夢賓天)'이었다. 그러나 세상에 전해지는 두 판본이 서로 장단점이 있어 혼란스러워 더 이상 명확히 알 수 없게 되었다. 『산해경』을 지은 자가 본 판본에는 '몽천(夢天)' 두 글자가 잘못되지 않았지만, '빈(賓)'과 '빈(嬪)'이 비슷하여 곧 '빈(賓)'을 '빈(嬪)'으로 잘못 보아 '계가 하늘로 세 명의 후궁을 보냈다(啓上三嬪于天)'는 설을 만들어 실었으니, 이는 실로 틀렸다. 왕일이 전한 판본에는 다행히 '빈(賓)' 자가 잘못되

---

27 大抵古今說天問者, 皆本此二書. 今以文意考之, 疑此二書本皆緣解此問而作. 而此問之言, 特戰國時俚俗相傳之語, 如今世所俗謂僧伽降無支祈, 許遜斬蛟蜃精之類, 本無稽據. 而好事者, 遂假托撰造以實之.『影印文淵閣四庫全書』第1062冊, 台灣商務印書館, 1986, p.392.

지 않았지만, 전문(篆文)에서 '몽천(夢天)' 두 글자가 중간에 훼손되어 '극(棘)'과 '상(商)'처럼 보였다. 그리하여 '몽(夢)'을 '극(棘)'으로, '천(天)'을 '상(商)'으로 잘 못 보아 또 주석에서는 관직을 나열하여 설명했다 …… (홍흥조는) 또한 굴원이 『산해경』의 이야기를 많이 사용했다고 말했으나, 『산해』가 실은 이 책으로 인해 쓰인 것을 몰랐다.[28]

주희는 왕일 이래 『산해경』으로 『초사』를 해석하던 전통을 완전히 뒤집어 버렸다. 이 가설에는 실질적인 근거는 없지만, 이 같은 추론 방법은 남송 시대에 크게 유행했다. 진진손의 『직재서록해제』 제15권에서는 주희의 이 추론을 다음과 같이 평가한다. "『산해경』과 『회남자』가 『천문』을 바탕으로 쓰였다고 하는데, 사람들은 거꾸로 이 두 책을 가지고 『천문』을 증명한다. 이는 세상에서 매우 뛰어난 탁견으로, 조금의 아쉬움도 없다."[29] 그 제8권 「산해경 18권」에서는 또 다음과 같이 말한다. "…… 주희 선생께서 말씀하시기를 '고금에서 『천문』에 대해 말하는 자는 모두 여기 이 두 책을 근본으로 삼았다. 오늘날 문장과 뜻을 살펴보니, 이 두 책 모두 『천문』에 연유하여 이를 해석하기 위해 쓴 것이 아닌가 한다' 하셨는데, 이는 천 년의 의혹을 깨트릴 수 있다."[30] 마단임(馬端臨)은 『문헌통고』 제204권에서 진진손의 미사여구를 그대로 베껴 썼다. 주희, 진진손, 마단임 모두 송대 저명한 학자였지만, 모두 근거 없는 가설을 굳게 믿었다. 이

---

28 天問啓棘賓商四字, 本是啓夢賓天. 而世傳兩本, 彼此互有得失, 遂致紛紜不可復曉. 蓋作 山海經者所見之本夢天二字不誤, 獨以賓, 嬪相似, 遂誤以賓爲嬪而造爲啓上三嬪於天之 說, 以實其謬. 王逸所傳之本賓字幸得不誤, 乃以篆文夢天二字中間壞滅, 獨存四外, 有似 棘, 商, 遂誤以夢爲棘, 以天爲商, 而於注中又以列陳官商爲說 …… (洪興祖)且謂屈原多用 山海經語, 而不知山海實因此書而作. 『影印文淵閣四庫全書』第674冊, 台灣商務印書館, 1986, p.394.

29 위의 책, p.780.

30 위의 책, p.676.

는 당시 학술 풍조가 '이치로 추론하기'를 좋아했기 때문이다. 명대 호응린 역시 크게 고민하지 않고 이 학설에 동의했다. 그는『소실산방필총·정집』제16권에서 "처음 내가『산해경』을 읽기 시작했을 때, 그 원본이『목천자전』에『이소』,『장자』,『열자』를 섞어 만들어 전해진 것이 아닌가 의심했다. 또 이 책이 선진시대에 나왔다는 것 역시 감히 믿을 수가 없었다.『산해경유사』에서 '고금에서『천문』에 대해 말하는 자는 모두 여기 이 두책을 근본으로 삼았다. 오늘날 문장과 뜻을 살펴보니, 이 두 책 모두『천문』에 연유하여 이를 해석하기 위해 쓴 것이 아닌가'라고 하니, 자양이 먼저 이를 깨우친 것이로다"라고 하였다.[31] 다만 호응린은 그래도 진중하게『산해경』은 전국 시대에 기이한 것을 좋아하던 사람이『목천자전』을 취해『장자』,『열자』,『이소』,『주서(周書)』,『진승(晉乘)』을 섞어 만든 것으로 판단했다. 주희가 한나라 사람이 책을 썼다고 한 주장보다는 좀 더 이른 시대이다.

주희의 가설은 훗날 서적의 진위를 고증하는 일부 학자들의 지지를 받았다. 예컨대 청대 요제항(姚際恒)의『고금위서고(古今僞書考)』, 최술(崔述)의『최동벽유서·하고신록(崔東壁遺書·夏考信錄)』 등이 있다. 최술은『산해경』이 "그 책에 실린 일들은 황당무계하고, 글은 빈약하여 기운을 떨치지 못하는 것이, 대개 제자소설의 이야기를 모아 편집해 만든 책이다. 분명한 것은 장사(長沙), 영릉(零陵), 계양(桂陽), 제계(諸曁) 등 군현 이름은 모두 한, 진 이후에야 있었던 것이다. 한대 사람이 만든 것이 분명하다"라고 했다.[32] 그러나 학자 대다수는 주희의 주장에 동의하지 않았다. 청나라 오임신은『독산해경어』에서 "주나라와 진나라의 제자백가 중 오로지 굴원만이 이 경전을 익숙하게 읽었다.『천문』에 나오는 예컨대 '십일대출(十日

---

31 『影印文淵閣四庫全書』第886冊, 台灣商務印書館, 1986, p.333.

32 羅志田,「山海經與中國近代史學」,『中國社會科學』2001年 第1期에서 재인용.

代出)', '계극빈상' …… 등은 모두 이 경전에서 나왔다. 교감학자들은 『산해경』이 진, 한대 사람들이 만든 책이라고 보는데, 이로써 이를 분명히 알 수 있다."[33] 루쉰의 『중국소설사략』은 "『산해경』을 우임금과 익의 저술로 보는 것은 실로 아니다. 그리고 『초사』를 바탕으로 만들어졌다는 것 역시 아니다"라고 했다. 학문 변천사의 한 단면을 이렇게 확인할 수 있다.

위쟈시는 『사고제요변증』에서 기본적으로 왕일이 『천문』을 주해한 설에 동의한다. 또 "옛 선왕의 사당과 공경 사대부의 사당에 그려진 그림이 곧 『산해경』의 그림인 게 아닐까 생각한다. 그러나 주자는 또 『산해경』이 오히려 『천문』을 바탕으로 쓰였다고 하는데, 그 뜻은 왕일과는 다르다"라고 추측한다. 그의 추론은 많은 현대 학자의 동의를 얻었다. 뤼즈팡은 『독산해경잡기』에서 『산해경』은 초나라 선왕 사당 벽화의 각본이라며 거의 주희의 학설을 반박하기 위해 이를 활용한다.[34] 이렇게 학계 인식은 『산해경』이 『초사』보다 빠르다는 학술 전통으로 다시금 돌아갔다.

---

33 吳任臣, 『山海經廣注·讀山海經語』, 乾隆五十一年金閶書業堂刻本.
34 呂子方, 『中國科學技術史論文集』(下), 四川人民出版社, 1984, p.4; p.113.

지리서로서의 『산해경』
성격에 관한 송대 학자의 의심

위진시대 이후 지리학이 크게 발전하는데, 특히 당, 송 두 시기에 전국 토지에 대한 대규모 현지 조사와 측량 작업이 이루어졌다. 또 당대 『원화 군현지(元和郡縣志)』, 송대 『태평환우기(太平寰宇記)』, 『원풍구역지(元豊九域 志)』 등 도서가 편찬되면서 송대 지리학 지식은 상당히 풍부해졌다. 그러 나 상대적으로 역사 지리학은 아직 미비한 탓에 많은 학자가 여전히 『산 해경』을 지리서로 인식했으나, 일부 학자들은 당시 지리 관념에 따라 『산 해경』을 의심의 눈초리로 보기 시작했다.

진진손의 『직재서록해제』 제8권 지리류에는 『산해경』 18권이 수록되 어 있다. 그러나 그는 사마천의 논평을 끌어와 『산해경』이 사실이 아니라 고 여겼고, 또 주희의 말에 따라 이를 『천문』을 이어 쓴 작품이라고 생각 하며 그 지리서로의 성질을 부인했다. 그래서 그는 "예부터 지금까지 전 해진 시간이 오래되었기 때문에 우선은 지리서의 첫 번째라는 이름을 부 여한다"고 말했고, 마단임은 저서 『문헌통고』에서 여기에 동의했다.

정초의 『통지(通志)』 제66권은 『산해경』을 방물류로 분류하여 『신이경』 과 『이물지』와 함께 두었다. 정초는 『산해경』을 전문적으로 먼 지역의 기이한 존재를 다룬 작품으로 생각하며 지리 관련 기술의 진실성을 의심했을 뿐만 아니라, 『산해경』이 지괴류 작품이라고 암시하기도 했다. 이 일로 명대 호응린이 『산해경』을 '지괴의 선조(志怪之祖)'로 보게 되었다.

왕응린 역시 『산해경』의 지리학 기술을 완전히 믿지는 않았다. 그러나 그는 지리란 역사적으로 변한다는 점을 고려하여 『산해경』의 지리 서술이 그가 살던 시대의 상황과 다른 이유가 오로지 『산해경』이 허구이기 때문이라고 생각하지는 않았다. 그는 비교적 중도적인 입장이었고, 태도 역시 그렇게 냉소적이지 않았다. 그는 『통감지리통석·자서(通鑑地理通釋·自序)』에서 다음과 같이 말한다.

> 지리에 대해 말하기는 하늘에 대해 말하는 것 보다 어려운데, 어째서 그토록 어려운가? 일월성신의 자리는 예부터 변하지 않지만, 군국과 산천의 이름은 거듭 변화하여 끝이 없다. ······ 『우서』의 구공(九共)을 앞선 유학자들은 『구구(九丘)』라 하였는데, 그 편은 실전되었다. 오늘날 전해지는 것은 『우공』, 『직방』 뿐이다. 예컨대 『산해경』, 『주서·왕회(周書·王會)』, 『이아』의 「석지」, 『관씨』의 「지원(地員)」, 『여람(呂覽)』의 「유시(有始)」, 『홍렬(鴻烈)』의 「지형(地形)」은 모두 옛것과 기이한 것을 좋아하는 사람들이 버리지 않은 것들이다.[35]

그렇기에 왕응린은 위수와 조서동혈산(鳥鼠同穴山) 등을 주해할 때 모두 지명은 바뀔 수 있다는 것을 명시했고, 『산해경』과 곽박의 주석을 인용하여 이를 고증했다. 그가 거둔 역사 지리학 성취는 『사고제요』에서 "그의 인용은 넓고 박학하며, 고증은 명확하다. 그리고 왕조의 분할과 점유, 전

---

35 言地理者難於言天, 何為其難也. 日月星辰之度終古而不易, 郡國山川之名, 屢變而無窮. ······ 虞書九共, 先儒以為九丘, 其篇軼焉. 傳於今者, 禹貢, 職方而止爾. 若山海經, 周書·王會, 爾雅之釋地, 管氏之地員, 呂覽之有始, 鴻烈之地形, 亦好古愛奇者所不廢. 『叢書集成新編』第9冊, 臺灣新文豐出版公司, 1985, p.240.

쟁과 공격을 서술하는데 특히 하나하나 요점을 잘 파악하여 역사학에 있어 가장 큰 공헌을 하였다"는 좋은 평가를 받았다.

송대는 고대로부터 그렇게까지 멀어진 시대는 아니었기에 곽박의『산해경주』,『도찬』과『산해경도』가 모두 아직 보존되어 있었고, 이를 읽은 학자들이 있었다. 이 때문에 송대『산해경』학은 고증학 분야에서 매우 중요하다. 만약 송대 도장본『산해경』의 존재가 설계선이나 우무 등 사람의 글에 남아 있지 않았더라면, 우리는 유흠 교정본『산해경』18편과 반고가 말한『산해경』13편 간의 차이를 이해할 수 없었을 것이다. 물론 송대 사람들의『산해경도』에 관한 기록이 없었더라면 곽박 이후 그림이 지닌 사회적 영향력 또한 파악할 수 없었을 것이다.

다만 송나라 사람들이 그들의『산해경』인식을 파악할 수 있는 주해본을 단 하나도 남기지 않은 것, 이는 실로 애석한 일이다.

제5장   세속화된 명대^{明代}『산해경』연구

1

명대 사회와 학문의 세속화 과정

　명대의 학문은 청대 건가(乾嘉) 시기 이후로 비난을 받고, 부유하고, 얕고, 공허하다는 수식어가 따라붙었다. 이는 실상 건가 시기의 학문적 가치로 명대 학문을 재단하여 벌어진 커다란 오해였고, 명대의 학술 성과를 왜곡한 것이었다. 필자는 동정적인 시선으로 명대의 학문과 『산해경』학을 대하고자 한다.

　명대는 사회의 세속화 경향이 뚜렷한 시대였다. 상업과 사회는 빠르게 발전했고, 시민 계층이 성장하며 사회 문화적 수요가 크게 대두되었다. 이러한 사회적 요구에 적응하기 위해 각종 『산해경』 판각본이 줄지어 나타났다. 현재 알려진 각본으로는 정통(正統) 연간(1436-1449)의 도장본이 있고, 성화(成化) 4년(1468) 북경 국자감 각본, 가정(嘉靖) 15년(1536) 반간전산서옥(潘侃前山書屋) 각본, 가정 연간에 재판각된 송본(宋本), 만력(萬曆) 13년(1585) 『산해경·수경』 합각본(合刻本) 등이다. 한편 통속적인 독서 문화의 수요를 맞추기 위해 장응호, 무임부(武臨父)가 그린 『산해경도회전상(山海經圖繪全像)』18권, 호문환『산해경도』와 가정 연간 각본 왕숭경『산해경석의(山海經釋義)』18권, 만력 25년(1597) 요산당(堯山堂) 각본『산해경석의』18권,『도』2권, 만력 47년(1619) 대업당(大業堂) 각본『산해경석의』 18권,『도』2권, 유회맹(劉會孟)『평산해경(評山海經)』 등이 출현했다. 이처럼 다양한 각본, 그것도 삽화가 있는 판본의 출현은『산해경』이 사회 각계각 층에 한층 더 깊이 스며들었다는 점을 잘 보여준다.

명대는 유가 사상이 상대적으로 느슨한 시대였다. 여전히 일부 사람들 이『산해경』의 괴이한 말에 반감을 품었지만, 국자감마저도 나서서 성화 4년(1468)에『산해경』 곽박 주 판본을 판각했다. 그 이유는 '영원토록 사 대부가 널리 학문을 쌓는 데 도움이 되기' 때문이었다.[1] 이는 공자가 주 장했던 '박학'이라는 원칙으로 '불어괴력난신'의 원칙을 반박하고『산해 경』을 긍정한 것이었다. 첫 판각본에 실수가 많아 훗날 다시 편집 및 교감 을 진행하여 성화 6년(1470)에 다시 한번 판각했다. 명대는 도교가 비교 적 발달했는데, 특히 영락제(永樂帝) 이후로 여러 임금이 도교를 중시했었 다. 영종제(寧宗帝) 정통 연간에는 다시 도장을 편찬했고 여기에『산해경』 도 수록했다. 정통 도장본은 그 시대가 이르고, 판각이 정확하여 훗날 필 원과 학의행 등 여러 학문의 대가들이 연구 대상으로 채택하였다.

상업 환경, 시민 사회가 점차 발전함에 따라 사회적 자원 역시 국가가 독점할 수 없게 되었다. 지식인들 역시 반드시 경학이 추구하던 '배움이 뛰어나면 벼슬길에 나아간다'의 외길만을 고집할 필요가 없었다. 일부 사 람들은 상업과 시민 계층에 의지하여 독립적으로 삶을 꾸려나갔다. 그렇 기에 그 학술적 취향이나 학문의 내용 모두 생활방식의 변화에 따라 함 께 변화했다. 명대『산해경』 연구는 그 문학성을 많이 강조하는 편이었다. 양신은『산해경』을 우수한 고문 작품으로 보고 '마치 산해진미'와 같다고 했다. 왕숭경은 심지어『산해경』을 우언 작품으로 보았다. 이들의 해석에 는 어렵고 번잡한 고증이 없어 일반 사람들도 쉽게 읽고 이해할 수 있었

---

1 邢絪 等,『山海經·題記』, 明成化庚寅刻本, 上海涵芬樓 影印 참조.

는데, 여기서 당시의 세속화된 경향을 엿볼 수 있다. 이는 당시 사회 자체가 세속화되었던 것과 떼어놓고 생각할 수 없다.

경학의 학술적 전통에서 볼 때 송대 유학은 이미 의(義)와 리(理)에 치우쳐서 장구에 소홀했다. 명대 사람들은 송대 사람들의 전통을 이어받아, 의와 리에 대해 논하기를 좋아했고 고증은 적었다. 학자들은 자기 내면의 필요에 따라 의견을 개진해 나갈 수 있었다. 그래서 당시 학문 풍조에는 별다른 근거 없이도 개인의 억측을 드러내도 괜찮다는 특징이 있었다. 명대『산해경』학의 두 대가였던 왕숭경과 양신 모두 그러했다. 과거 학계는 왕숭경과 양신의『산해경』연구를 좋게 평가하지 않았었다. 이는 건가 학파의 영향을 받아 고증학을 기준으로 명대 학문을 평가했기 때문이다. 그러나 공감을 토대로 명대 사람들만의 가치관에 따라 이들의 견해를 연구해야 한다. 학문이 반드시 훈고에서 시작되어야만 하는 것이 아니며, 의와 리 역시 학문의 뿌리 중 하나이다. 청대 사람들의 고증학에는 자체적인 논리가 있고, 명대 사람들이 의와 리에 대해 논한 것 역시 그들만의 논리가 있다. 청대 고증학을 기준으로 명대 사람들을 평가하면, 명대 사람들이 불합격인 것은 당연하다. 반대로 명대의 의와 리 이론으로 청나라 사람을 평가하면, 그들은 모두 어리둥절해하고 말 것이다. 그렇기에 합리적인 학문 관념은 상대주의와 다원주의를 바탕으로 명대를 기준으로 명나라 사람을 판단하고, 청대의 기준으로 청나라 사람을 판단하는 것일 테다. 그러나 명나라 사람에게도 고증학은 있었다. 양신의『산해경보주』에도 어느 정도 고증이 있고, 호응린의『소실산방필총』에는 더 많은『산해경』고증이 있을 뿐만 아니라 그 성과도 적지 않아 청대 사고전서관에게도 영향을 미쳤다.

명대『산해경』연구는 종합적으로 발전해 나갔다. 잘 알려진 주해본으로 양신의『산해경보주』1권, 왕숭경『산해경석의』18권, 유회맹『평산해경』18권 등이 있다. 이들은 각자 문자 훈고, 의리 등 여러 측면에서『산해

경』을 연구했다. 또 주전의『산해경유사』1권은『산해경』의 아름답고 묘한
표현을 문학 창작에 응용하는 법에 대해 전문적으로 연구했다. 왕세정,
호응린, 주장춘(朱長春) 등 다른 학자들도『산해경』의 성격과 의미에 대해
각자 독특한 견해를 피력했다. 이는 그전에는 나타나지 않았던 학문의 전
성기였다. 이번 장에서는 그중 영향력이 비교적 컸던 왕숭경, 양신과 호
응린의『산해경』연구를 집중적으로 논의한다.

2

왕숭경王崇慶의 『산해경석의山海經釋義』의 정통 입장과 '우언설寓言說'
— 유회맹劉會孟의 『평산해경評山海經』과 함께 논함

    왕숭경(1484~1565), 자는 덕징(德徵), 호는 단계자(端溪子), 대명부(大名府) 개주(開州) 사람으로 남경의 이부(吏部)와 예부(禮部) 상서(尙書)를 역임했다. 『오경심의(五經心義)』, 『주역의괘(周易議卦)』, 『산해경석의』18권, 『도』권을 남겼다.

    현존하는 가장 이른 판본의 『산해경석의』는 베이징대학 도서관에 소장되어 있다. 그 자서에는 '명 가정세(嘉靖歲) 정유(丁酉) 하(夏) 유월(六月) 정말(丁末)'이라는 낙관이 남겨져 있는데, 곧 가정 16년(1537)이다. 왕충민(王重民)의 『중국선본서제요(中國善本書提要)』에서는 가정 연간의 각본으로 판단했다.[2] 또 만력 25년(1597) 장일규(蔣一葵)의 요산당 중각본 18권이 있는데, 여기에는 그림 2권과 동한유(董漢儒)의 『중각산해경석의서(重刻山海經釋義序)』가 포함되어 있으며, 국가도서관에 소장되어 있다. 이 판본은 매우

---

2 王重民, 『中國善本書提要』, 1983, p.394. 필자가 보기에 이 연도는 청나라 책 상인이 추가한 것 같다. 만력 25년의 요산당 각본의 서문에는 연도가 없기 때문이다. 왕숭경이 직접 쓴 것이라면 아마도 '대명(大明)' 두 글자를 사용했어야 한다. 이 문제는 좀 더 논의가 필요하다.

제5장 세속화된 명대明代 『산해경』 연구 **249**

정밀하다. 또 만력 47년(1619) 대업당 각본이 있는데, 1995년 제노서사(齊魯書社)에서 영인본으로 출판했다. 이는 『사고전서·존목총서(存目叢書)』 자부 제245책에 수록되어 쉽게 구할 수 있지만, 없는 장이 있다.

1. 왕숭경의 정통적인 입장과 그 사상 간의 갈등

왕숭경은 봉건적인 정통 사상을 굳건히 지킨 사람이었다. 동한유의 소개에 따르면 그가 조정에서 일하는 몇 년 동안 매번 충절과 의리를 다짐했다고 한다. "동쪽의 아홉 오랑캐에서 남쪽의 여덟 오랑캐까지, 하늘에서 땅까지 중앙 정부를 섬겨 따르고 싶어 하지 않는 자가 없고, 천자의 덕이 가지 않는 곳도 미치지 않는 곳도 없다. 이러한 해석은 의미가 없는 것이 아니다."[3] 이러한 정통 사상은 그의 『산해경석의』 전체에 걸쳐 나타난다.

그는 정통적인 유가의 입장에서 출발하여 모든 서적이 교화에 도움이 되어야 한다고 생각했고, 또 이를 기준으로 『산해경』의 가치를 가늠했다. 왕숭경은 "『산해경』은 무엇을 위해 쓰였는가? 세상을 다스리기 위함이라면, 한쪽으로 치우쳐 고르지 못하다. 도리를 바로잡기 위해서라면, 환상적이며 사실은 적다. 영원히 전해지기 위함이라면 난잡하고 요점이 부족하다. 어찌 이것이 경전일 수 있는가?"라고 질문한다.[4] 그는 『산해경』이 유가 육경과 함께 '경'이라고 불리는 것이 불만이었다. 이런 논리라면 그는 『산해경』을 연구해서는 안 됐었다. 서문에서 그가 직접 밝힌 『석의』를 저술한 목적은 『산해경』이 세상에 전해진 지 오래고, 또 일부는 논리에

---

3 董漢儒, 『山海經釋義序』, 萬曆二十五年堯山堂刻本(마이크로 필름)
4 王崇慶, 『山海經釋義·序山海經釋義』, 堯山堂刻本(마이크로 필름)

맞기도한데, 먼 훗날 '기이한 이야기가 나타나 교화를 무너뜨리고, 사특한 음악이 연주되어 아악을 망치는 것'을 막기 위함이라고 했다. 그리고 곽박의 주해가 '리(理)를 믿지 않고 물(物)을 믿고, 평범한 것에 대해 말하지 않고 기이한 것을 말하는' 문제를 해결하기 위함이기도 했다. 이는 자신이 『석의』를 썼다는 것에 대한 일종의 자기변명이었다. 조유원(趙維垣) 역시 『산해경석의』 발문에서 왕숭경을 위해 이유를 찾아 주었다.

> 옛사람이 "육합 밖의 일에 대해 성인은 그 존재를 알고 있지만, 이야기하지 않고, 육합 안의 일에 대해 성인은 이야기하되 논하지 않는다"고 하였다. 오늘 단계(端溪)의 풀이를 보고 삼가 생각하건대 주희는 육경을 주해하고 남은 한가로운 때에 초사, 농사, 의학, 점괘, 패관소설까지 모두 깊이 파고들지 않는 것이 없었다. 이는 실로 천지 간의 학문인데 영웅호걸이어야만 할 수 있는 것이리라. 주희와 단계는 그 이치가 한 가지이다.[5]

그러나 유가 경전이 아닌 『산해경』에는 정통 유가 사상과 일치하는 것도 있었지만, 이와 상치되는 내용도 많았다. 왕숭경은 어떤 것은 긍정하고 어떤 것은 엄하게 비판했다. 곽박의 주석에 대해서도 모순적인 견해를 보였다. 그는 서문에서 곽박이 기이하지만, 그의 박학다식함은 위대하다고 하면서도 또 한편으로는 곽박이 "이(理)를 믿지 않고 물(物)을 믿고, 평범한 것에 대해 말하지 않고 기이한 것에 대해 말한다"고 힐책했다. 이는 왕숭경의 마음과 이성 간에 일었던 갈등을 보여준다.

이처럼 『산해경』을 모순적으로 읽은 사람이 왕숭경 하나만은 아니었다. 『사고전서·제요』는 『산해경』에 "신기하고 괴이한 이름들이 많이 섞여

---

5 古人有言云, 六合之外, 聖人存而不論. 六合之內, 聖人論而不議. 今觀端溪之釋, 竊思考亭夫子每於六經注述之暇, 楚詞, 農圃, 醫, 卜, 稗官小說, 亦罔不究竟. 斯殆天人之學, 豪傑之才也乎. 考亭夫子, 端溪, 其道一也. 위의 책.

들어갔다"고 비난했지만, 그 편찬 책임자인 총찬(總纂) 직무를 맡았던 기효람(紀曉嵐)은 저서『열미초당필기(閱微草堂筆記)』에 신기하고 괴이한 이야기를 한가득 다루었다. 게다가 성모영용공(誠謀英勇公)이 사냥하다가 머리가 없고, 가슴으로 눈을 삼고 배꼽으로 입을 삼아 말을 타고 사슴을 사냥하는 사람을 봤다는 이야기를 두고 바로『산해경』의 형천이라고 여겼다. 또 우루무치 산에 산다는 소인 붉은 버들 아이(紅柳娃)는『산해경』의 정인(靖人)이라고 말했다.[6] 이처럼『산해경』에 대한 기효람의 평가에도 모순적인 데가 있었다.

이렇게 보자면 왕숭경은『산해경』을 주해한 것이 아니라『산해경』을 자기 목적에 따라 이용한 셈이었다. 동한유의 말을 인용하자면 "우주 사이에서 가장 균질적이지 않은 것이 바로 물질이다. 몰두하는 마음으로 이를 이해하려 하는 것은 공(왕숭경)께서 경전을 해석한 것이 아니라 곧 경전을 따라 공의 마음을 해석한 것이다"라고 할 수 있다.[7] 동한유는 왕숭경의 행동을 긍정적으로 보았다. 이는 곧『산해경』에 대한 모순적인 태도는 봉건시대 정통 지식인에게 흔한 일이었음을 의미한다. 유가의 정통적인 가치관으로는『산해경』의 기이한 내용을 부정해야 하지만, 또 학자 개인적으로는『산해경』을 통해 잠시 속세를 초월하는 여유를 가지고 싶었던 데에서 이 같은 내적 갈등이 생겼던 것으로 보인다.

2. 의리에 천착한 평론 방식

송, 명대 학자들은 장구는 경시하고 의리에 대해 논하기 좋아했다. 왕

---

6 余嘉錫,『四庫提要辨證』, 中華書局, 1980, 第2版, p.1122.

7 董漢儒,『山海經釋義·序』, 堯山堂刻本(마이크로 필름)

숭경의『산해경석의』는 곽박 주를 인용하는 것 외에 직접 문자 훈고를 한 부분이 거의 없다. 대부분의 편폭은 의리에 대한 평론에 할애되어,『석의』는『산해경』의 주석본이라기보다는『산해경』평론집이라고 하는 것이 더 적절하다. 이는『산해경』연구사가 고수해 온 체계를 벗어난 혁신적인 시도였다. 그리고 왕숭경은 거의 단락마다 평론을 달아 그 양이 어마어마했다. 그렇기에 우리는 고증학이 아닌 서평의 각도에서 왕숭경의 저작에 접근해야 할 것이다.

왕숭경은 생활 상식을 근거로『산해경』의 진위를 판별했다. 예컨대「남산경」에는 기이한 뱀, 기이한 동물, 기이한 나무가 살고 있어 오를 수 없는 원익산(猨翼山)이 있다. 이곳에 대해 왕숭경은 "이 산은 오를 수도 없는데, 하물며 기이한 뱀, 기이한 나무와 소위 기이한 물고기는 또 어디서 보았는가? 볼 수 없다면 또 어떻게 이를 알 수 있겠는가? 무릇 이것들은 서로 모순적이니 믿을 수가 없다"고 말한다.[8]「남산경」초요산에는 몸에 달면 길을 잃지 않게 해주는 미곡(迷穀)이 있는데, 이에 대한 왕숭경의 평론은 다음과 같다. "사람이 지혜롭거나 아둔한 것을 결정하는 것은 천성이다. 사람의 기질의 변화를 결정하는 것은 학문이다. 그런데 미곡이 있어 이를 몸에 차면 길을 잃지 않는다고 말하는데, 이와 가까운 자라면 모두 지혜로워지는 것인가? 이는 분명 이치에 맞지 않는다."[9] 왕숭경은 또 수달이 육지와 물에 모두 사는 것을 근거로「남산경」의 육어(鯥魚)가 높은 언덕에 산다고 해도 의심할 이유가 없다고 보았다. 또 조서동혈산에 대해 각기 다른 존재가 같은 동굴에서 살아도 서로 익숙하여 경계하지 않는 것이라 설명했는데, 이는 간단하면서도 합리적인 해석이다. 왕숭경은 또 북쪽이 남쪽보다 춥기에「북산경」에서 겨울은 물론 여름에도 눈이 내린다

---

8 王崇慶,『山海經釋義·序』第1卷, 堯山堂刻本(마이크로 필름)

9 위의 책.

고 한 묘사도 거짓이 아니라고 보는데, 이 역시 실제 상황에 부합한다. 다만 이처럼 상식을 근거로 사실을 판단하는 방식은 일반적으로 어떤 가능성을 얻을 수 있을 뿐이고, 맞을 때도 있지만, 신뢰도는 부족하다.

왕숭경은 장생불사, 사후 변신 등의 내용을 당연하게도 모두 반박한다. 「대황남경」의 불사국에 대해 "자고로 모두 죽는 것인데 불사국이 존재한다니? 나라의 사람들이 모두 죽지 않는다면, 사욕을 방종하게 쫓으며 삼가 경계하는 것이 없다"라고 해석한다.[10] 또 「해외북경」의 과부(夸父) 신화에 대해서는 "과부가 해를 좇는 것은 정위가 바다를 메우려는 것과도 같으며, 이는 사람이 자기 힘을 헤아리지 못하는 것을 비유하는 것으로 그럴 수 있다. 그러나 이것이 실제 있었던 일이라고 생각한다면 틀렸다"고 했다.[11] 「산경」에 등장하는 여러 기이한 형상의 산신을 왕숭경은 전부 부정한다.

> 산천의 영기는 구름과 비를 만들어 내어 만물을 적실 수 있는데, 이들은 모두 신이다. 공자께서 기란 신이 왕성한 것이라 하셨다. 만약 그렇다면 형체가 있는 것은 신이 아님을 알 수 있다. 대개 과거에는 산천에 제사를 지내고, 이는 백성을 위해 공을 세운 것이라 말하는 자가 있었다. 그러나 여기서 말하는 새의 몸에 용 머리는 동물의 기이한 형태가 아닌가? 이를 기록한 자가 사물의 이치를 상세하게 밝히지 않고 곧 신이라 여겼으니 이는 지나친 처사이다. (「남차일경」 산신)[12]

---

10 王崇慶, 『山海經釋義·序』第15卷, 堯山堂刻本(마이크로 필름)

11 王崇慶, 『山海經釋義·序』第8卷, 堯山堂刻本(마이크로 필름)

12 凡山川之靈氣能興雲雨, 濟萬物皆神也. 仲尼曰, 氣者, 神之盛也. 審若是, 然後知有形者非神也. 夫古有望於山川之祭, 謂其有功於民也. 然則此所謂鳥身而龍首, 疑亦獸之怪歟. 記者未明物理, 遂以爲神, 過也. 王崇慶, 『山海經釋義·序』第1卷, 堯山堂刻本(마이크로 필름)

이물이란 소인은 이를 신으로 여기고, 군자는 괴물로 여긴다. …… 애석하도다. 아둔하고 저속하게 음사에 미혹되어 구제될 길이 없다. (「남차이경」 산신)[13]

유교를 통해 백성을 교화해야 한다는 저자의 갈급한 마음이 잘 드러난다. 그는 유가 신학 관념을 정통으로 삼아 다른 신학 관념은 모두 부정해 버린다. 실상 이는 당시 유가 지식인 다수가 지녔던 엘리트 의식을 대표한다.

왕숭경은 높은 자리에 오른 엘리트 지배계층으로서의 의식이 충만했다. 그는 통치술에 따라 『산해경』이 '대의'에 맞는지 판단했다. 「산경」에 기록된 대량의 물산 자원 중 「서산경」의 래산(萊山) 밑에 왕숭경은 다음과 같이 주를 달았다. "초목과 새, 동물은 산천보다 많지 않다. 군주는 천명을 받아 만물을 다스리는데 그만큼 위대한 자도 없다. 과거 순임금이 사악(四岳)을 다스리고, 우인(虞人)에 명하여 산과 호수를 관장하게 하였는데, 이는 제왕이 하늘과 땅의 자연스러운 이치로 만물을 생장하게 돕는 대단(大端)이다. 응당 이를 소홀히 해서는 안 된다."[14] 그는 「산경」의 마지막에 천하의 산천 자원을 서술할 때 구리와 철만 언급하고, 금과 은이 없는 것은 갈등과 전쟁을 방지하기 위함이라고 보았는데, 이는 『산해경』 최초의 의미에 부합하는 판단이기는 하다. 한편, 통치술을 근거로 한 그의 해석에는 매우 정치적인 표현도 있었다. 「대황남경」에 나오는 영민국(盈民國) 사람은 성이 어(於)이며 기장을 먹는데, 여기에 대해 주를 달은 사람이 아무도 없었다. 왕숭경은 이를 우언으로 보고 '영(盈)'을 '포(飽)'로 해석하고, '어(於)'를 '욕(欲)'으로, '서(黍)'를 '서(鼠)'로 이해했다. 그래서 『석의』는 이를 "영민은 백성을 배불리 먹여 그 욕구를 만족시켜 주는 자이다"라고

---

13 凡異物, 小人以為神, 君子以為. …… 惜乎, 愚俗惑於淫祀而莫救也. 王崇慶, 『山海經釋義·序』 第1卷, 堯山堂刻本(마이크로 필름)

14 王崇慶, 『山海經釋義·序』 第2卷, 堯山堂刻本(마이크로 필름)

해석한다. 이 같은 해석은 매우 새롭고 참신하지만, 왕숭경은 여기서 한 발짝 더 나아갔다. "백성을 배불리 먹여 그 욕구를 채워주는 것보다 더 아둔한 일은 없다. 이는 어리석은 일이 아닌가? 선비가 국가에 보답하고, 백성을 사랑하지 않는다면, 모두 녹을 도둑질하는 것이나 마찬가지다. 얼마나 많은 쥐가 도둑질하였는가? 쥐가 곡식을 훔쳐 먹는 것에 대한 한탄은 당연하다." 왜 왕숭경은 백성들을 만족시켜 주는 것을 '이보다 더 아둔한 일이 없다'며 비난했을까? 사실 이것이 바로 왕숭경이 추구하는 통치술이었다. 백성이 만족하게 되면 군주가 이들을 자기의 필요에 따라 움직일 수 없게 된다. 백성을 배불리 먹이는 방식을 택한 사대부는 오히려 군주와 백성에게 위해를 끼치는 셈이다. 왕숭경이 볼 때 이러한 사대부는 봉록을 훔쳐 가는 쥐와 다를 바 없었다. 왕숭경이 여기서 말한 '대의'란 결국 군주의 도구로서 백성들을 부리는 통치술이었다.

치도(治道)에는 도덕적 교화가 포함되어 있다. 「남산경」 청구산(靑丘山)에는 여우 같고 꼬리가 아홉 개에 사람을 잡아먹는 동물이 사는데, 사람이 이 동물을 먹으면 요사스러운 기운에 빠지지 않게 된다. 왕숭경은 교화를 염두에 두고 다음과 같이 평했다. "동물끼리 서로 잡아먹는 것도 사람은 싫어하는데, 하물며 구미(九尾)와 같은 종류의 여우가 사람을 먹을 수 있는가? 그러나 또 이를 먹으면 요사스러운 기운에 빠지지 않는다고 하였다. 그렇다면 또 사람이 동물을 먹음을 얘기하는 것이다. 사람과 동물이 서로 잡아먹는다니, 이는 도를 크게 어지럽히는 것이다. 경험과 사실을 바탕으로 생각했을 때, 나쁜 일이 아직 작을 때 미리 방지해야 할 것이다. 이 시대의 뜻 있는 자로서 어찌 이를 그냥 지나칠 수 있겠는가?"[15] 왕숭경의 이 같은 평론은 고민이 지나쳤던 것으로 보인다.

---

15 王崇慶, 『山海經釋義·序』 第1卷, 堯山堂刻本(마이크로 필름)

3. 우언설

왕숭경은 『산해경』에서 교화에 부합하는 가치를 찾아내기 위해서 많은 내용을 우언이라고 설명했다. 이는 도덕을 목적으로 한 문학 독해 방식이었다. 그의 이러한 가설은 구체적인 서사 단위의 평가 방식과 관련되었을 뿐만 아니라, 『산해경』의 저자와 그 창작 의도를 판단하는 문제와도 관련 있었기에 상당히 중요했다.

왕숭경의 '우언'설은 주로 「황경」과 그 이하 편에 집중되어 있었다. 그는 『산해경석의』 제14권에서 "해내와 해외는 곧 대황에 있는 것이다. 그런데 또 대황을 열거하는 것은 왜인가? 그렇기에 「대황」은 우언인 것을 알 수 있다. 고로 우언은 응당 마음으로만 이해해야 할 것이다"라고 하였다.

이처럼 마음으로만 이해하는 방식으로 그는 「대황동경」의 "소인국 사람은 정인이라 한다"라는 구절에 대해 "소인은 정인이다. 완곡하게 싫어하는 자를 풍자하는 것이다. 그 형상의 크고 작음을 논하는 것은 이 말의 주된 뜻이 아니다"라고 풀이한다. 소인국은 세계 어느 나라에서든지 쉽게 찾아볼 수 있는 다른 세상에 대한 상상이다. 왕숭경은 이를 두고 간사한 사람을 풍자하는 것이라고 해석했다. 그 사람이 작다고 묘사했기 때문이기도 하지만, 또 다른 근거는 이들을 '정인'이라고 불렀기 때문이다. 이 문장의 '정인(靖人)'은 곧 '정인(淨人)'을 뜻하는데, 사원에서 잡무를 담당하는 하층민을 의미하며 그 사회적 지위가 낮았다. 왕숭경은 문학 독해에 주어지는 자유의 범주 내에서 대담하게 소인국이 간사한 사람을 풍자하기 위한 목적으로 상상해 낸 우언이라고 주장했다. 「대황동경」에는 또 "거인의 시장이 있는데, 그 이름은 대인당이다. 한 거인이 그 위에 쭈그려 앉아 있고, 두 귀를 활짝 열고 있다"는 구절이 있다.[16] 곽박은 이를 "역시 산 이름 이다. 그 모습이 당실과도 같다. 거인이 때때로 그 위에 모여 시장을 열었 다"고 풀이한 반면 왕숭경은 이 짧은 한 줄에서 큰 의미를 뽑아냈다. "시 장이라고도 하고, 당실이라고도 하는데, 시장에서의 법도가 국가를 운영 하는 것과 같다면, 정치가 없는 것이다. 게다가 '그 위에 앉아서 귀를 활 짝 열고 있다'는 것은 간사한 자가 높은 자리를 차지하여 제멋대로 사적 권력을 부리며 위해를 끼치는 것과 같다. 어찌 정치가 가능하겠는가?" 이 는 왕숭경이 자기의 가치관을 기반으로 읽어낸 내용이다. 자기 관념에 잘 들어맞는 이야기였기 때문에 그는 이를 적극적으로 평가했다. 그러나 그 는 「대황서경」에 개(開)가 하늘에 세 명의 후궁을 바쳐 구변과 구가를 얻 어 내려왔다는 이야기는 강한 어조로 비판했다. 천제에게 미색을 바친다 는 묘사가 왕숭경의 신성 관념에 어긋나기 때문이었다. "어떻게 이런 일 이 있을 수 있겠는가! …… 『개서(開筮)』와 『죽서(竹書)』의 전승이 도를 어 지럽히고 세상을 미혹하는 것을 알았지만, 이것만큼 심하지는 않았다. 오! 이것이(『산해경』을 말함) 어찌 그것들과 같은 부류일 수 있겠는가?" 왕 숭경이 읽어낸 우의는 모두 도덕과 관련된 것이며, 이는 그가 도덕의 문 제에 매우 몰두했음을 보여준다.

왕숭경은 동일한 방식으로 「황경」에서 진, 한 교체기에 일어난 갖가지 정치 갈등을 읽어냈다. 「대황북경」에 나오는 유명한 신화인 과부가 해를 좇은 이야기에 따르면 목이 몹시 말라 견디기 어려웠던 과부는 황하를 마 시고도 부족하여 "대택(大澤)에 가려 하였지만 이르지 못하고 여기서 죽 었다. 응룡이 치우를 이미 죽이고, 또 과보를 죽였다. 그리고 남방에 가서 살았다. 그래서 남방에 비가 많은 것이다." 왕숭경은 다음과 같이 말한다. "(진시황은) 사구(沙丘)에서 세상을 떠났는데, 거기까지 이르지 못하고 죽

---

16 필원과 웬커는 모두 『태평어람』에 따라 '두 팔(兩臂)'로 썼다.

었다. 응룡이 그를 죽였다는 것은 한나라로 진나라를 대신함을 말하는 것인가? '남방에서 살았다'. '남방에 비가 많다'는 것은 한나라의 화덕왕(火德王)과 관련이 있는가? 진나라의 가혹한 법을 폐지한 것은 왕의 은택이 깊다는 뜻인가? 곤륜산에 이어 악산(岳山)이 있는데, 높기도 하구나. 이는 한 고조의 이름을 숨긴 것인가? 그렇지 않다면, 이는 정확하지 않은 말이다." 「대황북경」의 촉룡(燭龍)에 대해서는 다음과 같이 설명한다. "촉룡이 눈을 열고 닫는 것이 곧 낮과 밤이 된다는데, 이 같은 우언은 실로 반복되어 증명되었다. 진나라와 한나라의 흥망성쇠에서 이를 대략 볼 수 있다."[17] 이와 같은 예시는 계무민(繼無民)에 대한 해석에서도 나타나는 등 매우 많다. 우언을 역사에 억지로 끌어오는 처사는 문학에 대한 자유로운 독해의 범주를 벗어난 것이다. 추측은 너무 많고, 증거는 또 부족하다.

이 같은 '우언'이 진, 한의 역사를 포함한다면, 『산해경』 또는 적어도 「황경」의 작가는 한대 사람일 수밖에 없다. 그렇기에 왕숭경은 다음과 같이 말했다.

> 건평 연간을 돌이켜보면 한애제 치세 때이다. 유향의 손자 공은 충성스럽고 믿음직스럽고 박학다식하며 이치에 밝다고 널리 알려져 있었고, 한대 역사학의 걸출한 인물이었다. 그가 주로 관장하던 영역은 선대의 저술이었는데, 상세한 변증을 갖추었다. 혹은 자기의 뜻에 따라 평론하기도 하고, 잘못된 것을 바로잡기도 하였다. 그러나 그 시대의 수비(秀輩)와 같은 편찬자들은 모두 이름이 알려지지 않았었다. 장주나 열자의 우언처럼 모두 황당무계한 것으로 한, 진대에 이를 모방한 것은 아니었을까?[18]

---

17 王崇慶, 『山海經釋義·序』第17卷, 萬曆二十五年堯山堂刻本(마이크로 필름)

18 考之建平, 蓋漢哀帝世. 劉向之孫曰龔者, 號稱篤信而濟之博通, 蓋漢史之尤出也. 其管領是書, 果出先代, 宜有辯證. 或參以已意, 亦當平反. 而一時修撰如秀輩, 故皆無聞焉. 是莊, 列寓言之妄, 漢晉皆踵之乎. 위의 책.

왕숭경의 이 가설은 근거가 너무도 부족하여 후대에 이를 지지하는 사람은 거의 없었다. 『산해경』을 우언으로 해석하는 방식은 유유(劉維)의 『산해경책(山海經策)』에서도 나타난다. 유유는 생몰연대가 정확히 알려지지 않았다. 청대 오임신은 『산해경잡술』에서 그의 견해를 인용했다.

> 경전에서 언급한 이부의 신하를 천제가 쇠고랑을 채워 소속산에 가두고 발과 손을 묶었다. 한선제 때까지도 기록이 있었다. 이는 두 마음을 가진 신하를 경계하기 위함이다. 역민국(蚊民國)이 있는데, 이들은 물여우를 사냥하여 먹을 것으로 삼았다. 귀역(鬼蚊)처럼 음험하게 남몰래 남을 해쳐서는 안 된다. 이를 사냥하여 먹는 것은 사악한 자들에게 교훈이 될 수 있다. 풍차(豐次)(풍저(豐沮)로 써야 함)의 옥문(玉門)은 해와 달이 들어가는 곳이고, 의천(倚天)(의천(猗天)으로 써야 함)의 소문(蘇門)은 해와 달이 태어나는 곳이다. 희화국(羲和國)에서는 해를 씻기고, 천우(天虞)는 달을 씻긴다. 해와 달은 군주를 상징하는데, 이들을 씻긴다는 것은 군주를 보좌하는 사람들을 뜻한다. 이러한 일들이 없었다고 하더라도, 그 이치는 족히 믿을만한데 경전에 이토록 상세한 기록이 있는 것은 어떠하리?[19]

이처럼 유유 역시 『산해경』에서 도덕과 정치에 대한 비유를 읽어냈던 것을 보면, 왕숭경의 우언설은 어느 정도 보편적이었던 것으로 보인다.

---

19 至若經言貳負之臣, 帝梏之疏屬之山, 桎其足, 縛其兩手, 至漢宣帝時猶驗. 此足爲二心之臣戒. 有蚊民之國, 射蚊是食. 爲鬼爲蚊, 則不可得. 射而食之, 此可爲邪民戒. 豐次(應爲沮)玉門, 日月所入. 倚(應爲猗)天蘇門, 日月所生. 羲和之國, 浴日. 天虞浴月. 日月, 君象也, 而浴之, 此可爲夾輔日月者勸. 此卽無是事, 而理故足信, 況經備載之乎. 吳任臣, 『山海經廣注·山海經雜述』, 乾隆五十一年金閶書業堂刻本.

4. 세속화된 해석 방식

왕숭경과 양신은 거의 비슷한 시기에 살았지만 두 사람의 삶은 매우 달랐고, 사상적 차이도 컸다. 『산해경석의』는 많은 측면에서 양신의 『산해경보주』와는 판이했지만, 세속화된 해석 방식이라는 측면에서는 상당히 유사했다.

왕숭경은 정밀하고 깊게 문자를 고증하거나, 사료를 설명하는 작업을 전혀 진행하지 않았다. 기본적으로 가볍게 이치를 논하거나, 현실과 연결 지어 원문을 평론하는 데 그쳤다. 『산해경』의 문학적 가치는 주로 우언이나 도덕적 입장에서 해석했다. 가끔 순수하게 예술적 깨달음을 얻기도 했다. 예컨대 「서차삼경」 부주산에 대해 "이 책을 곰곰이 곱씹어 보니 오로지 기록을 잘한 것만이 아니다. 가령 소위 '물이 콸콸 솟아 나온다', '그 과일은 복숭아 같다', '노란 꽃에 붉은 꽃받침', '먹으면 근심이 없어진다'와 같은 말들은 모두 사실 기록에 내포된 정취이다." 여기서 왕숭경은 『산해경』의 서사 기법뿐만 아니라 그 안에 내포된 운율의 아름다움 또한 칭송했다. 이는 새로운 발견이긴 했다. 현대 학자 샤오빙은 『산해경』에는 낙원에 대한 상상이 있는데, 그 묘사는 대체로 압운으로 이루어진다는 점을 지적했다.[20] 이 같은 분석은 왕숭경의 발견을 뒷받침 해준다.

5. 유회맹의 『평산해경』

유회맹은 곧 유신옹(劉辰翁, 1232~1297)을 말한다. 시인이자 문학 평론가였고, 그의 『평산해경』 18권은 중국 요녕성도서관(遼寧省圖書館)에 소장

---

20 葉舒憲, 蕭兵, 鄭在書, 『山海經的文化尋踪』, 湖北人民出版社, 2004, pp. 548-551.

되어 있다. 그 내용은 청대 오임신의 『산해경광주』에 인용된 40개 조밖에 없다. 이 인용문들은 주로 지리 정보를 해설하며, 일부 이름과 사물을 훈고한 것도 있고, 왕숭경의 『산해경석의』와 비슷한 평론도 있다. 이중 지리 정보 해설이 가장 많다. 가령 「서산경」 헌원구(軒轅丘)에 대해 유회맹은 "오늘날 신정현(新鄭縣)이고 옛날에는 웅씨국(熊氏國)이 있었다"고 하며,[21] 「북산경」의 알려산(謁戾山)에 대해 곽박은 "오늘날 상당군(上黨郡) 열현(涅縣)에 있다"고 하였고 유회맹은 "오늘날 택주(澤州) 고평현(高平縣)에 있다"고 하였다.[22] 「북산경」의 연산(燕山)에 영석(嬰石)이 많이 난다는 기록에 대해 곽박은 "돌이 옥처럼 아름다운 무늬를 둘렀다. 연석(燕石)이라고도 한다"고 했고, 유회맹은 "오늘날 이 돌은 보정(保定) 만성현(滿城縣)에서 난다. 『국어』에는 물고기의 눈으로 진주인 척하고, 연석으로 옥인척 한다는 이야기가 있다"고 했다.[23] 이는 대체로 당시 지명으로 해석한 것으로 통속적이고 현실적이다.

이름 훈고 예는 다음과 같다. 「동산경」은 "결구(絜鉤)가 나타나면 그 나라에 돌림병이 많아진다"고 했는데, 유회맹은 "쇠오리의 털이 나타나면 천하가 혼란해진다고 했는데, 아마 이 새도 쇠오리류인 것 같다"고 했다.[24] 「해외북경」의 무우산(務隅山) 남쪽에 전욱을 장사를 지냈다고 하는데, 곽박은 "전욱은 호가 고양(高陽)으로 무덤이 지금의 복양(濮陽)에 있다. 고로 제구(帝邱)라고 부른다. 어떤 사람은 돈구현(頓邱縣) 성문 밖 광양리(廣陽里)에 있다고도 한다"고 해석한 반면, 유회맹은 "이는 초혼 의식 후에 의관을 묻은 곳이지, 복양의 제구가 아니다"라고 했다.[25]

---

21 吳任臣, 『山海經廣注』第2卷, 乾隆五十一年金閶書業堂刻本.
22 吳任臣, 『山海經廣注』第3卷, 乾隆五十一年金閶書業堂刻本.
23 위의 책.
24 吳任臣, 『山海經廣注』第4卷, 乾隆五十一年金閶書業堂刻本.
25 吳任臣, 『山海經廣注』第8卷, 乾隆五十一年金閶書業堂刻本.

오임신이 인용한 유회맹은 평론은 극히 드물다. 예컨대「해외서경」의 형천 신화에 대해 유회맹은 "룻다(律陀)에게는 천안(天眼)이 있고, 형천에게는 천구(天口)가 있다"고 남겼다.「서산경」녹대산(鹿臺山)에 부혜(鳧徯)새가 사는데 "그 울음은 자신을 부르는 소리와 같고 이것이 나타나면 전쟁이 나게 된다"고 한다. 유회맹은 "사람 얼굴을 한 새로 크게 아름다운 것이 아니면 매우 못생겼다. 아름다운 것은 빈가(頻伽)이고[26], 매우 못생긴 것이 부혜이다"라고 했다.「해내북경」의 추오에 대해 그가 남긴 평론은 다음과 같다. "오색찬란한 것은 우담발화(婆羅花)이고, 오색을 두루 갖춘 것은 추오이다. 모두 오행의 정수를 담지한 것들이다. 당나라 태화(太和) 원년에 백호가 중봉관(重峰觀)에 들었는데, 바로 추오였다. 또 영락 2년에 주왕이 전구주(畋鉤州)에서 추오를 얻었다. 선덕(宣德) 4년 저주(滁州) 내안(來安) 석고산(石固山)에서 추오 두 마리를 잡아 임금에게 바쳤다. 군신이 모두 시를 지어 이를 노래했다. 하원길(夏原吉)의『부서(賦序)』에서 '사자의 눈, 호랑이의 몸을 가지고, 하얀 가죽에 검은 무늬, 긴 꼬리는 눈을 넘어가네. 살아 있는 것은 먹지 않고, 풀을 밟지 않는다'고 했다.『비아(埤雅)』에 실린 것과 같다."[27]

유회맹의 책 이름으로 짐작했을 때『평산해경』은 평론 위주였을 것이다. 그러나 오임신은 왜 이렇게밖에 인용을 안 했을까? 아마도『산해경광주』체계 때문에 충분히 인용하지 않았던 것으로 보인다. 왕숭경의『산해경석의』에 대한 오임신의 태도와 마찬가지로 지리, 훈고 부분만 인용하고 평론은 인용하지 않았다. 그리하여 우리는 유회맹의『평산해경』의 전체 모습은 확인할 길이 없게 되었다.

전체적으로 봤을 때『산해경석의』는 평론식『산해경』연구 방법의 서

---

26 빈가는 불경에 나오는 가릉빈가의 줄임말이다. 목소리가 아름다운 새라는 뜻이다.
27 吳任臣,『山海經廣注』第12卷, 乾隆五十一年金閭書業堂刻本.

막을 열었다. 저자는 주로 정통적인 유가 도덕관념과 지배계층의 정치적 입장에 입각하여 논의를 전개했고, 명대 일부 지식인의 『산해경』에 대한 인식을 대표했다. 그의 우언설은 『산해경』에 대한 자유로운 독해에 있어 나름의 통찰력을 지닌 것이었고, 『산해경』을 해석하는 여러 가능성 중의 하나를 대표했다. 『산해경』 본연의 의미와는 맞지 않을 가능성이 컸지만, 왕숭경은 『산해경』을 완전히 문학 작품으로 읽어나갔고, 미학적 관점에서 이를 받아들였다. 그리고 우리는 왕숭경의 우언설에서 고증학보다는 의리를 강조하는 명대 유생의 정신적인 면모를 확인할 수 있었다.

왕숭경의 평론식 주해 방식은 자연히 청대 고증학자들을 만족시킬 수 없었다. 『사고전서·총목제요』는 이 책을 다음과 같이 평가했다. "본서는 곽박의 주석을 전부 실었다. 숭경이 간혹 논하기도 하지만, 그 언어는 모두 얄팍하다. 이 책은 또한 방자하고 속되며 억측이 많아 전거로 삼기 부족하다." 그리하여 『산해경석의』는 목록으로만 수록되고 원문은 배제되었다. '얄팍하다'는 이러한 비판은 『산해경석의』 그 자체가 세속적인 경향이 있었기 때문이기도 하지만, 고증학에 뿌리를 둔 사고전서관의 시선에도 원인이 있었다.

3

『산해경』을 읽는 양신楊愼 의
다문화적 시각과 문학적 관점

— 주전朱銓 의『산해경유사山海經腴詞』와 함께 논함

양신(1488~1562)의 자는 용수(用修), 호는 승암(昇庵)으로 신도(新都, 지금
의 사천성 일부) 사람이다.[28] 그의 아버지 양정화(楊廷和)는 내각수보(內閣首
輔)였으며, 그 자신도 어릴 때부터 이름을 떨쳤다. 정덕(正德) 6년(1511)에
치른 전시에서 장원으로 급제하고 한림수찬(翰林修撰)을 제수받았다. 가정
때에는 경연(經筵)의 강관(講官)을 맡았다. 가정 3년(1524) '의대례(議大禮)'
에 휘말려 황제의 분노를 샀고, 운남(雲南) 영창위(永昌衛)로 유배되어 여
생을 보냈다. 양신의 일생은 파란만장했지만, 견문이 넓었다. 학문에 해
박하여 금석학에서 민가, 동요까지 관심 두지 않는 것이 없었다. 또 열심
히 붓을 놀려 많은 저술을 남겼고, 그의『명사(明史)』는 으뜸으로 친다.

전국의 정치 문화 중심지였던 북경에서 국경 변두리의 운남으로 유배
되어 보냈던 38년의 시간은 양신의 삶에 대한 태도와 학문을 하는 방식
에 모두 크나큰 영향을 남겼다. 그의 사상과 문학적 흥미도 변화했고, 그

---

28 예전에는 양신의 사망 연도를 1559년 또는 1568년으로 보았지만, 웨이쟈화(韋家驊)
의『양신평전(楊愼評傳)』에서 1562년으로 다시 고증했다. 여기서는 웨이쟈화의 연구
결과에 따랐다.

덕분에 오랫동안 정통 문인들의 멸시를 받아 온 『산해경』에 주목하고 또 "육경은 오곡과 같고, 『산해경』은 산해진미와 같다"며 이를 높게 평가할 수 있었다. 그는 『산해경』과 옛사람들이 운을 맞춰 쓴 기이한 존재에 대한 글을 좋아했다.[29] 그래서 양신은 곽박의 『산해경도찬』을 모방하여 『이어도찬(異魚圖讚)』을 창작하고 여기에 곽박이 물고기에 관해 쓴 여러 도찬을 개별적으로 수록했다. 그는 유흠과 곽박의 작업도 긍정적으로 평가했다. 그 『주산해경』 서문에서 그는 "한대 유흠이 바친 『칠략』은 그 글이 오래되었다. 진대 곽박의 주석은 질서정연하고, 그 말이 풍부하다. 이 책이 전해진 데에는 두 사람의 공 덕분이 아닌가?"라고 하였다. 또 그의 가장 중요한 『산해경』 연구 성과인 『산해경보주』는 1545년에 완성되어 1554년에 간각되었고 『양승암총각십사종(楊升庵叢刻十四種)』에 수록되었다.[30] 훗날 여러 총서에서 이 책을 수록했고, 중화서국도 1991년 『예해주진(藝海珠塵)』본을 조판 인쇄했기 때문에 쉽게 구할 수 있다.

양신의 『산해경보주』는 『단연총록(丹鉛總錄)』, 『단연여록(丹鉛余錄)』, 『속록(續錄)』, 『적록(摘錄)』, 『식양변(息壤辨)』 등 다른 관련 저작과 더불어 『산해경』을 해석한 책이다. 이 책은 『산해경』 연구의 여러 방면에 크게 공헌했다.

---

29 양신의 『단연총록』 제12권 『운어기이물(韻語紀異物)』에서 "나는 진, 송대 사람들이 운을 맞추어 물산에 관해 쓴 글을 좋아했다. 곽박의 『이아찬』, 『산해경찬』이나 왕미(王微)의 『약초찬(藥草贊)』 같은 것들이다. 모두 질박하지만 공교하다"고 밝혔다. 明 嘉慶 33年(1554) 滇南梁佐刻本

30 양신은 가경 을이년(乙巳年, 1545년) 추석 3일 전에 쓴 『발산해경(跋山海經)』에서 "『산해경보주』를 완성하여 그 말을 권 마지막에 기록하였다"고 밝혔다. 그렇다면 이 책은 당시 이미 완성되어 『산해경』 뒤에 추가했다는 뜻이다. 가경 33년(1554) 여름에는 유대창(劉大昌)이 쓴 『각산해경보주서(刻山海經補注序)』와 주석(周奭)의 『산해경보주발(山海經補注跋)』이 있었다. 이는 따로 책을 조판 인쇄한 시간이다.

1. 문자 훈고의 발전

양신은 고문자를 좋아했고 『기자운(奇字韻)』, 『고음변자(古音駢字)』 등의 저작을 남겼다. 탄탄한 문자 음운학 기초를 바탕으로 그는 『산해경』에 대해 여러 남다른 견해를 남겼다. 가령 「중산경」 폭산(暴山)에는 '궤(麂, 큰 노루)'가 많이 산다고 하는데, 곽박은 이에 대해 주를 남기지 않은 반면 양신의 『보주』는 '궤(麕, 큰 노루)'라고 했다.[31] 웬커는 『산해경교주』에서 양신의 의견을 채택했다. 「해외동경」 현고국 사람은 갈매기를 먹는다고 하는데, 곽박은 "구(鷗), 물새이며, 발음은 우(憂)와 같다"고 하였고, 양신은 "오늘날 구(鷗)로 쓴다"고 덧붙였다.[32] 이는 『설문』의 해석과 맞아떨어진다. 주쥔성(朱駿聲)의 『설문통훈정성(說文通訓定聲)』에서는 "구는 지금 구(鷗)로 쓴다"고 했다. 이로써 양신의 설명이 옳은 것으로 보인다. 「북차삼경」에는 태항산(太行山)이 있는데 곽박은 "항(行), 호(戶)와 강(剛)의 반절이다"라고 했다. 양신은 『단연여록』 제2권에서 "『산해경』의 태항산은 또 오행산(五行山)이라고도 한다. 『열자』에서는 대형(大形)이라 했다. 행이 그 본래의 음인 것 같다"고 했다.[33] 태항산의 '항'의 본래 음이 오행의 '행'일 것이란 뜻인데, 일리가 있다.

「해내경」에는 "큰물이 저 하늘에까지 넘쳐 흐르자 곤이 천제의 식양을 훔쳐 큰물을 막았다"는 구절이 있는데, 곽박은 주를 달기를 "식양이란 흙이 저절로 끝없이 자라나는 것을 말하며, 그렇기에 이로써 홍수를 막을 수 있었던 것이다. 『개서』에서 '백곤(伯鯀)이 곧 식석(息石)과 식양으로 홍수를 막았다'고 전한다. 한원제(漢元帝) 때 임회서현(臨淮徐縣) 땅이 솟아

---

31 『山海經補注』, 中華書局, 1991, p.10.

32 위의 책, p.11.

33 『影印文淵閣四庫全書』本 第855冊, 臺灣商務印書館, 1986, p.10.

올랐는데, 그 넓이는 56리고 높이는 2장이었다. 즉 식토의 종류였을 것이
다"고 하였다.[34] 많은 후대 사람은 곽박의 설에 따라 식양을 천제가 지녔
던 신의 흙이라고 해석했다. 나필(羅泌)의 『노사(路史)』에서는 촉나라에 식
양이라는 이름의 지역이 있었는데, 이 지역의 흙은 자랄 수 있어서 곤이
이런 흙을 가져다가 홍수를 막았다고 전한다. 그러나 양신은 『식양변』에
서 이러한 견해는 '반만 알고 하는 이야기'라고 일갈했다. 그는 한대 유학
자들의 옛 주석을 근거로 '양'은 또 식토라고도 불리며, 덩어리지지 않고
부드럽고 비옥하며 붉은색을 띠는 흙으로 농사에 사용할 수 있다고 봤다.

> 『산해경』에서 말한 곤이 천제의 식양을 훔쳤다는 이야기는 뽕나무를 심기에
> 적합한 흙과 논은 모두 생명체가 살아가기 좋기에 '식양'이라고 한 것이다. 흙
> 과 밭은 모두 군주가 백성에게 부여한 것이기 때문에 '천제의 식양'이라고 한
> 것이다. 곤의 치수 방법은 물의 성질을 따르지 않고 힘으로 물과 다툰 것이었
> 다. 농지를 개간하고 뽕나무를 심어 홍수의 범람을 막고자 하였다. 그렇기에
> 곤이 천제의 식양을 훔쳐 홍수를 막았다고 말한 것이다."[35]

양신은 "옛 책이 전하는 말은 본래 그 자체로 분명했는데, 이를 해석하
는 자들이 이를 가리고 흐리게 만들었다. 이런 일은 자주 일어난다"고 이
전의 주석을 비판했다. 그의 이러한 해석은 독특하고 또 일리가 있어 후
대 사람들의 인정을 받았다. 다만 단순한 문자 훈고에는 한계가 있어, 양
신의 주장은 실상 현실적인 식양으로 신화적인 식양을 대체한 것일 따름
이었다. 신화학적 입장에서 신화를 합리적으로 해석하는 것처럼 보이며,

---

34 郭璞, 『山海經傳』, 中華書局, 1984年 影印.

35 山海經所云鯀竊帝之息壤, 蓋指桑土稻田可以生息, 故曰息壤. 土田皆君所授於民, 故曰帝
之息壤. 鯀之治水, 不順水性, 而力與水爭. 決耕桑之畎畝, 以堙淫潦之洪流, 故曰, 鯀竊帝
之息壤, 以堙洪水. 韋家驊, 『楊愼評傳』, 南京大學出版社, 1998, p.332.

『산해경』과『개서』가 전하는 식양 신화의 본래 의미와는 거리가 있다.

2. 실제 견문을 바탕으로『산해경』의 자연 지식 진실성 증명하기

양신은『산해경』에 기록된 실제 부분을 긍정적으로 받아들인 편이었
다. 그는 문헌 자료를 뒤지거나, 허황된 상상이 아닌 실제 경험을 바탕으
로 이를 설명하고자 했다. 조서동혈산(지금의 조서산)은『상서』와『산해경』
모두에 나오며, 위수의 발원지로 전해진다.『상서』의 "조서동혈로부터 위
수를 인도한다"라는 말에 대해『공씨전(孔氏傳)』에서는 "새와 쥐가 함께 암
수를 이루어 같은 동굴에서 산다. 이 산은 거기서 이름을 따왔다"고 설명
한다. 곽박은『이아·석조』에서 말한 도조(鵌鳥)와 돌서(鼵鼠)가 함께 동굴
에 사는 자연의 신비를 근거로『산해경』을 상세하고도 객관적으로 설명
하되, 함께 암수를 이룬다는 이야기는 하지 않았다. 그러나 일부 자연 지
식이 부족했던 경학자들은 이러한 현상의 진실성을 의심했다. 송대의 채
심(蔡沈)의『서집전(書集傳)』(훗날『채전』으로 줄여 불렀다)에서는 "동혈은 산
이름이다.『지지(地志)』에서 조서산은 동혈산의 한 줄기라고 했고,『공전
(孔傳)』에서는 "조서가 암수를 이루어 같은 동굴에서 산다고 했다. 이 이야
기는 기이하고 황당무계하여 믿을 것이 못 된다"고 하였다.[36] 채심은 새
와 쥐가 함께 동굴에 사는 자연현상을 부정하기 위해 조서동혈산을 조서
산과 동혈산 두 개로 나누었다. 심지어 그럴듯하게 조서산이 동혈산의 한
줄기라고까지 했다. 그러나 양신은 섬서(陝西) 출신 사람과 목격자의 증언
을 토대로『산해경』에 주를 달았다. 그는 "송대 사람이『서(書)』를 지어 조

---

36 徐文靖,『禹貢會箋』第11卷,『徐位山六種』本, 雍正至乾隆年間(1723~179) 志寧堂刻本에
서 재인용.

서가 하나의 산이고, 동혈이 하나의 산이라고 했다. 기이한 것을 말하지 않기 위해 견강부회하고, 그 망령됨이 웃음을 자아낸다는 것은 모른다"며 『채전』을 비판하며 정곡을 찔렀다.[37]

운남에서의 유배 생활로 양신은 자연 견문을 더욱 넓힐 수 있었다. 『운남산천지(雲南山川志)』, 『진후기(滇后記)』와 『진산기(滇産記)』 등 현지의 산천, 기후와 물산 자원을 기록한 저서를 남겼다. 그렇기에 그는 곽박은 잘 몰랐던 것들도 해석할 수 있었다. 「남산경」 단원산(亶爰山)의 야생 동물 '류(類)'는 너구리처럼 생겼는데 갈기가 있으며 저 홀로 암수를 이루고 이를 먹으면 질투하지 않게 된다. 곽박은 "『장자』에서도 류는 홀로 암수를 이루고 변한다고 하였다. 오늘날 훤저(獋猪) 또한 홀로 암수를 이룬다"고 했다.[38] 훤저는 곧 호저를 말한다. '홀로 암수를 이룬다'는 것은 자웅동체를 말하는데, 호저에 가시가 많아 교배하기 어려울 것이란 생각에 생겨난 이야기로 보이지만, 이미 현대 동물학에서는 아니란 것을 밝혀냈다. 양신은 "지금의 운남 몽화부(蒙化府)에 이 동물이 있는데, 사람들은 이를 향모(香髦)라고 부른다. …… 다시금 이러한 동물을 살펴보니, 이들 종류에 차이가 없음을 발견했다. 수컷도 암컷 같고, 암컷도 수컷 같다. '류'라는 이름의 뜻은 더욱더 명확해졌다"고 주해했다.[39] 몽화는 지금의 운남 촉웅(楚雄) 이족(彝族) 자치구를 말한다. 양신은 운남에서 보고 들은 것을 토대로 류라는 이름의 유래를 추측했다. 최근 생물학자 궈푸는 『산해경주증』에서 류는 아마도 겉으로 암수 구별이 어려운 사향 고양이과의 일종인 지벳(zibet)이라는 동물일 것으로 제시했다. 류에 대한 양신의 주석을 틀리지 않았던 것이다. 또 「서차이경」 송과산(松果山)의 확수(濩水)에 사는 동

---

37 楊愼, 『山海經補注』, 中華書局, 1991, p.5.

38 郭璞, 『山海經傳』, 中華書局, 1984年 影印.

39 楊愼, 『山海經補注』, 中華書局, 1991, p.1.

거(鴝渠)새는 산닭 같은 생김새에 몸이 검고 발이 붉다고 했다. 곽박은 "동거의 음은 동궁(彤弓)의 동이다"라고 했고, 양신은 "동거는 곧 용거(鸙渠)다. 남중(南中) 통해현(通海縣)에 이것이 사는데 이름을 장계(鶴鷄)라고 부른다. 옛 주석에서는 그 음을 동(彤)이라 했지만, 틀렸다"고 주를 달았다.[40] 용거는 일종의 물새로『산해경』본문의 묘사와 들어맞는다. 통해현은 운남에 있는 곳으로 이 자료는 양신이 유배지에서 살면서 얻은 것으로 보인다. 훗날 필원은『이아』,『설문』에서 모두 옹거(雝渠)로 나온다고 지적했는데, 양신이 동거를 용거로 해석한 것이 맞았고 고대에 두 종류의 글자가 있었던 것도 확실해졌다. 그러나 양신은 곽박의 주석에 오류가 있다면서 그 음을 사(同)라고 했는데, 무슨 근거로 그렇게 말했는지는 알 수 없다.「북차삼경」의 천지산(天池山)에 사는 한 동물은 토끼 같은 생김새에 쥐의 머리를 하고, 그 등으로 날며 이름은 비서(飛鼠)라고 부른다. 곽박은 "그 등의 털로 난다는 것인데, 난다는 것은 붕 뜬다는 것이다"라고 풀이했다.[41] 비서는 날다람쥐를 뜻한다. 원문은 그 날개에 대한 묘사가 정확하지 않고, 곽박의 주석은 더더욱 상상해 낸 말일 따름이다. 양신은 "운남 요안(姚安, 지금의 대요현(大姚縣))과 몽화(蒙化)에 이 동물이 산다. 나는 직접 이를 본 적이 있다. 그 고기는 먹을 수 있고, 그 가죽은 난산을 치료할 수 있다"고 했다.[42]「남산경」의 순수(洵水)는 알택(關澤)으로 흘러들고 여기에는 비라(茈蠃)가 많다고 하는데, 곽박은 자줏빛 소라라고 했고, 양신은 "소라는 색이 하얀데, 이를 문지르면 보라색 무늬가 생긴다. 내가 직접 보았다"고 적었다.[43] 운남에서의 견문은 양신이『산해경』의 자연 지식을 이해하는 데 큰 도움을 주었다. 그의 경험은 보통의 지식인은 해볼 수 없는 것이

---

40 위의 책, p.3.

41 郭璞,『山海經傳』, 中華書局, 1984年 影印.

42 楊愼,『山海經補注』, 中華書局, 1991, p.7.

43 위의 책, p.1.

었고, 보통의 주석가는 알 수 없는 것들이었다.

3. 『산해경』 속 이민족에 대한 다문화적 해석

운남과 북경 두 지역은 민족 문화 차이가 컸기 때문에 양신은 운남에서 다문화적인 경험을 했던 것으로 보인다. 그는 여기서 유일하다고 여겨 온 한족 문화에서 다른 민족 문화의 세계로 건너갔다.

한 종류의 문화만을 경험한 사람은 원래 몸담고 있던 문화의 제약을 받기 마련이고 이를 유일한 척도로 삼아 다른 사물을 재단하곤 한다. 그렇게 자문화 중심주의라는 진흙탕에 빠지게 된다. 다문화적 경험을 겪어본 사람은 이러한 단일한 가치관에서 벗어나 다양한 문화적 상황을 이해할 수 있게 된다. 양신은 오랜 기간 운남에서 생활하며 다른 민족의 생활 방식을 많이 접하게 되었고, 현지 민족의 역사와 문화에 대해서도 존중하는 태도를 보이는 편이었다. 그의 이 같은 인식은 저술에서도 많이 나타난다.[44] 그의 『운귀향시록(雲貴鄕試錄)』에서 그는 다음과 같이 말한다. "오랫동안 사람들은 전남 지역을 멀고 편벽한 곳이라고 말했다. …… 그러나 실제로 고대 전남 지역의 조사를 살펴보면 그렇게 요원한 곳이 아니었다. 청양은 황제와 헌원이 봉한 땅이었다. 흑수는 머나먼 시대에 우임금이 치수를 했던 곳이다. …… 그렇기에 전남 문화의 융성함은 고대 성인들이 펼쳤던 문치가 얼마나 멀리까지 퍼졌던가를 보여주는 것이다. 실로 크도다!"[45] 한족 문화를 중심으로 한 편협한 사고방식에서 완전히 벗어난 것은 아니었지만, 적어도 양신이 다문화적인 시야를 갖춘 것만은 알 수 있

---

44 韋家驊, 『楊愼評傳』, 南京大學出版社, 1998, p.296-304.
45 위의 책, p.295에서 재인용.

다. 그의 이러한 시야는 『산해경보주』의 이민족에 대한 해석에서도 나타난다.

그는 이민족의 문화를 가지고 『산해경』을 해석했다. 「해내북경」의 견봉국에는 한 여자가 마침 무릎을 꿇고 술과 음식을 올린다는 묘사가 있다. 곽박은 "술과 음식을 올린다"라고 해석하여 여인이 무릎을 꿇고 사람들에게 술과 음식을 바치고 있다고 했다. 양신은 남편에게 술과 음식을 내주는 것이라고 보았다. 술과 음식을 내주는 데 무릎까지 꿇는다는 것이 이상하지만, 양신은 다음과 같이 말한다.

> 오늘날 운남은 백이(百夷)의 땅으로 아름다운 여성이 많다. 이들의 풍속은 귀천을 가리지 않고 한 남성이 여러 아내를 맞는다. 아내와 첩이 남편을 모시기를 마치 군주를 모시는 것과도 같고 서로 투기하지 않는다. 남편이 첩의 처소에서 밤을 보내도 처는 여전히 복종하여 남편을 주인으로 여긴다고 말한다. 음식을 내어오거나, 옷을 갈아입을 때 반드시 무릎을 꿇으며, 감히 올려다 보지 않는다. 최근에 강몽빈(姜夢賓)이 군사 설비와 무기 때문에 친히 이곳에 왔다가 돌아가서는 '중국은 문왕의 왕비와 후궁이 투기하지 않는다고 하였는데, 백이의 부녀자들은 집집이 문왕의 비빈이었다'며 한탄했다. 무릎을 꿇고 술과 음식을 내어준다는 것은 이들의 풍속을 기록한 것이다.[46]

양신은 운남 토착 문화에서 처첩이 남편을 군주처럼 모신다는 점을 강조하며, 이를 통해 견봉국 풍습을 현실에서도 찾아볼 수 있음을 피력하고자 했다. 그렇기에 『산해경』의 '(여자가) 무릎을 꿇고 술과 음식을 내어온

---

46 今雲南百夷之地, 女多美. 其俗不論貴賤, 人有數妻. 妻妾事夫如事君, 不相妬忌. 夫就妾宿, 雖妻亦反服役之, 云重夫主也. 進食, 更衣, 必跪, 不敢仰視. 近日, 姜夢賓為兵備, 親至其地. 歸, 戲謂人日, 中國稱文王后不妬. 百夷之婦, 家家文王妃後也. 蹺進杯食, 蓋紀其俗. 楊慎, 『山海經補注』, 中華書局, 1991, p.13.

다'는 구절은 이들의 풍속을 기록한 것이라고 주장했다. 또 중국문화에서 처첩이 서로를 질투하는 문제까지 생각이 미쳤던 것으로 보이는데, 이처럼 양신은 다문화적인 관점에서 중국문화를 되돌아보기도 하였다. 한족 역시 고대로부터 일부다처제를 시행하였기에 질투라는 처첩 간의 갈등은 피할 수 없는 고질병이었다. 중국의 전통적인 생활 방식으로『산해경』의 견봉국과 운남의 토착 문화를 대하는 것은 합리적인 접근방법은 아니었다. 양신은 운남의 토착 문화에서는 남성을 대단히 존중하는 방식으로 질투라는 문제를 해결했다고 봤는데, 그는 분명 한족 남성의 지위도 한층 더 높여 일부다처제로 야기된 질투라는 한족 가정 내부와 사회적 문제를 해결하고 싶어 했던 것으로 보인다.

　「해외남경」에는 "신인 16명이 있는데 서로 손을 잡고 천제를 위해 이들판에서 밤을 지키고 있다"는 구절이 있다. 곽박은 이를 "낮에는 몸을 숨기고 밤에 나타난다"고 풀이했다.[47] 양신은 "남중의 오랑캐 지역에는 이들이 있는 것 같다. 밤에 다니다가 이들을 만나면, 현지 사람들은 그들을 '야유신(夜遊神)'이라고 부른다. 역시 이상한 일이 아니다"라고 말했다.[48] 이들 신인은 본래 괴물로 간주 되었지만, 양신은 운남 토착 민족의 야유신 신앙을 가지고 이들이 괴물이 아니라고 해명했다. 「대황서경」에는 "바람이 북쪽으로부터 불어오면 하늘은 샘물을 넘치게 하고, 뱀은 물고기로 변하는데 이것이 어부이다"라는 구절이 있다. 양신은 주를 달기를 "지금의 남중의 백이는 주술로 시체를 물고기로 만들 수 있는데 이를 먹는다"라고 하였지만[49], 이는 미신일 뿐 원문과도 맞지 않고 실제일 가능성도 없다.

47　郭璞,『山海經傳』, 中華書局, 1984年 影印.

48　楊愼,『山海經補注』, 中華書局, 1991, p.10.

49　위의 책, p.19.

『산해경』의 많은 이민족은 중국 상고대 제왕의 후손이다. 「대황동경」에는 "흑치국이 있다. 제준이 흑치를 낳았고, 성은 강씨이며, 기장을 먹고 네 마리의 새를 부린다"고 되어 있다. 곽박은 "성인의 변화에는 한계가 없으므로 후세에 태어난 자들 중에는 생김새가 다른 사람들이 많다. 여럿을 낳았다는 것은 대체로 그 후손을 말하는 것이고, 직접 낳은 자식을 뜻하는 게 아닌 경우도 많다"고 하였다.[50] 이는 신선학에서 출발한 해석이다. 양신은 "무릇 성을 하사함으로써 그들의 종족을 구별하는 것이다. 오랫동안 전해지다 보면 각자의 후손들은 자기가 성왕의 후손이라고 여기게 된다. 오늘날 운남 목방(木邦)과 맹양(孟養)의 오랑캐가 '천황제는 우리의 형님'이라고 하는 그런 것이다"라고 했다.[51] 이 해석은 흑치국에는 잘 부합하지 않지만, 그 원리 자체는 사실에 비교적 근접하여 다른 민족을 해석하는 데 사용해도 괜찮을 것이다. 양신은 「대황남경」의 "삼신국이 있다. 성은 요씨이며 기장을 먹는다"라는 구절에 대해서도 여러 종족의 성씨를 열거하며 "이적에게 어찌 성이 있을 수 있는가! 우임금이 오랑캐에게 성을 하사한 것이 나라의 사방에 널리 퍼진 것이다. 『서』에서 말한 '성인의 덕으로 이룬 교화가 사방에 미치네'의 또 다른 증거가 바로 이것이다. 오늘날 남중의 오랑캐들이 중국과 같은 성을 가졌으니, 그 풍습이 남은 것이 아닌가 한다"라고 주를 달았다.[52] 양신의 주석이 곽박의 설명보다 나아 보인다.

음식은 인류 문화에 있어 가장 기본이기 때문에 『산해경』에도 이민족의 음식 문화에 대해 많은 편폭을 할애했다. '기장을 먹는다', '곡물을 먹는다', '동물을 먹는다', '나무 열매를 먹는다'와 같은 묘사가 많다. 곽박

---

50 郭璞, 『山海經傳』, 中華書局, 1984年 影印.

51 楊愼, 『山海經補注』, 中華書局, 1991, p.16.

52 위의 책, p.17.

은 이민족의 식문화에 대해 신선 사상에 입각하여 해석하는 경우가 많았다. 「대황동경」에서 "중용인(中容人)은 동물과 나무 열매를 먹고 네 마리의 새를 부린다"고 하자 곽박은 "이 나라에는 적목과 현목이 자라며, 그 꽃과 과실은 아름답다"고 주를 달았다. 또 「대황동경」의 "위국(蔿國)이 있는데 기장을 먹는다"는 구절에 대해 곽박은 "이 나라에는 오로지 기장이 있다는 이야기이다"라고 해석했다.[53] 이는 곽박이 『산해경』의 신비로운 분위기의 영향을 받아 그런 것이기도 하고, 또 『산해경』의 저자가 이민족에 대해 가진 상상을 일부 반영한 것이기도 하다. 양신은 현실에 입각하여 설명을 했다. 앞서 인용한 삼신국에 대한 주석은 다음과 같다. "기장을 먹는다는 것은 화식(火食)과 비슷했다는 것을 말한다. 나뭇잎을 먹는다, 물고기를 먹는다, 나무 열매를 먹는다는 것은『왕제』에서 말한 '화식하지 않는다'는 것이다."[54] 화식은 익혀 먹는다는 뜻이고 화식하지 않는다는 것은 날것을 먹는다는 의미이다. 이는 한 민족의 문명 수준을 판가름하는 척도로 사용되었다.[55]『산해경』의 「북차수경」 말미에 "그 산의 북쪽에 사는 사람들은 전부 불을 사용하지 않은 것을 날것 그대로 먹는다"고 하자, 곽박은 "또는 모두 생식하고 불을 사용하지 않는다고 한다"고 썼다. 원문에는 수차례 여러 나라에서 기장을 먹는 이야기가 나온다. 기장은 고대 중국의 중요한 먹거리 중 하나였으며 끓여서 먹어야 했다. '기장을 먹는다'는 것이 곧 불을 사용했다는 의미라는 양신의 주석은 틀리지 않았다. 다른 민족이 기장을 먹는다는 것은 물론 중국의 문화 수준과 비슷하다는 뜻이었다. 나뭇잎이나 동물을 먹는 불을 쓰지 않는 민족은 자연히 옛사람들의 눈에는 인류 문명과 거리가 먼 종족이었다. 그렇기에 왕숭경의『산

---

53 郭璞,『山海經傳』, 中華書局, 1984年 影印.

54 楊愼,『山海經補注』, 中華書局, 1991, pp. 17-18.

55 李維斯陀, 周昌忠 譯,『神話學-生食和熟食』, 臺灣時報文化出版企業有限公司, 1992 또는 列維-斯特勞斯,『神話學-生食和熟食』, 中國人民大學出版社, 2007 참조.

해경석의』에서는 다음과 같이 말한다. "북쪽 산에 사는 사람들이 불을 사용하지 않은 음식을 먹는다는 말은 생식한다는 것이다. 까마득한 옛날에 짐승의 털도 뽑지 않고 피도 씻지 않고 먹는 자들이 있었다."[56] 양신의 주석은 신선 관념에서 벗어나 『산해경』에 나타난 실제 식문화 관념을 밝혔다는 점에서 의미가 크다.

4. '우정禹鼎 도상설'의 계승과 발전

송대에 이미 사람들은 우임금이 세 발 솥을 축조했다는 이야기와 『산해경』 간의 상관관계에 대해 주목하기 시작했다. 양신이 『산해경보주』를 완성하기 전에 황성증(黃省曾, 1490~1540)의 『산해경, 수경합서략(山海經, 水經合序略)』에서도 『산해경』과 우임금의 세 발 솥 간의 관계를 언급했다. "옛날 산해경 18권 역시 천지간에 널리 전해지던 저작이었다. 역사를 거슬러 올라가면 먼 나라의 그림은 하나라 정에 주조된 형상이다. 섭이(聶耳)와 조제(雕題)의 기록은 상나라 탕왕이 이를 명하여 준비하여 바친 것이다. 백민(白民)과 흑치(黑齒)는 주나라 성왕 때 만든 그림이다."[57]

양신의 『승암집(昇庵集)』 제2권 『산해경후서』에서 본격적으로 이 이야기를 하나의 가설로 발전시켰다.

『좌전』에 이르기를, 옛날 하나라 땅에 덕이 있어, 먼 나라의 사물을 그리고 구주에서 바친 구리를 가지고 솥을 주조하였다. 만물을 새겨 방비할 수 있게 하고, 백성들로 하여금 신과 간악한 무리를 알 수 있게 하였고, 산림에 들어가도

---

56 萬曆二十五年堯山堂刻本(마이크로 필름).
57 吳任臣, 『山海經廣注·山海經雜述』, 乾隆五十一年 金閶書業堂刻本에서 재인용. 『사고전서』본에는 『산해경잡설』이 실려 있지 않다.

불길한 것을 만나지 않게 하였다. 귀신과 요괴들은 그들을 만날 수 없었다. 이것이『산해경』의 기원이다. 신성한 우는 겸은 규옥을 받아 홍수를 다스리는 공을 세운 후, 순임금으로부터 선양을 받아 천하를 다스리게 되었다. 이에 아홉 목의 금속을 모아 세 발 솥을 주조하였다. 솥에 새겨진 상은 먼 나라의 그림을 취한 것이다. 산의 기이한 것, 물의 기이한 것, 풀의 기이한 것, 나무의 기이한 것, 새의 기이한 것, 짐승의 기이한 것이 있었는데, 그 형태를 설명하고, 생김새를 기록하며, 성질을 구분하고 종류를 나누었다. 그 신기한 이물들은 보는 사람을 놀라게 하고, 듣는 사람을 경악하게 하며, 어떤 것은 보이기도 하고, 어떤 것은 들리기도 한다. 어떤 것은 항상 존재하고, 어떤 것은 때때로 존재하며, 어떤 것은 반드시 존재하지는 않지만, 모두 하나하나 기록해 놓았다. 따라서 도리에 맞아 지킬만한 것은 모두『우공』에 있으며, 기이하지만 법칙에 맞지 않는 것들은 구정(九鼎)에 포함되어 있다. 구정이 완성된 후 이로써 천하를 볼 수 있었다. 동일한 물건이라도 각기 다르게 해석하고, 매일 사람들에게 새로운 인식을 주었다. 먼 지방의 사신들이 오고, 중역에서 공물을 바쳐, 계속해서 새로운 것들을 보여주었다. 그렇기에 항상 그러리라 여기고 이상하게 여기지 않는다. 이는 성왕이 백성을 깨우치고 교화하려는 뜻이다. 하나라 말기에는 비록 충성을 중시했지만, 문물은 오히려 성주보다 더 발전했다. 태사인 종고(終古)는 옛날과 지금의 그림을 보관했다. 걸왕이 황도(黃圖)를 불태우자 종고는 이를 안고 은나라로 갔다. 또 사관 공갑(孔甲)은 황제, 순임금, 우임금의 반우(盤盂)의 명문을 모두 책으로 엮었다. 그래서 구정의 도형은 확실히 종고와 공갑 같은 이들에 의해 전해진 것이다. 이를 산해도라고 부르며, 그 글은『산해경』이라고 한다. 진나라 때 구정이 사라지고 그림과 경전만 남았다. 진나라 도잠이 산해도를 두루 읽었다고 시를 남겼고, 완원(阮元)의『칠록(七錄)』에는 장승요의 산해도가 있어, 증거가 된다. 지금은 경전만 남고 그림은 사라졌다. 후대 사람들이 그 뜻을 따라 널리 퍼뜨리고, 진·한 시대의 군현 지명을 더했다. 그래서 독자들은 의심하는 자와 믿는 자 서로 반반이다. 믿는 자는 곧 이를 우임금과

익의 저서로 여기고 그 원래를 모르게 되고, 의심하는 자는 이를 후대의 위작
이라 하여 배척하게 되니, 이는 참으로 아쉽다.⁵⁸

양신은 우임금이 솥을 만들어 머나먼 지역의 그림을 새겼다는 전설을
기이한 산, 기이한 물, 기이한 풀, 기이한 나무, 기이한 날짐승, 기이한 길
짐승 중에 '기이하여 일상적이지 않은 것(합리적이지 않은 것)'이라고 구체
적으로 표현했다. 또 그 '도리에 맞아 지킬만한 것(상식적인 것)'에 관한 글
을 모아 『우공』을 만들었고, 기이하고 비일상적인 글을 모아 『산해경』을
만들었다고 보았다. 양신은 또 솥을 주조한 목적은 백성들의 지혜를 일깨
우기 위함이라고 했다. 그의 가설에 따르면 구정의 그림은 머나먼 지역에
서 끊임없이 바친 각종 기이한 물산 자원을 그린 그림이고, 이를 설명한
글이 바로 『산해경』이다. 하나라 태사 종고, 황제의 사관 공갑 등 사관이
구정 그림과 『산해경』을 보존했고 오늘날까지 이어졌다.

이러한 가설에 따르면 우임금과 『산해경도』, 『산해경』의 관계는 간접
적이다. 우임금은 그저 하나의 전통을 시작했을 따름이고 역대 사관은 이

---

58 左傳曰, 昔夏氏之方有德也, 遠方圖物貢金九牧, 鑄鼎象物. 百物而為之備, 使民知神姦,
入山林不逢不若. 鬼魅魍魎, 莫能逢之. 此山海經之所由始也. 神禹既錫玄圭, 以成水功,
遂受舜禪, 以家天下. 於是乎收九牧之金, 以鑄鼎. 鼎之象則取遠方之圖. 山之奇, 水之奇,
草之奇, 木之奇, 禽之奇, 獸之奇. 說其形, 著其生, 別其性, 分其類. 其神奇殊匯, 駭視驚聽
者, 或見或聞. 或恆有, 或時有, 或不必有, 皆一一書焉. 蓋其經而可守者, 具在禹貢. 奇而
不法者, 則備在九鼎. 九鼎既成, 以觀萬國. 同彼而魏之, 日使耳而目之. 脫輶軒之使, 重譯
之貢, 續有呈焉. 固以為恆而不怪矣. 此聖王明民牖俗之意也. 夏後之世雖日尚忠, 而文反
過於成周. 太史終古藏古今之圖. 至桀焚黃圖, 終古乃抱之以歸殷. 又史官孔甲於黃帝姚姒
盤盂之銘, 皆緝之以為書. 則九鼎之圖其傳固出於終古, 孔甲之流也. 謂之曰, 山海圖. 其
文則謂之山海經. 至秦而九鼎亡, 獨圖與經存. 晉 陶潛詩流觀山海圖, 阮氏七錄有張僧繇
山海圖, 可證已. 今則經存而圖亡. 後人因其義例而推廣之, 益以秦漢郡縣地名. 故讀者疑
信相牉. 信者直以為禹益所著, 既迷其元. 而疑者遂斥為後人贋作詭譔, 抑亦軋矣. 『昇庵
集』第2卷, 『影印文淵閣四庫全書』第1270冊, 台灣商務印書館, 1986, p.15. 중화서국의
1991년 판에는 이 서문이 없다.

전통에 따라 지속적으로 먼 곳의 그림을 수용하고, 멀리서 온 공물을 분류하고 기술하였다. 그리하여 탄생한 것이 바로『산해경도』와『산해경』이다. 이는 우임금과『산해경도』,『산해경』간의 관계를 보존했을 뿐만 아니라 또 당대 두우 이후로 우임금이『산해경』의 저자라는 이야기에 보였던 사람들의 의심을 해소시켜주었다. 양신은『산해경』의 저자가 우임금과 익이라는 설에 동의하지 않았지만, 후대 사람들이 위조했다는 이야기에도 또한 동의하지 않았다. 그의 말에 따르면 우임금과 익의 저작이라고 계속 믿는 사람들은 그 시작을 헷갈린 것이고, 후대 사람들이 날조했다고 의심하는 것 역시 잘 모르는 것이다. 이처럼 날카로운 언변은 양신의 일관된 문학적 특징이었다.

양신의 이 가설은 오래된 '우임금과 익설'에 새로운 생명을 불어넣어주었다. 그는 우임금과 익의 전설을 활용하여 다시금『산해경』의 진실성을 증명했다. '기이하여 일상적이지 않은' 괴물이라 할지라도 반드시 존재한다는 의미가 아니었고, 멀리서 온 공물로 허투루 지어낸 것이 아니게 되었다. 그렇기에 이 가설이 후대 학계에 미친 영향을 어마어마했다. 호응린, 필원과 현대 학자 마창이 등 여러 학자는 모두 양신의 가설을 기초로『산해경』과『산해경도』를 논했다.

자신의 가설을 증명하기 위해 양신은「해경」과「황경」속 글의 일부는 구정 그림을 묘사한다고 지적했다. 가령「해외북경」의 공공의 누대에는 뱀 한 마리가 있는데 호랑이 색깔에 그 머리가 남쪽을 향했다고 되어 있다. 양신은 "머리가 남쪽을 향했다는 것은 솥에 새겨진 형상이 그렇다는 말이다. 호랑이 색깔이란 뱀의 무늬가 호랑이 같다는 것이다. 이는 솥 위의 그림을 또 색으로 칠해 분별할 수 있게 되어 있다는 것이다"라고 했다.「해외동경」의 "수해가 오른쪽에 산가지를 잡고 왼손으로 청구의 북쪽을 가리키고 있다"는 것에 대해서도 양신은 "역시 솥의 그림을 가리킨다"라

고 설명했다.[59]

다만 현대 학자들은 하나라 초의 기술로 어떻게 이토록 복잡하고, 내용이 방대하여 하나의 세트를 이루는 사실적인 그림을 새길 수 있었는지 의문을 제기했다. 또한 먼 나라의 공물을 그린 그림이라는 이야기도 유흠의 글에서는 찾아볼 수 없고[60], 실제로 증명할 수 있는 방법도 없다. 「산경」에 기록된 수많은 동물 울음소리는 또한 절대로 그림에서 온 것이 아닐 것이다. 이로 보았을 때 양신의 가설은 완전히 신뢰할 만하지는 않고, 그 해석 또한 제한적이다.

5. 『산해경』에 대한 순수한 문학적 해독

운남은 문화의 중심에서 멀었기 때문에 경학의 '불어괴력난신'의 편협한 전통은 양신에게 힘을 발휘하지 못했다. 반면에 상대적으로 개방적이었던 '군자박학'의 전통이 그에게서 빛을 발했다. 양신의 학문 사상은 비교적 대중적이었고 그는 종종 순수한 문학적 관점에서 『산해경』을 음미했다. 친구들과의 모임에서 『문선』이나 『산해경』을 논할 때 한 관원이 자기는 시간이 나면 육경만 읽는다고 하자 양신은 농담 반, 진담 반으로 "육경은 오곡과도 같습니다. 오곡을 먹지 않는 자기 어찌 있겠습니까? 그러나 육경 이외에 『문선』이나 『산해경』은 마치 산해진미를 즐기는 것과도 같습니다. 오로지 오곡 먹기만을 고집하고 기이한 것은 내치는 것은 마치 시골의 부농이 엄히 꾸짖는 것과도 같고, 혹은 쇠약한 암소와 늙은 숫소

---

59 楊愼, 『山海經補注』, 中華書局, 1991, p.11.

60 汪俊, 「山海經無'古圖'說」, 『徐州師範大學學報』2002年 第3期.

의 눈으로 이를 보는 것과도 같습니다"라고 말했다.[61] 양신과 같은 취미가 있었던 장유광(張愈光)은 양신의 이 말을 듣고 크게 칭찬하며 "『문선』을 읽는 것은 마치 곰 고기를 먹는 것과 같아 매우 익히기 어렵지만 그 맛은 깊습니다.『산해경』을 읽는 것은 마치 해산물을 먹는 것과 같아 반드시 실컷 먹고 마신 뒤에라야 합니다. 굶주린 배로는 뱉은 뒤로 다시 삼킬 수 없습니다"라고 했다.[62] 양신과 그의 친구는 모두 순수한 문학으로서『산해경』을 좋아했기에 육경은 그에 비할 바가 못 되었다.

사람들은 보통『산해경』의 이야기를 좋아할 뿐 그 글 자체에 거의 주목하지 않았고, 심지어는 너무 간략하다는 한탄마저 있었다. 반면에 양신은『산해경』에는 고문의 좋은 예가 될만한 문장들이 있다고 생각했다.「북차삼경」 첫머리에 "강의 동쪽에 있다. 그 첫머리는 분수(汾水)를 베고 있는데 이름을 관잠산(管涔山)이라고 한다"고 하는데, 양신은 "『산해경』은 모두 먼저 산 이름을 쓰는데, 이 산은 홀로 변형된 문장이어서 또한 특이하다"고 했다.「동산경」의 "죽산(竹山)은 장강에 다달아(錞) 있다"에 대해 양신은 "'장강에 다달아 있다'라는 말은 곧 그 산이 강에 의지하고 있는 모양새라는 것이다. 관잠산의 '첫머리가 분수를 베고 있다'와 같은 글자 사용법이다"라고 하였다.「대황북경」의 촉용(燭龍)에 대한 묘사 중에는 시(是)가 연달아 세 번 나오는 곳이 있다. 바로 "그가 눈을 감으면 어두워지고 눈을 뜨면 밝아진다. 비바람을 불러올 수 있고 이것은 대지의 밑바닥을 비추며, 이름을 촉용이라고 한다(風雨是謁, 是燭九陰, 是謂燭龍)"인데, 양신은 "시(是)가 세 개 연달아 있는 것은 옛날 문법으로 특이하고도 특이하다"라고 했다.[63] 이 세 예시는 모두 원문의 문자 사용법을 설명하고 있어, 보통의

---

61 楊愼,『山海經補注·跋山海經』,『楊升庵叢刻十四種』本.

62 위와 같음.

63 楊愼,『山海經補注』, 中華書局, 1991, p.6; p.8; p.19.

주석가와 매우 달랐다. 양신은『산해경』의 문자 사용법을 매우 높이 샀다. 「북산경」의 백사산(白沙山)은 주위가 300리이고 모두 모래인데, 양신은 구양수의『취옹정기(醉翁亭記)』첫머리의 유명한 구절 "저주를 빙 돌아 온통 산이다"를 다듬어 "(구양수는) 가히 간략하면서도 기이하다고 할 수 있다. 그런데『산해경』에 이미 이 글귀가 있었다. 고문을 배우는 자가 어찌 고서를 읽지 않을 수 있는가?"라고 하였다.[64] 양신의 이 같은 해석은『산해경』의 문학적 가치를 밝히는 데 큰 도움이 되었다.

양신은 또 일부 유명한 문학 작품과『산해경』간의 관계에 주목하기도 했다. 교수(敎水)에 대한 주석에서 그는 두보의『석호이(石壕吏)』에서 말한 석호가 바로 간호포(干壕鋪)를 뜻한다고 했다. 황제가 응룡과 발을 보내 치우를 이긴 이야기에 대한 주석에서는 완적(阮籍)의 시구 "응룡은 기주(冀州)에서 머물며, 요녀(妖女)는 잠에 들지 못한다"의 전고가 이것임을 밝혔다. 이러한 주석은 매우 적긴 하지만 덕분에 우리는 우리가 찾고자 하는『산해경』의 문학적 가치를 확인할 수 있었다.

『산해경』의 문학적 가치를 긍정한 사람은 양신과 왕숭경만이 아니었다. 왕세정이 쓴 조선 초본의『산해경』발문에서 "산해경은 고문 중에서 가장 기이한 책이다"라고 했다.[65] 호응린은 비록『산해경』이 주나라 말기 작가의 작품이라고 보긴 했지만, "서술은 간단명료하고, 어휘는 질박하다. 명성이 뛰어나며 홀로 독특한 품격을 이루었다"며 그 문학적 가치를 높이 평가했다.[66] 이 같은 평가는『산해경』에 대한 명대 문단의 선호를 잘 보여준다. 이러한 문학적인 분위기 속에서 주전의『산해경유사』가 탄생할 수 있었다.

---

64 위의 책, p.6.

65 『欽定石渠寶笈』第10卷,『影印文淵閣四庫全書』第824冊, 臺灣商務印書館, 1986, p.288.

66 胡應麟,「少室山房筆叢·正集」第16卷,『影印文淵閣四庫全書』第886冊, 臺灣商務印書館, 1986, p.332.

주전은 생몰 연대가 알려지지 않았다. 장사 사람이며 그림과 시에 능했다. 그의 『산해경유사』 1권은 여러 판본이 있는데, 가장 이른 것은 숭정(崇禎) 17년(1644) 각본으로 국가도서관에 소장되어 있다. 이 책은 시문 창작을 돕기 위해 쓰였다. 주전은 『산해경』에서 사용하는 단어가 특이하고 보통 사람은 완독하지 못하는 것에 감명받았다. 그래서 "내가 『유사』를 엮어 기이한 것을 평범하게 바꾸고, 비단을 보고 털로 만든 옷으로 놀라는 의문을 해석하였다. 난해함에서 뛰어난 통찰을 보았고, 구슬과 옥이 어우러지는 듯한 기묘함 또한 있다. 이를 통해 읽는 사람들이 활용할 수 있게 하였다. 고전이 마치 금책(金簡)처럼 느껴지게 하고, 소 귀신과 뱀 신처럼 괴이쩍지 않게 하였다"고 했다.[67] 이 책은 『산해경』의 날짐승, 길짐승과 벌레, 물고기, 광물질과 여러 이야기를 대구로 만들어 시를 쓰는 데 편리하게 편집하였다. 가령 "구산(嫗山)에는 계곡(鷄谷)이 있고, 풍산(豐山)에는 양도(羊桃)가 있다", "고종산(鼓鐘山)에는 언산(焉酸) 풀이 무성하게 세 겹으로 난 잎을 틔우고, 초요에는 미곡 나무가 사방으로 빛을 발하는 꽃을 피운다" 같은 것이다. 학술 가치가 있는 것은 아니지만, 명대에 적지 않은 문인들이 『산해경』을 문학 창작 도구로 간주했음을 보여준다. 양신과 같은 사람들이 『산해경』의 문자에 탐닉했던 것과 비슷하다.

6. 세속화된 학문 경향

명대 사회와 학문 세속화 추세의 영향을 받아 양신 역시 현실 사회를 중시했고, 민간 문화에 관심을 가지고 『고금언(古今諺)』, 『고금풍요(古今風謠)』, 『속언(俗言)』 등을 지었다. 그는 『산해경보주』에 직접적으로 민간에

---

67 『小嬾嬛山館匯刻類書十二種』本.

서 사용하는 속담을 인용하기도 했다. 「남산경」의 원익산(猨翼山)에 대해 "어찌 원숭이에게 날개가 있으리오! 이 산이 너무도 험준하고 오르기가 힘들어 원숭이라도 날개가 필요할 지경이란 뜻이다. 속담에서 말하는 '원숭이가 시름겨워한다'는 것이 이것이다"라고 풀이했다.[68] 또 그는 반경(反景)을 석양이 서쪽으로 떨어질 때 그림자의 방향이 반전되는 것을 말한다며 '일몰이 연지와 같이 붉으면, 비는 없어도 바람은 꼭 있다'라는 속담을 인용하여 붉은 노을을 묘사했다.

양신의 『산해경』 연구의 세속적인 특징은 오래된 학술 전통에 따라 종이 더미를 뒤지는 대신 주로 직접 겪은 경험을 바탕으로 원문의 자연 지식을 설명할 때 드러난다. 또 대중적이고 사람들 모두가 쉽게 받아들일 수 있는 문학적 관점으로 『산해경』을 바라볼 때, 그리고 가벼운 이치와 언어로 이를 풀이할 때에도 드러난다. 그래서 주석(周奭)의 『산해경보주』 발문에서는 "내가 이 책를 얻으니 이는 진실로 기이한 책이자 해외에서 온 특이한 작품이다. 이는 문사를 나열하고 이치를 따지되 복잡하고 어려운 것을 이야기하지 않았다. 사람들이 보기에는 어렵다고 느껴지지만, 이를 읽으면 매우 쉽다. 이는 한자(韓子)가 노자를 해석하고, 자현(子玄)이 장자를 해석하던 정수를 그대로 드러냈다"고 말한다.[69] 이러한 세속화된 학문 경향은 훗날 청대 고증학자들의 비난을 한 몸에 받게 되지만, 실상 부당한 일이었다.

전체적으로 양신의 『산해경보주』의 내용은 많지 않고 1권뿐이지만, 곽박 이후 나타난 비교적 이른 『산해경』 전문 연구서였다. 또 이 책은 『산해경』 연구의 여러 방면에 공을 세웠다. 과거 학계는 양신이 『산해경』이 우정 도상설을 계승하고 발전한 것에만 주목하고 문자 훈고와 자연 지식 방

---

68 楊愼, 『山海經補注』, 中華書局, 1991, p.1.
69 『楊升庵叢刻十四種』本 『山海經補注』 참조.

면에 남긴 성과, 다문화적인 시야와 대중적인 학술 경향에 따라 이룬 연구 결과는 중시하지 않았다. 그렇기에 그에 대한 필원의 "오늘날 양신의 주석을 고찰하자니 허황된 것을 쫓는 것이 많고, 실제를 인용한 것은 적으며, 지리에 관해서는 새롭게 밝힌 것이 전무하다"라는 평가는 한쪽으로 치우쳤다고 할 수 있다. 양신은 실제로 『산해경』의 산천 지리에 관해 관심을 크게 두지 않았지만, 자연 지식 측면에서는 적지 않은 성과를 남겼기에 '허황된 것을 많이 쫓았다'는 필원의 평가는 편파적이다.

4

『산해경』을
'고금 괴이한 이야기의 시조古今語怪之祖'로
판단한 호응린胡應麟

— 왕세정王世貞의 『산해경발山海經跋』과 함께 논함

호응린(1551~1602)은 자가 원서(元瑞), 호는 석양생(石羊生), 소실산인(少室山人)이며, 절강 난계(蘭溪) 사람이다. 왕세정의 추천을 받아 문단에 올랐으며, 말오자(末五子) 중 하나였다. 여러 고문헌을 고증하고 논하는 글을 모아 『소실산방필총』 정집, 속집 두 권을 냈는데, 여기에 『산해경』을 다룬 내용이 상당히 풍부하여 후학에게 미친 영향이 컸다.

호응린의 관점은 왕세정의 영향을 일부 받았기 때문에 그의 학술사상의 뿌리를 제대로 이해하기 위해 먼저 『산해경』에 관한 왕세정의 견해를 소개하도록 하겠다. 왕세정(1526~1590)은 가경, 만력 연간 문단의 영수였다. 그는 원대의 조선 필사본 『산해경』을 소장하여 여기에 발문을 작성했다.

『산해경』은 최고의 고문(古文) 기서(奇書)이다. 만천이 필방의 이름을 아는 것, 자정이 이부를 알아본 것까지 모두 여기서 알맞게 취한 것이다. 국사공(유흠을 뜻함)은 서문에서 이 책을 우임금과 백익의 저서로 보았다. 오로지 사마천만이 "『우본기』와 『산해경』에 기록된 괴물들에 대해 나는 감히 말하지 못한다"고

> 하였다. 대개 역시 이를 의심했지만, 결론을 내리지 못했다. 정밀하게 생각해 보면 그렇지 않다고 본다. 경전의 글에 따르면 서쪽으로 대택을 바라보면 후(後)가 숨어든 곳이라 했다. 후직을 후라고 부르는 것은 주나라부터 사용된 것이다. 남쪽으로 바라보면 탄제(撣諸, 선저(墠渚)여야 함)가 있는데 우의 아버지가 변한 곳이라 하였는데, 우가 어찌 자신의 아버지가 변한 일을 기록할 수 있었을까? 적산(狄山)은 문왕이 묻힌 곳인데, 주석에서는 곧 주나라 문왕이라고 했다. 유역(有易)이 왕해(王亥)를 살해하고 길들인 소를 취했다고 한다. 주석에서는 은나라 왕자해(王子亥)가 유역에서 방탕하게 굴다가 죽임을 당했다고 했다. 또 성탕이 하나라 걸을 장산(章山)에서 공격하여 이를 이겼다. 우가 균국(均國)을 낳고, 균국이 역채(役采)를 낳고, 역채가 순협(循鞈)을 낳는 등의 일이 셀 수 없이 많다. 어쩌면 『우본기』가 전해지지 않았거나, 또는 간략하여 완벽하지 않아 주나라 말기의 문인들이 내용을 풍부하게 하려고 추가한 것일까?[70]

왕세정은 『산해경』에 상대와 주대의 역사적 내용이 다량으로 수록된 점을 열거하며 이를 통해 유흠이 『산해경』의 저자를 우임금과 백익으로 주장한 학설이 너무 간단하다고 보았다. 그는 사마천이 이 책을 의심할 뿐 감히 확정 짓지 못한 것을 비판했다. 이에 왕세정은 『산해경』에 나타난 상, 주대의 내용을 가지고 금본 『산해경』의 저자는 우임금과 백익일 수 없다고 판단했다. 그러나 왕세정은 이 책을 완전히 부정하는 극단적

---

70 山海經最為古文奇書. 至曼倩之名畢方, 子政之識貳負, 皆於是取衷. 而國師公欠後序直以為大禹, 伯益著. 惟司馬子長亦云, 禹本紀, 山海經所有怪物, 余不敢言. 蓋亦疑之, 而未能決也. 貞竊以為不然. 經內語, 如西望大澤, 後稷所潛. 禝之稱後, 追自周始耳. 南望撣諸(當為墠渚), 禹父所化. 禹寧忍紀父化也. 狄山, 文王葬其所. 注即周文王也. 有易殺王亥, 取僕牛. 注引殷王子亥淫於有易, 見弒也. 又成湯伐夏桀於章山, 克之. 及禹生均國, 均國生役采, 役采生循鞈之類, 不可枚舉. 豈禹本經不傳, 或簡略非備, 而周末文勝之士為傅會而增飾者耶. 『欽定石渠寶笈』 第10卷, 『影印文淵閣四庫全書』 第824冊, 臺灣商務印書館, 1986年 pp. 288-289.

인 입장으로까지 나아가지는 않았다. 그는 본문에서 소위 '우본경(禹本經)'
이라고 불리는 초기 형태의『산해경』이 있을 것으로 예상했고, 금본『산
해경』은 주나라 말년 문인 학사들이 초기『산해경』을 대대적으로 추가하
고 수정한 결과물이라고 추정했다. 물론 이 소위 '우본경'이라 불리는 것
역시 그가 보기에는 우임금의 저작일 리 없었다. 왕세정은『엄주사부고
(弇州四部稿)』제158권에서 "하나라 우임금과 백익이『산해경』을 지었다고
하지만, 장사, 영릉, 계양, 제기, 군현 …… 등이 있다. 안씨는 후대 사람이
섞은 것이며 본래의 글이 아니라고 보았다. 그렇다면『산해경』,『본초』,
『이아』역시 우임금, 신농, 주공이 쓴 것이 아닐 것으로 보인다"고 했다.

　『산해경』창작 연대에 관한 호응린의 논증은 주로 왕세정의 말에서 그
근거를 찾았다. 그러나 호응린은『산해경』에 포함된 상, 주 시대의 내용을
가지고 '우임금과 백익 저자설'을 철저하게 부정했으며, 더 나아가『산해
경』은 우임금과 백익의 저작이라 불리지만, 실상 주나라 말기 도읍부(都邑
簿)라고 주장했다.[71]

1.『산해경』을 '고금 괴이한 이야기의 시조'로 규정하다

　호응린이『산해경』을 도읍부로 생각했다는 것은 그가 이 책을 지리지
로 인정했다는 뜻이 된다. 그러나 호응린은『산해경』이 주로 괴이한 이야
기를 다룬다고 강조했다. 그는 "『산해경』은 고금의 괴이한 이야기의 시
조이다. 유흠은 하나라 우임금과 백익이 썼다고 했지만, 그 일에 대해서
는 논하지 않더라도, 그 글부터『요전』,「대우모(大禹謨)」,『우공』과는 판이

71　胡應麟,「少室山房筆叢·正集」第5卷,『影印文淵閣四庫全書』第886冊, 臺灣商務印書館,
　　1986, p.221.

하다"고 말했다.[72] 호응린은 내용과 글의 스타일 두 가지 측면에서 『산해경』이 『상서』의 「대우모」와 「우공」과 다르다고 봤다. "대개 그 책(『산해경』을 뜻함)은 그 뜻이 줄곧 기이한 것을 말하고자 하는 데 있다. 실린 사람과 신은 모두 다른데, 그 형상인즉 마치 사람을 해치는 도깨비, 귀신의 종류와 같다."[73] 『소실산방총필·정집』제19권에서 호응린은 또 "『산해경』은 전문적으로 옛사람이 남긴 오래된 흔적을 바탕으로 괴이하고 신이한 내용을 견강부회하니, 읽는 사람은 종종 이를 알아채지 못한다"고도 했다. 그래서 호응린은 『산해경』의 '개(開, 계(啓)를 말함. 한경제(漢景帝) 피휘를 위해 고침)가 세 번 하늘에 손님으로 올랐다'는 이야기는 본래 「이소」와 「천문」의 이야기가 와전된 것이고, 곤민국(困民國)의 왕해 이야기는 『목천자전』을 바탕으로 기이하게 지어냈다는 등 열 가지가 넘는 예시를 들어 『산해경』이 전문적으로 괴이한 이야기를 쓴 저작임을 증명했다.

그의 주장은 『산해경』의 허구적이고 환상적인 내용을 설명할 수는 있으나, 여러 실제 사실을 다룬다는 점은 간과했다. 실상 『산해경』의 일부 지리 기록과 「우공」은 상호 대조할 수 있는 내용이 상당히 많다. 다만 명대 역사지리학에는 아직 한계가 있었을 뿐만 아니라, 이는 청대 사고전서관들 또한 마찬가지여서 『산해경』의 사실적인 부분을 규명하기에는 어려움이 있었다. 또 명대 사회에서 『산해경』은 주로 그 문학적 허구에서 힘을 발휘했다. 이는 호응린이 『산해경』의 지리지 속성을 간과하고 '지괴의 시조'만을 강조하게 된 핵심적인 원인이기도 했다.

호응린의 주장은 훗날 청대 사고전서관이 『산해경』을 이해하는 데 직접적인 영향을 미쳤고, 그들은 『산해경』을 지리류에서 소설가류의 이문지속으로 강등시켰다. 호응린의 관점은 또 마오둔과 같은 현대 학자가

---

72 胡應麟, 『少室山房筆叢·正集』第16卷, 『影印文淵閣四庫全書』第886冊, 臺灣商務印書館, 1986, p.332.

73 위의 책, p.334.

『산해경』을 신화서로 판단하는 데에도 간접적으로 영향을 미치는 등 그 파급력이 적지 않았다.

2. 『산해경』의 '우정 도상설'을 반박하고, 주대 말기 문사의 작품으로 판정하다

호응린은 양신의 여러 학술 견해에 반대했는데, 『단연신록(丹鉛新錄)』 제8권과 『예림학산(藝林學山)』 제8권에서 전문적으로 반박했다. 양신이 제기한 『산해경』이 우정 그림이라는 설 역시 예외는 아니었다.

호응린의 문화 역사적 관념에 따르면 시대가 더 오래될수록 더욱 믿을 수 있는 책이며, 기이한 이야기란 모두 옛일을 바탕으로 꾸며낸 것이었다. 『산해경』에는 기이한 존재들이 많으니 그 창작 연대는 자연스레 의심의 대상이 되었다. 『목천자전』과 『산해경』의 관계에 대한 그의 논증 역시이 같은 역사 관념에 기초해 있었다. "『목천자전』은 …… 서술이 간략하지만 법도에 맞고, 그 노래는 아치가 있고 풍격이 있고, 그 일은 사치스러우나 핵심이 있다. 『산해경』의 기이한 이야기를 보자면 하늘과 땅만큼이나 차이가 크다."[74] 그렇기에 그는 『산해경』의 형성 연대를 『목천자전』 그이후로 판정했다. 오늘날 보기에 이 같은 역사 관념은 문제가 있다. 신비하고 기이한 요소를 포함할수록 더 원시적인 것에 가까울 수 있고, 우아

---

74 胡應麟, 『少室山房筆叢·正集·三墳補逸上』第17卷, 『影印文淵閣四庫全書』第886冊, 臺灣商務印書館, 1986, pp. 342-343. 호응린은 『소실산방필총·정집』 제18권에서 전문적으로 『산해경』과 『목천자전』의 차이를 연구했다. 예컨대 『산해경』의 서왕모는 표범 꼬리에 호랑이 이빨이지만, 『목천자전』의 서왕모는 일반 사람과 다를 바 없다. 『산해경』의 하백은 빙이지만, 『목천자전』의 하백은 제후이다. 그 결론은 『목천자전』은 『산해경』과 문장은 비슷하지만, 사실은 크게 다르다는 것이었다. 위의 책, p.360.

하고 정상적인 요소일수록 오히려 더 늦게 생겼을 가능성이 크기 때문이다. 그러나 전통 시기 호응린이 따른 역사관은 정통 학자들 모두가 고수한 사상 원칙이었다.

그렇다면『산해경』은 대체 어떤 시대, 어떤 조건 아래서 창작된 것일까? 호응린은 "옛사람이 책을 쓸 때, 즉 환상적인 설정에는 반드시 그 근거가 있었다.『산해경』에서 말하는 우임금이나, 명산대천, 먼 곳과 다른 지역 모두 치수하여 공적을 세운 글에서 본래 연유했을 것이다. 기이한 짐승, 위험한 동물, 귀신의 모습은 간략하게 꾸며낸 것이다."[75] 문제는『산해경』에는 사실에 기반한 '치수하여 공적을 세운 글'도 있고, 또 환상적인 지괴 부분도 있기에 두 가지가 어떻게 결합한 것인지 호응린은 고심했다. 이러한 의혹은 그가『좌전』에서 왕손만이 초자에게 우임금 솥에 관해 이야기하는 부분을 읽다가 한 번에 해결되었다.

이 책은 대개 주대 말기 문인이 우임금이 세 발 솥 아홉 개를 만들어 만물의 모습을 새겨 백성들이 산, 숲, 강과 호수에 들어갈 때 신과 간악한 존재를 알 수 있도록 한 이야기이다. 그렇기에 귀신, 도깨비 따위를 많이 기록하였고 우임금에 관해 유독 상세한 것이다.

우연히『좌전』의 왕손만이 초나라 왕에게 "과거 하나라 땅에 덕이 있어, 먼 나라의 사물을 그리고 구주에서 바친 구리를 가지고 솥을 만들어 형상을 새겼는데, 만물을 새겨 방비할 수 있게 하고, 백성들로 하여금 신과 간악한 무리를 알 수 있게 했다. 그리하여 백성이 강, 호수, 산과 숲에 들어갈 때 귀신과 도깨비를 만나지 않을 수 있었다"는 부분을 읽었다. 나도 모르게 깜짝 놀라고 이에 찬성하며 '이것이『산해경』을 지은 연유인 것인가?'라고 말했다. 대개 이 책

---

75 胡應麟,『少室山房筆叢·正集』第16卷,『影印文淵閣四庫全書』第886冊, 臺灣商務印書館, 1986, pp. 333-334.

은 줄곧 그 뜻이 괴이함에 있었다. 다룬 인물과 신령이 모두 달라 그 형상은 마치 귀신, 도깨비 종류와 같다. 왕손의 대화를 생각해 보자면, 비록 한 때의 이야기이지만, 여기서 말한 만물을 형상을 새긴 이야기에는 분명 그 근원이 있을 것이다. 주나라 말기의 『이소』, 『장자』, 『열자』 등의 작품은 그 흐름이 끝없이 이어졌다. 당시의 글을 쓸 줄 아는 문인들은 『목천자전』의 형식을 빌려 종횡으로 견강부회하여 이 책을 엮어 만물의 형상을 새겼다는 이야기를 전하고자 했다. 그 의도는 우임금과 백익으로써 천하의 후세를 기만하고자 함이었는데, 도리어 그들을 무함한 결과가 되었다. 이 책이 세상에 나온 후로 고금의 학자들이 단지 우임금에게서 나온 것이 아니라고 말할 뿐, 이것이 목만의 글에서 나온 것인 줄은 판별하지 못했다. 특히 이것이 왕손의 대화에서 나온 것임을 알아채는 자가 없었다. 비록 이와 같은 명칭과 뜻의 말단적인 문제는 큰 체계와 관련이 없는 사소한 것이지만, 이를 통해 고금의 사리를 볼 수 있으니, 정성을 다해 탐구해야 한다면, 천 년이 넘는 일도 궁구하지 못할 것이 없다. 저자가 만약 영혼이 있다면, 구경(九京)에서 나의 해석에 크게 감탄할 것 아닌가![76]

그가 보기에 『산해경』과 우정 간의 관계는 간접적인 것으로, 왕손만이 언급한 우정과의 관련성이 전부였다. 주나라 말기 문사가 『좌전』에 나온 왕손만이 언급한 우정 이야기를 읽고 일부러 가져다 이어 붙인 것일 뿐,

---

[76] 此書蓋週末文人因禹鑄九鼎圖象百物使民入山林川澤備知神姦之說, 故所記多鬼魅魍魎之類, 而於禹為特詳. 偶讀左傳王孫滿之對楚子曰, 昔夏之方有德也, 遠方圖物貢金九牧, 鑄鼎象物, 百物而為之備, 使民知神姦. 故民入川澤山林, 鬼魅魍魎莫能逢之. 不覺洒然擊節曰, 此山海經所由作乎. 蓋是書也, 其用意一根於怪. 所載人物, 靈祇非一, 而其形則若鬼魅魍魎之屬也. 考王孫之對, 雖一時辦給之談, 若其所稱圖象百物之說, 必有所本. 至於周末離騷, 莊, 列輩, 其流遂不可底極. 而一時能文之士因假穆天子傳之體, 縱橫附會, 勤成此書, 以傳於圖象百物之說. 意將以禹, 益欺天下後世, 而適以誣之也. 自此書之行, 古今學士但謂非出大禹而已, 而未有辯其本於穆滿之文者. 尤未有察其本於王孫之對者. 區區名義之末, 誠非大體所關, 然亦可見古今事理, 第殫精索之. 即千載以上, 無弗可窮也. 作者有靈, 其將為餘絕倒於九京也哉. 위의 책, p.334.

실제 우정과는 무관하다고 보았다. 이는 양신의 가설에 대한 강력한 반박이었다.

위의 이유로 호응린은 『산해경유사』에서 『산해경』을 '『천문』에서 유래한 작품'이라고 한 주희의 견해를 좋게 평가했다. 그러나 그는 주희가 『산해경』과 『천문』과의 관계에만 주목한 것은 부족하다고 보았다. 하여 호응린은 다음과 같이 보충했다.

> 『경』(『산해경』을 뜻함)에서 기록한 산과 강, 신과 귀신은 모두 『이소』, 『구가』, 『원유』, 『이초』에서 조금이라도 괴이한 것에 관한 거라면 모두 해석하여 사실처럼 만들었으니, 단지 『천문』만 그런 것이 아니다. 그 문체의 특성은 특히 『목천자전』 종류와 같다. 그렇기에 나는 전국시대의 기이한 것을 좋아하는 문사가 『목천자전』을 취하고 『장자』, 『열자』, 『이소』, 『주서』, 『진승』을 섞어 만든 것으로 본다.[77]

호응린의 가설은 주희보다 더 엄밀하며, 그 논증 과정도 상당히 엄격하다. 예컨대 문체에서부터 내용까지 상세하게 『산해경』과 『목천자전』을 비교하여 두 책의 관계를 확정했다. 그렇기에 그는 자신의 학설을 매우 확신했다. "여러 책과 이 경전에 익숙하지 않은 자는 쉽게 믿기 어려울 것이지만, 후세에는 반드시 나를 지음으로 여기는 자가 있을 것이다." 호응린의 학설은 훗날 일부 변위(辨僞) 학자의 지지를 받았다. 이 같은 결론에 따라 호응린은 『산해경』 저자에 관한 유흠과 조엽의 견해를 전면적으로 반박했다. 이는 당나라 사람 두우가 '작가는 우임금이나 백익이 아니다'라고 했던 것 이후로 가장 체계적인 논증이었다.

---

77 然經(指山海經)所紀山川神鬼, 凡離騷, 九歌, 遠遊, 二招中稍涉奇怪者悉為說以實之, 不獨天間也. 而其文體特類穆天子傳. 故餘斷以為戰國好奇之士取穆王傳, 雜錄莊, 列, 離騷, 週書, 晉乘以成者. 위의 책, p.333.

『산해경』에 관한 명대 여러 학자의 학술을 회고하자면, 필자는 당시 『산해경』이 주로 문학 방면에서 사회적 영향력을 발휘했다고 본다. 보통 사람들은 문학적 입장에서 이 책을 대했고, 또 그 문학적 가치를 평가했다. 이는 명대『산해경』학 발전의 기초였다.

명대 사람들의 사상은 비교적 자유로웠다. 왕숭경의 사상은 보수적이었으나 학풍은 자유로워『산해경석의』는 상당히 새로운 견해를 내놓았다. 이 책은 현실적인 시각에서『산해경』을 평가하는 새로운 방법을 낳았고, 자유롭게 해독할 수 있는 가능성을 열었다. 또한 명대의 사회적 관념의 살아있는 표본을 남겨주었다. 양신의『산해경보주』는 문자 훈고, 사물 해설 및 '우정'설 등 여러 방면에서 상당한 진보를 이루었고, 특히 문화를 넘나드는 그의 시각은『산해경』학 역사상 전례 없던 것이었다. 호응린의 고증학적 연구 역시 송대 주희에 비해 큰 발전을 이루었다. 유회맹은『산해경』지리 연구에 있어 어느 정도 발전을 보였다. 다만 유회맹의 저작은 실전되어 그가『산해경』지리학 연구에 남긴 족적을 전체적으로 평가할 수 없어 아쉽다. 이 모든 연구 성과는 주목할 만한 가치가 있으며, 필자는 명대『산해경』학은 이미 상당한 규모를 갖추었다고 평가하고자 한다.

보통 명대 학자는 고증학보다는 의리를 논하는 데 더 치중했는데(호응린처럼 고증학적으로 접근한 경우는 거의 없었다), 이 때문에 명대 사람들은 『산해경』의 원시적 특징을 깊이 이해하지 못했다.

제6장

고증학考據學의 흥성과
청대淸代『산해경』연구

1

청대 사회와 주류 학술로서
고증학의 위치

북경에 입성한 청 조정의 문화 정책은 기본적으로 명나라 제도를 그대로 따라 유교와 도를 숭상했다. 청 조정은 이민족의 한족 통치의 합법적 지위를 확보하고자 정통 중국 문화를 보호하고, 유가 경학을 발전시키는 데 그 전 왕조들보다도 더 적극적이었다. 경학에는 고증과 의리 두 가지 방식이 있었고, 시대마다 학자들이 선호하는 것이 달랐다. 한대 유학은 장구를 중시했는데, 이는 곧 고증학이었다. 송대 유학과 명대 유학은 의리에 치중했다. 청나라 초기 학자들은 이학의 허황된 바람이 명나라가 멸망한 핵심 원인이라고 생각했다. 그래서 고염무, 왕부지(王夫之) 등은 이학에 치중했던 육구연(陸九淵)과 왕수인(王守仁)의 학문에 반대하고, 정주(程朱)의 학문을 닦을 것을 주장했다. 반대로 황종희(黃宗羲)는 정주의 학문에 반대하고 육왕의 학문을 닦을 것을 주장했다. 이학이 쇠락하고 민간 학자들이 송학을 반대하는 흐름에 대해 강희제(康熙帝)는 공허한 이학을 비판하며 다른 한편으로는 경학을 계속해서 발전시키고자 했는데, 그 실제 효과는 곧 박학의 발전으로 이어졌다. 호위(胡渭), 하탁(何焯), 염약거(閻若璩) 등 고증학 대가는 각각 강희제와 옹정제(雍正帝)로부터 후한 접대와 보상을 받았다. 그리하여 건가 시기에 이르러 학계는 송대 유학을 완전히 반대하는 방향으로 나아갔다. 예컨대 혜동(惠棟)은 송대 유학이 훈고를 경시했던 까닭은 그들이 문자를 몰랐기 때문이고[1], "한대에는 경사(經師)가 있었으나, 송대에는 경사가 없었다. 한대 유학은 얕으나 근본이 있었지만, 송대 유학은 깊지만 근본이 없었다"며 의리를 중시한 송대 유학은 공허하고 근본이 없다고 비판하였다.[2] 『사고전서』의 편찬자는 대부분 고증학자였기에 그 편집 원칙 역시 뚜렷하게 고증학에 기울어져 있었다. 그「범례」는 다음과 같이 이야기한다.

> 경전을 해석하는 데 있어 의리를 밝히는 것을 주로 하며 그 문자의 훈고를 얻지 않는다면, 의리는 어디서 비롯하여 추론해 나가는가? 역사에 관해 논하는 데 있어 좋고 나쁨을 드러내는 것을 주로 하되 그 사실의 시작과 끝을 얻지 못한다면, 좋고 나쁨은 무엇을 근거로 정하는가? …… 오늘날 기록하는 바는 대체로 고증이 정밀하고 논리가 명확한 것을 주로 하였으니, 헛된 이야기들을 사라지게 하고 실질적인 학문을 더욱 공고히 하는 데 도움이 될 것이다![3]

이렇게 송, 명 이후 유학의 새로운 발전 흐름은 맥이 끊기고 다시금 복원된 것은 소위 '한학'이라 불리는 훈고, 고증을 기초로 한 유학 전통이었다. 고증학은 청대 학술의 주요 흐름이 되었고, 이는 『산해경』 연구에 매우 큰 영향을 미쳤다. 『산해경』의 진실성 문제, 기본 성격 문제와 구체적인 해설 방식과도 관련이 있었다.

---

1 惠棟, 『松崖筆記』第1卷 '主一無適'條. 道光二年 吳門文照堂刻本.

2 惠棟, 『九曜齋筆記』第2卷 '訓詁'條, 『聚學軒叢書』本.

3 說經主於明義理, 然不得其文字之訓詁, 則義理何自而推. 論史主於示褒貶, 然不得其事跡之本末, 則褒貶何據而定. …… 今所錄者, 率以考證精核, 辨論明確者為主, 庶幾可謝彼虛談, 敦茲實學.

고증학적 수요로 유서와 잡서를 읽는 것은 일시에 유행이 되었다. 최술(1740~1816)은 이 같은 세태를 한탄했다.

> 몇몇 재능 있는 선비들은 새로운 기이한 것들을 찾기에만 몰두하여, 잡가와 소설을 불문하고 근세의 대서(大书)에 이르기까지, 옛사람들이 무시하고 도(道)로 여기지 않은 것들을 모두 기이한 보물로 여겨, 당대에 책을 읽지 않는 사람들을 무시하며 자랑스러워한다. 어떤 이는 "나는『음부(陰符)』와『산해경』을 외웠다"고 하고, 또 어떤 이는 "나는『여씨춘추』와『한시외전(韓詩外傳)』을 외웠다"고 한다. …… 사람들 앞에서 공공연히 자랑한다. 사람들도 공공연히 그들에 속아 박학다식하다고 여긴다. 그러나『육경』은 변변찮은 여곽(藜藿)으로 여기면서, 이 책들을 마치 곰발이나 꿩고기로 여긴다면, 참으로 애석한 일이다.[4]

최술은『산해경』이 황당무계하고 진한 시대 군현 이름이 있다는 이유로 '한나라 사람이 쓴 것이 틀림없다'고 여겼다.[5] 그럼에도 시대적 흐름에 따라 최술은『산해경』에 대한 학계의 열정을 막을 수 없었고, 많은 영역에서『산해경』에 관한 논의가 일어났다.

고증학이 학술적 주류 위치를 확보함에 따라『산해경』의 많은 문제가 고증학적 범위 내에서 토론되기 시작했다. 예컨대『산해경』의 역사 지리학 가치 문제, 즉 진실성 문제는 보통『우공』주석본에서 나타났다.『우공』과『산해경』은 모두 상고시대 지리학 저작인데, 전자는 그 서술이 평

---

4 一二才智之士, 務搜攬新異, 無論雜家小說, 近世大書, 凡昔人所鄙夷而不屑道者, 咸居以爲奇貨, 以傲當世不讀書之人. 曰, 吾誦得陰符, 山海經矣. 曰, 吾誦得呂氏春秋, 韓詩外傳矣. …… 公然自詫於人, 人亦公然詫之以爲淵博. 若六經爲藜藿, 而此書爲熊掌, 雉膏者然, 良可慨也. 崔述,『崔東壁遺書·考信錄提要·釋例』, 上海古籍出版社, 1983, p.7.
5 崔述,『崔東壁遺書·夏考信錄』, 上海古籍出版社, 1983, p.110.

이하고 정치적 의미가 명확한 덕분에 줄곧 유가 경전으로 취급된 반면, 후자는 아정하지 못한 탓에 하대받았다. 그러나 상고 사료가 부족했기 때문에 『우공』을 주해할 때 『산해경』을 인용할 필요가 있었다. 예컨대 남송 채심은 『서집전』을 쓸 때 『산해경』을 많이 인용하여 『우공』을 설명했는데, 『산해경』이 아직 보편적으로 의심받지 않던 시대에 이와 같은 방식은 문제가 없는 것으로 보였다. 그러나 고증학의 발전에 따라 청대에 『우공』을 다룬 학자들 사이에서 이를 둘러싸고 격렬한 논쟁이 일어났다.

호위는 『산해경』이 선진시대의 책이며 그 일부가 『우공』을 이해하는 데 도움이 된다고 인정했지만, 서술에 명확한 위치가 없고 검증할 수가 없다는 점을 비판하며, 『산해경』을 이용해서 경전을 해석해서는 안 된다고 주장했다. 그 『우공추지약예(禹貢錐指略例)』에서 "『산해경』, 『월절(越絶)』, 『여씨춘추』, 『회남자』 …… 등 책에서 말하는 우임금이 치수한 일은 괴이한 이야기를 많이 포함했다. 오늘날 『우공』을 이야기하는 데 있어 삼가 태사공의 '감히 말하지 못하겠다'는 뜻에 따라, 모든 기이하고 허황된 이야기는 배제하여 성경(聖經)을 더럽히지 않도록 해야 한다"고 하였다.[6] 고동고(顧棟高)는 『상서질의(尚書質疑)』에서 『산해경』으로 『우공』을 해석한 채심을 직접적으로 비판했다. 그러나 『우공회전(禹貢會箋)』을 쓴 서문정은 채심을 옹호했는데, 그는 "『우공』과 『산해경』은 『춘추』 내전과 외전과 같다. 『우공』의 산과 강은 『산해경』에 간간이 보인다. 우임금의 경전으로 우임금의 책을 해석하면 오류가 없을 것은 분명하다. 그러므로 『회전』은 『산해경』에서 인용한 내용이 많은 것이다"라고 하였다.[7] 비록 『산해경』을 우임금의 저술로 보는 그의 견해 자체는 타당하지 않지만, 서문정이 『산해경』 주석을 끌어와 『우공』을 해석한 것은 일리가 있다.

---

6 『禹貢錐指』, 『文淵閣四庫全書清史資料匯刊』本, 中華書局, 2006, p.450.
7 『禹貢會箋·凡例』, 『景印文淵閣四庫全書』 第68冊, 臺灣商務印書館, 1986, p.253.

논쟁은 여기서 끝나지 않았고, 고증을 강조한 사고전서관은 "너무 지나치게 오로지 『산해경』과 『죽서기년』을 믿었다. 이는 옛것을 좋아하는 데 치우치고, 진위를 구하지 않은 실수이다"라며 서문정을 나무랐다.[8] 사고전서관은 기본적으로 호위의 입장을 따라 『산해경』이 고서라는 점은 인정했지만, 그 내용은 믿을 수 없다고 여겼다. 『사고전서·총목제요』는 『산해경』을 평가하길 "이 책은 산수를 논하는 데 있어 신기하고 괴이한 내용을 많이 섞였다. …… (필자가) 듣고 보는 것을 근거로 판단하기에 백 가지 중에 단 하나도 진실한 것이 없다"고 하였다. 그래서 그들은 『산해경』을 '가장 오래된 소설'로 규정하고, 이를 사부 '지리류'에서 자부 '소설류'로 옮겨 지식 체계에서의 그 위치를 한참 아래로 떨어뜨렸다. 고증학은 본래 고증에 관한 이야기인데, 역사 지리학이 발전하지 않은 당시 상황에서 『산해경』 지리학의 진실성을 긍정할 만한 직접적인 증거를 찾기가 어렵다는 이유로 그 지리적 속성을 부정해 버린 것은 성급한 행동이었다. 위쟈시는 이가 '그 당시 이를 다루는 사람들이 정통하지 못한 탓'이고, 필원 등 사람들의 저작은 『산해경』이 절대 허구가 아니라는 것을 증명했다고 평가했다. 위쟈시는 사고전서관의 행동이 '자기 마음대로 고전을 해석하고, 함부로 붓을 휘두른 것'이라고 비판했다.[9] 전체적으로 봤을 때 청대 학술 사상은 비교적 보수적인 편이었다. 다만 청대 사회는 학술 연구에 양호한 물질적 조건을 제공했다. 첫째, 청대 초기 강희제, 옹정제, 건륭제(乾隆帝) 삼대 동안 사회는 안정적이고 부유했고, 공업과 상업이 발달했으며 도서 인쇄가 빠르게 발달했다. 이는 모두 학술 연구의 번영에 기초를 제공했다. 둘째, 청대는 명대보다 영토를 훨씬 넓게 확보했고, 중앙 정부가 안정적으로 국경 지역을 포함하여 전국을 관리했다. 통제 강화를 위해

8 『四庫全書總目』 下卷, 中華書局, 1965, p.1205.
9 『四庫提要辨證』, 中華書局, 1980. pp. 1121-1122.

청 정부는 강희 연간에 원, 명 두 왕조의 선례에 따라『일통지(一統志)』를 편찬했고, 가경 연간까지 거듭하여 수정했다. 이를 통해 학자들은 손쉽게 믿을만한 전국 지리 지식을 확보할 수 있었고, 이는『산해경』지리의 비밀을 푸는 데 도움이 되었다. 그리하여 청대 오임신, 필원, 학의행, 여조양, 오승지 등 사람은『산해경』을 주해할 때 그 지리 부분, 특히 먼 지역의 지리에 대해 비교적 확실한 설명을 할 수 있었다.

    지금 우리가 볼 수 있는 청대『산해경』판본은 매우 많고, 연구 저작 역시 오임신의『산해경광주』, 왕불『산해경존』, 필원『산해경신교정』, 학의행『산해경전소』, 주회조(周繪藻)『산해경보찬협독(山海經補贊魖讀)』, 여조양의『오장산경전』과『해내경부전』, 오승지의『산해경지리금석(山海經地理今釋)』, 진봉형『산해경회설』, 유월『독산해경』등등 그 전에 비해 훨씬 많다. 여기서는 오임신, 왕불, 필원, 학의행, 진봉형과 유월 등 여섯 명을 대상으로 논의할 예정이다.

2

오임신_{吳任臣}의
『산해경광주_{山海經廣注}』고증 및 해석

오임신(?~1689)은 본명은 지이(志伊)이고, 자는 정명(征鳴), 이기(爾器), 임신 등이 있으며, 호는 탁원(托園)인데 후대에는 자로 많이 알려졌다. 인화(仁和, 지금의 항주(杭州)) 사람이다. 박학다식하여 경, 사, 악, 율, 천문 역법까지 두루 통달했다. 그의 『산해경광주』는 강희 6년(1667)에 판각되었다. 시소병(柴紹炳)의 『산해경광주서(山海經廣註序)』는 "같은 읍의 오지이 임신은 그 원류를 끝까지 쫓아 『잡술(雜述)』 1권을 썼고, 곽박 주석 외의 내용을 찾아 논의하여 『광주』 18권을 썼다. 또 서씨의 삽화를 취해 차례로 도상 5권으로 증보하고 수정하여 모두 합쳐 한 부의 책으로 만들었다. 책이 완성되자 내게 맡겨 이를 위해 서문를 써달라고 부탁하였다"고 밝히고 있다.**[10]** 베이징대학에 소장된 강희 6년 원각본(原刻本)에는 『잡술』이 없다. 건륭 51년(1786) 금창서업당각본(金閶書業堂刻本) 『증보회상산해경광주』에는 시소병의 서문, 오임신이 직접 쓴 서문과 『독산해경어(讀山海經語)』, 『산해경잡술』, 『산해경일문(山海經逸文)』 등이 수록되어 있어 가장 완전한 판

---

10 乾隆五十一年(1786) 金閶書業堂刻本.

본이다. 『사고전서』에 『광주』가 수록되어 있어, 쉽게 구할 수 있으나, 여기에는 그림과 『잡술』 모두 없다.

『산해경광주』에 관한 『사고전서총목』의 평가는 다음과 같다.

이 책은 곽박의 『산해경주』를 바탕으로 보충하였기에 『광주』라 한다. 명물(名物)의 훈고와 산천의 거리 등 모두 수정한 바가 있었다. 비록 기이한 것을 좋아하고 널리 아는 것을 좋아하여 인용이 다소 많아 복잡해졌지만, 예를 들어, 당정산 황금과 청구산 원앙에 대한 설명은 평범한 사람들도 그 물건을 알 수 있는데, 다양한 전적(典籍)을 인용하는 것은 군더더기가 아닐 수 없다. 책의 서문에는 『잡술』이 한 편 실려 있는데, 이는 다소 길고 복잡하다. 그러나 그 내용은 방대하고 풍부하여 고증의 자료로 충분하다. 열거된 잃어버린 문헌 34조중 양신의 『단연록(丹鉛錄)』에서 발췌한 18조는 명대의 책에서만 볼 수 있으며, 다른 판본에는 없다. 잡다한 기록에서 잘못된 내용이 섞였을 점은 의심할 여지가 없다. 응소의 『한서주(漢書注)』이하 14조는 고본과 다를 수 있어 그 내용은 널리 알려진 바를 보완할 만하다. 옛 판본에는 도상이 다섯 권 실려 있었는데, 다섯 가지로 나뉘어 있다. 이를 '영기(灵祇)', '이역(异域)', '수족(獸族)', '우금(羽禽)', '인개(鱗介)'라 하였다. 이는 송대 함평 때 서아의 옛 초고에 기반한 것으로, 서아는 장승요의 설명을 따른 것이다. 그 설은 영향이 거의 없어, 감히 근거로 삼지 못하였다. 그림 또한 추측으로 그려졌으며, 실로 서아와 승요가 만든 것이든 아니든, 설령 사실이라 할지라도 두 사람이 어떻게 그것을 보고 그림을 그릴 수 있었는가? 따라서 지금은 주석만 기록하고 그림은 삭제하였다. 또한 앞서 인용한 책 목록 530여 종은 대부분 유서에서 채록하였고, 명목상으로만 열거된 것도 있어 번거롭게 기록하지 않았다.[11]

---

11 是書因郭璞山海經注而補之, 故日廣注. 於名物訓話, 山川道里, 皆有所訂正. 雖嗜奇愛博,
   引用稍繁, 如堂庭山之黃金, 青邱山之鴛鴦, 雖販婦傭奴皆識其物, 而旁征典籍未免贅疣.
   卷首冠雜述一篇, 亦涉冗蔓. 然掎摭宏富, 多足為考證之資. 所列逸文三十四條, 自楊慎丹

이는 상당히 높은 평가였고『사고전서』에 명대 주석본은 하나도 실리지 않은 것에 반해 곽박 주석본과 오임신 주석본은 실린 까닭이 여기에 있다. 해당 평가는 상당히 종합적이고 타당하므로 학계에서 자주 인용되었다. 필자는 학술사적 관점에서 의견을 몇 가지 보태고자 한다.

1. 경전 주석 전통에 따라 아무런 평가도 추가하지 않다.

『산해경』을 주해할 때 되도록 논평하지 않는 방식은 곽박부터 시작되었고, 그는 느낀 바를 모두『산해경도찬』에서 풀어내었다. 그러나 의리를 논하길 좋아했던 왕숭경은『산해경석의』에서 논평을 시도했고, 훗날 유회맹 역시 그의 방식을 따랐다. 오임신은 명말, 청초 사람으로『산해경광주』에서 철저하게 논평을 배제하고 오로지 문자 해석과 사물 명칭 훈고에 집중했다. 그는 왕숭경과 유회맹 등 옛날 주석을 대량으로 인용했지만, 두 사람의 논평은 거의 제외했고, 직접적으로 부정하기도 했다. 예컨대「대황남경」에는 "한 산이 있는데 이름은 거치(去痓)라고 한다. 남쪽에서는 열매를 맺지만, 북쪽에서는 맺지 못하고, 거치과(去痓果)라고 한다"라는 구절이 있는데[12], 곽박은 "그 음은 풍치(風痓)의 치와 같은데, 정확하지 않다"고 주석을 달았다. 오임신은 "모두 산 이름이며, 이합(二合), 삼합어

鉛錄以下十八條, 皆明代之書所見, 實無別本. 其爲稗販誤記, 無可致疑. 至應劭漢書注以下十四條則或古本有異, 亦頗足以廣見聞也. 舊本載圖五卷, 分為五類, 曰靈祇, 曰異域, 曰獸族, 曰羽禽, 曰鱗介. 雲本宋咸平舒雅舊稿, 雅本之張僧繇. 其說影響依稀, 未之敢據. 其圖亦以意為之, 無論不真出雅與僧繇, 即說果確實, 二人亦何由見而圖之. 故今惟錄其注, 圖則從刪. 又前列引用書目五百三十餘種, 多采自類書, 虛陳名目, 亦不瑣錄焉.『四庫全書總目』下卷, 中華書局, 1965, p.1204.

12 원문은 有山名曰去痓. 南極果, 北不成, 去痓果인데, 뒤의 구절은 그 뜻이 파악되지 않았다. 웬커는『산해경교주』에서 이 말이 무당이 읊는 주문이라고 해석하였다.

(三合語)이다. 왕숭경의『석의』에서 '거치란 거지(去志)이다. 거지는 열매를 맺지 않고, 나아가는 것은 알아도 물러나는 것은 모르는 것이다'며 우언으로 풀이했는데, 틀렸다"고 하였다. 옛 주석을 두루 인용했기 때문에『광주』는 일부 집주의 체계와 비슷하다.[13]

경전 주석에 따로 논평하지 않는 오임신의 방식은 고대 주석가의 전통을 복원했을 뿐만 아니라 훗날 건가 시대 고증학 규범에도 기본적으로 부합했다. 이 책이『사고전서』에 수록된 중요한 원인 중 하나일 것이다. 필원과 학의행의『산해경』교감과 주석은 그의 영향을 어느 정도 받았으며, 적지 않은 내용이『광주』에서 제공한 실마리에서 왔다.

다만 오임신이 살았던 시대에 고증학은 아직 완전히 발전한 단계가 아니었기에 그 역시 완벽하지는 못했다. 예컨대 그는 여러 다른 판본을 참조하기는 했지만, 그 저본이 무엇인지 설명하지 않았고, 그 교감본의 이름을 언급하지 않는 오류를 저질렀다. '어떤 곳에서'라며 설명할 뿐 고증이 없어 그가 판본 교감 작업을 중시하지 않았음을 잘 보여준다. 이는 필원, 학의행과는 다른 점이다.

2.『산해경』지리를 고증하는 몇 가지 원칙

원, 명, 청 삼대는『일통지』를 대대적으로 편찬하여 지리학의 수준을 한층 끌어올렸다. 유회맹의『평산해경』처럼 주해가 본래 목적이 아닌 것

---

13 상하이도서관에는 역도원이 저자로 표기된『산해경집주(山海經集注)』가 있는데, 겉표지와 달리 실제로는 필원의『산해경신교정』이다. 아마도 민국 시기 책을 팔던 상인들의 농간인 것으로 보인다. 베이징대학에 소장된 함풍(咸豐) 5년의 해청루(海淸樓) 판본의『산해경광주』가 실상은 품질이 떨어지는 곽박 주석본인 것과 비슷한 사례이다.

처럼 보이는 책마저도 지리 지식을 한껏 끌어다 문자를 해석한 것을 보면 그 역시 이 같은 지리 자료를 활용했던 덕으로 보인다. 오임신의 경우 박학다식한 데다가, 주석에 그 중점을 두었기에 더욱 많은 지리 자료를 인용했다. 직접적으로 『일통지』의 지리 자료를 인용한 부분이 대략 30곳이나 된다. 더 많이 인용한 것은 『수경주』였다. 예컨대 「북산경」의 돈수(敦水)에 대해 오임신은 "고찰하건대 『수경주』의 돈수는 서북쪽 소함산(少咸山)의 남쪽 산기슭에서 발원했고, 동쪽으로 흘러 삼합현(三合縣)을 지나기 때문에 성남이라고 했다"고 주석을 달았다. 또 "고찰하건대 『수경주』의 언수(灣水)는 영후수(嬰候水)를 만나 북쪽으로 흘러 사수(汜水)로 들어간다. ……『일통지』에서 '영간수(嬰澗水)는 지금의 평요현(平遙縣) 동쪽 삼십리에 있는데, 즉 영후수이다'라고 했다"고 주를 달았다.

명, 청 시대에는 마테오리치, 알레니, 페르비스트 등 유럽 선교사가 유럽의 자연 과학 지식을 들여왔는데, 여기에는 알레니의 『직방외기(職方外紀)』, 페르비스트의 『곤여도설』 등 세계 지리에 관한 정보도 적지 않았다. 오임신은 비교적 개방적인 사상의 소유자였기 때문에 『광주』에서 이들 저작을 인용하기도 했다. 가령 「해외남경」 주유국에 대해 오임신은 "『직방외기』에서 '유럽의 서해에는 소인국이 있는데, 키가 2척에 못 미치며 사슴을 타며 다니며, 관조(鸛鳥)가 이들을 먹고 싶어 한다고 한다"고 하였다. 「해외동경」의 모민국에 대해서는 "『직방외기』의 남아메리카 남쪽은 치카인인데 몸 전체에 털이 난다"고 하였고, 「해외북경」의 일목국(一目國)에 대해서는 "지금의 아시아 서북쪽, 유럽의 동쪽에 일목국이 있다. 『양의 현람도(兩儀玄覽圖)』에 나온다"고 하였다. 이 내용들이 진짜 지리 지식인건 아니었으나, 비교신화학적 연구를 위한 자료를 제공한다. 전체적으로 오임신은 자기에게 필요한 일부 정보만 유럽 지리 서적에서 뽑아와 썼을 뿐 그 세계관 자체를 수용한 것은 아니었다.

『산해경』의 산천 지리에 관한 오임신의 주석은 그 이전보다 훨씬 많았다. 또한 그는 『독산해경어』에서 『산해경』 지리를 연구하는 몇 가지 원칙을 밝혔다.

> 『산해경』을 읽는 사람은 거리가 멀고 가까움이 있으며, 현재와 다른 이름을 지닌 지명이 있음을 알아야 한다. 「서경」의 노산(勞山)은 제나라 땅이 아니며, 노산은 낙(洛)으로 들어간다. 약수(弱水)는 합려(合黎)의 약수가 아니고, 청구국은 남산의 청구가 아니며, 담이민(儋耳民)은 교주(交州)의 담이가 아니며, 부주와 곤륜은 해내외의 구분이 있고, 부옥산(浮玉山)은 강남(江南)과 강북(江北)의 차이가 있다.[14]

오임신은 길과 마을의 멀고 가까움을 강조했고, 또 옛날과 지금의 이름이 다르다는 점 또한 강조했다. 글자만 보고 대강 뜻을 짐작한 지명을 바로잡은 주석은 특히 유용하다.

그는 길의 이수를 계산하는 『산해경』의 방식을 총 3가지로 요약했다. 첫째, 첫 산에서부터 세는 것이고, 둘째는 땅을 따라 여정을 계산하는 것이고, 셋째는 '차례를 논하지 않는다'이다. 예컨대 대하국(大夏國), 월지국(月支國)은 모두 서북쪽 국가이지만 「해내동경」에 기록되어 있다. 이처럼 문제가 있는 부분에 대해서도 오임신은 '억측해서는 안 된다'는 상당히 엄격한 태도를 보인다. 산천, 길과 달라진 이름을 중시한 그의 태도는 훗날 『산해경』 지리 연구에 좋은 기초를 닦아 주었고, 왕불과 필원과 같은 사람들의 관련 연구에도 영향을 미쳤다.

---

14 讀山海經者, 須識道里有遠近, 曩今不同名. 西經勞山非齊地, 勞山入洛. 弱水非合黎弱水, 青邱國非南山青邱, 儋耳民非交州儋耳, 不周, 昆侖有海內外之分, 浮玉山有江南, 北之異. 吳任臣, 『山海經廣注·山海經雜述』, 金閶書業堂刻本 참조.

3.『우공』과『산해경』의 비교를 통한 '우임금과 익 저자설' 검토

전통 시기 사람들에게 전국의 지리란 우임금과 불가분의 관계였으나,『산해경』의 지리 정보를 전체적으로 파악하면서 오임신은 새롭게 '우임금과 익 저자설'을 검토할 근거를 확보하게 되었다.

그 전에 양신이 이미『우공』과 구정 이야기(그는『산해경』이 구정에서 유래했다고 생각했다)를 비교하면서 전자는 도리에 맞아 지킬만한 것이고, 후자는 기이하고 법칙에 맞지 않는 것들이라고 정의했다. 유유[15]는『산해경책』에서『우공』과『산해경』을 비교하며 새로운 가설을 제시했다.

『우공』은 대지를 평정하고 천하를 안정시킨 후, 돌아와 성과를 보고하며 지은 것으로, 이미 완성된 책이다. 따라서 기(冀), 연(兗), 청(靑), 형(荊), 양(揚), 양(梁), 옹(雍)을 상·중·하의 주(州)로 나누어 고르게 배치하고 부세(賦稅)를 확정하였다. 그 문장은 명확하고 정밀하다.『산해경』은 산을 따라 나무를 자르고 길을 개척하며 이동한 기록으로, 아직 완성되지 않은 책이다. 따라서 단지 남, 서, 북, 동, 중을 통해 방향을 정했을 뿐, 주(州)는 아직 확정되지 않았다. 그리고 해내외와 대황을 통해 대략적인 틀을 정하고, 조류, 짐승, 초목, 금옥(金玉), 인물을 통해 기이한 것을 기록했지만, 부세는 아직 확정되지 않았다. 그 문장은 상세하다. …… 대체로 군자는 그 변하지 않는 것을 논하고, 달인(達人)은 그 변화를 관찰한다. 상례를 말하자면, 이는 모두『우공』에 있다. 변화를 말하자면, 이는 대략「산경」에 담겨 있다.[16]

---

15 유유의 생년몰일은 정확히 알려지지 않아 후속 연구가 필요함.

16 蓋禹貢為地平天成, 歸告成功而作, 是已成之書也. 是故以冀, 兗, 靑, 荊, 揚梁, 雍定州以上中下, 錯綜定賦, 其辭確. 山海經為隨山刊木創造經行而作, 是未成之書也. 故止以南, 西, 北, 東, 中定方隅, 而州則未定. 以海內外, 大荒定梗概, 以鳥獸草木金玉人物紀珍怪, 而賦則未定, 其辭詳. …… 大抵君子道其常, 達人觀其變. 語其正, 則盡在禹貢. 語其變, 則

유유는『산해경』을 우임금이 홍수를 다스리는 과정에 쓴 미완성 저작으로,『우공』은 치수 이후의 저술이라고 생각했다. 반면 진일중(陣一中)은『와형자·논산해경(蛙螢子·論山海經)』에서 "『산해경』은 『우공』의 잉문(剩文)이다"라고 주장한다.[17] 두 사람의 의견이 약간 다르긴 하지만, 모두『산해경』을 가장 신성한 경전이었던『우공』과 결부시키고자 했다.

오임신의『독산해경어』는 주로『우공』과『산해경』의 서술 순서를 비교한다. 그는『우공』은 산세에서 시작하여 서북쪽에서부터 산 이야기를 풀어나가지만, 백익의『산해경』은 형법가(감여)의 지맥(地脈)에 따라 남쪽에서부터 돌아 나오기에 남산에서부터 그 서술이 시작된다고 했다. 또『우공』은 강과 하천을 경계로 남북으로 나누지만,『산해경』은 음기가 땅의 오른쪽 방향으로 돈다는 이론에 따라 남, 서, 북, 동, 중을 순서로 삼는다. 그 결론은『우공』과『산해경』각자의 쓸모가 있다는 것이다. 시소병은『산해경광주』서문에서 오임신의 의견을 빌려『산해경』은 '아마도『우공』의 외편이고,『직방』의 부용(附庸)일 것'으로 보았다.[18] 그렇기에『산해경』은 옛일을 상고(詳考)하는 데 쓸 수도 있고, 격물(格物)에도 활용할 수 있다. 오임신은 직접 쓴 서문에서 여러 선진시대의 고전 문헌을 인용하여『산해경』과 일치하는 내용이 많음을 증거로 내세우며 "넓게 살피고 두루 통달하며, 크고 작은 것을 모두 꿰뚫어 보면,『산해경』은 참으로 박물학의 시초이자, 기이한 이야기들을 모은 책의 효시라고 할 수 있다"고 주장했다.

이 같은 견해는 오래된 '우임금과 익 저자설'의 발전이자, 이를 부정한 사람들에 대한 반박이었다. 오임신은 "선진시대의 여러 학자 중에 오로지

___

概在山經. 吳任臣,『山海經廣注·山海經雜述』, 金閶書業堂刻本 참조.

17 吳任臣,『山海經廣注·山海經雜述』, 金閶書業堂刻本 참조.

18『山海經廣注』, 金閶書業堂刻本.

굴원만이 이 경전을 익숙하게 읽었다. …… 교학자들은 『산해경』이 진, 한 대 사람들이 만든 책이라고 보는데, 이로써 이를 분명히 알 수 있다"고 생각했다.[19] 사고전서관은 『산해경』의 지리 정보가 전부 거짓이라고 비난하면서도 이처럼 그 진실함을 강력하게 주장하는 『산해경광주』는 또 수록했는데, 상당히 모순적인 판단이었다.

오임신은 청대 최초의 『산해경』 주석가이자 연구자로서 자료 수집에 큰 공을 들였다. 곽박의 주석, 양신의 주석, 왕숭경의 주석 그리고 유회맹의 주석까지 망라하지 않은 것이 없었고, 또 『산해경』과 관련된 여러 자료를 대량 수집하였다. 그 내용이 매우 풍부한 나머지 심지어 번잡하다고 사고전서관과 필원의 비판을 받기도 했다. 그러나 후대 연구자들에게 이는 꼭 필요한 정보였다. 또 고증학적 주해 방식이나 지리 정보 해석의 원칙 등 역시 후대 학자들에게 좋은 영향을 미쳤고, 청대 『산해경』 고증 연구의 토대를 마련했다.

---

19 『山海經廣注·讀山海經語』, 金閶書業堂刻本.

3

왕불汪紱 과
그의『산해경존山海經存』

왕불(1692~1759)의 처음 이름은 훤(烜)이며, 자는 찬인(燦人), 호는 쌍지(雙池), 중생(重生)이며, 강서(江西) 무원(婺源) 출신의 청대 유학 사상가였다. 젊은 시절 집안 형편이 빈한하였고, 어머니는 감염병으로 사망하고 아버지는 집을 떠나 돌아오지 않아 의탁할 데 없어 경덕진(景德鎭)에서 도자기 그림을 업으로 삼아 살 수밖에 없었다. 여용광(余龍光)의『쌍지 선생 연보』에 따르면 왕불은 24세 이후 복건(福建)과 안휘(安徽) 등에서 서당 선생이 되어 글을 가르쳤다고 한다.[20] 한평생 과거 시험 공부는 하지 않았고, 오로지 저술을 통해 학문을 닦았고, 도업을 전수하며 일생을 보냈다.

왕불은 총명함을 타고났을 뿐만 아니라 부지런히 학문을 연마한 덕에 그 지식은 유난히 넓고도 깊었다. 그가 쓴 저서로는『역경전의(易經詮義)』,『서경전의(書經詮義)』,『시경전의(詩經詮義)』,『춘추집전(春秋集傳)』,『예기장구(禮記章句)』,『예기혹문(禮記或問)』,『참독예지의(參讀禮志疑)』,『효경장구혹문(孝經章句或問)』,『악경율여통해(樂經律呂通解)』,『악경혹문(樂經或問)』,『독

---

20 『청사고』에 따르면 27세 이후라고 하는데 틀린 것일 수도 있다.

음부경(讀陰符經)』, 『독참동계(讀參同契)』, 『독근사록(讀進思錄)』, 『독독서록(讀讀書錄)』, 『유선오어(儒先晤語)』, 『산해경존』, 『이학봉원(理學逢源)』, 『시운석(詩韻析)』, 『물전(物詮)』, 『육예혹문(六禮或問)』, 『독곤지기(讀困知記)』, 『독문학록(讀問學錄)』, 『금보(琴譜)』, 『의림찬요탐원(醫林纂要探源)』, 『무급담병(戊笈談兵)』, 『육임수론(六任數論)』, 『대풍집(大風集)』, 『구궁양택(九宮陽宅)』, 『시집(詩集)』, 『문집(文集)』 등 2백 권이 넘는다. 그의 학문은 이토록 다양했지만, 그 사상적 핵심은 이학에 있었다. 『왕선생행장(汪先生行狀)』에 따르면 그는 제자에게 "지식이 있은 이래 한 번도 책 읽기를 그만둔 적이 없었다. 그러나 삼십 세 이전에는 경학에 있어 학문을 이루는 것 같기도 하고 멈춘 것 같기도 하였다. 삼십 세 이후로는 그 잡다한 저술 수백만 권을 모두 태워버리고 오로지 경학만을 대하였다. 경학을 연구하는 데 있어 여러 사람의 말을 참고하였지만, 오로지 주자에만 충성하였다"고 말한 바 있다.[21] 유학에서의 성취가 대단했기 때문에 왕불은 사후 자양서원(紫陽書院)에 안치되었다.[22]

왕불은 생전에 많은 책을 간행하지 못했고, 세상을 뜬 이후 주요 전승자였던 여원린(余元遴, 자(字) 수서(秀書))이 책을 간행하기 시작하면서 그의 학문이 점차 세상에 알려지게 되었다. 『산해경존』의 자필 원고는 그의 주요 저술이 아니었는지 여원린은 오랫동안 보존만 할 뿐 간행하지 않았다. 백 년이 지나 여원린의 현손 여가정(余家鼎)과 조전여(趙展如) 등이 함께 모금하여 차례대로 『산해경존』과 『무급담병』 등을 간행했다. 『산해경존』은 광서(光緒) 21년(1895)에 석인본(石印本)으로 간행되어 비로소 세상에 알려졌다. 그러나 그때는 청나라 말 세상이 어지러운 때였기 때문에 학문에 관심 두는 자가 거의 없어 『산해경존』 역시 혼란스러운 세상에 파묻히

---

21 余元遴, 「汪先生行狀」, 汪紱 『醫林纂要探源』 第10卷 참조.
22 「徽州府志·儒林傳」, 汪紱 『醫林纂要探源』 第10卷 참조.

고 말았다. 항주고적서점(杭州古籍書店)이 1984년에 이 책을 영인하면서 점차 널리 알려지게 되었다. 그러나 영인할 때 권마다 본래 있던 쪽수가 사라져 사용하기가 어려웠고, 그렇다고 영인본에 새롭게 쪽수를 추가한 것도 아니었다. 본 절에서 인용한『산해경존』은 모두 이 영인본에서 나왔다. 간결함을 위해 편명(篇名)만 인용하고 권 수와 쪽수는 따로 표기하지 않았다.

1.『산해경존』의 판본 특징과 저술 연대

후대 사람이 간행한 탓에 왕불의『산해경존』에는 두 가지 비교적 큰 의문점이 남아 있다.

첫째, 이 책은 분권 방식이 상당히 특이한데 바로 9권 18편 39부이다. 「오장산경」이 한 권씩 차지하여 총 5권이고, 「해외사경」, 「해내사경」이 각각 6권과 7권이다. 「대황사경」이 8권이며, 「해내경」이 9권이다. 그 내용은 다른 판본과 거의 차이가 없고, 18편은 지금의 18권에 해당한다. 소위 '18편'이란 유흠이 정리한 옛 판본과 유사하다고 주장하기 위함일 따름이었는데, 왕불은 왜 18편을 9권으로 합쳤을까? 그가 근거로 삼은 저본은 무엇이었을까? 지금으로선 알 수 없다.

둘째, 왕불의『산해경존』은 간행되기 이전에 이미 훼손된 상태였다. 시만성(時曼成)이 쓴『산해경존』의 발문은 다음과 같다. "그의 그림을 살펴보니 오임신과 학의행의 판본보다 더욱 상세하였다. 그러나 제6권과 제7권이 부족하여 명경(明經, 여가정을 가리킴)은 이를 애석하게 여겼다. 그 친구 차자규(査子圭, 자(字) 미가(美珂))와 더불어 그려 이를 보충하였다." 이 글에 따르면『산해경존』에 6, 7권의 그림만 없어졌다는 것 같으나, 실제로는 본문과 주석도 함께 사라졌다.『산해경존』간행본의 제6권 서두 '해외남

경 제6' 밑에 간행한 사람의 해제가 있다. "조심스레 고찰해 보자면, 왕불
은 원래 9권으로 지었으나, 제6권과 제7권이 사라졌다. 순서대로 분권한
것을 보아 「해외사경」이 제6권이고 「해내사경」이 제7권이어야 할 것이
다. 지금 삼가 필원의 교정본에 따라 원문을 보완 기록하고 또 필원의 말
을 취해 참고하였다. 그림을 각 경 뒷부분에 보충하여 갱신하였다." 간행
본 제7권 서두 '해내남경 제10' 밑에는 "원래는 없던 것을 지금 보충한다"
는 주석이 있다. 다시 말해 6권과 7권의 본문과 주석을 모두 필원의 『산
해경신교정』에서 따왔다는 말이다. 그렇다면 이 두 권은 왕불이 미처 완
성하지 못한 것일까 아니면 전승되는 과정에서 유실된 것일까? 상식적으
로 왕불이 이미 그 앞뒤로 각 권을 완성한 상황이었고 또 이를 합쳐서 '9
권'으로 불렀다면, 6, 7권을 누락했을 가능성은 크지 않다. 설사 이 두 권
에 주석을 달지 않았더라도 원문은 있어야 했다. 그렇기에 『산해경존』 간
행본의 6, 7권이 모두 필원 판본을 가져온 까닭은 본래 원고의 6, 7권이
유실되었기 때문임을 알 수 있다. 시만성은 왜 6, 7권의 그림만 없어졌다
고 했을까? 그는 원고를 보존하고 있던 여가정의 친구였고, 발문을 쓴다
는 것은 여씨 가문이 100년 넘게 보존하던 원고에 찬사를 보내는 행위였
다. 그렇기에 원고에서 2권이 사라졌다고 서술하기가 난감하여 그림이
사라졌다고 두루뭉술하게 말한 것으로 보인다.

　지금의 『산해경존』 간행본에는 독립된 형태의 그림 194폭이 있다. 그
림은 모두 배경이 없는 선묘화이다. 종종 한 화면에 여러 종류의 괴물, 기
인, 신을 집중적으로 그렸으며, 한 화면에 그린 존재는 한 개에서 다섯 개
까지 그 숫자가 일정하지 않다. 화면에 독립적으로 나타난 괴물, 기인, 신
령의 통계(쌍으로 나타나는 경우는 1번으로 계산)를 내자면 『산해경존』은 총
432종의 동식물과 인물을 그렸고, 각각 39부 뒷부분에 첨부했다. 제6권
과 제7권에 다른 사람이 그린 53종의 그림을 제외하면 왕불이 실제로 직
접 그린 삽화는 379종이다. 아마도 그는 최초로 직접 그림을 그린 주석가

였을 것이다(곽박 주석본 그림을 곽박이 직접 그린 것인지 정확하지 않다). 이는 그가 젊은 시절 경덕진에서 도자기에 그림을 그렸던 경험과 직접적으로 관련된다. 비록 일부는 앞 사람의 그림을 참조한 것이긴 했지만, 자기의 뜻을 발휘하여 그린 것도 많다. 여기서 경문에 관한 그의 해석이 드러나기 때문에 어느 정도 참고의 가치가 있다.

이 책의 형성 시기는 확정할 수 없다. 여용광은 『쌍지 선생 연보』에서 저술 시기를 확정할 수 없는 책으로 규정했다.[23] 시만성의 발문에 따르면 이 책은 왕불의 초기 저작일 수 있다. "왕선생이 그림에 능했으나 가난하여 강서 경덕진에서 도자기를 그리며 생계를 유지했다는 사실을 알게 되었다. 그는 행실을 삼가고 단아했으며, 말과 웃음이 적었다. 당시 상을 치르던 중이라 채소를 먹고 고기를 끊었는데, 거리의 사람들에게 조롱당했다. 간혹 시를 지어 자기 뜻을 드러냈지만, 사람들은 이를 비방이라 여겼고, (그는) 화합하지 못하고 떠나갔다. 이는 당시 그의 필치가 미친 바가 아니겠는가?" 시만성이 이렇게 추측한 까닭에는 겨우 두 가지 이유가 있었는데, 첫째는 작가가 당시 도자기에 그림을 그렸고, 책에는 삽화가 상당히 많다는 것이고, 둘째는 작가가 당시 사람들과 어울리지 못하고 외로웠으니 『산해경』을 빌어 우울함을 해소했을 가능성이 있기 때문이다. 그러나 이 같은 이유들은 모두 설득력이 부족하다. 시만성 역시 추측할 뿐 단호한 어조는 아니다.

필자는 『산해경존』이 왕불의 후기 저작이라고 본다. 여기에는 두 가지 까닭이 있다. 첫째, 『왕선생행장』에 따르면 왕불은 "30세 이후 잡다한 책 수백만 권을 모두 불살라 버리고, 경학에만 몰두했다"고 한다. 『청사고·유림전』은 "왕불은 이십 세 이후 두루 읽는 데 종사하고 책을 십여만 권

---

23 余龍光, 『汪先生年譜』第3卷, 光緒二十二年(1896) 重刻本.

을 저술하였지만, 삼십 세 이후 이를 모두 불태웠다"고 전한다.[24] 『산해경 존』 원고가 남아 전해졌다는 것은 당연히 삼십 세 이후의 저작이라는 뜻 이고, 24세 이전 그가 도자기에 그림을 그리던 시절에 쓰이지 않았을 것 이다. 또 『산해경존』이 실상 많은 책을 참고했다는 점 역시 이유이다. 이 는 아마도 가난한 도자기 화공이 갖출 수 있는 조건은 아니었다. 그렇기 에 이는 그가 이름을 알린 이후 공부를 가르치고 남은 시간에 쓴 것으로 보인다. 작가가 직접 붓을 들어 그린 수백 편의 삽화는 당시 그가 쌓아 온 그림 실력으로 여유로운 시간을 보낸 결과물일 것이다.

2. 격물치지 格物致知 의 입장에서 『산해경』의 기이함을 이해하다

『청사고·유림전』에 따르면 왕불은 "……『육경』에서부터 아래로는 악 률, 천문, 여지, 진법, 술수까지 어느 것 하나 통달하지 않은 것이 없었다. 그러나 송오자의 학문 하나로 귀결되었다"고 한다.[25] 유사배의 『왕불전』 에서는 그가 한학, 송학을 모두 연구하였으나 송학에 귀의했다고 보았다. "쌍지 선생은 심물(心物) 이원설에 밝았기 때문에, 물리와 심리를 모두 그 깊은 데까지 꿰뚫어 보았다. 아마도 주자학을 수호할 수 있는 자이다."[26] 휘파(徽派)의 이름난 유학자로서 왕불의 학문은 주희의 격물치지설에 근 간을 두었다. 그의 『산해경』 연구 역시 격물궁리(格物窮理)의 입장에서 전 개되었다. 이를 위해 우리는 먼저 왕불의 격물치지 사상을 이해할 필요가 있다. 『산해경』을 대하는 그의 기본 학술적 시각을 이해하는 데 도움이

---

24 『淸史稿』第480卷, 中華書局, 1977, p.13152.

25 『淸史稿』, 中華書局, 1977, p.13153.

26 章太炎, 劉師培 編, 『中國近三百年學術史論』, 上海古籍出版社, 2006, p.298에서 재인용.

되기 때문이다. 왕불은 『이학봉원』 제1권에서 '격치'의 뜻을 이렇게 해석했다.

> 인간의 삶이 있음은 물(物)과 그 근원이 같다. 다만 사람은 천지의 중심을 받으니, 고로 나의 마음에 만물의 도리를 스스로 갖추었다. 물이 있으면 곧 일이 있으니, 나의 마음에는 만사의 앎에 절로 통하는 데가 있다. 그러나 이 마음의 앎이라는 것은 그 자체로 체계적으로 고정된 것이나, 일일이 사물과 일을 통해 확인하지 않으면, 그 지식을 완전히 알 수 없다. …… 효도와 우애를 아는 사람은 마음이 영민한 것이다. 효도와 우애를 알지 못하는 것은 사물에 대한 이치가 아직 명확하지 않기 때문이다. 그래서 사물, 일상생활, 책, 보고 들은 것들 사이에서 날마다 부모를 섬기고 형제를 섬기는 방법을 연구하여 효도와 우애의 도리를 다하는 것이 바로 격물치지이다. 세상의 모든 사물에 이치가 없는 것은 없다.[27]

왕불은 또 "사물의 이치를 깨닫고자 하는 의지가 있는 사람에게는, 이치 없는 사물이 없다. 어디서나 눈으로 보고 귀로 들으며, 손으로 만지고 발로 밟으며, 나의 이치를 탐구하는 학문을 통해 깨닫는다. 어찌 단지 경서(經書)에서만 찾아낼 수 있겠는가?"[28]라고 하였다. 그가 보기에 우주 사이 모든 일과 만물은 모두 규칙과 이치를 드러내고 있으며, 즉 '물체가 있으면 원칙이 있고(有物有則)', '물체가 없으면 이치가 없는 것(無物無理)'이

---

27 人之有生, 與物同原. 而人受天地之中, 故吾心自備萬物之理. 有物則有事, 而吾心自有通乎萬事之知. 但此心之知, 是體統固然. 而不從事事物物上印證過來, 則無以盡知之量. …… 知孝弟者, 吾心之靈也. 不知所以孝弟, 物有未格也. 於是, 於事物, 日用, 載籍, 聞見間, 日日講求其所以事父事兄而盡孝弟之道, 則格物以致知也. 天下之物, 莫不有理. 汪紱, 『理學逢源』第1卷, 『汪雙池先生叢書二十種』本, 道光 二十三年(1897)刻本.

28 劉師培, 「汪紱傳」, 章太炎, 劉師培 編『中國近三百年學術史論』, 上海古籍出版社, 2006, p.295에서 재인용.

었다. 격물은 곧 사물이 내포한 큰 도리와 이치를 탐구하고자 하는 것이었고, 치지는 곧 인류의 마음에 선천적으로 갖춰진 만물의 이치를 하나씩 외재적인 사물을 통해 검증해 나가는 것이었다. 통합적인 지식에 도달하고 만물의 이치를 알기 위해서는 반드시 모든 사물을 철저하게 연구해야 했다. 그렇기에 어떤 사물도 응당, 그리고 또 반드시 격물치지의 대상이 되어야 했다. 이는 경서에 국한되는 일이 아니었다. 유가의 육경 외에 악률, 천문, 여지, 진법, 술수, 심지어 일상생활에서 보고 듣는 모두가 하늘의 이치를 탐구하기 위해 쓰일 수 있었다.

그렇기에『산해경』과 같은 수술학 연구는 단순히 박물학이라는 구색을 맞추기 위함이 아니라 하늘의 이치를 탐구하고 통합적인 지식 체계에 도달하기 위함이었다. 왕불의 논설은 과거 '군자박물'이라는 원칙으로『산해경』연구를 변호하고자 했던 것보다 더 강력했다. 이는 기본적으로『산해경』류의 저작을 옭아매던 전통 유학의 '자불어괴력난신'이라는 원칙을 깨뜨렸다. 책 이름인『산해경존』은 새롭게『산해경』의 가치를 긍정하고자 하는 뜻을 드러낸다. 주희의 '격물치지설'은 왕불이 '자불어괴력난신'의 계율을 뛰어넘는 데 큰 도움이 되었다.

이 같은 이론을 뒷받침으로 삼아 왕불은 여러 초자연적인 내용을 매우 독특하게 해설했다.『역전(易傳)』은 "고개를 들어 천문을 바라보고, 고개를 숙여 지리를 살피니, 이로써 유명의 연유함을 알 수 있게 된다. 처음에서 시작하여 끝으로 돌아오니, 이로써 죽음과 삶의 설을 알 수 있게 된다. 정기는 사물이 되고, 떠도는 혼은 변화가 되니, 이로써 귀신의 있는 그대로를 알 수 있게 된다"고 했는데, 왕불은 다음과 같이 해석했다.

유명(幽明), 사생(死生), 귀신에 대해 무릇 사람이라면 이들을 다 안다. 그러나 유명의 말미암는 것, 죽음과 삶의 이치, 그리고 귀신의 있는 그대로는 익숙한 것일 뿐 살필 수 없다. 깊게 보고 살필 수 없다면, 이를 안다고 하기에 부족하다.

하나의 음과 하나의 양을 곧 도라고 부르는데, 이를 이어가는 것이 선(善)이고, 이를 이루는 것이 성(性)이다. 밖으로는 인(仁)으로 드러나고, 안으로는 작용으로 감춰진다. 생생한 변화는 역(易)이라 부르고, 만물을 형성하는 것은 건(乾)이라 하며, 자연을 본받는 것은 곤(坤)이라 하고, 음양을 헤아릴 수 없는 것을 신(神)이라 한다. 이로써 우러러보고 굽어살핌으로써, 유명의 이유를 알 수 있다. 그 시작을 거슬러 그 끝에 이르면, 생사의 순환을 이해할 수 있다. 음과 양이 번갈아들고, 굽히고 펴지고, 모이고 흩어지는 과정을 통해 귀신이 있는 그대로의 상태를 드러낼 수 있다. 이처럼 한다면, 다른 학설들은 이 이해를 흔들 수 없으니, 지혜가 최고에 이르게 된다.[29]

그의 설명에 따르면 진지하게 관찰하고 깊게 고민하기만 한다면 유명, 생사와 귀신의 이치를 깨달을 수 있고, 그 어떤 이단의 설도 이를 흔들 수 없다.[30]

왕불은 사람들이 과도하게 신과 괴이한 존재의 유무에 집착하는 것은 미혹에 이르게 되는 원인이라고 보았다.

기이한 존재와 신에 대해 학자들은 의심하면서도 믿지 않을 수 없고, 그렇지만 또 감히 전부 믿지도 못하니, 고로 그저 끝없이 두려워만 하고, 알 수 없는 것으로 치부한다. 그러나 의심이 이미 생기면, 결국 신비롭고 기묘한 것에 끌려 미혹되고 만다. 그것을 온전히 믿지 못한다고 말하면서도, 사실은 이미 깊

---

29 幽明, 死生, 鬼神, 夫人而知之者. 而所以幽明之故, 死生之說及鬼神之情狀, 則习焉而莫之察. 非觀之深者, 不足以與知之也. 一陰一陽之謂道, 繼之者善, 成之者性. 顯諸仁, 藏諸用. 生生之謂易, 成象之謂乾, 效法之謂坤, 陰陽不測之謂神. 以此仰觀俯察, 而幽明之故可知. 原其始以反於終, 而死生之說可知. 一陰一陽迭 當為迭 為屈伸聚散, 而鬼神之情狀可見矣. 如是, 則異說不足以搖之, 知之至也. 汪紱,『理學逢源』第1卷,『汪雙池先生叢書二十種』本, 道光 二十三年(1897)刻本.

30 汪紱,『理學逢源』第1卷,『汪雙池先生叢書二十種』, 道光 二十三年(1897)刻本.

이 믿고 있는 셈이다. 그러니 사람에게는 이치를 구하는 것이 중요하다. 이치를 구하는 것은 이 신과 기이한 존재가 있는지 없는지의 이치를 구하는 것이 아니라, 오직 자기 심신과 성명(性命)의 이치를 구하는 것이다. 심신과 성명의 이치는 과연 진정으로 그 본원을 알 수 있게 하니, 신비하고 기묘한 것들은 자연히 의심할 것이 못 된다. 만약 신비하고 기묘한 것의 유무를 따지기만 한다면, 영원히 미혹으로 남을 뿐이다.[31]

그는 오로지 신비하고 기묘한 것이 존재하는지만을 좇는다면 영원히 미혹된 상태로 남을 뿐이라고 보았다. 이러한 곤경에서 벗어나기 위해 왕불은 신비하고 기묘한 것의 존재 여부는 부차적인 문제이고, 진정으로 중요한 것은 우주 만물 그 전체가 내포하고, 동시에 인류의 마음에 들은 '심신과 생명의 이치'를 탐색하는 것이라고 했다. 이 근본적인 이치를 깨닫고 다시 신괴를 돌아본다면, 더 이상 신비하고 기묘한 것에 마음이 흔들리지 않을 것이다.

신비하고 기묘한 것의 유무 문제는 부차적이기에 왕불은 『산해경』에 등장하는 신이한 존재들을 한층 더 수월하게 처리할 수 있었다. 그는 "기이하고 신비한 일들이 반드시 모두 없는 것은 아니다. 성정과 생명의 근원을 이해할 수 있다면, 이런 것들이 존재해도 놀랄 필요는 없다. 다만 기이한 것을 좋아하는 사람들이 과장하기 때문에 사람들이 더욱 혼란스러워지는 것이다"라고 보았고[32], 그렇기에 그는 『산해경』의 각종 기이한 존

---

31 學者于物怪, 神奸, 既惑而不能不信, 然又不敢全信, 故只得委之無窮, 付之以不可知. 然疑念既生, 終被神怪牽惑, 謂之不敢信全, 已深信是之矣. 故人貴窮理. 窮理者, 非窮此神怪有無之理, 只是窮究自己身心性命之理. 身心性命之理, 果能真知本其源, 則神怪自不足惑. 若鄕(向)神怪窮究其有無, 則終身只是惑也. 劉師培, 「汪紱傳」, 章太炎, 劉師培 編 『中國近三百年學術史論』, 上海古籍出版社, 2006, p.295에서 재인용.

32 汪紱, 『理學逢源』第1卷, 『汪雙池先生叢書二十種』本, 道光 二十三年(1897)刻本.

재들을 처리하는 데 거리낄 것이 없었다.

첫째, 그가 보기에 『산해경』의 기이한 존재 일부는 독자가 경문을 오독한 결과였다. 「남차이경」의 거산(柜山)에는 기이한 새가 산다. "그 생김새는 올빼미(鴟)를 닮았는데 사람 손을 지녔다. …… 그 이름은 주(鴸)이다." 왕불은 "'사람 손'은 그 발이 사람 손처럼 생겼다는 이야기이다"라고 해석했다. 먼 곳의 기이한 나라 사람들을 묘사한 「해내경」에는 "정령국(釘靈國)이 있다. 그 사람들은 무릎 밑부터 털이 있고, 말발굽에 잘 걸어다닌다"는 구절이 있다. 왕불은 "그 사람이 털이 많은 것은 가죽을 다리에 둘러 옷으로 입은 것이다. 말발굽 같고 걷기에 좋다는 것은 후대의 장화와 같은 것이다. 진짜 말발굽이 아니다"라고 했다. 「서차삼경」에는 "종산(鍾山)이 있는데, 그 아들은 고(鼓)라고 한다. 그 생김새는 사람의 얼굴과 같은데 용의 몸을 하고 있다." 곽박은 "이 역시 신의 이름이다. 이름을 종산의 아들이라고 지었다. 이러한 종류는 『귀장·계서(歸藏·啓筮)』에서 모두 볼 수 있다. 『계서』에서 '여산(麗山)의 아들은 푸른 깃털에 사람 얼굴을 하고 말의 몸을 지녔다'고 했는데, 이 모습과 역시 비슷한 것이다"라고 했다. 그러나 왕불은 고를 신으로 생각하지 않았다. 그는 주석에서 "아마도 종씨 집안 군자의 아들일 것이다. 사람의 얼굴과 같고 용의 몸이라고 한 것은 대개 그 신체와 손발이 구부러져서 용과 비슷한 데가 있어서일 것이다"라고 했다. 이처럼 왕불이 합리적으로 해석함으로써 상술한 기이한 새, 사람과 신령은 모두 정상적인 존재가 되었다.

「해내경」은 "홍수가 하늘까지 덮었다. 곤이 천제의 식양을 훔쳐 홍수를 덮고 천제의 명령을 기다리지 않았다. 천제는 축융에게 명하여 곤을 우교에서 죽이도록 했다"라고 전한다. 곽박 주석은 다음과 같다. "식양은 흙이 저절로 불어 한계가 없음을 말하며, 그렇기에 이로써 홍수를 막을 수 있다. 『개서』에서 '넘실넘실대는 홍수, 무엇도 그 끝을 막을 수 없다. 백곤(伯鯀)이 곧 식석과 식양으로 홍수를 채웠다'고 했다." 곽박의 주석은 학계에서 널리 받아들여졌지만, 왕불은 이에 반대했다. "식(息)은 곧 생산한다는 뜻이며, 생물이 자라던 땅을 폐기하여 이로써 홍수를 막는다는 것이다. 소위 '오행을 흩트리고, 효과가 미미하다'는 얘기이다. 천제의 명령을 기다리지 않았다는 것은 소위 '명에 따르지 않아 동족에 상해를 입힌다'는 뜻이다. 옛 설은 괴상하고 바르지 않고 통하지 않는다." 그는 초자연적인 식양을 현실의 토양으로 해석했고, 곤 신화는 『상서·홍범』과 『상서·요전』에 기록된 곤의 역사 전설에 부합하게 됐다. 왕불의 눈에 『산해경』의 기이한 내용 중 일부는 독자가 문장을 오독한 결과였다. 그렇기에 세상의 선비들이 『산해경』의 기이한 이야기를 비난했던 이유 중 일부는 그 덕분에 해결되었다.

둘째, 신이한 내용 일부는 작가가 과장하거나 지어낸 것으로 추정하는 동시에 허구에도 그 나름의 가치가 있다고 보았다. 「대황동경」은 "파곡산(波谷山)이 있는데, (여기에는) 대인국이 있다"라고 했다. 이는 널리 퍼진 거인 전설로 옛날부터 여러 고전에 등장했다. 일부 기록은 상당히 사실적이고, 어떤 것은 매우 과장되었다. 예컨대 왕불의 주석에 인용된 『하도옥판(河圖玉版)』은 "곤륜에서 북으로 9만 리를 가면 용백국 사람을 만난다. 키가 20장이고, 1만 8천 세까지 살다가 곧 죽는다. 곤륜에서 동으로 가면 대진(大秦) 사람을 만나는데, 키가 10장이고 모두 면화로 된 옷을 입는다. 여기서 동쪽으로 10만 리를 가면 중진국 사람을 만나는데 키가 1장이다"라고 한다. 왕불은 "서역에 대진국이 있긴 하지만, 키가 10장인 사람은 없다. 지구가 9만 리에 지나지 않는데, 또 어찌 소위 수십만 리의 사람이 있겠는가?"라고 했다.[33] 그는 사료와 서구의 지구 지식을 활용하여 대진 사람의 키가 10장이라는 『하도옥판』이 허구라고 판정했다. 이에 따라 용백국 사람이 키가 20장이라는 것 또한 저절로 허구로 밝혀졌다. 「대황동경」

---

33 汪紱, 『山海經存』 第8卷.

에 또 "소인국이 있는데, 정인이라고 부른다"라고 했다. 이는 대인국의 반대이다. 왕불은 『함신무』에서 '중주(中州)에서 남으로 40만 리를 가면 초요국 사람을 만나는데, 키가 1척 5촌이다. 동북쪽에는 어떤 사람의 키가 9촌이다'라고 했다. 생각하건대 우리 왕조 민(閩) 지역의 제독 모모씨가 두 명의 초요인을 얻어 우리 안에서 키웠는데, 키가 1척 가량이고 과실을 먹었다. 다만 그 머리는 크고 몸은 작으니, 다른 종류의 원숭이이다. 기교가 있고 곡식을 먹는 줄 알았으나 거의 그렇지 않았다"고 했다. 그는 현실의 '초요인'이라 불리는 사람들이 기술이 없고, 오곡을 먹지 않고 과일만 먹는 것을 근거로 이들이 원숭이과의 동물이며, 사람이 아니라고 보았다. 더 나아가 역사상 수많은 소인국 이야기가 모두 허구라고 추측하며 다음과 같이 결론을 냈다. "『외전』에서 '초요인은 키가 3척이고, 극도로 작았다. 키가 큰 자는(대인국 종류를 말함) 10장을 넘지 않았는데, 그 숫자가 매우 적었다'라고 했다. 이 이야기는 근접하지만, 나머지는 모두 헛된 이야기이다."

헛된 이야기로 판단했다 하여 완전히 부정했다는 의미는 아니었다. 이 점에서 왕불은 다른 유생과 차이가 났다. 「대황동경」에서 "탕곡 위에 부목이 있는데 해 하나가 막 도착하자, 해 하나가 막 떠난다. 모두 새 위에 올라탔다"라고 하는 부분에 대해 왕불은 "헛된 이야기이다. 심지어는 황당무계하도다! 그러나 상당히 재미있다."라고 주석을 달았다. '황당무계'하다는 것은 사실을 토대로 과학적으로 판단한 결과이지만, '상당히 재미있다'는 미학적 관점에서 내린 판단이다. 그의 이런 생각은 황당한 이야기에는 도덕과 무관한 독립적인 가치, 즉 미학적 가치가 있음을 인정하는 것이었다. 이를 바탕으로 왕불은 주와 정령국 사람의 겉모습에 대한 묘사는 독자들의 오독에서 비롯되었고, 대인국과 소인국은 작가가 지어낸 것으로 보았다. 또 한편으로는 직접 그린 삽화에 자기가 비판했던 신기한 존재들의 모습을 묘사했다.

왕불『산해경존』의 삽화 '주'　　'정령민'　　　　'소인'

    왕불의 이 같은 행동은 언뜻 자가당착처럼 보이지만,『산해경』에 대한 그의 해석은 이성적 판단이고, 그의 그림은 즐거움이라는 감정을 드러내는 방편이었다. 이 두 가지는 완전히 다른 영역으로 반드시 같아야 할 필요가 없었다. 신기한 존재를 미학적으로 긍정한 왕불의 태도는 이론적으로 매우 중요하며, 현대 학자라고 하여 신기한 존재를 제대로 처리하는 것은 아닐 수도 있음을 시사한다.

    셋째, 그가 신비한 존재를 긍정하는 이유에는 그 도덕적 가치가 있었다. 정통 유가 사상이라고 초자연적인 사물을 무조건 반대하는 것이 아니었다. 도덕적 규범에 부합하는 초자연적 사물에 대해서는 '천지의 바른 신(天地正神)'이라고 부르며 긍정했다. 이것이 바로 소위 '신도로써의 교화(以神道設教)'이다. 그들은 도덕규범에 어긋나는 초자연적 사물만을 배척하고 이를 '괴력난신(怪力亂神)'이나 '물괴(物怪), 신간(神奸)'으로 불렀다. 왕불은 그가 보기에 허구적인 신비한 존재를 비판한 후에 그 나머지에 대해서는 설사 과장되게 묘사되었더라도 긍정적인 태도를 보였다. 가령「대황동경」에 있는 뿔이 없고 발이 하나인 기이한 소 기(夔)에는 "황제가 이를 얻자, 그 가죽으로 북을 만들었다. 뇌수(雷獸)의 뼈로 채를 만들었다. 그 소리가 오백 리에 울려 퍼지며, 천하를 진동했다"라는 이야기가 있다. 왕불은 "뇌수는 곧 뇌택(雷澤)의 신이다.『공자가어(孔子家語)』에서 '산목괴(山

木怪), 기석괴(夔石怪)'라고 했다. 후대 사람들이 말하는 '산속에 사는 목객 (木客)', '발이 하나인 산 귀신(山魈)', '독각공(獨脚公)', '철귀사(鐵鬼使)'는 모두 이 종류이다. 여기서는 특히 그 신비로움을 과장한 것이다"라고 주석을 달았다. 왕불은 뇌수의 뼈로 기 가죽 북을 두드린 소리가 오백 리를 갔다는 이야기는 너무 과장됐다고 생각했다. 동시에 그는 뇌수가 곧 뇌택의 신이라고 봤고, 기는 후대 기록에 남은 '산속에 사는 목객'이나 '발이 하나인 산 귀신'과 같은 종류라고 생각했는데, 이는 모두 이들 존재를 인정하는 것이었다.

신이한 존재들을 긍정하는 왕불의 태도는 유가의 전통적인 신도설교 사상과 기본적으로 같았다. 그의 『참독예지의』에서 "그러나 나는 이렇게 생각한다. '신의 생각은 인간의 사유로는 헤아릴 수 없고, 하물며 그 만족함을 알 수 있을까.'[34] 천지에 가득 차니, 어찌 귀신이 없겠는가. …… 천지간의 만물에는 그 절묘한 쓰임이 있다면, 그에게는 신묘함도 있는 것이다. 그 이로움과 쓰임에 기대어 사니 제사로써 보답하는 것이다"라고 하였다.[35] 왕불은 이 세상에 귀신이 보편적으로 존재하며, 어떤 존재가 쓰임이 있다면 그것이 곧 신이고, 이들 존재에 기대어 인간은 필요를 충족하고 있으니, 제사를 통해 신에게 보답해야 한다고 말한다. 이렇게 저자는 신의 존재에 이유를 제시했을 뿐 아니라, 인류가 신을 믿는 것에 대해서도 도덕적 근거를 마련해주었다. 왕불은 또 다음과 같이 말한다.

천지의 귀신 중에 실리가 아닌 것이 없다. 음이 하나, 양이 하나인 것을 도라고

---

34 「시경·대아·억(詩經·大雅·抑)」에서 모주(毛注)는 "격(格)은 도달한다(至)는 뜻이다"고 했다. 정전(鄭箋)에서는 "신(矧)은 하물며(況)라는 뜻이다. 사(射)는 싫다(厭)는 뜻이다. 신이 오고 감은 예측할 수 없다. 하물며 어떻게 제사의 끝에 권태로움을 느낄 수 있겠는가?"하고 풀이했다. 『十三經注疏』, 中華書局, 1980, p.555.
35 『四庫全書珍本四集』, 台灣商務印書館, 1969, pp. 39-40.

하는데, 천지는 두 기운으로 사람을 낳고, 사물을 낳으니 이 이치가 그 안에서 살고 있다. 그렇기에 형, 기, 혼, 백의 몸체는 신령하고 묘함이 끝이 없고, 인, 효, 자, 애, 공, 경의 훌륭함 역시 그 안에서 움직이며 스스로 억제할 수 없다. 감정에 따라 발현되니 각자 그 당연한 원칙이 있다. 실로 하늘의 도의 가르침의 극치이며, 성인이 도를 닦는 가르침이니, 이를 닦아야 할 따름이다.[36]

왕불의 말에 따르면 천지의 귀와 신은 모두 실질적인 이치에 포함된 것이다. 음양 두 기운이 사물을 만들고 사람을 낳을 때 도리는 그 안에 스며든다. 천지, 사람과 신은 모두 동일한 이치이다. 그렇기에 형체와 기운과 혼백을 지닌 신체는 더없이 기묘하고, 도덕과 양심은 자연스럽게 발하게 된다. 이것이 바로 하늘의 도의 최고 교화이다. 성인은 이 도리를 파악했으니 하늘의 도에 따라 백성을 교화할 수 있다. 왕불은 음양 철학에 따라 천지와 사람, 신 사이에 서로 통하는 하늘의 도를 '벼려내고', 이를 통해 신비한 존재의 비도덕적이고 비이성적 특징을 소거했다. 이러한 이론 근거 덕분에 신비한 존재는 더 이상 유가 사상을 위협하지 않게 되었을 뿐 아니라 오히려 조력자가 될 수 있었다. 왕불이 감히 '불어괴력난신'의 원칙을 깨트릴 수 있었던 까닭은 바로 여기에 있었다.

왕불이 유학 사상가로서 미학과 도덕 두 가지 측면에서 신비로운 초자연 서사를 긍정한 것은 『산해경』에 있어 매우 독특한 공헌이었다.

---

36 天地鬼神, 莫非實理. 一陰一陽之謂道, 天地以二氣生人, 生物, 而此理即寓其中. 故形氣魂魄之身靈妙無端, 而仁孝慈愛恭敬之良, 亦動于中而不能自己. 隨感而發, 各有當然之則. 是則天道之至教也, 聖人修道之教, 修此而已. 위의 책, p.47.

3. 『산해경존』의 문자 훈고 측면에서의 성취와 한계

왕불의 훈고학 학문 스타일은 송대 유학에 가까웠고, 종종 자기 생각대로 경전을 해석하여 참신한 견해가 많았지만, 또한 그 때문에 억지스러운 것도 있었다. 그러나 고증학이 날로 유행하던 강희~건륭 시대에 태어난 그는 송, 명 두 시대의 주석가에 비해 고증학을 좀 더 중시했다. 그래서 『산해경존』은 훈고학에 있어 송과 명의 옛 학풍과 건륭, 가경 시대 사이에 걸쳐있었다.

뜻에 따라 경전을 해석하는 송대 유학 전통을 이어받은 왕불은 대체로 『산해경』을 직접적으로 해석했고, 그 근거를 대는 일은 드물었다. 이러한 주석 체계는 학문적으로 탄탄하지 않았다. 그는 곽박이나 양신과 같은 앞 사람의 관점을 인용할 때 보통 부연 설명하지 않은 탓에 우리는 앞 사람의 관점과 비교해야지만 어느 부분이 왕불의 견해인지를 확인할 수 있다. 이 같은 방법은 당시 고증학 규범이 완전히 정착하지 않았기 때문일 것이다. 훗날 필원과 학의행은 모두 곽박의 주석을 먼저 제시하고, 그다음 자기가 고찰한 바를 추가했고, 인용한 부분의 출처도 모두 일일이 밝혔다. 왕불의 방법은 실수하기 쉬웠지만, 『산해경』의 문자를 바르게 해석하는 데 영향을 미치지는 않았다. 가령 「서차사경」에 "강산(剛山)이 있는데, 거기에는 칠목(柒木)이 많다"라는 구절에 곽박은 주석을 달지 않았지만, 왕불은 '칠(漆)'로, 필원은 '칠(桼)'로 해석했다. '칠(桼)'은 '칠(漆)'의 옛글자라서 아마도 왕불보다 필원의 해석이 더 정확할 테지만, 너무 깊이 간 탓에 오히려 적당하지 않았다. 「서차사경」은 "영제산(英鞮山)이 있는데 그 위에는 칠목(漆木)이 많다"고 했고, 「북차삼경」에는 "경산(京山)이 있는데 아름다운 옥이 있고, 칠목(漆木)이 많다"고 되어 있다. 이 두 예시는 『산해경』의 '칠목(漆木)'을 꼭 '칠목(桼木)'으로 쓸 필요가 없다는 것을 보여준다. 이는 옛것을 더 선호했던 필원의 특징을 보여준다. '칠(柒)'과 '칠(漆)'은 이미 서로 통하며,『광운』에 따르면 '칠(柒)'은 '칠(漆)'의 속자이다. 그러니 왕불의 주석은 정확했고 학계에 보편적으로 받아들여졌다. 또 「북차삼경」은 "또 사백 리를 가면 건산(乾山)이라고 부르는데, 초목이 없고, 그 남쪽에는 금과 옥이 있고, 그 북쪽에는 철이 있지만 물이 없다"고 했다. 왕불은 "여기에 따르면 건(乾)은 응당 간(干)이라고 발음해야 한다"고 주를 달았다. 왕불은 이 산에 물이 없다는 묘사에 따라 '건' 자의 다른 음은 배제했다. 웬커의『산해경교주』와 장부톈의『산해경해』는 모두 왕불의 주석을 채택했다.

신이한 내용에 대해 왕불은 사상적으로 개방적인 편이었고 관련 주석은 대체로 사실에 근접했다. 가령 「중차삼경」에는 "남쪽으로 선저를 바라보면 우(禹)의 아버지가 변했던 곳이다"라는 구절이 있다. 이를 현학적으로 해석한 곽박의 주석은 본서 제3장 제4절에서 다룬 바 있다. 곽박의 주석은 비록 신화적 사유의 특징을 파악할 수 있게 해주지만 훈고학적 측면에서는 과학적 원칙에 맞지 않았고, 사실과도 거리가 있었다. 그러나 왕불은 "『좌전』에서 곤이 누런 곰으로 변하여 우연에 묻혔다고 한다. 그런데 또 여기라고 말하니, 세상 각처에 있는 것은 옛날의 흔적이라고 견강부회하는 것이 이러한 것과 같다"라고 했다. 이처럼 왕불은 곤 신화가 판본에 따라 두 곳에서 변했다고 전하는 까닭을 다른 지역 사람들이 가져다 붙였기 때문이라고 보았다. 이 같은 해석은 역사적 사실에 부합한다.

예학에 밝았던 왕불은『산해경』의 산천 제사 예제에 관해 자세한 해석을 남겼다. 그는『산해경』시대에 산악(山嶽) 등급 제도가 있었음을 초보적이나마 간파했다. 예컨대 「서산수경」 말미에 "화산(華山)은 총(冢)이다. 그 제사는 태뢰의 예를 행한다"고 하는데, 곽박은 "총은 신귀(神鬼)가 머무는 곳이다"라고 했다. 곽박은 총이 큰 무덤이니까 곧 신귀가 머무는 곳이라고 추정했던 것 같은데, 그 근거가 부족했다. 다른 산도 모두 신들이 머물렀고 제사를 받았는데, 왜 대다수는 총이라고 불리지 않았는가? 왕불은 "총은 총재(冢宰), 총자(冢子)의 총이다. 화산을 으뜸으로 삼는다는 뜻이다"라고 했다. 총재(冢宰)는 주대의 관직 이름으로 육경의 으뜸이었고, 총재(冢子)는 장자를 말한다. 화산을 총이라 부른 것은 그 지위가 높음을 강조하기 위함이었다. 또 「중차오경」에서 "승산(升山)은 총이다. 그 제사의 예는 태뢰이며, 길옥을 바친다"라고 했는데, 왕불은 "승산을 으뜸으로 삼는다"고 주해했다. 화산과 승산은 총이라 불리며, 태뢰를 받았는데, 이는 이 두 산이 산악 등급 제도에서 높은 위치를 차지함을 뜻한다. 이는 왕불의 중요한 발견이었다. 다만 산악 등급 제도에는 '제(帝)'와 '신(神)'이라고 불리는 두 등급도 있었는데, 이에 대해 왕불은 곽박의 주석을 인용했다. 이는 『산해경』 산악 등급 제도에 관한 그의 인식이 아직은 초보적이었음을 보여준다. 훗날 학의행과 유월은 더 발전된 모습을 보인다.

「오장산경」의 여러 산신은 그 모습이 생소하고 특이한데, 대체로 사람, 새, 동물, 용 네 가지의 신체 부분을 두 개씩 조합한 형태이다. 왕불은 제사 의례에서 산신을 상징하는 '시(尸)'의 모습을 이렇게 꾸몄다는 것으로 이해했다. 「남산수경」은 10명의 산신의 모습이 "모두 새의 몸에 용의 머리이다"라고 묘사하는데, 왕불은 "그 신의 모습은 아마도 산에 제를 지내는 데 쓰는 시가 이러한 모습이라는 것이다. 『주례·방상씨(周禮·方相氏)』에 있는 '곰 가죽을 뒤집어쓰고, 황금으로 눈 네 개를 만들고 간척을 들고 방패를 휘두른다'라는 구절이나, 채옹이 말한 '납제(蠟祭)를 지낼 때 고양이를 맞이하는 것은 고양이 시를 쓰고, 호랑이를 맞이하는 것은 호랑이 시를 쓴다'는 종류와 같다"라고 하였다. 상고시대 제사에는 이를 주재하는 사람이 신령의 모습으로 분장하여 제수를 받곤 했는데, 이 신을 상징하는 사람이 바로 '시'이다. 산신에 제사를 지내는 의례를 치를 때는 반드시 그 산신의 모습을 알아야만 정확하게 분장할 수 있었다. 이로써 우리는 「오장산경」에 있는 총 26개의 산 계열 중 19개에서 해당 산에 사는 산신의 모습을 묘사한 까닭을 이해할 수 있다. 「서산수경」, 「서차사경」, 「동차사경」, 「중산수경」, 「중차삼경」, 「중차오경」, 「중차육경」 등 7개 산 계열에는 산신의 모습을 묘사하지 않았는데, 이는 아마도 문장이 빠진 탓일 것이다. 그렇기에 후대 사람들은 『산해경』이 왜 산신의 모습을 자세하게 묘사하고 있는지 이해하기 어려웠다. 왕불의 주석은 우리에게 시사하는 바가 많다.

고대 산악 제사 의례에 대한 통합적인 이해를 바탕으로 왕불은 『산해경』의 작은 부분에서 큰 문제를 찾아낼 수 있었다. 예컨대 그가 『산해경』이 동주 시대의 책이라고 생각하게 된 계기는 바로 「중차육경」의 '그 속에 산이 있다'라는 부분이었다. 자세한 설명은 다음 부분에 이어진다.

그러나 자기 뜻에 맞춰 문장을 해석하거나 텍스트를 주의 깊게 읽는 것만으로 훈고 작업을 진행하면 실수가 발생하기 쉬웠고, 왕불처럼 박학다식한 사람마저도 예외가 아니었다. 「서산수경」에서 "화산은 총이다. 그 제사의 예는 태뢰이다. 유(羭)는 산신이다"라고 했는데[37], 왕불의 『산해경존』의 주석은 "그 산의 신에 대해 말하는 것으로, 유는 양(羊)에 속한다"라고 했다. 유를 화산으로 신으로 해석한 건 왕불이 표점을 잘못 찍었기 때문이다. 또 사람, 새, 동물, 용 네 가지가 혼합된 모습으로 나타나는 「오장산경」의 산신 이미지의 법칙에도 부합하지 않는다. 사실 유산(羭山)은 아마도 해당 본문에 등장하는 유차산(羭次山)일텐데, 왕불이 잘못 교감한 것이다.

그는 때때로 곽박의 맞는 주석을 틀렸다고 판단하기도 한다. 가령 「서산경」에는 "또 서쪽으로 250리를 가면 괴산(騩山)이라고 하는데, 서해에 위치한다. 초목이 없고 옥이 많다"고 하는데, 곽박은 "순(錞)은 제순(隄錞)이다. 음은 장(章), 윤(閏) 반절이다"라고 했다. 제순은 곧 제방을 말한다. 학의행은 곽박의 주석을 "아마도 비장(埤障), 즉 막는다는 뜻이다"라고 한

---

37 여기에는 『산해경존』을 인용했는데, 왕불의 표점은 잘못되었다.

층 더 해석했다. 사실 곽박의 주석은 파생된 의미를 사용한 것으로, 즉 경계, 국경을 뜻한다. 괴산이 서해에 위치한다는 것은 괴산이 서해의 경계에 있다는 뜻이다. 그러나 왕불은 "순은 웅크린다(蹲)는 뜻이다"라며 '웅크리다', '~에 위치하다'라는 뜻으로 해석한다. 표면적으로는 그의 주석이 더 정확한 것 같아 웬커는 적극적으로 찬성한다. "왕불이 말한 뜻이 가까우니, 순은 아마도 준(蹲) 자의 가차음일 것이다."[38] '순' 자는 「북차이경」의 "돈제산(敦題山)은 북해에 위치한다"에도 등장한다.[39] 웬커는 또 왕불의 주석을 인용하여 이를 해석하며 "매우 합당하다"고 본다.[40] 그러나 왕불의 말에는 근거가 없다. 먼저 순은 '준(准)'과 통한다. 『신서·얼산자(新書·孽産子)』에는 "이것을 본받아 나라를 안정시킨 자는 한 번도 없었다(夫鐏此而有安上者, 殊未有也)"는 구절이 있다. 청대의 손이양은 『예이(禮迻)』에서 순(鐏)은 응당 준(准)으로 읽어야 한다고 했다. 『설문·토부(說文·土部)』에서 "돈(埻)은 사얼(射臬), 즉 과녁을 쏜다는 뜻이다. 준과 같이 읽는다. 순(鐏), 둔(埻), 준(准) 세 글자가 비슷하여 통한다"라고 하였다. 웬커가 순(鐏)을 둔(蹲)자의 통가자(通假字)로 보고 음을 해석한 것은 문제가 있다. 왕불이 사용한 둔(蹲) 자는 상고음이 문부(文部)에 뉴(紐)를 따르며 평성(平聲)인 글자로, 즉 'cūn'에 해당했다. '순(鐏)' 자와는 관련 없이 그 밑의 문장에 따라 추측한 것이었다. 이뿐만 아니라, 위에서 말한 왕불의 주석이 어떻게든 통한다하더라도 「중차칠경」의 "영량산(嬰梁山) 위에는 푸른 옥이 많고, 현석(玄石)에 위치한다(嬰梁之山, 上多蒼玉, 鐏於玄石)"는 구절을 해석할 길

---

38 袁珂, 『山海經校註』, 上海古籍出版社, 1980, p.32.

39 「북차이경」에는 "다시 북쪽으로 300리를 가면 돈제산이라는 곳인데 초목은 자라지 않으나, 금과 옥이 많이 난다. 이 산은 북해에 다달아 있다"고 하며 「중차칠경」에는 "다시 북쪽으로 30리를 가면 영량산이라는 곳이다. 산 위에는 푸른 옥이 많은데 검은 돌에 붙어서 나온다"고 한다. 웬커는 후자에 대해 여전히 '준(蹲)'으로 해석하며, 의지한다는 뜻으로도 파생된다고 주장했다.

40 袁珂, 『山海經校註』, 上海古籍出版社, 1980, p.101.

이 없다. 푸른 옥이 어떻게 현석 위에 "웅크리기"가 가능하단 말인가? 웬커는 "왕불은 순(蹲)을 준(蹲)으로 해석했는데, 의지한다는 뜻으로까지 파생될 수 있다"라고 하였지만, 이 파생된 뜻은 도무지 통하지 않는다.[41] 애석하게도 곽박 역시 '순'자를 철저하게 해석하지는 못하고 "푸른 옥이 검은 돌에 기생하여 자란다"고만 했다. 그 말뜻이 통하기는 하지만 여전히 근거가 부족하다. 사실 이 순(蹲)자는 결국은 '준(准)'과 통하는 글자로, 영랑산의 푸른 옥이 검은 돌과 매우 가깝다는 것을 말한다.

4. 『산해경』 지리 연구 측면에 남긴 왕불의 공헌

왕불은 순수하게 학문에 몰두하기만 한 학자가 아니었다. 그의 학문 철학은 실용을 강조하는 데 있었다. 유사배는 『남북학파불동론·남북고증학불동론(南北學派不同論·南北考證學不同論)』에서 다음과 같이 말했다. "무원(婺源) 왕불은 한학과 송학을 함께 닦았으며, 또 『물전(物詮)』이라는 책을 써 즉물궁리(即物窮理)를 잘했으니, 그 사학이 점차 실용으로 나아갔다."[42] 왕불이 쓴 『의림찬요탐원(醫林纂要探源)』과 『무급담병(戊笈談兵)』은 각각 의학과 병술을 연구하는 책으로 그 좋은 증거라 할 수 있다.

그중 강희 58년(1719)에 완성한 『무급담병』은 저자의 천문, 지리, 군사, 유학, 술수 등 방면의 능력을 집중적으로 드러냈다.[43] 책의 제4권 「우내여도(宇內輿圖)」는 역대 전국 지도와 지역 지도 수십 편에 심지어 외국의 지도와 서양에서 들여온 최신 세계 지도(동서반구로 나뉜)도 두 폭까지도 망

---

41 위의 책, p.178.

42 章太炎, 劉師培 編, 『中國近三百年學術史論』, 上海古籍出版社, 2006, p.199에서 재인용.

43 『戊笈談兵』, 『汪雙池先生叢書二十種本』, 光緒21年(1895)刻本.

라했다. 제5권「형세연혁(形勢沿革)」은 천하 지리의 형세, 역대 수도 연혁과 영토 변화를 총체적으로 논했다. 이는 왕불이 전국 역사 지리와 당대지리에 매우 밝았음을 보여준다. 이처럼 풍부한 지리학과 역사 지리학 지식을 바탕으로 왕불은『산해경』의 지리적 내용을 탄탄하게 연구할 수 있었다.

산세와 강의 흐름은 계속해서 변하기 때문에『산해경』에 나타난 자연지리를 일일이 확인하기란 매우 어렵다. 현대 역사 지리학자 또한 그저 약간의 경관에 따라 방향과 거리를 근거로 다른 산의 위치를 추측할 뿐이다. 그러나『산해경』에 기록된 방향과 거리는 대체로 신빙성이 떨어져서『산해경』의 지리를 탐구하기란 대단히 어려운 일이었다. 그 때문에 현대 역사 지리학자 사이에서도 각 산의 위치를 두고 끊임없이 논쟁이 이어져 왔다. 그렇기에 왕불의『산해경존』의 역사 지리학적 공헌을 총체적으로 파악한다는 것은 필자의 능력 밖의 일이다. 여기서는 왕불이 역사지리학 분야에 남긴 몇 가지 업적을 논하는 것으로 만족하기로 한다.

「서차삼경」의 "또 서북쪽으로 370리를 가면 부주산이라고 한다. ……악숭산(嶽崇山)과 이어져 있으며, 동쪽에는 유택(沕澤)이 바라다보이고, 강물이 잠기는 곳으로 그 근원은 부글부글한다"는 구절에 대해 곽박은 유택이 포창해(蒲昌海), 즉 지금의 위구르 나포 호수(羅布泊)라고 설명했다. 그렇다면 부주산은 위구르에 있는 것이 된다. 그러나 왕불은 "이 부주산은 응당 장액(張掖), 주천(酒泉) 사이에 있으며, 아직 옥문(玉門) 안쪽에 있다. 이 유택은 포창해가 아닐 것이다. 서영의 서쪽에 예로부터 청해(青海)가 있었다. 그러나 강물이 잠기는 곳이라는 것 역시 틀렸다. 이 책은 먼 곳에 관해서는 틀리고 어지러운 것이 있어 끝까지 고증하기 어렵다"라고 주석을 달았다. 현대 역사 지리학자 탄치샹은 곽박 주석에 오류가 있으며, 부주산은 감숙성(甘肅) 천축현(天祝縣)의 모모산에 있을 것으로 보았다. 왕불의 주석이 대략 맞을 것이다.「중차팔경」에서 "또 동쪽으로 50리를 가면 형산(衡山)이라 부른다"고 했는데, 왕불은 "이는 아마도 영주(穎州)의 확산일 것이다. 또 천주산(天柱山)이라고도 부른다. 한나라 때 남악(南嶽)으로서 제사를 지내기도 했다. 만약 호남(湖南) 형주(衡州)의 형산(衡山)이 남악이라면 중산(中山)의 남쪽 대열에 있지 않을 것이다. 그러나 천주산에서 광산(光山)까지 이미 멀지 않기 때문에 이는 서로 천 리의 거리가 있는 셈이다. 이 책의 도로와 마을의 거리는 고증하기 어려운 것이 많다"라고 했다. 현대 역사 지리학자 장부톈도 이 산을 확산으로 보았다.

『산해경』의 일부 구체적인 산이나 강에 대해 왕불이 틀리기도 했지만, 「오장산경」의 대략적인 지역 범위에 관한 판단은 틀리지 않았다. 가령 「남산경 제1」 밑의 주석에서 그는 "여기서 기록한 것은 대개 모두 남해의 북쪽, 대강(大江)의 남쪽에 있는 산과 강일 것이다"라고 했다. 이는 "(「남산경」의 지역 범위가) 오늘날 절강(浙), 민남(閩), 장서(贛), 광동(粵), 호남(湘) 다섯 성의 땅을 포함하고, 광서(廣西), 귀주(貴州), 운남(雲南) 등 성이나 광동 서남부(廣東西南部) 고(高), 뇌(雷) 일대와 해남도(海南島)는 포함하지 않는다"는 탄치샹의 결론과 거의 일치한다.[44] 왕불은 「서차이경」의 시작에서 "「서산경」의 첫머리는 모두 회남산(渭南山)이다. 그 두 번째 경전은 회북산(渭北山)이다"라고 했다. 탄치샹은 「남산경」이 "지금 섬서(陝西) 회수남쪽 화산(華山)과 진령산맥(秦嶺山脈)에 따라 펼쳐진 여러 산에 해당한다"고 보았다.[45] 이처럼 두 사람의 의견은 또 한 번 일치한다. 왕불은 「서산경」에서 "이 세 경전의 산은 대략 금성(金城)의 서쪽, 장액, 주천, 돈황(燉煌)의 끝 회흘(回紇), 토번(土番(蕃)) 경계의 산이다"라고 결론을 냈는데, 이 역시 탄치샹의 결론과 거의 일치한다.

당대 역사 지리학자 장부톈는 『산해경』 지리학에서 왕불이 거둔 성취

---

44 譚其驤, 『論五藏山經的地域範圍』, 李國豪, 張孟聞, 趙天欽 主編 『中國科技史探索』, 上海古籍出版社, 1982, p.275.

45 위의 책, p.283.

를 매우 높게 평가하면서 『산해경존』을 저본으로 삼아 왕불의 주석을 대량으로 인용하여 『산해경해(상, 하)』 두 권을 편찬했다.

5. '우임금 저자설'을 부정하고 『산해경』이 동주 시대 저작임을 주장

많은 전통 시기 학자들은 『산해경』의 작가를 우임금 또는 그의 부하인 익이라고 봤다. 왕불은 원문 분석을 통해 이 같은 관점을 부정했다. "우임금이 '천하 명산 중 5,370곳을 다녔고, 64,056리로 그것들이 차지한 땅이었다. …… 태산과 양보에 봉선을 행했던 임금은 모두 72명이다. 그들이 흥하고 망했던 이치가 모두 이 안에 있고, 가히 나라를 위해 쓰이기 위함이라 할 수 있다'고 말했다"라는 구절이 있다. 왕불이 주를 달길 "옛날에 봉선을 드린 군주가 72명이었음을 말하는 것이다. 『관자』 역시 그렇게 말했다. …… 반드시 우임금이 말한 내용인 것은 아니다"라고 했다. 옛 역사와 전설에서는 우임금 이전에 72명의 군주가 봉선을 행한 이야기가 전혀 없으며, 이 말 역시 당연히 우임금이 한 것일 리가 없다.

왕불은 고대 산악 제례에 매우 밝았다. 상고시대에 천자는 천하의 이름난 산과 강에 망제(望祭)를 드렸는데, 바로 멀리 내다보며 제를 지내는 것을 말한다. 『상서·요전(尚書·舜典)』은 "산과 강에서 바라보며, 여러 신을 두루 살핀다"고 했다. 공전에서는 "구주의 명산대천, 오악, 사독(四瀆)의 부류에 모두 한 번에 망제를 드렸다"고 전한다. 『예기·왕제(禮記·王制)』에서는 "천자가 천하 명산대천에 제사를 지낸다. 여러 제후는 그의 땅에서 명산대천에 제사를 드린다"라고 했다. 「중차육경」에서 "고저산(縞羝山)의 첫머리는 평봉산(平逢山)에서 양화산(陽華山)까지 무릇 14개의 산이 있고, 790리에 달한다. 악(嶽)은 그 사이에 있으며 유월에 산에 제사를 드리는데, 여러 산에 제를 지내는 법도와 같다. 그러면 천하가 안녕하다"라고 한다. 왕불이 주를 달기를 "여기에는 중악(中嶽)이 없고 '악이 그 사이에 있다(嶽在其中)'고 하니, 대개 낙양(洛陽)이 천하의 중앙에 있으니 왕이 된 자가 여기서 때에 맞추어 사악(四嶽)에 망제를 드리는 것이다. 그 악이 아닌 곳에서 사악에 제를 드리니 악이 그 사이에 있다고 한 것이다. 이는 아마도 동주 시대의 책일 것이다"라고 했다. 왕불의 이 같은 판단은 현대에 「오장산경」이 낙양 근처의 여러 산을 가장 상세하게 묘사함을 근거로 이 책 전부가 동주 시대에 형성됐다고 주장하는 학자들에게 새로운 증거가 될 수 있다.

왕불의 『산해경존』은 여러 방면에서 성취를 거두었다. 그러나 때를 만나지 못해 『산해경존』은 너무 늦게 출판되었고, 필원이나 학의행 등 뛰어난 사람들이 모두 읽지 못했다. 이 때문에 왕불도 그의 책도 모두 전통 시기 『산해경』 연구사에 마땅히 발휘했어야 할 영향력을 갖지 못했다.

필원畢沅
『산해경신교정 山海經新校正』의
지리학적 해석

　필원(1730~1798)은 자가 양형(纕蘅), 추범(秋帆)이다. 젊은 시절 혜동(惠棟), 심덕잠(沈德潛) 등의 대가 밑에서 공부했다. 건륭 25년(1760)에 진사 일갑(一甲) 장원 급제하였고, 섬서(陝西) 순무(巡撫), 섬감(陝甘) 총독(總督), 호광(湖廣) 총독 등을 역임했다. 벼슬을 하는 동안 꾸준히 학문을 닦아 경사, 소학, 금석, 지리 등 통달하지 않은 분야가 없었다. 또 폭넓게 교우하여 전대석(錢大昕), 소진함(邵晉涵), 장학성, 홍량길(洪亮吉), 손성연(孫星衍) 등이 그의 막하를 드나들었다. 저작으로는『산해경신교정(山海經新校正)』,『여씨춘추신교정(呂氏春秋新校正)』 등이 있다,

　필원의『산해경신교정서』의 낙관 시기는 건륭 46년(1781)이다. "필원은 민첩하지는 않았으나, 관사에 종사하였고, 이 책을 교감하고 주석을 다니, 5년의 세월을 거쳤다"고 전한다. 이를 통해 필원이 건륭 41년에『산해경』교주를 시작하였고, 공사다망하여 총 5년에 걸쳐 집필해 건륭 46년에 완성했음을 알 수 있다.『산해경신교정』(이하『신교정』)은 여러 판본이 있는데, 절강서국본(浙江書局本), 이십이자본(二十二子本), 학고산방본(學庫山房本) 등이 있다. 학고산방본에는 144개의 삽화가 있다. 상해고적출판사(上

海古籍出版社)에서 절강서국본으로 영인한 곽박 주석과 필원이 교정한『산해경』이 구하기 쉽다.

1.『산해경신교정』은 다른 사람이 대필한 것일까?

『산해경신교정』의 저자는 필원으로 알려졌지만, 유사배는『청유득실론(淸儒得失論)』에서 필원, 완원(阮元)이 "모두 유생(儒生)으로서 절월(節鉞)을 잡고 …… 정무를 보는 한편, 자료를 모으고 교감학(校勘學)을 겸하였다. …… 오월(吳越) 지방의 백성들이 앞다투어 그의 요청에 응하며, 그의 글과 붓을 빌려 자신의 이름을 드높이고자 했다. 이미 다른 사람을 위해 저술하였으므로, 고증과 검토가 그리 정밀하지 못하였다"라고 하였고, 또 필원 문하의 대필자로 왕중(汪中), 손성연과 홍량길 등이 있다고 했다. 유사배는 손성연(1753~1818)이 필원을 대신해『산해경신교정』을 썼다고 봤다. "성연은 여러 책을 다양하게 섭렵했으며, 교감학에 뛰어났다(『손자(孫子)』,『오자(吳子)』,『사마법(司馬法)』,『육도(六韜)』,『목천자전』,『포박자(抱朴子)』 등 여러 책을 간각했고, 필원을 대신해『묵자』,『여씨춘추』,『산해경』을 교감하였다. 훈고에 밝았고, 세세한 해석이 많았다)."[46] 유사배의 주장에는 상세한 논증이 없어 그 근거가 무엇인지는 알 수 없다.

『신교정』의 저자는 손성연일까? 당시 필원은 섬서 순무로, 서안에서 살고 있었고, 젊은 손성연은 필원의 막료였다. 손성연이 건륭 48년(1783)에『산해경신교정후서』를 쓴 장소는 바로 필원 섬서 절원(節院)의 장환서옥(長歡書屋)이었다. 그 역시『산해경』을 잘 알았고 또한 훈고학에 뛰어났다.

---

46 劉師培,「南北學者不同論·南北考證學不同論」, 원문은『國粹學報』第1年 乙巳 第7號「學片」에 실렸다. 章太炎, 劉師培 編,『中國近三百年學術史論』, 上海古籍出版社, 2006, p.198에서 재인용.

청대에는 고관대작이 막료에게 자기 대신 책을 쓰게 하는 관습이 있었기 때문에 손성연이 필원을 대신해 이 책을 썼을 가능성 또한 있다.

그러나 손성연 그 자신은 이 책의 저자가 필원이라고 못 박았다. 그 『산해경신교정후서』의 첫머리에서 바로 "추풍(秋颿) 선생이 『산해경신교정』을 썼다"고 말한다.[47] "그 「오장산경」은 곽박과 역도원도 고대의 자료로 설명하지 못했다. 지금 이미 있는 것만으로도 사람들은 그 열에 다섯도 도달하지 못했다는 것을 알 수 있다. 아마도 박학다식한 군자조차도 더 할 수는 없을 것이다"며 아첨에 가까운 칭송을 늘어놓았다. 본래『산해경』의 지리에도 주석을 달 계획이었지만, 시간이 없어 못 했다는 말도 덧붙였다. 또 자기가 쓴『산해경음의』2권은 필원의 책을 본 후로 불살라 버렸다고 한다. 만약『신교정』이 손성연의 저작이라면, 위의 찬사는 모두 일부러 사람들을 속이기 위함인 동시에 자기 자신을 높이는 것이기도 했다. 또 대필은 의뢰한 사람이든 대필 작가이든 모두 숨기기 급급한 일인데『후서』처럼 반복해서 작가를 언급하는 것은 논리적으로 안 맞는다. 또 다른 당사자인 필원 역시『신교정』이 자기의 책이라고 명확히 밝혔다. 책은 통일된 격식으로 원문 뒤에 곽박의 주석을 먼저 인용하고, 그 후에 자기 주석을 달았다. 그리고 자기 주석 앞에는 꼭 '원왈(沅曰)'이라고 표시했다. 만약 이 책을 손성연이 대필했고, 서문만 필원이 쓴 것이라면, 이 역시 의도적으로 사람들을 속이려는 행동으로 볼 수 있다. 실제로 대필이었더라도 자신이 썼다고 주장하지 않는 편이 그나마 품위를 지키는 길이었을 것이다. 더욱이, 만약 이 서문조차 대필이었다면, 이는 불필요한 거짓말에 지나지 않는다.

그렇기에 필자는 유사배가 제기한 대필의 의혹은 뜬 소문일 뿐 믿을 만하지 않다고 본다. 현재『산해경』연구자들은 대부분 필원이『신교정』

---

47 郭璞 注, 畢沅 校,『山海經』, 上海古籍出版社, 1989, p.121. 이하 동일하여 생략함.

을 썼다는 데 동의한다. 한편 유사배가 손성연이 썼다고 지적한 또 다른 책인 『여씨춘추신교정』 역시 현재 학계에서 필원이 저자라고 받아들여지고 있다.[48]

2. 편목 고증과 문자 교주

『산해경』은 오랜 기간에 걸쳐 형성된 탓에 편목의 변화가 컸다. 필원은 최초로 체계적으로 편목을 고증한 사람으로 학계에서 좋은 평가를 받아 왔고, 또 영향도 컸다. 다만 본서에서 편목 문제는 앞의 유흠과 곽박 부분에서 상세하게 논했기 때문에 생략하도록 한다. 특별히 언급할 것은 필원이 문제를 제기하고 또 해결 방법을 찾아내기도 했다는 점이다. 가령 그는 유흠 교정본 18편과 『한서·예문지』에 수록된 13편이 맞지 않는다는 걸 발견한 후 궁중 비서 정리를 책임진 유향이 13편본을 교정했을 것이란 가설을 제기했다. 이 가설은 시사하는 바는 많지만, 오늘날 보기에는 증거가 부족하다. 현대 학자 중에는 필원의 가설을 사실로 받아들여 13편본이 곧 유향이 정리한 결과물이라고 여기기도 한다. 그렇지만 이는 신중한 접근은 아니다.

『신교정』의 두 번째 작업은 원문 교정이었다. 『산해경』의 특수한 성격 때문에 제대로 된 교정을 거친 판본이 없었다. 현재 가장 이른 판본인 우무각본부터 오자가 수두룩하다. 필원은 당시 볼 수 있는 가장 오래된 판본을 저본으로 삼고, 시대가 비교적 가까웠던 명대 정통 연간의 도장본과 다른 판본 및 여러 책을 인용하여 5년 동안 원문을 교정했다.

32편이었던 판본을 유흠이 18편으로 교감 정리했기 때문에 필원은 유

---

48 許維遹, 『呂氏春秋集釋』, 張雙棣, 『呂氏春秋譯注』 참조.

흠이 18권의 이름을 지었다고 생각했다. 또 그는 원문에는 후대에 섞여 들어간 내용이 많다고 봤다. 가령 「서차수경」의 말미에 "횃불은 온갖 풀로 만들되 재가 될 때까지 타지 않은 것이고, 흰 돗자리는 갖가지 채색으로 가장자리를 꾸민다"라는 말이 있는데, 필원은 "이 역시 주대, 진대 사람이 설명한 말인데, 옛 판본에는 마치 원문처럼 어지럽게 섞여 있으니, 오늘은 따로 한 행으로 쓴다"고 했다.[49] 「중산경」 말미에 "이는 천지를 나누는 양서곡(壤樹谷)이다"로 시작하는 쉰두 글자도 필원은 주, 진 시대 사람이 쓴 거라고 봤다. 「해외남경」의 "또 남산은 결흉(結匈)의 동쪽에 있다"는 구절에 대해 필원은 "'또 무엇무엇이라고 한다'는 말은 모두 유흠이 이 경전을 교감할 때 다른 판본의 문장을 가져온 것이다. 옛것이 경전에 잡다하게 섞여 있다. 아마도 곽박이 이 경전을 주석할 때 큰 글자로 쓰이기 시작했을 텐데, 지금은 가는 필체로 곽박이 전한 것을 나누어 주석으로 사용했다"라고 했다.[50] 손성연은 『후서(後序)』에서 "『수경』 교감과 나란히 해도 부족함이 없다"며 이 점을 극찬했다.[51] 필원은 「해내남경」 마지막 '민삼강 첫머리' 이후를 곽박이 주해한 『수경』의 일부가 잘못 들어간 것으로 보았는데, 이는 그가 남긴 교정 중에서 가장 중요하다.[52] 이 단락은 전부 강에 관한 것으로 「해경」의 체계와 맞지 않은 것을 보아 필원의 말이 맞는다.

필원은 틀린 글자도 많이 교정했다. 가령 「해내남경」의 "백여국(伯慮國), 또 상여(相慮)라고도 한다"에 대해 필원은 "상(相)자는 백(柏)자일 것이다. 백여(伯慮)는 백여(柏慮)라고도 한다"고 했다.[53] 이는 앞뒤 문장의 뜻을 고

49 郭璞 注, 畢沅 校, 『山海經』, 上海古籍出版社, 1989, p.21.

50 위의 책, p.80.

51 위의 책, p.121.

52 위의 책, p.103.

53 위의 책, p.90.

려해 추론한 것이었다. 또 「서차이경」 용수산(龍首山)에는 '초수(苕水)'가 있는데 필원은 "초(苕)는 예(芮)일 것이다. 생긴 게 비슷한 오자이다. 『주서·직방해(周書·職方解)』에서 '옹주(雍州)의 강은 납(納)을 지난다'라고 했다. 『주례』에서는 예(芮)로 썼다. 지금의 예수(芮水)는 섬서 용주(隴州)에서 서북으로 70리 떨어진 용문동(龍門洞)에서 나오는데, 흑수하(黑水河)라고도 한다. 북쪽으로 감숙(甘肅) 화정현(華亭縣) 경계로 들어간다. 『초학기』는 이를 '약(若)'으로 인용했다. 약(若), 납(納), 예(芮) 세 글자는 소리가 비슷하다"고 했다.[54] 웬커는 여기에 동의했다. 이처럼 복잡한 상황은 반드시 옛 문헌을 참고하여 교정해야 한다. 또 「남산경」의 기산(基山)에는 새가 있는데, 그 생김새는 닭과 같으며 머리가 셋, 눈이 여섯, 다리가 여섯, 날개가 셋이고 그 이름은 별부(鷩鴀)이다. 곽박은 "별부는 성격이 급하다. 폐(敝), 부(孚) 두 음이다"라고 했다. 옛날 판본에 '별(鷩)'은 '창(鵸)'으로 되어 있고, 곽박의 주석에서도 '폐부(敝孚)'는 '창부(敞孚)'로 되어 있다. 도장본에서는 '상부(尙付)', '창부(敞孚)'로 썼다. 필원이 『광아(廣雅)』와 『옥편』에 나온 별부새의 형태와 이름의 소리에 따라 이를 고쳤다. 훗날 학의행은 필원의 의견에 동의했고, 웬커도 『태평어람』 제5권의 인용문에 따라 별부로 고쳤다. 이는 필원의 교정이 맞았다는 것을 뜻한다. 「중차오경」의 구상산(苟牀山)에는 대조(㹠鳥)가 있는데, 이를 먹으면 학질이 낫는다(已塾). 곽박은 여기의 '점(塾)'에 대해 들어본 적이 없다고 했다. 필원은 "『옥편』에서 이를 '더위를 잊는다'고 썼는데, 곽박은 들어본 적이 없다고 하니, 이는 당시 옛 판본에 이미 '이점'이라고 쓰여 있었음을 뜻한다"라고 했다. 『옥편』이 반드시 맞는 것은 아니다. 필원은 '더위를 잊는다'라는 설명에서 영감을 받아 연구를 더 진행했다. "『구경자양(九經字樣)』에서 '점(霑)은 점(店)이라고 읽는다. 춥다는 뜻이다'라고 하였다. 『전(傳)』에서는 '점애(霑隘)'라

---

54 위의 책, p.22-23.

했다.[55] 지금의 경전은 이를 계승하여 점(墊)이라고 쓰는데, 그렇다면 점(墊)은 또한 점(痁)의 가차음이다"라고 했다.[56] 이는 곧 경전의 '이점(已墊)'이 '이점(已痁)', 즉 학질을 낮게 한다는 말인데, 그는 『구경자양』의 『설문』 인용문에는 작은 오류가 있는 걸 몰랐다.

필원의 교정 중에는 정확하지 않은 것도 있다. 가령 「남산경」에서 "제 멧쌀로 벼를 쓴다"고 했는데, 곽박은 "서(糈)는 신에게 제사 지내는 쌀의 이름이다"라고 했다. 『설문』에서는 단지 "서(糈), 곡식이다"라고만 했다. 곽박은 왕일이 『이소』를 주해할 때 "서(糈), 정미(精米)이며, 이로써 신이 흠향한다"라고 했던 것을 참고한 것으로 보인다. 그런데 필원은 뜻밖에도 원문이 잘못됐다고 생각했다. "서(糈)는 서(䄷)로 써야 한다. 『설문』에서 '서(䄷)는 제수품이다'라고 했다. 곽박의 말은 틀렸다."[57] 『산해경』의 모든 편마다 서(糈)로 썼을 뿐만 아니라, 곽박의 주석에는 근거도 있기에 필원이 틀렸을 가능성이 더 크다.

필원은 『산해경』 문자 주해에서 적지 않은 발전을 보였다. 「해외남경」의 환두국(讙頭國)은 환주국(讙朱國)이라고도 부른다. 필원은 "주(朱), 두(頭)는 소리가 가깝다. 옛날의 가차음이다"라고 했다. 현대 음운학 연구 성과에 따르면 주는 후부에 장뉴(章紐)에 속하고 평성이며, 두는 정뉴(定紐)에 속하고 평성이다. 두 글자의 운부가 같고, 장뉴와 정뉴는 모두 설음으로 발음 부위가 가깝다. 그러니 필원의 해석은 틀리지 않았다.

청대에는 문자 음운학이 상당히 큰 발전을 이루었다. 필원은 옛날과 그가 살았던 당시의 음이 전환됐다는 이론에 따라 문자 관련 문제를 일부 해결했다. 「서차삼경」의 첫머리 숭오산(崇吾山)에는 동물이 있는데 "그 생

---

55 단옥재는 『설문해자주』에서 『설문』과 대조한 끝에 『구경자양』에서 『춘추전』의 점 액(墊阨)처럼 읽는다'는 구절을 '점애(霽隘)'로 잘못 썼음을 발견했다.

56 郭璞 注, 畢沅 校, 『山海經』, 上海古籍出版社, 1989, p.58.

57 위의 책, p.13.

김새는 원숭이 같고 무늬가 있는 팔에, 표범과 호랑이 같고 던지기를 잘한다.[58] 이름은 거부(舉父)라고 한다"라고 되어 있다. 곽박은 "혹은 과부(夸父)라고도 한다"고 해석했다. 필원은 "잘 던진다(善投)"는 부분에 대해 "확인(攫人), 즉 사람을 움켜쥔다는 말이다. 투(投)자는 수(殳)로서 소리를 삼고, 확(攫)자는 확(矍)으로 소리를 삼으니, 모두 비슷하다. 거부라는 이름도 역시 이로써 생긴 것이다"고 했다. 또 '거부'에 대해서도 "즉『이아』에서 말한 확부(玃父)이다. 곽박은 과부라고 부른다고도 했다.『이아』에서 우속(寓屬)을 해석하길 '확부는 돌보기를 잘한다'고 했다.『설문』에서 '확(玃)은 어미 원숭이이다. 攫(확)은 사람을 잡는다는 뜻이다'라고 했다. 확(玃), 거(舉), 과(夸)는 음이 가깝다. 곽박의 주석은 두 책을 모르고, 같은 것임을 모른다. 아마도 음전(音轉)에 대해 몰랐던 것 같다"라고 했다.[59]『상고음수첩(上古音手冊)』에 따르면 확(矍)은 탁(鐸)부의 견뉴(見紐)에 속하고, 확(玃)은 확(矍)의 협음으로 같다. 거는 어부(魚部)의 견뉴에 속하고, 과는 어부에 계뉴(溪紐)에 속한다. 탁부와 어부는 근접하여 장병린(章炳麟)은 이 두 개를 어부 하나로 합치기까지 했다. 견뉴와 계뉴 역시 가깝다. 그렇기에 확, 거, 과 세 글자의 발음이 서로 비슷하며, 곽박의 오류를 수정한 필원은 틀리지 않았다.

다만 필원은 여러 군데에서 "이는 한 음이 음전된 것이다"라며 음전 이론을 마음대로 쓰기도 했다.「남산경」의 순수에 사는 비라(芘蠃)에 대해 곽박은 "보라색 고둥(螺)이다"라고 했고, 필원은 "비라는『하소정(夏小正)』에서 말한 신(蜃), 즉 큰 조개, 포노(蒲盧)이다. 비라와 포노는 서로 음전이

---

58 곽박은『이아』에서 "거(貜)는 머리를 흔든다는 뜻이다"라고 주석을 달면서, "지금 건평산에는 거가 사는데, 그 머리를 세차게 흔드는 것을 좋아하고, 돌을 들어 사람을 때릴 수 있고, 확(玃)과 같은 종류이다"라고 했다. 이를 근거로 그는 '투(投)'를 '던지다'로 해석했다.

59 郭璞 注, 畢沅 校,『山海經』, 上海古籍出版社, 1989, p.24.

다"라고 했다. 포노는 고대에 포노(蒲蘆), 포라(蒲蠃)로도 썼다. 비(芘)는 지부(脂部)의 방뉴(幫紐)에 속하는 글자이며, 포(蒲)는 어부의 병뉴(幷紐)에 속하기 때문에 성뉴(聲紐)만 가깝다. 라(蠃)는 가부(歌部)의 래뉴(來紐)에 속하고, 노(蘆)는 어부의 래뉴에 속해 성뉴는 같지만 운부는 다르다. 그렇기에 비라와 포노 사이에 음전이 있다는 필원의 해석은 너무 대담한 시도이다. 또한 음전이 일어났다 하더라도 신(蜃)은 조개에 속하고, 비라는 고둥에 속하니 차이가 크다. 그러니 필원의 해석에는 오류가 있었고, 훗날 학의행은 원문을 교정하면서 이를 수정했다.

3. 필원 주석의 역사 지리학적 성취

필원의 『신교정』은 옛날과 당시의 지리지를 두루 참고하여 만들어졌다. 주로 『수경주』를 따랐고, 사서오경의 주석과 사학자들의 지리지도 참고했고, 『원화군현지(元和郡縣志)』, 『태평환우기(太平寰宇記)』, 『통전』, 『통고(通考)』, 『통지』와 근세 시기의 지방지까지 섭렵하였다. 동시에 섬서 순무, 섬감 총독으로 서북 지역의 전쟁을 겪으며 이곳의 자연경관에 익숙해질 수 있었다. 그래서 그는 자기 경험을 토대로 경전을 검증하기도 했다. 손성연은 「후서」에서 "선생(필원을 말함)께서는 섬서에서 머무시면서 감숙에서 휴가를 보내셨다. 효함(崤涵)의 서쪽, 옥문 밖으로는 직접 가지 않은 곳이 없으셨다. 백성들을 힘써 돌보며 수리 시설을 흐르게 하여 통하게 한 것은 「서산경」 4편과 「중차오경」의 여러 편이 수도를 뚫는 데 유독 상세했기 덕분이다"라고 했다.[60] 이 덕분에 『산해경』 연구에서 필원이 남긴 최대 공헌은 바로 여러 지리학적 문제를 해결한 것이었다. 이는 바로 그가

---

60 위의 책, p.121.

진행한 세 번째 작업, 즉 '산의 이름과 수도 고증하기'이다.

필원은 『산해경』의 지리를 고증할 때 원문 전체를 총체적으로 파악하는 데서 시작했다. 그래서 그는 여러 산천의 방위와 거리, 즉 서로의 위치를 중시했으며 단순히 지역의 이름이 같다는 것으로 고증하려 들지 않았다. 그는 곽박의 주석에서 보이는 지리학적 문제를 엄하게 비판했다.

> 산과 강을 주해한 것을 지금 보니, 거리를 고려하지 않으면 실제로 이름이 같은 것이 있다. 즉 어느 지역에 어느 산이 있다고 하니, 그것이 진짜인지 아닌지를 알 수가 없다. 또 「중산경」에는 우수산(牛首山)과 노수(勞水), 율수(潏)가 있는데, 지금 산서 부산현(浮山縣) 경계에 있다. 그런데 함부로 장안의 우수산과 노수, 율수를 인용하였다. 화산은 우수와 가깝고 평양에 있다. 그런데 멋대로 나강(羅江)과 공현산(鞏縣山)을 인용했다. 성기기가 이와 같다.[61]

필원은 역도원의 『수경주』의 잘못도 여럿 고쳤다. 『중차칠경』에는 "고종산이 있는데, 제대(帝臺)가 온갖 신과 잔치를 벌인 곳이다"라는 구절이 있다. 곽박은 "이 산에서 술잔을 들고 연회를 하기에 고종이라고 이름을 지었다"고 했다.[62] 그 아래 곽박 주석에는 아홉 글자가 빠졌는데, 필원은 『초학기』를 바탕으로 이를 보완했다. "지금 고찰해 보니 이 산은 이궐(伊闕)의 서남쪽에 있다." 그러나 역도원의 『수경주』는 고종산이 산서에 있다고 했다.

『산해경』에서 "맹문(孟門) 동남쪽에 평산(平山)이 있고, 그 위에서 강이 나와 그

---

61 今觀其註釋山水, 不按道里, 其有名同實異. 即雲某地有某山, 未知此是非. 又中山經有牛首之山及勞, 潏二水, 在今山西浮山縣境, 而妄引長安牛首山及勞, 潏二水. 霍山近牛首, 則在平陽, 而妄引潏及羅江, 鞏縣之山. 其疏類是. 위의 책, p.2.

62 郭璞, 『山海經傳』, 中華書局, 1984年 影印.

아래로 잠겨 들어간다"고 했다. 또 왕옥(王屋)의 그 다음으로, 곧 평산(산서 임분현의 서쪽)이 아닌가 싶다. 그 강은 남쪽으로 흘러 고종을 지나 협곡으로 들어간다. …… 남쪽으로 흘러 고종 천을 지나 두 개의 물줄기로 갈라진다. 물줄기하나는 지금은 더 이상 물이 없다. 다른 한 줄기는 치관(治官)의 서쪽을 지나며, 세상 사람들은 이를 고종성이라 부른다. 성의 좌우에는 남은 구리와 동전이있는 것과 같다. …… 『산해경』에서 말한 '제대가 뭇 신들과 잔치를 벌인 고종산'이 바로 이것이다.[63]

필원은 역도원이 말한 산과 산서 환곡현(垣曲縣) 고종산은 거리가 맞지않으니 「중차일경」의 고등산(鼓鐙山)일 것이라고 봤다. 종(鍾)과 등(鐙)은글자 형태가 비슷하고 소리가 가까워서 와전되었다. 또 이 산에는 제련소유적이 있어 "과거에 여기서 구리를 제련했다. 『(산해)경』에서 '적색 구리가 많다'고 하였으니, 믿을 만하다"고 보았다.[64] 고종산은 하남(河南) 육훈현(陸渾縣) 서남 30리의 종산(鐘山)으로 곽박의 주석과 맞아떨어진다. 그래야지만 「중차칠경」의 고종산이 앞에 나온 휴어산(休與山)의 지리적 위치와일치한다. 본문에 따르면 휴어산은 하남 영보현(靈寶縣)에 있고, 동쪽으로삼백 리를 가면 고종산이기 때문에 산서에 있을 리가 없다. 필원의 지리학적 고증은 오임신이 제안한 지리 고증학의 원칙에 부합한다. 그 지리학적 고증의 결론은 『신교정자서』에 나온다.

「남산경」에서 고증할 수 있는 산은 유작(惟鵲), 구여(句餘), 부옥(浮玉), 회계(會稽)

63 山海經云, 孟門東南有平山, 水出於其上, 潛 於其下. 又是王屋之次, 疑即平山(在山西臨汾縣西)也. 其水南流, 歷鼓鍾上峽 …… 南流歷鼓鍾川, 分爲二澗, 一澗 …… 今無復有水. 一水歷冶官西, 世人謂 之鼓鍾城. 城之左右, 猶有遺銅及銅錢也 …… 山海經日, 鼓鍾之山, 帝臺之所以觴百神, 即是山也. 陳橋驛, 『水經注校釋』, 杭州大學出版社, 1999, p.67.
64 郭璞 注, 畢沅 校, 『山海經』, 上海古籍出版社, 1989, p.53.

등 산이다. 그 지역은 한나라 때 오랑캐의 중심이었기 때문에 다른 책에서는 그 흔적을 많이 다루지 못했다.「서산경」의 산은 대부분 고증할 수 있다. 그 강에는 황하(黃河), 회수(渭水), 한수(漢水), 낙수(洛水), 경수(涇水), 부우수(符禺水), 환수(灌水), 죽수(竹水) 등이 있다. …… 모두 옹주(雍州), 양주(梁州) 두 곳의 강으로 원문에서 볼 수 있다. 그 강이 흘러 들어간 곳은 오늘날에도 분명하여 믿을 수 있다.「북산경」은 모두 요새 밖에 있어, 옛날의 황복 지역이었다. 경전은 이곳의 흔적 역시 전하지 않는다. 유택과 하원은 믿을만하다.「북차삼경」밑의 산은 역시 대부분 고증할 수 있다. 그 강에는 분수(汾水), 산수(酸水), 진수(晉水)가 있는데, 모두 기주의 강으로 경전에서 볼 수 있다. 그 강이 흘러 들어가는 곳 또한 지금 분명 믿을 수 있다.「동산경」의 산과 강은 고증하지 못한 것이 많다. 태산과 공상산(空桑山), 낙수(濼水), 환수(環水)가 있는데, 청주(靑州)의 땅에 있다. 「중산경」은 박산(薄山)에서 시작하는데, 여기는 우임금의 수도이다. 그래서 그 산과 강의 이름이 유난히 뛰어나다. 강에는 거저(渠豬), 노수, 휼수가 있고, 모두 기주의 강이다.「중차팔경」은 경산(景山)에서 시작해서 휴산(睢山), 장산(漳山), 위산(洈山)이 있다.「중차구경」에는 면낙(緜洛)의 낙이 있고, 민강(岷江), 남강(南江), 북강(北江)이 있다. 이들 모두 형주(荊州)의 강으로 원문에서 확인할 수 있다. 그 흘러 들어감에 지금 또다시 명확히 믿을 수 있다.[65]

---

65 南山經其山可考者, 惟雎山, 句餘, 浮玉, 會稽諸山. 其地漢時爲蠻中, 故其他書傳多失其跡也. 西山經其山率多可考. 其水有河, 有渭, 有漢, 有洛, 有涇, 有符禺, 有灌, 有竹 …… 皆雍, 梁二州止水, 見於經傳. 其川流沿注, 至今質明可信也. 北山經皆在塞外, 古之荒服. 經傳亦失其跡. 而有泑澤及河原可信. 北次三經以下, 其山亦多可考. 其水有汾, 有酸, 有晉 …… 皆冀州之水, 見於經傳. 其川流沿注, 又至今質明可信者也. 東山經其山水多不可考, 而有泰山, 有空桑之山, 有濼水, 有環水, 是爲靑州之地也. 中山經起薄山, 是禹所都, 故其山水之名尤著. 水有渠豬, 有澇, 有潏 …… 是皆豫州之水. 中次八經起景山, 有雎, 有漳, 有洈. 中次九經有縣洛之洛, 有岷江, 南江, 北江 …… 是皆荊州之水, 見於經傳. 其川流沿注, 又至今質明可信者也. 위의 책, p.2.

『산해경』의 지리 내용이 사실이라고 확신한 데다가, 우임금은 또 전설에서 '높은 산과 큰 강을 정한' 사람이었기에 필원은 다시 한번 『산해경』의 저자가 우임금과 익이라고 강조했다.

필원이 보기에 『산해경』의 작가가 우와 익인 증거는 하나 더 있다. 그것은 바로 「오장산경」에 등장하는 제사 의례이다. 「남산경」의 말미에 "작산(雕山)의 첫머리는 초요산(招搖之山)에서 시작하는 기미산(箕尾山)까지 이어져 모두 10개의 산이다. 2,950리이다. 그 신의 생김새는 모두 새를 닮았고, 용의 머리를 지녔다. 그 사를 지내는 예는 ……"이라고 했다. 이에 대해 필원은 다음과 같이 풀이했다. "『하서(夏書)』에서 '높은 산과 넓은 강을 헤아려 정한다'라고 했다. 또 '구산간여(九山刊旅)'라고도 하고, '경기즉유(荊岐既旅)', '찰몽여평(蔡蒙旅平)'이라고 했다. 『공총자(孔叢子)』에서 자장(子張)이 묻길 '『서(書)』에서 높은 산을 헤아려 정한다고 하였는데, 이는 무엇을 이르는 것입니까?' 하자, 공자가 '희생과 폐백으로 오악은 삼공이 제를 드리고, 작은 명산은 자(子)와 남(男)이 제를 드리는 것입니다'라고 답하였다. 아마도 산을 헤아려 정하는 예가 이 경전에 완전히 갖춰져 있으니, 진실로 우와 익이 쓴 책이다."[66] 또 "공자가 자장에게 '희색과 폐백으로 오악은 삼공이 제를 드리고, 작은 명산은 자와 남이 제를 드린다'고 했는데, 이 경전을 고찰해 보자면 어느 산에서부터 어느 산까지 제사를 드리는 예를 어떻게 무엇을 쓰고, 무엇을 제사에 올릴 것인가가 바로 그 예이다"라고 했다.

다만 「산경」과 「해경」의 차이를 고려해서 필원은 「해경」은 제외하고, 「오장산경」 34편만 우임금의 책이라고 봤다.[67] 또 그에 따르면 「해외경」 4편, 「해내경」 4편은 주, 진대 사람이 우정에 그려진 그림을 설명한 내용

---

66 위의 책, p.13.
67 「오장산경」은 26편이어야 한다. 필원은 여기서 전체 경전의 편수를 「산경」의 편수로 착각한 것 같다.

이다. 정은 진나라 때 잃어버렸고, 말로 전해져 오던 내용을 책으로 쓴 것이 바로 이것이다. 「대황경」 이하 다섯 편은 유흠이 「해외경」 4편, 「해내경」 4편을 설명한 결과물이다.

사실 지리 기록이 정확하고 통합적이든 산신 제례가 오래됐든 모두 『산해경』의 작가가 우임금이라는 직접적인 증거는 아니다. 필원이 「산경」의 작가를 우임금이라고 판단한 직접적인 증거는 다음과 같다. "『열자』는 하혁(夏革)을 인용하여 말하고, 여불위는 『이윤서(伊尹書)』를 인용하여 말하는데 이 경전에 많이 나온다. 두 사람 모두 선진시대의 사람이다. 하혁과 이윤 모두 상나라 사람이다. 그렇기에 이 34편이 모두 우임금의 책에서 나왔다는 것을 의심할 여지가 없다."[68]

이윤의 일은 시대가 너무도 오래되어 실제인지 증명할 길이 없고, 『열자』는 이미 육조 시대의 위서라고 밝혀졌다. 그렇기에 필원은 '우임금과 백익 저자설'을 굳게 믿어 의심치 않았지만, 오늘날의 사람들이 받아들이기엔 어렵다.

4. 『산해경』 그림 고증

필원은 「해외사경」과 「해내사경」은 주, 진대 사람이 우정에 그려진 그림을 서술한 것이고 「황경」 다섯 편은 유흠이 이전 사람의 작업을 해석하여 사실상 이를 우정도(禹鼎圖)로 간주했다. 이는 『산해경』 전부를 우정도라고 주장한 양신과 비교하면 좀 더 발전한 결론이었다. 양신과 달리 「산경」은 그림으로 제대로 표현할 수가 없는 내용일 뿐만 아니라, 그 원문에서 그림에 대한 해석이라는 흔적을 찾기도 어렵기 때문이다.

---

68 畢沅, 『山海經新校正序』.

필원은 유흠이 한대『산해경도』를 바탕으로「황경」이하 다섯 편을 추가했지만, 한대 그림은 우임금 때와는 이미 차이가 있다고 봤다. 그 근거는 성탕(成湯)과 왕해박우(王亥朴牛)와 같은 내용이 있기 때문이라고 했는데, 상당히 일리 있다. 그러나 그는 한대 그림은 곽박과 장준의『도찬(圖贊)』에서 읊은 대상이라고 봤지만, 이는 틀린 것을 보인다. 필자는 이미 앞에서 곽박의『도찬』303편은『산해경』전체를 다루기 때문에 한대의 그림일 수가 없다는 것을 논한 바 있다. 필원은 또 장승요의 그림과 서아의 그림도 고증했다. 필원은『산해경』그림에 관해 가장 종합적인 고증 작업을 펼친 사람이었다.

5. '괴물은 없다'는 주장과『산해경』연구의 정통적인 관념

필원은『산해경』의 괴물 묘사를 어떻게 이해했을까? "이 괴물들이 진짜란 말인가?" 하는 질문은 아마도 전통 시기『산해경』연구자라면 마주하지 않을 수 없는 난제였을 것이다. 여기에 제대로 대답하지 못한다면, 경학의 시대에서『산해경』의 가치를 찾기란 어려웠다. 그는『자서』에서 합리주의적인 가설을 제시하며『산해경』에는 괴물이 없다고 주장했다.

> 『산해경』은 기이한 이야기를 한 적이 없고, 이를 해석하는 사람이 기이하게 풀이한 것이다.『산해경』에서 말하는 저조(鴟鳥)와 인어는 모두 사람의 얼굴을 하고 있다고 한다. 사람의 얼굴이란 사람의 형태와 약간 닮았다는 것이다. 예컨대『산해경』에서 앵무(鸚母,「서산경」에서는 앵무(鸚鵡)), 성성이(狌狌)는 말할 줄 알고 생김새도 약간 사람을 닮았다고 말한다. 그런데 후대에 이를 그릴 때 바로 사람의 형태로 그렸다. 이 새와 물고기는 지금도 자주 보인다. …… 거부(擧父) …… 는 원숭이의 종류이다. …… (곽박)은 또 그것이 흔한 동물임을 모르고 이

를 의심했다. 이렇게 미루어 짐작해 본다면『산해경』이 기이한 것을 이야기하는 책이 아님을 알게 된다.[69]

그의 이러한 가설은 책을 해석하는 데에도 적용됐다. 「남산경」의 영수(英水)에는 적유(赤鱬)가 있는데 그 생김새는 물고기와 같고 사람 얼굴이라고 한다. 필원은 "무릇 사람 얼굴이라고 하는 것은 모두 약간 사람 생김새와 닮았다는 뜻이다"고 주를 달았다.[70] 「서산경」은 "서왕모는 그 생김새가 사람과 같고, 표범 꼬리에 호랑이 이빨을 하고 휘파람을 잘 분다. 봉두난발에 비녀를 꽂았다"라고 전하는데, 필원은 "경전에서 말하는 이 자는 그 풍습이 문신, 조제 따위와 같은 것이다. 민간에서는 곧 이를 신인으로 여겼다"라고 했으며, 또 "비녀를 꽂았다는 것은 그 풍습이 아직 이러한 장식을 한다는 말이다"라고 했다.[71] 이렇게 함으로써 필원은『산해경』의 진실성을 더욱 굳게 믿을 수 있었고, 모든 기이한 존재는 후대 사람이 잘못 해석한 것으로 귀결되었다. 그의 목적은 실상『산해경』이 기이한 것들에 대해 말한다는 경학계의 비난을 회피하고, 그 사회적 지위를 높이기 위함이었다. 그러나 필원의 합리주의적 해석은『산해경』의 기이한 이야기들을 완전히 제거할 수 없었다. 발, 머리, 꼬리, 눈이 여러 개이거나, 아니면 발, 꼬리, 눈이 하나밖에 없는 종류도 있었고, 물고기인데 닭의 발을 지녔거나, 물고기인데 구릉에 살거나, 양인데 입이 없는 따위에 대해 필원은 해석하지 않았다. 또 해외 민족의 특이한 외형도 설명하지 않았다. 괴물을

---

69 山海經未嘗言怪, 而釋者怪焉. 經說鴟鳥及人魚, 皆云人面. 人面者, 略似人形. 譬如, 經雲鸚母(西山經經文中爲鸚鵑), 狌狌能言, 亦略似人言. 而後世圖此, 遂作人形. 此鳥及魚, 今常見也. …… 擧父 ……是旣猿猱之屬. …… (郭璞)又不知其常獸, 是其惑也. 以此而推, 則知山海經非語怪之書矣. 郭璞 注, 畢沅 校,『山海經』, 上海古籍出版社, 1989, p.3.

70 위의 책, p.12.

71 위의 책, p.28.

없애버리려 했던 필원의 노력은 철저하지 않았고, 자기 가설을 전부 증명하지는 못했다.

건가 시대의 학자로서 필원은 정통적인 관념이 매우 강했다. 그는『산해경』이 우와 백익의 책이라고 믿어 의심치 않았고, 이를 신성한 경전과 동일시하며 모든 유가 경전을 대하듯 연구를 진행해야 한다고 생각했다. 그래서 옛글자를 고집하고, 속자나 새 글자는 전부 반대했으며[72], 책을 의심해서도, 다른 해석이 있어서도 안 됐다.

필원은『산해경』을 인용해『상서』를 주해한 정현이나,『좌전』을 주해한 복건처럼 '우임금과 백익 저자설'을 믿는 역대 학자들을 줄곧 지지했다. 그는 "길조와 변괴를 연구하고 먼 나라의 이국적인 풍속을 알 수 있다"라는 유흠의 말이나, "이상할 수 있는 것을 이상하게 여기지 않으면 거의 이상한 것이 없을 것이고, 이상할 수 없는 것을 이상하게 여기면 처음부터 이상하지 않은 일이었다"라는 곽박의 말로『산해경』에 대한 의혹을 타파할 수 있다고 생각했다. 그러나 동시에 필원은 두 사람이『산해경』의 지리지 성격을 충분히 이해하지 못했다고 생각해 그들이 "모두『산해경』을 안다고 말할 수 없다"고 비판했다.『산해경』의 지리지적 성격을 완전히 인정해 주었던 역도원은 자연스레 필원이 가장 높이 사는『산해경』연구자가 되었다.

『산해경』을 의심하는 학자는 필원의 비판을 면치 못했다. 그는 이 경전을 의심하는 것은 "두우에서부터 시작했다"고 했다. 명시적으로 그를 비판한 것은 아니었으나, 부정적인 뉘앙스는 부인할 수 없다. 사실을 증명해야 한다는 원칙을 강조하는 청대 고증학을 기반으로 필원은 "양신의 주석은 많은 부분에서 허구를 좇을 뿐 사실을 증명하지 않았다. 지리에 관

---

72 『신교정』에서 필원은 '砂', '藏', '堙', '疂', '彩' 등의 글자는 전부 속자와 새 글자라고 생각해서 '沙', '臧', '塡', '畾', '采'로 고쳐야 한다고 주장했다.

해서는 새롭게 밝힌 것이 전혀 없다"며 양신의 주석에 대해서도 비판적이었다.[73] 오임신의 『산해경광주』에 대해서도 "임신은 『육사』, 육조, 당, 송대의 시, 『삼재도회(三才圖繪)』, 『변아(騈雅)』, 『자회(字彙)』 등 너무 많은 책을 남용해 경전을 고증했다"며 책을 다량 인용한 것을 문제 삼았다. 이 서적들의 사료적 가치는 높지 않고, 문자도 틀린 곳이 많았기 때문에 필원은 "임신의 주석은 대부분이 여기에 집중되어 있으니, 이는 경전의 한계이다. 고로 취할 것이 없다"라고 했다.[74] 이는 『사고전서』보다도 더 엄격한 평가였다. 아마도 자기 저작에 대한 필원의 자신감에서 연유한 것으로 보인다.

전체적으로 필원의 『신교정』은 대범한 편이었는데, 이는 그의 개인적인 성격이나 신분과 관련이 있을 것이다. 필원은 『산해경고금편목고』에서 세 가지 작업을 완수했다고 밝혔다. 첫째는 편목 고증, 둘째는 문자 고증, 셋째는 산과 강의 이름 고증이다. 필원은 실제로 이 세 가지 측면에서 좋은 성과를 거두었고, 이는 청대 『산해경』 고증학이 또 하나의 중요한 발전을 이루었음을 보여준다. 이는 물론 저자가 많은 책을 두루 탐독하고 다양한 경험을 한 덕분이었다. 그는 인용할 책을 고르는데도 까다로워 정통적인 저작물만을 선택했다. 인용문 역시 정밀하고 간결하여 일부 요란하기만 한 지식인들과는 달랐다. 필원의 학술적 성과와 풍격 덕분에 『신교정』은 『산해경』 연구사상 기념비적인 저작이 될 수 있었다. 훗날 학의행이 『산해경전소』를 쓸 때도 필원의 『신교정』을 기반으로 전개해 나갔고, 그의 많은 성과를 인용했다.

---

73 郭璞 注, 畢沅 校, 『山海經』, 上海古籍出版社, 1989, p.9.
74 위의 책, p.9.

학의행郝懿行
『산해경전소山海經箋疏』의
문자학적 접근과 주석

학의행(1757~1825)은 자가 순구(恂九), 호가 란고(蘭皐)이다. 가경 연간 진사가 되어 호부(户部)에서 주사(主事)로 관직 생활을 했다. 저술에 힘을 썼으며 훈고에 해박했다. 저서로는 『역설(易說)』, 『서설(書說)』, 『춘추비(春秋比)』, 『춘추설략(春秋說略)』, 『죽서기년교정(竹書紀年校正)』, 『산해경전소』, 『이아의소(爾雅義疏)』, 그리고 『목천자전』 주해가 있다.

학의행은 가경 9년(1804)에 『산해경전소』를 완성했고, 가경 14년(1809)에 의정(儀征)에 있는 완원(阮元)의 낭환선관(琅環仙館)에서 처음으로 판각했고, 서문도 그가 써주었다. 책은 총 18권으로 『도찬(圖贊)』 1권, 『정와(訂訛)』 1권이 별첨되어 있다. 광서 연간에 그 유고를 모아 간행한 학씨유서본(郝氏遺書本) 『산해경전소』(이하 『전소』)는 매우 뛰어나 순천부(順天府) 부윤(府尹) 유백천(遊百川)이 이를 광서제에게 바치기도 했다. 광서제는 광서 7년 조서를 내려 명하길 "바로 두루 검토하겠다"라고 하였다. 상해의 환독루(還讀樓)에서 광서 13년에 다시 판각하였다.[75] 원문은 낭환선관 판각

---

75 책 머리에 "광서 12년 6월 하순에 상해 환독루에서 교감하고 간행하였다"는 글이 있

본과 같으나 『상유(上諭)』, 유백천의 『주절(奏折)』, 채이강(蔡爾康)의 『교간 산해경전소서』, 강표(江標)의 『중각산해경전소후서(重刻山海經箋疏後序)』와 환무용(宦懋庸)의 『교간산해경전소서(校栞山海經箋疏)』를 추가했다. 파촉서 사에서 1985년 이 판본을 영인하여 쉽게 구할 수 있다. 광서 17년(1891) 상해 오채공사(五彩公司)에서 학씨유서본을 판각하여 『흠정학주산해경』 석인본을 출판하고 여기에 삽화를 추가했다.

　『전소』는 청대 『산해경』 연구의 으뜸으로 손꼽힌다. 당시 학계의 영수 였던 완원은 『각산해경전소서』에서 "오임신의 『광주』는 그 논증은 비록 넓으나 난잡하여 조리가 없다. 필원의 교본은 산과 강을 정밀하게 교감했 지만, 문자를 교정하고 고치는 데 놓친 부분이 많았다. 지금 학의행은 마 음을 다해 경전을 공부하고, 전소까지 곁들였는데, 정밀하지만 집요하지 않고, 넓지만 넘치지 않는다. 그의 연구는 분명하게 드러나며, 글 또한 아 름답게 완성되었다"라고 하였다.[76] 진상한 학씨유서본에 포함한 「주절」은 "(학의행)은 책을 펴내면서 꼬인 것을 트고, 문사를 고르는 데 전아하다. 풍부하게 모으고 나열하였으면서 분석 또한 정밀하다. 고서에 온 마음을 다했으니, 다양한 학문에 통달했다고 말하기 부끄럽지 않다"라고 하였다. 『전소』는 문자 교감, 훈고와 사실 고증 등 측면에서 건가 시대 고증학의 최고 수준에 이르렀다.

1. 정밀하고 빈틈없는 문자 교정

학의행은 필원과 마찬가지로 주로 당시 백운관에 소장되어 있던 도장

다. 그러나 책에 실린 여러 서문에 '광서 13년'으로 적혀 있어, 광서 13년에 완성했 을 것으로 보인다.
76　郝懿行, 『山海經箋疏』, 嘉慶14年(1890)琅嬛仙館刻本.

본『산해경』을 가지고 교감을 진행했다(다만 사용한 저본은 달랐다). 동시에 『이아』, 『설문』, 『광아』, 『태평어람』 등 비교적 정식적인 문헌 자료를 가지고 문자를 교감했다. 그는 경전 원문뿐만 아니라, 곽박 주석도 교감했고, 심지어는 정확한 원문으로 다른 책을 인용한 부분의 오류까지 교정했다. 그는 명확하게 보여줄 수 있도록 책 전체를 교정한 결과를 다시 모아 「정와」 1권을 책 뒤에 첨부하였다.

학의행이 사용한 저본은 필원이 사용한 것보다도 우수했다. 가령 「남차이경」의 첫머리 궤산(櫃山)에는 동물이 있는데 "그 형상은 돼지와 같다"고 했다. 학의행은 "필원의 판본에서는 돈(豚)을 반(反)으로 썼는데, 이는 와자이다"라고 했다. 또 「해외서경」의 형천에 대해 필원이 사용한 판본에서는 '형요(形夭)'로 되어 있다. 필원은 "옛 판본에서는 모두 형천이라 했다. 당대의『등자사비(等慈寺碑)』에서는 형요라고 했다. 그 뜻에 따르면, '요'는 '천'보다 길다. 도잠의 시 '형요무천세(形夭無千歲)'의 천세가 간척(幹戚)의 와자이고, 형요가 맞다는 것을 알게 되었다"고 했다.[77] 그러나 필원의 말은 맞지 않다. 학의행의 저본에는 '형천(形天)'으로 되어 있으며, 학의행은 "『회남자·지형훈』에 형찬(形殘)으로 되어 있다. 천(天)과 찬(殘)은 음이 가깝다. 혹은 형요라고도 하는데, 이는 틀렸다.『태평어람』555권에서 이 경전을 인용하길 '형천'이라 하였다"고 했다. 현대 학자들은 모두 학의행의 견해에 따른다.

학의행은 경전에 주석을 달 때 본래의 글자는 고치지 않는다는 전통에 따랐으며, 이는 먼저 고친 후에 교감하는 필원의 작업 방식과는 완전히 달랐다. 그의『산해경전소서』에서는 "잡아낸 오류들이 비록 상당한 근거가 있지만, 여전히 옛 문장을 사용하여 고치지 않았다. 정군강(鄭君康)이

---

77 郭璞 注, 畢沅 校,『山海經』, 上海古籍出版社, 1989, p.83.

경전을 주해할 때 감히 글자를 고치지 않는 관례를 따른 것이다."[78] 이는 학의행이 신중하게 학문을 대했기 때문이기도 하고, 건가 시기 고증학의 규범이 날로 엄격해졌기 때문이기도 했다.

필원 역시 원문 교정에 있어 적지 않은 성취를 이루었기 때문에 학의행도 그의 주석을 자주 인용했다. 예컨대「북차삼경」의 계호산에 대해 학의행은 "『설문』,『옥편』에서 이 경전을 인용할 때 모두 유호산이라고 하였다"고 하였다. 이는 필원의『신교정』도 마찬가지이다. 필원의 교감이 간략할 때는 보충하기도 했다. 가령「남산경」의 첫머리 목산(穆山)에 대해 필원은 단지 임방(任昉)의『술이기(述異記)』를 인용해 '작산(雀山)이다'라고만 했지만, 여기는 분명 글자가 틀렸다. 학의행은『문선』에서『두타시비(頭陁寺碑)』를 주해하며 '작산(鵲山)'이라고 쓴 것을 인용하여, 사람들이 더 쉽게 '작(雒)'이 '작(鵲)'의 옛 글자임을 알게 했다.「남차수경」에 나오는 창부(鶬鴀) 새를 필원이 별부(鷩鴀)로 교감했는데, 학의행은 필원의 견해에 동의했지만, 한발 더 나아갔다. 곽박은 별부는 성질이 급하다고 하였는데, 여기에는 여전히 오류가 있다. 학의행은 "『방언』에서 '별(憋)은 나쁘다'는 뜻이라고 했다. 곽박의 주석에서 '별부(憋忿)는 성격이 급하다'라고 했다. 별부(憋忿)와 별부(鷩鴀)는 다른 글자에 음이 같다. 그렇다면 이 주석은 응당 '별부(憋忿)처럼 읽고, 성격이 급하다'라고 해야 맞다. 지금의 판본에는 오탈자가 있는 것 같다"고 했다. 완원이 학의행을 두고 '정밀하지만 집요하지 않다'고 한 것은 바로 이를 두고 한 말일 것이다.

학의행은 또 필원의『신교정』의 오류를 많이 수정했다. 가령「남차수경」의 영수(英水)에는 붉은 인어(赤鱬)가 많다고 하는데, 유(鱬)에 대해 곽박은 "나(懦)로 읽는다"고 했으며, 필원은 이(魳)로 읽어야 한다고 했다. 학의행은 "나(懦)는 유(儒)자의 오자이다. 장경(藏經)에는 본래 유(儒)로 되

<hr />

[78] 郝懿行,『山海經箋疏』,嘉慶14年(1890)琅嬛仙館刻本.

어 있다"고 주를 달았다.[79] 도장본에는 유(儒)로 되어 있어 만약 곽박 주석이 틀리지 않았다면 경전 원문의 유(鱬)자가 맞고, 필원의 추측이 잘못된 것이다. 「남차이경」의 순수(洵水)에는 "비라(芘蠃)가 많다고" 전하는데, 이에 대한 학의행의 주석은 다음과 같다. "곽박이 보라색 고동이라 하였으니, 경전 원문의 비(芘)는 응당 자(茈)의 오자이다. 옛 글자 자(茈)는 자(紫)와 서로 통한다. 『어람』에서 이 경전을 인용할 때 비를 자로 썼다고 했다." 사실 「동차수경」의 격수(激水)는 동남쪽으로 흘러 취단수(娶檀水)로 들어가는데, 거기에는 자리(茈蠃)가 많다고 전한다. 학의행은 이에 대해 "리(蠃)는 라(蠃)의 오자이다. 자라는 보라색 고동이다"라고 했다. 이로써 학의행의 교감이 맞다는 것을 증명할 수 있다. 학의행은 필원이 자라를 포로(浦盧)로 잘못 해석한 것을 수정했다. 저본에 나타난 비교적 뚜렷한 오자에 대해서도 학의행은 교감을 진행했다. 「남차수경」의 축여초(祝余草)에 대해 곽박은 "혹은 계도(桂茶)라고도 한다"라고 했는데, 학의행은 "계는 주(柱) 자의 오자일 것이다. 주도(柱茶), 축여는 소리가 가깝다"고 했다. 학의행은 또 올바른 원문을 통해 다른 서적에서 가져온 인용문을 고치기도 했다. 예컨대 「서차사경」의 곡산(曲山)에는 교(駮)가 있는데, '하얀 몸에 검은 꼬리'를 지녔다. 학의행은 "『이아소』는 이 글귀를 인용하며 검은 몸에 꼬리가 두 개라고 했는데 틀렸다"고 했다. 이 같은 교감 결과는 적지 않지만 『산해경』 연구와는 관련이 크게 없으므로 상세하게 다루지는 않겠다.

학의행은 책 전체 문자의 총 숫자와 「산경」 권마다의 거리를 상세하게 통계를 내고 교정을 진행했다. 「남산경」 말미 '오른쪽 남경의 산 기록' 밑에 학의행은 "편 말미에 이 말은 대개 책을 교감한 자가 쓴 것으로, 옛 판본은 모두 경전보다 한 등급 아래였을 것이다"고 했다. 경전 원문에서는

79 郝懿行, 『山海經箋疏』 第1卷, 嘉慶14年(1890)琅嬛仙館刻本. 이하 『산해경전소』는 모두 이 판본을 인용했으므로 별도로 표기하지 않는다.

"크고 작은 산이 무릇 40개가 있고, 1만 6천 3백 80리이다"고 했는데, 학의행이 주를 달기를 "경전은 응당 41개의 산에 1만 6천 8백 60리를 말하는 것이다. 이는 옮겨 적으면서 발생한 오류이다. 지금 검토해 보니 겨우 39개의 산에 1만 5천 6백 40리이다"고 했다. 이러한 교감 결과를 통해 학의행이 매우 세밀하게 교정 작업을 진행했음을 알 수 있다.

그러나 당시 옛 책은 구하기 어려웠기 때문에, 학의행은 송대와 원대의 판본을 볼 수 없었다. 그래서 그의 문자 교정 작업에도 약간의 실수는 있었다. 저우쓰치의 『원대 조선 필사본 산해경을 논하다(論元代曹善手抄本山海經)』는 고궁에 소장된 『석거보급』에 실린 조선 필사본의 일부(「남산경」, 「서산경」, 「북산경」)와 학의행의 교감본을 비교하고 그가 억측한 부분 여덟 군데를 지적했다.[80] 그러나 필자는 학의행을 탓하고 싶지 않다. 어쨌든 이 것은 일반 사람의 능력을 벗어나는 일이었기 때문이다. 게다가 저우쓰치가 지적한 첫 번째 '억측'은 바로 상술한 '오른쪽 남경의 산 기록'의 교감이었는데, 필자가 우무각 판본 영인본으로 대조해 보니 실제로 한 격이 낮았으니, 학의행의 교감이 억측이 아님을 알 수 있다.

롱자오주는 『산해경 연구의 진전』에서 "학의행의 장점은 오임신과 필원의 장점을 취해 더욱 정밀하게 교감했다는 점이다. 그의 아내 왕조원(王照圓)이 그를 위해 다시 교감하니, 그 근면하게 힘을 쓰는 것은 실로 얻기 어렵다. 고로 이 책이 있음으로써 『산해경』 교감의 일은 완성되었다"고 했다.[81]

---

80 『中國歷史文獻研究集刊』第1卷, 湖南人民出版社, 1980, pp. 120-121.

81 凌純聲 等, 『山海經新論』, 『國立北京大學中國民俗學會民俗叢書』第142冊, 1974年 影印.

2. 막힘없지만 신중한 훈고

학의행은 곽박과 마찬가지로 사물 훈고에 큰 흥미를 보였으며, 『보훈(寶訓)』, 『해착(海錯)』, 『연자춘추(燕子春秋)』, 『봉어소기(蜂衙小記)』 등 저작을 남겼다. 『이아』, 『설문』처럼 익숙하고 잘 알려진 책에 대해서도 작업을 진행하여, 그가 말년에 지은 『이아의소』는 유사 이래 가장 뛰어난 『이아』 주석본으로 널리 알려졌다. 곽박 또한 『이아』와 『방언』 등을 주해했고, 학의행은 그의 학술적 배경에 매우 익숙했고, 곽박이 『산해경』에 쓴 주석의 출처를 종종 밝히기도 했다. 예컨대 「서차사경」의 노산(勞山)에 자초(茈草)가 많다는 얘기에 대해 곽박은 "또는 자루(茈莫)라고도 한다. 중간에 보라색으로 물을 들였다"고 한다. 학의행은 "자초(茈草)는 곧 자초(紫草)이다. 『이아』에서 '자루는 자초(茈草)이다'라고 했다. 이것이 곽박의 판본이다"라고 주를 달았다. 그렇기에 학의행은 곽박의 와자와 실수를 매우 잘 알았다. 또 「남차수경」의 청구산에는 '여우와 같은 꼬리가 아홉 개'인 동물이 사는데, 곽박은 "바로 구미호이다"라고 주를 달았다. 학의행은 구미호가 태평성대의 상징이라는 곽박의 「대황경」의 말을 인용해 여기서 사람 잡아먹는 여우 같고 꼬리가 아홉 달린 괴수는 진정한 구미호가 아닐 것이라고 해석했다. 곽박의 주석을 가지고 곽박의 주석을 반박하는 것은 창과 방패와 같으니 매우 설득력이 있다.

곽박의 잘못된 주석을 고친 것도 많다. 예컨대 앞에서 이미 왕불이 「서산수경」의 "화산(華山), 총(冢)이다"라는 곽박의 주석이 틀렸다고 지적했다고 얘기했었다. 그는 '총'은 산악의 존귀한 지위를 나타내는 단어라고 봤다. 학의행은 왕불의 『산해경존』을 읽어보지 않았지만, 그는 관련된 산을 연결 지어 통합적으로 분석하여 비슷한 결론을 얻었다. "이 산들은 신과 총을 말하는 것이 있는데, 총은 신보다 크다. 곽박은 총이 무덤이라고 했는데, 아마도 틀린 것 같다." 「중차구경」에는 총 16개의 산이 있으며, 산마다 제사의 예가 다르다. 경전 원문은 "문산(文山), 구니(勾欄), 풍우(風雨), 괴산(魏山)은 모두 총이다. 그에 제사를 드릴 때는 수주(羞酒), 소뢰구(少牢具), 영모(嬰毛)와 길옥(吉玉) 하나를 쓴다. 웅산(熊山)은 석(席)이다. 그 제사는 수주, 태뢰구(太牢具), 영모와 옥벽(璧) 하나를 쓴다"고 한다. 곽박의 주석은 "석이란 신이 머무는 곳이다"였다. 학의행은 "석이란 응당 제(帝)를 말한다. 글자 형태가 와전된 것이다. 경전 원문의 앞뒤로 제와 총이 대응을 이루니, 석이라고 잘못 쓴 것이다. 곽박이 주장한 바는 대개 잘못된 것이다"라고 했다. 학의행은 『산해경』의 산악 등급 제도를 더 종합적으로 파악하여 크나큰 학술적 발전을 이루었다.

곽박이 제대로 해석하지 못한 부분에 대해 학의행은 매우 상세하게 주석을 남겼다. 「서차삼경」에 서왕모가 "하늘의 여(天之厲)와 오잔(五殘)을 다스린다"는 부분이 그 예이다. 곽박은 "주로 재난과 다섯 가지 형벌의 잔혹한 기운을 아는 것이다"라고 했다. 여기서 '여(厲)'가 재난을 뜻하는 것인지는 정확하지 않고, 오잔을 '다섯 가지 형벌의 잔혹한 기운'의 줄임말로 보는 것은 완전히 틀렸다. 그는 아마도 훗날의 오행론으로 서쪽을 '형벌과 죽음의 기운'을 대표하는 공간으로 보고 이 같은 결론을 내렸을 것이다. 실상 『산해경』에는 완전한 오행 관념은 등장하지 않는다. 필원은 『산해경신교정』에 '여'가 귀신이라고 주를 달았다. "여는 바로 『춘추전』의 '진후가 꿈에서 큰 귀신을 만나다'와 같은 것이다." 그러나 필원은 '하늘의 여'라는 게 무엇인지 해석하지 않았다. 하늘에 귀신이 있다는 것인가? 더더욱 '오잔'이 무엇인지 설명하지 않았다. 이 부분에 대해 학의행은 다음과 같이 글을 남겼다.

여와 오잔은 모두 별의 이름이다. 『월령』에 따르면 "계춘 달에 …… 나라에 나례를 행하도록 명한다"고 했다. 정현의 주에서는 "이달의 중간에 해가 묘(昴)를 지나간다. 묘는 대릉(大陵)과 적시(積尸)의 기운을 지녔다. 이 기운이 흩어지면 여귀가 따라 나와 활동한다"고 했다. 즉, 대릉은 여귀를 주재하는 별이다. 묘는 서쪽의 별자리이기 때문에 서왕모가 이를 관장한다. 오잔은 『사기·천관서』에서 "오잔성은 바로 동쪽에서 나타난다"고 했고, 『정의』에서 "오잔은 오봉(五鋒)이라고도 한다"고 했다. 이가 나타나면 곧 오방이 파괴될 징조이며 대신이 주살 당할 상이다. 서왕모는 형벌과 죽음을 주관하기 때문에 이 또한 다스리는 것이다. [82]

주요 의미를 풀이하자면 서쪽의 묘성(昴星)에는 한 무리의 별이 포함되는데, 바로 대릉성(大陵星)이다. 이 별은 이름부터가 커다란 무덤이란 뜻이고, 대릉에는 또 작은 적시성(積屍星)이 있다. 다시 말해 여기가 바로 하늘의 여귀(厲鬼)가 모이는 곳이다. 이 기운이 흩어지는 순간 여귀가 지상에 나타난다. 그렇기에 대릉성은 여귀의 활동을 결정할 수 있다. 이것이 곧 '여기를 주관한다(主厲氣)'는 말이다. 서왕모는 서쪽에 있기에 서쪽의 어떤 별들을 관장하게 된다. 그녀는 서쪽의 묘성의 대릉성, 그중에서도 여귀의 기운을 장악하여 이들을 다스린다. 학의행은 '오잔'에 관한 곽박의 해석을 수정해 주었다. 그는 '하늘의 여'를 하늘에 사는 '여귀'로 풀이했는데, 이 또한 합리적인 해석이다. 다만 '여'와 오잔을 모두 별 이름으로 추측한 것은 믿기 어렵다. 고대 천문학에서 '여성(厲星)'이라는 별 이름은 나타나지 않았기 때문이다. 안타까운 것은 학의행은 곽박의 영향을 크게 받아 그의 오류를 잡아낸 이후에도 여전히 서왕모가 형벌과 죽음을 관장한다고 여겼다. 그렇기에 여전히 곽박의 주석을 가지고 『산해경』의 서왕모가 무서운 형벌의 신이라고 추론했다. 이는 서왕모 이미지가 역사적인 발

---

82 厲及五殘皆星名也. ……月令云, 季春之月, 命國儺. 鄭注云, 此月之中, 日行曆昴, 昴有大陵, 積屍之氣. 氣佚, 則厲鬼隨而出行. 是大陵主厲鬼. 昴爲西方宿, 故西王母司之也. 五殘者, 史記·天官書云, 五殘星出正東. ……… 正義云, 五殘, 一名五鋒. 出則見五方毁敗之征, 大臣誅亡之象. 西王母主刑殺, 故又司此也.

전 과정에서 보인 내적 통일성에 큰 균열을 가져왔다.[83]

학의행은 또한 음운학 지식으로 주석을 달기도 했다. 가령 「북차삼경」
의 "대개 북차삼경의 첫머리는 태항산(太行山)에서 무봉산(無逢之山)까지이
다"라는 구절에 관해 학의행은 "무봉은 곧 모봉(母逢)이다. 모와 무는 옛
날 음이 같다"고 했다. 이 같이 해석하여 앞부분 '모봉산'과의 모순을 해
결했다. 「해외남경」의 주유국에 대해 학의행은 "주유(周饒)는 초요(僬僥)이
기도 하다. 소리의 전환이다. 또 주유(朱儒)라고 바뀌기도 했다"고 주석을
달았다. 학의행은 필원보다 진중했기 때문에 이 방면에서의 실수가 더 적
었다.

『산해경』의 지리학 고증에 있어 학의행은 필원의 『신교정』을 많이 따
랐고 가끔 새로운 의견도 있었다. 「남산경」의 초요산(招搖之山)은 서남쪽
에 있는데 필원은 "대황서경(동경이어야 한다)」에서 초요산이 있어 융수
(融水)가 여기서 나온다고 했는데 바로 이것이다"라고 했다. 필원의 주석
은 방향이 틀렸다.[84] 학의행은 『여씨춘추·본미편』 고유의 주석을 인용하
여 "초요는 산 이름이며 계양(桂陽)에 있다"고 주를 달았는데, 상당히 설득
력이 있다.

학의행은 전소의 전통을 굳건히 따라 객관적으로 해석을 했고, 주관적
의견을 펼치는 일이 없었다. 그는 선험적 방법을 포기하고 이를 높이 사
지도 폄하하지도 않았다. 완전히 경전 원문에 의거하여 주석을 달았고,
사실 그대로를 추구했다. 경전 원문에 기이한 내용이 있는지, 진실한지
관해서는 전혀 논하지 않았다. 그렇기에 필원처럼 "사람의 얼굴이란 약간
사람과 닮았다는 뜻이다" 등의 해석은 학의행의 주석에서는 전혀 등장하
지 않았다.

---

83 졸고, 「山海經西王母의正神屬性研究」, 台灣輔仁大學 『先秦兩漢學術』 第13期, 2010 및
    본서 부록 참조.

84 郭璞 注, 畢沅 校, 『山海經』, 上海古籍出版社, 1989, p.11.

3. 『산해경』에 대한 학의행의 종합적인 견해

학의행의『산해경전소는』비교적 총체적으로 작가, 시대, 편목, 책의 성격에 관한 저자의 견해를 잘 드러냈다. 그러나 학의행은 대체로 필원의 견해에 따랐을 뿐 새로운 이야기가 많지 않았다.

가령 학의행은 우임금이 책을 썼다는 가설을 끝내 의심하지 않았다. 그는 책에 일부 주대 이후의 내용이 있다는 걸 인정하기는 했다. 가령 "『산해경』에서 하후를 칭하는 것은 분명 우가 쓴 것이 아니다. 편에 문왕이 있는 것 또한 주대의 책으로 의심된다"고 한다. 또 "『산해경』의 '왜나라는 연나라에 속한다'와 같은 것은 대개 주대 초의 일일 것이 아닌가?"라고 하기도 한다. 그러나 그는 전체적으로「오장산경」이 우임금의 책이라는 점을 강조한다. 앞의 내용은 모두 후대 사람들이 날조한 이야기일 뿐 이를 근거로 경전을 의심할 수는 없다. 그렇기에 책에 나타나는 환상적인 요소에 대해 학의행은 우정 전설을 근거로 저술 목적이 '백성들이 현혹되지 않도록 하기 위함'이라고 봤다. 그래서 "후대의 독자 중『이견지』나『제해(齊諧)』같은 것과 이를 비교하니, 또한 슬프지 않은가?"하고 한탄한다.『산해경』저자 문제에 관해 학의행은 매우 전통적인 입장을 고수했다. 루칸루가 학의행이 '고집스럽다'고 비판한 것도 이해할 만하다.[85]

한편 학의행은『산해경』이 지리지라고 생각했다. 본래 그림과 글이 함께 있었으며, 이 옛 그림에는 산과 강, 마을과 거리가 표시되어 있었다고 보았다. 이는 필원의 의견과 매우 흡사하다. 그러나 최초로『산해경』에 대해 쓰고 정리한 유흠은 그림이 있었다는 말은 한 적이 없었다. '『산해경』옛 그림'을 언급한 곽박의 주석에서도 '옛 그림'은 그저 몇 가지 이물에 지나지 않았고, 고대 지도의 흔적은 없었다. 그렇다면 '『산해경』옛 그림'

---

85 陸侃如,「山海經考證」,『中國文學季刊』1929年 第1卷 第1期, 1929, p.12.

이라는 것은 결국은 매우 허황된 가설일 뿐이다.

전체적으로 학의행의『산해경전소』의 주요한 성과는 문자 교정과 훈고에 있다. 그의 통계에 따르면『전소』는 모두 "대략의 뜻을 백여 건 통하게 하였고, 글귀 삼 백여 건을 바로잡았다." 이는 그가 그 시대 고증학의 일류였음을 잘 보여준다.

필원과 학의행을 대표로 하는 고증학 연구는『산해경』학술사상 전례없는 성취를 이루었고, 일종의 모범 사례가 되었다. 후대 학자 중 교정과 훈고에서 이들을 넘어서는 사람은 거의 없었다.

6

진봉형陳逢衡
『산해경회설山海經匯說』의 합리적 해석

진봉형(1778~1855)은 자는 목당(穆堂)이고, 강소성(江蘇省) 강도(江都) 사람이다.[86] 그는 풍류를 즐기며 한가로이 살고자 하는 사람이어서 출사하지 않고 평생을 독서와 저술로 보냈다. 그는 공명심으로 책을 읽은 것이 아니었기에 정통 경학이나 사학에는 크게 주목하지 않았다. 그 자신의 말에 따르면 "경학은 넓고 깊으며, 사학은 호연하고 넓다. 간략하게나마 한 번 엿보는 것만으로는 그 끝 간 데를 알 수 없다"고 했으며, 자신은 "오로지 세상 사람들이 싫어하여 버리고 읽지 않은 책을 취하여 그 안에서 자고 먹고" 하였다. 주요 저작으로는 『죽서기년』(1813), 『일주서보주(逸周書補註)』(1813), 『목천자전보정(穆天子傳補正)』(1843), 『산해경회설』(1845)과 『박물지소증(博物志疏證)』 등이 있다. 진봉형은 주류 학문에서 멀리 떨어져 있었고 또 출사도 하지 않아 학계에 잘 알려지지 않았다.

『산해경회설』(이하 『회설』)은 90개 조로 이루어진 필기이며, 총 4권이 있다. 도광 25년(1845)에 간행되었는데, 그 후 줄곧 언급하는 사람이 없었

---

86 張慧劍, 『明淸江蘇文人年表』, 上海古籍出版社, 1986.

다. 최근에 자오종푸(趙宗福)가 그 저술 체계가 거의 단행본에 가깝고 분량이 두꺼우며, 참신한 견해가 많고, 일부 방법론이나 결론이 현대 학문에 근접하다며 이 책을 높이 평가하기 시작했다.[87] 필자는 진봉형이 필원, 학의행 등의 영향을 받아 『산해경』을 사실을 기록한 저작으로 이해했고, 이를 바탕으로 합리주의적인 해석을 했다고 본다. 또 참신한 견해도 있어 현대 신화 연구에 참고할 만한 가치가 있다.

1. 『회설』의 목적과 방법

필원이 『산해경』을 지리서로 판단하고 합리주의적인 해석을 시도한 이후 학계에서 상당한 인정을 받았다. 진봉형의 도광 20년(1840)에 출간된 『자서』는 필원의 견해를 거의 그대로 이어받았다. "『산해경』이란 책을 생각해 보면, 그 내용이 묻히고 손상되어 모두가 괴이하다고 여겨 보지 않으니 정말로 안타깝다. 그러나 이 책이 방치되어 논의되지 않았던 첫 번째 잘못은 곽박의 주석이 너무도 신기하고 예측 불가한 이야기로 이를 다루고, 본문에 없던 이야기를 함부로 추가했기 때문이다. 또 다른 잘못은 훗날 이를 읽는 자들이 깊이 이해하려 하지 않고 그대로 받아들였기에 오류로 더 많은 오류를 만들어 내니, 이 책이 곧 폐기되었던 것이다."[88] 『산해경』에 대한 그의 핵심적인 견해는 이 책이 신뢰할 수 있는 책이며, 기이한 이야기는 곽박의 주석과 후대 사람들이 지어냈다는 것이었다. 이는 필원의 견해와 매우 비슷하다.

『산해경』의 사실성을 증명하고자 그는 경전을 직접 읽어가며 증거를

---

87 趙宗福, 「被埋沒的山海經研究重要成果 -淸代陳逢衡山海經匯說述評」, 『民俗研究』 2001年 第1期.

88 陳逢衡, 『山海經匯說』 第1卷, 道光25年刻本.

모았다. 도광 20년의 『자서』에서 "나는 내 견문이 얕음을 고려하지 않고, 마음을 다스리고 생각을 맑게 하여 그저 『산해경』 본문을 보니 이해하기 쉽고 뜻이 잘 통하며 전혀 기이한 곳이 없었다"고 했다.[89] 또 오임신, 필원, 학의행의 주를 가지고 곽박의 주석을 반박했다. 여러 옛 주석에서 곽박의 주석을 인용한 것도 하나하나 반박했다. 도광 23년의 『자서』에서는 네 가지 방법을 제시했다.

> 첫째, 문장을 분리하고 결합하는 것이다. 분리해야 할 부분은 분리하고, 연결해야 할 부분은 연결한다. 이렇게 하면 문장의 맥락이 분명해져 한눈에 알 수 있다. 둘째, 앞뒤 체계를 살펴보고, 서법을 증거로 삼는다. 셋째, 오직 경문만을 읽는다. 경문으로 주석을 설명하면, 마치 흙이 땅에 돌아가듯 이해가 자연스럽게 이루어진다. 넷째, 사리와 상식을 바탕으로 옛 문헌을 참고하여 그 종합을 관찰한다. 종종 예상치 못한 발견을 하여 옛사람과 마주 보고 웃을 수 있다. 이와 같은 방법으로 책을 해석하면, 틀림이 없을 것이다.[90]

그 핵심적인 방법은 두 가지였다. 첫째는 경전 문장을 직접 읽는 것이고, 두 번째는 상식에 따라 합리주의적인 해석을 하는 것이었다. 사실 필원의 『신교정』에서부터 이미 합리주의적인 방법으로 『산해경』의 이물에 대한 묘사를 소거했다. 그러나 진봉형은 필원의 작업이 충분하지 않다고 봤다. 그래서 『회설』은 경전의 이물을 없애는 데 편폭을 대거 할애했다. 필원의 핵심은 기이한 동물에 있었고, 진봉형의 방점은 기이한 사람에 있

---

89 위의 책과 같음.

90 一曰離合其句讀. 於事之當分屬者, 則分之. 於事之當聯續者, 則合之. 庶眉目分清, 一望
可見. 一曰展玩前後體例, 書法以爲證據. 一曰止讀經文. 以經辟注, 如土委地, 不解自明.
一曰按之情理, 征之往籍, 以觀其會通. 往往有出人意計之外, 可與古人相視而笑者. 以是
解書, 宜無誤矣.

었다.

진봉형은 「해외남경」의 우민국을 다음과 같이 해석했다. "'몸에 깃털이 난다(身生羽)'는 세 글자에 빠지면 안 된다. 예컨대 「해외동경」의 모민국 (毛民國) 사람들의 몸에 털이 난다는 것과 같다. 짧으면 털이라고 하고 길면 깃털이라고 한다. 곽박은 '날 수 있지만 멀리 갈 수 없다'고 했는데 이는 틀렸다. 또 난생(卵生)이라 했는데 이는 경전 원문에 없는 것을 추가한 것으로 더욱 틀렸다."[91] 「해외남경」의 불사민에 대해서도 "먹으면 곧 장수하고, 마시면 늙지 않는다는 것은 또한 그들이 장수하여 주어진 삶을 다 살았음을 말하는 것이다. 그리하여 죽지 않는다고 한 것이지 진짜로 죽지 않는다는 뜻이 아니다"라고 했다.[92] 서왕모에 대해서는 다음과 같이 말했다.

> 호응린은 『산해경』을 믿지 않았기 때문에 호랑이 이빨과 표범 꼬리 때문에 이를 의심했다. 『위서』는 "복희에게 네모난 치아가 있었고, 또 푸른 치아라고도 했다"고 전한다. 『백호통』은 "제곡은 치아가 겹쳐 나 있었다"고 했다. 즉 호랑이 이빨의 형태도 이러한 것일 따름이다. 다만 그것이 매우 크다고 말한 것이니, 이상하지 않다. …… 서왕모의 표범 꼬리는 아마도 표범 꼬리를 취해 장식한 것으로 진짜로 표범처럼 생긴 꼬리가 있다는 게 아니다.[93]

형천이 간척을 들고 춤을 췄다는 부분에 대해서는 다음과 같이 말한다.

---

91 陳逢衡, 『山海經匯說』 第3卷, 道光25年刻本.

92 위의 책과 같음.

93 胡應麟不信山海經, 故以虎齒豹尾爲疑. 考緯書云, 伏義方牙, 一曰蒼牙. 白虎通云, 帝嚳 騈齒. 則虎齒之狀, 亦若是而已. 不過極言其大耳, 非有異焉. …… 西王母之豹尾, 蓋是取 豹尾以爲飾, 而非真有尾如豹也. 陳逢衡, 『山海經匯說』 第1卷, 道光25年刻本.

…… 젖꼭지로 눈을 삼고 배꼽으로 입을 삼았다는 것은 그 그림의 형태가 그러하다는 것이다. 간척을 들고 춤을 추는 것은 천제와 신의 자리를 두고 다툴 때의 형상이다. 아마도 그 머리가 없기에 머리가 잘린 이후의 형천 모습으로 경계를 삼게 한 것이다. 그 머리를 잘리고도 살아있는 것처럼 보인다고 말한 것이 아니다. 이는 후대 사람들이 그림에 따라 그 이야기를 견강부회한 말이라서 젖꼭지로 눈을 삼고, 배꼽으로 입을 삼았다고 하는 것이다. 실상 이러한 일은 없었다. 만약 머리가 잘리고도 살아있는 것 같다면, 상양산에 묻힌 사람은 또 누구인가? 곽박은 머리가 없는 사람들이라고 주석을 달았는데, 그렇다면 머리가 없어도 살아있는 것과 같다는 말이다. 교훈으로 삼을만하지 않다.[94]

이처럼 진봉형은 「해경」이 그림을 해설한 글이라는 설을 빌려 그림을 잘못 해석한 데서 형천 신화가 비롯되었다고 풀이했다. 또 삼수국(三首國)이나 삼신국 또한 그림을 잘못 해석했다고 풀이했다. 이 같은 합리주의적 해석은 설득력이 부족하다. 그는 또 『산해경』에 기록된 여러 약용 식물과 여러 나라의 성씨 기록, 점을 친 기록 등을 나열하며 『산해경』의 사실적인 성질을 강조했다. 이러한 독해법은 그가 한쪽으로 치우쳐 『산해경』을 총체적으로 이해하지 못했음을 보여준다.

『산해경』은 원문이 간략해서 어떤 부분은 분명 명확하지 않은 데가 있고, 여러 해석이 존재할 가능성이 컸다. 진봉형은 사실적인 면만을 강조하며 해석했고, 곽박은 반대로 허구적인 측면으로만 해석했다. 그렇기에 서로 대립적일 수밖에 없었다. 의기충만했던 진봉형은 곽박을 통렬하

---

94 …… 以乳爲目, 臍爲口, 是其圖狀如此. 操幹戚而舞是與帝爭神時形狀. 蓋因其無首, 故畫一被戮後之形天以爲戒. 非謂斷其首猶活也. 此是後人按圖增飾而附會其說之語, 故曰乳爲目, 臍爲口. 其實無有是事. 若謂斷其首猶活, 則葬之常羊之山者又何乎. 郭注是爲無首之民, 則是無首猶活也. 不可爲訓. 陳逢衡, 『山海經匯說』第2卷, 道光25年刻本.

게 비판했다. "곽박은 원문에 없는 내용을 추가하고, 군더더기를 만들어서 기괴함을 자아냈다. 후대 사람들은 『산해경』을 위서로 보고 본래 그렇지 않음을 몰랐다. …… 나는 원컨대 세상 사람들이 『산해경』의 본문만을 읽기 바라며, 곽박의 주석은 삭제해도 무방하다."[95] 이로써 우리는 진봉형이 왜 『자서』에서 '경문만을 읽을 것'을 요구했는지 이해할 수 있다. 그의 목적은 경전 원문으로 주석은 피하고자 하는 데 있었다. 즉 곽박의 주석을 배제하고자 했다. 그가 보기에 곽박은 『산해경』을 왜곡한 사람이었다. 『산해경』 자체에 사실과 허구가 섞여 있는 것도 맞고, 곽박이 분명 기이한 이야기로 치우친 경향이 있긴 하지만, 그래도 『산해경』의 환상적인 부분을 잘 드러내 주었다. 진봉형은 자기 생각만으로 곽박의 주석을 완전히 부정했는데, 이 또한 너무 극단적인 처사였다.

2. '우익설'에 대한 수정으로서의 '이견설'

진봉형은 『산해경』의 저자가 우임금과 익이라는 설에 반대했다. 그는 『열자·탕문』의 곤붕(鯤鵬) 이야기를 읽다가 "세상은 어찌 이 존재들이 있음을 아는가? 우임금이 다니며 이를 보았고, 백익이 알고 그 이름을 지었으며, 이견이 듣고는 이를 기록했다"는 구절을 접했고, 이를 근거로 이견이 듣고 기록한 것이 바로 『산해경』이라고 생각했다. 『산해경은 이견의 저작(山海經是夷堅作)』이라는 글에서 다음과 같이 이야기한다.

그 앞의 다섯 편(『산경』을 말함)은 우임금과 백익이 남긴 간책(簡策)이거나, 이견이 따라 이를 서술한 것이니 그다지 이상하지 않다. 그 하편이 순서대로 서술

---

95 陳逢衡, 『山海經匯說』 第2卷, 道光25年刻本.

한 것은 모두 이견이 손으로 쓴 것이고, 그림에 따라 기록한 것이다. 그 후 또 주나라 말, 전국시대 사람이 계속해서 기록한 이야기도 있기에 문왕이 묻힌 곳과 탕이 걸을 벌한 사건에까지 미친 것이다. 오늘날 한 데로 모두 이어져 글이 되어 후대 사람들이 의심하고 논의하게 만들었다. 지금 이것은 이견의 작품이니 책에서 우의 아버지가 변한 것이나 하후개(夏後開) 등의 일을 기록한 것은 의심하거나 논의할 필요가 없다. 혹자는 이견이 남쪽 사람이고 이 책이 초나라에 남아 전해져 왔고, 굴원이 『천문』을 쓸 때 그 이야기를 많이 차용해 질문을 했다고 하는데, 실로 통하는 이야기이다. 그렇기에 「해내동경」 그 위로는 모두 남, 서, 북, 동으로 순서를 삼는 것을 볼 수 있다. 「대황경」은 동, 남, 서, 북을 순서로 삼는 것을 보아 분명히 또 다른 사람이 쓴 것이다.[96]

『산해경』에는 우임금 이후의 역사가 상당히 많은데, 이는 우임금이 저자라는 설을 반박하는 근거가 되곤 했다. 진봉형은 이 모순을 해결하고자 이처럼 주장한 것이었다. 그러나 진봉형이 근거로 삼은 『열자』부터가 신빙성이 부족하고, 또 그 원문은 곤붕에 대한 것이지 『산해경』은 언급되지도 않았다. 그렇기에 진봉형이 주장한 '이견설'은 단지 '우익설'을 주관에 따라 수정한 것일 뿐 근거가 부족하다.

---

96 其前五篇, 或系大禹, 伯益所遺留簡策, 夷堅從而述之, 故無甚怪異. 其下篇次所述, 則皆夷堅手訂, 按圖而記者也. 厥後又有周末戰國時人續錄之語, 故征及文王葬所與湯伐桀之事. 今一槪連接成文, 致後人之疑議. 茲訂爲夷堅所作, 則凡書中記禹父之所化與夏後開等事, 無庸疑議. 或謂夷堅是南人, 其書留傳楚地, 至屈子作天問時多采其說而問之, 實通論也. 故自海內東經以上俱以南西北東爲次, 居然可見. 至大荒經則以東南西北爲次, 顯是另一人手筆. 陳逢衡, 『山海經匯說』第1卷, 道光25年刻本.

3.『산해경』 천문 관련 내용에 대한 해설

양신의 『보주』는 『산해경』에 나타난 해와 달이 드나드는 산을 나열했지만, 자세하게 논의하지는 않았다. 진봉형은 『산해경』의 천문 관련 내용에 관심을 기울이는 편이었고 또 해석을 시도했다. 「『산해경』에는 해와 달의 운행에 관한 내용이 많다(山海經多紀日月行次)」 편에서 "「대황동경」에서 해와 달이 나오는 곳이 총 여섯 군데이다.[97] 「대황서경」에서 해와 달이 나오는 곳이 총 일곱 군데이다.[98] 산마다 관속을 설치하여 그 움직이는 순서를 기록했다. 그 후 모아서 기록하여 해시계의 그림자에 맞게 하니, 오늘날 각 성의 절기가 다른 것과 같다"고 하였다.[99] 사계절 중 태양이 뜨고 지는 위치는 다르다. 진봉형은 이 산들에서 옛사람들이 태양의 운행 궤적을 관찰하여 계절을 확정했던 것으로 보았다. 이 결론은 현대 천문학사 연구 결과와 거의 일치한다.[100] 이는 상당히 우수한 성과로 「황경」의 산봉우리 14개의 성격과 기능을 알 수 있게 해준다.

「아홉 해가 윗가지에, 해 하나가 아래 가지(九日居上枝一日居下枝)」와 「한 해가 막 도착하면 한 해가 막 출발한다(一日方至, 一日方出)」 두 편의 글에서는 열 개의 태양 신화를 논한다. 열 개의 태양 이야기에 관해 왕충의 『논형』은 백성들이 십천간(十天干)을 10일로 여겼음을 언급하며 신화 속 10개의 태양이 진짜 태양이 아니라 관측된 천문 현상이라고 지적했다. 진봉

---

97 「대황동경」에 해와 달이 뜨는 산은 모두 7개이다. 대언산(大言山), 합허산(合虛山), 명성산(明星山), 국릉어천산(鞠陵於天山), 얼요군저산(孽搖頵羝山), 의천소문산(猗天蘇門山), 학명준질산(壑明俊疾山)이다. 진봉형은 얼요군저산을 빠트렸다. 劉宗迪, 『失落的天書——山海經與古代華夏世界觀』, 商務印書館, 2006, pp. 3-5.

98 「대황서경」에 해와 달이 뜨는 산은 모두 7개이다. 풍저옥문산(豐沮玉門山), 용산(龍山), 일월산(日月山), 오오거산(鏊鏖鉅山), 상양산(常陽山), 대황산(大荒山), 방산(方山)이다.

99 陳逢衡, 『山海經匯說』 第2卷, 道光25年刻本.

100 鄭文光, 『中國天文學源流』, 科學出版社, 1979, p.52.

형은 왕충의 관점에 대해 두 가지 측면에서 더 깊은 논의를 진행했다.

먼저 그는『좌전』의 '10일'이 십천간임을 증명한 후 이를 바탕으로 논의를 전개해 간다. "무릇 구일과 일일이라 하는 것은 의기(儀器)의 상(象), 곧 갑, 을, 병, 정, 무, 이, 경, 신, 임, 규를 뜻한다. 만약 갑일에 이르면, 갑일이 위에 오르고 나머지 구일이 아래에 거한다. 을일이면, 을일이 위에 오르고 나머지 구일이 아래에 거한다. 이렇게 밀고 나가면 십 일이 모두 그러하다. 한 바퀴를 돌면 다시 시작하니, 이로써 날을 기록하는 것이다. …… 요임금 때의 십일은 그 의상(儀象)을 특별히 기록한 것이다."[101] 일상생활에서의 10일이 천간이라면, 신화 속 열 개의 태양은 또 무엇인가? 진봉형의「한 해가 막 도착하면 한 해가 막 출발한다」십일 신화에 대해 논한다. "실로「해외동경」에서 말하는 '큰 나무가 있는데 아홉 해가 아래 가지에 머무르며, 해 하나가 윗가지에 머무른다'는 이야기와 같다. 이는 즉 의기를 담당하는 사람이 관장하는 것이다. 그러나『산해경』의 도상은 움직일 수 없으니, 하나의 해가 막 도착하고 다른 한 해가 막 떠나는 모습을 그려 이를 묘사한 것일 따름이다. 새를 타고 간다는 말은 해 속에 새가 있다는 것이 아니다. 이 십간의 글자가 새 위에 표시되어 떠오르는 모습을 형상화한 것이다."[102] 진봉형은『산해경』이 옛 그림에 대한 설명이라는 주희의 가설을 빌려『산해경』옛 그림을 사람들이 잘못 이해한 데서 십일 신화가 비롯되었다고 해석했다.

그 후 진봉형은『논형』을 바탕으로 신화 속 십일은 "모두 몽롱한 기운이 뭉쳐 있는데, 햇빛이 이를 비추자, 마치 해가 여러 개 있는 것처럼 보인 것이다"라고 해석했다.[103] 이는 오늘날 일부 신화학자들이 천문 현상

---

101 陳逢衡,『山海經匯說』第2卷, 道光25年刻本.
102 위의 책과 같음.
103 위의 책과 같음.

으로 신화를 해석하는 방식과 똑같다. 진봉형의 남다른 성과 중 하나라 할 수 있다.

위의 논증 끝에 진봉형은 십 일 신화가 믿을만하지 않다고 얘기했다. 그는 요임금 때에는 열 개의 태양이 함께 떠오른 불길한 일은 없었으며, 예가 열 개의 태양을 쏜 이야기는 더더욱 거짓이라고 추론했다. 또 금본 『산해경』에 해를 쏜 이야기가 없기에 예가 열 개의 태양을 쏜 신화를 가지고 곽박이 경전을 해석한 것은 "계속 집착하는 것이 마치 『산해경』을 전혀 보지 못한 사람과도 같다"고 비판했다. 그래서 진봉형의 해석은 여전히 전통적인 합리주의의 범위 안에서 『산해경』의 기이한 내용을 소거해 나가며 곽박을 비판하는 방식으로 이루어졌다. 이는 현대 신화학 연구 방법과는 본질적으로 달랐다. 물론 당시의 시대적 조건에서 그가 이러한 견해를 가질 수 있었던 것, 그리고 일부일지라도 신화가 탄생하게 된 구체적인 배경을 분석해 낸 것은 쉽지 않은 일이었다.

유월俞樾
『독산해경讀山海經』의 새로운 경지

유월(1821-1907)은 자가 음포(蔭甫), 호는 곡원(曲園)이다. 하남학정(河南學政)으로 근무하였으나, 관직을 그만둔 후로는 저술에 전념하고 여러 곳에서 학문을 가르쳤다. 청대 후기의 저명한 고증학 대가이자, 유명한 유학자였다. 그의 『유루잡찬(俞樓雜纂)』에는 여러 편의 독서 필기가 남아 있는데, 그중에 『독산해경』이 있다. 이 책은 모두 36개 조로, 『산해경』의 순서에 따라 전문적으로 책을 고증한 필기체 작품이다. 다만 이 책이 쓰인 구체적인 시간은 정확히 알려지지 않았다.

유월의 『산해경』 해석에는 두 가지 특징이 있다. 첫째, 『산해경』의 문장이 통하는지를 강조했다. 보통 주석가는 그저 주해의 대상이 되는 문자의 뜻을 밝히는 데 관심을 두고 문장 전체가 통하는지는 개의치 않는다. 「남산경」에는 "복훼가 많다(多蝮虫)"는 이야기가 있는데, 곽박은 "훼(虫)는 옛날에 훼(虺) 자로 썼다"고 주를 달았다. 많은 학자가 곽박의 주석을 따랐지만, 유월은 "『설문』에서 '충(虫)은 또 복(蝮)이라고도 한다', '복(蝮)은 벌레(虫)이다'라고 했다. 이로써 복과 충은 같은 것이다. 곧 복에 대해 얘기했다면, 충에 대해 다시 말할 필요가 없다. 옛날의 판본에는 '복이 많다(多

蝮)'였거나, '충이 많다(多虫)'였는데, 필사하는 자가 실수로 두 가지를 합친 것이 아닌가 생각된다"고 하였다.[104] 유월은 의미가 중복되니 문장에 오류가 있다고 보았던 것이다. 「사차사경」의 재차수(諸次水)에는 "중사가 많다(是多衆蛇)"고 하는데, 『수경주』는 이를 '상사(象蛇)'로 인용했다. 필원은 그 지역에 코끼리가 없다는 사실을 들어 『수경주』의 인용문이 틀렸다고 보았고, 학의행은 여러 판본에 모두 '중사'라고 되어 있다며 역시 『수경주』의 인용문이 틀렸다고 했다. 그러나 유월은 상사는 「북산경」에 나오는 새 이름으로, "필원은 상사를 두 가지 동물로 오해하여 그 지역에 코끼리가 없으니 중사라고 해야 한다고 했다. 많다고 하면서 또 무리를 지었다고 말하니, 이는 불사(不辭)이다"라고 했다. '불사'란 곧 말이 성립하지 않고 통하지 않는다는 뜻이다. 『수경주』의 인용문을 가지고 『산해경』을 부정하는 유월의 방법은 고증학의 일반 원칙에 부합하지 않는다. 그러나 '중사가 많다'라는 문장은 확실히 통하지 않고, 전통 시기 지식 체계에서 『수경주』가 차지했던 지위를 고려하면, 유월의 견해가 아무런 가치가 없는 것은 아니다. 「해내남경」의 건목(建木)은 '그 잎이 마치 비단(羅) 같은데', 곽박은 '마치 능라(綾羅)와 같다는 것이다'라고 주석을 달았다. 유월은 다음과 같이 해석했다. "그 밑의 문장은 '그 열매는 마치 모감주(欒)와 같고, 그 나무는 마치 물억새(蓲)와 같다고 하니 여기의 나(羅)는 나(蘿)로 읽어야 한다. 곽박의 주장은 그 뒤의 두 문장과 일치하지 않는다." 유월의 이러한 해석들은 문장의 뜻이 통해야 함을 강조하고 있다. 문장이 통하지 않는다는 것은 곧 틀렸다는 의미이다. 이러한 교정 방법은 이교(理校), 즉 추리를 통한 교감 작업이기에 직접적으로 판본 증거가 없는 상황에서는 그저 참고할 수 있을 따름이다('상사' 문제에 있어 『수경주』 인용문이 증거이

---

104 『春在堂全書·俞樓雜纂·讀山海經』, 同治十年(1871) 德清俞氏刻本. 이하 동일하며 별도로 각주 밝히지 않는다.

기에 맞는 것으로 볼 수 있다). 그러나 문장의 문맥을 예리하게 간파하고 깊이 통찰해 내는 그의 교감 작업은 아주 높은 수준에 이르러 감탄을 자아낸다.

또 다른 특징은 옛사람의 요지에 밝다는 것이다. 보통 주석가는 경전에 매몰되어 책의 요지와 사상을 통합적으로 파악하지 못한다. 「중차칠경」의 반석산(半石山)에 있는 가영(嘉榮)을 복용한 사람은 '부정(不霆)'한다고 하는데, 이에 대해 곽박은 "천둥, 벼락을 무서워하지 않는다(不雷雷霆, 霹靂也)"고 풀이했다. 유월은 "우레를 무서워하지 않는다(不畏雷)고 하지, '부정(不霆)'이라고만 하지 않는다"고 하였다. 이는 「서산경」과 「중산경」에 모두 "이를 복용하면 우레를 무서워하지 않는다(服之不畏雷)"고 표현하는 일종의 관례를 고려해서 한 말이었다. 그렇기에 유월은 곽박의 해석은 틀렸다고 보고, '정(霆)'자는 '정(娗)'의 가차자, 즉 부인병의 일종이라고 판단했다.

유월의 고증학의 경지를 가장 잘 보여주는 것은 여러 산의 지위와 제사 의례에 관한 연구이다. 『산해경』에서는 자주 어떤 산을 가리켜 '총(冢)이다', '제(帝)다', '신(神)이다', '석(席)이다'라고 한다. 이들은 여러 곳에 흩어져 있고, 곽박은 대체로 신들이 쉬는 곳이라고 해석했지만, 그 의미가 완전하지는 않았다. 왕불과 필원도 일부 해석하기는 했으나 전부 논하지는 않았다. 학의행은 비교적 전체적으로 이해하고 있었고, 곽박의 잘못을 몇 개 수정하기도 했다. 그러나 그 역시 이 하나의 체계를 이루는 산악 등급 제도를 파악하지는 못했다. 반면에 유월은 「오장산경」의 여러 산의 지위와 서로 간의 관계, 관련 제사 의례를 통합적으로 고찰했고, 이로부터 『산해경』의 작가가 각 산악의 지위와 관련하여 비유적인 호칭을 사용한다는 사실을 발견했다. 가장 높은 것은 제(帝)이며, 그 뒤로 총(冢), 신(神) 또는 신(魕)이 이어진다. 제는 천제와 같고, 총은 군주와 같으며, 신은 신하와 같은 의미이다. 유월은 고전을 탐독한 경험에서 출발하여 이것이 상고시대 사람들의 습관이라고 보았다. 옛사람들이 제, 총, 신에게 지낸 제사는 각각 태뢰(太牢), 소뢰(小牢)와 백희(百犧)였다. 이렇게 통합적으로 이해한 후에 유월은 「오장산경」에 나타난 관련 문제들을 거침없이 풀어나갔다. 가령 「서산경」의 "화산은 총이다(華山, 冢也)"라는 구절에 대해 곽박은 "총은 신과 귀신이 머무는 곳이다(冢者, 神鬼之所舍也)"라고 주석을 달았지만, 유월은 다음과 같이 말한다.

> 그 밑에 "유산은 신(神)이다"라는 구절과 대응을 이룬다. 총은 마치 군주와 같고, 신은 마치 신하와 같다. 대개 화산이 군주이고, 유산이 신하라고 말한다. 이는 곧 옛 언어가 이렇게 전해져 온 것이다. …… '총'과 '군'은 연결된 문장으로 '총'이 또한 군주를 뜻한다. 신은 신하이며 『국어·노어』에도 나온다. …… 이 경전에서 총과 신은 대응되어 쓰였고, 곧 옛말에만 겨우 남은 것이다. 후대 사람들이 옛말을 몰라 그 뜻 또한 알지 못했다.[105]

유월은 또 상술한 관례에 따라 원문의 오류를 바로잡기도 한다. 「중차구경」에서 "웅산(熊山)은 석(席)이다"라고 했는데, 유월은 다음과 같이 말한다.

> (곽박의) 주석에서 "석(席)이란 신이 머무는 곳이다"라고 했다. 내가 고찰하건대 곽박의 해석은 글자에 따라 훈을 만든 것으로 옛날의 의미를 파악하지 못했다. …… 이 경전이 말하는 문산(文山), 구니(勾欄), 풍우(風雨), 괴산(駣之山)은 모두 총이다. 그렇다면 역시 웅산은 신을 말하는 것일 테다. 바뀐 문장에서는 석이라 하니, 그 뜻을 알기 못했다. 그 밑의 글귀 "저산(堵山)은 총이다", "괴산은

---

105 下文豲山, 神也, 兩句是對文. 冢, 猶君也, 神, 猶臣也. 蓋言華山爲君, 豲山爲臣. 此乃古語 相傳如此. …… 冢, 君連文, 冢亦君也. 至神爲臣, 亦見國語·魯語. …… 此經冢, 神對言, 乃古語之僅存者. 後人不通古語, 宜不得旨其也.

제다"라고 하는데, 이 글의 '석'자 역시 '제' 자의 잘못이 아닌가 생각된다. 총과 신 중에 총이 신보다 존귀하고, 총과 제 중에는 또 제가 총보다 존귀하다. 대개 총은 군자의 통칭에 지나지 않고, 제는 즉 천제이다. 옛사람의 어휘는 처음에는 정해진 체계가 없으나, 그 뜻은 여전히 서로에 준한다.[106]

이는 학의행의 기본적인 해석과도 일치한다.

같은 논리에 따라서 유월은 「중차십이경」의 또 다른 오류도 수정했다. 본래 글귀는 "동정산과 영여산은 신(神)이다. 그 제사는 모두 사예(肆瘞)로 치르며, 술을 바치고 태뢰를 지낸다. 영에는 옥과 벽을 15개 쓰고, 다섯 빛깔을 바친다"고 되어 있다. 유월은 여기의 '신'은 응당 '제'가 되어야 한다고 봤다. 제례에 태뢰를 사용한다고 되어 있는데, 같은 경전의 총이라 불리는 다른 산에서는 모두 소뢰의 예를 행하기 때문이다. 예컨대 「중차십이경」은 "부부산, 즉공산, 요산, 양제산 모두 총이다. 그 제사는 모두 사예로 치르며, 술을 사용하여 기도드리고, 털은 소뢰를 쓰고, 영모는 길옥하나를 쓴다"고 한다. 그러니 유월의 교정은 타당한 것이었다. 유월은 다음과 같이 결론을 내린다. "옛사람들이 제정한 예제는 정연하여 어지럽지 않았다. 이 문장에서 총에는 소뢰를 쓰고, 신에게는 태뢰를 쓴다고 하였는데, 그 체계가 아니다. 신은 제를 잘못 쓴 것이 분명하다."

보통 사람이 이치를 따라 교감한다면 틀릴 위험이 있었지만, 유월은 넓고도 깊은 학문으로 옛사람과 더불어 노닐 수 있는 경지에 오른 사람이었다. 옛사람의 체계를 충분히 이해한 후 이루어진 그의 교감 작업은 매우 정확하다. 뛰어난 학문으로 그는 『산해경』 독해를 신의 경지로 올려놓

---

106 (郭)注曰, 席者, 神之所馮止也. 愚按, 郭說望文生訓, 未得古意. …… 此經言文山, 勾欄, 風雨, 騩之山, 是皆冢也. 則亦當云熊山神也. 乃變文言席, 義可不曉. 據下經, 堵山, 冢也, 觀山, 帝也, 疑此文席字亦字帝之誤. 冢也, 神也, 則冢尊于神. 冢也, 帝也, 則帝又尊于冢. 蓋冢不過君之通稱, 而帝則天帝也. 古人屬辭, 初無定一之例, 而其意仍相准耳.

았다. 다만 정통적인 경학자로서 유월은 『산해경』의 신기한 내용을 탐탁지 않아 했다. 그는 이 내용들이 모두 '불경한' 언사라고 생각했다. 그래서 「대황서경」의 '천제가 중(重)에게 명하여 하늘을 들어 올리고, 여(黎)에게 명하여 땅을 억누르게 했다'는 신화에 대한 그의 설명에는 오류가 있다. "헌(獻)은 의(儀)로 읽는다. …… 대개 헌과 의는 옛 음이 같다. 앙(卬)은 계(크)로 써야 하는데, 예서체에서 앙(卬)으로 변했기 때문이다. 곧 앙아(卬我)의 앙(卬)과 다르지 않다. 속자는 또 손을 추가하여 억(抑)으로 썼다. 『광아석고(廣雅釋詁)』에서 '억은 치(治)이다'라고 하였는데, …… 그렇다면 '중에게 명령하여 하늘을 들어 올렸다'는 것은 중의(重義)가 하늘로 오르게 한 것이다. 의는 의법을 말한다. '여에게 명령하여 땅을 지탱하게 했다'는 것은, 여가 땅을 누르게 했다는 것이다. 누른다는 것은 곧 다스린다는 뜻이다." 이 해석에 따르면 중과 여가 하늘과 땅을 잇던 통로를 끊었다는 신화에서 중과 여가 각각 천지의 사물을 다스리는 것으로 그 의미가 변하게 되며, 이는 곧 역사에 대한 서술이 된다. 신화를 역사화하는 것은 실상 유가의 전통이었다. 그러나 이는 『산해경』의 신화적 사실에는 맞지 않는다.

『독산해경』은 양으로 봤을 때는 겨우 36개 조의 필기에 지나지 않지만, 참신한 견해가 많고 적지 않은 난제를 해결했다. 그가 『산해경』 독해에 조금만 더 힘을 썼더라면 좋았겠지만, 『산해경』에는 여전히 많은 문제가 남겨져 있다.

제7장   현대 신화학적 시각에서의
『산해경』

청나라 말기 서양과의 격렬한 충돌 끝에 중국은 결국 참패하고 말았고, 중국 학자들 앞에는 처음으로 배우고 싶으면서도 질투의 대상이 되는 문화가 나타났다. '서학동점(西學東漸)'의 시대가 도래하며 수천 년 변하지 않았던 문화적 가치관이 그 독보적인 지위를 잃고 점차 붕괴되어 갔다. 문화 체계의 정점에 자리했던 사상과 학문 관념은 극심한 변화를 겪었고, 중국은 점차 새로운 문화를 창조하는 시대로 들어섰다. 전통문화 맥락에서 오랫동안 책망을 감내해 온 『산해경』의 기이한 내용은 새로운 문화 환경에서 서양 문화와의 비교를 통해 전에 없던 가치를 얻었다. 문화의 성전(聖殿)으로 향하는 길을 가로막는 거대한 장애물이었던 『산해경』의 기이함은 그렇게 완전히 해소되었다.

『산해경』의 사학적, 지리학적 그리고 과학적 가치는 모두 새롭게 평가되었다. 현대 고고학의 출현과 은허(殷墟) 갑골문의 출토로 『산해경』의 일부 '신화'가 실제 있었던 역사적 사건이었음이 밝혀졌다. 왕궈웨이는 『고사신증(古史新證)』에서 은허 갑골문, 『주역』과 『산해경』을 서로 참조하여 상나라 왕실 계보 속 왕해의 이야기를 증명했다. "『산해경』이나 『초사·천문』과 같은 황당무계한 책 …… 여기서 말하는 옛날이야기에도 일부 확실한 부분이 있다. 그렇기에 경전에서 기록하는 상고시대의 일은 오늘날 비록 이중으로 증명된 것은 아니지만, 그렇다 하더라도 완전히 말살해서는 안 될 것이다."[1] 왕해가『산해경』에서 크게 중요한 인물은 아니었던 탓에 이를 통해『산해경』의 사료적 가치가 완전히 재평가된 건 아니었다. 왕궈웨이 역시 그 사료적 가치를 완전히 부정해 버려선 안 된다고 했을 뿐『산해경』에 대한 종합적인 평가는 여전히 '황당무계한 책'에 머물렀다. 후호우쉔은 갑골문의 사방풍, 사방신과『상서·요전』,『산해경·대황경』의 관련 자료를 대조하여 세 곳의 사방신과 사방풍이 일맥상통함을 밝혀 냈다[2]. 후호우쉔의『산해경』에 대한 결론은 다음과 같았다. "황당하고 불경한 저작이 아니고, 확실히 적지 않은(방점은 저자가 표시) 초기 사료를 보존하고 있다." 그의 관점은 당시 학계에서 상당히 큰 주목을 받았다.[3] 훗날 천멍쟈(陳夢家), 위성우(于省吾), 리쉐친(李學勤) 등 사방풍 연구자들 모두 그의 견해를 인용했다. 그렇게『산해경』의 사료적 가치는 더욱 종합적으로 증명되었다. 역사 지리학이 발전하면서, 특히 탄치샹이「오장산경」의 고대 지리를 총체적으로 연구한 덕분에『산해경』의 지리학적 가치는 재평가되었다. 이 점은 본서의 앞부분에서 이미 서술하였으니 생략하도록 한다. 한편 궈푸의『산해경주증』은 생물학적 각도에서 동·식물과 관련된 정보의 진위를 고증했다. 서문에 따르면『산해경』은 약 300종의 동물과 160

---

1 王國維,『古史新證』, 清華大學出版社, 1994年 影印本, pp. 52-53. 학계는 보통 왕궈웨이가 처음으로 이를 제시했다고 보지만, 사실 곽박의『산해경』주석을 빌려온 것이다. 곽박은 출토 문헌『죽서기년』을 인용하여「대황동경」의 "유역이 왕해를 살해하고 길들인 소를 취했다" 부분이 바로 은나라 왕자해의 이야기임을 증명했다. 왕궈웨이는 갑골문 복사를 증거로 추가했다는 데 그 공로가 있다.

2 胡厚宣,「甲骨文四方風名考」,『責善半月刊』第2卷 第19期, 1941.

3 胡厚宣,『我和甲骨文』,『學林春秋』, 中華書局, 1998, pp. 274-275.

종의 식물을 다루었고[4], 이 중 일부는 중요하다. 예컨대 「중차삼경」의 선저에는 부루(仆累)와 포로(蒲盧)가 많다고 하는데, 곽박은 "부루는 달팽이다. 『이아』에서 포로는 명령(螟蛉)이다"라고 했다. 필원은 곽박의 주석은 잘못됐고, 포로는 큰 조개(蠯)라고 하였다. 학의행은 필원의 견해에 동조하며 "『이아』의 포로는 수중 벌레가 아니다. 곽박의 인용은 틀렸다. 포로를 명령이라 하는 것은 특히 맞지 않는다"고 했다. 그러나 궈푸에 따르면 명령은 벼명충나방으로 수중 식물의 잎에서 산다.[5] 달팽이와 명령은 모두 직접 물 안에 사는 것이 아니라 수중 식물 위에 살기 때문에 원문에서 두 생물이 선저에서 산다는 묘사에 부합한다. 궈푸는 필원과 학의행의 관점을 바로 잡고 곽박 주석이 옳다는 것을 확인해 주었다. 여러 학문 분과의 노력으로 『산해경』의 진실성은 종합적으로 증명되었고, 문화의 성전으로 가는 길에 놓였던 마지막 장애물도 사라졌다.

『산해경』은 진실인 부분도 있고, 허구인 부분도 있다. 고고학, 사학, 지리학, 생물학은 모두 진실인 부분만을 설명할 수 있을 뿐 허구인 부분은 놓칠 수밖에 없다. 이러한 방식으로는 『산해경』이 지닌 문화적 의미를 전체적으로 파악할 수 없다. 『산해경』이 중국 현대 문화 체계에서 차지하는 가장 중요하고, 또 대체될 수 없는 부분은 바로 상고시대 신화의 보고로서의 가치이다. 그렇기에 『산해경』이 현대에서 갖는 가치는 신화학을 통해 증명되어야 할 것이다. 따라서 현대 부분에서는 현대 신화학에서 바라본 『산해경』 연구만을 다룰 예정이다.

---

4 郭郛, 『山海經注證』, 中國社會科學出版社, 2004, p.6.

5 위의 책, pp. 414-415. 동물의 이름은 시간이 지나며 달라지기 때문에 정확하게 고증하기 어렵다. 예컨대 저자는 봉황의 원형이 극락조이거나 오색 앵무류였는데 훗날 토템으로 발전했다고 본다. 또 구미호를 꼬리가 큰 붉은 여우라고 생각하지만, 모두 추측에 불과하다. 비현실적인 이물이나 먼 나라 민족은 모두 토템 이론으로 분석하는데, 이 역시 적절하지 않다. 이 책은 출판된 지 얼마 지나지 않아 학계에 얼마큼의 영향을 미칠지는 미지수이다. 여기서는 더 상세한 논의는 펼치지 않도록 하겠다.

1

가치관의 변화와『산해경』의 문화적 가치의 상승

서양 문화의 양대 산맥인 고대 그리스 문명과 기독교 문명에서 신화는 줄곧 숭고한 문화로 대접받아 왔고, 신화는 서양 문화의 중요한 고전이었다. 기독교가 유일신을 주장하며 신앙으로서의 고대 그리스 신화를 반대해 왔지만, 기독교의 하느님 역시 사실상 신화이다. 서양 문화가 초자연적인 신을 가치의 근본으로 삼았던 데에 그 까닭이 있다. 기독교의 정통적인 관념에서 현실의 성인은 단지 신령의 존재를 굳게 믿음으로써 세상의 존경을 받는 것이고, 성인 그 자체는 신이 아니다.[1] 이는 중국문화에서 인간 세상의 성현을 우러러보고, 이들을 신으로 모셨던 역사적 전통과 크게 다르다.

청나라 말기 학자들은 서양 문화를 접하면서 중국과 서양의 고전을 자연스레 비교하기 시작했다. 비슷한 것을 가져오기도 하고, 서양의 가치관을 빌어 중국 문화를 새롭게 평가하고 재구성하기 시작했다. 중국 현대 신화학의 기초를 다졌던 장관원(蔣觀雲)의 짧은 글「신화, 역사가 길러

---

1 嘯聲,『基督教神聖譜』, 中國人民大學出版社, 2004.

낸 인물(神話, 歷史養成之人物)」은 "한 나라의 신화와 한 나라의 역사는 모두 사람의 마음에 막대한 영향을 끼친다"고 하며,[2] 또 "신화, 역사는 한 나라의 인재를 길러낼 수 있다"고도 했다.[3] 그는 신화가 역사보다 더 일찍 탄생했다고 봤는데, 이는 서양의 가치관을 참조해 얻은 결론임이 틀림없다. 또 의고학파(疑古學派)가 일어나면서 전통적인 가치관이 의지하던 고사(古史) 체계가 파괴되었고 신화의 지위는 한층 더 높아졌다. 그렇게 전통적인 문화 환경에서는 좀처럼 '양반의 반열'에 오르지 못했던 기이한 이야기들이 고대사와 똑같이 신성한 지위에 올랐을 뿐만 아니라 심지어 이를 추월하기까지 했다. 고사변파(古史辯派)의 이론에 따르면 신화는 고사보다도 오래되었고, 중국 고사 체계는 원고시대 신화가 역사화된 결과이기 때문이었다. 이 시기에 등장한 신화 관한 담론 중에는 신화를 긍정적으로 평가하지 않는 것이 없었다. 또 전통 시기의 '신이하고 괴이함'이 지녔던 부정적 의미는 이제 정반대의 뜻을 갖게 되었다. 루쉰의 『중국소설사략』은 다음과 같이 말한다.

> 옛날 초기 사람들은 천지 만물이 변화무쌍한 것을 보고, 그 여러 현상이 또 사람의 능력 밖의 것이었기에 자기들끼리 모여 이를 해석할 수 있는 이야기들을 만들어 냈다. 그 해석들을 오늘날 신화라 부른다. 신화는 대개 하나의 '신격'을 중심으로 삼아, 그 신에 관한 이야기를 발전해 나가며, (사람들은) 이 이야기 속의 신과 사건을 따르고 믿고 경외하게 된다. 그래서 그 신의 위엄과 신령함을 노래하고, 제단과 사당에 좋은 것들을 바친다. 오랜 시간이 흐르면서 점점

---

2 리우시청(劉錫誠)은 「량치차오가 처음으로 '신화'라는 어휘를 쓴 사람이다(梁啓超是第一个使用神話一詞的人)」라는 글에서 량치차오가 1902년 2월 8일 이후 발표해 온 「신사학(新史學)」에서 처음으로 '신화'를 사용했다고 주장했다. 그러나 량치차오는 이에 대해 따로 설명하지는 않았다. 『今晩報·副刊』2002年 7月 9日 참조.

3 馬昌儀 編, 『中國神話學文論選萃』, 中國廣播電視出版社, 1994, p.18에서 재인용.

더 발전하여, 문화와 문물은 풍성해진다. 그렇기에 신화는 특별히 종교의 씨앗이 아니라, 미술의 기원이자 실로 문장의 근원이다.[4]

  신화가 이처럼 높은 자리를 차지하게 된 것은 물론 중국 문화가 새롭게 전환된 징표 중 하나이다. 신화의 지위가 인정받으면서 전통적으로 『산해경』에 붙였던 '기이한 이야기'라는 딱지는 사라졌다. 새로운 문화적 맥락에서 가장 많은 신화를 다루는 중국 고전으로서 『산해경』은 점점 더 많은 사람의 관심을 받게 되었다.

---

4 『盧迅全集』, 人民文學出版社, 1981, p.17.

2

방법론의 유입과 현대
'산해경학山海經學'의 전개

1. 진화론적 역사관과 학술사 발전 모델

역사적으로 두텁게 쌓여 온 『산해경』학인만큼 단지 가치관이 변했다고 하여 『산해경』의 문화적 지위를 일시에 바꿀 수는 없었다. 여기에는 더 깊은 학문적 논의와 탄탄한 증거가 뒷받침되어야 했다. 장관윈은 신화를 높이 샀지만, 깊게 파고들어 연구하지는 않았고, 『산해경』을 중요한 신화 문헌을 간주하지도 않았다. 그의 『중국 인종 연구』는 그저 간단한 동물 진화 지식을 바탕으로 『산해경』의 기이한 이야기를 사람들이 오해한 역사적 사실이라고 해석했을 뿐이었다. "『산해경』은 중국에서 전해져오는 오래된 책이다. 진실과 거짓이 한 데 뒤섞여서, 경전으로서 근거를 삼기에는 부족하다. 그 말을 되돌이켜 보면, 오늘날 의미로 해석될 수 있는 것이 있다. 예컨대 장괴국 사람, 장비국 사람은 일종의 유인원을 말하는 것이다."[5] 유사배 역시 그의 『산해경불가의(山海經不可疑)』에서 "『산해경』

---

5 鐘敬文,「晚晴改良派學者的民間文學見解」,『鐘敬文民間文學論集』(上), 上海文藝出版社,

394 『산해경山海經』 학술사 연구

에서 하는 이야기는 모두 근거가 있는 것이다. 즉 서양인들이 말하는 동물이 인류로 진화했다는 이야기가 바로 그것이다"라고 했으며, 또 "『산해경』이 형성된 시대에는 인류와 동물 간의 투쟁은 여전히 끝나지 않았다. 이 책에서 기이한 짐승과 괴물을 기술하는 것은 바로 그 때문이다"라고도 했다.[6] 서양에서 넘어온 단순한 지식으로는 현대『산해경』학의 발전을 직접적으로 추동할 수 없었다. 『산해경』을 문화사와 문학사의 최고봉인 '신화의 보고'라는 옥좌에 올려준 것은 진화론이라는 역사 발전 이론과 이를 기반으로 한 문화사 발전 모델의 힘이었다. 루쉰, 마오둔 등은 진화론을 기반으로 한 역사 관념과 문화사 발전 모델을『산해경』연구 영역으로 끌고 들어와『산해경』학의 전통적인 연구 방식을 철저하게 뒤바꿔 놓았다. 이로써 현대『산해경』신화 연구의 기본 골격을 갖출 수 있었다.

역사 관념은 한 고전을 평가할 때 매우 중요한 역할을 한다. 진화론을 특징으로 하는 서양 현대 역사관은『산해경』학에 크나큰 영향을 미쳤다. 예로부터 이어져 온『산해경』학의 근거가 되는 역사관과 완전히 달랐기 때문이다. 중국의 전통적인 역사관은 언제나 서로 다른 시대의 도덕 수준을 평가하는 데 더 중점을 두었고, 알 수 없는 고대를 미화하고, 눈앞의 현실은 폄하하곤 했다. 그렇기에 중국의 주요 역사관이 중시하는 것은 퇴화와 관련된 것이었다.[7] 유가는 언제나 '선왕의 법도를 따르자'고 주장했고, 도가는 머나먼 시대의 자연스러움과 소박함을 추구했다. 고대『산해경』학은 이러한 역사적 관념에 따라 자연히 그 기이한 내용의 진상을 파악할 수가 없었다. 전통 시기 학자들은 언제나 가장 오래된 경전이 질박하고 전아하다고 여겼고, 『산해경』의 신기한 내용은 모두 후대에 기이한

1982, p.344.

6 劉師培, 『劉申叔遺書』, 江蘇古籍出版社, 1997年 影印本, p.1950.

7 『한비자(韓非子)』에서 말한 '지금이 과거를 이긴다(今勝于古)'의 사상은 주류를 점하지 못했다.

이야기를 좋아하는 사람들이 현실을 부풀리고, 과장하여 만들어 낸 것이라 여겼다. 가령 호응린은『산해경』을 "전국시대에 기이한 것을 좋아하는 사람들이『목왕전』을 취해『장자』,『열자』,『이소』,『주서』,『진승』을 섞어 만들었다"고 생각했다.[8] 이렇듯 사람들은『산해경』의 신비한 내용이 역사 사실을 억지로 비틀어 만든 결과라고 간주했고, 그 창작 연대 역시 한참 후대로 밀렸다. 심지어 책 전체가 후대의 누군가가 만들어 낸 위작이라고 생각하는 사람도 있었기에, 그 문화적 가치와 지위가 크게 깎여 내려가는 것은 당연한 수순이었다.

그러나 서양에서 온 진화론적 역사관은 인류 사회와 문화는 끊임없이 변화하는 것이고 또 그 과정에서 거듭 발전한다고 여겼다. 야만에서 미신으로, 그리도 다시 문명, 과학으로 이어진다는 것이 일반적인 발전 도식이었다. 루쉰은 이 같은 진화론적 역사관을 참조하여『산해경』이 '신에게 바치는 제물로 주로 젯메쌀을 사용하는 것은 무속과 같다'는 이유로 이 책을 '고대의 무서'라고 판단했다.[9] 루쉰의 관점은 비록『산해경』의 성질을 판단하는 데 있어 약간의 편차가 있긴 하지만 이 책의 탄생 연대가 오래되었다는 점을 긍정했고, 그 영향은 매우 컸다.[10] 이처럼 신성(神性)에서 인성(人性)으로, 야만에서 문명으로 이어진다는 문화 발전 도식에 따라 루쉰은『중국소설사략』에서 신화와 전설에 대해 논하며 다음과 같은 결론을 얻었다. "신화가 발전하면서 중심이 되는 신격은 점차 인간의 성격에 가까워지며 그 서술하는 내용은 오늘날 말하는 전설이 된다."[11] 이 같은

---

8 胡應麟,「少室山房筆叢·正集」第16卷,『景印文淵閣四庫全書』本 第886冊, 臺灣商務印書館, 1986, p.332.

9 『魯迅全集』第9卷, 人民文學出版社, 1981, pp. 18-19.

10 웬싱페이의『산해경 기초 탐색』과 웬커의『무서로서의 산해경 탐색 시도』모두 이 학설을 따른다.

11 『魯迅全集』第9卷, 人民文學出版社, 1981, p.18.

신화 발전 모델은 일종의 규칙이 되어 중국 신화학계의 정설이 되었다. 가령 첸밍츠(潛明玆)는『중국 신화학』에서 "······ 신성 신화→ 인성 신화→ 영웅 신화 ······ 이 뒤의 세 종류 신화의 발생 순서에 대해 이견을 가진 학자는 드물다. 이 모델은 일찍이 20세기 40년대 원이둬(聞一多)의 명작『복희고(伏羲考)』가 발표되었을 때 이미 모두가 공인하는 신화 발전, 변화 규칙이었기 때문이다"라고 했다.[12] 이러한 역사관에 따라 신과 괴물이 많다는 특징은『산해경』의 내용이 원시적이고, 절대 후대 사람이 위조한 것일 리 없음을 증명해 주었다. 뤼즈팡의『독산해경잡기』는 이 같은 생각을 명확하게 보여준다. "일반적으로 원시 문헌은 비교적 거칠고 어지럽고, 비교적 후대의 문헌일수록 앞의 사람들을 기반으로 가공하고 미화하여 세심하고 정리가 잘 된 편이다."[13] 그렇기에 "본서(『산해경』을 말함)에 나타난 거칠고 이해하기 어렵고 과장되고 기괴한 내용은 예부터 전해져 온 원시 사회의 기록이다. 이것이 바로 정수이고, 후대 사람들이 날조한 것일 리가 없다."[14] 진화론적 역사관에 따라 전통적인 학술 관념으로는 부정되었던 기이한 내용이 오히려 진정으로 원시적인 문헌 자료로 재평가받았고, 전아한 것으로 평가받던 말들은 더 늦은 시대에 만들어진 것으로 간주되었다. 뤼즈팡은 또 이 원칙에 따라 굴원의 작품과『산해경』간 비슷한 내용 32개를 대조하여 굴원의 언어가『산해경』보다 더 윤색되었음을 발견했다. 이를 근거로 그는 굴원이『산해경』을 인용한 거라고 판단했다. 명대 호응린 등은『산해경』이『이소』와『천문』에서 소재를 취했다고 말했는데,[15] 이는 곧『산해경』이 고도로 윤색된 문장을 가지고 거친 글의 일부를 구성했다는 뜻이 된다. 만약 정말로 그렇다면 진, 한대 문학가들은 왜『산

---

12 潛明玆,『中國神話學』, 寧夏人民出版社, 1994, p.19.

13 呂子方,『中國科學技術史論文集 · 讀山海經雜記』, 四川人民出版社, 1984, p.110.

14 위의 책, pp. 3-4.

15 이 학설은 주희에서 시작됐다.

해경』을 그토록 중시했을까? 인류 문화의 발전 순서에 따라서도 이는 이해하기 어려운 일이다.

마오둔의 진화 역사관 역시 뚜렷했다. 그는 서양의 인류학 지식을 바탕으로 신화의 '비합리적인 요소(야만성, 미신, 기이한 요소)'가 원시적 사유, 원시 문화를 반영한다고 보았다. 또 이러한 '비합리적 요소'는 문명이 진화하면서 개조되고, "본래의 순박하고 짧았던 이야기가 아름답게 변하고, 도덕적 교훈과 얄팍한 철학도 섞여 들어간다"고 했다.[16] 이러한 역사 발전 모델을 근거로 마오둔은 『초사』의 신화가 이미 매우 아름다운 걸 고려하면 「산경」에 비해 더 나중에 탄생한 역사적 발전의 산물이라고 보았다. 마오둔은 「산경」이 전국시대 작품이라고 주장한 루칸루에 대해 시대가 너무 늦다고 비판하며, 동주 시대의 책일 것이라고 주장했다.[17] 같은 논리로 마오둔은 『산해경』에서 '표범의 꼬리에 호랑이 이빨', '봉두난발에 비녀를 꽂았다'는 서왕모가 『목천자전』의 서왕모보다 더 원시적이며, 후자는 『한무내전』의 서왕모보다 오래되었다고 보았다.[18] 마오둔은 또 루칸루가 「해내외경」의 교감자인 유흠을 이 부분의 저자로 오해한 것, 『산해경』의 곤륜과 서왕모의 원시적 속성을 홀시한 것, 신선과 더 밀접한 관련성이 있는 『회남자』와의 차이를 무시한 것, 「해내외경」을 서한 시대의 작품으로 본 것 등을 비판했다.[19] 마오둔은 "서왕모 하나만을 보더라도 「해내외경」의 시대가 전국시대 이후일 리 없고 아무리 늦어도 춘추전국 교차기라는 것을 족히 증명할 수 있다"고 단언했다. 마오둔은 「황경」, 「해내경」의 형성 시대는 비교적 늦지만 그래도 진나라 통일보다 늦지 않다고 생각했다.

---

16 茅盾, 『中國神話硏究ABC』, 『茅盾說神話』, 上海古籍出版社, 1999, p.30.

17 위의 책, p.28.

18 위의 책, pp. 30-36.

19 위의 책, p.28.

루쉰과 마오둔 등이 진화론적 역사관을 바탕으로 증명해 준 덕분에 『산해경』은 중국 문화를 담은 고전으로서의 지위를 확립할 수 있었다. 그렇기에 웬커는 "『산해경』은 중국 신화 자료를 가장 많이 보존하고 있는 고서이다. 자잘하기는 하지만 또 집약되어 있어 너무 어지럽지는 않다. 이것은 그 첫 번째 장점이다. 모든 신화 자료는 신화 본래의 모습에 가깝고, 날조된 부분은 매우 적다는 것은 두 번째 장점이다. 이 두 가지 장점으로 우리는 중국 신화를 연구할 때는 반드시 이 책에서부터 시작해야 할 것이다"라고 했다.[20] 『산해경』의 전아함과 기이함, 인간의 역사와 신의 궤적 중에 어느 것이 먼저인가 하는 전통 시기의 난제는 이렇게 진화론적 역사관을 통해 해결되었다. 이로써 『산해경』 속 신화의 역사적 진실성(이야기 자체의 진실성이 아닌)은 확보되었다.

2. 역사 진실성에 관한 관념의 변화

사실에는 두 가지 종류가 있다. 하나는 사실의 진실이고, 다른 하나는 심리적 진실이다. 신화는 환상으로 충만하지만, 이것이 반영하는 원시시대의 마음은 진실하다. 『산해경』의 지리와 역사 기록 중 일부는 사실의 진실이며, 오늘날 보기에 허구인 내용에도 당시의 진실한 심리 상태가 반영되어 있다.

전통적인 『산해경』학에서 말하던 진실은 모두 협의의 사실 그 자체를 의미했으며, 글의 모든 내용이 반드시 실제로 발생했던 사건이어야만 했다. 『산해경』이 '괴이한 것에 대해 말한다', '백 가지 중 한 가지도 진실하지 않다'는 사람들의 손가락질은 책의 신비한 내용이 사실에 대한 객관적

---

20 袁珂, 『中國神話通論』, 巴蜀書社, 1991, p.1.

인 서술이 아니라는 것에서 출발했다. 이를 옹호했던 사람들은 다른 각도에서 책의 내용이 전부 객관적인 사실이라는 점을 증명하려 했다. 그러나 현대 학계에서 논의하는 『산해경』의 역사적 가치는 그것이 역사적으로 발생한 사실에 관한 서술인지에만 머무르지 않는다. 더 중요한 것은 책에 반영된 서술자의 진실한 마음에 있다. 『산해경』의 신비한 요소는 이를 믿는 자가 무의식적으로 꾸며낸 것일 수도 있고, 문학가가 의도를 가지고 창작한 것일 수도 있다. 이들은 물론 협의의 사실에 대한 묘사가 아니다. 그렇기에 『산해경』이 작가의 사상을 여실히 드러낸다는 점에서 볼 때, 이 허구적인 내용은 또한 당시의 정신세계를 있는 그대로 보여준다. 『산해경』이 수많은 초현실적인 존재에 대해 이야기하더라도 그것이 여전히 진실한 이유는 여기에 있다.

『산해경』의 진실성은 그 내용이 실제 현실에 존재하는지, 그 지리적 속성이 확실한지에 달려있지 않다. 마오둔은 전통 시기 학자들이 『산해경』을 실용적인 지리서로 간주한 것을 비판하며, 또 일부 학자들이 『산해경』을 소설로 본 것을 반대했다. "그들은 이것이 소위 신화라는 것을 몰랐다. 이는 초기 사람들의 지식이 누적된 결과이자 그들의 우주관, 종교 사상, 도덕 기준, 민족 역사에 관한 최초의 전설이며, 자연 세계에 대한 인식이다."[21] 이처럼 넓은 역사 관념을 지닌 사학 연구는 전통 시기 『산해경』 연구의 협소한 담론을 깨부수었고, 『산해경』의 역사적 의미를 더했다. 이는 훗날 종합적인 『산해경』 연구를 위해 문을 활짝 열어주었다.

마오둔과 정더쿤이 『산해경』의 지리지로서의 속성을 부정한 것은 큰 영향을 끼쳤다. 이들은 신화학이라는 단일한 입장에서만 『산해경』을 파악했는데, 이는 실상 『산해경』의 실제 성질을 왜곡하는 결과를 낳았다. 그

---

21 茅盾, 『中國神話研究ABC』, 『茅盾說神話』, 上海古籍出版社, 1999, p.4. 마오둔의 이 같은 학설은 『산해경』의 지리지로서의 성질을 부정하게 만드는 경향을 낳았고, 이는 정더쿤으로까지 이어졌다. 鄭德坤, 「山海經及其神話」, 『史學年報』 1932年 第4期 참조.

결론은 현대 역사지리학의 연구 결과와 정반대되는 것으로, 이 역시 완전히 따를 것은 못 된다.

3. 소설 개념의 전환

송대 정초의 『통지』는 『산해경』을 『신이경』, 『이물지』와 함께 '방물'류 저작으로 나열하여, 이를 지괴로 간주했다. 명대 호응린과 청대 사고전서관은 정식으로 『산해경』을 '기이한 이야기의 조상'과 '가장 오래된 소설'로 규정했다. 소설가란 길거리에 떠도는 이야기들로 보통 황당무계한 내용이었다. '기이한 이야기'나 '소설가의 희귀한 이야기류'라는 수식어는 모두 『산해경』을 지괴소설로 봤기 때문이었다. 물론 전통 시기의 소설 개념과 지금의 소설 개념은 다르다. 그러나 전통 시기 지괴소설의 개념과 현대의 허구적 소설 개념 간의 전환은 자연스러웠다. 이 같은 사회적 분위기 속에서 『산해경』의 신화 부분은 자연스럽게 문학사에 편입될 수 있었다. 마오둔의 『중국신화연구 ABC』는 『산해경』이 어떻게 '소설가류'에서 '신화 기록'으로 전환되어 갔는지 그 과정을 잘 보여준다. 마오둔은 중국은 전통 시기에 '신화'라는 개념이 없었고, 전통 시기 학자들이 『산해경』을 줄곧 지리서로 이해했던 이유가 여기에 있다고 봤다. 마오둔 호응린의 의견을 높이 사며 다음과 같이 말했다.

대범하게 『산해경』이 지리서가 아니라는 의문을 제기한 것은 아마도 명대의 호응린이 처음일 것이다.

호응린은 『산해경』은 예부터 지금까지 기이한 이야기의 조상과 같다고 했는데, 이는 실로 탁견이다. 그는 한대 이후로 고착된 이 책에 관한 인식을 뒤집었지만, 이 책의 성질이 무엇인지는 확언하지 못했다. …… 청대에 『사고전서』를 편찬하면서 정식으로 『산해경』을 자부 소설가류로 분류하였다. 『산해경』에 관련된 이 역사는 한대부터 청나라대까지 수많은 학자가 옛날 고전에 섞인 신화 자료에 대해 지닌 인식을 보여준다. 그들이 『산해경』을 실용적인 지리서로 본 것은 물론 틀린 것이고, 소설로 본 것 역시 맞다고 할 수 없다. 그들은 이 같은 것이 소위 '신화'이자, 초기 사람들의 지식이 누적된 결과라는 것을 몰랐다 …….[22]

　루쉰의 『중국소설사략』은 『산해경』을 소설사의 첫머리에 두었을 뿐만 아니라 『산해경』의 문학사적 영향의 논하기도 했다. 동방삭의 이름을 빌린 『신이경』과 『십주기』가 모두 『산해경』을 모방한 작품이라는 것을 지적하기도 했다. 후대 문학사는 기본적으로 『산해경』을 가장 중요한 신화 기록이자 지괴소설의 조상으로 서술한다. 이는 이미 상식이 되었으니 더 논하지 않겠다.

　1932년 정더쿤의 장편 논문 「산해경 및 그 신화」는 『산해경』에 관한 현대 신화학의 일반론을 종합하였다. "서양의 문화가 동쪽으로 흘러들어온 이후 중국 학자는 잇달아 나라의 옛 문헌을 정리하여 고유문화를 보전하는 것을 자기 책임으로 여겼다. 고대 신화를 정리하는 것 역시 이 작업의 일부였다. 그들의 연구 결과에 따르면 『산해경』은 중요한 신화 기록이었다."[23] 이렇게 일군의 현대 신화학자들은 『산해경』을 지리서나 다른 것이 아닌 신화서로 확정 지었다.

22　茅盾, 『中國神話研究ABC』, 『茅盾說神話』, 上海古籍出版社, 1999, p.4.
23　鄭德坤, 「山海經及其神話」, 『史學年報』 1932年 第4期.

4.『산해경』에 대한 웬커의 신화학적 독해

웬커는 현대 신화학을『산해경』해석과 독해에 깊고도 넓게 녹여냈다. 본래 원고 시대의 지리학 저술이었던『산해경』은 지금으로서는 파악할 수 없는 어떤 원인으로 신비로운 내용을 대거 포함하고 있는데, 세상에 널리 알려지게 된 계기는 이 신비한 존재들에 관한 이야기였다. 웬커는 루쉰의 관점에 따라『산해경』이 일종의 무서이기에 신과 그들에게 지내는 제사 의례 내용이 그토록 많은 것이라고 생각했다.[24]『산해경』신화연구에 힘쓴 웬커는 마오둔이나 정더쿤처럼 극단적으로『산해경』의 지리지 속성을 완전히 부정하지는 않았다. 그는『산해경교주』서문에서 "『산해경』은 특정 역사와 지리의 씨앗이 아니라 신화의 원류이다"라고 했지만,[25] '역사와 지리의 씨앗'란 허구일 뿐, 실상 여러 학문이 뒤섞인 혼돈상태의 신화와 마찬가지라고 했다. 다만 신화야말로『산해경』의 본질이기에 이를 신화의 원류라고 부른다는 것이다.[26] 웬커는 신화학적 입장에서『산해경』을 독해할 뿐 지리적 요소는 거의 생략했다.

그러나 신화학적 입장에서의『산해경』연구도 쉽지는 않았다.『산해경』에는 완전한 신화 서사가 '과보가 해를 쫓다', '형천이 간척을 들고 춤을 추다', '정위가 바다를 메우다'. '황제와 치우의 전쟁', '예가 해를 쏘다', '곤과 우임금의 치수' 등 밖에 없기 때문이다. 나머지는 모두 단편적인 조각일 뿐이다. 게다가 전통 시기 주석가 중에는 전통 사학의 영향으로 허구보다는 사실에 주목한 사람이 훨씬 많았다. 곽박이나 양신이 기이한 내용을 해석해 보려 했지만, 이 역시 정통학자의 비난을 많이 받았다. 현대

---

24 袁珂,『中國神話通論』, 巴蜀書社, 1991, pp. 1-3.

25 袁珂,『山海經校註』, 巴蜀書社, 1993.

26 袁珂,『袁珂學述』, 浙江人民出版社, 1999, p.73.

신화학이『산해경』의 신화로서의 가치를 전면적으로 재고하고자 한다면 반드시 신화학적 관점에서 이를 새롭게 읽어내야 했다. 20세기 가장 저명한 신화학자이자『산해경』연구자로서 웬커는 이 임무를 짊어졌다. 그의 『산해경교주』는 청대 이후 최초의 완전한『산해경』주석서였고, 전문적으로 신화학적 입장에서 이 책을 해석했다.

가령「해내경」은 건목에 대해 "그 열매는 삼씨와 같고, 그 잎은 망목과 같다. 태호(大皥)가 하늘을 오르내렸고 황제가 가꾸고 지켰던 나무이다"라고 묘사하는데, '태호가 하늘을 오르내렸다'는 부분에 대해 곽박과 학의행은 모두 복희가 나무 아래를 지나갔다고 해석했다. 웬커는『회남자·지형훈』의 "건목이 도광에 있다. 여러 제왕들이 여기서 오르내렸다"와『산해경』에 나오는 신과 무당이 하늘을 오르내렸다는 다른 이야기를 참고해 복희가 하늘을 오르내렸다는 뜻이라고 설명했다. 또 건목이 고대 신화에서 하늘로 향하는 계단이었다고 판단했다.[27]

또「대황서경」의 "천제가 중(重)에게 명하여 하늘을 들어 올리고, 여(黎)에게 명하여 땅을 억누르게 했다"[28]는 구절은 중과 여가 땅과 하늘을 잇는 길을 끊었다는 이야기이다. 정통적인 경전에서는 '천지'를 천신과 지기(地祇)로 해석하거나, 천신과 백성으로 풀이하곤 했다. 또 '땅과 하늘의 길을 끊었다'를 천신과 지기, 또는 백성과 신령 간의 소통을 단절했다는 뜻으로 이해했다.『상서·여형(呂刑)』은 치우가 난을 일으키자, 묘민이 명령을 따르지 않았고, 무고한 백성들이 죽임을 당하고 사회의 도덕이 무너졌다는 이야기를 전한다. 이에 "(상제가 곧) 중과 여에 명해 땅과 하늘의 통로를 끊어버리게 했다." 또 정의(正義)에서는 "중은 곧 희(羲)이고, 여는 곧 화(和)이다. 요임금이 희와 화에게 명해 천지 사시의 관직을 관장하게

---

27 袁珂,『山海經校註』, 巴蜀書社, 1997, pp. 509-512.

28 학의행의『산해경전소』에서는 '공(邛)'이다. 본서에서 인용한 것은 필원의 판본이고, 송대 우무각본도 같다.

하고, 사람과 신이 서로를 간섭하지 않고 각자의 질서를 지키게 했다. 이것이 바로 땅과 하늘의 통로가 끊어진 것이다. 천신이 더 이상 내려오지 않고, 지기는 하늘로 오르지 않고, 분명하게 서로 간섭하지 않는 것이다"라고 했다. 『국어·초어(楚語)』에서도 이 일을 다룬다.

소왕(昭王)이 관사부(觀射父)에게 물었다. 『주서』에서 말한 중, 여가 하늘과 땅을 통하지 않게 했다는 것이 무엇입니까? 만약 그렇지 않았다면 백성도 하늘에 오를 수 있다는 것입니까? 대답하여, 옛날에는 인간과 신이 섞여 있지 않았습니다. …… 소호 때 이르러 쇠락하게 되었습니다. 구려(九黎)가 덕을 어지럽혔고, 인간과 신이 마구 뒤섞이게 되었습니다. …… 전욱이 명을 받아 남정인 중에게 하늘을 다스려 신에게 속하게 하도록 하였고, 화정인 려에게 땅을 다스려 인간에게 속하게 했습니다. 이로써 과거의 질서를 회복하고 서로 침범하는 일이 없게 한 것을 두고 하늘과 땅의 연결을 끊었다고 한 것입니다. 훗날 삼묘의 사람들이 구려의 덕을 회복하여, 요임금이 다시금 중과 려의 후대를 길러 옛 은덕을 잊지 않도록 하늘과 땅에 대한 예를 다하도록 했습니다. 하와 상 때에 이르러 중과 여씨 일족이 하늘과 땅에 대한 제사를 지내고 각자 맡은 바를 따로 하였습니다.[29]

소왕의 의심에는 신화적인 배경이 있었으나 관사부는 이를 부정했다. 관사부는 하늘과 땅의 연결이 끊겼다는 것을 중과 여가 각자 하늘과 땅을 관장하여 신과 사람의 관계를 옛날처럼 회복했다고 해석했다. 그러나 삼

---

29 昭王問於觀射父, 曰, 週書所謂重, 黎實使天地不通者何也. 若無然, 民將能登天乎. 對曰, 古者民神不雜. …… 及少昊之衰也. 九黎亂德, 民神雜揉. …… 顓頊受之, 乃命南正重司天以屬神, 命火正黎司地以屬民, 使復舊常, 無相侵瀆, 是謂絕地天通. 其後, 三苗復九黎之德, 堯復育重, 黎之後, 不忘舊者, 使復典之. 以至於夏, 商, 故重黎氏世敍天地, 而別其分主者也.

국시대의 위소(韋昭)의 주석은 "중이 하늘을 들 수 있었고, 여가 땅을 누를 수 있었다. 이로써 서로 멀어지게 하여 다시는 통하지 않게 되었다"고 말한다. 위소는 소왕의 견해에 동조하는 것처럼 보이만, 그들의 의견은 정통 경학자들의 동의를 얻지는 못했다. 곽박의 『산해경』 주석은 줄곧 '괴이한 이야기를 좋아한다'고 평가받았지만, 이에 대한 곽박의 주는 다음과 같다. "옛날에는 인간과 사람이 뒤섞여 분별이 없었다. 전욱은 남정인 중에게 명해 하늘을 신들에게 속하도록 관장하게 했다. 화정인 여에 명해 인간에게 속하도록 땅을 다스리도록 했다. 중은 하늘로 오르는 것을 막았고, 여는 땅으로 내려오는 것을 막았다. '헌(獻)'자와 '앙(卬)'자의 뜻은 명확하지 않다" 웬커는 아마도 『국어』 소왕의 질문과 위소 주석의 영향을 받아 헌(獻)을 거(擧)로, 공(邛)또는 앙(卬)을 인(印)으로 해석했다. 인(印)은 곧 억(抑), 누른다는 뜻인데, 글자가 잘못 전해져 공(邛)또는 앙(卬)이 되었다는 것이다. 이렇게 『산해경』에서 말한 땅과 하늘의 연결을 끊었다는 것은 사람이 하늘을 오르내릴 수 없다는 뜻으로 받아들여졌다.[30]

웬커의 노력으로 『산해경』 대부분의 단편적인 신화 조각은 신화학적으로 체계적으로 해석되었다. 이로써 『산해경』은 현대 학술사상 문화 경전으로서의 신성한 지위에 오를 수 있었다. 오늘날 모든 『중국 문학사』는 『산해경』을 중국 신화를 가장 많이 보존한 경전으로 제시한다.

5. 『산해경』 신화에 대한 기타 해석

대만 학자 두얼웨이(杜而未)의 『산해경의 신화 체계(山海經的神話系統)』는 고대 지리나 역사 문화는 제쳐두고 전문적으로 신화와 종교 문제를 연구

---

30 袁珂, 『山海經校註』, 巴蜀書社, 1997, pp. 460-462.

한다. 그는『산해경』이 지리서가 아니며 그 내용 전부가 신화라고 생각했다. 달의 산, 달의 신 그리고 무수히 많은 초목과 동물은 모두 하나의 신화 체계, 즉 달의 산(月山) 신화 범주에 속한다고 보았다.[31] 그의 이 같은 결론의 시작에는 인류학 자료에서 종종 볼 수 있는 각종 달 신화가 있었다. 그는『산해경』에서 광산(光山), 탁광산(涿光山), 초명산(譙明山), 원산(員山), 원구(員丘)를 발견하고는 "산은 빛나고 둥글다. 그렇기에 달의 산이다"라고 주장했다.[32] 또 "전욱이 죽은 후에 곧 되살아났다"는 구절에 대해 "전욱은 곧 이지러질 달이다. 전욱이 자기 자신이 부활했거나 전욱의 아들이 되살아났다는 것은 모두 새롭게 태어난 달이나 점점 차오르는 달(상현달)을 의미한다"고 해석한다. 또 후대 여러 책에 나온 생명을 관장한다는 필방조는 하현달이라고 추측한다.[33] 이런 해석에 따라『산해경』대부분의 기이한 내용은 달에 관한 신화에 대한 묘사로 간주된다. 두얼웨이의 해석은 해외 학계의 태양 신화 이론과 달 신화 이론의 영향을 받은 것일 수 있다.[34] 두얼웨이는『산해경』에 대해 "산천에 관한 수치가 가끔 실제 상황과 맞아떨어질 때도 있지만, 이는 저자가 우연히 실제 상황을 이용해 신화를 이야기한 것일 뿐이며 또 매우 드물다. 이는 오히려『산해경』에 등장한 이름을 가지고 실제 산천을 명명했던 것일 수도 있다"고 말한다.[35] 두얼웨이는 역사상『산해경』의 지리서로서의 성격을 부정했던 그 누구보다도 극단적이다. 그의 학설은 한때 많은 사람에게 충격을 안겨주었지만, 역사 지리 문제를 회피했던 탓에 오늘날 그 학술적인 영향력은 찾아보기 어려워졌다.

---

31 杜而未,『山海經的神話系統』第2版, 臺灣學生書局, 1997.

32 위의 책, p.29.

33 위의 책, pp. 36-37.

34 막스 뮐러의『비교신화학』, M. 에스더 하딩의『달의 신화-여성의 신화』와 같다.

35 杜而未,『山海經的神話系統』第2版, 臺灣學生書局, 1997, p.152.

장옌(張巖)은 『산해경』이 원시 사회에 대한 상징적인 묘사라고 보았다. 실상 그는 신화의 표상을 뛰어넘어 그 뒤에 자리한 진실한 역사를 탐색하고자 했는데, 다시 말해 그는 『산해경』 신화를 고대 역사로 복원하고자 했다. 여기서는 「산경」에 관한 그의 분석만을 예로 들어보자. 우선 그는 「산경」의 "새, 짐승, 물고기와 벌레는 기본적으로 천자 정도 수준의 권력 집단에 속한 원시 공동체의 토템을 뜻하며 동시에 토템 희생 제물이다. 여기에 나오는 풀은 원시 집단이 종교 행사에 사용한 풀이며, 나무는 일부 원시 집단에 있어 토지신의 신주(神主)인 사목(社木)이다"라고 풀이한다.[36] 그리고 이를 토대로 「산경」은 산과 물이 이어지는 구조이자 동시에 원시적인 정권의 구조라는 결론을 얻는다.[37] 그리하여 447개의 산은 상고시대 문명 정권 구조 중 447개의 같은 등급을 가진 권력 집단의 단위라는 것이다. 그러나 기본 가설부터 근거가 없으므로 그 결론 역시 믿기 어렵다.

달 신화 이론이 몰락하고 토템 이론이 세계적으로 외면받는 동시에 또 1990년대 이후 중국 학계가 점차 성숙해지면서 이처럼 추측에 의존한 이론은 오늘날 학자들에게 받아들여지기 어렵게 되었다.

---

36 張巖, 『山海經與古代社會』, 文化藝術出版社, 1999, p.96.
37 위의 책, p.110.

『산해경』 연구 참조 대상으로서 서양 문화의 적법성에 관한 문제

현대 『산해경』학이 전통 사상의 속박에서 벗어나 크나큰 발전을 이룬 것을 기뻐하는 한편 우리는 냉철하게 새로운 현상에 주목할 필요가 있다. 『산해경』이 중국 신화의 제1경전으로 자리매김하는 동안 또 하나의 학술 담론이 형성되었다. 지난 전통 시기 『산해경』을 긍정했던 사람은 모두 현대 신화학계에서 공신으로 취급받지만, 이를 비판한 사람은 모두 경전을 모독한 죄인이 되었다. 이는 중국 현대 학계에서 서양의 문화적 가치를 끌어와 중국 고전을 연구하는 방법론에 대해 질문하게 만든다.

『산해경』이 현대 문화 체계에서 오늘날과 같은 경전의 반열에 오를 수 있었던 것은 신화학에서 서양 문화를 참조 대상으로 끌어왔기 때문이다. 새롭게 경전을 해석하는 작업은 이데올로기의 열기로 충만했다. 량치차오, 장관윈, 루쉰, 마오둔, 웬커 등등 거의 모든 이들이 중국 문화를 새롭게 건설하겠다는 이상과 포부를 가지고 신화와 『산해경』 연구에 몰두했다. 그렇기에 이들은 『산해경』의 새로운 가치를 '발견'해내는 작업에 서양의 학술 용어, 가치관 그리고 연구 모델을 바로 적용할 수 있다는 것을 깨닫자마자 주저하지 않고 이를 받아들이고, 『산해경』을 경전의 자리에 올려놓는 데 열을 올렸다.

신문화 운동이 추구했던 학문의 '경세치용'이라는 목적에서 볼 때 현대 『산해경』 신화학 연구는 더할 나위 없이 큰 성공을 거두었다. 당시 수립했던 학문 연구 모델은 아직도 그 힘을 발휘한다. 신문화 담론 체계에서 내적 가치관이 뒷받침되었기 때문에 이 같은 연구 모델은 적용하기 쉬웠고, 그렇기에 학계를 휩쓸 수 있었다. 『산해경』이 신화 경전의 자리를 차지한 것은 당시 신문화를 구축하고자 했던 실질적 수요로 봤을 때 합리적인 결과였다. 서양 문화에 비추어 중국에도 초현실적인 것만을 서술하는 경전이 하나쯤은 있어야 했기 때문이다. 그렇지 않으면 중국 현대 문화 체계에는 선천적인 결함이 있는 것이고, 그렇게 되면 서양 문화 체계와 동등하게 대화할 수도 없었고, 서양 문화라는 패권 앞에서 문화적 자신감을 지닐 수 없었다. 『산해경』의 신화학적 연구는 이런 문제에 있어 그 문화적 사명을 완벽하게 해낸 셈이다. 그러나 '있는 그대로를 추구한다'는 학문의 순수한 목적으로 봤을 때 『산해경』의 신화학적 연구에는 약점이 있다. 그 학문적 합법성에 대해 몇 가지 질문을 던지지 않을 수 없는 것이다.

첫째, 서양 문화의 가치관과 연구 모델을 가지고 직접적으로 중국 전통 문화 고전을 연구한다는 것은 문화를 뛰어넘는 비교 연구에 해당한다. 이 같은 연구는 반드시 비교의 토대를 정확하게 파악한 후에야 가능한 것인데, 그렇지 않은 경우 많은 오해를 낳게 된다. 이는 현대 인류학에서 문화 상대주의를 열렬히 주장해 온 까닭이기도 하다. 서양 문화의 가치관과 연구 모델은 그 문화의 역사적 실천을 바탕으로 한 것이고, 이는 중국 전통 문화의 역사적 실천과는 매우 다르다. 이 같은 차이를 고려하지 않고 서양의 관념이라는 잣대를 무작정 들이대서는 그 연구 성과의 과학적 가치를 잃어버리게 된다. 예컨대 현대 학자가 정통 유학에서 주장한 '불어괴력난신'이라는 오래된 가치관을 버리고 서양의 관념에 따라 『산해경』의 가치를 평가하고자 한 것은 새로운 연구 전략이다. 그러나 그리스 신화와 기독교 신화가 서양 문화에서 대단한 역할을 한 것과 달리 '기이한 것에 대해 말하기'가 중국 전통문화 체계에서 그 영향력이 미미했다는 것에 주목하지 않는다면, 고대 『산해경』학의 많은 문제를 제대로 이해하지 못하게 된다. 이는 결국 다른 문화 모델을 덧씌우는 게 적법한가라는 문제와 이어진다. 그리스 신화, 기독교 신화의 위치는 그 역사적으로 실제 발휘했던 영향을 기준으로 정해졌다. 고대 그리스인은 실제로 올림포스의 여러 신을 숭배했고, 중세기 유럽인의 하느님에 대한 충성 역시 절대적이었다. 중국 『산해경』의 신화는 전통 시기에 기이한 것으로 비난받았고, 이는 당시 실질적인 사회적 기능과 맞아떨어졌다. 『산해경』의 최초의 의미는 자연과 인문 지리지라는 점에 있었다. 역사적으로 『산해경』은 어느 정도 지리지로서의 기능을 발휘하기도 했고, 일부 지리학자의 칭송을 받기도 했지만, 일반적인 상황에서 『산해경』은 이야기보따리로서 존재했다. 『산해경』이 굴원에게 미친 영향은 대단했지만, 『천문』으로 볼 때 굴원은 그 신화를 믿지 않았다. 『산해경』 신화가 문학사에 미친 영향을 논할 때 도연명의 『독산해경·십삼수』와 후대 문인들의 화답가를 꼽지만, 도연명은 『산해경』을 은거 생활의 지루함을 해소하는 용도로밖에 생각하지 않았다. 그렇기에 그 첫수에서 "주나라 임금의 이야기를 두루 읽어보며, 산해경의 그림을 쭉 훑어본다. 아래위로 주억이는 사이 우주를 다 보니, 즐거워하지 않고 또 어떻게 하겠는가"라고 읊고, 제10수에서 정위와 형천의 굳게 먹은 뜻이 언제나 남아 있다고 해놓고 되레 "헛되이 지난 일에 마음을 쓰니, 어찌 좋은 시절을 바랄 수 있겠는가"라고 한탄한다.[38] 공연히 죽음 이후에 대해 생각하니, 부활이 가당키나 하는가 싶기도 하고, 또는 포부를 다짐하면서 언제 자기의 이상을 실현할 수 있을까 싶기도 했던 것이

---

38 逯欽立 校注, 『陶淵明集』, 中華書局, 1979, p.138.

다. 어떤 해석이든 도연명은 회의적인 태도였다. 이 시는 분발하자며 의지를 다지는 것이라기보단 기이한 것을 이야기할 따름이다. 연구자들은 대체로 앞의 네 마디만 인용하고 뒤의 네 마디는 미뤄둔 채 신화의 영향력에 대해 논하고 싶어했다. 이 같은 해석은 표면적으로는 저자가 신화를 인용한 맥락을 생략한 것이지만, 실질적으로는 중국 전통문화 체계에서 신화가 지닌 실제 힘을 고의로 무시한 것이다. 지괴소설은 『산해경』 신화의 영향을 증명하는 또 다른 증거이다. 소설을 매우 중요하게 여기는 현대 사회에서 지괴소설의 지위도 덩달아 상승했다. 그러나 지괴소설은 물론 모든 '소설'은 중국 전통문화 체계에서 그 지위가 높았던 적이 없었다. 앞서 언급했던 『산해경』의 신화적 의미에 대한 여러 찬사는 모두 서양 신화학을 그대로 가져다 쓰면서 이론과 연구 대상 간의 가치 차이가 발생한 결과물이었다. 그들이 보기에 전통 시기의 중국인들은 신화를 너무 낮게 평가했고, 대다수의 전통 시기 학자들이 신화를 몰랐고 또 오해한 것처럼 보였다. 그러나 이처럼 가치 평가 기준의 차이를 인식하지 못하는 현대 학자는 선조들을 오해하기 십상이다. 다른 문화 모델을 가져올 때는 먼저 양측 문화가 비교 가능한 기초가 있는지 고려해야 하며, 이것이 전제되지 않는다면 그 합법성은 도전에 직면하게 된다. 중국의 신문화를 구축해야겠다는 목적에서 현대 학자들은 앞뒤 재지 않고 서구 인류학의 새로운 학문 모델을 들여와 기계적으로 중국 문화를 성찰했다.[39] 물론 그 연구 성과들이 완전히 무의미하다는 것이 아니다. 단지 그 결론이 합리적인가 하는 질문을 반드시 던져보아야 한다는 것이다. 진리로서의 의의는 상대적인 것일 뿐 절대적이지 않기 때문이다.

또 예컨대 현대 학자들은 중국의 전통적인 역사관을 내팽개치고 진화

---

[39] 이 문제는 졸고 「走出西方神話的陰影」에 상세하게 논한 바 있다. 『長江大學學報』 2006年 第6期 참조.

론적 역사 발전 모델을 기계적으로 가져와 썼다. 그들은『산해경』은 전적으로 옛사람들의 흔적을 가지고 기이하고 신이한 내용을 만든 것이라는 호응린의 판단을 부정하고,『산해경』의 신비로운 내용들이 원시성의 표현이라고 결론 내렸다. 물론 이는 발전이자, 일정한 성과이기도 하다. 그러나 보편적인 모델은 구체적인 연구를 대체할 수 없다.『산해경』의 신화가 확실하게 고대사 체계 이전에 발생했음을 증명하는 구체적이고 명확한 증거 없이 내린 이 같은 결론은 하나의 모델로 다른 모델을 대체한 것일 따름이다. 이론적으로 고대사는 신화에서 발전해 나온 것일 가능성이 있다. 고사변파에서 말한 것처럼 말이다. 그러나 첸밍츠 교수가 말한 것처럼 신화가 역사에서 파생되어 나온 것일 수도 있다.[40] 학계는 고사변파의 이론을 너무도 맹신하고 첸밍츠의 연구에는 주의를 기울이지 않지만, 이는 옳지 않다. 구체적인 문제에 관한 연구는 보편적인 논리로 추론하기보다는 구체적인 증거를 가져와야 한다. 이는 학문 연구에서 반드시 지켜져야 할 원칙이다.

전체적으로『산해경』을 둘러싼 신화학 연구는 일종의 사회 문화적 현상이었다.『산해경』은 신화의 원류로서 경전의 위치에 올랐고, 이는 중국 문화가 현대화 물결 속에서 겪은 문화적 재건이라 할 수 있다. 그렇기에『산해경』의 학술 연구 활동에는 학문적 객관성보다는 이데올로기의 색채가 더 강하다.

학문의 주체성이 부족하다면 그 어떠한 연구 방법론의 내재적 원리도 깊이 이해할 수 없다. 그 연구의 깊이 또한 제한받게 되고, 그 학문적 혁신 능력 역시 고갈되고 만다. 특정 학문 모델이 위기에 봉착하면, 오로지 이것만을 의지하던 사람들은 결국 위기에서 벗어날 수 없기 때문이다.

---

40 潛明玆,『神話學的歷程』, 北方文藝出版社, 1989, pp. 325-330.

4

결론

　본서는『산해경』이 세상에 전해져 온 역사를 축약하여 살펴보았다.『산해경』의 성격, 저자 그리고 편목 등 중요하고도 어려운 문제를 분석하고 필자 나름의 의견을 제시하였다. 최대한 신빙성 있는 증거들을 토대로 역대 학자들의『산해경』연구, 즉『산해경』학술사에 대해 종합적으로 연구하고 논의했고, 역사 단계마다의『산해경』연구의 특징에 대해서도 결산하였다.

　『산해경』은 주대에 탄생한 자연·인문 지리지였다. 당시 지식 형태의 특수성 때문에 초자연적인 내용이 대거 포함되었고, 객관적인 지식과 주관적인 상상이 혼합된 복잡한 양상을 띠었다. 진, 한대 이후 중국 사회 구조와 지식 형태에는 크나큰 변화가 일었고,『하거서』와『지리지』와 같이 사실을 기반으로 한 지리 저술이 나타났다. 남북조 시대에 이르러 지리학이 완전히 성숙해지며 하나의 학문으로 독립하게 된다. 그러나 이처럼 독립된 학문으로서의 지리학과『산해경』시대의 지리학 사이에는 너무도 큰 간극이 있었다. 그리고 간극 사이에서 학자들은 자신의 가치관과 연구 대상 사이의 거리와 모순에 난감해하며 가지고 있는 지식을 총동원하여

『산해경』의 성격과 가치, 그리고 의의를 찾으려 노력했다.

전통 시기『산해경』학은 유가 사상의 영향에서 벗어나지 못했다. 공자가 제시한 '불어괴력난신'의 원칙과 박학이라는 원칙은 교차하며 그 힘을 발휘했고, 학계는 이 서로 모순적인 두 원칙 사이에서 배회했다.『산해경』을 부정하는 학자는 그 허구적이고 환상적인 요소를 강조하며 '불어괴력난신'의 원칙을 지켰다. 그러나『산해경』을 긍정하는 쪽은 그 사실적인 요소를 강조하는 동시에『산해경』의 허구성을 인정하되 '군자박학'의 원칙으로 이를 옹호했다.

『한서·예문지』로 대표되는 일군의 학자들은『산해경』의 지리 묘사를 긍정하며, 최고의 지리지로 꼽았다. 대표적인 인물로는 역도원,『수서·경적지』의 저자, 왕응린, 오임신, 필원, 오승지, 진봉형과 현대 학자 구제강, 쉬쉬성, 탄치샹, 궈푸 등이 있다. 이들은 대다수 상황에서 주류의 위치를 점해왔다. 그러나 자연 산천은 변하기 마련이었고, 또 사회 제도 역시 왕조마다 큰 변화를 겪었다. 그렇기에『산해경』의 실제 지리학적 가치는 제대로 그 힘을 발휘할 수 없었고, 이 학파의 학자들이 지닌 학문적, 사회적 영향력은 제한적이었다.

유흠의『상산해경표』와 곽박의『산해경주』로 대표되는 일군의 학자들은『산해경』의 모든 내용이 사실이었다고 주장했다. 유안, 동방삭, 유향, 장화, 곽박, 양신, 필원 등이 그러했다. 그중 유흠, 양신, 필원 등 사람들은 우임금의 치수 설화를 근거로『산해경』을 긍정했다. 필원은『산해경』의 괴물들을 전부 독자의 오해로 해석했다. 장화, 곽박은 도가 사상을 통해『산해경』을 긍정했다. 그들은『산해경』에 괴물이 나온다는 것을 인정하고, 유가의 '군자박학' 원칙으로 이를 변호했다.

또 한 무리의 학자들은『산해경』의 허구적인 내용을 근거로 이 책이 '백 가지 중에 단 하나도 진실한 것이 없다'고 판단했다. 그리고 유학의 '괴이한 것에 대해 말하지 않는다'는 원칙에서 출발하여『산해경』을 부정했다. 왕숭경, 호응린 그리고 사고전서관들이 그러했다. 그러나 명대 서사 문학이 발전하면서 소설이 점차 재평가되기 시작했고, 호응린은『산해경』을 '고금의 기이한 이야기의 조상'이라고 하며 이를 완전히 부정하지는 않았다.

현대 신화학자들 역시『산해경』의 허구적인 부분을 강조한다. 그러나 그들은 신화학적 입장에서『산해경』의 신비한 이야기들이 당시 사회적 조건 아래 합리적이고 사상적 진실성을 갖추었을 것으로 평가한다. 마오둔, 루쉰, 웬커 등이 대표적이다. 이들은 각자 다른 입장이었지만, 모두 무의식적으로『산해경』의 지리지로서의 기능은 고려하지 않았다. 표면적으로는 편파적으로 보이지만, 실상 이는『산해경』이 진, 한대 이래 사회적으로 영향력을 발휘했던 것은 바로 그 신비로운 내용이었음을 말해준다.『산해경』의 지리학적 영향력은 그 신화서로의 영향력에 한참 못 미쳤다.

역대 학자들은 각자의 시대적 조건과 사회적 수요, 그리고 개인의 학문 능력과 선호에 따라 진실과 허구가 교직하는『산해경』을 논했다.『산해경』학술사는 중국 사회와 사상 발전사의 한 단면을 기록하고 있는 셈이다. 샤머니즘, 유가 경학, 도가 현학과 신선학, 문학, 현대 서양 철학, 사회학까지 모두『산해경』학술사에 그 발자국을 남겼다.『산해경』은 형법가서, 지리서, 도교 경전, 소설, 무서, 신화집, 달의 산 신화서, 민속지, 씨족 사회지, 지리지 겸 여행안내서, 백과사전 등등 다양하게 정의되어 왔다. 이 같은 평가는 모두 역대 학자들이 각자 살았던 시대의 사회적 사조와『산해경』이 당시 미쳤던 실제 영향을 근거로 내린 판단이었다. 물론 학설마다 각자 근거가 있었고, 제 나름대로 합리적이었다. 그러나 사실만을 추구한다는 학문적 태도로 보았을 때, 어떤 해석은『산해경』의 원시적 성격에 부합했고, 어떤 것은 그저 일부에 대한 논의였을 뿐으로 해석 간에는 편차가 존재했다. 오늘날의 학자들은 이 같은 교훈을 진지하게 받아들여야 할 것이다.

중국 문화 발전사에 있어『산해경』은 그 방대한 내용으로 시대마다 다른 사회적 수요에 따라 다양한 측면에서 그 영향력을 발휘했다.『산해경』은 중국 문화 발전에 다방면으로 영향을 끼쳤다. 중국 역사상 가장 기이한 책이라는 칭호는『산해경』이 아니면 어울리지 않는다.

부록

유수(劉秀, 유흠劉歆)
『상산해경표上山海經表』

시중(侍中)과 봉거도위(奉車都尉) 및 광록대부(光祿大夫)인 신하 수(秀)는 비서(秘書)의 교감 직책을 맡아 아뢰옵니다. 비서 교감자이자 태상(太常)의 속관(屬官) 신하 망(望)이 교정한 『산해경』은 총 32편이었으며, 이제 18편으로 정리하여 확정되었습니다.

『산해경』은 요순(堯舜)의 시대에 출현하였습니다. 과거 홍수가 일어나 중국 전역에 넘쳐흘러, 백성들은 살 곳을 잃고, 언덕과 구릉의 험한 산길을 헤매며, 나무에 집을 짓고 살았습니다. 곤(鯀)이 성공하지 못하자, 요임금은 우(禹)가 그 일을 잇도록 하였습니다. 우는 네 마리의 말을 타고 산을 따라 나무를 베고 높은 산과 큰 강을 정비하였습니다. 익(益)과 백예(白翳)는 산과 강에 이름을 붙이고, 초목을 분류하고, 강과 육지를 구분하는 일을 주관하였습니다. 사방의 제후가 그를 보좌하여 사방을 두루 다녔습니다. 인적이 드문 곳에 다다랐고, 배와 수레가 드물게 다니는 곳 도달하였습니다. 안으로는 다섯 방향의 산을 구분하고, 밖으로는 여덟 방향의 바다를 나누어 그 진귀한 보물과 기이한 물건, 특이한 곳에서 자라는 생물들을 기록하였으며, 강과 육지, 풀과 나무, 금수와 곤충, 기린과 봉황의 서식지, 정상(禎祥)이 감춰진 곳, 그리고 사해(四海) 밖의 멀리 떨어진 나라와 특이한 사람들을 기록하였습니다. 우는 구주(九州)를 나누고, 땅에 따라 공물을 정하였습니다. 익 등은 생물의 좋고 나쁨을 분류하여『산해경』을 지었습니다. 이 모두가 성현께서 남긴 일이며, 옛글에서 명확하게 밝힌 바입니다. 그 성격은 분명하여 믿을 만합니다.

효무황제(孝武皇帝) 때 특이한 새를 바친 자가 있었는데, (그 새에게) 모든 것을 먹여도 (그 새는) 아무것도 먹으려 하지 않았습니다. 동방삭이 이를 보고 그 새의 이름을 말하였고, 또 새가 먹어야 할 것을 말하였는데, (실로) 그의 말과 같았습니다. 동방삭에게 어떻게 알았느냐고 물었더니, 곧『산해경』에 나오는 것이라고 답하였습니다. 효선제(孝宣帝) 때 상군(上郡)에서 반석을 부수었는데, 무너지며 석실이 나타났습니다. 그 속에는 두 손이 뒤로 묶여 형틀에 매인 사람이 있었습니다. 당시 신하 수의 아버지 향(向)은 간의대부(諫議大夫)였사온데, 이것이 바로 이부(貳負)의 신하라고 말하였습니다. 황제께서 어떻게 아느냐 하문하셨더니, 또한『산해경』으로 맞추었다고 하였습니다. 그 경문은 "이부가 알유(窫窳)를 죽이자, 천제가 곧 그를 소속산(疏屬山)에 묶어두고, 오른발에 차꼬를 채우고 두 손을 뒤로 묶었다"고 하였습니다. 황제께서는 매우 놀라워하셨습니다. 조정의 학자에는 이로써『산해경』을 기이하게 여기게 된 자가 많았고, 문학과 대유학자도 모두 이 책을 읽고 공부하였습니다. 기이함을 통해 길조와 변괴를 헤아리고, 먼 나라의 다른 사람의 풍속을 알게 되었습니다. 그렇기에『주역』에 "천하의 지극히 깊은 이치를 말하는 것이지만 혼란스럽지 않다"고 하였습니다. 폭넓게 사물을 탐구하는 군자는 이에 미혹되지 않을 것입니다.

신하 수가 황공되이 삼가 이 글을 올립니다.

侍中奉車都尉光祿大夫臣秀領校, 秘書言校, 秘書太常屬臣望所校山海經凡三十二篇, 今定為一十八篇, 已定.

山海經者, 出於唐虞之際. 昔洪水洋溢, 漫衍中國, 民人失據, 崎嶇於丘陵, 巢於樹木. 鯀既無功, 而帝堯使禹繼之. 禹乘四載, 隨山刊木, 定高山大川. 益與伯翳主驅禽獸, 命山川, 類草木, 別水土. 四岳佐之, 以周四方. 逮人跡之所希至, 及舟輿之所罕到. 內別五方之山, 外分八方之海, 紀其珍寶奇物, 異方之所生, 水土草木禽獸昆蟲麟鳳之所止, 禎祥之所隱, 及四海之外, 絕域之國, 殊類之人. 禹別九州, 任土作貢. 而益等類物善惡, 著山海經. 皆聖賢之遺事, 古文之著明者也. 其事質明有信.

孝武皇帝時嘗有獻異鳥者, 食之百物, 所不肯食. 東方朔見之, 言其鳥名, 又言其所當食. 如朔言. 問朔何以知之, 即山海經所出也. 孝宣帝時, 擊磻石於上郡, 陷, 得石室. 其中有反縛盜械人. 時臣秀父向為諫議大夫, 言此貳負之臣也. 詔問何以知之, 亦以山海經對. 其文曰, 貳負殺窫窳, 帝乃梏之疏屬之山, 桎其右足, 反縛兩手. 上大驚. 朝士由是多奇山海經者, 文學大儒皆讀學. 以為奇可以考禎祥變怪之物, 見遠國異人之謠俗. 故易曰, 言天下之至賾而不可亂也. 博物之君子, 其可不惑焉. 秀昧死謹上.

곽박 郭璞
『주산해경서 注山海經序』

세상 사람들이 『산해경』을 읽을 때, 대부분 그 내용이 허황되고 과장되며, 기괴한 이야기들로 가득 차 있다고 여기며 의심을 품는다. 한번 이에 대해 논해보자. 장자는 이렇게 말한 바 있다.

"사람이 아는 것 중 가장 중요한 것은 자신이 알지 못함을 아는 것이다." 나는 『산해경』에서 이를 보았다. 우주의 광대함과 무수한 생명들의 엉킴, 음양의 상호작용, 만물의 구분된 다양함이 있었다. 정기와 기운이 혼합되어 서로 엉켜 있는 가운데, 영혼과 귀신들이 형상을 만나 구성되고, 그 형상이 산천에 흐르고, 나무와 돌에 나타나니, 이를 어찌 모두 말할 수 있겠는가? 그렇다면 이러한 혼란을 하나의 소리로 모아내고, 이러한 변화를 하나의 형상으로 나타낸다면, 세상의 이른바 기이한 것들은 그 기이함의 이유를 알지 못하고, 세상의 이른바 기이하지 않은 것들은 그 기이하지 않음의 이유를 알지 못하게 될 것이다. 어째서인가? 사물은 스스로 기이하지 않고, 나를 통해서만 기이하게 되는 것이기 때문이다. 그러므로 기이함은 나에게 달린 것이지, 사물이 기이한 것이 아니다. 그렇기에 호인(胡人)은 면포를 보고는 모직인가 의심하고, 월인(越人)은 융단을 보고 털가죽이라고 놀란다. 습관적으로 보아 온 것에 익숙하고 드물게 듣는 것에 놀라는 것은 사람의 마음이 일반적으로 갖는 오류이다. 지금 몇 가지 예를 들어 이를 설명하고자 한다. 얼음물에서 양화(陽火)가 나오고, 불타는 산에서 음서(陰鼠)가 태어나는데, 세상 사람들은 이를 전혀 이상하게 여기지 않는다. 그러나 『산해경』에 나오는 이야기들을 들으면 모두 이를 이상하게 여긴다. 이는 이상할 수 있는 것을 이상하게 여기지 않고, 이상할 수 없는 것을 이상하게 여기는 것이다. 이상할 수 있는 것을 이상하게 여기지 않으면 거의 이상한 것이 없을 것이고, 이상할 수 없는 것을 이상하게 여긴다면 처음부터 이상하지 않은 일이었다. 그러므로 그런 것을 그렇다 하고, 그렇지 않은 것을 그렇지 않다고 하면, 어찌 이치가 아니 그러하겠는가. 급군(汲郡)의 『죽서』와 『목천자전』을 보면, 목왕이 서쪽으로 정벌하여 서왕모를 만나, 옥과 비단으로 친교를 맺고, 화려한 비단과 장식을 예물로 바쳤다. 목왕은 요지에서 서왕모를 맞이하여 연회를 즐기고, 시를 주고받았는데, 그 문장이 볼만하다. 목왕은 곤륜의 언덕에 올라가 헌원궁(軒轅宮)을 둘러보고, 종산(鍾山)의 산봉우리를 바라보며, 천제의 보물을 즐기고, 서왕모의 산의 돌에 글을 새기고, 현포(玄圃) 위에 그 흔적을 기록하였다. 그리고 그곳의 아름다운 나무와 화려한 풀, 기이한 새와 괴이한 짐승, 옥과 보석으로 된 기물, 금고(金膏)와 촉은(燭銀) 등 보물을 가지고 돌아와 중국에 퍼뜨렸다. 목왕은 여덟 마리의 말이 끄는 수레를 타고, 오른쪽에는 도려(盜驪)를, 왼쪽에는 녹이(騄耳)를 배치하였으며, 조보(造父)가 마부가 되고, 분융(犇戎)이 오른쪽에 서서, 만 리를 달려 사방의 끝을 두루 달렸다. 이름난 산과 큰 강에 오르지 않은 곳이 없었다. 목왕은 동쪽으로 대인(大人)의 당(堂)에 올라가고, 서쪽으로 서왕모의 집에서 연회를 베풀며, 남쪽으로는 큰 거북과 악어의 다리를 건너고, 북쪽으로는 깃털이 쌓인 거리를 밟았다. 끝없는 즐거움을 누리고 나서야 돌아왔다. 『사기』에 따르면, 목왕은 도려와 녹이, 화류(驊騮) 같은 좋은 말을 얻어 조보(造父)로 하여금 그것을 몰게 하여 서쪽으로 순수(巡狩)하며 서왕모를 만나 즐겁게 지내다 돌아가는 것을 잊었다 하는데, 역시 『죽서』와 같다. 『좌전』에서는 "목왕이 마음을 자유롭게 펼치고자 하여 천하에 수레 자국과 말발굽 자국을 남겼다고"고 하였으니, 이는 『죽서기년』에 기록된 사실과 같다. 그러나 초주(譙周) 등의 사람들은 뛰어난 학문을 지닌 학자들로 평가받았음에도, 이에 대해 공평하지 못하였다. 역사를 고증하여 그 허망함을 밝히고자 했던 것이다. 사마천은 『대완전』에서 "장건이 대하에 사신으로 간 후 황하의 근원을 찾아보았지만, 어디에서 곤륜이란 것을 볼 수 있단 말인가? 『우본기』와 『산해경』에 나오는 괴이한 것들에 대해 감히 말하지 못하겠다"고 하였으니, 이를 통탄하지 않을 수 없다. 만약 『죽서』가 천 년 동안 숨어 있다가 오늘날 발견되지 않았다면, 『산해경』의 말들은 거의 폐기되었을 것이다. 동방삭은 필방의 이름을 알았고, 유향이 도계시(盜械之尸)를 변별하였으며, 왕기(王頎)는 양문객(兩面客)을 만나보았고, 해민(海民)은 장비인(長臂人)의 옷을 얻었으니, 그 정밀한 고증과 은밀히 드러나는 효험은 세대를 뛰어넘어 부절을 맞춘 듯하다. 아, 세상의 많은 의심하는 자들이 이제야 조금 깨달을 수 있겠는가? 그러므로 성황(聖皇)께서 변화를 근본적으로 이해하여 극한에 이르렀고, 사물의 형상을 통해 기이함에 대응하며, 견식이 막힘없이 그윽한 뜻을 세세히 드러내니, 신령스러운 이치가 어찌 숨겨질 수 있으랴! 신령스러운 이치가 어찌 숨겨질 수 있으랴! 이 책은 일곱 세대를 걸치고, 3천 년에 걸쳐 기록되었으나, 한나라 때 잠시 빛을 보았으나 다시 묻혀 사라졌도다. 그 산천의 이름과 지명은 많은 오류가 있어 오늘날과 다르다. 스승의 가르침도 전하지 못하여 마침내 잊히고 말았다. 그 이치가 남아 있건만, 세상이 이를 잃었으니 슬프지 아니한가! 내 이에 두려움을 느껴, 이 책을 새롭게 전하고자 그 막혀 있던 부분을 트고, 무성한 잡초를 걷어내며, 그 깊고 현묘한 뜻을 이끌어내고, 통달한 경지를 드러냈다. 바라건대, 이 잃어버린 문헌이 세상에서 사라지지 않고, 기이한 말들이 오늘날에도 끊어지지 않아, 우임금의 흔적이 장차 지워지지 않기를 원하노라. 온 세상의 기이한 일들이 후손에게 들려질 수 있다면, 그 또한 좋지 않겠는가? 무성한 덤불 속의 나는 새로 어찌 하늘을 나는 법을 논할 수 있으며, 웅덩이 속을 노니는 물고기가 어찌 붉은 용의 솟아오르는 법을 알겠는가. 천상의 음악이 흐르는 뜰에 어찌 광대의 발길이 닿을 수 있겠으며, 배 없는 나루를 어찌 평범한 뱃사공이 건널 수 있겠는가. 세상 만물에 대해 통달함이 없다면, 산해경의 뜻을 논하기 어렵도다. 아! 모든 것을 통찰하고 만물을 널리 아는 사람이라면, 이 책을 잘 살펴주기를 바라노라.

世之覽山海經者, 皆以其閎誕迂誇, 多奇怪俶儻之言, 莫不疑焉. 嘗試論之曰, 莊生有云,

人之所知, 莫若其所不知. 吾於山海經見之矣. 夫以宇宙之寥廓, 群生之紛紜, 陰陽之煦蒸, 萬殊之區分. 精氣渾淆, 自相濆薄. 遊魂靈怪, 觸像而構. 流形於山川, 麗狀於木石者, 惡可勝言乎. 然則總其所以乖, 鼓之於一響, 成其所以變, 混之於一象. 世之所謂異, 未知其所以異. 世之所謂不異, 未知其所以不異. 何者. 物不自異, 待我而後異, 異果在我, 非物異也. 故胡人見布而疑黂, 越人見罽而駭毳. 夫玩所習見而奇所希聞, 此人情之常蔽也. 今略擧可以明之者. 陽火出於冰水, 陰鼠生於炎山, 而俗之論者, 莫之或怪. 及談山海經所載, 而咸怪之. 是不怪所可怪而怪所不可怪也. 不怪所可怪, 則幾於無怪矣. 怪所不可怪, 則未始有可怪也. 夫能然所不可, 不可所不然, 則理無不然也. 案汲郡竹書及穆天子傳. 穆王西征, 見西王母. 執璧帛之好, 獻錦組之屬. 穆王享王母於瑤池之上, 賦詩往來, 辭義可觀. 遂襲昆侖之丘, 遊軒轅之宮, 眺鍾山之嶺, 玩帝者之寶, 勒石王母之山, 紀跡玄圃之上. 乃取其嘉木艷草, 奇鳥怪獸, 玉石珍瑰之器, 金膏燭銀之寶, 歸而殖養之於中國. 穆王駕八駿之乘, 右服盜驪, 左驂騄耳. 造父為御, 犇戎為右. 萬里長騖, 以周歷四荒. 名山大川, 靡不登濟. 東升大人之堂, 西燕王母之廬, 南轢黿鼉之梁, 北躡積羽之衢. 窮歡極娛, 然後旋歸. 案史記說穆

王得盜驪, 騄耳, 驊騮之驥, 使造父御之, 以西巡狩, 見西王母, 樂而忘歸, 亦與竹書同. 左傳曰, 穆王欲肆其心, 使天下皆有車轍馬跡焉. 竹書所載, 則是其事也. 而譙周之徒, 足為通識瑰儒, 而雅不平此, 驗之史考, 以著其妄. 司馬遷敘大宛傳亦云, 自張騫使大夏之後, 窮河源, 惡睹所謂崑崙者乎. 至禹本紀, 山海經所有怪物, 余不敢言也. 不亦悲乎. 若竹書不潛出於千載, 以作徵於今日者, 則山海之言, 其幾乎廢矣. 若乃東方生曉畢方之名, 劉子政辨盜械之尸, 王頎訪兩面之客, 海民獲長臂之衣, 精驗潛效, 絕代縣符. 於戲. 群惑者其可以少寤乎. 是故聖皇原化以極變, 象物以應怪, 鑒無滯賾, 曲盡幽情, 神焉廋哉. 神焉廋哉. 蓋此書跨世七代, 歷載三千, 雖暫顯於漢, 而尋亦寢廢. 其山川名號, 所在多有舛謬, 與今不同. 師訓莫傳, 遂將湮泯. 其道之所存, 俗之所喪, 悲夫. 余有懼焉, 故為之創傳, 疏其壅閡, 闢其莣蕪, 領其玄致, 標其洞涉. 庶幾令逸文不墜於世, 奇言不絕於今, 夏后之跡, 靡刊於將來. 八荒之事, 有聞於後裔, 不亦可乎. 夫翳薈之翔, 巨以論垂天之凌. 蹏涔之遊, 無以知絳虬之騰. 鈞天之庭, 豈伶人之所躐. 無航之津, 豈蒼兕之所涉. 非天下之至通, 難與言山海之義矣. 嗚呼. 達觀博物之客, 其鑒之哉.

시만성時曼成
『산해경존·발山海經存·跋』[1]

왕쌍지(汪雙池) 선생의 간행되지 못한 유서(遺書) 스무여 종이 무원(婺源) 여향현공(余鄕賢公) 수서(秀書)의 집에 보관된 지 200여 년이 되었다. 그의 현손(玄孫) 이백(彝伯) 명경(明經)이 장안(長安)에서 처음 이 책을 출간하였다. 중승(中丞) 조전여(趙展如)께서 기금을 모아 순서대로 출간하기 시작한 것이 바로 이것이다. 만성(曼成)은 명경과 오랜 친분이 있었고, 그의 대부(大父) 복산(黼山) 연백(年伯)께서 편찬한 『왕선생년보(汪先生年譜)』를 읽으며 왕선생이 그림에 능했으나 가난하여 강서(江西) 경덕진(景德鎭)에서 도자기를 그리며 생계를 유지했다는 사실을 알게 되었다. 그는 행실을 삼가고 단아했으며, 말과 웃음이 적었다. 당시 상을 치르던 중이라 채소를 먹고 고기를 끊었는데, 거리의 사람들에게 조롱당했다. 간혹 시를 지어 자기 뜻을 드러냈지만, 사람들은 이를 비방이라 여겼고, (그는) 화합하지 못하고 떠나갔다. 이는 당시 그의 필치가 미친 바가 아니겠는가? 그의 그림

---

1 원문은 수기로 작성되어 초서체가 많아 알아보기에 어려웠다. 베이징대학의 루용린(盧永璘) 교수와 첸즈시(錢志熙) 교수 두 분의 도움으로 해독할 수 있었다.

을 살펴보니 오임신과 학의행의 판본보다 더욱 상세하였다. 그러나 제6
권과 제7권이 부족하여 명경은 이를 애석하게 여겼다. 그 친구 차자규(査
子圭)와 더불어 그려 이를 보충하였다. 명경이 내게 "전쟁 중에 대부께서
는 모든 것을 신경 쓰지 않은 채 먼저 건장한 하인을 데려와 왕 선생의 유
서를 메고 나가도록 명하시고 말씀하시기를 '유서는 우리 집에 5대째 전
해지는 것으로, 목숨을 걸고 잃어서는 안 된다'고 하셨다. 결국 깊은 산의
석실에 피신하여 다행히 화를 면하였다"고 말해주었다. 이는 아마도 선생
의 친필이 신비롭게도 귀신의 보호를 받은 것이 아니겠는가? 그렇지 않
다면 어찌 동씨(董氏)가 베낀 사본은 전부 병화에 소실되었는가? 지금 명
경은 선조의 뜻을 이어받아 책을 돌보아 석인(石印)하였으니 의롭고도 또
효이기도 하다. 책을 보여주며 내게 몇 마디 써 달라고 부탁하였다. 졸렬
하여 명단 끝에 이름을 올리는 것이 부끄러웠으나, 책을 간직해 온 고심
과 대대로 지키며 스승을 존중하고 도를 중히 여김이 풍속을 개선할 만한
것이라 다시 나서지 않을 수 없었다. 이 책의 유래가 이러함을 밝히니, 후
세에 이를 보는 자들이 신원(莘源)과 타천(沱川) 사이에 모두 자양(紫陽)의
유풍이 있음을 알게 되기를 바란다.

광서(光緒) 21년(1895년) 을미년 음력 11월, 의징(儀徵) 후학 시만성이 삼
가 발문을 쓰다

汪雙池先生未刻遺書二十余種, 藏於婺源余鄕賢公秀書家二百余歲矣. 其
元(玄)孫彝伯明經始出其書於長安. 趙展如中丞倡捐集貲, 次第刊行, 此其一
也. 曼成與明經交最久, 嘗讀其大父黼山年丈所編汪先生年譜, 知汪先生工繪
事, 貧, 傭於江西景德鎭畫瓮. 稟規矩, 寡言笑. 時方居喪, 食蔬斷肉, 市儕群訕
侮之. 間爲詩歌以見誌, 同人以爲謗, 不合而去. 此殆當時所涉筆者歟. 考其圖,
較吳氏, 郝氏本爲尤詳. 顧缺六, 七兩卷, 明經有遺憾焉. 與其友查子圭繪以補

之. 明經告余曰, 當兵燹時, 大父凡百不顧, 先命偕健仆, 負汪先生遺書以出, 並
諭之曰, 遺書藏我家歷五世矣, 當共之性命, 不可失也. 卒避於深山石室中, 幸
免焉. 是蓋先生手書真跡冥冥中或有鬼神呵護耶. 不然, 何以董氏所抄副本盡
遭兵火而無存也. 今明經克承先志, 撫本石印, 義也, 亦孝也. 以書見視, 屬識數
語. 以仆謭陋, 掛名簡末, 良用愧赧. 顧念藏書苦心, 世守弗替, 尊師重道, 有足
以風末俗者, 則又不可不出. 愛誌其緣起如此, 庶使後之覽者, 知莘源沱川間皆
有紫陽之遺風焉.

光緒二十一年乙未仲冬儀徵後學時曼成謹跋

『산해경』 '무서설巫書說' 비판'

─원시 지리지로서 『산해경』 다시 읽기

1. 들어가며

사실과 허구가 섞여 있는 『산해경』의 성격은 줄곧 학계의 논쟁거리였
다. 전통 시기 학자는 두 파로 나뉘어 진실성을 강조하는 한쪽은 『산해
경』이 사부(史部) 지리류 또는 오행류에 속한다고 주장했고, 허구성을 강
조하는 다른 한쪽은 '소설'류로 분류해야 한다고 주장했다. 시간이 흐르
며 현대 학문 분과가 늘어나고 세분되면서 서로 다른 전공의 학자들은
『산해경』에 나타난 자기 학문 분과 내용을 근거로 그 성격을 판단했다.
그 결과 『산해경』의 성격에 관한 학설은 점점 더 무성해졌다. '지리지',
'박물지', '종합 지방지', '토템 기록', '신화의 보고', '무서', 심지어 '백과사
전'이라는 주장까지 나왔다. 학과 간의 교류가 잘 이루어지지 않았던 탓
에, 이처럼 서로 다르고, 심지어는 상충하기까지 하는 여러 학설이 함께
오랜 기간 공존해 왔다.

---

1 『民間文學論壇』 2010年 第1期에 실린 글임을 밝힘.

이 중 문학계에 가장 큰 영향을 미쳤던 것은 루쉰이 주장한 무서설이다. 10여 종의 중국 문학사를 뒤져보면 대부분 『산해경』을 무서로 정의한다. 그러나 이에 반대하는 목소리도 있다. 린천(林辰)은 「산경」에 기록된 물산과 신에 지내는 제사가 그 양에 있어 현격한 차이가 있다면서 『산해경』은 당시 사회의 무속적인 색채를 반영할 뿐 무서가 아니라고 주장했다. 그래서 그는 "『산해경』이 '고대 무서'라는 학설은 『산해경』의 기이한 측면만을 강조한 결과이다. 이는 책 일부를 다수로 보고, 책의 지엽을 본질로 얘기하는 것과 다름없다"고 했다.[2] 매우 날카로운 지적이지만, 아쉽게도 독후감 형태로 정식 학술지가 아닌 곳에 게재되어 큰 영향력이 없었다. 또 그는 『산해경』의 성격에 대해 집중적으로 토론하지 않았다.

본고는 무서설의 앞뒤 맥락과 그 근거를 총체적으로 살펴보고, 이에 대해 비판을 진행하고자 한다. 『산해경』을 여러 학문 분과에서 연구하는 것은 괜찮지만, 필자는 『산해경』 자체가 여러 학문 분과에 걸쳐 있다는 견해에는 동의하지 않는다. 책이란 하나의 기본적인 성격이 반드시 있으며, 특정 현대 학문 분과에 속하기 마련이다. 『산해경』이 여러 내용을 다룬다고 해서 간단하게 이를 여러 갈래의 분과에 걸쳐 있다고 판단하는 것은 하나의 학과에만 국한된 좁은 시야나 갈등을 회피하고자 하는 마음에서 비롯된 것이다. 그렇기에 본고는 사료와 지리학계의 연구 성과를 바탕으로 『산해경』의 원시 지리지로서의 성격을 다시 살펴보고자 한다.

2. 무서설의 주요 근거 검토

『산해경』이 무서라는 주장은 루쉰의 『중국소설사략』에서 시작한다.

---

2 林辰, 「山海經不是巫書-讀中國神話學想起的」, 『中國圖書評論』 1995年 第8期, p.47.

『산해경』은 지금 전해지는 판본은 18권이고, 해내외 산과 강, 신과 기이한 존재들 그리고 제대로 제사를 지내는 법을 기록했다. 우임금과 익이 지었다는 것은 실로 아니며, 『초사』에 연유하여 작성되었다는 것 역시 아니다. 신에 제사를 지내는 데 젯메쌀(정미)를 많이 쓰는데 무속에 부합하니 아마도 옛날의 무서일 것이다. 다만 진대, 한대 사이의 사람 또한 추가한 바가 있다.[3]

　루쉰은 어려서부터 『산해경』을 즐겨 읽었고, 성인이 된 후에 여러 판본을 구입했다. 『산해경』에 대한 그의 애정과 연구는 주로 문학적 흥미에서 출발했다. 그렇기에 그는 책의 초자연적인 내용, 특히 신화에 큰 관심을 기울였다. 『산해경』의 지리지 성격은 『우공추지(禹貢錐指)』와 『사고전서·총목제요』의 비판을 거치며 설 자리를 잃은 상황이었다. 신화를 가장 많이 기록했다는 점에서 '소설'이나 신화서로 판단하는 것도 실제 양상과는 어긋났기에 루쉰이 내린 '아마도 옛날의 무서일 것'이라는 추측성 결론이 큰 반향을 일으켰던 것으로 보인다.[4] 『산해경』에 어느 정도 무속적인 색채가 있고, 산신 제사와 무당, 박수는 밀접한 관련이 있기에 루쉰의 추측도 일견 합리적이다. 그러나 루쉰의 추측이 『산해경』 내용 전체와 부합하는 것은 아니다. 『산해경』을 '해내외 산과 강, 신과 기이한 존재들 그리고 제대로 제사를 지내는 법'에 관한 기록으로 요약한 것은 분명 실제와 편차가 있다. 「산경」에 '기이한 존재'가 많이 등장하긴 하지만, 금, 은, 구리, 철, 옥 등 광물 이야기가 주를 이루며 새나 길짐승, 초목에 관한 기록도

3　山海經今所傳本十八卷, 記海內外山川神祇異物及祭禮所宜, 以為禹益作者固非, 而謂因楚辭而造者亦未是. 所載祠神之物多用糈(精米), 與巫術合, 蓋古之巫書也, 然秦漢間人亦有增益. 『魯迅全集』 第9卷, 人民文學出版社, 1918, pp. 18-19.

4　孫昌熙, 「魯迅和山海經」, 『東北師範大學學報(哲學社會科學版)』 1979年 第1期, 1979, p.100.

역시 허구와 사실이 섞여 있어 온전히 '이물'인 것은 아니다.[5] 「해경」부터는 먼 곳의 기이한 나라와 민족에 관한 이야기이지, 신에 관한 이야기는 많지 않다.

중국 본토 학계에서 루쉰의 가설을 받아들여 『산해경』을 '옛 무서'로 확정 짓자, 무서설이 갖는 한계는 더욱 커졌다. 루쉰 이후 무서설을 힘써 주장해 온 사람은 웬싱페이 교수와 웬커 두 교수였다. 웬싱페이 교수의 「산해경에 관한 기초 탐색」(1979), 웬커 교수의 「무서로서의 산해경 탐색 시도」(1986), 『중국신화사』(1988), 『중국신화통론』(1991) 등은 반복하여 『산해경』 무서설을 강조했다. 여기서는 두 교수가 제시한 무서설의 근거를 가지고 그 문제점을 분석해 보도록 하겠다.

웬싱페이 교수는 「산경」은 전국시대 초 또는 중기, 「해경」은 진대 또는 서한 시대에 형성되었고, 「황경」 이하 다섯 편은 유흠이 「해경」에서 분리한 것이라고 보았다. 그는 고대 사회에서 무격은 그 위치가 매우 높았고, 신화, 제사, 점복, 무우(舞雩), 지리, 박물, 의학 등 다양한 학문과 기술에 통달했기 때문에 「산경」에 기록된 산천의 이름, 길흉화복, 귀신, 금, 옥과 같은 물산은 무당의 신화, 지리, 박물 지식에서 비롯되었다고 주장했다. 「산경」의 약물과 약효는 무격의 의술이고, 무우 역시 「산경」에 나타난다고 했다. 그렇기에 「산경」은 '무격'의 책이다.[6] 또 그에 따르면 전국시대 말기부터 진한 시대에 방사가 대거 등장하여 바다 밖 머나먼 곳에 관한 이야기를 퍼뜨렸는데, 이는 「해경」에서 '바다에는 다른 지역이 있어 신인이 살고, 괴이한 존재들이 머문다'는 말과 들어맞으니 「해경」은 방사의 책이다.[7]

5 郭郛, 『山海經注證』, 中國社會科學出版社, 2004.

6 袁行霈, 『山海經初探』, 『當代學者自選文庫 · 袁行霈卷』, 安徽教育出版社, 1999, p.15. 원문은 『中華文史論叢』 1979年 第3輯에 실림.

7 위의 책, p.17.

고대 무격의 지식과 기술에 관한 웬싱페이 교수의 결론은 정확하다. 그러나 다른 직업을 가진 사람도 이러한 지식과 기술을 갖추었을 가능성을 간과했다는 문제점이 있다. 제사 관련 지식에 있어 국가의 큰일은 제사와 전쟁이라고 했다. 가장 중요한 제사는 천자와 제후국 군자의 책임이었기에 무격만이 독점하는 지식과 기술이 아니었다. 지리 관련 정보는 정부야말로 더욱 이를 필요로 했고, 군인에게도 필요했다. 「산경」의 내용은 사실 무격에만 그런 것이 아니라, 고대 국가 정부의 수요에 더 맞았다(밑에서 상세 논의할 예정). 그렇기에 웬싱페이 교수가 주장한 것처럼 고대 무격의 지식 기술과 내용이 일치한다고 「산경」이 곧 무서인 것은 아니다. 또 그는 고대 무격의 사회적 지위가 높았다고 보았지만, 이들에게는 '상사'가 있었다. 무격이 중요하긴 했지만, 전국시대에 이들은 이미 국가에 소속되어 있었다. 그들의 지식과 기술은 국가를 위한 것이었다. 당시 '제사'의 중요성은 이미 '전쟁'과는 비교할 수 없을 만큼 컸다. 『산해경』의 물산 기록이 군사, 정치적으로 갖는 의미는 「오장산경」 끝에 우임금의 말로 명시되어 있다.

> 천하 명산 중 5,370곳을 다녔고, 64,056리로 그것들이 차지한 땅이었다. …… 천지의 동쪽과 서쪽은 28,000리이고, 남쪽과 북쪽까지는 26,000리이며, 강이 흘러나오는 산은 8,000리이고, 물이 지나는 곳이 8,000리이며, 구리가 나는 산은 467개이고, 철이 나는 산은 3,690개이다. 이 책은 천하를 나무와 곡식을 심는 곳, 주살과 창이 드러나는 곳, 칼과 겸이 일어나는 곳을 나누어 기록한 것으로, 이 책을 잘 활용할 수 있는 사람은 넉넉할 것이고, 서툰 사람은 궁핍할 것이다. 태산과 양보에 봉선을 행했던 임금은 모두 72명인데, 그들이 흥하고 망했던 이치가 모두 이 안에 있고, 가히 나라를 위해 쓰이기 위함이라 할 수 있다.

똑같은 내용이 『관자·지수』에도 나온다. 어느 책이 먼저인지는 모르겠지만, 모두 「산경」의 성격과 기능이 무속이 아닌 국가를 위한 것임을 보여준다.

「해경」(「황경」 포함)은 분명 오늘날 보기에 환상적이고 방사와 관련이 많아 보인다. 그러나 교통이 발달하지 않았던 전국시대나 더 이른 시기에 바다 밖 세상에 관련된 지식은 소문에 의지했고, 따라서 환상적인 색채가 짙을 수밖에 없었다. 전국시대의 『목천자전』이 좋은 예이다. 방사들은 소문을 활용하여 자기의 학문을 키워왔을 가능성이 크다. 「해경」이 형성된 시기는 진, 한대보다 빠르다(필자는 「해경」 형성 시기에 관한 웬싱페이 교수의 견해에 동의하지 않는다). 그렇기에 「해경」과 방사의 학문 간에 공통점이 있다고 이를 '방사의 책'으로 판단하기는 어렵다. 필자는 「해경」 역시 국가적 수요에 따른 것으로 본다. 가령 『주관·하관』에는 다음과 같은 구절이 있다.

> 『하관』에서 또 직방씨는 천하의 판도를 파악하고, 천하의 땅을 장악하여 나라의 수도와 시골을 판별한다. 사이, 팔만, 칠민, 구맥, 오융, 융적의 사람들과 그 자원, 구곡과 육축의 수를 분별하여 그 좋고 나쁨을 두루 안다고 하였다.

직방씨가 장악한 먼 나라와 이민족 관련 지식이 실제로도 유용했는지 보장할 수는 없으나, 교통이 제한적이고 서로 왕래가 없는 상황에서 이처럼 환상적인 색채가 짙은 '지식'은 당시 검증될 수 없었기에 오랫동안 보존되었다.

『산해경』에 관한 웬커 교수의 논의는 서로 모순되는 부분이 있다. 그는 『산해경교주』 서문에서 『산해경』을 '역사와 지리의 시초', '신화의 보고'라고 했지만[8], 「무서로서의 산해경 탐색 시도」에서는 '이는 신화와 여

---

8 袁珂, 『山海經校註』, 巴蜀書社, 1993, p.1.

러 문화, 역사 지식이 한 데 섞여 다원적인 학문 성격을 지닌 책이다'라고 평가했다.[9] 그러나 이 같은 모순점들은 '무서'라는 이름으로 하나로 묶이게 된다. 무당의 지식 역시 허구와 사실이 섞여 있는 것이기 때문이다. 웬커 교수가 루쉰의 추측을 논증하는 방식은 웬싱페이 교수와 다르다. 먼저 그는 『산해경』이 우임금의 이름을 빌려 쓰인 데 착안하여 우임금이 무당의 조상 격이고, 이 때문에 무당이 그의 이름을 빌려 쓴 것이라 주장하지만, 다소 억지스럽다. 이 같은 논리라면 우임금은 하나라의 개국시조이기도 하니 후대 군주가 그의 이름을 빌려 썼을 가능성 또한 있기 때문이다. 또한 웬커 교수는 어린 시절 무당이 '치병 의례'에서 여러 귀신 그림을 내걸고, 그 그림의 내용을 노래로 해설하는 것을 본 적이 있었다고 한다. 그는 여기서 영감을 받아 그림에 대한 설명이 많은 「해경」에 나오는 여러 신기한 사람은 아마도 고대 무당이 혼령을 부를 때 읊은 내용일 것이라고 보았다.[10] 이는 실상 추측에 지나지 않아 설득력이 부족하다. 마지막으로 웬커 교수는 「산경」이 구정에 그려진 그림에서 비롯되었다고 봤다. 구정은 '상제(上帝) 귀신'에 바치는 것이자 '백성들이 신과 괴물을 알고 만나지 않고 두려워하지 않게 하기' 위해 만들어진 것으로 모두 무속과 연관성이 있긴 하다. 그러나 양신이 제기한 『산해경』과 구정 간의 관계는 오늘날 학계에 거의 받아들여지지 않으며, 하대(夏代)에 구정을 주조했다는 것 역시 고사 전설일 뿐이다. 설사 주대에 구정을 만들었다 하더라도, 거기에는 「산경」의 풍부한 내용을 모두 담을 수 없다. 특히나 「산경」에 많이 보이는 동물 울음소리 묘사, 예컨대 '그 이름을 부르며 운다'거나 '그 울음소리가 아기와 같다'는 표현은 그림으로 나타낼 수 없다. 그렇기에 웬커 교수의 학설은 성립하기 어렵다.

---

9 袁珂, 「山海經"蓋古之巫書"試探」, 中國山海經學術討論會 編, 『山海經新探』, 四川省社會科學院出版社, 1986, p.232.

10 위의 책, p.237.

웬커 교수는 『중국신화통론』에서 네 가지 논거를 제시했다.[11] 첫째, 『산해경』에는 무당의 활동을 기록한 부분이 많다. 이에 대해 이미 린천이 무당 활동 관련 내용이 오히려 적다는 점을 지적했다. 둘째, 「산경」 각 편 말미에 산신 제사 의례와 제수를 기록했는데, 이는 모두 무당 활동의 구체적인 표현이다. 여기에 대해서도 린천은 과장된 분석일 뿐만 아니라 제사 의례를 곡해한 것이라고 비판했다. 다만 린천은 이 행위들은 '각 씨족의 풍속'일 수 있고, 무당의 활동이 아닐 수 있다는 점을 강조했다. 필자는 「산경」에 나오는 산이 모두 여러 지역에 걸쳐 있고, 상고시대에는 그 어느 씨족도 이렇게 큰 지역을 관할한 적이 없기에 린천의 견해에 동의하지 않는다. 같은 계열의 산마다 동일한 구조의 모습을 띤 신이 있고 같은 제사 의례를 받는다. 남, 서, 북, 동, 중의 모든 신은 구조적으로 대응 관계를 이루어 내적 통일성을 갖추었다. 그렇기에 이 제사 의례는 국가에서 규정한 통일된 의례였을 것이다(뒤에 상세하게 서술할 예정). 셋째, 웬커 교수는 신화는 고대 종교의 중요한 의미라고 하며 『산해경』에 신화가 가장 많으니, 무속과의 관계가 밀접하다고 주장했다. 그러나 『산해경』에 완전한 신화 서사는 8개 정도에 지나지 않아 책 전체에서 차지하는 비중이 매우 작다. 게다가 이러한 지식은 전국시대 또는 그보다도 더 일찍 일반 사람들도 모두 알 수 있었던 터라 무당만이 아는 것이 아니었다. 그리고 웬커 교수가 제시한 네 번째 증거는 실상 「무서로서의 산해경 탐색 시도」의 첫 번째 증거와 같기에 따로 논의하지 않겠다.

『산해경』이 무서라는 증거를 살펴본 결과 이들은 분명한 사실이라도 그 추론에 허점이 있거나, 사실 자체가 신뢰하기 어려운 경우도 있었다. 그렇기에 『산해경』이 무서라는 학설은 성립하기 어렵다. 논증 과정에서 줄곧 제시한 '국가 입장' 외에 『산해경』이 민간 저술이라는 주장도 있다. 『산해경』

---

11 袁珂, 『中國神話通論』, 巴蜀書社, 1991, pp. 2-3.

이 국가 수요에 따라 쓰였다는 점을 증명하지 못한다면 위의 논증은 결국 목적이 없어지는 셈이기에, 이어서『산해경』의 성격을 파악해 보고자 한다.

3.『산해경』의 성격에 관한 필자의 견해

필자가 보기에『산해경』은 원고 시대의 지리지이다. 웬싱페이 교수와 웬커 교수 모두『산해경』에 포함된 지리 정보를 부정하지 않았다. 그저 이 지리 정보는 환상적인 색채가 짙어 실용적이지 못하다고 보았을 뿐이다. 필자의 관점을 증명하기 위해서는『산해경』지리 정보의 신뢰성을 떨어트리는 세 가지 장애물을 극복해야만 한다.

첫째,『산해경』의 대다수 지명은 한, 진 이후 문헌 자료에 나타나지 않아 구체적인 지리적 위치를 짚어내기 어렵다. 이는 지명이 거듭 바뀐 탓일 수도 있고, 실제 지명이 아닌 저자가 어디선가 들은 지명을 썼기 때문일 수도 있다.

둘째,『산해경』의 지리 서술 부분은 오차가 큰 경우가 많다. 이는『산해경』의 지리지 성격을 확신하기 어렵게 만드는 또 다른 장애물이다. 역사 지리학자 탄치샹은 「오장산경의 지역 범위 제요」에서 「산경」에 기록된 산맥의 방향과 거리의 신뢰도를 연구했는데, 그 결론은 다음과 같다. 1. 산과 산 사이의 방향이 완전히 맞거나, 완전히 틀린 경우는 거의 없고, 대다수는 편차가 있는 정도이다. 2.『산해경』전체로 놓고 봤을 때, 방향은 대체로 맞거나 약간의 편차가 있고, 아예 틀린 경우는 예외적이다. 3. 산과 산의 거리는 보통 정확하지 않다. 각 편의 말미에 정리된 전체 거리는 보통 실제보다 멀며, 많을 때는 7, 8배에서 열 몇 배가 넘기도 하고, 실제 거리보다 짧은 경우는 예외적이다. 4. 진남, 섬중, 예서 지역의 지리 정보가 가장 상세하고 정확하다. 원문에 제시된 거리와 실제 거리 간의 차이는 2배를 넘지 않는다. 이 지역에서 멀어질수록 정확도는 떨어진다.[12] 이러한 오차에도 불구하고 탄치상은 여전히『산해경』의 다른 부분은 기이한 존재에 관한 이야기로 볼 수 있지만,「오장산경」만큼은 틀림없는 지리서라고 본다.『산해경』의 지리지 성격에 관해 지리학계에서는 논쟁이 없다.

셋째,『산해경』의 지리 관련 부분에는 또 신이한 존재 이야기가 대량 섞여 있다. 닭 머리에 거북이 몸에 뱀 꼬리를 한 선귀, 아홉 꼬리를 가진 여우, 머리 셋에 몸이 하나인 사람, 반대로 머리 하나에 몸이 셋인 사람 등등이 있고, 또 닭의 몸통에 용 머리를 한 신, 누런 자루 같은 모습의 제강처럼 초자연적인 신령들이 있다. 이들은 오늘날 보기에 상상의 결과물처럼 여겨지고, 이는『산해경』의 지리지 성격을 희석하는 최대 장애물이다. 그러나 이는 귀신에 관한 믿음이 왕성했던 원고 시대를 사실적으로 묘사한 것으로 보인다.『산해경』은 원시적인 지리지이기에 현대 지리지와는 당연히 차이가 크다. 왕용(王庸)은『중국 지리학사(中國地理學史)』에서 다음과 같이 말한다. "후대 사람들은 지리학 지식이 발전한 이후의 시선으로『산해경』을 읽곤『제요』처럼 '하나도 진실한 것이 없다'는 평을 내리는데, 책이 형성되었던 시대를 살은 사람의 마음으로『산해경』을 읽는다면, 기이하고도 괴이쩍은 것들, 모호한 일들 모두 그들이 마음 깊이 믿어 의심치 않은 것이었음을 알 수 있다. 또한 서술된 사물들은 비록 전부 직접 보고 들은 것은 아니지만 실로 모두 그 근거와 유래가 있기에, 소설가들이 지어낸 공중누각과는 다르며, 상상에 따라 많이 지어낸 것과도 다르다."[13] 그의 이 같은 평가는 시사하는 바가 크다.『산해경』이 원시 지리지라는 전제하에 그는 그 허구적인 부분 또한 간과하지 않았다. "다시 말해『산해경』이라는 책은 대체로 원시 지리지적 성격을 지녔지만, 내용이 복

---

12 譚其驤,『五藏山經的地域範圍提要』,『山海經新探』, 四川省社會科學院出版社, 1986, p.13

13 王庸,『中國地理學史』, 商務印書館, 1938, p.6.

잡하고 여러 방면에 걸쳐 있다."[14] 이처럼 왕용의 견해는 『산해경』의 지리지 성격을 희석하는 기이한 내용 문제를 해결할 수 있다.

위에서 말한 문제들 때문에 청대 『사고전서·총목제요』는 『산해경』이 "이 책은 산수를 논하는 데 있어 신기하고 괴이한 내용을 많이 섞였다. …… (필자가) 듣고 보는 것을 근거로 판단하기에 백 가지 중에 단 하나도 진실한 것이 없다"고 평가했다. 그 결과 이들은 『산해경』의 지리지적 성격은 부정하고, 이를 '가장 오래된 소설'로 규정해 버렸다. 사고전서관들은 '듣고 보는 것'을 근거로 내세웠는데, 이는 반박할 수 없는 사실처럼 보인다. 그러나 그들의 견해는 큰 의문을 자아낸다. 비록 지리학이 실천적 학문일지라도 '듣고 보는 것'으로는 고대 지리 경관을 확인할 수 없다. 『산해경』이 묘사하는 원고 시대의 지리 상황은 오늘날과는 매우 다르다. '듣고 보는 것'으로 직접 검증할 수 없는 것은 자명하다. 위쟈시의 『사고제요변증』은 『산해경』의 '거리와 산천을 거의 고증하기 어렵다'고 본 사고전서관들의 질책에 대한 답을 내놓았다. "이 또한 그 당시 이를 다루는 사람들이 정통하지 못한 탓이다. 훗날 필원, 학의행 두 사람은 그 길과 마을, 산과 강에 관해 대부분 확실하게 고증하여 이야기해 냈고, 근거 없이 지어낸 것이 전혀 아니었다."[15]

지금의 눈으로 보면 『산해경』은 확실히 현대 지리지의 범위를 벗어난 것처럼 보인다. 특히 수많은 초자연적인 요소는 그 과학성을 반감시킨다. 생물학자 궈푸는 『산해경주증』에서 『산해경』의 동식물 관련 기록의 과학적 성격을 복구시키느라 신비한 내용 부분을 대량으로 삭제할 수밖에 없었다. 그럼에도 아래 세 가지 점에서 『산해경』은 지리지가 맞다.

첫째, 『산해경』의 주요 내용과 구조가 지리지의 성격을 띤다. 책 전체

---

14 위의 책, p.9.

15 余嘉錫, 『四庫提要辨證』. 中華書局, 1980, p.1122.

에 걸쳐 지리 방위에 따라 산, 강, 물산, 기이한 존재 및 해내외에 분포한 다양한 인간군상을 차례로 소개하는 것은 전형적인 지리지 구조이다.

둘째, 『산해경』의 일부 괴이한 내용은 상고시대 지리지에서 공통으로 보이는 시대적 특징이다. 상고시대의 정신적 삶에는 종교와 미신이 절대적인 위치를 차지했으며 과학이 발달하지 않았기 때문에, 당시 사람들에게 괴이한 존재들은 실재였다. 이들에게 신기한 현상은 무척 자연스러운 일이었기에 기록으로 남겼을 뿐 고의로 허구를 지어낸 것은 아니었다. 이러한 상황은 『산해경』뿐만 아니라, 유럽의 고대 지리서에도 마찬가지로 발견된다. 청나라 초 선교사 남회인 등이 만든 『곤여전도』에도 적지 않은 괴물이 등장한다. 그렇기에 『산해경』에 괴이한 내용이 있다고 하여 그 지리지적 성격을 부정하기 어렵다. 그뿐만 아니라 비록 후대의 일반 독자들의 큰 관심을 끌긴 했으나, 이물 이야기는 『산해경』의 편찬 목적도 아니었으며, 그 핵심 내용 또한 아니다. 『산해경』에 이물 이야기가 유독 많게 느껴지는 것은 「오장산경」에 대거 등장하는 산, 강, 거리 및 광·식물 관련 정보처럼 이목을 끌지 못하는 객관적인 지리 지식은 등한시해 왔기 때문이다.

셋째, 『산해경』에 체계적으로 정리된 산신 숭배와 종교 제사 활동은 상고 시대 지리학에 반드시 수반되는 내용 중 하나다. 주나라 사람들은 자연 자원을 하늘이 주신 보물로 간주했고, 그 전부를 장악하기 위해 지리와 관련된 자료를 책임지는 관료들은 신과 교신해야 할 필요가 있었다. 이는 당시 유행했던 자연 숭배의 일부였다. 산신에게 지내는 제사 의례는 광물 자원을 손에 넣으려는 목적에 따른 종교적 조치였다. 『관자·목민』에 따르면 "백성을 따르게 만드는 도리는 귀신을 숭상하고, 산천에 제사 지내는 것이다. …… 귀신을 숭상하지 않으면, 비천한 백성들은 깨우치지 못하고, 산천에 제사 지내지 않으면, 위광과 명령은 알려지지 않는다"고 하였다. 이처럼 『관자』의 저자는 귀신 숭배를 통해 민중을 교화하고자 했고, 산과 강에 제사함으로써 정치 제도의 전파와 집행을 도모했다. 이 같은 사상에 따라, 광산 자원을 장악하기 위해『관자·지수』에서는 또 다음과 같이 이야기한다. "만약 산에 이르러 빛나는 것(인용자 주: 노두를 뜻함)을 보시거든, 임금께서는 엄히 사람의 출입을 금하시고 제사를 지내십시오. 십 리마다 제단을 쌓아 만들고, 탈것을 탄 자는 내려 걷도록 하시고, 걷는 자는 빨리 걷도록 하십시오. 만약 규칙을 위반하는 자는, 그 죄로 죽음을 면치 못할 것입니다"[16] 이는 산천 제사의 실용적인 목적을 잘 드러낸다. 따라서『산해경』은 종교적인 내용을 포함하고는 있으나, 여전히 실용적인 지리지이지 전문적인 무서가 아니다. 또한 이 같은 순수한 종교적 내용은 일부에 지나지 않으며 책 전체의 주요 내용은 지리지이다. 신이한 내용이 있다고『산해경』의 지리지 성격을 부정해서는 안 된다.

이론적으로『산해경』은 매우 오래된 지식 체계에 속하기에 객관적인 정보와 주관적인 상상이 한 데 섞여 있어 구분하기 어렵다.『한서·예문지』의 도서 분류 체계 또한 과학적인 도서(천문학, 지리학, 의학)와 무속적인 저작(점복, 감여, 신선)을 모두 '수술략'으로 분류했다. 이에 따라『산해경』역시 '수술략 형법가'로 분류되었다.『산해경』의 속성을 판단하는 올바른 방법은 원시적인 문화 체계에서의 구체적인 위치와 실제 기능을 고려하는 것이다. 후대의 개념으로 이를 판단해서는 안 된다. 후대의 지식 체계에서 객관적인 지식(천문학, 지리학, 수학)은 점차 신비주의에서 벗어나 독립해 갔고,『산해경』이 처한 원시적 문화 환경과는 달라졌다. 후대 학자들은 각자 자기 시대의 관념으로『산해경』의 성격을 판단했기 때문에 의견이 갈렸다.『수서·경적지』는『산해경』을 지리류 첫 번째 책으로 꼽았다. 그러나 송대『도장』에『산해경』이 수록된 것은 이를 종교적 저술로 봤음을 의미한다.『송사·예문지』는 이를 오행류로 분류하여 감여 무속

16 周瀚光, 朱幼文, 戴洪才,『管子直解』, 復旦大學出版社, 2000, p.506.

으로 봤다. 『사고전서·총목제요』는 다시 이를 소설가류로 분류했다. 현대 학자는 더욱 중구난방으로 『산해경』을 정의했다. 이는 후대 학자들이 각자 지식 체계로 이 오래된 책을 규정하는 데서 빚어진 어려움을 반영한다. 시대마다, 그리고 학자마다 『산해경』의 사실적인 요소와 허구적인 요소 중 다르게 중점을 두었다. 이는 『산해경』 연구사에서 이 책을 서로 다르게 정의한 근본적인 이유이다. 후대 학자들이 『산해경』을 어떻게 분류했는가 하는 문제는 『산해경』이 시대마다 다르게 수행한 기능을 반영하고, 또한 시대마다의 사회 문화와 지식 체계가 발전한 상황을 보여준다.

4. 『산해경』의 국가적 성격

필자는 『산해경』이 지리지, 그것도 국가에서 통일적으로 편찬한 자연 지리지와 인문 지리지라고 본다.

「오장산경」에 기록된 광산 자원은 매우 많다. 금속에 속하는 것만 하더라도 금, 황금, 적금, 백금, 구리, 금동, 적동, 은, 적은, 적주석, 금주석, 철 등이 있고, '철이 많다'는 곳이 약 37곳, '구리가 많은' 곳은 약 25곳, '금(대다수는 구리)이 많다'는 곳은 약 140군데이고[17], '옥이 많은' 곳은 약 214곳이다. 이는 모두 「산경」의 저자 또는 편집자가 광산 자원을 매우 중시했음을 보여준다. 산에서 나는 자원을 기록하는 「오장산경」의 순서 역시 주목할 만하다. 보통 산을 소개할 때 먼저 금, 옥, 구리, 철, 주석 등 광산 자원을 소개한 뒤에야 초목과 동물 등을 나열한다. 먼저 광산을 나열하고 그 후 초목과 동물이 이어지는 것은 국가에 중요한 순서에 따라 배

---

17 이토 세이지 역시 적금을 포함한 금은 보통 구리로 봐야 한다고 했다. 『中國古代文化與日本』, 張正軍 譯, 雲南大學出版社, 1997, p.425. 곽박은 적금은 구리이고, 백금은 은이라고 했다.

열한 결과일 것이다. 광물은 당시 보통 민중에게 큰 의미가 없었기에 『산해경』은 민간에서 지어진 저작이 아닐 것이다.

「오장산경」의 끝에는 우임금의 목소리로 직접적으로 이 책의 가치를 이야기하는 부분이 있다.

> 천하 명산 중 5,370곳을 다녔고, 64,056리로 그것들이 차지한 땅이었다. ……
> 천지의 동쪽과 서쪽은 28,000리이고, 남쪽과 북쪽까지는 26,000리이며, 강이
> 흘러나오는 산은 8,000리이고, 물이 지나는 곳이 8,000리이며, 구리가 나는 산
> 은 467개이고, 철이 나는 산은 3,690개이다. 이 책은 천하를 나무와 곡식을 심
> 는 곳, 주살과 창이 드러나는 곳, 칼과 겸이 일어나는 곳을 나누어 기록한 것으
> 로, 이 책을 잘 활용할 수 있는 사람은 넉넉할 것이고, 서툰 사람은 궁핍할 것
> 이다. 태산과 양보에 봉선을 행했던 임금은 모두 72명인데, 그들이 흥하고 망
> 했던 이치가 모두 이 안에 있고, 가히 나라를 위해 쓰이기 위함이라 할 수 있다.

「오장산경」의 정치적 의미가 명확하게 드러나는 단락이다. 지리적 공간과 물산 자원은 건국의 기초이며, 백성들이 생활하는 바탕이자 또한 전쟁이 일어나는 원인이기도 하다. 능력 있는 자는 넘치는 자원을 소유하고, 능력이 없는 자는 물자 부족에 시달린다. 국가의 흥망성쇠는 보유한 지리적 자원에 결정된다. 이로써 저자의 저술 목적은 너무도 명확해지는데, 바로 국가가 이 모든 것을 알고 장악하게 하기 위함이다.

실제 고대 국가가 자원을 통제했던 양상과 상술한 내용은 완벽히 일치한다. 산과 바다의 자원은 오랫동안 국가의 통제를 받았고 이를 '산해 금령'이라고 불렸다. 주로 구리나 철 따위의 산에서 나는 광물과 바다의 소금이 그 대상이었다. 전자는 무기와 화폐를 만드는 원료이고, 후자는 과세의 대상이었기에 모두 국가의 흥망과 관련이 깊었다. 『일주서』에서 "옛날 제후의 땅은 백 리를 넘지 않고, 산과 바다는 봉하지 않는다"고 했다.

제후국의 규모는 백 리 이하로 통제되었고, 또 그 안의 산과 바다는 제후에게 주지 않았다. 이는 바로 제후가 산과 바다의 자원을 소유하여 반역을 일으킬 생각을 하지 못하게 하기 위함이었다. 또 「오장산경」은 전국의 산맥 분포 상황과 강의 방향을 기록하는데, 이 또한 각 지역 간의 교통(그 정확도는 별개의 문제이다)과 관련이 깊었고, 더 나아가 군사적인 문제와도 이어졌다. 『주관·하관』에는 전문적인 관료가 등장한다. "주의 판도를 파악하여 그 산림천택의 막힘을 두루 알아 길을 통하게 한다." 한편 「오장산경」에 나타난 괴이한 존재들에는 전쟁이나 풍작과 관련된 징조가 많다. 『주관』의 '산사(山師)', '천사(川師)'와 같은 직책은 이 같은 정보를 장악하여 권력을 통제하는 일을 맡았다.

『산해경』의 중요성은 『주관』의 정치 제도에서부터 나타난다. 『주관』은 형성 연대와 관련하여 약간의 논쟁이 있고, 첸무의 고증에 따르면 전국 말기의 책이다. 그 내용은 주대 사회를 일부 반영한다. 『주관』에는 지리 정보를 관장하고 이를 활용하여 일하는 여러 직책이 등장한다.

『천관(天官)』에 따르면 사서는 나라의 육전 …… 나라의 지적도와 땅의 지도를 관리한다.

『지관(地官)』에 따르면 대사도의 직무는 나라 토지의 지도, 그리고 그 사람의 숫자를 관리하여 왕을 보좌하여 나라를 안정케 하는 것이다. 천하 토지의 지도로 구주 땅의 면적을 두루 알고 산림, 천택, 구릉, 분연, 원습의 이름을 판별하고, 나라의 수도와 시골의 수를 파악해야 한다.

『지관』에 따르면 또 수인은 나라의 들을 관리하여, 토지 지도로 밭과 들을 구획하고, 현읍과 시골을 세우고, 지형과 구역에 관한 법을 제정해야 한다. 토훈은 지도를 관장하여, 지역마다의 일을 왕에게 아뢰며, 지역마다의 사특한 자에 관해 설명하고, 지역마다의 사물을 판별한다.

『하관』에 따르면 사험은 구주의 판도를 파악하여 그 산림천택의 막힘을 두루 알아 길을 통하게 한다고 하였다.

『하관』에 따르면 또 직방씨는 천하의 판도를 파악하고, 천하의 땅을 장악하여 나라의 수도와 시골을 판별한다. 사이, 팔만, 칠민, 구맥, 오융, 융적의 사람들과 그 자원, 구곡과 육축의 수를 분별하여 그 좋고 나쁨을 두루 안다고 하였다.

　위의 내용은 여러 정부 직책과 부문이 지도와 거기에 명시된 여러 자원에 관한 정보를 잘 관리했어야 하며, 또 『주관』의 저자 또한 지리 지식을 매우 중시했었음을 잘 보여준다. 또 이와 같은 자료는 등급에 따라 관리되었던 것으로 보인다. 사서는 '국가 지도'만 관리하고, 사험만이 '구주 지도'를 관리할 수 있었고, 대사도와 직방씨 정도 되어야 가장 완전한 정보를 다룬 '천하 지도'를 관리할 수 있었다. 이 같은 등급 제도는 실상 기밀에 접근할 수 있는 권한을 차등으로 두었음을 의미한다. 고급 관리만이 더욱 완전한 지도에 접근할 수 있었다. 그렇기에 보통 사람은 이 같은 지리 자료에 접근하지 못하도록 했을 것이고, 특히 대사도와 직방씨가 관리하는 '천하'를 다룬 1급 지리 자료는 더더욱 접근 불가했을 것이다. 직방씨가 관리하는 자료는 사실 『산해경』에서 다룬 내용과 거의 일치한다. 국내 자료뿐만 아니라 해외 정보도 포함하며, 자연 지식은 물론 인문 지식 또한 포함되어 있다. 이는 『산해경』과 같은 종류의 도서가 중요했음을 시사한다.
　「오장산경」에 나타난 체계적인 산신 숭배와 산신 제사 의례로 볼 때 이는 체계적인 국가 종교이며, 각 지역에서 자연적으로 발생하여 서로 간의 차이가 큰 민간 신앙과는 무관했다. 고대에 전국적인 산천 제사는 천자만이 할 수 있었다. 『예기·제법』에서 "산림, 천곡, 구릉은 구름을 낼 수 있고, 바람과 비를 만들며, 괴이한 존재를 볼 수 있는데, 모두 신이라 부른다. 천하를 다스리는 자는 백신에게 제를 지낼 수 있고, 제후는 그 땅에서 제를 지낼 수 있고, 그 땅을 잃으면 제사 지내지 않는다"고 하였다. 『예기·왕제』에서 또 "천자는 천하의 명산대천에 제사를 지내고 오악은 삼공을 연향 할 때의 등급에 견주고, 사독은 제후를 연향 할 때의 등급에 견준다. 제후가 명산대천에 제사를 드리는 것은 그 땅에 있는 것이다"라고 하였다. 산천 신에게 드리는 제사는 예부터 국가 사전의 중요 부분이었고, 천자는 전국 모든 산천에 제사 지내고, 제후는 자기의 관할 지역에 있는 산천에만 제사 지낼 수 있었다. 『산해경』의 동, 서, 남, 북, 중 다섯 지역 산신의 외형은 상당히 체계적이다. 「남산경」 산신은 각각 '새 몸에 용 머리', '용 몸에 새 머리' 그리고 '용 몸에 사람 얼굴'로 모두 용의 신체 일부를 지닌 초현실적 형태로 모두 상당히 유사하다. 「서산경」 산신은 '사람 얼굴에 말 몸', '사람 얼굴에 소 몸', '양 몸에 사람 얼굴'로 모두 사람과 집에서 기르는 가축의 신체 일부가 결합한 형태로, 역시 유사성이 보인다. 「북산경」 산신의 상황은 약간 복잡한데, '사람 얼굴에 뱀의 몸', '뱀의 몸에 사람 얼굴'인 경우가 있고 '말 몸에 사람 얼굴', '돼지 몸에 옥을 달고', '돼지 몸에 발이 여덟 개에 뱀의 꼬리'인 경우도 있어, 기본적으로 동물의 몸에 사람 얼굴을 한 형태다. 「동산경」의 산신은 '사람 몸에 용 얼굴', '동물 몸에 사람 얼굴을 하고 뿔이 있는', '사람 몸에 양 뿔'로 대다수 사람의 몸에 동물 얼굴을 취해 「북산경」과 반대이다. 「중산경」 산신은 '사람 얼굴에 새 몸', '사람 얼굴에 동물 몸', '사람 형상에 머리가 두 개', '사람 얼굴에 머리가 세 개' 등등이다. 이처럼 「오장산경」에 기록된 산신의 모습은 기본적으로 사람, 새, 동물, 용 네 존재를 조합한 결과다. 같은 지역의 산신이 비슷한 모습으로 묘사된 데는 이들이 하나의 종교 체계에 속한 존재로, 서로 다른 지역 종교나 민간 종교의 신령에서 유래한 것이 아님을 뜻한다. 그리고 이는 앞서 언급한 전국 산천에 제사하는 천자의 권력과 일치한다. 이들 산신에 대한 제사 방식 역시 일치하여 국가가 주도하는 체계적인 제사 의례임이 분명하다. 국가에서 제사를 지낼 권리를 통제한 까닭은 광산 자원을 독점하기 위해서이기도 했다. 당시 사람들은 광산 자원과 같은 자연 자원은 모두 산천의 신이 내려주는 것이고, 경건하게 제사를 지내야만 이를 얻을 수 있다고 생각했기 때문이다.[18]

『산해경』이 국가 지리지라면, 왜 당시 다른 저작에서 인용되지 않았을까? 바로 「오장산경」이 국가의 중요한 자료, 심지어 기밀이라고까지 할 수 있는 전국의 자연, 인문 자원을 기록하고 있기 때문이었다. 그렇기에 당연히 일반인은 쉽게 알 수 없었으며, 개인 저작에서 이를 인용하는 것은 더더욱 어려웠다. 전국시대에 『산해경』을 아는 사람이 적었던 직접적인 이유가 바로 이것이다. 일부 학자들은 이 책의 이름이 사마천의 『사기』에 처음 등장한다는 사실에 근거하여 『산해경』이 진한 시대에 편찬되었다고 판단했는데, 이는 지나치게 '암묵적 증거'를 신뢰해서 빚어진 오류이다.

춘추 전국 시대에 주나라 천자는 그 권위를 철저하게 상실했고, 중국은 전쟁에 휩싸여 여러 갈래로 찢겨 나갔는데, 이 같은 상황은 근 500년이나 지속되었다. 주나라 왕실이 보유하던 학문과 지식은 흩어져 사라졌고, 『산해경』 역시 이때 어느 제후국에 흘러 들어갔을 것으로 보인다. 여러 제후국은 모두 국내외의 각종 자원 정보를 파악 및 장악하고자 했는데, 여기에는 당연히 자국 정보와 해외 지리 지식을 포함했다. 산천과 들, 도로 교통, 물류 정보와 인문 지식 등이 모두 수집 대상이었다. 이는 전국시대 『초사』, 『여씨춘추』 등 책의 신분 높은 저자들이 『산해경』에 접근하고 이를 인용할 기회였다. 『사기·굴원가생열전』에 따르면 굴원은 과거 좌도(左徒) 직책을 맡은 적이 있었다. 추빈지에의 고증에 따르면 좌도는 전국

---

18 伊藤清司, 『中國古代文化與日本』, 張正軍 譯, 雲南大學出版社, 1997, p.423.

시대 때 내정, 외교를 두루 겸하는 중요한 관직이었다.[19] 그렇기에 굴원은
『이소』, 『천문』, 『원유』를 창작할 때 『산해경』을 인용할 수 있었다. 기원전
256년 진나라 상국(相國)이었던 여불위는 전쟁을 일으켜 동주를 멸망시키
고 자연스럽게 주나라 천자가 소장하고 있던 모든 '도서' 자료, 즉 지도와
관련 서적을 확보할 수 있었다. 여기에는 『산해경』도 포함되어 있었을 것
이다. 그렇기에 여불위는 자연스럽게 『여씨춘추』에 『산해경』을 대량으로
인용할 수 있었다.

그러나 보통 사람은 여전히 『산해경』을 볼 수가 없었다. 지리 자료는
각국의 고급 기밀이었기 때문에 외부인은 절대 손을 댈 수 없었고, 특히
적국은 더더욱 접근해서는 안 됐다. 『관자·지수』에서 하늘과 땅의 자원에
관한 환공의 질문에 관자가 대답하는 부분이 있다.

> 산 위에 황토가 있다면 그 밑에는 철이 있는 것이고, 위에 연이 있다면 밑에는
> 은이 있는 것입니다. 혹자는 '위에 연이 있으면 밑에 주은이 있고, 위에 단사가
> 있다면 아래 주금이 있는 것이고, 위에 자석이 있으면 그 아래 구리가 있다'고
> 했습니다. 이것이 산이 묻혀 있는 자원을 드러내 보이는 것입니다. 만약 산에
> 이르러 빛나는 것을 보시거든, 엄히 사람의 출입을 금하시고 제사를 지내십시
> 오. 금한 산을 다니는 자가 있다면 죽을죄를 면치 못할 것입니다. …… 이것은
> 하늘의 재물과 땅의 이로움이 있는 곳입니다.[20]

백고가 황제에게 '천하를 아울러 일가를 이루고자 하는' 방법을 일러
줄 때 그는 산을 봉쇄하여 입산을 금지하는 정치적 수단뿐만 아니라, 종
교적 수단도 제시한다.

---

19 褚斌杰, 『楚辭要論』, 北京大學出版社, 2003, p.14.
20 周瀚光, 朱幼文, 戴洪才, 『管子直解』, 復旦大學出版社, 2000, p.511.

산 위에 단사가 있는 것은 밑에 황금이 있는 것이고, 산 위에 자석이 있는 곳은 구리가 있는 것입니다. 산 위에 화강암이 있는 것은 땅속에 납, 주석. 붉은 구리가 있는 것이고, 산 위에 붉은 흙이 있는 곳은 그 아래 철이 있는 것입니다. 이것이 산이 묻혀 있는 자원을 드러내 보이는 것입니다. 만약 산에 이르러 빛나는 것을 보시거든, 군주께서는 엄히 사람의 출입을 금하시고, 금한 산의 십 리마다 제단을 하나 만들어 수레와 말을 타는 사람은 내려서 지나고, 걸어서 다니는 사람을 빨리 지나가라고 하십시오. 만약 명령을 어기는 자가 있다면 죽을 죄를 면치 못할 것입니다.[21]

이 아래에는 치우가 갈로산과 옹호산의 '금(구리)'을 얻은 후에 일으킨 전란을 예로 들어 군주가 반드시 광산 —— 실상 전쟁 물자를 독점해야 하는 필요성을 설명한다. 위의 단락은 산에 드리는 제사의 정치적 목적은 제단을 설치함으로써 다른 사람들이 산에 드나들며 광산 자원을 확보하여 전쟁을 일으키는 것을 막고자 함을 보여준다. 이는 『관자』의 저자가 지리 지식과 그 대표적인 국가 자원을 매우 중시했다는 것을 뜻한다.

각 나라는 현실적인 이유로 적국의 상황을 열심히 염탐했다. 형가가 진나라 왕을 죽이려 한 사건 역시 독항 땅의 지도를 미끼로 벌어진 일이었다. 그렇기에 이 당시 산을 봉쇄하고 제사를 지내는 행위는 광산을 통제하겠다는 이성적인 사고의 결과였다. 본래 종교적이었던 산천 제사는 이 당시에 이미 현실적인 정치 활동이 되어 있었다. 그렇기에 전국시대와 같은 정치적 상황에서 전국적인 지리 정보를 다룬 자료라면 반드시 관리의 대상이 되었다. 이렇게 『산해경』의 유통은 정치적 목적을 위해 자연스럽게 통제되었다. 구제강은 『우공(전문 주석)』에서 "『우공』이 저술되던 시대가 바로 『산해경』이 유행하던 시기였다"고 하였는데, 즉 전국 후기이다.

---

21 위의 책, p.506.

그러나 그는 『산해경』이 한때 유행했다'는 가설에 대해 증거를 제시하지 않았다. 그렇기에 왕청주는 "주관적인 가설이 틀림없다"며 비판했다.[22] 필자는 춘추시대 이전 『산해경』이 주나라 천자 손에 완전히 은폐되어 있을 때와 비교해 전국시대의 『산해경』은 여러 제후국에 흩어져 있었다고 본다. 그렇기에 『산해경』이 전파된 범위가 확대되었다고 말할 수는 있을 테지만, 유행했다고 할 만큼은 아니었다. 제후국의 집정자들 역시 그들 손에서 『산해경』이 흘러 나가기를 원하지 않았다. 이처럼 선진시대에 누구도 『산해경』을 언급하지 않은 주요 원인은 그 유통을 정부가 통제했기 때문이지 책이 저술되지 않았기 때문은 아니었다.

진나라는 기원전 256년 동주를 멸망시키고, 훗날 전국을 통일하여 바라던 대로 '천하 지도'와 관련 자료를 모두 확보할 수 있었다. 유방이 함양까지 진격해 들어왔을 때 이 자료는 자연히 한나라 군인 수중에 떨어지게 되었다. 『한서·소하전』은 "패공(유방)이 함양에 이르렀다. …… 소하는 홀로 먼저 진나라 승상과 어사의 율령과 도서를 챙기고 간직하였다. 이 때문에 패공이 천하의 견고한 요새와 호구의 많고 적음과 강하고 약함과 백성들이 싫어하고 괴로워하는 것을 두루 알게 되었는데, 이는 소하가 진나라의 도서를 얻은 덕이었다"고 전한다. 여기서 말하는 '도서'가 바로 지도 관련 서적이다. 『수서·경적지』는 소하가 "진나라의 도서를 얻자, 천하의 지세를 다 알게 되었다. 훗날 또 『산해경』을 얻었다"고 이 이야기를 좀더 보태어 전한다. 그렇다면 이때의 『산해경』은 여전히 정치적 수요를 만족할 수 있는 중요한 저술이었고, 일반인은 얻을 수 없는 궁중에 보관된 비밀 도서였을 것이다.

---

22 王成祖, 『中國地理學史-先秦至明代』, 商務印書館, 1988, p.17.

『산해경』
서왕모의 선신善神 속성 연구[1]

1. 들어가며

서왕모 이야기는 그 변화 과정이 상당히 복잡하고 또 학계에서도 각기 다른 해석을 내놓았다. 그러나 한 가지 대체로 일치하는 것은 가장 이른 관련 문헌 자료인 『산해경』에서의 서왕모를 흉포한 흉신(凶神)으로 여긴다는 점이다. 오직 리우종디만이 서왕모가 흉신이 아니라고 주장했다.[2] 필자는 『산해경』을 연구하며 이러한 '원시 서왕모 흉신설'과 리우종디의 일부 논증에 의문을 품게 되었다. 본문에서는 원문 텍스트를 상세하게 독해하여 서왕모의 원시적 성격을 새롭게 고증하고 분석하고자 한다.

---

1 臺灣輔仁大學의 『先秦兩漢學術』 第13期, 2010年 실린 글을 수정 보완했음을 밝힘.
2 劉宗迪, 『失落的天書』, 商務印書館, 2006, p.535.

2. 서왕모의 원시적 성격에 관한 기존 학설의 문제점

현대 학계에서 서왕모 속성의 변화를 비교적 일찍 논한 사람은 마오둔이다. 그는 1920년대에 진화론과 고사변파의 영향을 받아, 서왕모의 원시적인 이미지가 세 시기에 걸쳐 변화했다고 보았다. 그에 따르면『산해경』이 동주에서 전국시대 사이에 형성되었고, 이때 서왕모는 '표범 꼬리와 호랑이 이빨, 봉두난발에 비녀를 꽂은' 반인반수이자, '하늘의 재앙과 오악을 주관하는' 흉신(凶神)이었다. 첫 번째 변천 시기는 전국시대의『목천자전』과 한대 초의『회남자』이다.『목천자전』에서 서왕모는 주목왕과 더불어 노래를 주고받을 정도로 인간 군주의 모습에 가까우며,『회남자』에서 서왕모는 불사약을 지닌 길신(吉神)이자 선인(仙人)으로 변한다. 두 번째 변천 단계는『한무고사』이다. 여기서 서왕모는 한무제에게 불사약을 주는 대신 '삼천 년에 한 번 열매를 맺는 복숭아'를 준다. 이는 일종의 등급이 낮은 불사약이다. 세 번째 변천 시기는 위진 시대이다.『한무내전』에서 서왕모는 '나이가 서른쯤 되는' 미인으로, 신선들의 우두머리가 된다. 이렇게 서왕모의 원시 신화는 도교 전설로 완전히 전환된다.[3]

마오둔의 주장은 영향력이 컸고,『산해경』의 서왕모가 흉신이라는 그의 결론은 보편적으로 수용되었다. 그러나 필자는 이에 대해 두 가지 의문을 제기하고자 한다. 첫째,『산해경』원문에서는 서왕모의 외형을 '표범 꼬리와 호랑이 이빨'로 묘사했을 뿐, 서왕모가 길신(吉神)인지, 흉신인지 그 성격을 명확히 언급하지 않았고, 서왕모가 복을 가져다주거나 재앙을 불러온다는 이야기 또한 없어 그 신격을 추측할 수 없다. 마오둔은 곽박의 주석을 근거로 서왕모 성격을 해석했는데, 곽박은 '하늘의 여와 오잔(天之厲及五殘)'을 '재해와 역병 그리고 다섯 형벌의 잔인한 기운을 주재하

---

3 茅盾,『中國神話研究ABC』, ABC叢書社, 1929, pp. 65-66.

고 안다(主知天之屬記五殘)'로 풀이했다. 그러나 곽박의 해석과 이에 관한 마오둔의 이해가 옳은지는 따져볼 필요가 있다. 둘째, 흉신에서 길신으로의 전환 사이에는 너무나도 큰 격차가 있다. 마오둔은 1차 문헌 자료를 통해 이 같은 전환이 가능했던 원인을 설명한 게 아니라, 그저 문화 진화론의 원칙에 따라 설명했다.

> 문명화된 후대 사람들은 자기 조상의 원시적인 사고에 만족할 수 없었지만, 민간에 전해져 온 이 같은 이야기를 좋아했기 때문에 그 당시 유행하던 신앙에 따라 원시적이고 흉포한 모습은 벗겨내고 화려한 옷을 입혔다. 이는 '기이한 것을 좋아하는' 옛사람들이 한 일이었고, 그 목적은 백성들 사이에서 구전되던 태곳적 전설에 기이한 것을 좋아하는 사람들이 보기에 그럴듯한 빌미를 찾는 데 있었다.[4]

마오둔의 설명은 서왕모가 더 이상 '표범 꼬리와 호랑이 이빨'을 가지지 않게 된 이유는 설명할 수 있지만, 전국시대 사람들이 어떻게 공포의 대상인 흉신을 아름답고 매력적인 인간 군주나, 불사약을 관장하는 길신으로 바꿔 생각하게 됐는지는 설명하지 못한다. 흉신과 길신의 차이는 너무도 클 뿐만 아니라 심지어 완전히 대립적인 관계이기까지 하다! 최초로 서왕모의 성격을 바꾸었던 사람은 무엇을 근거로 흉신을 길신으로 전환했을까? 그 당시 충분한 근거가 없었다면, 또 어떻게 다른 사람들도 그 변화를 받아들이라고 설득할 수 있었을까? 이 문제는 납득할 만한 설명이 필요하며, 그렇지 않고서 이 전환 이론은 성립할 수 없다. 명확한 이해를 위해 우리는 다시 『산해경』 원문으로 돌아가야 한다.

---

4 위의 책, pp. 68-69.

3. 『산해경』에서 서왕모의 이미지

『산해경』에 등장하는 서왕모 관련 자료는 세 가지로, 「서산경」, 「대황서경」, 「해내북경」에 나타난다. 이들의 형성 시기에 대해 학계 전체가 동의한 정설이 있는 것은 아니다. 일설에는 「산경」(「서산경」을 포함)이 비교적 신뢰할 만하며, 가장 일찍 형성되었는데, 대략 동주 또는 전국 초기일 것으로 본다. 「황경」(「대황서경」 포함)이 가장 늦게 쓰였고, 아마도 한대에 형성되었을 것으로 본다. 이 학설을 지지하는 사람으로는 마오둔과 일본의 고미나미 이치로(小南一郎)가 대표적이다. 이와 반대되는 주장도 있다.[5] 웬커는 「황경」(「대황서경」 포함)이 가장 이르고, 「산경」(「서산경」을 포함)이 그다음이며, 「해내경」(「해내북경」 포함)이 가장 늦다고 본다.[6] 『산해경』 각 편의 형성 연대 문제는 복잡한 데다 자료도 부족하여, 양자 모두 그저 하나의 의견일 뿐이다. 또한 세 자료에 나타난 서왕모 성격의 세부적인 변화에 대한 이들의 독해는 원시적인 흉신이라는 범위에서 벗어나지 않는다. 따라서 본문에서는 각 편의 형성 연대 순서는 논의하지 않고, 이를 하나의 덩어리로 해석하고자 한다.

원문을 정확히 이해하고자 웬커의 『산해경교주』에 따라 서왕모 관련 자료의 상하 문맥을 모두 인용하고, 각 단락에 아래와 같이 코드(M1, M2, M3)를 부여하였다.

> M1: 「대황서경」: 서해의 남쪽, 유사의 가장자리, 적수(赤水) 뒤, 흑수(黑水) 앞에 큰 산이 있는데, 이름은 곤륜구라 불린다. 이곳에 신이 있는데, 사람 얼굴에 호랑이 몸을 하고 있으며, 무늬와 꼬리가 모두 흰색이다. 그 아래에는 약수의 깊

---

5 小南一郎 著, 孫昌武 譯, 『中國的神話傳說與古小說』, 中華書局, 1993, pp. 24-26.
6 袁珂, 『山海經校注』, 巴蜀書社, 1996, pp. 358.

은 연못이 둘러싸고 있으며, 그 밖에는 염화산이 있어 물건을 던지면 곧 타버린다. 한 사람이 있는데, 머리에 비녀를 달고 호랑이 이빨에 표범의 꼬리를 가지고 있으며 동굴에 살고 있다. 이름은 서왕모라 한다. 이 산에는 모든 생물이 다 있다.[7]

M2: 「서산경」: 또 서쪽으로 350리 가면 옥산(玉山)이라고 하는데, 이는 서왕모가 거주하는 곳이다. 서왕모의 모습은 사람과 같으며, 표범의 꼬리와 호랑이 이빨을 가지고 있고 휘파람을 잘 불며, 머리카락은 풍성하며 비녀를 쓰고 있다. 서왕모는 하늘의 여와 오잔을 다스린다. 그곳에는 짐승이 있는데, 모습은 개와 같고 표범 무늬를 가지고 있으며, 뿔은 소와 같다. 이름은 교라고 하며, 소리는 개 짖는 소리와 같다. 이 짐승이 나타나면 그 나라에는 대풍년이 든다. 또한 그곳에는 새가 있는데, 모양은 꿩과 같고 붉은색이다. 이름은 승우(胜遇)라고 하며, 물고기를 먹고, 소리는 '녹'과 같다. 이 새가 나타나면 그 나라에는 큰 홍수가 난다.[8]

M3: 「해내북경」: 서왕모는 머리에 비녀를 쓰고 궤석에 기대어 있다. 그 남쪽에는 세 마리의 푸른 새가 있는데, 이 새들은 서왕모를 위해 음식을 가져온다. 이곳은 곤륜허의 북쪽에 위치해 있다.[9]

---

7 西海之南, 流沙之濱, 赤水之後, 黑水之前, 有大山, 名曰昆侖之丘. 有神, 人面虎身, 有文有尾, 皆白, 處之. 其下有弱水之淵環之, 其外有炎火之山, 投物輒然. 有人戴勝, 虎齒, 有豹尾, 穴處, 名曰西王母. 此山萬物盡有.

8 又西三百五十里, 曰玉山, 是西王母所居也. 西王母其狀如人, 豹尾虎齒而善嘯, 蓬髮戴勝, 是司天之厲及五殘. 有獸焉, 其狀如犬而豹文, 其角如牛, 其名曰狡, 其音如吠犬. 見則其國大穰. 有鳥焉, 其狀如翟而赤, 名曰胜遇, 是食魚, 其音如錄. 見則其國大水.

9 西王母梯几而戴勝(杖). 其南有三青鳥, 為西王母取食. 在昆侖虛北. 웬커는 여기의 장(杖)이 불필요하다고 보았다.

상술한 세 자료에서 서왕모의 이미지는 기본적으로 일치한다. M1에서는 서왕모가 '사람'이라 했고, M2에서는 '그 형상이 사람과 같다'고 하였다. 이는 서왕모가 기본적으로 인간의 모습이라는 점을 나타낸다.

여기서 '봉발대승(蓬发戴胜)'에 대해 곽박은 '봉두난발이다. 승은 옥으로 만든 비녀이다'라고 풀이했다. 일반적으로 '봉발(蓬发)' 두 글자를 '봉두(蓬頭)'로 해석하기도 하는데, 이에 따르면 서왕모는 다소 원시적이고 야만적인 이미지를 띤다. 그러나 이 같은 해석은 『산해경』의 맥락 안에서 적절하지 않다. 서왕모는 이와 동시에 옥으로 만든 비녀를 착용했다고 묘사되기 때문이다. 승(胜)은 본래 고대 베틀에서 날줄을 감는 가로로 된 막대기 '등(滕)'으로, 양 끝에 덩굴 꽃을 새긴다.[10] 등에서 발전해 탄생한 머리 장식품인 옥 비녀로 머리카락을 감아 고정한다. 그렇기에 옥 비녀를 이미 착용했다면 또다시 봉두난발일 수는 없고, 곽박의 해석은 모순적이다. 따라서 여기서 '봉발'을 '봉두난발'로 해석해서는 안 된다. '봉(蓬)'은 크다는 의미일 수 있다. 「해내경」에는 "북해 안에 산이 있는데, 이름은 유도산(幽都山)이며 흑수(黑水)가 여기서 흘러나온다. 그 위에 검은 새, 검은 뱀, 검은 표범, 검은 호랑이, 검은 여우가 사는데 꼬리가 크다"는 구절이 있다. 동물인 검은 여우에게는 꼬리가 산발인지 여부가 문제 되지 않는다. 그렇기에 '봉미(蓬尾)'에 대해 곽박은 "봉은 총(叢), 곧 무성하다는 뜻이다. …… 『설원(說苑)』에서 '풍성한 털을 가진 여우, 무늬가 있는 표범의 가죽'이라고 했다"라고 주를 달았다. 여기서 '총'은 '많다'는 의미이다. 학의행은 "『소아·하초불황(小雅·何草不黃)』에서 '여우에게 풍성한 꼬리가 있다(有芃者狐)'고 했다. 이는 여우의 꼬리가 풍성한 모습을 말한 것이다. 글자에 따라 '봉(蓬)'이 되어야 하며, 『시경』에서는 가차하여 '봉(芃)'으로 썼다"고 하였다. '봉미'는 곧 꼬리가 풍성하고 크다는 말이다. '봉'이 풍성하고 크다는

---

10 등(滕)은 적(摘)이라고도 한다.

뜻이라면 서왕모의 '봉발' 역시 머리카락이 많다는 뜻이 되며, 그녀가 옥비녀를 착용한 이유는 여기에 있다. 이렇게 해석한다면 '봉발'과 '대승(戴勝)' 사이의 모순이 해소된다. 또한 서왕모가 '승'을 착용하면 '봉발'은 자연스럽게 위로 부풀어 오른 모양을 나타낸다. 이는 절강(浙江) 소흥(紹興) 지역에서 출토된 동한 시대 화상(畫像) 동경에 그려진 서왕모의 모습과 일치한다. 따라서 '봉발대승'은 서왕모가 머리카락이 많고 옥 비녀를 착용한 모습이다. 이는 서왕모가 엄숙한 기품을 지녔음을 보여주는 것이지, 야만적이고 원시적인 기운과는 전혀 관계가 없다.

물론 서왕모에게는 '표범 꼬리, 호랑이 이빨'처럼 동물적 특성도 있다. 서왕모를 반인반수로 판단한 근거이긴 하지만, 다소 과장된 면이 있다. M1에서 '사람 얼굴이 호랑이 몸', '무늬가 있고 꼬리가 있다'는 '신'이 진정한 반인반수 신이다. 이에 반해 서왕모는 기본적으로 인간의 형상에 약간의 동물적 특성을 지녔을 따름이다. 필원은 『산해경신교정』에서 서왕모가 나라 이름이며, '표범 꼬리, 호랑이 이빨, 풍성한 머리'는 문신이나 조제(雕題)와 같은 종류의 풍습이며, '대승'은 이러한 장식을 좋아하는 풍습을 뜻한다고 봤다. 그러나 필원의 해석은 『산해경』 원문과 전혀 다른 의미기에 수용하기 어렵다.

또한 '표범 꼬리, 호랑이 이빨'을 장식물로 해석하는 견해에도 문제는 있다. 리우종디는 「대황서경」이 고대 역법 월령도(月令圖)를 기반한 그림을 설명한 글이라고 보았다. 그는 "표범 꼬리, 호랑이 이빨, 풍성한 머리는 조비(祖妣)로 분장한 것일 수도 있다"라고 하며, 서왕모를 고대 월령도에 그려진 가을, 겨울 교차기에 치르는 증상(蒸嘗) 의례의 조비로 분장한 사람으로 이해한다. 그리고 「해내북경」과 「서산경」에 등장하는 서왕모는 훗날 「대황서경」의 서술을 따른 것으로 본다.[11] 다시 말해 '표범 꼬리, 호

---

11 리우종디는 "서왕모의 산인 옥야는 「대황서경」 북쪽에 위치하며, 비녀를 쓰고 궤석

랑이 이빨'은 신으로 분장한 사람이 동물 가죽을 입은 모습이며, 인류가 옷을 아직 입지 않았던 시절 동물 가죽을 덮었던 것을 상징한다.[12] 이 같은 해석은 사실상 『산해경』에서의 서왕모 숭배를 부정한다. 「대황서경」이 도상에 대한 설명이 맞는가 하는 논의는 일단 미뤄두고, 한 걸음 양보해 고대 월령도에 그렇게 꾸민 인물이 실제 있었다는 전제하에 「대황서경」의 저자가 그 인물을 서왕모로 오해하여 기록을 남겼다면, 오히려 그 인물이 본래 있는 신화 전설의 존재를 입증하는 방증이 되는 셈이다. '표범 꼬리, 호랑이 이빨'은 여전히 동물적 특성이며, 여기서 이 같은 특징이 식인의 상징인지는 서왕모의 신직(神職)을 종합적으로 고려해야 알 수 있다. 이는 본고의 제4절에서 논의할 것이다.

M2에는 '선소(善嘯)' 두 글자가 추가되었다. 고미나미 이치로는 이를 "야수의 울음소리처럼 포효한다"고 해석했는데, 이는 옳지 않다.[13] 『산해경』에는 울음소리가 묘사된 동물이 많지만, 어떤 동물의 울음소리도 '소'로 불리지 않았다.[14] 『설문해자』에는 "'소'는 부는 소리이다"라고 하였

에 기댄 서왕모는 「해내서경」의 서쪽에 있다. 그렇기에 서왕모의 모습은 고대 월령 도에 가을과 겨울이 교차하는 지점인 서북쪽 귀퉁이에 그려져 있다. 이는 실제 계추(季秋)의 달에 행하는 세시 행사를 드러내는 것이다"고 말한 바 있다. 『산해경』을 살펴본 결과 두 구절은 「대황서경」의 서쪽과 「해내북경」의 제2조에 해당했다. 그렇다면 그가 말한 계추의 위치가 아니라, 정추(正秋)와 초동(初冬)의 위치인 셈이다. 劉宗迪, 『失落的天書』, 商務印書館, 2006, pp. 553-554.

12 위의 책, p.560.

13 小南一郎 著, 孫昌武 譯, 『中國的神話傳說與古小說』, 中華書局, 1993, pp. 24-25.

14 리우중디는 동물 울음소리란 자연 본성에 따른 것이니 잘하고 못하고의 문제는 존재하지 않는다고 보았다. 그러나 이는 『산해경』이라는 맥락 안에서는 잘못된 판단이다. 여기에는 '잘 숨는다(善伏)', '소리를 잘 지른다(善吒)', '잘 돌아온다(善還)', '나무에 잘 오른다(善登木)', '잘 부른다(善呼)'고 묘사된 동물이 매우 많다. 이런 행위는 모두 동물의 본능이지만, 『산해경』은 여전히 '잘한다(善)'로 이를 묘사한다.

고,[15] 『시경·소남·강유사(召南·江有汜)』에는 "나를 지나지 않으며, 그 소리로 노래한다"라는 구절이 있는데, 정현은 "소(嘯)는 입을 벌려 소리를 내는 것이다"라고 해석하였다. 이를 통해 '소'는 입으로 휘파람을 부는 것이지, 일부 사람들이 이해하는 것처럼 노래하는 것이 아님을 알 수 있다. 위진 시대에 신선술을 연마한 많은 사람이 '소'를 연습하곤 했는데, '선소'는 서왕모가 신선임을 나타내는 것이다.

M3에 나오는 서왕모는 '표범 꼬리, 호랑이 이빨' 묘사가 빠져 동물적 특성이 줄어든 대신 '제궤(梯几)' 두 글자가 추가되었다. 곽박은 "제(梯)는 기대는 것이다"라고 주석을 달았다. '제궤'는 손을 궤안(幾案)에 올려놓는 것을 말하며, 궤안은 당시 덕망 높은 자들이 사용하는 기구였다. 따라서 여기서는 서왕모의 인간적 특성이 더욱 뚜렷해진다.[16]

이 세 가지 자료는 약간의 차이가 있지만, 모두 서왕모가 주로 인간의 형상으로 나타나는 천신임을 보여준다.[17] 따라서 이 세 가지 자료는 상호 보완적인 관계이지 변천 과정을 보여주는 선후 관계가 아닐 수도 있다. 『산해경』에서 주로 인간 형상으로 나타나는 천신 서왕모는 동물적 특성이 매우 적다. 또한 이른바 원시적이고 야만적인 특성으로 꼽혀온 '봉두난발'은 후대 사람들이 잘못 해석했던 것으로 밝혀졌다. 이는 바로 서왕모가 훗날 아름다운 인간 군주나 여신으로 변모할 수 있었던 밑바탕이었다.

---

15 필원은 "소(嘯)는 『설문』에 따르면 '음(吟)'이라고 하였다"고 했는데, 어느 판본인지 확인할 수 없다. 필자는 『설문』에서 이 같은 설명을 찾지 못했고, 필원이 잘못 인용했을 가능성이 있어 보인다.

16 한대 화상석에는 서왕모가 궤석에 기대어 바닥에 단정하게 앉아 있는 그림이 많다.

17 서왕모가 인간 세상에서 거주하기에 산신이라는 주장은 정확하지 않다. 신의 성격은 거주지가 아닌 신직에 따라 결정된다. 서왕모는 산신의 직무가 아닌 '하늘의 여와 다섯 형벌'을 관장하기 때문에 천신이 맞다.

4. 『산해경』에서 서왕모의 거처

서왕모는 기본적으로 인간의 형상이지만, 직관적으로 '표범 꼬리, 호랑이 이빨'은 여전히 무섭게 느껴진다. 이는 신계에서 서왕모가 차지한 위치를 고려해야만 제대로 이해할 수 있다. 사실 '표범 꼬리, 호랑이 이빨'은 위엄을 나타내며, 신성한 지위의 상징이지 식인의 상징이 아니다.

먼저 서왕모의 거처를 분석해 보자. 『산해경』에서 서왕모의 명확한 거처는 두 군데, 곤륜산과 옥산이다. 또 하나의 거처는 '서왕모의 산(西王母之山)'으로 명확하지 않다. 그저 이름에서 이곳이 서왕모가 머무는 곳임을 추측할 수 있다.

M1과 M3 모두 서왕모가 곤륜산에 산다고 말한다. M1 앞부분의 「서산경」에서 곤륜은 '황제의 하계 도읍'으로 나오는데, 이는 천신이 인간 세계에 지은 도읍이다. 그곳에는 물을 제압할 수 있는 사당(沙棠) 나무와 근심을 해소할 수 있는 빈초(蘋草)가 있다. M1은 이를 생략하고 곤륜산에 '만물이 있다(萬物皆有)'고 한다. 또 「해내서경」은 "해내 곤륜허는 서북쪽에 있으며, 황제의 하계 도읍이다. 곤륜의 허는 넓이 800리, 높이가 만 길이다. 그 위에 나무와 곡식이 자라며, 길이는 5척이고, 둘레는 5가닥이다. 아홉 개의 우물이 있고 옥으로 된 울타리가 있다. 앞에 아홉 개의 문이 있으며, 문에는 개명수(開明獸)가 지키고 있고, 모든 신이 그곳에 있다. 팔각의 바위와 적수의 경계에 있으며, 어진 예와 같은 사람이 아니면 올라갈 수 없다"고 전한다. 이처럼 천국과도 같은 신성한 장소는 당연히 인간이 쉽게 접근할 수 없고, M1 산의 경비는 매우 삼엄하다. 산 아래에는 염화산이 둘러싸고 있고, 그 너머 또 약수가 이를 둘러싸고, 산 위에는 인간의 얼굴에 호랑이 몸을 한 신이 지키고 있다. 그렇다면 이곳에 거주하는 서왕모

역시 신성하여 인간이 접근할 수 없는 천신이다.[18] 그러나 이 여신은 곤륜산에서 지위가 높지 않은 것 같다. M1에서는 서왕모가 그저 '동굴에 거주한다'라고만 되어 있고 화려한 궁전에 사는 건 아닌 것처럼 보이기 때문이다.

M2에서는 서왕모가 옥산에 거주한다고 한다. 곽박의 주석에서는 "이 산은 옥석이 많아 그 이름이 붙었다. 『목천자전』에서는 이를 군옥산이라고 한다"고 하였다. 옛사람들은 옥으로 하늘과 통할 수 있다고 믿었기 때문에, 옥이 많은 산은 당연히 천신의 거처가 된다. 이 또한 사람들이 동경하는 공간이다. 옥산에는 서왕모 한 명의 신만 있으며, 아마도 그녀의 본 거지인 것으로 보인다. 원문에서는 "이는 서왕모가 거주하는 곳이다"라고 하며, 동굴에 거주한다고 하지 않았다.

「대황서경」에는 그다지 명확하지 않은 서왕모의 거처가 하나 더 나온다. 이곳은 대황의 영산 서쪽에 있다.

> M4: 서쪽에 왕모산, 학산, 해산이 있다. 옥국(沃國)이 있는데 옥민이 여기에 산다. 옥야(沃野)에서는 봉새의 알을 먹고 단 이슬을 마신다. 원하는 바의 온갖 맛이 갖추어져 있다. 여기에는 감화, 감목차, 흰 버들, 시육, 오추마, 선괴, 요벽, 백목, 낭간, 백단, 청단이 있고, 은과 철이 많다. 난새와 봉새가 절로 노래를 부르고, 봉새가 절로 춤을 춘다. 여기에 온갖 짐승이 서로 모여 사는데, 이를 옥야라고 한다.
>
> 세 마리의 파랑새가 있는데, 붉은 머리에 눈이 검다. 하나는 이름이 대려(大鵹)이고, 하나는 소려(少鵹)라고 하고, 하나는 청조(青鳥)라고 한다.[19]

---

18 『산해경』에서 '신'은 대체로 반인반수이며, 신의 왕국에서 그렇게 높은 지위를 차지하지는 못했다. 신화학에서 말하는 '신'과는 같지 않다.

19 西有王母之山, 壑山, 海山. 有沃之國, 沃民是處. 沃之野, 鳳鳥之卵是食, 甘露是飲. 凡其所欲, 其味盡存. 爰有甘華, 甘木且, 白柳, 視肉, 雕, 璇瑰, 瑤碧, 白木, 琅玕, 白丹, 青丹,

이 글귀에는 잘못된 글자가 있다. '서쪽에 왕모산이 있다'는 구절을 두고 학의행, 왕손넘, 손성연과 웬커까지 모두 '서왕모산이 있다'로 고쳐야 한다고 증거를 들어가며 주장했다. 그렇다면 이곳은 서왕모의 세 번째 거처가 될 것이다. 한편 또 다른 와자(訛字)가 있는데, '삼청조가 있다'로 시작하는 문장은 따로 한 단락으로 쓸 것이 아니라 위의 문단과 이어져야 한다. 학의행의 『산해경전소』에서는 바로 그렇게 썼다. 여기의 삼청조는 서왕모에게 음식을 가져다주는 새이다. 그렇다면 학산 뒷부분부터 옥야까지 모두 이들이 음식을 구하는 범위가 될 것이다. 여기서 말하는 '옥국'이 바로 인간 세계의 천국으로, 인류가 꿈꾸는 모든 좋은 것들이 거의 다 있는 곳이다.

곤륜, 옥산, 서왕모산 등 상술한 세 개의 신성한 장소는 아무래도 흉신이 거주할 만한 공간은 아닌 것으로 보이며, 이곳에 사는 서왕모 역시 흉신은 아닐 것이다.

5. 신의 나라에서 서왕모의 구체적인 신직

서왕모가 신의 나라에서 맡았던 구체적인 신직과 관련하여 M2에서는 '하늘의 여와 오잔(天之厲及五殘)'을 다스린다고 했다. '여'와 '오잔'은 무엇인가? 곽박은 "재해와 역병 그리고 다섯 형벌의 잔인한 기운을 주재하고 안다"고 했다. 이 해석이 바로 현대에서 서왕모가 흉신이었다는 주장의 핵심적인 근거다. 그러나 곽박의 주석은 타당하지 않다. '여'가 재앙이라는 해석은 가능하지만, '오잔'을 다섯 가지 형벌의 줄임말로 보는 것은

多銀, 鐵, 鸞鳳自歌, 鳳鳥自舞, 爰有百獸, 相群是處, 是謂沃之野. 有三青鳥, 赤首黑目, 一名曰大鵹, 一名少鵹, 一名曰青鳥. 학의행의 『산해경전소』에서는 '삼청조' 부분이 아래 단락으로 떨어져 있지 않다. 嘉慶14年刻本 참조.

맞지 않는다. 그는 아마도 후대에 생긴 오행 관념을 바탕으로 서쪽이 죽음의 기운을 상징한다고 생각하여 이 같은 결론을 내렸을 것이다. 하지만 『산해경』의 시대에는 아직 완전한 오행 관념이 없었다.

학의행은 곽박의 주석을 수정했다. 그는 『산해경전소』에서 "여와 오잔은 모두 별의 이름이다"라고 했다. 먼저 오잔성(五殘星)에 관해 이야기해보자. 『사기·천관서(天官書)』는 "오잔성은 정동 쪽의 들에서 나타난다"고 한다. 『정의』에서는 "오잔은 다른 이름으로 오봉(五鋒)이라고 하며, 정동쪽 들에서 나타난다. 형태는 진성(辰星)과 비슷하며, 지상에서 6, 7장 떨어진 곳에서 나타난다. 이 별이 나타나면 오방[20]이 훼패(毀敗)될 징조이며, 대신이 주살될 상징이다"라고 하였다.[21] 즉, 이 별은 인간 세계에 재앙이 있을 것을 예고하는 재난의 전조이다. 곽박이 '다섯 형벌의 잔인한 기운'으로 해석한 것은 잘못되었다.

학의행이 말한 '여'는 비교적 복잡하다. 옛 문헌에 '여'라는 이름의 별을 찾지 못한 학의행은 다음과 같은 복잡한 추론을 하였다.

『월령』에 따르면 "계춘 달에 …… 나라에 나례를 행하도록 명한다"고 했다. 정현의 주에서는 "이달의 중간에 해가 묘(昴)를 지나간다. 묘는 대릉(大陵)과 적시(積尸)의 기운을 지녔다. 이 기운이 흩어지면 여귀가 따라나와 활동한다"고 했다. 즉, 대릉은 여귀를 주재하는 별이다. 묘는 서쪽의 별자리이기 때문에 서왕모가 이를 관장한다.[22]

---

20 학의행 『산해경전소』(嘉慶14年刻本)에 실린 인용문에는 '오분(五分)'이 아니라 '오방(五方)'이다.

21 『史記』, 中華書局, 1982 第2版, pp. 1333-1334.

22 月令云, 季春之月 …… 命國儺. 鄭注云, 此月之中, 日行曆昴. 昴有大陵, 積尸之氣. 氣佚, 則厲鬼隨而出行. 是大陵主厲鬼. 昴為西方宿, 故西王母司之也. 郝懿行, 『山海經箋疏』, 嘉慶14年刻本.

28수(宿) 중 서쪽의 별자리인 묘에는 일련의 별들이 모여 있는데, 그것이 바로 대릉이다. 그리고 대릉에는 적시라는 별이 있다. 바로 여기에 여귀의 기운이 모여 있다. 이 기운이 흩어져버리면 여귀가 나타나게 된다. 그러니 여귀의 활동을 결정하는 것은 대릉성이고, 이것이 바로 '여기를 주재한다(主厲氣)'는 말의 함의이다. 서왕모는 서쪽에 있으므로 당연히 서쪽에 있는 어떤 별자리를 관장할 것이기에, 그녀는 서쪽의 묘성 중 대릉성의 여귀 기운을 관장함으로써 이를 다스린다. 실상 학의행은 '여'를 '여귀의 기운'이 모여 있는 대릉성으로 해석한 것인데, 다소 복잡하다. 대릉성이 '여기'를 관장한다는 점을 설명한 것은 합리적이지만, 이를 통해 '여'와 '오잔' 모두 별 이름이라는 결론, 그리고 '여'가 곧 대릉성의 이름이라는 설명은 다소 과하다. 어찌 되었든 옛 문헌에는 '여성(厲星)'이라는 별이 존재하지 않았기 때문에 일어난 일이었다. 리우종디는 '오잔'이 별 이름이고, M2에서 '오잔'과 '여'를 함께 언급했다는 것은 '여'도 곧 별 이름일 것이라고 간단하게 추론했다.[23] 그러나 이는 또 지나치게 단정적이다. 상고시대의 문법은 그렇게 체계적이지 않았을 수도 있다. 따라서 이 '여'는 여귀, 즉 악귀로 바로 해석하는 것이 더 낫다. 이와 관련된 예는 『좌전·성공십년(成公十年)』의 이야기가 있다. 진후(晋侯)가 대여(大厲) 꿈을 꾸었는데, 머리카락이 땅에 닿고 가슴을 치며 뛰어 올랐다고 전한다. 그렇다면 『산해경』에서 '하늘의 여(天之厲)'는 하늘의 여귀, 하늘의 악귀를 의미한다. 물론 이들도 인간 세계에 해를 끼칠 수 있기에 '여'를 재앙이라고 해석한 곽박의 견해 역시 타당하며, 굳이 '여성'이라는 전례 없는 별 이름으로 해석할 필요는 없다.

그래서 '하늘의 여와 오잔을 관장한다'는 서왕모가 하늘의 여귀와 인간 세계의 재난을 예고하는 별을 관장한다는 의미이다. 즉, 서왕모는 재해

---

23 劉宗迪, 『失落的天書』, 商務印書館, 2006, p.534.

와 죽음을 예언할 수 있었다. 재해와 죽음은 당연히 공포의 대상이며, 직접 인간에게 재앙과 죽음을 내린다면 더더욱 두려울 것이다. 서왕모가 그런 존재라면 물론 흉신일 테지만, 하늘의 여귀는 대릉성 안에 있으며 평소에는 쉽게 나타나지 않는다. 그리고 오잔은 재앙과 죽음을 예고하는 별이지 재앙 그 자체가 아니다. 곽박의 주석을 다시 한번 읽어보자. 곽박은 '오잔'을 정확하게 해석하지는 않았으나, "다섯 형벌의 잔인한 기운을 주재하고 안다"며 서왕모의 직책을 명확하게 설명해 두었다. 서왕모는 재해와 죽음을 예지할 뿐, 직접 재앙을 내리거나 사람을 죽이는 것이 아니다. 마오둔 등은 곽박의 주석에서 '안다(知)'라는 동사를 놓쳤다. 이러한 재앙과 죽음을 예지하는 능력은 사실 인간이 가장 바라는 것이다. 따라서 서왕모는 실상 죽음의 비밀을 관장한 존재로, 인간이 가장 가까이하고 싶은 신이다. 리우종디는 "…… 서왕모가 '하늘의 여와 오잔을 다스린다'는 것은 서왕모가 재해의 기운을 관찰하고 통제할 능력을 지녔다는 것이지, 재앙을 내리고 화를 일으키는 악마라는 이야기가 아니다. 완전히 그 반대이다. 그 '하늘의 여와 오잔을 다스린다'는 직무는 바로 재앙을 제거하고 인간 세계에 복을 내려주는 것이다"라고 했다.[24] 이것이 바로 훗날 서왕모가 불사약을 지닌 신선이 될 수 있었던 밑바탕이었다.

한편 M2에 따르면 옥산에 사는 괴수 교는 풍년을 예고할 수 있다. 또 승우(勝遇)라는 기이한 새도 사는데, 이는 수재를 예고해 준다. 이들은 모두 서왕모의 영역에 속한 존재로 보이는데, 이는 서왕모가 풍년과 수재를 예지할 수 있는 신통력을 지녔음을 보여준다. 물론 이 역시 인류가 너무나도 얻고 싶은 비밀이다.

이를 종합하면 서왕모는 각종 재해, 죽음과 풍년을 예지하는 직무를 담당하는 신이었다. 그렇기에 서왕모는 본질적으로 긍정적인 측면이 강한

---

24 위의 책, p.535.

신이며, 심지어는 잠재적으로 상서로운 성격의 신(그녀는 어쩌면 자기가 살고 있는 곤륜산의 불사약을 관장했을 수도 있지만 본문에는 나오지 않는다. 상세한 이야기는 다음 절에서 이어진다)이기도 하다. 서왕모는 결코 흉신이 아니었다. 『산해경』에는 서왕모가 재앙을 내리고 인류를 위협했다는 이야기는 전혀 나오지 않는다. 그녀의 긍정적인 면모 때문에 사람들은 서왕모가 사는 곳을 그렇게 아름답고 성스러운 공간으로 상상할 수 있었다. 덕분에 그녀는 훗날 순조롭게 사람마다 바라 마지않는 상서로운 여신이 되었다.

그렇다면 서왕모는 어째서 '표범 꼬리에 호랑이 이빨'이라는 무서운 이미지로 표현되었을까? 표범과 호랑이는 모두 사람을 잡아먹는 야생동물인데, '표범 꼬리와 호랑이 이빨'은 서왕모의 흉신으로서의 본질을 나타내는 외적 상징은 아닐까?

필자는 '표범 꼬리와 호랑이 이빨'은 실상 서왕모의 신성한 지위와 위엄을 나타내는 표식이라고 본다. 어떤 이들은 사람들이 접근하지 못하도록 하는 방범 조치라고 하기도 한다. 곤륜산은 '천제의 하계 도읍'이고 '만물이 모두 있는' 곳이다. 그러나 그 아래에는 염화산과 약수가 있고, 산 위에는 사람이 무서워하는 식인 신수(神獸)가 산다. 이것만 봐서는 곤륜산은 공포의 공간이다. 그러나 그곳은 실상 인간 세계에 존재하는 가장 아름다운 천국이다. 공포의 대상이 존재하는 까닭은 인류의 접근을 막기 위함이다. 그 어떤 종교라도 신도가 그것이 거짓임을 밝혀내지 못하도록 종교적 성산(聖山)과 천국을 이러한 방식으로 설정하곤 한다. 같은 논리로 재해와 죽음의 비밀을 알고 있는 서왕모는 반드시 사람들의 두려움을 자아내는 존재로 묘사되어 인류가 쉽게 접근하지 못하도록 해야 한다. 그렇지 않다면 재해와 죽음이 사람들 누구나 쉽사리 이겨내는 어린아이 장난처럼 되지 않겠는가? 신화란 본질적으로 허구에 속하는 신앙에 대한 해설인데, 너무도 쉽게 간파당해서는 안 될 것 아닌가? 서왕모의 '표범 꼬리, 호랑이 이빨'은 사람을 잡아먹는 도구가 아니라 예방 차원의 조치였

다. 그렇기에 '표범 꼬리와 호랑이 이빨'은 서왕모가 흉신이라는 증거가
아니라, 『산해경』의 저자들이 죽음을 매우 신중하게 대했음을 보여준다.
그들은 서왕모의 도움으로 죽음을 이겨내고 싶었지만, 또 동시에 죽음을
극복한다는 것이 얼마나 어려운지 잘 알고 있었다. 그렇기에 이 신령에게
'표범 꼬리와 호랑이 이빨'이라는 외형을 부여하여 불사를 추구하는 인
류의 욕망이 걷잡을 수 없이 커지지 않도록 제동을 걸었다. 이는 실상 서
왕모 신앙이 쉽게 간파당하지 않고 장기간 지속될 수 있도록 보장해 주
었다.

6. 『산해경』에서의 서왕모와 후대 서왕모의 동일한 신직

앞의 글을 참고하면 『산해경』의 서왕모는 재해, 풍년과 죽음을 예지하
는 여신이었고, 기본적으로 긍정적이고, 심지어는 상서롭다고 할 수 있을
정도의 기능을 수행했다. 사람들은 마음속 깊은 곳에서부터 서왕모와 가
까워지길 바랐다. 개인적인 수요뿐만 아니라 국가적인 수요 또한 있었다.
재해는 모든 군주가 피하고자 하는 것이고, 풍년은 또 그들이 필요로 하
는 것이었다. 형벌은 국가 권력의 중요한 기능이었고, 어떻게 형벌을 행
하느냐는 국가의 운명과도 관련이 있었다. 이토록 중요한 문제였기에 군
주는 당연히 서왕모에 주목할 수밖에 없었다.

이와 관련하여 주목왕이 서쪽으로 떠나 서왕모와 교류한 이야기가 가
장 빠르다. 『죽서기년』에서 "17년 서쪽으로 원정을 떠나 곤륜산에서 서왕
모를 만났다. 서왕모가 그를 만나 '조인(鳥人)이 있다'고 하였다. (그 해) 서
왕모가 만나러 와 소궁(昭宮)에서 접대하였다"고 하였다. 『목천자전』에서
는 주목왕이 서왕모의 왕국으로 가서 함께 요지에서 술을 마시고 노래를
불렀다고 한다. 다만 이 두 자료에서는 주목왕이 어떤 목적으로 서왕모를

만났는지에 대해 말하지는 않는다.

사실 중국은 전국시대부터 한대까지 요임금, 우임금이 서왕모에게 가르침과 복을 구하는 전설이 있었다. 가의(賈誼)의 『신서·수정어(新書·修政語)』 상편에서 "요임금이 말했다. …… 유사를 넘어 독산(獨山)의 땅을 봉하고 서쪽에서 서왕모를 만났다"고 했으며, 『순자·대략(荀子·大略)』은 "요임금은 군수(君疇)에게 배우고, 순임금은 성소(成昭)에게 배우고, 우임금은 서왕모에게 배웠다"고 했다. 『역림(易林)』의 제1권의 '곤지서합(坤之噬嗑)'에서는 "후직(稷)은 요임금의 사절로 서쪽으로 가 왕모를 만났다. 인사를 드리고 백 가지 복을 구했으며, 어진 아들을 선사해달라고 하였다"고 전한다. 이들은 서왕모에게 복을 구하고, 가르침을 구했다. 이치로는 이들 성왕이 서왕모에게 구한 것은 지식이 아니라 중국에 평화를 가져올 방법을 구한 것이라고 했다.[25] 성왕이 서왕모를 만났다는 일련의 전설은 모두 『산해경』에서의 서왕모가 지닌 재해, 풍년, 죽음을 예지할 수 있는 능력과 관계가 있는 것으로 보인다.

후대 전설에서 서왕모의 가장 중요한 신직은 바로 불사약을 관장하는 것이었다. 오늘날 우리가 보는 한대 화상석, 화상전에 서왕모는 단골손님이다. 보통 서왕모 곁에는 불사약을 찧는 토끼가 있다. 『한무고사』와 『한무내전』은 한무제가 서왕모를 뵙고자 했던 최종 목적이 바로 불사약에 있었다고 말한다. 그렇다면 『산해경』의 서왕모는 불사약과 관련이 없을까?

웬커는 서왕모가 관장하는 것은 재난과 형벌로, 모두 사람의 생명과 관계가 있다고 보았다. 서왕모는 사람의 목숨을 앗아갈 수도 있으니, 당연히 생명을 부여할 수도 있다.[26] 비록 서왕모가 재난과 형벌을 관장한다고

---

25 小南一郎 著, 孫昌武 譯, 『中國的神話傳說與古小說』, 中華書局, 1993, p.29.

26 袁珂, 『中國神話傳說』, 中國民間文藝出版社, 1984, p.309.

본 웬커 교수의 견해가 완전히 맞는 것은 아니지만 그의 추론은 어느 정도 일리는 있다. 물론 이는 그저 하나의 가능성일 뿐 확실히 그런 것은 아니다. 그렇지 않다면, 세상 모든 종교에서 죽음의 신이 생명도 부여할 수 있었을 것이다. 그러나 이는 상식에 어긋난다.

『산해경』에서 서왕모가 불사약을 관장했을 가능성은 확실히 있다. 원문에서 몇 차례 불사약을 언급한 바 있기 때문이다. 곤륜산에도 불사수, 불사약이 있지만, 서왕모가 불사약을 관장했다는 말이 없을 뿐이다. 그러나 일부 세세한 부분에서 서왕모가 이에 관여하는 신직을 맡았을 가능성이 드러난다. 곤륜산은 인류가 갈 수 없는 곳이다. 신들의 거처이고, 불사약과 같이 신성한 보물이 있는 곳이기 때문이다. 서왕모가 이곳에 산다는 것은 불사약에 접근할 수 있다는 말이 된다. 한편 앞에서 인용한 「해내서경」의 곤륜산 부분에는 "예와 같이 어진 자가 아니고서는 언덕 위에 올라갈 수 없다"고 했는데, 예는 곤륜에 올라 무엇을 했는가? 아마도 불사약을 찾은 것일 테다. 누구에게 불사약을 구했는가? 원문에서는 얘기하지 않았다. 기록 자체가 불완전했을 수도 있고, 원래 있었던 내용이 후대에 유실됐을 가능성도 있다. 곽박은 "예처럼 어질고 재주가 있는 자가 아니면 이 산의 험준한 고개와 바위에 오를 수 없다는 말이다. 예는 서왕모에게 불사약을 청한 적이 있었는데, 이 역시 그 득도한 바를 말한 것이다"라고 주를 달았다. 이는 예가 곤륜산에 올라 서왕모에게서 불사약을 얻었다는 뜻이다. 곽박의 근거는 아마도 한대 이후의 전설, 예컨대 『회남자·남명훈』에서 말한 "예가 서왕모에게 불사약을 청했다"는 이야기에 있을 것이다. 여기에는 두 가지 가능성이 있다. 첫째, 이 후대 자료는 완전한 『산해경』에서 떨어져 나온 것으로 지금의 『산해경』의 부족함을 채워주는 것일 수 있다. 둘째, 「해내서경」에서 예는 서왕모를 찾아간 것이 아니라 다른 누군가에게 가서 불사약을 받을 것일 수도 있다. 그렇다면 곽박의 주석과 『회남자』의 관련 내용은 후대 사람이 『산해경』을 보고 지어낸 게 된다. 어찌 되었든 한대 이후의 서왕모 전설은 모두『산해경』과 어느 정도 관련이 있었다. 『산해경』에서 서왕모와 후대의 서왕모는 그 기능이 일치했는데, 이 같은 동일성은 신화의 자연적인 변화 과정을 증명해 주었다.

7. 결론

『산해경』에서 서왕모는 결코 흉신이 아니며, 재난과 죽음을 예고할 수 있는 긍정적인 성격의 신이다. 서왕모가 사는 천국과도 같은 거주 환경은 그녀에 대한 사람들의 존경과 갈망을 보여준다. '표범 꼬리와 호랑이 이빨'이라는 특이한 생김새는 쉽게 범접할 수 없는 위엄을 드러내는 것이지, 사람을 해친다는 상징이 아니다. 이는 서왕모가 전국시대 이후 성격이 명확한 길신이 될 수 있었던 기초가 되었다.

『산해경』에서의 서왕모를 '흉신'으로 규정한 마오둔의 학설은 산해경 원문 뜻과 맞지 않으며, 곽박의 주석에 대한 이해에도 한계가 있었다. 그는 일반적인 진화론적 원칙에 따라 서왕모가 흉신에서 길신으로 변했다고 보았는데, 이는 문헌 근거도 없고, 또한 상식에도 맞지 않는다.

참고문헌

고전

『穆天子傳』, 上海古籍出版社, 1990年影印本.

『管子』, 見周翰光, 朱幼文, 戴洪才, 『管子直解』, 復旦大學出版社, 2000年.

『十三經注疏』, 中華書局, 1980年影印本.

(漢) 劉安, 『淮南子』, 見『淮南子全譯』, 貴州人民出版社, 1993年.

(漢) 司馬遷, 『史記』, 中華書局點校本.

(漢) 劉歆, 『上山海經表』, 見畢沅『山海經新校正』.

(漢) 班固, 『漢書』, 中華書局點校本.

(漢) 許愼, 『說文解字』, 中華書局, 1963年.

(漢) 段玉裁, 『說文解字注』, 上海古籍出版社, 1988年, 第2版.

(漢) 王充, 『論衡』, 上海人民出版社, 1974年.

(漢) 趙曄, 『吳越春秋』, 見周生春『吳越春秋輯校彙考』, 上海古籍出版社, 1997年.

(晉) 張華, 『博物志』, 上海古籍出版社, 1990年影印本.

『神異經』, 舊題東方朔撰, 上海古籍出版社, 1990年影印本.

『十洲記』, 舊題東方朔撰, 上海古籍出版社, 1990年影印本.

『洞冥記』, 舊題郭氏撰, 見『說郛』本.

(晉) 郭璞, 『玄中記』, 見魯迅『古小說鉤沉』.

(晉) 郭璞, 『山海經傳』, 南宋淳熙七年(1180), 尤袤池陽郡齋刻本『山海經傳』, 中華
書局, 1984年影印.

(晉) 郭璞, 『山海經圖贊』. 明代沈士龍, 胡震亨校本, 見『叢書集成初編』; 嚴可均輯
本, 見『全上古三代秦漢三國六朝文』, 中華書局, 1958年; 張宗祥校錄之『足本山海
經圖贊』, 上海古典文學出版社, 1985年.

(晉) 陶淵明, 『陶淵明集』, 隸欽立校注, 中華書局, 1979年.

(南北朝) 范曄, 『後漢書』, 中華書局, 1965年.

(北魏) 酈道元, 『水經注』, 見『水經注校釋』, 陳橋驛校注, 杭州大學出版社, 1999年.

(北齊) 顏之推, 『顏氏家訓』, 『四部備要』本.

(後晉) 劉昫, 『舊唐書』, 中華書局點校本.

(唐) 房玄齡, 『晉書』, 中華書局點校本.

(唐) 陸淳, 『春秋啖趙集傳纂例』, 『叢書集成初編』本, 中華書局, 1985年.

(唐) 杜佑, 『通典』, 見 『景印文淵閣四庫全書』, 臺灣商務印書館, 1986年.

(日本平安朝) 藤原佐世, 『日本國見在書目錄』, 見 『日本書目大成』, 汲古書院.

(宋) 李昉, 『太平廣記』, 見 『景印文淵閣四庫全書』, 臺灣商務印書館, 1986年.

(宋) 『崇文總目』, 見 『景印文淵閣四庫全書』, 臺灣商務印書館, 1986年.

(宋) 宋祁, 歐陽修, 『新唐書』, 中華書局點校本.

(宋) 歐陽修, 『歐陽修全集·居士外集』, 中國書店, 1986年.

(宋) 黃伯思, 『東觀餘論』, 見 『景印文淵閣四庫全書』, 臺灣商務印書館, 1986年.

(宋) 吳仁傑, 『兩漢刊誤補遺』, 見 『叢書集成新編』第113冊, 臺灣新文豐出版公司,
1985年.

(宋) 薛季宣, 『浪語集』, 見 『景印文淵閣四庫全書』本, 臺灣商務印書館, 1986年.

(宋) 薛季宣, 『薛季宣集』, 張良權點校, 上海社會科學院出版社, 2003年.

(宋) 姚寬, 『西溪叢語』, 見 『景印文淵閣四庫全書』, 臺灣商務印書館, 1986年.

(宋) 鄭樵, 『通志』, 『景印文淵閣四庫全書』, 臺灣商務印書館, 1986年.

(宋) 朱熹, 『朱子語類』, 見 『景印文淵閣四庫全書』, 臺灣商務印書館, 1986年.

(宋) 朱熹, 『楚辭集注』, 見 『景印文淵閣四庫全書』, 臺灣商務印書館, 1986年.

(宋) 洪邁, 『容齋隨筆』, 齊魯書社, 2007年.

(宋) 邵博, 『聞見後錄』, 見 『景印文淵閣四庫全書』, 臺灣商務印書館, 1986年.

(宋) 周紫芝, 『竹坡詩話』, 見 『景印文淵閣四庫全書』, 臺灣商務印書館, 1986年.

(宋) 『中興書目』, 見 『宋元明清書目題跋叢刊』第一冊, 中華書局, 2006年.

(宋) 晁公武, 『郡齋讀書志』, 見 『景印文淵閣四庫全書』, 臺灣商務印書館, 1986年.

(宋) 尤袤, 『遂初堂書目』, 見 『景印文淵閣四庫全書』, 臺灣商務印書館, 1986年.

(宋) 陳振孫, 『直齋書錄解題』, 見 『景印文淵閣四庫全書』, 臺灣商務印書館, 1986年.

(宋) 馬端臨, 『文獻通考』, 見『景印文淵閣四庫全書』, 臺灣商務印書館, 1986年.

(宋) 王應麟, 『玉海』, 見『景印文淵閣四庫全書』, 臺灣商務印書館, 1986年.

(宋) 王應麟, 『通鑒地理通釋』, 見『景印文淵閣四庫全書』, 臺灣商務印書館, 1986年.

(宋) 王應麟, 『小學紺珠』, 見『景印文淵閣四庫全書』, 臺灣商務印書館, 1986年.

(宋) 王應麟, 『藝文志考證』, 見『景印文淵閣四庫全書』, 臺灣商務印書館, 1986年.

(元) 脫脫, 『宋史·藝文志』, 中華書局點校本.

(元) 方回, 『桐江續集』, 見『景印文淵閣四庫全書』, 臺灣商務印書館, 1986年.

(明) 『山海經』, 藝文印書館『正統道藏』本, 第36冊.

(明) 『山海經十八卷』, 成化六年(1470)刻本, 上海涵芬樓影印『四部叢刊初編』, 第59函.

(明) 王崇慶, 『山海經釋義十八卷』, 自序署"嘉靖丁酉"即嘉靖十六年(1537).

(明) 王崇慶, 『山海經釋義』十八卷, 『圖』二卷. 萬曆二十五年(1597)蔣一葵輯山堂刻本(縮微膠卷). 自序未署年月. 國家圖書館藏.

(明) 王崇慶, 『山海經釋義』十八卷, 『圖』一卷. 萬曆四十七年(1619)大業堂刻本, 『四庫全書存目叢書』子部第245冊, 齊魯書社影印, 1995年.

(明) 楊慎, 『山海經補注』, 中華書局, 1991年.

(明) 楊慎, 『有異魚圖贊』, 明嘉靖年間『楊升鹿叢刻十四種』本(縮微膠卷).

(明) 胡應麟, 『少室山房筆叢正集』, 見『景印文淵閣四庫全書』第886冊, 臺灣商務印書館, 1986年.

(明) 胡文煥, 『新刻山海經圖』二卷, 格致叢書本(縮微膠卷).

(明) 朱銓, 『山海經遙詞』, 見清人『小娜娃山館彙刻類書十二種』.

(清) 顧炎武, 『日知錄』, 黃汲成集釋, 岳麓書社, 1994年.

(清) 吳任臣, 『山海經廣注』, 康熙六年(1667)初刻本.

(清) 吳任臣, 『增補繪像山海經廣注』, 乾隆五十一年(1786)刻本. 附錄『讀山海經語』, 『山海經雜述』, 『山海經逸文』.

(清) 吳任臣『山海經廣注』, 見『景印文淵閣四庫全書』, 臺灣商務印書館, 1986年.

(清) 汪紱, 『戊笈談兵』, 汪雙池先生叢書二十, 光緒二十一年(1895年)刻本.

(清) 汪紱, 『參讀禮志疑』, 四庫全書珍本四集本, 臺灣商務印書館, 1969年.

(清) 汪紱, 『山海經存』, 光緒二十一年(1895年)刻本, 杭州古籍書店影印, 1984年.

(清) 汪紱, 『理學逢源』, 光緒二十三年(1897年)刻本.

(清) 余龍光, 『汪先生年譜』卷三, 光緒二十二年(1896年)重刻本.

(清) 畢沅, 『山海經新校正』, 即上海古籍出版社影印郭璞注, 畢沅校『山海經』, 1989年.

(清) 崔述, 『崔東壁遺書·夏信考錄』, 上海古籍出版社, 1983年.

(清) 郝懿行, 『山海經箋疏』, 光緒年間根據慶嘉郝氏遺書刻本.

(清) 章學誠著, 葉瑛校注, 『文史通義校注』, 中華書局, 1985年.

(清) 陳逢衡, 『山海經彙說』, 道光二十五年(1845年)刻本.

(清) 呂調陽, 『五藏山經傳』五卷, 『海內經附傳』一卷, 臺灣新文豐出版公司『叢書集成續編』, 第219冊.

(清) 周繪菠, 『山海經補贊硯讀』一冊, 光緒年間『百柱堂叢刊』本.

(清) 俞樾, 『春在堂全書·俞樓雜纂·讀山海經』, 同治十年(1871)德清俞氏增刻本.

(清) 吳承志, 『山海經地理今釋』六卷, 臺灣新文豐出版公司『叢書集成續編』, 第219冊.

(清) 張之洞, 『書目答問』, 三聯書店, 1998年.

[日] 小川琢治, 『山海經考』, 原刊於1911年日本《藝文》雜誌, 第二卷第五期, 第八期和第十期, 見江俠鹿編譯『先秦經籍考』, 商務印書館, 1933年.

梁啟超, 『中國近三百年學術史』, 中華書局1936年原版, 東方出版社, 1996年編校再版.

劉師培, 『劉申叔遺書』, 江蘇古籍出版社, 1997年影印本.

章太炎, 劉師培等人, 『中國近三百年學術史論』, 上海古籍出版社, 2006年.

王國維, 『古史新證』, 清華大學出版社, 1994年影印本.

魯迅, 『和魯迅全集·中國小說史略』, 人民文學出版社, 1981年.

茅盾, 『茅盾說神話』, 上海古籍出版社, 1999年.

顧頡剛, 『古史辨 (一至五)』, 朴社, 1926-1935年.

顧頡剛, 『漢代學術史略』, 見劉夢溪主編『中國現代學術經典·顧頡剛卷』, 河北教育出版社, 1996年.

凌純聲等『山海經新論』『國立北京大學中國民俗學會民俗叢書』, 第142冊, 台北: 東方文化書局, 1976年影印.

錢穆, 『國學概論』, 商務印書館, 1997年.

錢穆, 『兩漢經今古文平議』, 商務印書館, 2001年.

江紹原, 『中國古代旅行之研究』, 商務印書館1937年版, 上海文藝出版社, 1989年影印.

凌純聲等人, 『山海經新論』, 國立北京大學中國民俗學會民俗叢書第142種, 臺灣東文文化供應社影印, 1970年.

張心澂, 『偽書通考』, 商務印書館, 1939年版, 1954年重印.

徐旭生, 『中國古史的傳說時代』, 中國文化服務社1943年原版, 廣西師範大學出版社, 2003年修訂版.

王瑤, 『中古文學史論』, 上海棠棣出版社, 1951年原版, 北京大學出版社, 1986年.

再版.

趙爾巽等人主編,『清史稿』,中華書局, 1977年.

杜而未,『山海經的神話系統』,臺北學生書局, 1977年再版.

余嘉錫,『四庫提要辨證』,中華書局, 1980年再版.

余嘉錫,『目錄學發微』,見『余嘉錫說文獻學』,上海古籍出版社, 2001年.

余嘉錫,『古書通例』,見『余嘉錫說文獻學』,上海古籍出版社, 2001年.

袁行霈, 侯忠義,『中國文言小說書目』,北京大學出版社, 1981年.

侯忠義,『中國文言小說參考資料』,北京大學出版社, 1985年.

侯忠義,『中國文言小說史稿』(上下),北京大學出版社, 1990-1993年.

李豐楙,『神話的故鄉·山海經』,台北時報出版公司, 1981年.

唐作藩,『上古音手冊』,江蘇人民出版社, 1982年.

楊安峰等,『脊椎動物學』,北京大學出版社, 1983年.

呂子方,『中國科學技術史論文集·讀山海經雜記』,四川人民出版社, 1984年.

中國『山海經』學術討論會編,『山海經新探』,四川省社會科學院出版社, 1986年.

譚其驤,『長水集』(上下),人民出版社, 1987年.

余英時,『士與中國文化』,上海人民出版社, 1987年.

呂思勉,『中國民族史』,中國大百科全書出版社, 1987年.

顧實,『漢書藝文志講疏』,商務印書館, 1949年第四版.

王成祖,『中國地理學史(先秦至明代)』,商務印書館, 1988年.

潛明茲,『神話學的歷程』,北方文化出版社, 1989年.

[日] 伊藤清司,『山海經中的鬼神世界』,劉曄原譯,中國民間文藝出版社, 1990年.

[日] 伊藤清司,『中國古代文化與日本』,張正軍譯,雲南大學出版社, 1997年.

劉起釪,『古史續辯』,中國社會科學出版社, 1991年.

常征,『山海經管窺』,河北大學出版社, 1991年.

徐顯之,『山海經探原』,武漢出版社, 1991年.

扶永發,『神州的發現——山海經地理考』, 1992年.

喻權中, 『中國上古文化的新大陸,山海經(海外經)考』, 黑龍江人民出版社, 1992年.

袁珂, 『山海經校注』, 上海古籍出版社, 1980年原版, 巴蜀書社, 1993年修訂版.

袁珂, 『中國神話史』, 上海文藝出版社, 1988年.

袁珂, 『中國神話通論』, 巴蜀書社, 1991年.

袁珂, 『袁珂學述』, 浙江人民出版社, 1999年.

[法] 李維斯陀, 『神話學─生食和熟食』, 周昌忠譯, 臺灣時報文化出版企業有限公司, 1992年.

[美] 亨莉埃特‧默茨, 『幾近褪色的記錄, 關於中國人到達美洲探險的兩份古代文獻』, 崔岩峙等人譯, 海洋出版社, 1993年.

李零, 『中國方術考』, 人民中國出版社, 1993年.

潛明茲, 『中國神話學』, 南京人民出版社, 1994年.

馬昌儀編, 『中國神話學論文選粹』(上, 下), 中國廣播電視出版社, 1994年.

馬昌儀, 『山海經圖說』, 山東畫報出版社, 2001年.

宮玉海, 『山海經世界與文化之謎』, 1995年.

王紅旗, 孫曉琴, 『繪圖神異全山海圖經』, 昆侖出版社, 1996年.

金祖孟, 『中國古宇宙論』, 華東師範大學出版社, 1996年.

饒宗頤, 『澄心論萃』, 上海文藝出版社, 1996年.

[加拿大] 諾斯羅普‧弗萊, 『批評的剖析』, 陳慧, 袁宪軍, 吳偉仁譯, 百花文藝出版社, 1997年.

高路明, 『古籍目錄與中國古代學術研究』, 江蘇古籍出版社, 1997年.

陳平原, 『中國現代學術之建立』, 北京大學出版社, 1998年.

韋家驊, 『楊慎評傳』, 南京大學出版社, 1998年.

趙榮, 楊正泰, 『中國地理學史(清代)』, 商務印書館, 1998年.

張岩, 『山海經與古代社會』, 文化藝術出版社, 1999年.

張岩, 『審核古文尚書案』, 中華書局, 2006年.

王善才主編, 『山海經與中華文化』, 湖北人民出版社, 1999年.

袁行霈,『當代學者自選文庫·袁行霈卷』, 安徽教育出版社, 1999年.

賀學君, 櫻井龍彥,『中日學者中國神話研究論著目錄總匯』, 日本名古屋大學院國際開發研究科, 1999年.

聞樹國,『挑剔經典-耳語眾神』, 西苑出版社, 2000年.

陳冠蘭編,『神話之源』, 中南大學出版社, 2000年.

周明初校註,『山海經』, 浙江古籍出版社, 2000年.

高有鵬, 孟芳,『神話之源-山海經與中國文化』, 河南大學出版社, 2001年.

[馬來西亞] 丁振宗,『破解山海源-山中國的X檔案』, 中州古籍出版社, 2001年.

張光直,『美術, 神話與祭祀』, 遼寧教育出版社, 2002年.

連鎮標,『郭璞研究』, 上海三聯書店, 2002年.

胡太玉,『破譯山海經』, 中國言實出版社, 2002年.

葉舒憲, 蕭兵, [韓] 鄭在書,『山海經的文化尋蹤』, 湖北人民出版社, 2004年.

郭郛,『山海經注證』, 中國社會科學出版社, 2004年.

嘯聲,『基督教神聖譜』, 中國人民大學出版社, 2004年.

沈海波,『山海經考』, 文匯出版社, 2004年.

程憬,『中國古代神話研究』, 北京大學出版社, 2011年.

| 지은이 소개 |

천롄산陳連山

현재 중국 베이징대학 중국 언어·문학과의 민간 문학 전공 교수로 재직 중이다.『신성 서사와 일상생활의 구축神聖敍事與日常生活的建構』,『산해경 학술사 연구山海經學術史考論』,『구조주의 신화학-레비-스트로스와 신화학 문제結構神話學·列維·斯特勞斯與神話學問題』,『놀이遊戲』 등 다수의 저서를 집필하였다. 중국에서『산해경』 연구의 일인자로 손꼽히며, 최근에는 중국 신화의 대중 교육을 위해 중국판 유튜브인 bilibili에서《보물창고 산해경寶藏山海經》시리즈 강의를 시작하였다.

| 옮긴이 소개 |

이정하李定河

중국 베이징대학에서 민간 문학 전공으로 박사학위를 받았으며, 현재 이화여자대학교 호크마교양대학 특임교수로 재직 중이다.「악몽에 관한 동양의 신화적 사유」,「기린麒麟에 관한 공유된 상상과 15세기 동아시아에서의 그 정치적 활용」,「서왕모西王母 의 요지연瑤池宴 에서 〈세상은 요지경瑤池鏡〉까지: 한국 문화에 나타난 '요지'의 표상」 외 다수의 논문을 발표하였다.

동서대학교 공자아카데미·대한중국학회
〈중국 인문·사회과학 학술저서 번역·출판 지원 사업〉

『산해경 山海經 』 학술사 연구

초판 인쇄 2025년 1월 23일
초판 발행 2025년 1월 31일

지 은 이 | 천렌산 陳連山
옮 긴 이 | 이정하 李定河
펴 낸 이 | 하운근
펴 낸 곳 | 學古房

주   소 | 경기도 고양시 덕양구 통일로 140 삼송테크노밸리 A동 B224
전   화 | (02)353-9908 편집부(02)356-9903
팩   스 | (02)6959-8234
홈페이지 | www.hakgobang.co.kr
전자우편 | www.hakgobang@naver.com
등록번호 | 제311-1994-000001호

ISBN 979-11-6995-574-4 94820
      979-11-6995-577-5 (세트)

값 39,000원